Schöne Geschichten!

Schöne Geschichten!

Deutsche Erzählkunst aus zwei Jahrhunderten

Herausgegeben von
Peter von Matt

Philipp Reclam jun. Stuttgart

Satz: Reclam, Ditzingen
Druck und buchbinderische Verarbeitung:
Wilhelm Röck, Weinsberg
Printed in Germany 1996
RECLAM ist eine eingetragene Marke
der Philipp Reclam jun. GmbH & Co., Stuttgart
ISBN 3-15-058840-5

Inhalt

Einleitung

Verliebte und Andere

Was machen die Verliebten? Sie küssen. Das dürfte die nächstliegende Antwort sein. Ein Grund, an deren Richtigkeit zu zweifeln, besteht nicht. Nur zeigt die Erfahrung, daß Küssen kein Dauerzustand ist. Also darf die Frage wiederholt werden: Was machen die Verliebten, wenn sie nicht gerade beim Küssen und Umarmen sind? Sie erzählen. Unaufhörlich erzählen sie einander ihre Geschichten. Nichts Erfundenes, keine Märchen, sondern lauter wahre Geschichten aus ihrem Leben. Eltern und Tanten und Onkel lassen sie aufmarschieren, Großmütter und Freunde, Geschwister und alte Liebhaberinnen und Liebhaber aller Art. Und niemand tritt auf, ohne daß etwas geschieht: »Und dann, stell dir vor, passiert doch tatsächlich ...« Das gewöhnlichste Leben ist für den, der es lebt, eine mächtige Folge von Sensationen und Spektakeln, Triumphen und Katastrophen. Erst die Sicht der andern macht das Ganze banal. Jetzt aber, in der herrlichen Verliebtheit, angesichts der leuchtenden Augen, der lauschenden Ohren des schönen Gegenübers, wird alles wieder das Ereignis, das es einmal war. Immer tiefer, immer herzlicher begegnen sich zwei Menschen, die einander lieben, in den Geschichten, die sie sich erzählen und von einander endlos hören wollen. Erzählend schaffen sie die gemeinsame Welt, in der alles gut ist und mit der sich jede Vorstellung von Glück verbindet. Wenn diese gemeinsame Welt aber eines Tages wieder in Brüche geht, dann zeigt es sich zuerst daran, daß die Geschichten stocken, daß nicht mehr erzählt wird. Das Wort erlischt wie die geliebten Augen.

Wir begegnen einander in Geschichten. In Geschichten versichern wir uns gegenseitig des Zutrauens, der Verläßlichkeit, der Treue. An der Intimität der Geschichten, die wir einander erzählen, ist die Nähe abzulesen, in der wir zueinander stehen. Je heikler das Erzählte ist, um so größer ist das Vertrauen in den andern, daß er alles richtig auffaßt, daß er versteht und daß er davon schweigen kann.

Daneben gibt es das große Prahlen. Es ist das Gegenstück zum intimen Bekenntnis und doch mit diesem insgeheim verknüpft. Wie langweilig wäre die Welt ohne die Aufschneider! Man braucht nur in der Kneipe einem Männertisch zuzuhören: lauter Großwildjäger, Lebensretter und Ozeanflieger. Keiner kann ihnen, und jedem haben sie es noch gezeigt! Das ist nicht einfach Spießbürgerei, wie die Blasierten meinen. Auch hier entsteht Vertrauen, entwickelt sich Geborgenheit – etwas laut vielleicht und nicht ohne ungewollte Komik, aber Geborgenheit immerhin. Sie beruht auf der Spielregel, daß man die Erzählung des andern gelten läßt, auch wenn man ihr nicht glaubt, daß man seine großen Taten bestaunt, auch wenn sich die Balken biegen. Die Behaglichkeit einer solchen Runde steigt nicht aus den gefüllten und geleerten Gläsern, sondern aus den erzählten Geschichten. Sie entwickelt sich aus dem Vergnügen am Flunkern des Kollegen und aus der Lust, die Rolle des staunenden Zuhörers zu spielen.

Anders wieder ist es mit dem Kind. Es ist traurig und will getröstet sein, es soll schlafen und will hinübergeleitet werden. Es fürchtet den Moment der schwarzen

Einsamkeit hinter der geschlossenen Tür, fürchtet die fernen Geräusche der Erwachsenen, die sich plötzlich benehmen, als gäbe es das Kind gar nicht. Da wird die Geschichte, die die Mutter auf dem Bettrand sitzend erzählt, zur Brücke über den Abgrund weg in den Traum und zugleich zur fortdauernden Verbindung mit den andern. Diese Geschichte ist nicht Prahlerei – auch dann nicht, wenn der Vater auf dem Bettrand sitzt –, und sie ist nicht Bekenntnis. Sie ist ein leuchtendes Gefäß, in dem das Kind selbst verkleidet lebt und sich bewegt und wunderbaren, schrecklichen, lieblichen Dingen begegnet. Es kann sich zuschauen dabei, geschützt und gesichert, und unmerklich gehen die erzählten Gestalten über in die geträumten.

In den Geschichten, die die Menschen einander erzählen, begegnen sie sich nicht nur gegenseitig und werden vertraut und schaffen Vertrauen, sondern sie begegnen auch sich selbst. Redend und zuhörend schaffen sie Vertrauen zum eigenen Ich. Die gespenstische Ungreifbarkeit der eigenen Person, des Wesens, das man ist und doch nie völlig hat, gewinnt in der erzählten Geschichte Umriß und Eindeutigkeit. Das ist eine Tatsache, auch wenn sie manches Rätsel aufgibt. Alle Erzähltheorien, die im Umlauf sind, haben die geheimnisvolle Beziehung noch immer nicht völlig durchleuchten können, in der die Erzählenden und die Lauschenden zu den Heldinnen und Helden der Geschichten stehen. Der Held, sagen die einen, ist immer der verkleidete Autor, sonst könnte er die Sache gar nicht glaubwürdig berichten. Der Held, sagen die andern, ist immer der verkleidete Leser, sonst könnte ihn die Sache gar nicht auf die Dauer interessieren. Und da das logisch nicht aufgeht, operiert man zusätzlich mit Begriffen wie Projektion und Identifikation, die zwar das Rätsel auch nicht lösen, aber doch die Beruhigung verschaffen, es in einer wissenschaftlichen Terminologie aufgefangen zu haben.

Wenn man von den Erzählsituationen um die Verliebten, den Prahler und das ungeschützte Kind ausgeht, fällt auf, daß jedesmal ein konkretes Ich zur Debatte steht, daß dieses aber auch jedesmal deutlich abgerückt wird aus seiner alltäglichen Beschaffenheit. Es wird einzigartig im Raum der Liebe, grandios in der Männerrunde, und im Märchen wird es zauberkräftig. Erst über die massive Differenz zu seiner tatsächlichen Natur also entwickelt sich die Möglichkeit der Selbstbestätigung. Und genau diese Differenz ist nun auch der Spielraum, in den andere eintreten können. Je fremdartiger das Kostüm erscheint, in welches sich das erzählende Ich wirft, um so leichter kann das lauschende Ich seinerseits hineinschlüpfen, und der Baron von Münchhausen wird spielend – spielend im mehrfachen Sinn des Wortes – mein tollkühner Doppelgänger. Der älteste Verdacht den Dichterinnen und Dichtern gegenüber, daß sie allesamt Lügner seien, ist also insofern berechtigt, als tatsächlich nur über die Abweichung von dem, was schlicht und einfach der Fall ist, Geschichten zustande kommen, in die ich als Hörer und Leser selbst eintreten kann, in denen ich unversehens mitspiele als klarumrissene Gestalt und für kurze Zeit eine Eindeutigkeit der eigenen Person gewinne, wie sie mir sonst so unheimlich verwehrt bleibt.

Zur Geschichte der Geschichten

Geschichten erzählt haben die Menschen immer, und den, der gut erzählen konnte, haben sie immer geliebt. Es ist deshalb merkwürdig, wie spät die Prosaerzählung in Deutschland jenen Rang einer anerkannten Kunstform gewinnt, den sie heute so selbstverständlich hat. Kleist, der mit Goethe, Tieck und Hoffmann zusammen den Durchbruch der Gattung schafft, hat sich solcher Literatur noch geschämt. Anders ist Brentanos Bericht an Arnim vom 10. Dezember 1811, drei Wochen nach Kleists Tod, wohl nicht zu verstehen: »[. . .] seine Erzählungen [werden] verschlungen. Aber das war ihm nicht genug, ja Pfuel sagt mir, daß sich vom Drama zur Erzählung herablassen zu müssen, ihn grenzenlos gedemütigt hat.« Hier ist beides belegt, der Erfolg der Gattung, das massive Bedürfnis der lesenden Öffentlichkeit nach der Prosaerzählung als einer entwickelten Kunst, und die Anrüchigkeit der Gattung in Hinsicht auf die geltenden ästhetischen Maßstäbe. Für das 18. Jahrhundert war künstlerisch nur die Verserzählung fraglos gerechtfertigt. Und noch gegen Mitte des 19. Jahrhunderts hat eine Annette von Droste-Hülshoff, die der deutsche E. A. Poe hätte werden können, ihre ungeheuerlichsten Stoffe und Erfindungen in Verse und Strophen gezwungen. Dadurch blieb sie, die im kreativen Entwurf zur weltliterarischen Spitze gehörte, in der formalen Umsetzung weit dahinter zurück. Wie Grillparzer mit seinem *Armen Spielmann* hat sie mit der *Judenbuche* nur fast zufällig und gleichsam nebenhin ihre Meisterschaft als Prosaerzählerin unter Beweis gestellt; wie Grillparzer blieb sie der Meinung, daß Literatur als Kunst im

Grunde an den Vers gebunden sei. Von daher wird das Gefühl der Demütigung vielleicht verständlicher, das den Erzähler Kleist belastet hat. Geschichten erzählen, so direkt und drastisch, wie die Ammen es tun und die heimgekehrten Seeleute, war im literarischen System vor 1800 noch kaum vorgesehen. Als eingebürgerte Form gab es, wenn man von den Feenmärchen und Fabeln absieht, einzig die »moralische Erzählung«. Diese aber war festgelegt auf ihren erzieherischen Auftrag, war Gebrauchsliteratur und erschien vorwiegend in Publikationen mit volkspädagogischer Ausrichtung. Ein künstlerischer Anspruch verband sich damit von Hause aus nicht, obwohl das Genre auf diese Möglichkeit hin offen war. Schiller ließ sich einmal zu einem entsprechenden Versuch verlocken – *Der Verbrecher aus Infamie, eine wahre Geschichte* –, wobei er, um sich zu rechtfertigen, in einer langen Vorrede die soziale Nützlichkeit des Unternehmens erläuterte. Auch Kleist sah übrigens für seine Erzählsammlung, wie aus dem Brief an seinen Verleger Reimer vom Mai 1810 hervorgeht, zunächst den Titel vor: »Moralische Erzählungen von Heinrich von Kleist«. Daß das Wort »moralisch« schließlich wegblieb, markiert präzis den historischen Übergang vom zweckgebundenen zum künstlerisch autonomen Erzählen in Prosa. Hebel, der als Verfasser planvoll strukturierter, mit Hintersinn geladener Erzähltexte neben Kleist und Hoffmann gleichrangig dasteht, entwickelte seine Kunst noch ganz *innerhalb* eines volkspädagogischen Unternehmens, des Bauernkalenders *Der rheinländische Hausfreund*. Die Emanzipation von diesem Medium, der ästhetische Identitätswechsel also, geschieht erst mit dem Sammelband des *Schatzkästleins*, der in Kleists Todesjahr beim Goethe- und Schiller-Verleger Cotta erscheint. Auch Hoffmanns Erzählungen entstanden anfänglich in einem klaren Zweckzusammenhang: sie waren spielerische Erweiterungen und Variationen professioneller Musikkritik. *Ritter Gluck*, die funkelnde Initiationsgeschichte zu Hoffmanns ganzer Phantastik, erschien zuerst, 1809, in einem Fachblatt, der *Allgemeinen Musikalischen Zeitung*.

Mit einiger Vereinfachung kann man sagen, daß sich in Deutschland die Prosaerzählung als eigenständige Kunstform im ersten Jahrzehnt des 19. Jahrhunderts herausbildet. Kleist, Hebel und Hoffmann schrieben damals, ohne voneinander zu wissen, und gleichzeitig arbeitete in Weimar Goethe an den Erzählungen, die in *Wilhelm Meisters Wanderjahre* eingefügt werden sollten. Goethe hat allerdings schon zehn Jahre früher der neuen Kunst eine Bresche geschlagen, mit seinen *Unterhaltungen deutscher Ausgewanderten*, wobei er das Anrüchige der Gattung durch den demonstrativen Bezug auf die romanischen Muster, die italienische, französische, spanische Novellentradition, zu bannen suchte – nicht ohne gleichzeitig auch der »moralischen Erzählung« deutscher Art noch seinen Tribut zu zollen.

Im großen Überblick nimmt sich der Aufstieg der Prosaerzählung als der um einige Jahrzehnte verzögerte Parallelvorgang zum Aufstieg des Romans aus, dem berühmten »rise of the novel«, wie die Engländer sagen. Ihre erste Legitimation fand die kurze Erzählung denn auch als Teil des Romans, eingebaut in diesen oder eingeschoben oder angehängt. Bei Jean Paul kann man das sehr schön verfolgen, aber auch bei Goethe. *Geschwisterliebe*, der erste Text der vorliegenden Sammlung, eine der erschütterndsten Novellen deutscher Sprache, ist mit dem Roman *Wilhelm Meisters Lehrjahre* noch so eng verzahnt, daß der Novellencharakter dem Leser durchaus verborgen bleiben kann. In den *Wahlverwandtschaften* allerdings und in den *Wanderjahren* wird dann die Novelle zu einer kalkulierten Gegengestalt zum Roman, einer Gegengestalt innerhalb desselben. Aber erst jener Text Goethes, der schlicht und programmatisch *Novelle* heißt, wird sich ganz unabhängig von jedem erzählerischen Kontext darstellen, spät, 1828, lange nach Kleists und Hoffmanns Tod. Und auch diese Arbeit war ursprünglich noch als Versdichtung gedacht.

Die Vielfalt einer ungezähmten Kunst

Die große Karriere der Prosaerzählung im 19. und 20. Jahrhundert hängt mit der Intimität des naturhaften Geschichtenerzählens zusammen. Je entschiedener sich die deutsche Literatur als bürgerliche Kunst verstand, um so unverstellter nahm sie die Familie zum szenischen Rahmen, zum Gegenstand wie auch zum Wirkungsfeld des Dichtens. Die Grundformen des familial-intimen Erzählens wurden jetzt zu einem künstlerischen Faszinosum. Der fabelhafte Erfolg der *Kinder- und Hausmärchen* der Brüder Grimm – auch dieses Buch entstand im ersten Jahrzehnt des Jahrhunderts! – ist ein blendendes Signal nicht so sehr für den Beginn der wissenschaftlichen Märchenforschung, als vielmehr für den Einzug der plebejischen Erzählformen in den Raum der verbindlichen Literatur. Plötzlich war alles poetisch interessant: Anekdoten, Schwänke, Wirtshaus- und Großmuttergeschichten, Märchen, Sagen und Legenden, Sensationelles, Wunderbares, Grausiges und Phantastisches – wenn man es sich nur erzählt denken konnte in bürgerlich familialer Intimität, zwischen Verliebten, unter Prahlern, am Kinderbett ...

Diese Formenfülle ist von späteren Generationen gern übersehen worden, oder man hat sie akademisch dressiert. Tatsächlich ist die deutsche Prosaerzählung bis heute unvergleichlich reicher in ihren Spielarten, als die literarische Theorie es wahrhaben will. Diese versucht starrsinnig, einige wenige Grundformen zu bestimmen, grenzt die »Novelle« mit viel unnötigem Aufwand von der »Erzählung« ab, die »Anekdote« von der »Kalendergeschichte«, das »Volksmärchen« vom »Kunstmärchen«, und dabei entgeht ihr, daß es gerade die unberechenbare Beweglichkeit der äußeren Gestalt ist, was das Wesen und die wilde Fruchtbarkeit des Geschichtenerzählens seit 200 Jahren ausmacht. Die Klassifizierungssucht der Literaturwissenschaft nimmt sich nicht selten wie der Versuch aus, einen ganzen wuchernden Mischwald botanisch so zu ordnen, daß all die Büsche und Bäume ausschließlich als Eichen, Fichten oder Buchen aufgeführt werden. Und wo das gar nicht gehen will, schaut man einfach nicht weiter hin. Heines *Götter im Exil*, ein glänzendes Erzählwerk, das in seiner Zeit große Wirkung getan hat, geriet nahezu in Vergessenheit, nur weil es sich nicht als Novelle, Erzählung, Legende oder was auch immer abbuchen ließ. Dabei ist der Text in seinem Changieren zwischen Essay und Fiktion, privatem Nachdenken und plastischer Erfindung, zwischen Anekdote, Sage und Lügengeschichte von frappanter Modernität.

Aus solchen Überlegungen heraus kümmert sich diese Sammlung deutscher Erzählkunst wenig um narrative Gattungen und das unterschiedliche Ansehen der Erzählsorten. Sie geht nicht davon aus, daß eine »Novelle« von Natur aus künstlerisch höher stehe als eine »Kalendergeschichte«. Und aus der Tatsache, daß es für Prosa-Ereignisse wie Rahel Varnhagens *Träume*, Stifters *Sonnenfinsternis*, Kafkas *Automobil und Tricycle* oder Musils *Fliegenpapier* gar keine genaue Formbezeichnung gibt, schließt sie nicht auf eine geringere ästhetische und literarhistorische Bedeutung, sondern, gerade umgekehrt, auf Leistungen, die das Grundrecht des Erzählens seit 200 Jahren für sich in Anspruch nehmen: Kunst zu schaffen, die ihre Form erst aus dem eigenen Vollzug gewinnt und die Regeln ihres Spiels entwickelt, indem sie eben spielt, unbekümmert, im Offenen und Ungeschützten. Ebenfalls gleichgültig war daher dem Herausgeber die Frage, ob Hofmannsthals *Brief* oder Nietzsches *Gefangene*, ob die Bloch- und Benjamin- und Benn-Texte nicht eher in eine philosophische Anthologie gehörten oder doch wenigstens in eine Essay-Sammlung. Er hörte auch hier erzählen, hörte dicht, inständig, klangreich und bewegt erzählen – und also nahm er die Dinge auf. Wenn in den jüngsten Schriften Peter Handkes das Wort »Erzählen« immer nachdrücklicher eine philosophische Tätigkeit meint und Philosophieren sich immer deutlicher als eine eigentümliche Form des Erzählens darstellt, zielt das in die gleiche Richtung. Das Nachdenken über die ersten und letzten Dinge kann in einer Geschichte ebenso kühn und konsequent geschehen wie in einer theoretischen Abhandlung – auch dann, wenn mit keinem Wort auf den versteckten philosophischen Stachel verwiesen wird. So verkörpert sich etwa in Ingeborg Bachmanns *Simultan* eine nicht minder energische Reflexion auf die Möglichkeiten und Grenzen der Sprache als in Hofmannsthals Chandos-Brief. Und ist nicht dieser selber wiederum, den man allgemein als sprachphilosophischen Traktat behandelt, eine aufregende, sinnlich gesättigte Geschichte? Wenn Joseph Roth vom alten Kaiser erzählt, ist das zugleich politisches Nachdenken von Rang, und in den Judengeschichten Hebels steckt eine Besinnung auf die Stellung der Juden im damaligen Deutschland, die weit folgerechter ist und in größere Zusammenhänge ausgreift, als die vordergründigen Pointen vermuten lassen. Das soll keine Herabwürdigung des Dramatischen in der Erzählkunst sein. Die mitreißende Story, die prasselnd ihrem furiosen Finale zustürzt, braucht keine Rechtfertigung durch den Hinweis, sie sei überdies tiefsinnig. Eine Geschichte, von der wir nicht auch sagen können: »Das ist mir eine schöne Geschichte!«, ist nie eine wirklich schöne Geschichte. Aber es gibt nun einmal im Spannenden viel mehr Nachdenkliches und im Nachdenklichen viel mehr Spannendes, als die schulmäßigen Unterscheidungen glauben machen. Darum sollen die Grenzen und Schranken etwas gelockert werden, in die wir das ungebärdige Leben der Literatur einzupferchen pflegen.

Um Vollständigkeit und Ausgewogenheit in jeder Hinsicht ist die vorliegende Sammlung wenig besorgt. Der Herausgeber weiß sehr wohl, daß man mit den Namen, die fehlen und auf den ersten Blick schon vermißt werden, gleich ein zweites Buch zusammenstellen könnte, ein ebenso dickes, ein reiches und kurzweiliges.

Aber das spricht schließlich nur für die vitale Kultur des Erzählens in allen Provinzen deutscher Sprache. Literarhistorische Gerechtigkeit walten zu lassen, ist die Aufgabe der Handbücher und Enzyklopädien. Hier geht es allein darum, das ungestüme Ereignis deutscher Erzählkunst in seiner Vielfalt, Spiellust, Weisheit und Tapferkeit zum Erlebnis zu machen.

JOHANN WOLFGANG GOETHE

Geschwisterliebe

Meinen Vater, sagte der Marchese, muß ich, soviel Welt ich auch gesehen habe, immer für einen der wunderbarsten Menschen halten. Sein Charakter war edel und gerade, seine Ideen weit und man darf sagen groß; er war streng gegen sich selbst; in allen seinen Planen fand man eine unbestechliche Folge, an allen seinen Handlungen eine ununterbrochene Schrittmäßigkeit. So gut sich daher von einer Seite mit ihm umgehen und ein Geschäft verhandeln ließ, so wenig konnte er, um eben dieser Eigenschaften willen, sich in die Welt finden, da er vom Staate, von seinen Nachbarn, von Kindern und Gesinde die Beobachtung aller der Gesetze forderte, die er sich selbst auferlegt hatte. Seine mäßigsten Forderungen wurden übertrieben durch seine Strenge, und er konnte nie zum Genuß gelangen, weil nichts auf die Weise entstand, wie er sich's gedacht hatte. Ich habe ihn in dem Augenblick, da er einen Palast bauete, einen Garten anlegte, ein großes, neues Gut in der schönsten Lage erwarb, innerlich mit dem ernstesten Ingrimm überzeugt gesehen, das Schicksal habe ihn verdammt, enthaltsam zu sein und zu dulden. In seinem Äußerlichen beobachtete er die größte Würde; wenn er scherzte, zeigte er nur die Überlegenheit seines Verstandes; es war ihm unerträglich, getadelt zu werden, und ich habe ihn nur einmal in meinem Leben ganz außer aller Fassung gesehen, da er hörte, daß man von einer seiner Anstalten wie von etwas Lächerlichem sprach. In eben diesem Geiste hatte er über seine Kinder und sein Vermögen disponiert. Mein ältester Bruder ward als ein Mann erzogen, der künftig große Güter zu hoffen hatte; ich sollte den geistlichen Stand ergreifen und der jüngste Soldat werden. Ich war lebhaft, feurig, tätig, schnell, zu allen körperlichen Übungen geschickt. Der jüngste schien zu einer Art von schwärmerischer Ruhe geneigter, den Wissenschaften, der Musik und der Dichtkunst ergeben. Nur nach dem härtsten Kampf, nach der völligsten Überzeugung der Unmöglichkeit gab der Vater, wiewohl mit Widerwillen, nach, daß wir unsern Beruf umtauschen dürften, und ob er gleich jeden von uns beiden zufrieden sah, so konnte er sich doch nicht dreinfinden und versicherte, daß nichts Gutes daraus entstehen werde. Je älter er ward, desto abgeschnittener fühlte er sich von aller Gesellschaft. Er lebte zuletzt fast ganz allein. Nur ein alter Freund, der unter den Deutschen gedient, im Feldzuge seine Frau verloren und eine Tochter mitgebracht hatte, die ungefähr zehn Jahr alt war, blieb sein einziger Umgang. Dieser kaufte sich ein artiges Gut in der Nachbarschaft, sah meinen Vater zu bestimmten Tagen und Stunden der Woche, in denen er auch manchmal seine Tochter mitbrachte. Er widersprach meinem Vater niemals, der sich zuletzt völlig an ihn gewöhnte und ihn als den einzigen erträglichen Gesellschafter duldete. Nach dem Tode unseres Vaters merkten wir wohl, daß dieser Mann von unserm Alten trefflich ausgestattet worden war und seine Zeit nicht umsonst zugebracht hatte; er erweiterte seine Güter, seine Tochter konnte eine schöne Mitgift erwarten. Das Mädchen wuchs heran und war von sonderbarer Schönheit; mein älterer Bruder scherzte oft mit mir, daß ich mich um sie bewerben sollte.

Indessen hatte Bruder Augustin im Kloster seine Jahre in dem sonderbarsten Zustande zugebracht; er überließ sich ganz dem Genuß einer heiligen Schwärmerei, jenen halb geistigen, halb physischen Empfindungen, die, wie sie ihn eine Zeitlang in den dritten Himmel erhuben, bald darauf in einen Abgrund von Ohnmacht und leeres Elend versinken ließen. Bei meines Vaters Lebzeiten war an keine Veränderung zu denken, und was hätte man wünschen oder vorschlagen sollen? Nach dem Tode unsers Vaters besuchte er uns fleißig; sein Zustand, der uns im Anfang jammerte, ward nach und nach um vieles erträglicher, denn die Vernunft hatte gesiegt. Allein je sichrer sie ihm völlige Zufriedenheit und Heilung auf dem reinen Wege der Natur versprach, desto lebhafter verlangte er von uns, daß wir ihn von seinen Gelübden befreien sollten; er gab zu verstehen, daß seine Absicht auf Sperata, unsere Nachbarin, gerichtet sei.

Mein älterer Bruder hatte zu viel durch die Härte unseres Vaters gelitten, als daß er ungerührt bei dem Zustande des jüngsten hätte bleiben können. Wir sprachen mit dem Beichtvater unserer Familie, einem alten, würdigen Manne, entdeckten ihm die doppelte Absicht unseres Bruders und baten ihn, die Sache einzuleiten und zu befördern. Wider seine Gewohnheit zögerte er, und als endlich unser Bruder in uns drang und wir die Angelegenheit dem Geistlichen lebhafter empfahlen, mußte er sich entschließen, uns die sonderbare Geschichte zu entdecken.

Sperata war unsre Schwester, und zwar sowohl von Vater als Mutter; Neigung und Sinnlichkeit hatten den

Mann in späteren Jahren nochmals überwältigt, in welchen das Recht der Ehegatten schon verloschen zu sein scheint; über einen ähnlichen Fall hatte man sich kurz vorher in der Gegend lustig gemacht, und mein Vater, um sich nicht gleichfalls dem Lächerlichen auszusetzen, beschloß, diese späte, gesetzmäßige Frucht der Liebe mit eben der Sorgfalt zu verheimlichen, als man sonst die frühern, zufälligen Früchte der Neigung zu verbergen pflegt. Unsere Mutter kam heimlich nieder, das Kind wurde aufs Land gebracht, und der alte Hausfreund, der nebst dem Beichtvater allein um das Geheimnis wußte, ließ sich leicht bereden, sie für seine Tochter auszugeben. Der Beichtvater hatte sich nur ausbedungen, im äußersten Fall das Geheimnis entdecken zu dürfen. Der Vater war gestorben, das zarte Mädchen lebte unter der Aufsicht einer alten Frau; wir wußten, daß Gesang und Musik unsern Bruder schon bei ihr eingeführt hatten, und da er uns wiederholt aufforderte, seine alten Bande zu trennen, um das neue zu knüpfen, so war es nötig, ihn sobald als möglich von der Gefahr zu unterrichten, in der er schwebte.

Er sah uns mit wilden, verachtenden Blicken an. »Spart eure unwahrscheinlichen Märchen«, rief er aus, »für Kinder und leichtglaubige Toren; mir werdet ihr Speraten nicht vom Herzen reißen, sie ist mein. Verleugnet sogleich euer schreckliches Gespenst, das mich nur vergebens ängstigen würde. Sperata ist nicht meine Schwester, sie ist mein Weib!« – Er beschrieb uns mit Entzücken, wie ihn das himmlische Mädchen aus dem Zustande der unnatürlichen Absonderung von den Menschen in das wahre Leben geführt, wie beide Gemüter gleich beiden Kehlen zusammenstimmten und wie er alle seine Leiden und Verirrungen segnete, weil sie ihn von allen Frauen bis dahin entfernt gehalten und weil er nun ganz und gar sich dem liebenswürdigsten Mädchen ergeben könne. Wir entsetzten uns über die Entdeckung, uns jammerte sein Zustand, wir wußten uns nicht zu helfen; er versicherte uns mit Heftigkeit, daß Sperata ein Kind von ihm im Busen trage. Unser Beichtvater tat alles, was ihm seine Pflicht eingab, aber dadurch ward das Übel nur schlimmer. Die Verhältnisse der Natur und der Religion, der sittlichen Rechte und der bürgerlichen Gesetze wurden von meinem Bruder aufs heftigste durchgefochten. Nichts schien ihm heilig als das Verhältnis zu Sperata, nichts schien ihm würdig als der Name Vater und Gattin. »Diese allein«, rief er aus, »sind der Natur gemäß, alles andere sind Grillen und Meinungen. Gab es nicht edle Völker, die eine Heirat mit der Schwester billigten? Nennt eure Götter nicht«, rief er aus, »ihr braucht die Namen nie, als wenn ihr uns betören, uns von dem Wege der Natur abführen und die edelsten Triebe durch schändlichen Zwang zu Verbrechen entstellen wollt. Zur größten Verwirrung des Geistes, zum schändlichsten Mißbrauche des Körpers nötigt ihr die Schlachtopfer, die ihr lebendig begrabt.

Ich darf reden, denn ich habe gelitten wie keiner, von der höchsten, süßesten Fülle der Schwärmerei bis zu den fürchterlichen Wüsten der Ohnmacht, der Leerheit, der Vernichtung und Verzweiflung, von den höchsten Ahnungen überirdischer Wesen bis zu dem völligsten Unglauben, dem Unglauben an mir selbst. Allen diesen entsetzlichen Bodensatz des am Rande schmeichelnden Kelchs habe ich ausgetrunken, und mein ganzes Wesen war bis in sein Innerstes vergiftet. Nun, da mich die gütige Natur durch ihre größten Gaben, durch die Liebe wieder geheilt hat, da ich an dem Busen eines himmlischen Mädchens wieder fühle, daß ich bin, daß sie ist, daß wir eins sind, daß aus dieser lebendigen Verbindung ein Drittes entstehen und uns entgegenlächeln soll, nun eröffnet ihr die Flammen eurer Höllen, eurer Fegefeuer, die nur eine kranke Einbildungskraft versengen können, und stellt sie dem lebhaften, wahren, unzerstörlichen Genuß der reinen Liebe entgegen! Begegnet uns unter jenen Zypressen, die ihre ernsthaften Gipfel gen Himmel wenden, besucht uns an jenen Spalieren, wo die Zitronen und Pomeranzen neben uns blühn, wo die zierliche Myrte uns ihre zarten Blumen darreicht, und dann wagt es, uns mit euren trüben, grauen, von Menschen gesponnenen Netzen zu ängstigen!«

So bestand er lange Zeit auf einem hartnäckigen Unglauben unserer Erzählung, und zuletzt, da wir ihm die Wahrheit derselben beteuerten, da sie ihm der Beichtvater selbst versicherte, ließ er sich doch dadurch nicht irremachen, vielmehr rief er aus: »Fragt nicht den Widerhall eurer Kreuzgänge, nicht euer vermodertes Pergament, nicht eure verschränkten Grillen und Verordnungen; fragt die Natur und euer Herz, sie wird euch lehren, vor was ihr zu schaudern habt, sie wird euch mit dem strengsten Finger zeigen, worüber sie ewig und unwiderruflich ihren Fluch ausspricht. Seht die Lilien an: entspringt nicht Gatte und Gattin auf *einem* Stengel? Verbindet beide nicht die Blume, die beide gebar, und ist die Lilie nicht das Bild der Unschuld, und ist ihre geschwisterliche Vereinigung nicht fruchtbar? Wenn die Natur verabscheut, so spricht sie es laut aus; das Geschöpf, das nicht sein soll, kann nicht werden; das Geschöpf, das falsch lebt, wird früh zerstört. Unfruchtbarkeit, kümmerliches Dasein, frühzeitiges Zerfallen, das sind ihre Flüche, die Kennzeichen ihrer Strenge. Nur durch unmittelbare Folgen straft sie. Da! seht um euch her, und was verboten, was verflucht ist, wird euch in die Augen fallen. In der Stille des Klosters und im Geräusche der Welt sind tausend Handlungen geheiligt und geehrt, auf denen ihr Fluch ruht. Auf bequemen Müßiggang so gut als überstrengte Arbeit, auf Willkür und Überfluß wie auf Not und Mangel sieht sie mit traurigen Augen nieder, zur Mäßigkeit ruft sie, wahr sind alle ihre Verhältnisse und ruhig alle ihre Wirkungen. Wer gelitten hat, wie ich, hat das Recht, frei zu sein. Sperata ist mein; nur der Tod soll mir sie nehmen. Wie ich sie behalten kann? wie ich glücklich werden kann? das ist eure Sorge! Jetzt gleich geh ich zu ihr, um mich nicht wieder von ihr zu trennen.«

Er wollte nach dem Schiffe, um zu ihr überzusetzen; wir hielten ihn ab und baten ihn, daß er keinen Schritt tun möchte, der die schrecklichsten Folgen haben könnte. Er solle überlegen, daß er nicht in der freien Welt seiner Gedanken und Vorstellungen, sondern in einer Verfassung lebe, deren Gesetze und Verhältnisse die Unbezwinglichkeit eines Naturgesetzes angenommen haben. Wir mußten dem Beichtvater versprechen, daß wir den Bruder nicht aus den Augen, noch weniger aus dem Schlosse lassen wollten; darauf ging er weg und versprach, in einigen Tagen wiederzukommen. Was wir vorausgesehen hatten, traf ein; der Verstand hatte unsern Bruder stark gemacht, aber sein Herz war weich; die frühern Eindrücke der Religion wurden lebhaft, und die entsetzlichsten Zweifel bemächtigten sich seiner. Er brachte zwei fürchterliche Tage und Nächte zu; der Beichtvater kam ihm wieder zu Hülfe, umsonst! Der ungebundene, freie Verstand sprach ihn los; sein Gefühl, seine Religion, alle gewohnten Begriffe erklärten ihn für einen Verbrecher.

Eines Morgens fanden wir sein Zimmer leer, ein Blatt lag auf dem Tische, worin er uns erklärte, daß er, da wir ihn mit Gewalt gefangenhielten, berechtigt sei, seine Freiheit zu suchen; er entfliehe, er gehe zu Sperata, er hoffe, mit ihr zu entkommen, er sei auf alles gefaßt, wenn man sie trennen wolle.

Wir erschraken nicht wenig, allein der Beichtvater bat uns, ruhig zu sein. Unser armer Bruder war nahe genug beobachtet worden; die Schiffer, anstatt ihn überzusetzen, führten ihn in sein Kloster. Ermüdet von einem vierzigstündigen Wachen, schlief er ein, sobald ihn der Kahn im Mondenscheine schaukelte, und erwachte nicht früher, als bis er sich in den Händen seiner geistlichen Brüder sah; er erholte sich nicht eher, als bis er die Klosterpforte hinter sich zuschlagen hörte.

Schmerzlich gerührt von dem Schicksal unseres Bruders, machten wir unserm Beichtvater die lebhaftesten Vorwürfe; allein dieser ehrwürdige Mann wußte uns bald mit den Gründen des Wundarztes zu überreden, daß unser Mitleid für den armen Kranken tödlich sei. Er handle nicht aus eigner Willkür, sondern auf Befehl des Bischofs und des hohen Rates. Die Absicht war: alles öffentliche Ärgernis zu vermeiden und den traurigen Fall mit dem Schleier einer geheimen Kirchenzucht zu verdecken. Sperata sollte geschont werden, sie sollte nicht erfahren, daß ihr Geliebter zugleich ihr Bruder sei. Sie ward einem Geistlichen anempfohlen, dem sie vorher schon ihren Zustand vertraut hatte. Man wußte ihre Schwangerschaft und Niederkunft zu verbergen. Sie war als Mutter in dem kleinen Geschöpfe ganz glücklich. So wie die meisten unserer Mädchen konnte sie weder schreiben noch Geschriebenes lesen; sie gab daher dem Pater Aufträge, was er ihrem Geliebten sagen sollte. Dieser glaubte, den frommen Betrug einer säugenden Mutter schuldig zu sein, er brachte ihr Nachrichten von unserm Bruder, den er niemals sah, ermahnte sie in seinem Namen zur Ruhe, bat sie, für sich und das Kind zu sorgen und wegen der Zukunft Gott zu vertrauen.

Sperata war von Natur zur Religiosität geneigt. Ihr Zustand, ihre Einsamkeit vermehrten diesen Zug, der Geistliche unterhielt ihn, um sie nach und nach auf eine ewige Trennung vorzubereiten. Kaum war das Kind entwöhnt, kaum glaubte er ihren Körper stark genug, die ängstlichsten Seelenleiden zu ertragen, so fing er an, das Vergehen ihr mit schrecklichen Farben vorzumalen, das Vergehen, sich einem Geistlichen ergeben zu haben, das er als eine Art von Sünde gegen die Natur, als einen Inzest behandelte. Denn er hatte den sonderbaren Gedanken, ihre Reue jener Reue gleich zu machen, die sie empfunden haben würde, wenn sie das wahre Verhältnis ihres Fehltritts erfahren hätte. Er brachte dadurch so viel Jammer und Kummer in ihr Gemüt, er erhöhte die Idee der Kirche und ihres Oberhauptes so sehr vor ihr, er zeigte ihr die schrecklichen Folgen für das Heil aller Seelen, wenn man in solchen Fällen nachgeben und die Straffälligen durch eine rechtmäßige Verbindung noch gar belohnen wolle; er zeigte ihr, wie heilsam es sei, einen solchen Fehler in der Zeit abzubüßen und dafür dereinst die Krone der Herrlichkeit zu erwerben, daß sie endlich wie eine arme Sünderin ihren Nacken dem Beil willig darreichte und inständig bat, daß man sie auf ewig von unserm Bruder entfernen möchte. Als man soviel von ihr erlangt hatte, ließ man ihr, doch unter einer gewissen Aufsicht, die Freiheit, bald in ihrer Wohnung, bald in dem Kloster zu sein, je nachdem sie es für gut hielte.

Ihr Kind wuchs heran und zeigte bald eine sonderbare Natur. Es konnte sehr früh laufen und sich mit aller Geschicklichkeit bewegen, es sang bald sehr artig und lernte die Zither gleichsam von sich selbst. Nur mit Worten konnte es sich nicht ausdrücken, und es schien das Hindernis mehr in seiner Denkungsart als in den Sprachwerkzeugen zu liegen. Die arme Mutter fühlte indessen ein trauriges Verhältnis zu dem Kinde; die Behandlung des Geistlichen hatte ihre Vorstellungsart so verwirrt, daß sie, ohne wahnsinnig zu sein, sich in den seltsamsten Zuständen befand. Ihr Vergehen schien ihr immer schrecklicher und straffälliger zu werden; das oft wiederholte Gleichnis des Geistlichen vom Inzest hatte sich so tief bei ihr eingeprägt, daß sie einen solchen Abscheu empfand, als wenn ihr das Verhältnis selbst bekannt gewesen wäre. Der Beichtvater dünkte sich nicht wenig über das Kunststück, wodurch er das Herz eines unglücklichen Geschöpfes zerriß. Jämmerlich war es anzusehen, wie die Mutterliebe, die über das Dasein des Kindes sich so herzlich zu erfreuen geneigt war, mit dem schrecklichen Gedanken stritt, daß dieses Kind nicht da sein sollte. Bald stritten diese beiden Gefühle zusammen, bald war der Abscheu über die Liebe gewaltig.

Man hatte das Kind schon lange von ihr weggenommen und zu guten Leuten unten am See gegeben, und in der mehrern Freiheit, die es hatte, zeigte sich bald seine besondre Lust zum Klettern. Die höchsten Gipfel zu ersteigen, auf den Rändern der Schiffe wegzulaufen und den Seiltänzern, die sich manchmal in dem Orte sehen ließen, die wunderlichsten Kunststücke nachzumachen war ein natürlicher Trieb.

Um das alles leichter zu üben, liebte sie, mit den Knaben die Kleider zu wechseln, und ob es gleich von ihren Pflegeeltern höchst unanständig und unzulässig gehalten wurde, so ließen wir ihr doch soviel als möglich nachsehen. Ihre wunderlichen Wege und Sprünge führten sie manchmal weit, sie verirrte sich, sie blieb aus und kam immer wieder. Meistenteils, wenn sie zurückkehrte, setzte sie sich unter die Säulen des Portals vor einem Landhause in der Nachbarschaft; man suchte sie nicht mehr, man erwartete sie. Dort schien sie auf den Stufen auszuruhen, dann lief sie in den großen Saal, besah die Statuen, und wenn man sie nicht besonders aufhielt, eilte sie nach Hause.

Zuletzt ward denn doch unser Hoffen getäuscht und unsere Nachsicht bestraft. Das Kind blieb aus, man fand seinen Hut auf dem Wasser schwimmen, nicht weit von dem Orte, wo ein Gießbach sich in den See stürzt. Man vermutete, daß es bei seinem Klettern zwischen den Felsen verunglückt sei; bei allem Nachforschen konnte man den Körper nicht finden.

Durch das unvorsichtige Geschwätz ihrer Gesellschafterinnen erfuhr Sperata bald den Tod ihres Kindes; sie schien ruhig und heiter und gab nicht undeutlich zu verstehen, sie freue sich, daß Gott das arme Geschöpf zu sich genommen und so bewahrt habe, ein größeres Unglück zu erdulden oder zu stiften.

Bei dieser Gelegenheit kamen alle Märchen zur Sprache, die man von unsern Wassern zu erzählen pflegt. Es hieß: der See müsse alle Jahre ein unschuldiges Kind haben; er leide keinen toten Körper und werfe ihn früh oder spät ans Ufer, ja sogar das letzte Knöchelchen, wenn es zu Grunde gesunken sei, müsse wieder heraus. Man erzählte die Geschichte einer untröstlichen Mutter, deren Kind im See ertrunken sei und die Gott und seine Heiligen angerufen habe, ihr nur wenigstens die Gebeine zum Begräbnis zu gönnen; der nächste Sturm habe den Schädel, der folgende den Rumpf ans Ufer gebracht, und nachdem alles beisammen gewesen, habe sie sämtliche Gebeine in einem Tuch zur Kirche getragen; aber, o Wunder! als sie in den Tempel getreten, sei das Paket immer schwerer geworden, und endlich, als sie es auf die Stufen des Altars gelegt, habe das Kind zu schreien angefangen und sich zu jedermanns Erstaunen aus dem Tuche losgemacht; nur ein Knöchelchen des kleinen Fingers an der rechten Hand habe gefehlt, welches denn die Mutter nachher noch sorgfältig aufgesucht und gefunden, das denn auch noch zum Gedächtnis unter andern Reliquien in der Kirche aufgehoben werde.

Auf die arme Mutter machten diese Geschichten großen Eindruck; ihre Einbildungskraft fühlte einen neuen Schwung und begünstigte die Empfindung ihres Herzens. Sie nahm an, daß das Kind nunmehr für sich und seine Eltern abgebüßt habe, daß Fluch und Strafe, die bisher auf ihnen geruht, nunmehr gänzlich gehoben sei; daß es nur darauf ankomme, die Gebeine des Kindes wiederzufinden, um sie nach Rom zu bringen, so würde das Kind auf den Stufen des großen Altars der Peterskirche wieder, mit seiner schönen, frischen Haut umgeben, vor dem Volke dastehn. Es werde mit seinen eignen Augen wieder Vater und Mutter schauen, und der Papst, von der Einstimmung Gottes und seiner Heiligen überzeugt, werde unter dem lauten Zuruf des Volks den Eltern die Sünde vergeben, sie lossprechen und sie verbinden.

Nun waren ihre Augen und ihre Sorgfalt immer nach dem See und dem Ufer gerichtet. Wenn nachts im Mondglanz sich die Wellen umschlugen, glaubte sie, jeder blinkende Saum treibe ihr Kind hervor; es mußte zum Scheine jemand hinablaufen, um es am Ufer aufzufangen.

So war sie auch des Tages unermüdet an den Stellen, wo das kiesichte Ufer flach in die See ging; sie sammelte in ein Körbchen alle Knochen, die sie fand. Niemand durfte ihr sagen, daß es Tierknochen seien; die großen begrub sie, die kleinen hub sie auf. In dieser Beschäftigung lebte sie unablässig fort. Der Geistliche, der durch die unerläßliche Ausübung seiner Pflicht ihren Zustand verursacht hatte, nahm sich auch ihrer nun aus allen Kräften an. Durch seinen Einfluß ward sie in der Gegend für eine Entzückte, nicht für eine Verrückte gehalten; man stand mit gefalteten Händen, wenn sie vorbeiging, und die Kinder küßten ihr die Hand.

Ihrer alten Freundin und Begleiterin war von dem Beichtvater die Schuld, die sie bei der unglücklichen Verbindung beider Personen gehabt haben mochte, nur unter der Bedingung erlassen, daß sie unablässig treu ihr ganzes künftiges Leben die Unglückliche begleiten solle, und sie hat mit einer bewundernswürdigen Geduld und Gewissenhaftigkeit ihre Pflichten bis zuletzt ausgeübt.

Wir hatten unterdessen unsern Bruder nicht aus den Augen verloren; weder die Ärzte noch die Geistlichkeit seines Klosters wollten uns erlauben, vor ihm zu erscheinen; allein um uns zu überzeugen, daß es ihm nach seiner Art wohl gehe, konnten wir ihn, sooft wir wollten, in dem Garten, in den Kreuzgängen, ja durch ein Fenster an der Decke seines Zimmers belauschen.

Nach vielen schrecklichen und sonderbaren Epochen, die ich übergehe, war er in einen seltsamen Zustand der Ruhe des Geistes und der Unruhe des Körpers geraten. Er saß fast niemals, als wenn er seine Harfe nahm und darauf spielte, da er sie denn meistens mit Gesang begleitete. Übrigens war er immer in Bewegung und in allem äußerst lenksam und folgsam, denn alle seine Leidenschaften schienen sich in der einzigen Furcht des Todes aufgelöst zu haben. Man konnte ihn zu allem in der Welt bewegen, wenn man ihm mit einer gefährlichen Krankheit oder mit dem Tode drohte.

Außer dieser Sonderbarkeit, daß er unermüdet im Kloster hin und her ging und nicht undeutlich zu verstehen gab, daß es noch besser sein würde, über Berg und Täler so zu wandeln, sprach er auch von einer Erscheinung, die ihn gewöhnlich ängstigte. Er behauptete nämlich, daß bei seinem Erwachen, zu jeder Stunde der Nacht, ein schöner Knabe unten an seinem Bette stehe und ihm mit einem blanken Messer drohe. Man versetzte ihn in ein anderes Zimmer, allein er behauptete, auch da, und zuletzt sogar an andern Stellen des Klosters stehe der Knabe im Hinterhalt. Sein Auf- und Abwandeln ward unruhiger, ja man erinnerte sich nachher, daß er in der Zeit öfter als sonst an dem Fenster gestanden und über den See hinübergesehen habe.

Unsere arme Schwester indessen schien von dem einzigen Gedanken, von der beschränkten Beschäftigung nach und nach aufgerieben zu werden, und unser Arzt schlug vor, man sollte ihr nach und nach unter ihre übrigen Gebeine die Knochen eines Kinderskeletts mischen, um dadurch ihre Hoffnung zu vermehren. Der Versuch war zweifelhaft, doch schien wenigstens so viel dabei gewonnen, daß man sie, wenn alle Teile beisammen wären, von dem ewigen Suchen abbringen und ihr zu einer Reise nach Rom Hoffnung machen könnte.

Es geschah, und ihre Begleiterin vertauschte unmerklich die ihr anvertrauten kleinen Reste mit den gefundenen, und eine unglaubliche Wonne verbreitete sich über die arme Kranke, als die Teile sich nach und nach zusammenfanden, und man diejenigen bezeichnen konnte, die noch fehlten. Sie hatte mit großer Sorgfalt jeden Teil, wo er hingehörte, mit Fäden und Bändern befestigt; sie hatte, wie man die Körper der Heiligen zu ehren pflegt, mit Seide und Stickerei die Zwischenräume ausgefüllt.

So hatte man die Glieder zusammenkommen lassen, es fehlten nur wenige der äußeren Enden. Eines Morgens, als sie noch schlief und der Medikus gekommen war, nach ihrem Befinden zu fragen, nahm die Alte die verehrten Reste aus dem Kästchen weg, das in der Schlafkammer stand, um dem Arzte zu zeigen, wie sich die gute Kranke beschäftige. Kurz darauf hörte man sie aus dem Bette springen, sie hob das Tuch auf und fand das Kästchen leer. Sie warf sich auf ihre Knie; man kam und hörte ihr freudiges, inbrünstiges Gebet. »Ja! es ist wahr«, rief sie aus, »es war kein Traum, es ist wirklich! Freuet euch, meine Freunde, mit mir! Ich habe das gute, schöne Geschöpf wieder lebendig gesehen. Es stand auf und warf den Schleier von sich, sein Glanz erleuchtete das Zimmer, seine Schönheit war verklärt, es konnte den

Boden nicht betreten, ob es gleich wollte. Leicht ward es emporgehoben und konnte mir nicht einmal seine Hand reichen. Da rief es mich zu sich und zeigte mir den Weg, den ich gehen soll. Ich werde ihm folgen, und bald folgen, ich fühl es, und es wird mir so leicht ums Herz. Mein Kummer ist verschwunden, und schon das Anschauen meines Wiederauferstandenen hat mir einen Vorschmack der himmlischen Freude gegeben.«

Von der Zeit an war ihr ganzes Gemüt mit den heitersten Aussichten beschäftigt, auf keinen irdischen Gegenstand richtete sie ihre Aufmerksamkeit mehr, sie genoß nur wenige Speisen, und ihr Geist machte sich nach und nach von den Banden des Körpers los. Auch fand man sie zuletzt unvermutet erblaßt und ohne Empfindung, sie öffnete die Augen nicht wieder, sie war, was wir tot nennen.

Der Ruf ihrer Vision hatte sich bald unter das Volk verbreitet, und das ehrwürdige Ansehn, das sie in ihrem Leben genoß, verwandelte sich nach ihrem Tode schnell in den Gedanken, daß man sie sogleich für selig, ja für heilig halten müsse.

Als man sie zu Grabe bestatten wollte, drängten sich viele Menschen mit unglaublicher Heftigkeit hinzu, man wollte ihre Hand, man wollte wenigstens ihr Kleid berühren. In dieser leidenschaftlichen Erhöhung fühlten verschiedene Kranke die Übel nicht, von denen sie sonst gequält wurden; sie hielten sich für geheilt, sie bekannten's, sie priesen Gott und seine neue Heilige. Die Geistlichkeit war genötigt, den Körper in eine Kapelle zu stellen, das Volk verlangte Gelegenheit, seine Andacht zu verrichten, der Zudrang war unglaublich; die Bergbewohner, die ohnedies zu lebhaften religiösen Gefühlen gestimmt sind, drangen aus ihren Tälern herbei; die Andacht, die Wunder, die Anbetung vermehrten sich mit jedem Tage. Die bischöflichen Verordnungen, die einen solchen neuen Dienst einschränken und nach und nach niederschlagen sollten, konnten nicht zur Ausführung gebracht werden; bei jedem Widerstand war das Volk heftig und gegen jeden Ungläubigen bereit, in Tätlichkeiten auszubrechen. »Wandelte nicht auch« riefen sie, »der heilige Borromäus unter unsern Vorfahren? Erlebte seine Mutter nicht die Wonne seiner Seligsprechung? Hat man nicht durch jenes große Bildnis auf dem Felsen bei Arona uns seine geistige Größe sinnlich vergegenwärtigen wollen? Leben die Seinigen nicht noch unter uns? Und hat Gott nicht zugesagt, unter einem gläubigen Volke seine Wunder stets zu erneuern?«

Als der Körper nach einigen Tagen keine Zeichen der Fäulnis von sich gab und eher weißer und gleichsam durchsichtig ward, erhöhte sich das Zutrauen der Menschen immer mehr, und es zeigten sich unter der Menge verschiedene Kuren, die der aufmerksame Beobachter selbst nicht erklären und auch nicht geradezu als Betrug ansprechen konnte. Die ganze Gegend war in Bewegung, und wer nicht selbst kam, hörte wenigstens eine Zeitlang von nichts anderem reden.

Das Kloster, worin mein Bruder sich befand, erscholl so gut als die übrige Gegend von diesen Wundern, und man nahm sich um so weniger in acht, in seiner Gegenwart davon zu sprechen, als er sonst auf nichts aufzumerken pflegte und sein Verhältnis niemanden bekannt war. Diesmal schien er aber mit großer Genauigkeit gehört zu haben; er führte seine Flucht mit solcher Schlauheit aus, daß niemals jemand hat begreifen können, wie er aus dem Kloster herausgekommen sei. Man erfuhr nachher, daß er sich mit einer Anzahl Wallfahrer übersetzen lassen und daß er die Schiffer, die weiter nichts Verkehrtes an ihm wahrnahmen, nur um die größte Sorgfalt gebeten, daß das Schiff nicht umschlagen möchte. Tief in der Nacht kam er in jene Kapelle, wo seine unglückliche Geliebte von ihrem Leiden ausruhte; nur wenig Andächtige knieten in den Winkeln, ihre alte Freundin saß zu ihren Häupten; er trat hinzu und grüßte sie und fragte, wie sich ihre Gebieterin befände. »Ihr seht es«, versetzte diese nicht ohne Verlegenheit. Er blickte den Leichnam nur von der Seite an. Nach einigem Zaudern nahm er ihre Hand. Erschreckt von der Kälte, ließ er sie sogleich wieder fahren, er sah sich unruhig um und sagte zu der Alten: »Ich kann jetzt nicht bei ihr bleiben, ich habe noch einen sehr weiten Weg zu machen, ich will aber zur rechten Zeit schon wieder da sein; sag ihr das, wenn sie aufwacht.«

So ging er hinweg; wir wurden nur spät von diesem Vorgange benachrichtigt, man forschte nach, wo er hingekommen sei, aber vergebens! Wie er sich durch Berge und Täler durchgearbeitet haben mag, ist unbegreiflich. Endlich nach langer Zeit fanden wir in Graubünden eine Spur von ihm wieder, allein zu spät, und sie verlor sich bald. Wir vermuteten, daß er nach Deutschland sei, allein der Krieg hatte solche schwache Fußtapfen gänzlich verwischt.

JEAN PAUL

Die Doppeltgänger

Mißgeburten wie die, von denen ich herkomme, sind andern Gelehrten schon früher aufgestoßen. Die beiden hinten aneinandergewachsenen Mädchen in der hungarischen Grafschaft Comorrn stehen in allen Büchern; daß sie einander bald küßten, bald prügelten, bald davontrugen auf dem Rücken, weiß wohl jeder. Schätzbarer ist dem Arzte die schottische Mißgeburt zweier aufeinander ablaktierter Brüder, die nur den Oberleib bis zum Magen ein Paar mal hatten, den Rest aber einmännisch, welches freilich in größern Familien leichter metaphorisch umgekehrt ist. Indes dürften dieses und das obige Naturspiel die kohärierenden Gebrüder *Mensch* (so schreiben sie sich), die in Kleinpestitz, eine Stunde von hier, wohnhaft sind, leicht an Gehalt für Denker überwiegen.

Unser größter Zergliederer, Doktor Sphex, hat diese *anatomische* Goldgrube und Ader in den Koppelzwillingen schon so befahren und ausgeleeret, daß einer, der nach ihm hinreiset, nichts weiter zu holen findet als die *psychologische*. Nach Zeichnungen, die er mir geschickt, verwachsen und anastomosieren beide *Mensche* mit den Rückenwirbeln von den Lendennerven an (n. lumbares) bis zu den heiligen Nerven (n. sacrales) und zum Schwanzbein herab und kehren einander die Hinterköpfe und verknüpften Rücken zu. Ich machte mich mit folgenden guten Vorkenntnissen von ihnen auf den Weg.

Beide sind Literaten, der eine, *Peter* genannt, hat

Jurisprudenz, der andere, *Seraph* mit Namen, vielerlei studiert. Peter ist von Natur ein fester und vigilanter Mensch, lässet nie nach und treibts am Ende doch durch; auf diese Weise schwang er sich zu einem Amtskeller in Kleinpestitz hinauf, wo er gegenwärtig amtiert; – ein Händelchen darneben kann immer mit angeführt werden, nämlich ein Volksladen, wo er, wie in Volksbüchern, alle populäre, wiewohl diverse Sortimente feil hat. Hingegen der ihm aufgebundene Seraph hinter ihm, von Natur ein schlimmer Vogel, ist ein Tragikus, Lyrikus, Fagottist, Epigrammatist und Genie wie nur wenige. Nur lernte er nie eine Sache da, wo man sie lehrte, sondern eine Treppe höher, wo man auf sie fortbauete; – in Sekunda wurd' er ein braver Tertianer, in Prima tat ers manchem Sekundaner zuvor, und auf der Akademie holt' er die Gymnasiasten ein. Indes sooft ein Examen den fortschreitenden Peter höher hinaufschob, so rückte Seraph auch mit nach, weil er sein Accessorium und Suffixum war; niemand konnt' ihn absägen und auf seine eigne Bank hinabtreiben.

Alle Welt sagt, der Vater hab' ein christliches Werk gestiftet durch sein Testament, worin er eine Äquation und Mutschierung zwischen beiden *Menschen* herstellte. Denn da das Gebrüder-Paar wie London in verschiedenen Grafschaften und Jurisdiktionen liegt, und da besonders der Tragikus seinem Naturell nach Petern immer mit Fechten auf Stoß und Hieb und mit Manifesten und Inhibitivprozessen anpacken muß: so weiß man nicht, was gescheuter war, als daß der Vater jedem *Mensch* die gesetzgebende Gewalt einen Tag lang anweiset, und Petern den ersten; revolutioniert der andere, so ist ein Quatemberzins seiner Erbportion – und die *Mensche* sind bemittelt – dem regierenden verfallen. – –

Als ich ankam, saß gerade der Amtskeller am Ruder und auf dem Thron. Sie machten aus der Gasse ins Haus einen närrischen vierfüßigen Gang, worin Seraph als bloßer Kronerbe unter der alten Regierung rückwärts mußte. Nie waren Zopf und Schwedenkopf, dreieckiger und runder Hut, Tuch- und Zeugrock dichter aneinander. Ich und eine Fornikantin traten zusammen ihnen in die Gerichtsstube nach, wo mich Peter höflich anließ und Seraph wie ein grober Geselle. Als das Paar einen Leseesel mit zwei Pulten beschritten hatte – Seraph ritt das heilige Bein, der Jurist weiter vornen –, so wurde das Sündenkind verhört, das kein Beichtkind werden wollte. Ein adeliger Baumschänder von Hof, der den Waldfrevel an der klein-blättrigen Myrte verübte, bestach sie, daß sie nur auf einen durchpassierten Literatus, namens Anonymus, bekannte und wie ein englischer Buchdrukker die Pillory bestieg, indes sie den Autor verbarg. Unter dem Protokollieren faßte der Tragikus eine Idylle ab und trank sehr dabei – er sah, auf- und abtanzend auf dem weißgekochten weichsten Seil der Liebe, das er über ganz Arkadien weggespannt, im Spiegel häufig die Fornikantin an und passierte die Hitze der Linie, nämlich der Schönheitslinie, in einem fort. Ein schlimmer Umstand wars immer für den Protokollisten, daß er, sooft sich Seraph hinter ihm betrank, sich wider Willen von einem feinen Rausch benebelt fühlte; das vexierte den Amtskeller oft in den kaltblütigsten Verhandlungen: können wir das nicht von einer sonderbaren Mitleidenschaft ihres föderierten Rückenmarks ableiten, da eine Kommunikation ihrer Blutgefäße so wenig zu erweisen steht? –

Wie Peter durch den trassierten und derivativen Rausch zusehends in Grimm geriet und Farbe bekam: so zersetzte Seraphen der Stamm- und Urrausch immer weicher. »Du Engel!« sagte leise der bukolische Sänger zum Malefiz-Bild im Spiegel und setzte die Rührung fort; – der rote Amtskeller sagte erbittert zum Gerichtsfron: »Schmeiß die Kanaille ins Loch, bis sie beichtet.« Bei solchen Gelegenheiten wirft Seraph die Xenien auf den Bruder hin, wo er ihn als einen plumpen Wilsonschen Knopf aufstellt, auf welchen das elektrische Feuer der Liebe schwerer niederfährt als auf eine Franklinsche Spitze, wie er ist.

Der Termin und das Schäfergedicht gingen zu Ende. Peter nahm nun statt der Waage der Themis die merkantilische in die Hand – ein gutes mythologisches Simultaneum, da Merkur zugleich Diebe und Waren, Pluto Dekrete und Gold verteilt –; denn er visitiert täglich seinen Laden. Der Tragikus sitzt bei dieser Gelegenheit hinter ihm und studiert ihn als eine komische Akademie; und will sich ins Lustspiel hineinarbeiten, indem er die Ladenkunden protokolliert. »Diese Pasquille« (sagte der Amtskeller) »krepieren mich am meisten, da der Bruder doch sonst ein Mensch ist, der weich sein will.« Ich bewies jedoch, schriftlicher Zorn entkräfte eben den innerlichen, Autoren müsse man in Lumpenpapier, wie Gaukler Vipern in Lumpen, beißen lassen, damit der Gift wegkomme! Peter sagte mir nun seine Klagen über die Rute, die ihm Gott auf den Rücken gebunden; die Rute oder Seraph konnte nichts sagen, weil es nicht der Tag des eignen Regimentes war. »Seraph« (sagt' er) »sei kein Wirtschafter, er poche darauf, daß er an ihn festgewachsen sei und so gut müsse verpfleget werden als ein Bein oder ein Arm von Peter; ja er drohe oft, sich totzuschießen, damit Peter das Amputieren hätte – er ächze oft an einem Buche in der aufgewecktesten Gesellschaft – er sei seelengut gegen jedes Kind, puff' ihn aber rückwärts – er mache unter dem Abendsegen oft Schlemperlieder, Flüche und Stachelschriften, und doch auch Psalmen, wenns ihm gelegen sei – besonders schlecht würd' er, so heilig er tue, in puncto puncti beschlagen sein, falls man ihms akkordierte.« Über letzteres wie über alles Unmoralische nahm ich mich seiner an, weil alles vom poetischen Enthusiasmus herkommt, wo die Extreme sich berühren; denn man wende wie Pauson das Gemälde eines *galoppierenden* Musenpferdes um, so hat man das von einem vor sich, das sich im Kote *wälzt*, – und weil überhaupt aus unmoralischen Poeten mehr Geist und Feuer zu pressen ist, wie Korn einen stärkern Branntewein hergibt mit Unkraut untermengt.

Peters Abschilderung der Genies kam Seraphen zupasse, und er schrieb alles nach, um die Genies so gut lächerlich zu machen wie einen Amtskeller – denn das genialische Volk fället gern seinesgleichen an, wie Jagdhunde, die unter allen Tieren (selber Hasen nicht ausgenommen) den Fuchs am liebsten jagen, ob er gleich ihr nächster Verwandter ist und vom schlimmsten Geruch.

So weit der Regimentstag des Juristen; jetzt kommt sein Leidenstag, wo er keine andere Hoffnung hat als auf die Auferstehung, die ihn von allen Gliedern erlöset, von Absonderungswerkzeugen, von Haaren, vom Magen und von seinem Bruder.

Am andern Tag war der Tragikus schon vor Sonnenaufgang mit dem Amtskeller in die schöne Natur hinausgewischt. Ich sah den Dualis auf einer Anhöhe stehen, wo Seraph den Kopf zwischen vier Beine untersteckte, um durch das pittoreske Stativ die herrliche Landschaft besser und ins Kleine gemalet zu beschauen; der Amtskeller aber schämte sich der kindischen Stellung und dachte verdrüßlich an Sachen von Belang. Er mußte dann mit Seraphen die Blumenstücke, die Tal- und Bergstücke und Baumschläge der Natur bereisen und die Gesänge anhören, die der Poet über die mündlichen der Viehhirten abfaßte; doch konnte Peter zuweilen – das war sein Konfortativ – einen singenden Hirten aufzeichnen, der sein Vieh auswärts grasen ließ; und als Seraph begeistert sich neue Bahnen brechen wollte durch – Wiesen, konnt' er sich dagegensetzen und drohen, ihn zu pfänden und den Hut zu nehmen. –

Als die verketteten Dioskuren nach Hause kamen, sagte mir freilich Seraph, was er wollte; aber ich glaube, Menschen von Verstand sind nicht begierig darauf, weil sie alles sich vorstellen können, wie betrübt es Seraphen überhaupt erging – wie in den heißen Quellen seines Herzens und seiner Poesie immer Hühner abgebrühet und Eier hart gesotten werden sollen – wie Peter nicht mehr Gesänge ausstehen könne, als sonst nach Anzahl der Kammerherrnknöpfe oder der Nägel im holsteinschen Wappen im Gesangbuch standen, nämlich drei[1] – wie Seraphs tragische und lyrische Erhitzung immer in den Amtskeller durch das Steißbein gemildert übergehe und diesen nur aufgeweckt und jovialisch mache – wie ihn Peter peinige und anliege, aus jeder dichterischen Frömmigkeit Ernst zu machen, nämlich wirkliche, da doch in Nürnberg die *Rechenpfennig*-Schläger schwüren, keine *Münzer* zu werden – wie er oft ein Trauerspiel unter Kaufkontrakten, Subhastationen mache oder wie Peter unter dem tragischen Mitleid und Schrecken von

1 Diese drei Gesänge konnte jeder auswendig; darauf kam ein dünnes Gesangbuch und dann ein dickes.

dessen Vorlesung sich Lachs verschreibe von einem Freund in Bremen – wie Peter und der Staat gleich Heliogabal die Nachtigallenzungen lieber käue als höre – wie er, an die poetisch-illuminierte Weltkarte gewöhnt, sich auf einmal finden solle, wenn die bloße schwarze der Wirklichkeit aufgeschlagen daliege – wie Peter ihn täglich auslache, nicht mit echter Satire, sondern leider so – wie es verflucht schlimm sei und noch schlimmer werden müsse, werde Peter vollends älter . . .

Und das ist wohl gewiß; aber für das Ende eines *Abel*- und *Seths*-Blattes, dessen Name viel ähnlichere Brüder verbindet als dessen Inhalt, darf man wohl die Frage aufheben: ist außer der Familie von *Mensch* noch ein so tolles Bündnis vorhanden, wenn man etwan das ausnimmt zwischen Leib und Seele – zwischen Mann und Frau – zwischen Rezensenten und Dichter – zwischen erster und zweiter Welt? Und wenn sie da wären, könnte man nicht den Reichsanzeiger bitten, sie vorzuzählen?

S – s.

BETTINA VON ARNIM

Der Königssohn

Es war einmal ein König, der hatte ein herrliches Land, und seine Burg stand auf einem hohen Berg, von wo aus er weit sehen konnte. Hinter der Burg waren schöne Gärten zu seiner Lust erbaut, die waren mit herrlichen Flüssen umgeben und mit dichten Wäldern, die ganz mit wilden Tieren erfüllt waren. Löwen, Tiger hatten ihre Wohnung da, wilde Katzen saßen auf den Bäumen, Füchse und Wölfe sprangen im Dickicht umher, weiße Bären und auch mit goldnem Fell schwammen oft paarweis über die Flüsse und kamen in des Königs Garten. Auf dem Gipfel der Bäume nisteten die Stoßadler, Geier und Falken. Es waren diese Wälder ein wahres Reich der Tiere, welches des Königs seines begrenzte, und war als ihr Eigentum angesehen. Der König aber nahm ein Weib, um ihrer Schönheit willen und daß er Kinder bekomme. Da sie mit dem Segen ging, da freute sich das Volk, daß sie sollten einen Thronerben haben, und sie ehrten das Weib darum sehr hoch; die Zeit des Gebärens verstrich aber, ohne daß sie eines Kindes genesen wäre. Da ward der König traurig, weil er glaubte, sein Gemahl sei krank und müßte bald sterben, aber sie nahm Speis' und Trank zu sich wie ein gesundes Weib. Aber sie ging sieben Jahr' eines hohen Leibs. Der König ärgerte sich an ihrer Mißgestalt und glaubte, daß sie sich an Gott versündigt habe, weil er sie so hart strafe. Er ließ ihre Kammer von der seinigen trennen, und sie mußte in der hintern Seite der Burg wohnen. Hier trug sie langsam und traurig ihre schwere Bürde durch die einsamen Gärten und sah die wilden Tiere aus dem Wald an das jenseitige Ufer des Flusses kommen, um sich zu tränken. Wenn es dann um die Frühlingszeit war, und es kamen die alten Leuen oder Tiger mit ihren Jungen und tränkten sie, da wünschte sie oft in schwerer Verzweiflung, auch ein reißendes Tier zu sein, im Walde ihre Nahrung mit wütigem Kampf dem Leben zu entreißen, wenn sie nur ihre Kindlein mocht' ernähren. »Aber so«, sprach sie, »muß ich mit schwerem Tritt und schwerem Jammer hier durch die Gärten wandlen, ich seh' euch jährlich eurer Frucht genesen, und wie ihr eure Jungen in eurer wilden, unwirschen Natur erzieht; aber ich, die Fürstentochter, die Königin, soll keinen meines edlen Stammes erziehen, soll unglücklich sein und vor dem Könige, meinem Gemahl, verhaßt.«

Als sie einsmals auf einem einsamen Ort unter einer Palme saß, fühlte sie Schmerzen, und sie gebar einen Sohn, der gleichsam die Kräfte eines siebenjährigen Knaben zu haben schien, denn während er zur Welt kam, hatte sich eine wilde Bärin über den Fluß gewagt, und als er kaum frei war, jagte er dieser nach, er kriegte sie beim Fell, das Tier schwamm zurück und trug ihn mit sich in Wald. Da schrie die Königin mit gewaltiger Mutterstimme: »Mein Sohn, mein einzig geborner, ist in dem Wald und wird von den wilden Tieren gefressen!« Die Wachen des Königs kamen herbei und stürzten durch die Flüsse nach den Wäldern, mit Streitkolben, mit Pfeil und Bogen, und wollten ihres Herrn Sohn wieder haben. Aber da die Tiere merkten, daß man mit Gewalt in ihr Gebiet einfalle, kamen sie aus den Wäldern an das Ufer, um sich zu wehren. Die Bären setzten sich aufrecht und streckten ihre Tatzen aus, die Leuen fletschten ihre Zähne und wedelten mit den Schweifen, die Tiger liefen auf und ab am Ufer mit feurigen Blicken, die Wölfe heulten, die Elefanten wühlten die Erde auf und stürzten Felsen ins Wasser, die Vögel flogen aus ihren Nestern, machten die Luft schwer und hielten ein greuliches Geschrei, also daß keiner der kühnen Ritter es wagte, ans Ufer zu steigen. Sie schwammen also zurück zur verlaßnen Königin, weil sie doch glaubten, der Königssohn sei verloren. Da sie aber zu ihr kamen, fanden sie, daß sie im Gebären war und noch sechs Kindlein zur Welt brachte, von welchen eins immer fröhlicher und stärker schien als das andere. Man trauerte daher nicht viel um den verlornen Sohn, sie wurde mit den sechs Säuglingen als eine glorreiche Mutter vor den König gebracht, der sie mit Ehrenbezeugung und Freuden aufnahm.

Da wuchsen die Kindlein, die Königin pflegte ihrer mit großer Geduld und gab ihnen Nahrung, aber wenn es Abend wurd', daß sie sie zur Ruhe gelegt hatte, da ging sie hinter die Burg auf den Fleck, wo sie gesessen und die Bärin ihr das Kind geholt. Sie lief am Wasser hin, ob sie ihren Sohn wohl möcht' aus den Gebüschen locken, sie bekümmert sich auch im Herzen ganz wenig um die andern Kinder, denn allein um diesen, und konnte nicht glauben, daß er sei umgekommen; also wie ein Schäfer sich mehr bekümmert um das eine Lamm, welches verloren, denn um die ganze Herde, und glaubt, daß dieses Lamm das beste und einzige war. Sie fürchtet sich auch nicht mehr vor den wilden Tieren, wenn sie die in der Nacht heulen hört, und wenn sich eins in dem Garten verlauft, da lauft sie ihm nach und fragt nach ihrem Kind; die wollen sie aber nicht verstehen. Da wird sie ungeduldig und verzweifelt, sie droht und bittet und kriegt die Bären beim Fell, sagt: »Ihr habt mir meinen Sohn gestohlen!« Die wollen sich aber nichts drum kümmern und tun nach ihrer Art, sie kennen die Frau an ihrem Ansehen und tun ihr nichts zuleid'. Wenn sie dann wieder in die Burg kömmt, so wischt sie ihre Tränen ab und beugt ihr Gesicht auf die Kinder, die unruhig sein, und verbirgt so ihre Tränen und spricht: »Meine arme Kinder sein unruhig und frieren, ich muß sie wärmen und muß sie nähren, daß sie wieder ruhig werden«; also daß sie ihre Traurigkeit den ganzen Tag vor den Leuten verbirgt und ihr Gesicht nicht gegen das Tageslicht wendet, denn sie schämt sich, daß sie allein mehr Lieb' zu dem verlornen Sohn spürt denn zu den andern. Doch erzieht sie dieselben mit großer Geduld und Weisheit am Tag; aber am Abend, wenn die Kinder schlafen, forscht sie ihrem Sohn nach. Da redet sie die großen Raubvögel an, die in den hohen Lüften schweben, herüber und hinüber fliegen, ihren Jungen Speis' zu bringen, da spricht sie oft: »O ihr beflügelten Tier', wenn ich so wie ihr könnt' in der Luft schweben und in die Gebüsch' herunterblicken, meinen Sohn suchen! o, sagt mir doch, ob er noch lebet oder ob ihr ihn tot gesehen habt?« Wenn die Vögel nun unverständlich schreien in der Luft, so meinet sie etwas zu verstehn und streicht das Haupthaar zurück, um besser zu hören. Da glaubte sie oft, die Vögel rufen ihr zu, daß er noch lebe und bald zu ihr komme. Sie gibt sich Müh', das Geschrei auszulegen, sie redet auch selbst die Bienlein und summende Käfer an, die über dem Wasser schweben, die schwärmen um sie her, brummen und summen ein jedes nach seiner Art, fliegen dann wieder fort. – O arme Königin, es wird dir kein wildes, unverständiges Tier Rat geben, die wissen nicht, was Menschenklag' ist. Denn die Menschen verfolgen sie und haben ganz keine Gemeinschaft mit ihnen, sie trachten ihnen nach dem Leben, um ihr Fell oder um ihr Fleisch zu essen, aber nie hat sich ein Mensch an sie gewendet, um Trost bei ihnen zu holen. Es hat aber manch edel Wild geklagt um die Freiheit, die ihm der Mensch listig geraubt hat, daß es hat müssen Sklavendienste tun, das es doch nicht schuldig war zu tun und auch keine Natur dazu hat, und muß trocken Heu für seine Dienste fressen, da es doch hat können im Wald frisch' Laub fressen, und muß um sein Maul lassen einen Zaum binden und sich mit einer Peitsche regieren lassen. Darum trauen sie auch dem Menschen nicht und gehen ihm aus dem Weg; wenn sie sich aber nicht zu helfen wissen, dann packen sie oft den Menschen an und zerreißen ihn auf eine greuliche Art, bloß um ihre Freiheit oder ihre Jungen zu erhalten.

Nun wurden aber die Kinder recht groß und auch zu aller Weisheit gut erzogen, sie hatten sehr einträchtige Gesinnungen und ließen sich in allem auf eine edle Weise an. Der König wußte nicht, welchem er die Kron' sollt' lassen, denn man konnt' nicht sagen, welcher früher geboren war, oder daß einer weniger tauglich sei zum Herrschen. Ließ er sie in Spielen um den Preis werben, so kam es oft, daß alle den gleichen Preis gewannen oder daß ein jeder in einer besondern Art vorzüglich war. Der König konnt' auch keinen mehr lieben, denn es war ein jeder schön, und ihr Wesen war zu vergleichen mit dem Hals eines edlen Federspiels, wenn es in der Sonne steht: dreht es sich so, da spiegelt sich die rote oder grüne Farbe am herrlichsten, dreht es sich wieder anders, so strahlt wieder eine andre, oder geht es auf und ab und bewegt die Flügel, so wechseln die Farben schnell wie der Blitz, eine so schön wie die andre, man weiß nicht, welche am schönsten; oder auch waren sie wie der Regenbogen, wo alle Farben schön vereint stehen und sich über den weiten Himmel spannen, daß eine immer aus der andern hervorgeht. Der König aber hatte nicht das Recht, sein Land zu teilen oder ihm mehr denn einen Herrn zu geben; er ließ daher eine Krone machen aus lauterem Gold, die die Häupter seiner sechs Kinder umfaßte, und er sagte ihnen: »Solang euer Sinn so rein bleibt wie dies Gold, und daß ihr so einig seid, daß ihr eure Häupter all' mögt in diesen Ring fassen und euch liebend küssen, so mag ich wohl sagen: mein Land hat nur einen Herrn, und obwohl viele Leiber, hat es doch nur einen Geist.«

Da ließ er ein großes Fest bereiten, an welchem das Volk sollt' die neuen Könige sehen. Es versammelten sich alle Edle am Hof; da war unter freiem Himmel ein großer Thron von Gold, darauf saßen die Königssöhne, und setzte ihnen der König die Kron' auf die Häupter. Die stille, einsame Mutter war in vollem Schmuck und Pracht, mit goldnen Schleiern und Mänteln angetan, und es war ein Jauchzen zu ihr; man nennt sie die glorreich' Mutter und spielt ihr vor auf allen Instrumenten eine herrliche Musik zu ihrem Lob; sie aber verbirgt ihr Angesicht hinter den Schleier und weint bittere Tränen um ihr verlornes Kind. Da steigen die Söhne herab von ihren Sitzen, fallen auf ihre Knie und begehren der Mutter Segen. Da steht sie auf und erteilt mit ihrer rechten Hand den Segen ihren Kindern, die linke Hand hält sie aber aufs Herz und gedenkt ihres Sohnes.

Die wilden Tiere hatten das Frohlocken gehört durch das ganze Land und waren unruhig geworden, sie schwammen über die Flüss' zu großen Scharen. Da brachten die Wachen die greuliche Botschaft, alles floh in seine Wohnung, die Mutter nur wollt' nicht weg, denn sie hatte keine Furcht. Die Söhne wollten ihre Mutter nicht verlassen, da sie auf ihr Flehen nicht weichen wollte, um sie zu beschützen. Die Schar der Tiere kam heran, und mitten unter ihnen ein schönes Antlitz, das aufrecht zum Himmel blickt, und schien ein Mensch zu sein, nur daß er schöner und edler war; er reitet auf der Leuen und Tiger Rücken, er springt anmutig von einem zum andern. Da das die Mutter sieht, so spricht sie: »Es ist mein Sohn«, und geht mit mutigem Wesen ihm entgegen, sie legt sich an seine Brust und sie spürt einen Felsstein sich von ihrem Herzen wälzen. Die Tiere kennen die Frau an ihrem Ansehen und tun ihr nichts zuleid', der Jüngling hatt' aber keine menschliche Sprach', er konnte nur seinen Willen durch Zeichen kundtun. Daher nimmt er die Kron' und dreht sie siebenfach um sein Haupt, auch riß er mit seiner starken Hand einen Ölbaum aus dem Erdboden und gab den sechs Brüdern einem jeden einen Zweig, sich selbst behielt er den Stamm, welches heißen soll: »Ich bin der Herr! aber ihr sollt in Frieden mit mir leben.« Und er ward ein König über Tiere und Menschen im *Geist*, sonder *Sprache*.

HEINRICH VON KLEIST

Die heilige Cäcilie oder die Gewalt der Musik

Eine Legende
(Zum Taufangebinde für Cäcilie M[üller])

Um das Ende des sechszehnten Jahrhunderts, als die Bilderstürmerei in den Niederlanden wütete, trafen drei Brüder, junge, in Wittenberg studierende Leute, mit einem vierten, der in Antwerpen als Prädikant angestellt war, in der Stadt Aachen zusammen. Sie wollten daselbst eine Erbschaft erheben, die ihnen von Seiten eines alten, ihnen allen unbekannten, Oheims zugefallen war, und kehrten, weil sie hofften, daß das Geschäft bald abgemacht sein würde, in einem Gasthof ein. Nach Verlauf einiger Tage, die sie damit zugebracht hatten, den Prädikanten über die merkwürdigsten Auftritte, die in den Niederlanden vorgefallen waren, anzuhören, traf es sich, daß von den Nonnen im Kloster der heiligen Cäcilie, das damals vor den Toren dieser Stadt lag, der Fronleichnamstag festlich begangen werden sollte; dergestalt, daß die vier Brüder, von Schwärmerei, Jugend und dem Beispiel der Niederländer erhitzt, beschlossen, auch der Stadt Aachen das Schauspiel einer Bilderstürmerei zu geben. Der Prädikant, der dergleichen Unternehmungen mehr als einmal schon geleitet hatte, versammelte, am Abend zuvor, eine Anzahl junger, der neuen Lehre ergebener, Kaufmannssöhne und Studenten, welche, in dem Gasthof, bei Wein und Speisen, unter Verwünschungen des Papsttums, die Nacht zubrachten; und der Tag über die Zinnen der Stadt aufgegangen, versahen sie sich mit Zerstörungswerkzeugen aller Art, um ihr ausgelassenes Geschäft zu beginnen. Sie verabredeten jubelnd ein Zeichen, auf welches sie damit anfangen wollten, die Fensterscheiben, mit biblischen Geschichten bemalt, einzuwerfen; und eines großen Anhangs, den sie unter dem Volk finden würden, gewiß, verfügten sie sich, entschlossen keinen Stein auf dem anderen zu lassen, als die Glocken läuteten, in den Dom. Die Äbtissin, die schon, in der Stunde der Mitternacht, durch einen Freund, von der Gefahr, die über dem Kloster schwebte, benachrichtigt worden war, schickte vergebens zu dem Kaiserl. Offizier, der in der Stadt kommandierte, und bat ihn, zum Schutz des Klosters, um eine Wache; der Offizier, der selbst ein Feind des Papsttums, und der neuen Lehre, unter der Hand, zugetan war, wußte ihr, unter dem Vorwand, daß sie Geister sähe, und für ihr Kloster, nicht der Schatten einer Gefahr vorhanden sei, die Wache zu verweigern. Inzwischen brach die Stunde an, da die Feierlichkeiten beginnen sollten, und die Nonnen schickten sich, unter Angst und Beten, und jammervoller Erwartung der Dinge, die da kommen sollten, zur Messe an. Niemand beschützte sie, als ein alter siebzigjähriger Klostervogt, der sich, mit einigen bewaffneten Troßknechten, am Eingang der Kirche aufstellte. In den Nonnenklöstern führen, auf das Spiel jeder Art der Instrumente geübt, die Nonnen, wie bekannt, ihre Musiken selber auf: oft mit einer Präzision, einen Verstande und einer Empfindung, die man in männlichen Orchestern (vielleicht wegen der weiblichen Geschlechtsart dieser geheimnisvollen Kunst) vermißt. Nun fügte es sich zur

Verdoppelung der Bedrängnis daß die Kapellmeisterin, Schwester Antonia, welche die Musik auf dem Orchester zu dirigieren pflegte, wenige Tage zuvor, an einem Nervenfieber, heftig erkrankte; dergestalt, daß abgesehen von den vier gotteslästerlichen Brüdern, die man bereits, in Mänteln gehüllt, unter den Pfeilern der Kirche erblickte, das Kloster auch, wegen Aufführung eines schicklichen Musikwerks, in der lebhaftesten Verlegenheit war. Die Äbtissin, die am Abend des vorhergehenden Tages befohlen hatte, daß eine uralte, von einem unbekannten Meister herrührende, italienische Messe aufgeführt werden sollte, mit welcher die Kapelle oftmals schon, einer besonderen Heiligkeit und Innigkeit wegen, mit welcher sie gedichtet war, die größesten Wirkungen hervorgebracht hatte, schickte, mehr als jemals auf ihren Willen beharrend, noch einmal zur Schwester Antonia herab, um zu hören, wie sich dieselbe befinde: die Nonne aber, die dies Geschäft übernahm, kam mit der Nachricht zurück, daß die Schwester in gänzlich bewußtlosem Zustande darniederliege, und an ihre Direktionsführung, bei der vorhabenden Musik, auf keine Weise zu denken sei. Inzwischen waren in dem Dom, in welchen sich, nach und nach, mehr denn hundert, mit Beilen und Brechstangen versehene, Frevler, von allen Ständen und Altern, eingefunden hatten, bereits die bedenklichsten Auftritte vorgefallen; man hatte einige Troßknechte, die an den Portälen standen, auf die unanständigste Weise geneckt, und sich die frechsten und unverschämtesten Äußerungen gegen die Nonnen erlaubt, die sich hin und wieder, in frommen Geschäften, einzeln in den Hallen blicken ließen: dergestalt, daß der Klostervogt sich in die Sakristei verfügte, und die Äbtissin auf Knieen beschwor, das Fest einzustellen, und sich in die Stadt, unter den Schutz des Kommandanten, zu begeben. Die Äbtissin bestand unerschütterlich darauf, daß das zur Ehre Gottes angeordnete Fest begangen werden müsse; sie erinnerte den Klostervogt an seine Pflicht, die Messe und den feierlichen Umgang, der in dem Dom gehalten werden würde, mit Leib und Leben zu beschirmen; und befahl den Nonnen, die sie zitternd umringten, ein Oratorium, das häufig in der Kirche vorgetragen wurde, obschon es von minderem Wert war, zu nehmen, und mit dessen Aufführung sofort den Anfang zu machen.

Eben schickten sich die Nonnen auf dem Altan der Orgel dazu an: als Schwester Antonia plötzlich, frisch und gesund, obschon ein wenig bleich im Gesicht, erschien, und den Vorschlag machte, ungesäumt noch das alte, oben erwähnte, italienische Musikwerk, auf welches die Äbtissin so dringend bestanden hatte, aufzuführen. Auf die erstaunte Frage der Nonnen: wie sie sich plötzlich so erholt habe? antwortete sie: daß keine Zeit sei, zu schwatzen; verteilte die Partitur, die sie unter dem Arm trug, und setzte sich selbst, von Begeisterung glühend, an die Orgel, um die Direktion des trefflichen Musikstücks zu übernehmen. Demnach kam es, wie ein wunderbarer, himmlischer Trost in die Herzen der frommen Frauen; die Beklemmung selbst, in der sie sich befanden, kam hinzu, um ihre Seelen, wie auf Schwingen, durch alle Himmel des Wohlklangs zu führen: die Messe ward, mit der höchsten und herrlichsten, musikalischen Pracht aufgeführt; es regte sich kein Odem, während der ganzen Darstellung, in den Hallen und Bänken; besonders bei dem salve regina und noch mehr bei dem gloria in excelsis war es, als ob die ganze Kirche, von mehr denn dreitausend Menschen erfüllt, gänzlich tot sei; dergestalt, daß, den vier gottverdammten Brüdern zum Trotz, auch der Staub auf dem Estrich nicht verweht ward, und das Kloster noch, bis am Schluß des dreißigjährigen Krieges bestanden hat, wo man es, vermöge eines Artikels im westfälischen Frieden, gleichwohl säkularisierte.

Aber der Triumph der Religion war, wie sich nach einigen Tagen ergab, noch weit größer. Denn der Gastwirt, bei dem diese vier Brüder wohnten, verfügte sich, ihrer sonderbaren und auffallenden Aufführung wegen, auf das Rathaus, und zeigte der Obrigkeit an, daß dieselben, dem Anschein nach, abwesenden oder gestörten Geistes sein müßten. Die jungen Leute, sprach er, wären nach Beendigung des Fronleichnamsfestes, still und niedergeschlagen, in ihre Wohnung zurückgekehrt, hätten sich, in ihre dunkle Mäntel gehüllt, um einen Tisch niedergelassen, nichts als Brot und Wasser zur Nahrung verlangt, und gegen die Mitternachtsstunde, da sich schon alles zur Ruhe gelegt, mit einer schauerlichen und grausenhaften Stimme, das gloria in excelsis intoniert. Da er, der Gastwirt, mit Licht hinaufgekommen, um zu sehen, was diese ungewohnte Musik veranlasse, habe er sie noch singend alle vier aufrecht um den Tisch vorgefunden: worauf sie, mit dem Glockenschlag Eins, geschwiegen, sich, ohne ein Wort zu sagen, auf die Bretter des Fußbodens niedergelegt, einige Stunden geschlafen, und mit der Sonne schon wieder erhoben hätten, um dasselbe öde und traurige Klosterleben, bei Wasser und Brot, anzufangen. Fünf Mitternächte hindurch, sprach der Wirt, hätte er sie nun schon, mit einer

Stimme, daß die Fenster des Hauses erklirrten, das gloria in excelsis absingen gehört; außer diesem Gesang, nicht ohne musikalischen Wohlklang, aber durch sein Geschrei gräßlich, käme kein Laut über ihre Lippen: dergestalt, daß er die Obrigkeit bitten müsse, ihm diese Leute, in welchen ohne Zweifel der böse Geist walten müsse, aus dem Hause zu schaffen. – Der Arzt, der von dem Magistrat in Folge dieses Berichts befehligt ward, den Zustand der gedachten jungen Leute zu untersuchen, und der denselben ganz so fand, wie ihn der Wirt beschrieben hatte, konnte schlechterdings, aller Forschungen ungeachtet, nicht erfahren, was ihnen in der Kirche, wohin sie noch ganz mit gesunden und rüstigen Sinnen gekommen waren, zugestoßen war. Man zog einige Bürger der Stadt, die während der Messe, in ihrer Nähe gewesen waren, vor Gericht; allein diese sagten aus, daß sie, zu Anfang derselben, zwar einige, den Gottesdienst störende, Possen getrieben hätten: nachher aber, beim Beginnen der Musik, ganz still geworden, andächtig, einer nach dem andern, aufs Knie gesunken wären, und, nach dem Beispiel der übrigen Gemeinde, zu Gott gebetet hätten. Bald darauf starb Schwester Antonia die Kapellmeisterin, an den Folgen des Nervenfiebers, an dem sie, wie schon oben erwähnt worden, daniederlag; und als der Arzt sich, auf Befehl des Prälaten der Stadt, ins Kloster verfügte, um die Partitur des, am Morgen jenes merkwürdigen Tages aufgeführten Musikwerks zu übersehen, versicherte die Äbtissin demselben, indem sie ihm die Partitur, unter sonderbar innerlichen Bewegungen übergab, daß schlechterdings niemand wisse, wer eigentlich, an der Orgel, die Messe dirigiert habe. Durch ein Zeugnis, das vor wenigen

Tagen, in Gegenwart des Schloßvogts und mehrerer andern Männer abgelegt worden, sei erwiesen, daß die Vollendete in der Stunde, da die Musik aufgeführt worden, ihrer Glieder gänzlich unmächtig, im Winkel ihrer Klosterzelle danieder gelegen habe; eine Klosterschwester, die ihr als leibliche Verwandtin zur Pflege ihres Körpers beigeordnet gewesen, sei während des ganzen Vormittags, da das Fronleichnamsfest gefeiert worden, nicht von ihrer Seite gewichen. – Demnach sprach der Erzbischof von Trier, an welchen dieser sonderbare Vorfall berichtet ward, zuerst das Wort aus, mit welchem die Äbtissin, aus mancherlei Gründen, nicht laut zu werden wagte: nämlich, daß die heilige Cäcilia selbst dieses, zu gleicher Zeit schreckliche und herrliche, Wunder vollbracht habe. Der Papst, mehrere Jahre darauf, bestätigte es; und noch am Schluß des dreißigjährigen Krieges, wo das Kloster, wie oben bemerkt, säkularisiert ward, soll, sagt die Legende, der Tag, an welchem die heilige Cäcilia dasselbe, durch die geheimnisvolle Gewalt der Musik rettete, gefeiert, und ruhig und prächtig das gloria in excelsis darin abgesungen worden sein.

yz.

Der neuere (glücklichere) Werther

Zu L. .e in Frankreich war ein junger Kaufmannsdiener, Charles C. . ., der die Frau seines Prinzipals, eines reichen aber bejahrten Kaufmanns, namens D. . ., heimlich liebte. Tugendhaft und rechtschaffen, wie er die Frau kannte, machte er nicht den mindesten Versuch, ihre Gegenliebe zu erhalten: um so weniger, da er durch manche Bande der Dankbarkeit und Ehrfurcht an seinen Prinzipal geknüpft war. Die Frau, welche mit seinem Zustande, der seiner Gesundheit nachteilig zu werden drohte, Mitleiden hatte, forderte ihren Mann, unter mancherlei Vorwand auf, ihn aus dem Hause zu entfernen; der Mann schob eine Reise, zu welcher er ihn bestimmt hatte, von Tage zu Tage auf, und erklärte endlich ganz und gar, daß er ihn in seinem Kontor nicht entbehren könne. Einst machte Herr D. . ., mit seiner Frau, eine Reise zu einem Freunde, aufs Land; er ließ den jungen C. . ., um die Geschäfte der Handlung zu führen, im Hause zurück. Abends, da schon alles schläft, macht sich der junge Mann, von welchen Empfindungen getrieben, weiß ich nicht, auf, um noch einen Spaziergang durch den Garten zu machen. Er kömmt bei dem Schlafzimmer der teuern Frau vorbei, er steht still, er legt die Hand an die Klinke, er öffnet das Zimmer: das Herz schwillt ihm bei dem Anblick des Bettes, in welchem sie zu ruhen pflegt, empor, und kurz, er begeht, nach manchen Kämpfen mit sich selbst, die Torheit, weil es doch niemand sieht, und zieht sich aus und legt sich hinein. Nachts, da er schon mehrere Stunden, sanft und ruhig, geschlafen, kommt, aus irgend einem besonderen

Grunde, der, hier anzugeben, gleichgültig ist, das Ehepaar unerwartet nach Hause zurück; und da der alte Herr mit seiner Frau ins Schlafzimmer tritt, finden sie den jungen C..., der sich, von dem Geräusch, das sie verursachen, aufgeschreckt, halb im Bette, erhebt. Scham und Verwirrung, bei diesem Anblick, ergreifen ihn; und während das Ehepaar betroffen umkehrt, und wieder in das Nebenzimmer, aus dem sie gekommen waren, verschwindet, steht er auf, und zieht sich an; er schleicht, seines Lebens müde, in sein Zimmer, schreibt einen kurzen Brief, in welchem er den Vorfall erklärt, an die Frau, und schießt sich mit einem Pistol, das an der Wand hängt, in die Brust. Hier scheint die Geschichte seines Lebens aus; und gleichwohl (sonderbar genug) fängt sie hier erst allererst an. Denn statt ihn, den Jüngling, auf den er gemünzt war, zu töten, zog der Schuß dem alten Herrn, der in dem Nebenzimmer befindlich war, den Schlagfluß zu: Herr D... verschied wenige Stunden darauf, ohne daß die Kunst aller Ärzte, die man herbeigerufen, imstande gewesen wäre, ihn zu retten. Fünf Tage nachher, da Herr D... schon längst begraben war, erwachte der junge C..., dem der Schuß, aber nicht lebensgefährlich, durch die Lunge gegangen war: und wer beschreibt wohl – wie soll ich sagen, seinen Schmerz oder seine Freude? als er erfuhr, was vorgefallen war, und sich in den Armen der lieben Frau befand, um derentwillen er sich den Tod hatte geben wollen! Nach Verlauf eines Jahres heiratete ihn die Frau; und beide lebten noch im Jahr 1801, wo ihre Familie bereits, wie ein Bekannter erzählt, aus 15 Kindern bestand.

JOHANN PETER HEBEL

Fünf Judengeschichten

Einträglicher Rätselhandel

Von Basel fuhren eilf Personen in einem Schiffe den Rhein hinab. Ein Jude, der nach Schalampi wollte, bekam die Erlaubnis, sich in einen Winkel zu setzen, und auch mitzufahren, wenn er sich gut aufführen, und dem Schiffer achtzehn Kreuzer Trinkgeld geben wolle. Nun klingelte es zwar, wenn der Jude an die Tasche schlug, allein es war doch nur noch ein Zwölfkreuzerstück darin; denn das andere war ein messingener Knopf. Dessenungeachtet nahm er die Erlaubnis dankbar an. Denn er dachte: Auf dem Wasser wird sich auch noch etwas erwerben lassen, es ist ja schon mancher auf dem Rhein reich worden. Im Anfang und von dem Wirtshaus *»Zum Kopf«* weg war man sehr gesprächig und lustig, und der Jude in seinem Winkel, und mit seinem Zwerchsack an der Achsel, den er ja nicht ablegte, mußte viel leiden, wie man's manchmal diesen Leuten macht und versündiget sich daran. Als sie aber schon weit an Hüningen und an der Schusterinsel vorbei waren, und an Märkt und an den Isteiner Klotz und St. Veit vorbei, wurde einer nach dem andern stille und gähnten und schauten den langen Rhein hinunter, bis wieder einer anfing: »Mausche«, fing er an, »weißt du nichts, daß uns die Zeit vergeht? Deine Väter müssen doch auch auf allerlei gedacht haben in der langen Wüste.« – Jetzt, dachte der Jude, ist es Zeit das

Schäflein zu scheren, und schlug vor, man sollte sich in der Reihe herum allerlei kuriose Fragen vorlegen, und er wolle mit Erlaubnis auch mithalten. Wer sie nicht beantworten kann, soll dem Aufgeber ein Zwölfkreuzerstück bezahlen, wer sie gut beantwortet, soll einen Zwölfer bekommen. Das war der ganzen Gesellschaft recht, und weil sie sich an der Dummheit oder an dem Witz des Juden zu belustigen hofften, fragte jeder in den Tag hinein, was ihm einfiel. So fragte z. B. *der erste*: »Wieviel weichgesottene Eier konnte der Riese Goliath nüchtern essen?« – Alle sagten, das sei nicht zu erraten und bezahlten ihre Zwölfer. Aber der Jud sagte: »*Eins*, denn wer *ein* Ei gegessen hat, ißt das zweite nimmer nüchtern.« Der Zwölfer war gewonnen.

Der *andere* dachte: Wart, Jude, ich will dich aus dem *Neuen* Testament fragen, so soll mir dein Zwölfer nicht entgehen. »Warum hat der Apostel Paulus den zweiten Brief an die Korinther geschrieben?« Der Jud sagte: »Er wird nicht bei ihnen gewesen sein, sonst hätt' er's ihnen mündlich sagen können.« Wieder ein Zwölfer.

Als der *dritte* sah, daß der Jude in der Bibel so gut beschlagen sei, fing er's auf eine andere Art an: »Wer zieht sein Geschäft in die Länge, und wird doch zu rechter Zeit fertig?« Der Jud sagte: »Der *Seiler*, wenn er fleißig ist.«

Der *vierte*: »Wer bekommt noch Geld dazu, und läßt sich dafür bezahlen, wenn er den Leuten etwas weißmacht?« Der Jud sagte: »*Der Bleicher.*«

Unterdessen näherte man sich einem Dorf, und einer sagte: »Das ist Bamlach.« Da fragte der *fünfte*: »In welchem Monat essen die Bamlacher am wenigsten?« Der Jud sagte: »Im *Hornung*, denn der hat nur 28 Tage.«

Der *sechste* sagt: »Es sind zwei leibliche Brüder, und doch ist nur einer davon mein *Vetter.*« Der Jud sagte: »Der Vetter ist Eures Vaters Bruder. Euer *Vater* ist nicht Euer Vetter.«

Ein Fisch schnellte in die Höhe, so fragt der *siebente*: »Welche Fische haben die Augen am nächsten beisammen?« Der Jud sagte: »Die kleinsten.«

Der *achte* fragt: »Wie kann einer zur Sommerszeit im Schatten von Bern nach Basel reiten, wenn auch die Sonne noch so heiß scheint?« Der Jud sagt: »Wo kein Schatten ist, muß er absteigen und zu Fuße gehn.«

Fragt der *neunte*: »Wenn einer im Winter von Basel nach Bern reitet, und hat die Handschuhe vergessen, wie muß er's angreifen, daß es ihn nicht an die Hand friert?« Der Jud sagt: »Er muß aus der Hand eine Faust machen.«

Fragt der *zehnte*: »Warum schlüpfet der Küfer in die Fässer?« Der Jud sagt: »Wenn die Fässer Türen hätten, könnte er aufrecht hineingehen.«

Nun war noch der *eilfte* übrig. Dieser fragte: »Wie können fünf Personen fünf Eier teilen, also daß jeder eins bekomme, und doch eins in der Schüssel bleibe?« Der Jude sagte: »Der letzte muß die Schüssel samt dem Ei nehmen, dann kann er es darin liegen lassen, solang er will.«

Jetzt war die Reihe an ihm selber, und nun dachte er erst einen guten Fang zu machen. Mit viel Komplimenten und spitzbübischer Freundlichkeit fragte er: »Wie kann man zwei Forellen in drei Pfannen backen, also daß in jeder Pfanne *eine* Forelle liege?« Das brachte abermal keiner heraus und einer nach dem andern gab dem Hebräer seinen Zwölfer.

Der Hausfreund hätte das Herz allen seinen Lesern, von Mailand bis nach Kopenhagen die nämliche Frage aufzugeben, und wollte ein hübsches Stück Geld daran verdienen, mehr als am Kalender, der ihm nicht viel einträgt. Denn als die eilfe verlangten, er sollte ihnen für ihr Geld das Rätsel auch auflösen, wand er sich lange bedenklich hin und her, zuckte die Achsel, drehte die Augen. »Ich bin ein armer Jud«, sagte er endlich. Die andern sagten: »Was sollen diese Präambeln? Heraus mit dem Rätsel!« – »Nichts für ungut!« – war die Antwort – »daß ich gar ein armer Jüd bin.« – Endlich nach vielem Zureden, daß er die Auflösung nur heraussagen sollte, sie wollten ihm nichts daran übelnehmen, griff er in die Tasche, nahm einen von seinen gewonnenen Zwölfern heraus, legte ihn auf das Tischlein, so im Schiffe war, und sagte: »Daß ich's auch nicht weiß. Hier ist mein Zwölfer!«

Als das die andern hörten, machten sie zwar große Augen, und meinten, so sei's nicht gewettet. Weil sie aber doch das Lachen selber nicht verbeißen konnten, und waren reiche und gute Leute, und der hebräische Reisegefährte hatte ihnen von Kleinen-Kems bis nach Schalampi die Zeit verkürzt, so ließen sie es gelten, und der Jud hat aus dem Schiff getragen – das soll mir ein fleißiger Schüler im Kopf ausrechnen: Wieviel Gulden und Kreuzer hat der Jud aus dem Schiff getragen? Einen Zwölfer und einen messingenen Knopf hatte er schon. Eilf Zwölfer hat er mit Erraten gewonnen, eilf mit seinem eigenen Rätsel, einen hat er zurückbezahlt, und dem Schiffer 18 Kreuzer Trinkgeld entrichtet.

Der falsche Edelstein

In einem schönen Garten vor Straßburg vor dem Metzgertor, wo jedermann für sein Geld hineingehen und lustig und honett sein darf, da saß ein wohlgekleideter Mann, der auch sein Schöpplein trank, und hatte einen Ring am Finger mit einem kostbaren Edelstein, und spiegelte den Ring. So kommt ein Jude, und sagt: »Herr, Ihr habt einen schönen Edelstein in Eurem Fingerring, dem wär' ich auch nicht feind. Glitzert er nicht wie das Urim und Tummim in dem Brustschildlein des Priesters Aron?« Der wohlgekleidete Fremde sagte ganz kurz und trocken: »Der Stein ist falsch; wenn er gut wäre, steckte er wohl an einem andern Finger, als an dem meinigen.« Der Jud bat den Fremden, ihm den Ring in die Hand zu geben. Er wendet ihn hin, er wendet ihn her, dreht den Kopf rechts, dreht den Kopf links. Soll dieser Stein nicht echt sein? dachte er, und bot dem Fremden für den Ring zwei neue Dublonen. Der Fremde sagte ganz unwillig: »Was soll ich Euch betrügen? Ihr habt es schon gehört, der Stein ist falsch.« Der Jude bittet um Erlaubnis, ihn einem Kenner zu zeigen, und einer, der dabeisaß, sagte: »Ich stehe gut für den Israeliten, der Stein mag wert sein, was er will.« Der Fremde sagte: »Ich brauche keinen Bürgen, der Stein ist nicht echt.«

In dem nämlichen Garten saß damals an einem andern Tisch auch der Hausfreund mit seinen Gevatterleuten, und waren auch lustig und honett für ihr Geld, und einer davon ist ein Goldschmied, der's versteht. Einem Soldaten, der in der Schlacht bei Austerlitz die Nase verloren hatte, hat er eine silberne angesetzt und mit Fleischfarbe angestrichen, und die Nase war gut. Nur einblasen einen lebendigen Odem in die Nase, das konnte er nicht. Zu dem Gevattermann kommt der Jude. »Herr«, sagte er, »soll dieses kein echter Edelstein sein? Kann der König Salomon einen schönern in der Krone getragen haben?« Der Gevattermann, der auch ein halber Sternseher ist, sagte: »Er glänzt, wie am Himmel der Aldebaran. Ich verschaffe Euch 90 Dublonen für den Ring. Was Ihr ihn wohlfeiler bekommt, ist Euer Schmus.« Der Jud kehrt zu dem Fremden zurück. »Echt oder unecht, ich gebe Euch sechs Dublonen«, und zählte sie auf den Tisch, funkelnagelneu. Der Fremde steckte den Ring wieder an den Finger, und sagte jetzt: »Er ist mir gar nicht feil. Ist der falsche Edelstein so gut nachgemacht, daß Ihr ihn für einen rechten haltet, so ist er mir auch so gut«, und steckte die Hand in die Tasche, daß der lüsterne Israelit den Stein gar nicht mehr sehen sollte. – »Acht Dublonen.« »Nein.« – »Zehn Dublonen.« »Nein.« – »Zwölf – vierzehn – fünfzehn Dublonen.« »Nun denn«, sagte endlich der Fremde, »wenn Ihr mir keine Ruhe lassen, und mit Gewalt wollt betrogen sein. Aber ich sage es Euch vor allen diesen Herren da, der Stein ist falsch, und ich gebe Euch kein gut Wort mehr dafür. Denn ich will keinen Verdruß haben. Der Ring ist Euer.« Jetzt brachte der Jud voll Freude dem Gevattermann den Ring. »Morgen komm ich zu Euch und hole das Geld.« Aber der Gevattermann, den noch niemand angeführt hat, machte ein paar große Augen. »Guter Freund, das ist nicht mehr der nämliche Ring, den Ihr mir vor zwei Minuten gezeigt habt. Dieser Stein ist zwanzig Kreuzer wert zwischen Brüdern. So macht man sie bei Sankt Blasien in der Glashütte.« Denn der Fremde hatte wirklich einen falschen Ring in der Tasche, der völlig wie der gute aussah, den er zuerst am Finger spiegelte, und während der Jude mit ihm handelte, und er die Hand in der Tasche hatte, streifte er mit dem Daumen den echten Ring vom Finger ab, und steckte den Finger in den falschen, und den bekam der Jud. Da fuhr der Betrogene, als wenn er auf einer brennenden Rakete geritten wäre, zu dem Fremden zurück: »Au weih, au weih! ich bin ein betrogener Mann, ein unglücklicher Mann, der Stein ist falsch.« Aber der Fremde sagte ganz kaltblütig und gelassen: »Ich hab ihn Euch für falsch verkauft. Diese Herren hier sind Zeugen. Der Ring ist Euer. Hab ich Euch ihn angeschwätzt, oder habt Ihr ihn mir abgeschwätzt?« Alle Anwesenden mußten gestehen: »Ja er hat ihm den Stein für falsch verkauft, und gesagt: Der Ring ist Euer.« Also mußte der Jud den Ring behalten, und die Sache wurde nachher unterdrückt. –

Glimpf geht über Schimpf

Ein Hebräer aus dem Sundgau ging jede Woche einmal in seinen Geschäften durch ein gewisses Dorf. Jede Woche einmal riefen ihm die mutwilligen Büblein durch das ganze Dorf nach: »Jud! Jud! Judenmauschel!« Der Hebräer dachte: Was soll ich tun? Schimpf ich wieder, schimpfen sie ärger, werf ich einen, werfen mich zwanzig. Aber eines Tages brachte er viele neugeprägte, weißgekochte Baselrappen mit, wovon fünf so viel sind als zwei Kreuzer, und schenkte jedem Büblein, das ihm zurief: »Judenmauschel!« einen Rappen. Als er wieder kam, standen alle Kinder auf der Gasse: »Jud! Jud! Judenmauschel! Schaulem lechem!« Jedes bekam einen Rappen, und so noch etlichemal, und die Kinder freuten sich von einer Woche auf die andere und fingen fast an, den gutherzigen Juden liebzugewinnen. Auf einmal aber sagte er: »Kinder, jetzt kann ich euch nichts mehr geben, so gern ich möchte, denn es kommt mir zu oft und euer sind zuviel.« Da wurden sie ganz betrübt, so daß einigen das Wasser in die Augen kam, und sagten: »Wenn Ihr uns nichts mehr gebt, so sagen wir auch nicht mehr Judenmauschel.« Der Hebräer sagte: »Ich muß mir's gefallen lassen. Zwingen kann ich euch nicht.« Also gab er ihnen von der Stund an keine Rappen mehr, und von der Stund an ließen sie ihn ruhig durch das Dorf gehen.

Der gläserne Jude

Im letzten Krieg floh ein polnischer Jude vor einem Husaren, der ihn zusammenhauen wollte, in das Haus seines Schwagers. Der Schwager, der sonst sein Freund nicht war, steckte ihn gleichwohl in einen Kornsack und legte ihn auf den Boden. »Nausel, rühr dich nicht, sonst sind wir beide kapores.« – »Doved, ich rühr mich nicht.« Kommt auf einmal der Husar mit zornigem Säbel zur Tür herein und »wo ist der Spitzbub?« schrie er mit grimmiger Gebärde; der Schwager erwiderte: »Na, gestrenger Herr Unteroffizier! Daß mein Haus keine Spitzbubenherberge ist. Bin ich nicht ein ehrlicher Jüd?«

Der Husar erwiderte: »Wo der Spitzbub ist, will ich wissen, der mich um vier Taler betrogen hat,« und visitierte in allen Winkeln herum. »Was habt Ihr in diesem Sacke da,« fuhr er den Schwager an und hielt ihm den blanken Säbel über den Kopf. »Grausamer Herr Unteroffizier, was werd ich haben in dem Sack do? Glas.« Da hieb im Zorn der Husar zuerst mit flachem Säbel, hernach mit dem Rücken des Säbels aus Leibeskräften auf den Sack. So viel Hiebe, so viel Schwielen. Der Jude aber, der darin steckte, dachte: Ich will meinen Schwager nicht stecken lassen, mich noch weniger, und machte unaufhörlich mit reiner Stimme kling, kling, daß der Husar meinen sollte, er höre Glas klingeln. Item, es half etwas. Denn der Einfall kam dem Husaren selbst so lächerlich vor, daß schon sein halber Zorn gebrochen war. Also schlug er auch noch die andere Hälfte desselben an dem Sack heraus und der Jud inwendig tönte immer schneller kling, kling, kling. Als aber der Husar fort war und der Jude blutrünstig aus dem Sack schlüpfte und sich beschaute: »Gottes Wunder«, sagte er, »mein Lebenlang will ich um vier Taler kein Glas mehr werden.«

Gleiches mit Gleichem

Der geistliche Herr von Trudenbach stand eines Nachmittags am Fenster. Da ging mit seinem Zwerchsack der Jud von Brassenheim vorbei. »Nausel«, rief ihm der geistliche Herr, »wenn du mir zu meinem Roß einen guten Käufer weißt, 20 Dublonen ist es wert, so bekommst du ...« – »Na, was bekomm ich?« – »Einen Sack Haber.« – Es vergingen aber drei Wochen, bis der Jud den rechten Liebhaber fand, der nämlich 6 Dublonen mehr dafür bezahlte, als es wert war, und unterdessen stieg der Preis des Habers schnell auf das Doppelte, weil die Franzosen überall aufkauften; damals kauften sie noch. Also gab der geistliche Herr dem Juden statt eines ganzen Sackes voll einen halben. »Vielleicht bekehr ich ihn«, dachte er, »wenn er sieht, daß wir auch gerecht sind in Handel und Wandel.« Das war nun zu nehmen, wie man wollte. Der Jud nahm's aber für recht und billig. »Wart nur, Gallech«, dachte er, »du kommst mir wieder.«

Nach Jahresfrist stand der geistliche Herr von Trudenbach am Fenster, und der Jud von Brassenheim ging durch das Dorf. »Nausel«, rief ihm der geistliche Herr, »wenn du mir zu meinen zwei fetten Ochsen ...« – »Na, was bekomm ich, wenn ich Euch einen guten Käufer schaffe?« – »Zwei Große Taler.«

Jetzt ging der Jud zu einem verunglückten Metzger, der schon lange kein Messer mehr führt, weil alles guttut, nur solange es mag, z. B. das Schuldigbleiben. Endlich sagte er zu seinen zwei letzten Kunden: »Ich weiß nicht, ich bin seit einiger Zeit so weichmütig, daß ich gar kein Blut mehr sehen kann«, und schloß die Metzig zu. Seitdem heißt er zum Übernamen der Metzger Blutscheu und nährte sich wie der Zirkelschmied von kleinen Künsten und Projekten, wie wirklich eins im Werk ist. Denn an ihm suchte und fand der Jud seinen Mann und sagte ihm, was zu fangen sei und auf welche Art. Nach zwei Tagen kamen die beiden zu dem geistlichen Herrn. Aber wie war der Metzger ausstaffiert? In einem halbneuen brauntüchenen Rock, in langen, schön gestreiften Beinkleidern von Barchent, um den Leib eine leere Geldgurt, am Finger einen lotschweren silbernen Ring, ein dito Herz im Hemd unter dem scharlachenen Brusttuch, hinter sich her einen wohlgenährten Hund, alles auf des Juden Bürgschaft zusammengeborgt, nichts sein eigen als das rote Gesicht. Die Ochsen wurden kunstmäßig umgangen, betastet, mit den Augen gewogen und wie mit einer Klafterschnur gemessen. – »Na, wie jauker?« – »Zwanzig Dublonen.« – »Siebenzehn!« – »Herr Adlerwirt«, sagte der Jud, »macht neunzehn draus, Ihr verkauft Euch nicht.« – »Die Ochsen sind brav«, sagte der Blutscheu; »wenn ich's zwei Stunden früher gewußt hätte, als meine Gurt noch voll war, daß ich sie alsogleich fassen könnte, so wären sie mir ein paar Dublonen mehr wert. Aber am Freitag hol ich sie für achtzehn«, und zog den ledernen Beutel aus, als wenn er etwas draufgeben wollte. Unterdessen flüsterte der Jude dem geistlichen Herrn etwas in das Ohr, und »wenn Ihr für die Jungfer Köchin zwei Große Taler in den Kauf geben wolltet«, sprach er dem Metzger zu, »so könnt Ihr die Ochsen alsogleich mitnehmen für neunzehn. Ihr seid ein Ehrenmann, und der Herr Dechant ist auch so einer. Am Freitag bringt Ihr ihm das Geld.« Der Kauf war richtig, zwei Große Taler gingen auf die Hand. »Herr Adlerwirt«, sagte der Jud, »Ihr habt einen guten Handel gemacht.«

Also trieb der Blutscheu die schöne fette Beute fort. Die meisten geneigten Leser aber werden bereits merken, daß der Herr Dechant sein Geld am Freitag noch nicht bekam. Eines Nachmittags, nach vier Wochen oder nach sechs, stand der geistliche Herr von Trudenbach am Fenster, und der Jud ging durch das Dorf. »Nausel«, rief der geistliche Herr ihm zu: »wo bleibt der Adlerwirt? Ich habe mein Geld noch nicht.« – »Na, wo wird er bleiben?« sagte der Nausel, »er wird warten, bis eine Dublone das Doppelte gilt, alsdann bringt er Euch statt neunzehn neun und eine halbe. Verliert Ihr etwas dabei? Hab ich vor einem Jahr an meinem Haber etwas verloren?«

Da ging dem Herrn Dechant ein Licht auf.

Das Artigste an dieser ganzen Geschichte ist die Wahrheit. Der Jud hat es nachgehends selber erzählt und gerühmt, wie ehrlich der Metzger an dem Scheideweg im Wald mit ihm geteilt habe. »Was er getan hat?« sagte er, »den schönsten hat er für sich behalten und mir den geringern gegeben.«

RAHEL VARNHAGEN

Die fünf Träume

Juli 1812

Nun will ich meine *fünf Träume* aufschreiben, in der Folge, wie sie mir träumten. Vor zehn Jahren hörte ich auf, den *ersten* zu träumen, der mir wohl sechs Jahre bald öfter bald seltener träumte. Ich befand mich immer in einem vornehmen Palast, vor dessen Fenstern gleich ein großartiger Garten begann; eine mäßige Terrasse vor dem Gebäude, und dann gleich große Linden und Kastanienbäume auf einem beinah unregelmäßigen Platze, der zu Gängen, Teichen, Laubgängen und dem Gewöhnlichen in solchen Gärten führte. Die Zimmer des Gebäudes waren immer erhellt, offen, und die Bewegung einer großen Aufwartung darin; so sah ich immer eine ganze Reihe geöffnet vor mir da; in deren letztem eigentlich die Gesellschaft der vornehmsten Personen war, wovon ich jedoch keinen Einzelnen mir denken konnte, obgleich ich sie alle kannte, zu ihnen gehörte, und zu ihnen hin sollte. Dies aber, ungeachtet die Türen offen waren, und ich wohl ihre Rücken, an einem großen Spieltische – wie eine Bank – sah, konnte nie geschehen. Mich hinderte ein Unvermögen, eine Lähmung, die in der Luft der Zimmer und in der Erhellung zu liegen schien; ich dachte mir diese Hemmung nie im ganzen, und glaubte nur jedesmal von andern Zufälligkeiten gehindert zu sein; und gedachte auch jedesmal zu meiner Gesellschaft zu kommen.

Jedesmal aber, wenn ich noch sechs bis acht Zimmer von ihr entfernt war, stellte sich ein Tier in dem Zimmer ein, wo ich war, welchem ich keinen Namen geben konnte, weil seinesgleichen nicht in der Welt war; von der Größe eines dünneren Schafes, als Schafe gewöhnlich sind; rein und weiß wie unbetasteter Schnee; halb Schaf, halb Ziege, mit einer Art von Angora-Haaren; bei der Schnauze rötlich wie der reinlichste, reizendste Marmor, Aurorfarbe, die Pfoten ebenso. Dieses Tier war mein Bekannter; ich wußte nicht, woher: es liebte mich *unendlich*: und wußte es mir zu sagen, und zu zeigen: ich mußte es behandeln wie einen Menschen. Es drückte mir mit seinen Pfoten die Hände, und das ging mir jedesmal bis in's Herz; es sah mich so voll Liebe an, wie ich mich nicht erinnere eine größere in eines Menschen Auge gesehen zu haben; am gewöhnlichsten nahm es mich bei der Hand, und da ich immer zur Gesellschaft wollte, so durchschritten wir die Zimmer, ohne jemals hinzukommen; das Tier suchte mich zärtlich, und als hätte es wichtige Ursachen, davon abzuhalten; weil ich aber hinwollte, so ging es in Liebe gezwungen immer mit. Nicht selten auf die sonderbarste Weise; die Pfoten nämlich bis zum zweiten Gelenk unter den Dielen; durch die ich auch nach einer andern Etage hinuntersehen konnte, und die doch fest waren; manchmal ging auch ich so mit dem Tiere; bald im Erdgeschoß, bald eine Treppe hoch, meist unten. Die Bedienten merkten gar nicht auf uns, obgleich sie uns sahen.

Ich nannte diesen liebenden Liebling mein Tier; und wenn ich eher da war, so fragte ich nach ihm: denn es übte auch auf mich eine große Gewalt aus, und ich erinnere mich nicht, in meinem ganzen Leben wachend eine so den Sinnen nach starke Empfindung gefühlt zu haben, als mir der bloße Händedruck dieses Tieres machte. Dies aber war es nicht allein, was meine Anhänglichkeit ausmachte; sondern ein herzüberströmendes Mitleid; und daß ich ganz allein wußte, daß das Tier lieben, sprechen konnte, und eine menschliche Seele hatte. Besonders aber hielt mich noch etwas Geheimes: welches zum Teil auch darin bestand, daß keiner mein Tier sah oder beachtete, als ich; daß es sich an keinen wandte; daß es ein tiefes vielbedeutendes Geheimnis zu verschweigen schien, und daß ich nicht ungefähr wußte, wo es war und hinging, wenn ich es nicht sah. Doch befremdeten und beunruhigten mich diese Dinge alle nicht einmal bis zur Frage an mich selbst; und im ganzen fesselte mich des Tieres Liebe, und sein anscheinendes Leiden davon, und daß ich es durch meine bloße Gegenwart so überirdisch glücklich machte, welches es mir immer zu zeigen wußte. Manchmal nur, wenn es mich so bei der Hand führte, und ich sie ihm innig zärtlich wiederdrückte und wir uns in die Augen sahen, so erschreckte mich der Gedanke plötzlich: Wie kannst du einem Tiere solche Liebkosungen erzeigen: es ist ja ein Tier! Es blieb aber beim Alten; diese Auftritte wiederholten sich mit kleinen Abwechselungen immer wieder: nämlich immer in neuen Träumen: in demselben Lokal.

Es kam aber, daß ich lange diesen Traum nicht gehabt hatte; und als er mir das erstemal wieder träumte, so war alles da, das Schloß, die Zimmer, die Bedienten, der Garten, die Gesellschaft; ich wollte auch wieder hin; nur war etwas mehr Bewegung, und eine Art Unruh in den Zimmern, ohne sonstige Störung noch Unordnung; ich sah mein Tier auch nicht; welches, wie mich dünkte, mir schon sehr oft gefehlt hatte, eine lange Zeit her; ohne mich besonders zu kränken noch zu befremden, obgleich ich mit den Dienern des Hauses davon gesprochen hatte. Weil die unruhige Bewegung mich noch mehr störte, als die gewöhnliche Gewalt, die mich vom letzten Zimmer abhielt, so trat ich *de plain-pied* aus großen Glasfenstern auf die Terrasse, die sich bald in den Platz mit Bäumen ohne weitere Grenze verlor; dort waren zwischen den alten Bäumen hin und her helle Laternen auf großen Pfählen angezündet; ich betrachtete müßig die erleuchteten Fenster des Schlosses, und das prächtig beschienene große Laub der Bäume: die Diener liefen häufiger und mehr als sonst hin und wider; sie beachteten mich nicht, ich sie nicht. Mit einem Male sehe ich dicht an einem großen Baumstamm, halb auf seiner starken Wurzel, mein Tier zusammengekrümmt, mit verstecktem Kopf, auf dem Bauch schlafend liegen: es war ganz schwarz mit borstigem Haar: »Mein Tier!« schrei ich, »mein Tier ist wieder da«; zu den Bedienten, die mit Geräten in den Händen und Servietten über den Schultern, in ihren Gängen bloß gehemmt, aber nicht ganz nahetretend, stehen bleiben. »Es schläft«, sag' ich; und tippe es mit der Fußspitze an, um es ein wenig zu rütteln: in demselben Augenblick schlägt es aber über sich um, fällt auseinander, und liegt platt da als Fell; die rauche Seite auf der Erde, trocken und rein. »Es ist ein Fell, es war also tot!« rufe ich. Der Traum schwindet: und nie hab' ich wieder von dem schwarzen noch dem weißen Tier geträumt. – In dieser Zeit kannte ich Finckenstein, der sehr ziegelblond war, nachher Urquijo, der braun war; fast schwarz; wenn ich den Traum deuten soll, was ich zur

Zeit nicht tat: so war der borstig gegen mich, und ich fand kein Herz.

In meinem *dritten Traum* befand ich mich auf einem äußersten Bollwerke einer sehr ansehnlichen Festung, welches sich in breiter, flacher, sandiger Ebne weit von dem Orte ab hinausstreckte. Es war heller lichter Mittag; und das Wetter an diesem Tage einer von den zu hellen Sonnenscheinen, die eine Art von Verzweiflen hervorbringen, weil sie nichts Erquickliches haben, durch keine nahrhafte Luft dringen, oder auf Gegenstände fallen, die auch beruhigenden, ergrünten Schatten werfen könnten. Dieses Wetter wirkte um so mehr, als die ganze Gegend aus dürrer, vegetationsloser, sandsteiniger Erde, die sich in wirklichem Sande verlief, bestand; holperig und uneben; wie Orte aussehen, wo man Sand gräbt. Dieser zu helle und alles zu hell machende Sonnenschein reizte mir Augen und Nerven nur zu sehr auf; und ängstigte mich schon auf eine eigne Weise. Man sah auf der unseligen Fläche nichts; und der Eindruck davon war, als ob die Sonne zornig durcheilte, diesen nichtswürdigen Ort nicht gar umgehen zu können! So stand ich dicht mit der Brust am Rande dieser alten Schanze – denn sie war beschädigt, wie vieles umher – von einem ganzen Volke hinter mir gedrängt; diese Menschen waren alle wie Athenienser angezogen, F. stand neben mir, mit bloßem Haupte, wie sie gekleidet, aber in rosenfarbenem Taffent; ohne im geringsten lächerlich auszusehen. Ich sollte von dieser Schanze, die die letzte der ganzen Festung war, hinuntergeworfen werden; tief hinab; unter Steine, kalkige Sandgruben, und ganz verfallene Festungsstücke und Schutt. Das Volk verlangte es; und schrie zu F., der ihr König war, er möchte Ja sagen! Er stand grausam verbissen da, und sah nach der Tiefe: man schrie immer stärker und heftiger, und forderte sein Ja; immer dichter an mir; sie faßten, mit den Augen auf F., an meine Kleider; ich suchte ihm in die Augen zu sehen, und schrie immer: »Du wirst doch nicht Ja sagen?« Er stand unbeweglich verlegen da; verlegen gegen das Volk, noch nicht Ja gesagt zu haben. »Du wirst doch nicht *Ja* sagen?« schrie ich wieder; das Volk schrie auch: und er: »*Ja!*« sagte er. Man ergriff mich, stürzte mich über den Wall; von Stein fiel ich zu Stein, und als ich nach der letzten Tiefe kommen sollte, erwachte ich.

Und wußte in tiefster Seele wohl, wie F. gegen mich war. Auch machte mir der Traum ganz den Eindruck, als ob die Geschichte wahr gewesen wäre: ich war still; aber ich hatte mich nicht geirrt.

Vierter Traum: Ich lag auf einem breiten Lager mit einer grauen Decke zugedeckt. Auf demselben Lager mir gegenüber, ohne mich zu berühren, die Füße auch unter der Decke, mir etwas rechts, lag Bettina Brentano und in Bettinens Richtung, ihr rechts, mir aber links, die Mutter Gottes. Deren Gesicht ich jedoch gar nicht deutlich sehen konnte; wie über alles zu Sehende eine äußerst feine, ganz dünn-graue Wolke zu sein schien, die aber am Sehen nicht hinderte, nur auch – wie eine Luftart – gesehen wird. Dabei war es mir, als hätte die Mutter Gottes der Schleiermacher ihr Antlitz.

Wir waren am Rande der Welt. Dicht rechts neben dem Lager war ein großer Streif Erde ziemlich tief unter uns zu sehen, etwa wie eine sehr große Chaussee; darauf liefen kleingesehen Menschen hin und her und trieben der Welt Gewerbe; nur flüchtig und als nach einer sehr bekannten Sache sah ich dahin. Wir waren die Mägde der

Erde und lebten nicht mehr; oder vielmehr wir waren vom Leben geschieden, – auch ohne Verwunderung für mich noch Trauer noch Gedanken an den Tod – und sollten nach meinem dunklen Wissen nach einem Ort; unser Geschäft aber auf diesem Lager, nämlich unsere Beschäftigung war, uns abzufragen, was wir gelitten hatten, – eine Art Beichte!

»Kennst Du Kränkung?« fragten wir uns zum Beispiel; und wenn man nun diesen Schmerz im Leben empfunden hatte, so sagten wir: »Ja! die kenne ich«, mit einem lauten Schmerzensschrei und dieser Schmerz eben, wovon die Rede war, riß sich hundertfach schmerzhaft aus dem Herzen: man war ihn aber los auf ewig, und fühlte sich ganz heil und leicht. Die Mutter Gottes war immer still, sagte nur »Ja!« und weinte auch; Bettina fragte: »Kennst Du Liebesschmerz?« Wimmernd und wie heulend rief ich unter rinnenden Tränen, ein Schnupftuch vor dem Gesicht, ein langes, langes *»Ja!«* – »Kennst du Kränkung?« – *»Ja!«* wieder so. »Kennst du Unrechtdulden, Ungerechtigkeit?« – *»Ja!«* – »Kennst du gemordete Jugend?« – *»Ja!«* wimmere ich wieder in langem Ton, in Tränen zergehend.

Wir waren fertig, die Herzen rein, meines aber noch mit schwerer Erdenlast gefüllt; ich richte mich auf, sehe die Weiber erregt an, und will meine Last mir entnehmen lassen; mit schwer gesprochenen Worten, überdeutlich, um auch ja hierauf die Antwort Ja zu erhalten, frage ich: *»Kennt ihr – Schande?«* Beide rücken vor mir zurück wie in Entsetzen, noch etwas Mitleid in der Gebärde, sie sehen einander flüchtig an, und bemühen sich trotz des engen Raumes, sich von mir zu entfernen. In einem an Unsinnigkeit grenzenden Zustand schrei ich: »Ich habe nichts *getan*! *Getan* hab' ich nichts. Ich habe nichts *getan*. Ich bin unschuldig!« Die Weiber glauben mir, das sehe ich an dem starren, nicht mehr unwilligen Liegenbleiben, aber sie verstehen mich nicht mehr. »Wehe«, schrei ich unter Tränen, die mir das Herz wegzuschmelzen drohen, »die verstehen mich auch nicht. Also niemals! *Diese* Last muß ich behalten; *das* wußte ich. Ewig! *Gnädiger* Gott! Wehe!« Außer mir, wie ich war, beschleunigte ich das Erwachen. Und auch erwacht blieb mir die Last, denn ich trage sie wirklich; und könnte es Menschen geben, die es ganz verständen, so würde mir auch leichter.

Fünfter Traum. Diesen schrieb ich Marwitz gleich den Morgen nachher, als er mir geträumt hatte, weil ich ihn nicht vergessen wollte, und er mich sehr affiziert hatte.

Donnerstag morgen, den 2. Juli 1812

Hören Sie diesen Traum! Es war ein großes Diner, man hatte aber schon Licht, denn es war Abend. An einer von den reichlichen Tafeln war auch unter vielen andern Bekannten Urquijo; ich in einem Zimmer nebenan, wieder mit vielen. Man steht von Tisch auf, und ein Teil meiner Gesellschaft und ich gehen in Urquijos Zimmer, wo sich eine große Gruppe im Fensterraum stellt und setzt; ein allgemeines Gespräch ist im Gange, es kommen immer mehr Herren und Frauen aus den Zimmern zusammen, und Urquijo behauptet mit einem Male im Laufe des Gesprächs, ganz in meinem Sinne, vieles gegen Lüge, falsche Scham, Betrug und schlechtes Liebesbetragen; ich stutze im Ärger, bekräftige dies, und frage immer indirekt mit meinen Antworten, wie er dies behaupten könnte. Auch er wendet seine Reden, sich verteidigend und streitend, nach mir, auf mich; ich sage ihm am Ende: »Muß nicht ein Mensch sich geliebt glauben, wenn er den andern in der besinnungslosesten Eifersucht sieht?« Und mehr solche Angriffe und Fragen; alle andern schweigen; in höchster Aufgeregtheit und Verachtung scheinen sie mir wie Marionetten der Natur, und nur Blicke des Zuviel gleiten noch über ihre gespannte Wundermienen von mir über sie her. Urquijo spricht immer verwirrter und im Ton des Streitens Dinge, die mir recht geben; endlich halt' ich ihm *faits* vor, die auch meine Behauptung im allgemeinen ganz unterstützen. Seine Verwirrung, seine Scham steigt aufs äußerste (Geschwister und Bekannte sehen mich mit hemmenden Blicken vergebens erschrocken an; wie von jener Welt seh' ich im Aufruhr über sie weg); er weiß sich nicht zu helfen, und sagt mir auch *faits* ins Gesichte von mir, aber Lügen. Ich frage mit konzentrierter Wut in gelassenen Worten, ob er das wirklich behaupte, für wahr ausgeben wollte; er wiederholt es, und sagt Ja, und bleibt dabei, in einer an Wahnsinn grenzenden Verwirrung (so wie ich ihn kenne). Ich springe auf, packe ihn an und frage ihn (alles in französischer Sprache), ob er denn nichts von den Menschen wüßte: wieso er nicht dächte, wieso er hoffte, daß ich ihn nicht auf der Stelle morden würde; und so greife ich ihn stärker an und schüttle ihn am Halse. Darauf fällt er in entsetzliche Krämpfe (wie ich sie an ihm kenne, und ärger). Mich erschrickt das Hideuse; ich bleibe bei ihm und helfe, reibe ihn, knöpfe und binde alles auf; keiner wagt es, sich zu nähern, nur mein Bruder Louis steht einen Schritt von mir hülfebereit. Urquijo wird nicht besser. Mit einem Male, als ich ihn lange angesehen hatte, auf einem gegenüberstehenden Stuhl sitzend, reißt er sich von seinem, stürzt in den heftigsten Tränenausbruch an meinen Hals, küßt mich, ich küsse ihn wieder, und weine auch; er sagt: »Du hast recht!« daß es alle hören können, und will mich anders als gerührt küssen, welches ich aufs zärtlichste aber wehre; und ohne Worte, nur wie in einer übernatürlichen Mitteilung sagt er mir durch lauter Tränen, Schluchzen, Andrücken und Küssen, er habe mich doch geliebt; er habe sich so sehr geschämt, er habe nur Unrecht getan, er sei unglücklich etc.; am Herzen und im Herzen hörte ich dies alles. Er bekömmt wieder Krämpfe und wird sterbend, sehr gefährlich. Alle sagen: »Er stirbt!« Und als eine Art Mörderin stehe ich unter Brüdern und Bekannten, deren Blicke alles sagen, sie mir nichts. Diplomaten, die ganze Welt ist gegenwärtig, auch Urquijos Mädchen, mit einem großen Hut, rührt sich aber auf ihrem Stuhl nicht; er schrumpft ganz zusammen, wird immer hideuser und mumienartig; ich – mit einem leichten Angstgedanken an das Mädchen, daß *ich* mir alle Hülfe herausnehme, mit einem halben Blick auf sie und ihren vermeinten Schmerz; ihr Gesicht konnt' ich nicht sehen (auch habe ich es nie gesehen, nur ein Mädchen im Hute kommt mit ihm) – nehme Urquijo, der zur Furcht leicht wird, auf den Arm, und trag' ihn weit weg, im Hause, in ein Zimmer auf ein Bette. Louis folgt mir; ich will ihm das Herz reiben (wie sonst wirklich auf sein Geheiß in Krämpfen geschah); er macht eine agonisierende schmerzhafte Bewegung, die mir Nein zeigt; er wird schlechter, starrer, und meine Angst so groß, daß ich erwache.

Also *so* denkst du von ihm? sagt' ich mir in der Nacht; du mußt ihm alles verzeihen, du hast ihm alles verziehen (ich habe längst). Sollt' er nichts von diesem Traume wissen? Und dann freute ich mich auch, daß ich erwacht war. Ich schlafe wieder ein, und träume weiter, es sei Morgen, ich in einem von den alten Quartieren, worin wir gewohnt haben, und ich frage ziemlich beruhigt nach einem guten Schlaf unsern Bedienten Feu, der noch die Geräte des Mahls beiseite bringt: »War er drüben (in einem Hause, wo Urquijo wohnte)? Was machen die Herrschaften (nämlich er und sein Mädchen)?« – »Er ist sehr schlecht«, sagt Feu. »Schlecht!« schrei' ich. »Heim, Formey, alle Ärzte waren dort gewesen, und alle sagten, er müsse sterben; er agonisiert.« Nun lief ich agonisierend in Höllenangst in meinem Zimmer umher; Feu sagte, er ist tot; ich aber konnte es gewiß in meiner Seele nicht aufnehmen, denn es war gewiß (wie Leben oder so etwas), daß, sowie er stirbt, ich mit sterbe. Und laufend dachte ich immer: Also das ist sein und mein Ende, so sterben wir, das ist unser Tod, also du hast ihn doch umgebracht, du stirbst ja mit! Es mußte so sein, es war die ganze Zeit auch so, und alles löste sich in einer großen Naturbetrachtung, in unendlichem Liebesgefühl gegen ihn auf. Dann sprach Feu von seinem Tod; ich agonisierte noch laufend, so als sollte er hingerichtet werden; sah ihn sterbend und leidend, ohne vor Angst hingehen zu können; und so erwacht' ich aus der Angst.

Nun sagen Sie: Lieb' ich ihn noch? Ja, sagt mir der Traum und mein ganzes verzaubertes, übernatürliches Herzensdasein. Sollt er gar nichts von dem Traum wissen? Wie finden Sie meine Wut, meinen Zorn? Glauben

Sie, so bin ich. Was mich aber im Leben abhält, so zu handeln, das kenne ich nicht genau, weiß es nicht zu nennen. O, in welchem inneren Horizont leb' ich heute! Mir ist es nicht unangenehm, mir ist es lieb, daß ihn mein Herz noch liebt; da drin ist ein anderes Land, Freiheit, Wahrheit, Einheit, Heimat. Ich schrieb lieber den Traum gleich, damit ich ihn doch auch behalte. Man vergißt alles. Adieu!

CLEMENS BRENTANO

Die Legende von einem Schwaben, der das Leberlein gefressen

Ein alter deutscher Bürgerspaß

Als unser lieber Herrgott noch auf Erden gewandelt ist von einer Stadt zur andern, das Evangelium gepredigt und viel' Zeichen getan hat, ist auf eine Zeit ein guter, einfältiger Schwabe zu ihm gekommen und hat ihn gefragt: »Mein lieber Gesell, wo willst du hin?« Da hat unser Herrgott ihm geantwortet: »Ich ziehe um und mache die Leute selig.« Da sagte der Schwab: »Mein lieber Gesell, willst du mich mit dir lassen?« – »Ja«, sagte unser Herrgott, »gern, wenn du fromm sein und leidlich beten willst.« – »Ja«, sagte der Schwab.

Als sie nun miteinander gingen, kamen sie zwischen zwei Dörfer, darin man läutete. Der Schwab schwatzte gern und fragte unsern Herrgott: »Mein lieber Gesell, was läutet man da?« Unser Herrgott, dem alle Dinge wissend waren, sagte: »In dem einen Dorfe läutet man zu der Hochzeit, in dem andern zu einem Toten.« – »Geh du zu dem Toten«, sprach der Schwab, »so will ich zu der Hochzeit gehn.«

Unser Herrgott ging in das Dorf und machte den Toten wieder lebendig; da schenkte man ihm hundert Gulden. Der Schwab tat sich auf der Hochzeit um mit Einschenken und Bedienen. Und da die Hochzeit ein Ende hatte, schenkte man ihm einen Kreuzer, daß der

Schwab wohl zufrieden war, sich auf den Weg machte und wieder zu unserm Herrgott kam. Alsbald der Schwab unsern Herrgott von weitem sah, hob er sein Kreuzerlein in die Höhe und schrie: »Schau, mein lieber Gesell, ich hab Geld, was hast du?« – trieb also viel Prangens mit seinem Kreuzerlein. Unser Herrgott lachte seiner und sprach: »Ach, ich habe wohl mehr als du«, und tat den Sack auf und ließ dem Schwaben die hundert Gulden sehen. Der Schwab aber war nicht faul, warf sein armes Kreuzerlein unter die hundert Gulden und sagte: »Gemein! Gemein! Wir wollen gemein miteinander haben.« Das unser Herrgott gut sein ließ.

Als sie nun miteinander weitergingen, kamen sie zu einer Herde Schafe; da sagte unser Herrgott zum Schwaben: »Schwab, gehe zu dem Hirten, lasse uns ein Lämmlein geben und koche uns das Geschlinge auf ein Essen!« – »Ja«, sagte der Schwab; ging zum Hirten, ließ sich ein Lämmlein geben, schlachtete es, zog es ab und bereitete das Geschlinge auf ein Essen. Im Sieden schwamm nun das Leberlein des Lammes stets empor. Der Schwab drückte es mit dem Löffel hinunter; es wollte aber nicht bleiben. Das verdroß den Schwaben; er nahm ein Messer, schnitt das Leberlein voneinander und aß es auf. Als nun das Essen auf den Tisch kam, fragte unser Herrgott: »Wo ist denn das Leberlein hingekommen?« Der Schwab antwortete alsbald: »Es hat keins gehabt.« – »Ei«, sagte unser Herrgott, »wie wollte es gelebt haben, wenn es kein Leberlein gehabt hätte!« Da sprach der Schwab zornig: »Es hat aber bei Gott und allen Gotts Heiligen keins gehabt.« Was wollte unser Herrgott tun? Wollte er haben, daß der Schwab stillschwieg, mußte er wohl zufrieden sein.

Nun begab es sich, daß sie wieder miteinander wanderten, da läutete man abermals in zwei Dörfern. Der Schwab fragte: »Mein Lieber, was läutet man da?« – »In dem einen Dorf läutet man zu einem Toten, in dem andern zur Hochzeit«, sagte unser Herrgott. »Ja«, sagte der Schwab, »geh du zur Hochzeit, so will ich zum Toten.« Er vermeinte, er wolle auch hundert Gulden verdienen, und fragte drum weiter: »Lieber, was hast du getan, da du den Toten auferweckt hast?« – »Nun«, sagte unser Herrgott, »ich sprach zu ihm: ›Steh auf, im Namen des Vaters, Sohns und Heiligen Geistes!‹ Da stand er auf.«

»Ist gut, ist gut«, sagte der Schwab; »ich weiß ihm wohl zu tun«, und zog zu dem Dorfe hin, wo man ihm den Toten grade entgegentrug. Da der Schwab dieses sah, schrie er mit heller Stimme: »Halt da, halt da, ich will ihn lebendig machen; wenn ich ihn nicht lebendig mache, so hängt mich ohn Urteil und Recht!« Die guten Leute waren froh, verhießen ihm hundert Gulden. Sie setzten den Sarg vor ihm nieder; der Schwab machte den Sarg auf und fing an zu sprechen: »Steh auf, im Namen des Vaters, des Sohnes und Heiligen Geistes!« Der Tote wollte aber nicht aufstehen. Dem guten Schwaben wurde angst, er sprach seinen Segen zum andern- und zum drittenmal. Da aber der Tote immer nicht aufstehen wollte, sprach er: »Ei, so bleib liegen in tausend Kuckucks Namen!« Als nun die Leute sahen, daß sie von dem Gecken betrogen waren, ließen sie den Sarg stehen, packten den Schwaben und liefen mit ihm zum nächsten besten Galgen. Sie legten die Leiter an und führten den armen Schwaben hinauf, um ihn zu hängen.

Unser Herrgott war dem Schwaben fein allgemach nachgezogen, denn er wußte wohl, wie es dem Schwaben ergehen würde, und wollte sehen, wie er sich doch zu dem Gerichte anstellen würde. Er kam heran und sprach: »O, guter Gesell, wie hast du zur Sache getan, in welcher Gestalt seh ich dich da?« Da fing der Schwab an zu schelten und sagte: »Du hast mich nicht recht gelehrt.« – »Ich habe dich recht gelehrt«, sprach unser Herrgott, »du hast aber nicht recht getan. Dem sei nun, wie ihm wolle; willst du mir sagen, wo das Leberlein hingekommen ist, so will ich dich erledigen.« – »Ach«, sagte der Schwab, »es hat wahrlich kein Leberlein gehabt; was zeihest du mich?« Da sprach unser Herrgott: »Ei, du willst es nur nicht sagen. Wohlan, sage es, so will ich den Toten lebendig machen und dich erledigen.« Da fing der Schwab an zu schreien: »Henkt mich nur, henkt mich! so werde ich der Marter los; der will mich nur herumzerren mit dem Leberlein und hört doch, daß es keins gehabt hat; henkt mich nur flugs auf!« Wie nun unser Herrgott hörte, daß er sich eher wollte henken lassen als die Wahrheit bekennen, befahl er, ihn herabzulassen, und machte den Toten selbst lebendig. Nun zogen sie miteinander heim; da sagte unser Herrgott zu dem Schwaben: »Komm her, wir wollen miteinander das gewonnene Geld teilen; denn wenn ich dich allerwegen sollte vom Galgen erledigen, würde es mir endlich zuviel werden.« Er nahm also die zweihundert Gulden und teilte sie in drei Teile. Als solches der Schwab sah, sagte er: »Ei, Lieber, warum machst du drei Teile, es sind doch unsrer nur zwei?« – »Ja«, sagte unser lieber Herrgott, »der eine Teil ist mein, der andere dein und der dritte dessen, der das Leberlein gefressen hat.« Da solches der Schwab hörte, schrie er alsbald: »So habe ichs bei Gott und allen Gottes Heiligen gefressen!« – Und vorher wollte er sich eher henken lassen, ehe er es bekennen wollte; aber da er das Geld sah, bekannte er es ungenötigt.

JOHANN WOLFGANG GOETHE

Der Chodscha

Timur war ein häßlicher Mann; er hatte ein blindes Auge und einen lahmen Fuß. Indem nun eines Tags Chodscha um ihn war, kratzte sich Timur den Kopf, denn die Zeit des Barbierens war gekommen, und befahl, der Barbier solle gerufen werden. Nachdem der Kopf geschoren war, gab der Barbier, wie gewöhnlich, Timur den Spiegel in die Hand. Timur sah sich im Spiegel und fand sein Ansehn gar zu häßlich. Darüber fing er an zu weinen, auch der Chodscha hub an zu weinen, und so weinten sie ein paar Stunden. Hierauf trösteten einige Gesellschafter den Timur und unterhielten ihn mit sonderbaren Erzählungen, um ihn alles vergessen zu machen. Timur hörte auf zu weinen, der Chodscha aber hörte nicht auf, sondern fing erst recht an, stärker zu weinen. Endlich sprach Timur zum Chodscha: »Höre! ich habe in den Spiegel geschaut und habe mich sehr häßlich gesehen, darüber betrübte ich mich, weil ich nicht allein Kaiser bin, sondern auch viel Vermögen und Sklavinnen habe, daneben aber so häßlich bin, darum habe ich geweint. Und warum weinst du noch ohne Aufhören?« Der Chodscha antwortete: »Wenn du nur einmal in den Spiegel gesehen und bei Beschauung deines Gesichts es gar nicht hast aushalten können, dich anzusehen, sondern darüber geweint hast, was sollen wir denn tun, die wir Nacht und Tag dein Gesicht anzusehen haben? Wenn wir nicht weinen, wer soll denn weinen! deshalb habe ich geweint.« – Timur kam vor Lachen außer sich.

E.T.A. HOFFMANN

Erscheinungen

Gedachte man der letzten Belagerung von Dresden, so wurde Anselmus noch blässer als er schon sonst war. Er faltete die Hände auf dem Schoß, er starrte vor sich hin ganz verloren in trübe Gedanken, er grollte und murmelte sich selbst an: »Herr des Himmels! fuhr ich zur rechten Zeit in die neuen Klappstiefel hinein mit beiden Beinen, rannte ich, brennendes Stroh und berstende Granaten nicht achtend, schnell hinaus über die Brücke nach der Neustadt, so bog sich gewiß dieser, jener große Mann aus dem Kutschenschlage, und rief, mir freundlich zuwinkend: ›Steigen Sie nur getrost ein, mein Guter!‹ Aber so wurd ich eingesperrt in den verfluchten Hamsterbau von Wällen, Parapets, Sternschanzen, verdeckten Gängen und mußte Not und Elend ertragen wie einer. – Kam es denn nicht so weit: daß der müßige Magen, stieß er, zum Zeitvertreib in Roux' Diktionaire blätternd, auf das Wort: Essen, ganz verwundert ausrief: ›Essen? was ist denn das?‹ – Leute, die sonst wohlbeleibt gewesen, knöpften ihr eignes Fell über als breiten Brustlatz und natürlichen Spenzer. – O Gott! wär nicht noch der Archivarius Lindhorst gewesen! – Popowicz wollte mich zwar totschlagen, aber der Delphin spritzte wunderbaren Lebensbalsam aus den silberblauen Nüstern. – Und Agafia!« – Bei diesem Namen pflegte Anselmus vom Stuhl aufzufahren, ein ganz klein wenig – zwei- – dreimal zu springen und sich dann wieder zu setzen. Es blieb ganz vergebens, den Anselmus zu fragen: was er eigentlich mit diesen verwunderlichen Redensarten und Grimassen meine, er sagte bloß: »Kann ich's denn erzählen, wie alles sich begab mit Popowicz und Agafia, ohne für närrisch gehalten zu werden?« Alle lächelten zweideutig, als wollten sie sagen: »Ei Lieber! das geschieht ja schon ohnedem.« – An einem trüben neblichen Oktoberabend trat Anselmus, den man fern glaubte, ganz unvermutet bei seinem Freunde zur Stubentür hinein. Er schien im tiefsten Gemüt aufgeregt, er war freundlicher, weicher als sonst, beinahe wehmütig, sein zuzeiten vielleicht gar zu wild herumfahrender Humor beugte sich gezähmt und gezügelt dem mächtigen Geist, der sein Innerstes erfaßt. – Es war ganz finster worden, der Freund wollte Lichter herbeischaffen, da sprach Anselmus, indem er den Freund bei beiden Armen ergriff: »Willst du mir einmal ganz zu Willen sein, so steck keine Lichter an, laß es bewenden bei dem matten Schein deiner Astrallampe, der dort aus jenem Cabinet zu uns herüberschimmert. Du kannst machen was du willst – Tee trinken, Tabak rauchen, aber zerschmeiße keine Tasse und wirf mir keinen brennenden Fidibus auf die neue Weste. Beides könnte mich nicht allein kränken, sondern auch unnützerweise hineinlärmen in den Zaubergarten, wo ich nun heute einmal hineingeraten bin und mich sattsam erlustiere. – Ich setze mich hier ins Sofa!« – Er tat das. Nach einer ziemlich langen Pause fing er an: »Morgen früh um acht Uhr sind es gerade zwei Jahre her, als der Graf von der Lobau mit zwölftausend Mann und vierundzwanzig Kanonen aus Dresden auszog, um sich nach den Meißner Bergen hin durchzuschlagen –« »Nun, das muß ich gestehen«, rief der Freund laut lachend, »mit wahrer

Andacht hab ich gewartet auf irgendeine himmlische Erscheinung, die deinem Zaubergarten entschweben würde und nun! – Was geht mich der Graf von der Lobau und sein Ausfall an? – und daß du es behalten hast, daß es gerade zwölftausend Mann und vierundzwanzig Kanonen waren! Seit wann kleben denn kriegerische Ereignisse fest in deinem Kopfe?« – »Ist dir denn«, sprach Anselmus, »ist dir denn die so kurz vergangene verhängnisvolle Zeit schon so fremd geworden, daß du es nicht mehr weißt, wie das geharnischte Ungetüm uns alle erreichte und erfaßte? – Das: *Noli turbare* rettete uns nicht mehr vor eigner Gewaltanstrengung und wir *wollten* nicht gerettet sein, denn in *jedes* Brust schnitt der Dämon tiefe Wunden, und aufgereizt von wildem Schmerz ergriff jedes Faust die ungewohnte Waffe, nicht nur zum Schutz, nein, zum Trutz, damit die heillose Schmach gebüßt und gerächt werde im Tode. – Lebendig gestaltet in Fleisch und Blut tritt mich eben heute die Macht an, welche in jenen dunklen Tagen waltete und mich forttrieb von Kunst und Wissenschaft in das wilde blutige Getümmel. – War es mir denn möglich am Schreibtisch sitzen zu bleiben? – Ich trieb mich auf den Gassen umher, ich lief den ausziehenden Truppen nach, so weit ich durfte, nur um selbst zu schauen und aus dem was ich geschaut Hoffnung zu schöpfen, erbärmliche prahlhafte Anschlagszettel und Nachrichten nicht achtend. Als nun vollends jene Schlacht aller Schlachten geschlagen war, als ringsumher alles hoch aufjauchzte im entzückenden Gefühl wiedergewonnener Freiheit, und wir noch gefesselt in Sklavenketten lagen, da wollte mir die Brust zerspringen. Es war mir, als müsse ich durch irgendeine entsetzliche Tat, mir und allen, die mir gleich an die Stange gekettet, Luft und Freiheit verschaffen. – Es mag dir jetzt und so wie du mich überhaupt zu kennen glaubst, abenteuerlich, spaßhaft vorkommen, aber ich kann es dir sagen, daß ich mich mit dem wahnsinnigen Gedanken trug: irgendein Fort, das der Feind, wie ich wußte, mit starken Pulvervorräten versehen, anzuzünden, und in die Luft zu sprengen.« – Der Freund mußte unwillkürlich ein wenig lächeln über den wilden Heroismus des friedfertigen Anselmus, *der* konnte das aber nicht bemerken, da es finster war, und fuhr nachdem er einige Augenblicke geschwiegen, in folgender Art fort: »Ihr habt es ja alle oft gesagt, daß ein eigner Stern, der über mir waltet, mir in wichtigen Momenten fabelhaftes Zeug dazwischenschiebt, woran niemand glaubt und das mir selbst oft wie aus meinem eignen innern Wesen hervorgegangen erscheint, unerachtet es sich dann auch wieder außer mir als mystisches Symbol des Wunderbaren, das uns im Leben überall entgegentritt, gestaltet. – So ging es mir heute vor zwei Jahren in Dresden. – Der ganze Tag verstrich in dumpfer ahnungsvoller Stille, vor den Toren blieb alles ruhig, kein Schuß fiel. Spät abends, es mochte beinahe zehn Uhr sein, schlich ich nach einem Kaffeehause auf dem Altmarkt, wo in einem entlegenen Hinterstübchen, das keiner der verhaßten Fremden betreten durfte, gleichgesinnte Freunde sich einander in Trost und Hoffnung ermutigten. Dort war es, wo, allen Lügen zum Trotz, die wahren Berichte der Schlachten an der Katzbach, bei Kulm etc. mitgeteilt wurden, wo unser R. schon zwei Tage nachher den Triumph bei Leipzig verkündete, den er, Gott weiß, auf welche geheimnisvolle Art erfahren. Mein Weg führte mich bei dem Brühlschen Palast, in welchem der Marschall wohnte, vorüber, und es fiel mir die ganz besonders helle Beleuchtung der Säle, sowie das rege Getümmel im Flur des Hauses auf. Eben sagte ich dies den Freunden mit der Bemerkung: daß gewiß etwas bei dem Feinde im Werke sein müsse, als R. ganz erhitzt und außer Atem schnell eintrat. ›Hört das Neueste‹, fing er sogleich an: ›soeben hielt man bei dem Marschall großen Kriegsrat. Der General Mouton (Graf von der Lobau) will sich mit zwölftausend Mann und vierundzwanzig Kanonen nach Meißen hin durchschlagen. Morgen früh geschieht der Ausfall.‹ Vieles wurde nun hin und her geredet und man pflichtete endlich R.s Meinung bei, daß dieser Anschlag, der bei der regen Wachsamkeit unserer Freunde draußen, sehr leicht dem Feinde verderblich werden könnte, vielleicht früher den Marschall zur Kapitulation zwingen und unser Elend enden würde. ›Wie kann R. in demselben Augenblick des Beschlusses erfahren haben, was beschlossen worden‹, dachte ich, als ich um Mitternacht zurückkehren wollte in mein Haus, aber bald vernahm ich, wie es durch die Grabesstille der Nacht dumpf zu rasseln begann. Geschütz und Pulverwagen, reichlich mit Fourage bepackt, zogen langsam bei mir vorüber nach der Elbbrücke zu. ›R. hat doch recht‹, so mußt ich mir selbst sagen. Ich folgte dem Zuge und kam bis auf die Mitte der Brücke an den damals gesprengten Bogen, der durch hölzerne Gerüste ersetzt war. Von beiden Seiten des Gerüsts, hüben und drüben, befand sich auf der Brücke eine starke Verschanzung von hohen Palisaden und Erdwällen. Hier vor der Verschanzung drückte ich mich dicht an das Geländer der Brücke, um nicht bemerkt zu werden. Da war es mir, als finge eine der hohen Palisaden an sich hin und her zu bewegen und sich herabzubeugen zu mir, dumpfe unverständliche Worte murmelnd. Die dicke Finsternis der neblichten Nacht ließ mich nichts deutlich erkennen, aber als nun das Geschütz vorüber und es totenstill auf der Brücke worden, als ich tiefe schwere Atemzüge, ein leises ahnungsvolles Gewimmer dicht neben mir vernahm, als sich der dunkle Holzblock höher und höher aufrichtete, da überlief mich eiskaltes Grauen und wie vom schweren Traum geängstet vermochte ich, in Bleiangeln festgefußt, mich nicht zu regen. Der Nachtwind erhob sich und trieb den Nebel über die Berge, der Mond warf bleiche Strahlen durch die zerrissenen Wolken. Da gewahrte ich, unfern von mir, die Gestalt eines hohen Greises mit silberweißem Haupthaar und langem Bart. Er hatte den knapp über die Hüften reichenden Mantel in vielen dicken Falten um Brust und Schultern geworfen, einen weißen langen Stab hielt er, den nackten Arm weit vorgestreckt, über den Strom hinaus. Er war es, der so wimmerte und murmelte. In dem Augenblick sah ich von der Stadt her Gewehre blinken und hörte Tritte. Ein französisches Bataillon marschierte in tiefem Schweigen über die Brücke. Da kauerte der Alte nieder und fing an mit kläglicher Stimme zu jammern, indem er den Vorüberziehenden eine Mütze hinhielt wie um Almosen bettelnd. Ein Offizier rief lachend: ›*Voilà St. Pierre, qui veut pêcher!*‹ der ihm folgte, blieb stehen und sprach sehr ernst, indem er dem Alten Geld in die Mütze warf: ›*Eh bien moi pêcheur, je lui aiderai à pêcher.*‹ – Mehrere Offiziere und Soldaten, aus den Gliedern heraustretend, warfen nun still und nur manchmal leise aufseufzend, wie in banger Todeserwartung, dem Alten Geld hin, der dann jedesmal mit dem Kopf seltsam hin und her nickte und dabei ein dumpfes Geheul ausstieß. Endlich sprengte ein Offizier (ich erkannte den General Mouton), so dicht heran an den Alten, daß mir bangte, das schäumende Roß werde ihn zertreten und fragte indem er mit schneller Wendung nach dem Adjutanten hin, sich den schwankenden Hut auf dem Kopfe festschlug, stark und wild: ›*Qui est cet homme?*‹ – Die Reiter, die ihm folgten, blieben alle still, aber ein alter bärtiger Sappeur, der außer Glied und Reihe mit der Axt auf der Schulter so nebenher schlenderte, sprach ruhig und ernst: ›*C'est un pauvre maniaque bien connu ici. On l'appelle St. Pierre pêcheur.*‹ Damit wogte der Zug nicht wie sonst wohl in faselndem Scherz und frechem Jubel, nein, in trüber Unlust die Brücke entlang vorüber. Sowie der letzte Ton verhallte, sowie der letzte Schein der Waffen in fernem Dunkel verblinkte, hob sich der Alte langsam in die Höhe und stand das Haupt aufgerichtet, den Stab emporgestreckt in grauenvoller Majestät da, als wolle er, ein wundertätiger Heiliger, den stürmenden Wellen gebieten. Mächtiger und mächtiger rauschten wie aus tiefstem Grunde bewegt die Wogen des Stroms. Es war mir als vernähm ich mitten im Rauschen eine dumpfe Stimme. ›Michael Popowicz – Michael Popowicz – siehst du noch nicht den Feuermann?‹ – So tönte es von unten herauf in russischer Sprache. – Der Alte murmelte in sich hinein, er schien zu beten. Doch plötzlich schrie er laut auf: ›Agafia!‹ und in demselben Augenblick erglänzte sein Antlitz wie in blutrotem Feuer, das aus der Elbe herauf ihn anstrahlte. Auf den Meißner Bergen loderten mächtige flackernde Flammen hoch in die Lüfte, ihr Widerschein strahlte in der Elbe, in dem Antlitz des Greises. Nun fing es an ganz nahe bei mir am Gerüst der

Brücke zu plätschern und zu plätschern, immer stärker und stärker und ich gewahrte wie eine dunkle Gestalt mühsam heraufkletterte und sich mit wunderbarer Gewandtheit über das Geländer hinüberschwang. – ›Agafia!‹ schrie der Alte noch einmal. – ›Mädchen, um des Himmels willen! – Dorothee wie –‹ so fing ich an, aber in dem Augenblick fühlte ich mich umfaßt, und mit Gewalt fortgezogen. ›O um Jesus! – Sei doch nur stille, lieber Anselmus, du bist ja sonst des Todes!‹ lispelte die Kleine, die nun vor mir stand, zitternd und bebend vor Frost. Die langen schwarzen Haare hingen triefend herab, die ganz durchnäßten Kleider schlossen eng an den schlanken Leib. Sie sank nieder vor Mattigkeit und klagte leise: ›Ach, es ist drunten so kalt – sprich nur nichts mehr, lieber Anselmus, sonst müssen wir ja sterben!‹ – Der Feuerschein glühte in ihrem Gesicht, ja es war Dorothee, das hübsche Bauernmädchen, die sich, da ihr Dorf geplündert, ihr Vater erschlagen, zu meinem Hauswirt geflüchtet, der sie in seine Dienste genommen. ›Das Unglück hat sie ganz stupid gemacht, sonst wäre sie ein gutes Ding‹, pflegte mein Hauswirt zu sagen, und er hatte recht, denn außerdem, daß sie beinahe gar nicht und nur konfuses Zeug sprach, entstellte auch ein nichtssagendes unheimliches Lächeln das sonst wunderschöne Antlitz. Sie brachte mir jeden Morgen den Kaffee aufs Zimmer und da bemerkte ich denn freilich, daß ihr Wuchs, ihre Farbe, ihre Haut durchaus sich nicht zur Bäuerin reimen wollten. ›Ei‹, pflegte mein Wirt dann weiter zu sagen, ›ei Herr Anselmus, sie ist ja auch eines Pächters Tochter und noch dazu aus Sachsen!‹ – Als nun die Kleine triefend, bebend, halbentseelt vor mir mehr lag als kniete, da riß ich schnell meinen Mantel herab und hüllte sie ein, indem ich leise lispelte: ›Erwärme dich doch nur, ach, erwärme dich doch nur, liebe Dorothee! Du mußt ja sonst umkommen. – Aber was machst du auch im kalten Strom!‹ – ›Still doch nur‹, erwiderte die Kleine, indem sie den Kragen des Mantels, der ihr übers Gesicht gefallen, wegschlug und mit den Fingerchen die triefenden Haare zurückkämmte, ›still doch nur! – Komm auf jene steinerne Bank! – Vater spricht jetzt mit dem heiligen Andreas und hört uns nicht.‹ – Wir schlichen leise hin. Ganz erfaßt von den wunderbarsten Gefühlen, ganz übermannt von Graus und Entzücken, schloß ich die Kleine in meine Arme, sie setzte sich ohne Umstände auf meinen Schoß, sie schlang ihren Arm um meinen Hals, ich fühlte wie das Wasser eiskalt aus ihren Haaren über meinen Nacken hinabrann, aber wie Tropfen in flammendes Feuer hineingespritzt die Glut nur vermehren, siedete stärker in mir Liebe und Verlangen. ›Anselmus‹, lispelte die Kleine, ›Anselmus, du bist doch wohl ein guter Mensch, du singst, daß es mir recht zu Herzen geht, und bist auch sonst manierlich. Du wirst mich nicht verraten. Wer sollte dir denn auch wohl Kaffee kochen? – Und höre! wenn ihr bald alle hungern werdet, wenn kein Mensch dich speisen wird, dann komm ich zu dir nachts ganz allein, daß es niemand weiß, und backe dir im Ofen recht schöne Piroggen – ich habe Mehl, feines Mehl versteckt in meinem Kämmerlein; – dann wollen wir Hochzeitskuchen essen, so weiß und schön!‹ – Die Kleine lachte, aber dann fing sie an zu schluchzen: ›Ach, wie in Moskau! – O mein Alexei, mein Alexei, du schöner Delphin – schwimme – schwimme auf den Fluten, harrt denn deiner nicht die treue Braut?‹ – Sie neigte das Köpfchen und leiser und leiser schluchzend, und auf und nieder atmend wie in sehnsuchtsvollen Seufzern schien sie einzuschlummern. Ich blickte nach dem Alten, der stand mit weit ausgespreizten Armen und sprach in tiefem hohlen Ton: ›Er winkt euch! – Er winkt euch, seht wie mächtig er seines Flammenbarts feurige Locken schüttelt, wie er ungeduldig die Feuersäulen, auf denen er das Land durchwandelt, in den Boden stampft – hört ihr nicht seine stöhnenden Tritte, fühlt ihr nicht den belebenden Atem, der wie ein funkensprühender Heerrauch euch voraufzieht? – heran! – heran – ihr tüchtigen Brüder!‹ – Des Alten Worte waren anzuhören wie das dumpfe Brausen der heranziehenden Windsbraut, und indem er sprach, flackerte immer lebendiger und höher das Feuer auf den Meißner Bergen. ›Hilf, heiliger Andreas, hilf!‹ stöhnte die Kleine im Schlaf, dann fuhr sie auf, wie plötzlich schreckhaft berührt, und indem sie mich fester mit dem linken Arm umschlang, raunte sie mir ins Ohr: ›Anselmus, ich will dich doch lieber ermorden!‹ Ich sah in ihrer Rechten ein Messer blinken. – Entsetzt stieß ich sie zurück, indem ich laut aufschrie: ›Rasende, was beginnst du?‹ – Da kreischte sie auf: ›Ach ich kann es ja doch nicht tun – aber jetzt bist du verloren.‹ – In demselben Augenblick schrie der Alte: ›Agafia! mit wem sprichst du?‹ und ehe ich mich besinnen konnte, stand er dicht vor mir und führte mit hochgeschwungenem Stabe einen entsetzlichen Schlag, der mein Haupt zerschmettert haben würde, hätte mich Agafia nicht von hinten erfaßt und schnell fortgerissen. Der Stab zersplitterte auf dem Steinpflaster in tausend Stücke, der Alte sank in die Knie! – *›Allons! – Allons!‹* erscholl es von allen Seiten; ich mußte mich aufraffen und schnell auf die Seite springen, um nicht von aufs neue heranziehenden Kanonen und Pulverwagen, gerädert zu werden. Andern Morgens trieben die Russen den übermütigen Heerführer mit Schmach herab von den Bergen und hinein in die Schanzen. – ›Es ist eigen‹, sagte man, ›daß die Freunde draußen von dem Vorhaben des Feindes wußten, denn das Signalfeuer auf den Meißner Bergen zog die Truppen zusammen, um mit voller Kraft da widerstehen und siegen zu können wo der Feind den unerwarteten Hauptstreich auszuführen gedachte.‹ – Dorothee brachte mir mehrere Tage hintereinander nicht den Kaffee. Ganz erblaßt vor Schrecken erzählte mir der Hauswirt, daß er Dorotheen und den wahnsinnigen Bettler von der Elbbrücke mit starker Wache aus dem Hause des Marschalls nach der Neustadt führen gesehen.« – »O Herr des Himmels! – sie wurden erkannt und hingerichtet!« rief hier der Freund aus; aber Anselmus lächelte seltsam und sprach: »Agafia wurde gerettet, aus ihren Händen empfing ich, als die Kapitulation geschlossen, ein schönes weißes Hochzeitsbrot, das sie selbst gebacken.« –

Mehr war aus dem störrischen Anselmus von dieser wunderlichen Begebenheit nicht herauszubringen.

Das Schneiderlein aus Sachsenhausen

Ich weiß nicht, ob der geneigte Leser die merkwürdige Geschichte von dem Schneiderlein aus Sachsenhausen kennt? – Hier ist sie:

Geschichte des Schneiderleins aus Sachsenhausen

Es begab sich, daß ein zartes frommes Schneiderlein zu Sachsenhausen an einem Sonntage gar schön geputzt mit seiner Frau Liebsten aus der Kirche kam. Die Luft war rauh, das Schneiderlein hatte zu Nacht nichts genossen als ein halbes weichgesottenes Ei und eine Pfeffergurke, morgens aber ein kleines Schälchen Kaffee. Wollte ihm daher flau und erbärmlich zumute werden, weil er überdem in der Kirche gar heftig gesungen, und ihm nach einem Magenschnäpschen gelüsten. War die Woche über fleißig gewesen und auch artig gegen die Frau Liebste, der er von den Stücken Zeug, die beim Zuschneiden unter die Bank gefallen, einen propren Unterrock gefertigt. Frau Liebste bewilligte also freundlich, daß das Schneiderlein in die Apotheke treten und ein erwärmendes Schnäpschen genießen möge. Trat auch wirklich in die Apotheke und forderte dergleichen. Der ungeschickte Lehrbursche, der allein in der Apotheke zurückgeblieben, da der Rezeptarius, das Subjekt, kurz alle übrigen klügeren Leute fortgegangen, vergriff sich und holte eine verschlossene Flasche vom Repositorio herab, in der kein Magenelixier befindlich, wohl aber brennbare Luft, womit die Luftbälle gefüllt werden. Davon schenkte der Lehrbursche ein Gläschen voll; das setzte das Schneiderlein stracks an den Mund und schlürfte die Luft begierig hinunter als ein angenehmes Labsal. Wurde ihm aber alsbald gar possierlich zumute, war ihm, als hätte er ein Paar Flügel an den Achseln oder als spiele jemand mit ihm Fangball. Denn ellenhoch und immer höher mußte er in der Apotheke aufsteigen und niedersinken. »Ei Jemine, Jemine«, rief er, »wie bin ich doch solch ein flinker Tänzer geworden!« – Aber dem Lehrburschen stand das Maul offen vor lauter Verwunderung. Geschah nun, daß jemand die Türe rasch aufriß, so daß das Fenster gegenüber aufsprang. Strömte alsbald ein starker Luftzug durch die Apotheke, erfaßte das Schneiderlein, und schnell wie der Wind war es fort durch das offne Fenster in alle Lüfte; niemand hat es wieder gesehen. Begab sich nach mehrerer Zeit, daß die Sachsenhäuser zur Abendzeit hoch in den Lüften eine Feuerkugel erblickten, die mit blendendem Glanz die ganze Gegend erleuchtete und dann verlöschend zur Erde hinabfiel. Wollten alle wissen, was zur Erde gefallen, liefen hin an den Ort, fanden aber nichts als ein kleines Klümpchen Asche; dabei aber den Dorn einer Schuhschnalle, ein Stückchen eiergelben Atlas mit bunten Blumen und ein schwarzes Ding, das beinahe anzusehen war wie ein Stockknopf von schwarzem Horn. Haben alle darüber nachgedacht, wie solche Sachen in einer Feuerkugel aus dem Himmel fallen mögen. Da ist aber die Frau Liebste des entfahrnen Schneiderleins dazugekommen, und als diese die gefundenen Sachen erblickt, hat sie die Hände gerungen, gar erbärmlich getan und geschrien: »Ach Jammer, das ist meines Liebsten Schnallendorn, ach Jammer, das ist meines Liebsten Sonntagsweste, ach Jammer, das ist meines Liebsten Stockknopf!« Hat aber ein großer Gelehrter erklärt, der Stockknopf sei kein Stockknopf, sondern ein Meteorstein oder ein mißratener Weltkörper. Ist nun aber auf diese Weise den Sachsenhäusern und aller Welt kund worden, daß das arme Schneiderlein, dem der Apothekerbursche brennbare Luft gegeben statt Magenschnaps, in den hohen Lüften verbrannt und heruntergesunken ist zur Erde als Meteorstein oder mißratner Weltkörper.

JOSEPH VON EICHENDORFF

Geschichte des Einsiedlers

Die letzte Macht der Mohren war zertrümmert, die Zeit war alt und die Waffen verklungen, unsere Burgen standen einsam über wallenden Kornfeldern, das Gras wuchs auf den Zinnen, da blickte mancher vom Walle übers Meer und sehnte sich nach einer neuen Welt. Ich war damals noch jung, vor meiner Seele dämmerte bei Tag und Nacht ein wunderbares Reich mit blühenden Inseln und goldenen Türmen aus den Fluten herauf – so rüstete ich freudig ein Schiff aus, um es zu erobern.

Was soll ich euch von den ersten Wochen der Fahrt erzählen, von den vorüberfliegenden Küsten, von der Meereseinsamkeit und den weitgestirnten prächtigen Nächten, ihr kennt's ja so gut, wie ich. Es sind jetzt gerade dreißig Jahre, es war des Königs Namenstag, wir fuhren auf offner unbekannter See. Ich hatte zur Gedächtnisfeier des Tages ein Fest auf dem Verdeck bereitet, die Tische waren gedeckt, wir saßen unter bunten Fahnen in der milden Luft, einige sangen spanische Lieder zur Zither, glänzende Fische spielten neben dem Schiff, ein frischer Wind schwellte die Segel. Da, indem wir so der fernen Heimat gedachten, sahen wir auf einmal verflogene Paradiesvögel über uns durch die klaren Lüfte schweifen, alle hießen's für die Verheißung eines nahen Landes. Und was für ein Land muß das sein, rief ich aufspringend, wo der Wind solche Blüten herüberweht! Wir hofften alle das wunderbare Eldorado zu entdecken. Aber mein Lieutenant, ein junger, stiller und finsterer Mann, entgegnete in seiner melancholischen Weise: das Eldorado liege auf dem großen Meere der Ewigkeit, es sei töricht, es unter den Wolken zu suchen. – Das verdroß mich. Ich schenkte rasch mein Glas voll. Wer's hier nicht sucht, der findet's nimmer, rief ich, durch! und wenns am Monde hinge. Aber wie ich anstieß, sprang mein Glas mitten entzwei, mir graute – da rief's auf einmal vom Mastkorbe: Land!

Alles fuhr nun freudig erschrocken auf, wir waren fern von allen bekannten Küsten, es mußte ein ganz fremdes Land sein. Wir sahen erst nur einen Nebelstreif, dann allmählich wuchs und dehnte sich's wie ein Wolkengebirge. Unterdes aber kam der Abend, die Luft dunkelte schläfrig und verdeckte alles wieder. – Wir gingen nun so nah am Strande als möglich vor Anker, um mit Tagesanbruch zu landen. O der schönen erwartungsvollen Nacht! Es war so still, daß wir die Wälder von der Küste rauschen hörten, ein köstlicher Duft von Kräutern wehte herüber, im Walde sang ein Vogel mit fremdem Schalle, manchmal trat der Mond plötzlich hervor und beleuchtete flüchtig wunderbare Gipfel und Klüfte.

Als endlich der Morgen anbrach, standen wir schon alle wanderfertig auf dem Verdecke vor dem blitzenden Eilande. Ich werde den Anblick niemals vergessen – mir war's als schlüge die strenge Schöne, die ich oft im Traume gesehen, ihre Schleier zurück und ich säh' ihr auf einmal in die wilden dunkeln Augen. – Wir landeten nun und richteten uns fröhlich am Fuß des Gebirges ein, ich aber machte sogleich mit mehreren Begleitern einen Streifzug ins Land. Wir fanden alles wild und schön, fremde Tiere flogen scheu vor uns in das Dickicht, weiterhin stießen wir auf ein Dorf in einem fruchtbaren Felsentale, die Schmetterlinge flatterten friedlich in den blühenden Bäumen, aber die Hütten waren leer und alles so still in der Einsamkeit zwischen den Klüften und Wasserfällen, als wäre der Morgen der Engel des Herrn, der die Menschen aus dem Paradiese gejagt und nun zürnend mit dem Flammenschwerte auf den Bergen stände.

Als ich zurückkehrte, ließ ich der Vorsicht wegen einige Feldschlangen vom Schiffe bringen und unsern Lagerplatz verschanzen, da ich beschlossen hatte, das Land genau zu durchforschen. So war die Nacht herangekommen. Ich hatte wenig Ruh vor schweren seltsamen Träumen und als ich das eine Mal aufwachte, war unser Wachtfeuer fast schon ausgebrannt, es konnte nicht mehr weit vom Tage sein. Ich begab mich daher zu den äußersten Posten, die ich am Abend ausgestellt, die waren sehr erfreut, mich zu sehen, denn sie hatten die ganze Nacht über eine wunderliche Unruhe im Gebirge bemerkt, ohne erraten zu können, was es gebe. Ich legte mich mit dem Ohr an den Boden, da war's zu meinem Erstaunen, als vernähm' ich den schweren Marsch bewaffneter Scharen in der Ferne. Manchmal erschallte es weit in den Bäumen wie Nachtgeflügel, das aufgeschreckt durch die Zweige bricht, dann war alles wieder still. Indem ich aber noch so lauschte, hör' ich auf einmal ein Flüstern dicht neben mir im Dunkeln. Ich trat einige Schritte zurück, meine Jagdtasche war mit Feuerwerk wohl versehen, ich warf schnell eine Leuchtkugel nach dem Gebirge hinaus. Da bot sich uns plötzlich der wunderbarste Anblick dar: bei dem hellen Widerschein sahen wir einen furchtbaren Kreis bewaffneter dunkler

Gestalten, lauernd an die Palmen gelehnt, hinter Steinen im Dickicht, Kopf an Kopf bis tief in den finstern Wald hinein. Alle Augen folgten dem feurigen Streif der Leuchtkugel, und als sie prasselnd in der Luft zerplatzte, richteten sich mehre auf und betrachteten erstaunt die verfunkelnden Sterne, die im Niedersinken die Wipfel vergoldeten. Unterdes waren auf das Feuerzeichen die Unsrigen, die auf meinen Befehl bekleidet und mit den Waffen geruht hatten, erschreckt und noch halbverschlafen herbeigeeilt. Als nun die Wilden das Wirren und ängstliche Hin- und Herlaufen bemerkten, sprangen sie plötzlich aus ihrem Hinterhalt, ein Hagel von Speeren und Steinen flog hinter ihnen drein, ich hatte kaum Zeit, die Meinigen zu ordnen. Ich ließ fürs erste nur blind feuern, die Eingebornen stutzten, da sie sich aber alle unversehrt fühlten, lachten sie wild und griffen nun um so wütender an. Eine zweite scharfe Ladung empfing die Verwegenen, wir sahen einige von ihnen getroffen sinken, die hintersten aber gewahrten es nicht und drängten immer unaufhaltsamer über die Gefallenen vor. Mehrere von den Unsrigen wollten unterdes mitten in dem Getümmel ein Weib mit fliegendem Haar gesehen haben, die wie ein Würgengel unter ihren eigenen Leuten die Zurückweichenden mit ihrem Speer durchbohrte, es entstand ein dumpfes scheues Gemurmel von einer schönen wilden Zauberin, die Meinigen fingen an zu wanken. Jetzt zauderte ich nicht länger, ich befahl unsere Feldschlange loszubrennen, der Schuß weckte einen anhaltenden furchtbaren Widerhall zwischen den Bergen und riß eine breite Lücke in den dichtesten Haufen der Wilden. Das entschied den Kampf; wie vor einer unbegreiflichen übermenschlichen Gewalt standen sie eine

Zeitlang regungslos, dann wandte sich auf einmal die ganze Schar mit durchdringendem Geheul, durch den Pulverdampf sahen wir sie ihre Toten und Verwundeten auf den Rücken eilig fortschleppen und in wenigen Minuten war alles zwischen dem Unkraut und den Felsenritzen wie ein Nachtspuk in der Morgendämmerung verschlüpft, die nun allmählich wachsend das Gebirge erhellte.

Wir standen noch ganz verwirrt, wie nach einem unerhörten Traume. Ich ließ darauf die Verwundeten zurückbringen und sammelte die Frischesten und Kühnsten, um den Saum des Waldes von dem Gesindel völlig zu säubern. So schritten wir eben vorsichtig in die Berge hinein, als plötzlich auf einem Felsen über uns zwischen den Wipfeln eine hohe schlanke Mädchengestalt von so ausnehmender Schönheit erschien, daß alle, die auf sie zielten, ihre Arme sinken ließen. Sie war in ein buntgeflecktes Pantherfell gekleidet, das von einem funkelnden Gürtel über den Hüften zusammengehalten wurde, mit Bogen und Köcher, wie die heidnische Göttin Diana. Sie redete uns furchtlos und wie es schien, zürnend an, aber keiner verstand die Sprache und der Klang ihrer Stimme verhallte in den Lüften, bis sie endlich selbst zwischen den Bäumen wieder verschwand.

Mein Lieutenant insbesondere war von der wunderbaren Erscheinung ganz verwirrt. Er pflegte sonst nicht viel Worte zu machen, jetzt aber funkelten seine Augen, ich hatte ihn noch nie so heftig gesehn. Er nannte das Mädchen eine teuflische Hexe, man müsse sie tot oder lebendig fangen und verbrennen, er selbst erbot sich, sogleich Jagd auf sie zu machen. Ich verwies ihm seine unsinnige Rede. Wir brauchten, sagte ich, vor allem einige Tage Ruh und frische Lebensmittel, dazu müßten wir jetzt Frieden halten mit den Eingebornen. Der Lieutenant aber war bei seinem stillen Wesen leicht zum Zorne zu reizen, er hieß mich selber des Teufels Zuhalter und verschwor sich, wenn ihm keiner beistehn wollte, das christliche Werk allein zu vollbringen. Und mit diesen Worten stieg er eilig das Gebirge hinan, ehe wir ihn zurückhalten konnten. Vergebens riefen wir ihm warnend, bittend und drohend nach, ich selbst durchschweifte mit vielen andern fruchtlos die nächsten Berge, es sah ihn niemand wieder.

Dieses ganz unerwartete Ereignis machte mir große Sorge, denn entweder wandte der Unglückliche durch sein Unternehmen das kaum vorübergezogene Ungewitter von neuem auf uns zurück, oder ich verlor, was wahrscheinlicher war, einen redlichen und tapfern Offizier. Das letzte schien leider zutreffen zu wollen, denn alle unsere Nachforschungen blieben ohne Erfolg, mehrere Tage waren seitdem vergangen, meine Leute gaben ihn schon auf. Da beschloß ich endlich, mir um jeden Preis Gewißheit über sein Schicksal zu verschaffen. Ich ließ unser Lager abbrechen, lichtete die Anker und segelte, mich immer möglichst dicht zum Lande haltend, weiter an der Küste herab.

Wir fuhren nun abwechselnd an wilden und lachenden Gestaden vorüber, aber, wo wir auch ans Land stiegen, sahen wir's verlassen, die Eingebornen flohen scheu vor uns in die Wälder, von dem Lieutenant war keine Spur zu entdecken. – So hatten wir uns einmal beim ersten Morgengrauen in einem von Bergen umgebenen Tale gelagert, das mir besonders anmutig und reich bevölkert schien, wie ich aus den vielen Stimmen abnahm, die wir nachts von der Küste gehört hatten. Ich ließ unsern Lagerplatz sogleich mit Zweigen eines Baumes bestekken, von dem ich wußte, daß er in diesen Weltgegenden als Zeichen des Friedens und der Freundschaft angesehen wird, flatternde Bänder und bunte Teppiche wurden ringsum an Stangen ausgehängt, unsere Spielleute mußten dazu musizieren, das klang gar lustig in der Einsamkeit, die nun schon von der schönsten Morgenröte nach und nach erhellt wurde. Ich hatte mich in meiner Erwartung auch nicht getäuscht, denn es währte nicht lange, so erschienen einzelne Wilde neugierig hie und da wie Raben an den Klippen, jetzt erkannten wir auch im steigenden Morgen die Gegend ringsumher, fruchtbare Gründe, Wasserfälle und wunderbar gezackte Felsen, die wie Burgen über den Wäldern hingen.

Bald darauf aber sahen wir es fern am Saum des Waldes in der Morgensonne schimmern. Ein unübersehbarer Zug von Wilden bewegte sich jetzt unter den Bäumen die nachtkühlen Schlüfte herab, voran schwärmten hohe schlanke Bursche über den beglänzten Wiesengrund, die gewandt ihre blinkenden Speere in die Luft warfen und wieder auffingen. So im künstlichen Kampfspiel bald sich verschlingend, bald wieder auseinanderfliegend, nahten sie sich langsam unserm Lager, dazwischen sang der Zug dahinter ein rauhes aber gewaltiges Lied und so oft sie schwiegen, gaben andere von den Bergen Antwort.

Ich wußte nicht, was ich von dem seltsamen Beginnen halten sollte. Mir war aber alles daran gelegen, mit ihnen in ein friedliches Verständnis zu kommen. Ich hieß daher meine Leute die Feldschlange laden und sich kampffertig halten, während ich selber allein den Ankommenden entgegenging, das grüne Reis hoch über meinem Hute schwenkend. Da gewahrte ich an der Spitze des Zuges mehrere schöne junge Männer in kriegerischem Schmuck, die über ihren Köpfen breite Schilde wie ein glänzendes Dach emporhielten. Auf diesen aber erblickte ich zu meinem Erstaunen das Wundermädchen wieder, die wir damals auf dem Felsen gesehn. Mit dem schlanken Pantherleib, zu beiden Seiten von den langen dunklen Locken umwallt, ruhte sie in ihrer strengen Schönheit wie eine furchtbare Sphinx auf den Schilden.

Kaum aber hatte sie mich erblickt, als sie sich rasch von ihrem Sitze schwang und auf mich zueilte, die turnierenden Bursche stoben zu beiden Seiten auseinander und senkten ehrerbietig die Lanzen vor ihr – es war die Königin des Landes.

Sie trat, während die andern in einem weiten Halbkreise zurückblieben, mitten unter uns mit einem Anstande, der uns alle erstaunen machte, und betrachtete mich, als den vermeintlichen König der Fremden, lange Zeit mit ernsten Blicken. Ich ließ ihr einen bunten Teppich zum Sitze über den Rasen breiten und überreichte ihr dann ein Geschenk von Glaskorallen, Tüchern und Bändern. Sie nahm alles wie einen schuldigen Tribut an, ohne sich jedoch, nach einem flüchtigen Blick darauf, weiter darum zu bekümmern, ihre Seele schien von ganz andern Gedanken erfüllt. Unterdes war auch ihr Gefolge nach und nach vertraulicher geworden. Einzelne näherten sich den Unsrigen, einer von ihnen benutzte die Verwirrung, rollte schnell einen Teppich auf und entfloh damit nach dem Walde. Die Königin bemerkte es, rasch aufspringend zog sie einen Pfeil aus ihrem Köcher und durchbohrte den Fliehenden, daß er tot ins Gras stürzte;

da hing die ganze Schar wie eine dunkle Wolke wieder unbeweglich am Saume des Waldes.

Mir graute, sie aber wandte sich von neuem zu uns, ihre Blicke spielten umher, sie schien etwas mit den Augen zu suchen. Endlich erblickt sie's: es war unsere Feldschlange. Sie betrachtete sie mit großer Aufmerksamkeit, auf ihr Begehren mußte ich sie wenden und losbrennen lassen. Bei dem Knall stürzten die Eingebornen zu Boden, das Mädchen schauerte kaum und stand wie eine Zauberin in dem ringelnden Dampf. Dann aber flog sie pfeilschnell nach der Gegend, wohin der Schuß gefallen. Ich folgte ihr, denn es schien mir ratsam, ihr die unwiderstehliche Gewalt unseres Geschützes begreiflich zu machen. Es war ein abgelegener Ort tief im Walde, wo die Kugel einen Baum zerschmettert hatte; Stamm, Krone und Äste lagen zerrissen umher, wie vom Blitz gespaltet. – Als sich die Königin von der furchtbaren Wirkung des Schusses überzeugt hatte, wurde sie ganz nachdenklich und traurig; wie vernichtet setzte sie sich auf den Rasen hin. So saß sie lange stumm, ich hatte sie noch nicht so nah gesehn, nun fesselte mich ihre Schönheit und ganz verwirrt und geblendet drückte ich flüchtig ihre Hand. Da wandte sie fast betroffen ihr Gesicht nach mir herum und sprang dann plötzlich wild auf, daß ich zusammenschrak. Sie eilte nach unserm Lagerplatz zurück, dort hatte sie, eh' ich's noch hindern konnte, unsere Schiffsfahne ergriffen und schwenkte sie hoch in der Luft, uns alle auf ihre Berge einladend. Ich hatte kaum noch Zeit genug, die nötigen Wachen am Strande anzuordnen, denn sie flog schon mit dem weißen flatternden Banner voran. Von Zeit zu Zeit, während wir vorsichtig folgten, erschien sie über den Wipfeln auf überhängenden Felsen, daß uns grauste, und so oft sie oben sichtbar wurde, jauchzten die Eingebornen ihr zu und ihre Hörner schmetterten dazwischen, daß es weit im Gebirge widerhallte.

Ich übergehe hier unsern Empfang und ersten Aufenthalt auf diesen Felsen, die scheue Gastfreundschaft der Wilden, unser Lagern über den Klüften, die herrlichen Morgen und die wunderbaren Nächte – es ist mir von allem nur noch das Bild der Königin in der Seele zurückgeblieben. Denn sie selber war wie das Gebirge, in launenhaftem Wechsel bald scharf gezackt, bald sammetgrün, jetzt hell und blühend bis in den fernsten tiefsten Grund, dann alles wieder grauenhaft verdunkelt. Wie oft stand ich damals auf den Bergen und schaute in das blaue Meer! Den Lieutenant hatte ich lange aufgegeben, der Wind wehte günstig, alles war zur Abfahrt bereit – und doch mußte ich mich immer wieder zurückwenden in jene wildschöne Einsamkeit.

In dieser Zeit schweifte ich oft mit der Königin auf der Jagd umher. Auf einem solchen Streifzuge war ich eines Tages weit von ihr abgekommen. Vergebens rief ich ihren Namen, die Täler unten ruhten schwül, nur der Widerhall gab Antwort zwischen den Felsen. Auf einmal erblickte ich sie fern im Walde, es war, als ginge jemand unter den Bäumen eilig von ihr fort. Als ich aber hinaufkam, war alles wieder still; dann aber hörte ich sie singen über mir, eine so wunderbare Melodie, daß es mir die Seele wandte. So verlockte sie mich immer weiter in die Wildnis, ihr Lied war auch verklungen, kein Vogel sang mehr in dieser unwirtbaren Höhe – da, wie ich mich einmal plötzlich wende, steht sie auf einer Klippe in der Waldesstille, den Bogen lauernd auf mich angelegt. – Ich starrte sie erschrocken an, sie aber lachte und ließ den Bogen sinken, zwischen den Wasserfällen im Widerschein der Abendlichter zu mir herabsteigend. – Es war eine öde Gebirgsebene hoch über allen Wäldern, der Abend dunkelte schon. Sie setzte sich zu mir ins Gras, mir graute, denn um ihren Hals bemerkte ich eine Perlenschnur von Zähnen erschlagener Feinde. Und dennoch wandte ich keinen Blick von ihr, gleichwie man gern in ein Gewitter schaut. So lag ich, den Kopf in meine Hand gestützt, ganz in den Anblick ihrer wunderbaren Erscheinung versunken. Da sie's aber gewahrte, wandte sie sich plötzlich von mir, schwenkte aufspringend ihren Jagdspeer über sich und sang ein seltsames Lied, es waren in unserer Sprache etwa folgende Worte:

Bin ein Feuer hell, das lodert
Von dem grünen Felsenkranz,
Seewind ist mein Buhl' und fodert
Mich zum lust'gen Wirbeltanz,
Kommt und wechselt unbeständig.
Steigend wild,
Neigend mild,
Meine schlanken Lohen wend' ich,
Komm' nicht nah mir, ich verbrenn' dich!

Dieser Abend gab den Ausschlag. Damals tat ich einen heimlichen Schwur, mich selber für die Königin zu opfern. Ich gelobte, Europa zu entsagen für immer, um sie und ihr Volk zum Christentum zu bekehren und dann mit ihr das Eiland zu regieren zu Gottes Ehre. – Ich Tor, ich bildete mir ein, den Himmel zu erobern, und meinte doch nur das schöne Weib! Mein Plan war bald gemacht. Erst mußt' ich sichern Boden haben unter mir. Unter meinen Leuten befanden sich geschickte Werkmeister aller Art; Holz, Steine und was zum Bauen nötig, lag verworren umher, ich ließ rasch zugreifen und auf dem Vorgebirg, welches das ganze Land beherrschte, eine feste Burg errichten zu Schutz und Trutz, und pflanzte einen Garten daneben nach unserer Weise.

Nur wenigen von den Meinen hatte ich das eigentliche Vorhaben angedeutet, die andern blendete das Gold, das überall verlockend durch den grünen Teppich der Insel schimmerte. Die Königin wußte nicht wie ihr geschah, erst wollte sie's hindern, dann stutzte sie und staunte, und während sie noch so zögernd sann und schwankte, wuchsen die Hallen und Bogen und Lauben ihr schon über dem Haupt zusammen und alles schoß üppig auf und rauschte und blühte, als sollt' es ein ewiger Frühling sein.

Dazumal an einem Sonntage besichtigte ich das neue Werk, meine Leute waren lustig im Grünen zerstreut, ich hatte Wein unter sie verteilen lassen, denn morgen sollten die Kanonen vom Schiff auf die Mauern gebracht und die Burg feierlich eingeweiht werden. Ich ging durch den einsamen Hof und freute mich, wie die jungen Weinranken überall an den Pfeilern und Wänden hinaufkletterten. Es war ein schwüler Nachmittag, die Bäume flüsterten so seltsam über die Mauer, die Arbeit ruhte weit und breit, nur manchmal schlüpfte eine bunte Schlange durch das Gras, während einzelne Wolken träg und müßig über die Gegend hinzogen. Draußen aber schillerte der junge Garten im Sonnenglanze, wie mit offnen Augen schlafend, als wollt' er mir im Traum etwas sagen. Ich trat hinaus und streckte mich endlich ermattet vor dem Tor unter die blühenden Bäume, wo mich die Bienen gar bald in Schlummer summten. – So mochte ich lange geschlafen haben, als ich plötzlich Stimmen zu hören glaubte.

Ich bog die Zweige auseinander und erblickte wirklich mehre Eingeborne im Burghof, sie strichen, heimlich und scheu umherschauend, an den Mauern hin, ich erkannte die Häuptlinge der Insel an ihrem Schmuck. Im ersten Augenblick glaubte ich, es gelte mir, aber sie konnten mich nicht bemerken. Zu meinem Entsetzen aber gewahre ich nun auch unsern Lieutenant mitten unter ihnen mit verworrenem Bart, bleich und verwildert wie ein Gespenst, er redet geläufig ihre Mundart, sie sprechen leise und lebhaft untereinander. Darauf alles auf einmal wieder totenstill – da erblickte ich die Königin am jenseitigen Tor, in ihrem Pantherkleid mit dem Bogen, ganz wie ich sie zum ersten Mal gesehen. Sie macht mit ihrem Pfeile wunderliche Zeichen in die Luft und plötzlich, schnell und lautlos, ist alles wieder zerstoben. – Ich rieb mir die Augen, die ganze Erscheinung war mir wie ein Spuk.

Als ich mich ein wenig besonnen, sprang ich hastig auf, da ich aber an den Bergrand trat, stand schon der Abend dunkelrot über der Insel, aus dem Waldgrunde unter mir hörte ich die Meinigen singen. Ich eilte sogleich nach der Gegend des Gebirges hin, wo die Königin mit den Häuptlingen verschwunden war. Da sah ich jemand fern unter den Bäumen sich ungewiß bewegen, bald rasch vortretend, bald wieder zögernd und unschlüssig zurückkehrend. Auf einmal kam er wie rasend auf mich hergestürzt – es war der Lieutenant.

Fort, fort! schrie er, die Nacht bricht schon herein, laßt alles stehn, werft euch auf euer Schiff und flieht, nur fort! – Mir flog eine schreckliche Ahnung durch die Seele. Überläufer! rief ich, meinen Degen ziehend, du hast uns verraten, das Kainszeichen brennt dir blutrot an der Stirn! – Wo, wo brennt's? entgegnete er erschrocken, sich wild nach allen Seiten umsehend. – Aus deinen Augen lodert es versengend, sagte ich; – das ist nicht wahr, erwiderte er, im Walde brennt's unter meinen Füßen, in meinem Haar, in meinen Eingeweiden brennt's! und mit diesen Worten ergriff er sein Schwert und drang verzweifelt auf mich ein. Hier, Aug' in Aug', sieh nicht so scheu hinweg! rief ich ihm zu. Ich weiß nicht, täuschte mich die Dämmerung, aber mir war's, als böt er recht mit Herzenslust die entblößte Brust oft wehrlos meiner Degenspitze – mir graute, ihn zu morden.

Da, während wir so fechten, tritt auf einmal die Königin aus dem Walde und mitten zwischen uns. Der Lieutenant, da er sie erblickt, taumelt wie geblendet einige Schritte zurück. Dann seinen Degen plötzlich zu ihren Füßen niederwerfend, ruft er aus: Da nimm's, ich *kann* nicht! Und in demselben Augenblick bricht er zusammen, auf den Boden schlagend. – Die Königin aber neigte sich über ihn und nannte ihn beim Namen so lieblich mit dem wunderbaren Klange ihrer Stimme, daß er verwirrt den Kopf erhob und lauschte. Da setzte sie mutwillig ihren Fuß auf seinen Nacken; geh nur, geh, sagte sie, und ein spöttisches Lächeln flog um ihren Mund. Und zu meinem Erstaunen raffte nun der Lieutenant, seinen Degen fassend, sich rasch wieder empor, seine Augen funkelten irr über die hohe Gestalt, die er, ich sah's wohl, tödlich haßte und rasend liebte, er konnte meinen Blick nicht ertragen, seine Kleider waren mit Blut bespritzt von einer leichten Wunde am Arm, aber er bemerkte es nicht. So stürzte er von neuem fort in den Wald und ein blutiger Streif bezeichnete seine Spur im Grase.

Nun wandte sich die Königin wieder zu mir, ich fragte sie, wo der Lieutenant so lange gewesen? Sie schien zerstreut und gab verworren Antwort. Drauf fragte ich, wohin sie ging? – Auf den Anstand, entgegnete sie lachend, der Wind weht vom Gebirge, da wechselt das Wild, es gibt heut ein lustiges Jagen! Jetzt traten wir droben aus dem Gestrüppe, da sah ich tief unter uns meine gesamte Mannschaft, in buntem Gemisch mit vielen Eingebornen um Becher und Würfelspiel gelagert. Von der einen Seite ragte meine halbfertige Burg über die Wipfel, die Luft dunkelte schon, Vögel schwärmten kreischend um die Mauern. – Ich hatte keine Ruh, es trieb mich zu den Meinen, die Königin führte mich auf dem nächsten Wege hinab. Sie lauschte oft in die Ferne, da hörte ich Stimmen, bald da, bald dort ein Laut, dann sah ich Rauchsäulen im Walde aufsteigen, ich hielt es für Höhenrauch nach dem schwülen Tage. Unterdes aber kam die Nacht und der Mond, die Bäche rauschten im Dunkeln neben uns, die Königin wurde immer schöner und wilder, sie riß am Wege leuchtende Blumen ab und kränzte sich und mich damit; so stieg sie mit mir von Klippe zu Klippe, selber wie die Nacht. Nun standen wir am letzten Abhange, schon konnte ich die Stimmen der Meinigen im Waldgrunde unterscheiden, da trat sie plötzlich vor mir auf den Fels hinaus und schleuderte ihren Jagdspeer übers Tal. Kaum aber sahen die unten zerstreuten Wilden ihn funkelnd blitzen über sich, so sprangen alle jauchzend auf und warfen sich wie Tigerkatzen über meine Leute, die sich der Tücke nicht versahen. Jetzt wurde mir auf einmal alles schrecklich klar. Ich zog und hieb voll Zorn erst nach der Königin, sie aber flog schon ferne durch den Wald, so stürzt' ich nun den Meinigen zu Hülfe. Diese waren hart bedrängt, nur wenige hatten so schnell zu ihren Waffen gelangen können, ich sammelte, so gut es ging, die Verwirrten, meine unerwartete Gegenwart belebte alle und in kurzer Zeit war das verräterische Gesindel wieder verjagt.

Aber rings am Saume des Waldes schwoll und wuchs nun die Schar unermeßlich, zahllose dunkle Gestalten mit Feuerbränden wirrten sich kreuzend durch die Nacht und steckten in grauenvoller Geschäftigkeit ringsum die Wälder an. Die Sonne hatte wochenlang gesengt über dem Lande, da griff das Feuer, an den Felswänden auf- und niedersteigend, lustig in die alten Wipfel, der Sturm faßte und rollte die Flammen auf, wie blutige Fahnen, in der entsetzlichen Beleuchtung sah ich die Königin auf ihren Knien, als wollte sie die Lohen auf uns wenden mit ihrem schrecklichen Gebet. Kaum noch vermochten wir zu atmen in dem Rauch, der von Pfeilen schwirrte, von allen Seiten rückt' es rasch heran, das Schrein, das sprühende Knistern und Prasseln, nur manchmal von dem Donner stürzender Bäume unterbrochen; schon lief das Feuer in dem verdorrten Heidekraut über den Waldgrund, uns immer enger umzingelnd mit seinem furchtbaren Ringe. Da in der höchsten Not teilte der Wind auf einen Augenblick den Qualm und wir gewahrten plötzlich eine dunkle Furt in den Flammenwogen. Ein reißender Waldstrom rang dort mit dem wilden Feuermanne, der zornig Wurzeln, Stämme und Kronen darüber geworfen hatte. Das rettete uns, wir eilten über die lodernden Brücken und erreichten in der allgemeinen Verwirrung glücklich das Meer, eh' uns der große Haufen bemerkte.

Als wir aber an den Strand kamen, sahen wir zu unserm Schrecken unser Boot schon von Eingebornen besetzt. Die Königin war's mit vielen bewaffneten Häuptlingen, sie schienen von unserm Schiffe herzukommen und sprangen soeben leis und heimlich ans Land. Da sie uns erblickten, nicht weniger überrascht als wir, umringten sie eiligst ihre Königin und suchten uns in die Flammen zurückzutreiben. Auf diesem einsamen Platze aber waren wir die Mehrzahl, es entstand ein verzweifelter Kampf, denn unser aller Leben hing an einer Viertelstunde. Vergebens streckte die Königin mit ihrem tödlichen Geschoß meine kühnsten Gesellen zu Boden, die Häuptlinge fochten sterbend noch auf den Knien und als der letzte sank, schwang ich die Schreckliche gewaltsam auf meinen Arm und stürzte mich mit ihr und den wenigen, die mir geblieben, in das Boot. – Es war höchste Zeit, denn schon drangen die Eingebornen aus allen Felsenspalten und brennenden Waldtrümmern wie ein Schwarm Salamander auf uns ein, und kaum hatten wir den Bord des Schiffs erklommen, so wimmelte die See von unzähligen bewaffneten Nachen. Ich ließ schnell die Anker lichten, ein frischer Wind schwellte die Segel, die Wilden folgten und bedeckten das Schiff mit einem Pfeilregen.

Nun aber brach auf dem Schiffe selbst der rohe Grimm der verwilderten Soldaten aus. Sie hatten, eh' ich sie zügeln konnte, die Königin gebunden und verhöhnten sie mit gemeinen Spottreden; sie aber saß stolz und schweigend unter ihnen, als wäre sie noch die Herrin hier und *wir* ihre Gefangenen. Auf einmal erkannte sie einen Häuptling, der sich auf einem Kahne tollkühn genähert. Sich gewaltsam auf dem Verdeck hoch aufrichtend, fragte sie: ob alle Weißen von der Insel vertilgt seien? und da er's bejahte, winkte sie ihnen zu, unser Schiff zu verlassen. Die Wilden zögerten erschrocken und verwirrt, ein dunkles Gemurmel ging durch den ganzen Schwarm. Da befahl sie ihnen noch einmal mit lauter Stimme, eiligst an den Strand zurückzukehren, und zu unserm Erstaunen wandten sich alle, Boot auf Boot, aber ein wehklagender Abschiedsgesang erfüllte die Luft wie ein Grabeslied.

Mir war das Betragen der Königin unbegreiflich. Noch einmal leuchtete mir die Hoffnung auf, sie wolle alles verlassen und mit uns ziehn, als plötzlich der Schrekkensruf: Feuer! aus dem untern Schiffsraum erscholl. Todbleiche Gesichter, auf das Verdeck stürzend, bestätigten das furchtbare Unheil. Das Feuer hatte die Planken der Pulverkammer gefaßt, an Löschen war nicht mehr zu denken, wir waren alle unrettbar verloren. Mich überflog eine gräßliche Ahnung. Ich sah die Königin durchdringend an; sie flüsterte mir heimlich zu: sie selber habe das Schiff angesteckt, als sie vorhin am Bord gewesen. – Jetzt züngelten die Flammen schon aus allen Luken aufs Verdeck hinauf, da, mitten in der entsetzlichen Verwirrung, zerriß sie plötzlich ihre Banden und freudig und unverwandt nach den brennenden Wäldern schauend, streckte sie beide Arme frei in die sternklare Nacht wie ein Engel des Todes. In demselben Augenblick aber fühlte ich einen dumpfen Schlag, die Bretter wichen unter mir, meine Sinne vergingen, ich sah nur noch einen unermeßlichen Feuerblick, wie tief in die Ewigkeit hinein.

Als ich wieder zu mir selbst kam, war alles still überm Meer, nur dunkle Trümmer des Schiffs und zerrissene Leichname meiner Landsleute trieben einzeln umher. Ich hatte im Todeskampf einen Mastbaum fest umklammert. Jetzt bemerkte ich einen Nachen der Eingebornen, der verlassen sich neben mir auf den Wellen schaukelte. Verwundet und zerschlagen wie ich war, bot ich meine letzten Kräfte auf und warf mich todmüde hinein. Der Wind trieb mich dicht an dem umbuschten Gestade hin, der Mond schien blaß durch die Rauchwolken, auf der Insel aber hatte unterdes das Feuer auch meine Burg ergriffen, die Flammen schlugen aus allen Fenstern, langsam neigte sich der Turm, und Bogen auf Bogen stürzte alles donnernd in die Glut zusammen. Da sah ich im hellen Widerschein der Flammen fern die Leiche der Königin schwimmen in bleicher Todesschönheit, als schliefe sie auf dem Meere. Auf einem vorspringenden Felsen aber stand der Lieutenant, auf sein blutiges Schwert gestützt, ganz allein, vom Feuer verbrannt; er bemerkte mich nicht, mein Schifflein flog um die Klippe – ich sah ihn niemals wieder.

ADALBERT STIFTER

Die Sonnenfinsternis am 8. Juli 1842

Es gibt Dinge, die man fünfzig Jahre weiß, und im einundfünfzigsten erstaunt man über die Schwere und Furchtbarkeit ihres Inhaltes. So ist es mir mit der totalen Sonnenfinsternis ergangen, welche wir in Wien am 8. Juli 1842 in den frühesten Morgenstunden bei dem günstigsten Himmel erlebten. Da ich die Sache recht schön auf dem Papiere durch eine Zeichnung und Rechnung darstellen kann und da ich wußte, um soundso viel Uhr trete der Mond unter der Sonne weg und die Erde schneide ein Stück seines kegelförmigen Schattens ab, welches dann wegen des Fortschreitens des Mondes in seiner Bahn und wegen der Achsendrehung der Erde einen schwarzen Streifen über ihre Kugel ziehe, was man dann an verschiedenen Orten zu verschiedenen Zeiten in der Art sieht, daß eine schwarze Scheibe in die Sonne zu rücken scheint, von ihr immer mehr und mehr wegnimmt, bis nur eine schmale Sichel übrigbleibt und endlich auch die verschwindet – auf Erden wird es da immer finsterer und finsterer, bis wieder am anderen Ende die Sonnensichel erscheint und wächst und das Licht auf Erden nach und nach wieder zum vollen Tag anschwillt – dies alles wußte ich voraus, und zwar so gut, daß ich eine totale Sonnenfinsternis im voraus so treu beschreiben zu können vermeinte, als hätte ich sie bereits gesehen. Aber, da sie nun wirklich eintraf, da ich auf einer Warte hoch über der ganzen Stadt stand und die Erscheinung mit eigenen Augen anblickte, da geschahen freilich ganz andere Dinge, an die ich weder wachend noch träumend gedacht hatte und an die keiner denkt, der das Wunder nicht gesehen. – Nie und nie in meinem ganzen Leben war ich so erschüttert, von Schauer und Erhabenheit so erschüttert, wie in diesen zwei Minuten – es war nicht anders, als hätte Gott auf einmal ein deutliches Wort gesprochen, und ich hätte es verstanden. Ich stieg von der Warte herab, wie vor tausend und tausend Jahren etwa Moses von dem brennenden Berge herabgestiegen sein mochte, verwirrten und betäubten Herzens.

Es war ein so einfach Ding. Ein Körper leuchtet einen andern an, und dieser wirft seinen Schatten auf einen dritten: aber die Körper stehen in solchen Abständen, daß wir in unserer Vorstellung kein Maß mehr dafür haben, sie sind so riesengroß, daß sie über alles, was wir groß heißen, hinausschwellen – ein solcher Komplex von Erscheinungen ist mit diesem einfachen Dinge verbunden, eine solche moralische Gewalt ist in diesen physischen Hergang gelegt, daß er sich unserem Herzen zum unbegreiflichen Wunder emportürmt. Vor tausendmaltausend Jahren hat Gott es so gemacht, daß es heute zu dieser Sekunde sein wird; in unsere Herzen aber hat er die Fibern gelegt, es zu empfinden. Durch die Schrift seiner Sterne hat er versprochen, daß es kommen werde nach tausend und tausend Jahren, unsere Väter haben diese Schrift entziffern gelernt und die Sekunde angesagt, in der es eintreffen müsse; wir, die späten Enkel, richten unsere Augen und Sehröhre zu gedachter Sekunde gegen die Sonne, und siehe: *es kommt* – der Verstand triumphiert schon, daß er ihm die Pracht und Einrichtung seiner Himmel nachgerechnet und abgelernt hat – und in der Tat, der Triumph ist einer der gerechtesten des Menschen – *es kommt*, stille wächst es weiter – aber siehe, Gott gab ihm auch für das *Herz* etwas mit, was wir nicht vorausgewußt und was millionenmal mehr wert ist, als was der Verstand begriff und vorausrechnen konnte: das Wort gab er ihm mit: »*Ich bin*« –– »nicht darum bin ich, weil diese Körper sind und diese Erscheinung, nein, sondern darum, weil es euch in diesem Momente euer Herz schauernd sagt und weil dieses Herz sich doch trotz der Schauer als groß empfindet.« –– Das Tier hat gefürchtet, der Mensch hat angebetet.

Ich will es in diesen Zeilen versuchen, für die tausend Augen, die zugleich an jenem Momente zum Himmel aufblickten, das Bild, und für die tausend Herzen, die zugleich schlugen, die Empfindung nachzumalen und festzuhalten, insoferne dies eine schwache, menschliche Feder überhaupt zu tun imstande ist.

Ich stieg um fünf Uhr auf die Warte des Hauses Nr. 495 in der Stadt, von wo aus man die Übersicht nicht nur über die ganze Stadt hat, sondern auch über das Land um dieselbe bis zu dem fernsten Horizonte, an dem die ungarischen Berge wie zarte Luftbilder dämmern. Die Sonne war bereits herauf und glänzte freundlich auf die rauchenden Donauauen nieder, auf die spiegelnden Wässer und auf die vielkantigen Formen der Stadt, vorzüglich auf die Stephanskirche, die ordentlich greifbar nahe an uns aus der Stadt, wie ein dunkles, ruhiges Gebirge aus Gerölle, emporstand. Mit einem seltsamen Gefühle schaute man die Sonne an, da an ihr nach wenigen Minuten so Merkwürdiges vorgehen sollte. Weit draußen, wo der große Strom geht, lag eine dicke, langgestreckte Nebellinie, auch im südöstlichen Horizonte krochen Nebel und Wolkenballen herum, die wir sehr fürchteten, und ganze Teile der Stadt schwammen in Dunst hinaus. An der Stelle der Sonne waren nur ganz schwache Schleier, und auch diese ließen große blaue Inseln durchblicken.

Die Instrumente wurden gestellt, die Sonnengläser in Bereitschaft gehalten, aber es war noch nicht an der Zeit. Unten ging das Gerassel der Wägen, das Laufen und Treiben an – oben sammelten sich betrachtende Menschen; unsere Warte füllte sich, aus den Dachfenstern der umstehenden Häuser blickten Köpfe, auf Dachfirsten standen Gestalten, alle nach derselben Stelle des Himmels blickend, selbst auf der äußersten Spitze des Stephansturmes, auf der letzten Platte des Baugerüstes stand eine schwarze Gruppe, wie auf Felsen oft ein Schöpfchen Waldanflug – und wie viele tausend Augen mochten in diesem Augenblicke von den umliegenden Bergen nach der Sonne schauen, nach derselben Sonne, die Jahrtausende den Segen herabschüttet, ohne daß einer dankt – heute ist sie das Ziel von Millionen Augen – aber immer noch, wie man sie mit den dämpfenden Gläsern anschaut, schwebt sie als rote oder grüne Kugel rein und schön umzirkelt in dem Raume.

Endlich zur vorausgesagten Minute – gleichsam wie von einem unsichtbaren Engel empfing sie den sanften Todeskuß – ein feiner Streifen ihres Lichtes wich vor dem Hauche dieses Kusses zurück, der andere Rand wallte in dem Glase des Sternenrohres zart und golden fort – »es kommt« riefen nun auch die, welche bloß mit dämpfenden Gläsern, aber sonst mit freien Augen hinaufschauten – »es kommt« – und mit Spannung blickte nun alles auf den Fortgang. Die erste seltsame fremde Empfindung rieselte nun durch die Herzen, es war die, daß draußen in der Entfernung von Tausenden und Millionen Meilen, wohin nie ein Mensch gedrungen, an Körpern, deren Wesen nie ein Mensch erkannte, nun auf einmal etwas zur selben Sekunde geschehe, auf die es schon längst der Mensch auf Erden festgesetzt. Man wende nicht ein, die Sache sei ja natürlich, und an den Bewegungsgesetzen der Körper leicht rechenbar; die wunderbare Magie des Schönen, die Gott den Dingen mitgab, frägt nichts nach solchen Rechnungen, sie ist da, weil sie da ist, ja sie ist *trotz* der Rechnungen da, und selig das Herz, welches sie empfinden kann; denn nur dies ist Reichtum, und einen andern gibt es nicht – schon in dem ungeheuern Raum des Himmlischen wohnt das Erhabene, das unsere Seele überwältigt, und doch ist dieser Raum in der Mathematik sonst nichts als groß.

Indes nun alle schauten und man bald dieses, bald jenes Rohr rückte und stellte und sich auf dies und jenes aufmerksam machte, wuchs das unsichtbare Dunkel immer mehr und mehr in das schöne Licht der Sonne ein. – Alle harrten, die Spannung stieg; aber so gewaltig ist die Fülle dieses Lichtmeeres, das von dem Sonnenkörper niederregnet, daß man auf Erden keinen Mangel fühlte, die Wolken glänzten fort, das Band des Wassers schimmerte, die Vögel flogen und kreuzten lustig über den Dächern, die Stephanstürme warfen ruhig ihre Schatten gegen das funkelnde Dach, über die Brücke wimmelte das Fahren und Reiten wie sonst, sie ahneten nicht, daß indessen oben der Balsam des Lebens, das Licht, heimlich wegsieche – dennoch draußen an dem Kahlengebirge und jenseits des Schlosses Belvedere war es schon, als schliche Finsternis, oder vielmehr ein bleigraues Licht, wie ein böses Tier heran – aber es konnte auch Täuschung sein, auf unserer Warte war es lieb und hell, und Wangen und Angesichter der Nahestehenden waren klar und freundlich wie immer.

Seltsam war es, daß dies unheimliche, klumpenhafte tiefschwarze vorrückende Ding, das langsam die Sonne wegfraß, unser Mond sein sollte, der schöne sanfte Mond, der sonst die Nächte so florig silbern beglänzte; aber doch war er es, und im Sternenrohr erschienen auch seine Ränder mit Zacken und Wulsten besetzt, den furchtbaren Bergen, die sich auf dem uns so freundlich lächelnden Runde türmen.

Endlich wurden auch auf Erden die Wirkungen sichtbar, und immer mehr, je schmäler die am Himmel glühende Sichel wurde; der Fluß schimmerte nicht mehr, sondern war ein taftgraues Band, matte Schatten lagen umher, die Schwalben wurden unruhig, der schöne sanfte Glanz des Himmels erlosch, als liefe er von einem Hauche matt an, ein kühles Lüftchen hob sich und stieß gegen uns, über den Auen starrte ein unbeschreiblich seltsames, aber bleischweres Licht, über den Wäldern war mit dem Lichterspiele die Beweglichkeit verschwunden, und Ruhe lag auf ihnen, aber nicht die des Schlummers, sondern die der Ohnmacht – und immer fahler goß sich's über die Landschaft, und diese wurde immer starrer – die Schatten unserer Gestalten legten sich leer und inhaltslos gegen das Gemäuer, die Gesichter wurden aschgrau – – erschütternd war dieses allmähliche Sterben mitten in der noch vor wenigen Minuten herrschenden Frische des Morgens. Wir hatten uns das Eindämmern wie etwa ein Abendwerden vorgestellt, nur ohne Abendröte; wie geisterhaft aber ein Abendwerden ohne Abendröte sei, hatten wir uns nicht vorgestellt, aber auch außerdem war dies Dämmern ein ganz anderes, es war ein lastend unheimliches Entfremden unserer Natur; gegen Südost lag eine fremde gelbrote Finsternis, und die Berge und selbst das Belvedere wurden von ihr eingetrunken – die Stadt sank zu unsern Füßen immer tiefer, wie ein wesenloses Schattenspiel, hinab, das Fahren und Gehen und Reiten über die Brücke geschah, als sähe man es in einem schwarzen Spiegel – die Spannung stieg aufs höchste – einen Blick tat ich noch in das Sternrohr, er war der letzte; so schmal, wie mit der Schneide eines Federmessers in das Dunkel geritzt, stand nur mehr die glühende Sichel da, jeden Augenblick zum Erlöschen, und wie ich das freie Auge hob, sah ich auch, daß bereits alle andern die Sonnengläser weggetan und bloßen Auges hinaufschauten – sie hatten auch keines mehr nötig; denn nicht anders als wie der letzte Funke eines erlöschenden Dochtes schmolz eben auch der letzte Sonnenfunken weg, wahrscheinlich durch die Schlucht zwischen zwei Mondbergen zurück – es war ein ordentlich trauriger Augenblick –, deckend stand nun Scheibe auf Scheibe – und *dieser* Moment war es eigentlich, der wahrhaft herzzermalmend wirkte – das hatte keiner geahnet – ein einstimmiges »Ah« aus aller Munde, und dann Totenstille, es war der Moment, da Gott redete und die Menschen horchten.

Hatte uns früher das allmähliche Erblassen und Einschwinden der Natur gedrückt und verödet, und hatten wir uns das nur fortgehend in eine Art Tod schwindend gedacht: so wurden wir nun plötzlich aufgeschreckt und emporgerissen durch die furchtbare Kraft und Gewalt der Bewegung, die da auf einmal durch den ganzen Himmel lag; die Horizontwolken, die wir früher gefürchtet, halfen das Phänomen erst recht bauen, sie standen nun wie Riesen auf, von ihrem Scheitel rann ein fürchterliches Rot, und in tiefem kalten schweren Blau wölbten sie sich unter und drückten den Horizont – Nebelbänke, die schon lange am äußersten Erdsaume gequollen und bloß mißfärbig gewesen waren, machten sich nun gelten und schauderten in einem zarten furchtbaren Glanze, der sie überlief – Farben, die nie ein Auge gesehen, schweiften durch den Himmel – der Mond stand mitten in der Sonne, aber nicht mehr als schwarze Scheibe, sondern gleichsam halb transparent wie mit einem leichten Stahlschimmer überlaufen, rings um ihn kein Sonnenrand, sondern ein wundervoller, schöner Kreis von Schimmer, bläulich, rötlich, in Strahlen auseinanderbrechend, nicht anders, als gösse die obenstehende Sonne ihre Lichtflut auf die Mondeskugel nieder, daß es rings auseinanderspritzte – das Holdeste, was ich je an Lichtwirkung sah! – Draußen weit über das Marchfeld hin lag schief eine lange, spitze Lichtpyramide gräßlich gelb, in Schwefelfarbe flammend und unnatürlich blau gesäumt; es war die jenseits des Schattens beleuchtete Atmosphäre, aber nie schien ein Licht so wenig irdisch und so furchtbar, und von ihm floß das aus, mittelst dessen wir sahen. Hatte uns früher Eintönigkeit verödet, so waren wir jetzt erdrückt von Kraft und Glanz und Massen – unsere eigenen Gestalten hafteten darinnen wie schwarze, hohle Gespenster, die keine Tiefe haben; das Phantom der Stephanskirche hing in der Luft, die andere Stadt war ein Schatten, alles Rasseln hatte aufgehört, über der Brücke war keine Bewegung mehr; denn jeder Wagen und Reiter stand, und jedes Auge schaute zum Himmel –– nie, nie werde ich jene zwei Minuten vergessen – es war die Ohnmacht eines riesenhaften Körpers, unserer Erde. –– Wie heilig, wie unbegreiflich und wie furchtbar ist jenes Ding, das uns stets umflutet, das wir seelenlos genießen und das unseren Erdball mit solchen Schaudern überzittern macht, wenn es sich entzieht, *das Licht*, wenn es sich nur so kurz entzieht. – Die Luft wurde kalt, empfindlich kalt, es fiel Tau, daß Kleider und Instrumente feucht waren – die Tiere entsetzten sich – was ist das schrecklichste Gewitter, es ist ein lärmender Trödel gegen diese todesstille Majestät – mir fiel Lord *Byrons* Gedicht ein: »Die Finsternis«, wo die Menschen Häuser anzünden, Wälder anzünden, um nur Licht zu sehen ––– aber auch eine solche Erhabenheit, ich möchte sagen, *Gottesnähe* war in der Erscheinung dieser zwei Minuten, daß dem Herzen nicht anders war, als müsse es irgendwo stehen. –– *Byron* war viel zu klein – es kamen, wie mit einmal, jene Worte des heiligen Buches in meinen Sinn, die Worte bei dem Tode Christi: »Die Sonne verfinsterte sich, die Erde bebte, die Toten standen aus den Gräbern auf, und der Vorhang des Tempels zerriß von oben bis unten.« Auch wurde die Wirkung auf alle Menschenherzen sichtbar. Nach dem ersten Verstummen des Schrecks geschahen unartikulierte Laute der Bewunderung und des Staunens: der eine hob die Hände empor, der andere rang sie leise vor Bewegung, andere ergriffen sich bei denselben und drückten sich – eine Frau begann heftig zu weinen, eine andere in dem Hause neben uns fiel in Ohnmacht, und ein Mann, ein ernster, fester Mann, hat mir später gesagt: daß ihm die Tränen herabgeronnen. Ich habe immer die alten Beschreibungen von Sonnenfinsternissen für übertrieben gehalten, so wie vielleicht in späterer Zeit diese für übertrieben wird gehalten werden; aber alle, so wie diese, sind weit hinter der Wahrheit zurück. Sie können nur das Geschehene malen, aber schlecht, das Gefühlte noch schlechter, aber gar nicht die namenlos tragische Musik von Farben und Lichtern, die durch den ganzen Himmel liegt – ein Requiem, ein Dies irae, das unser Herz spaltet, daß es Gott sieht und seine teuren Verstorbenen, daß es in ihm rufen muß: »Herr, wie groß und herrlich sind deine Werke, wir sind wie Staub vor dir, daß du uns durch das bloße Weghauchen eines Lichtteilchens vernichten kannst und unsere Welt, den holdvertrauten Wohnort, in einen wildfremden Raum verwandelst, darin Larven starren!«

Aber wie alles in der Schöpfung sein rechtes Maß hat, so auch diese Erscheinung, sie dauerte zum Glücke sehr kurz, gleichsam nur den Mantel hat er von seiner Gestalt gelüftet, daß wir hineinsehen, und augenblicks wieder zugehüllt, daß alles sei wie früher. Gerade da die Menschen anfingen, ihren Empfindungen Worte zu geben, also da sie nachzulassen begannen, da man eben ausrief: »Wie herrlich, wie furchtbar!« – gerade in diesem Momente hörte es auf: mit eins war die Jenseitswelt verschwunden und die hiesige wieder da, ein einziger Lichttropfe quoll am obern Rande wie ein weißschmelzendes Metall hervor, und wir hatten unsere Welt wieder – er *drängte* sich hervor, dieser Tropfe, wie wenn die Sonne selber ordentlich froh wäre, daß sie überwunden habe, *ein* Strahl schoß gleich durch den Raum, ein zweiter machte sich Platz – aber ehe man nur Zeit hatte, zu rufen: »Ach!« bei dem ersten Blitz des ersten Atomes, war die Larvenwelt verschwunden und die unsere wieder da: das bleifarbene Lichtgrauen, das uns vor dem Erlöschen so ängstlich schien, war uns nun Erquickung, Labsal, Freund und Bekannter, die Dinge warfen wieder Schatten, das Wasser glänzte, die Bäume waren grün, wir sahen uns in die Augen – siegreich kam Strahl an Strahl, und wie schmal, wie winzig schmal auch nur noch erst der leuchtende Zirkel war, es schien, als sei uns ein Ozean von Licht geschenkt worden – man kann es nicht sagen, und der es nicht erlebt, glaubt es kaum, welche freudige, welche siegende Erleichterung in die Herzen kam: wir schüttelten uns die Hände, wir sagten, daß wir uns zeitlebens daran erinnern wollen, daß wir das miteinander gesehen haben – man hörte einzelne Laute, wie sich die Menschen von den Dächern und über die Gassen zuriefen, das Fahren und Lärmen begann wieder, selbst die Tiere empfanden es; die Pferde wieherten, und die Sperlinge auf den Dächern begannen ein Freudengeschrei, so grell und närrisch, wie sie es gewöhnlich tun, wenn sie sehr aufgeregt sind, und die Schwalben schossen blitzend und kreuzend, hinauf, hinab, in der Luft umher. Das Wachsen des Lichtes machte keine Wirkung mehr, fast keiner wartete den Austritt ab, die Instrumente wurden abgeschraubt, wir stiegen hinab, und auf allen Straßen und Wegen waren heimkehrende Gruppen und Züge in den heftigsten exaltiertesten Gesprächen und Ausrufungen begriffen. Und ehe sich noch die Wellen der Bewunderung und Anbetung gelegt hatten, ehe man mit Freunden und Bekannten ausreden konnte, wie auf diesen, wie auf jenen, wie hier, wie dort die Erscheinung gewirkt habe, stand wieder das schöne holde, wärmende, funkelnde Rund in den freundlichen Lüften, und das Werk des Tages ging fort – wie lange aber das Herz des Menschen fortwogte, bis es auch wieder in sein Tagewerk kam, wer kann es sagen? Gebe Gott, daß der Eindruck recht lange nachhalte, er war ein herrlicher, dessen selbst ein hundertjähriges Menschenleben wenige aufzuweisen haben wird. Ich weiß, daß ich nie, weder von Musik noch Dichtkunst, noch von irgendeinem Phänomen oder einer Kunst so ergriffen und erschüttert worden war – freilich bin ich seit Kindheitstagen viel, ich möchte fast sagen, ausschließlich mit der Natur umgegangen und habe mein Herz an ihre Sprache gewöhnt und liebe diese Sprache, vielleicht einseitiger, als es gut ist; aber ich denke, es kann kein Herz geben, dem nicht diese Erscheinung einen unverlöschlichen Eindruck zurückgelassen habe.

Ihr aber, die es im höchsten Maße nachempfunden, habet Nachsicht mit diesen armen Worten, die es nachzumalen versuchten und so weit zurückblieben. Wäre ich *Beethoven*, so würde ich es in Musik sagen; ich glaube, da könnte ich es besser.

Zum Schlusse erlaube man mir noch zwei kurze Fragen, die mir dieses merkwürdige Naturereignis aufdrängte.

Erstens. Warum, da doch alle Naturgesetze Wunder und Geschöpfe Gottes sind, merken wir sein Dasein in ihnen weniger, als wenn einmal eine plötzliche Änderung, gleichsam eine Störung derselben geschieht, wo wir ihn dann plötzlich und mit Erschrecken dastehen sehen? Sind diese Gesetze sein glänzendes Kleid, das ihn deckt, und muß er es lüften, daß wir ihn selber schauen?

Zweitens. Könnte man nicht auch durch Gleichzeitigkeit und Aufeinanderfolge von Lichtern und Farben ebensogut eine Musik für das Auge wie durch Töne für das Ohr ersinnen? Bisher waren Licht und Farbe nicht selbständig verwendet, sondern nur an Zeichnung haftend; denn Feuerwerke, Transparente, Beleuchtungen sind doch nur noch zu rohe Anfänge jener Lichtmusik, als daß man sie erwähnen könnte. Sollte nicht durch ein Ganzes von Lichtakkorden und Melodien ebenso ein Gewaltiges, Erschütterndes angeregt werden können wie durch Töne? Wenigstens könnte ich keine Symphonie, Oratorium oder dergleichen nennen, das eine so hehre Musik war als jene, die während der zwei Minuten mit Licht und Farbe an dem Himmel war, und hat sie auch nicht den Eindruck ganz allein gemacht, so war sie doch ein Teil davon.

JEREMIAS GOTTHELF

Wie man kaputt werden kann

Ein Geizhals war schwer erkrankt, lag einsam für sich alleine, und, wie er sich um niemand bekümmert hatte, so bekümmerte sich auch niemand viel um ihn. Als der Arzt ihn eines Tages besuchte, fragte ihn der Geizhals auf sein Gewissen um seinen Zustand, ob Rettung möglich sei oder keine, und ob es noch lange gehen könne. So gefragt, rückte der Arzt offen mit der Sprache heraus und sagte ihm, daß menschlichem Ansehen nach für ihn durchaus keine Rettung sei, daß er höchst wahrscheinlich morgen um diese Zeit eine Leiche sein werde. Dieses Urteil erschreckte den Kranken durchaus nicht; gelassen sah er den Arzt von hinnen ziehen.

Sobald derselbe hinaus war, kroch er müheselig aus dem Bette, kroch zu seinem Schreibtisch, nahm ein Päcklein aus demselben, welches aus Kassenscheinen im Wert von hunderttausend Talern bestand, legte dasselbe sachte aufs glimmende Kaminfeuer, setzte sich in den dabeistehenden Armstuhl und sah mit dem innigsten Behagen zu, wie es zu glimmen begann, die Funken hin- und herschossen, die Flamme aufloderte und wieder zusammensank, die einzelnen Scheine sich krümmten, schwarz wurden, in Asche zerfielen oder das Kamin aufflogen, und sein Behagen stieg von Schein zu Schein, bis das Häufchen verglommen war. Dann kroch er wieder zu Bette und legte sich zum Sterben hin; jetzt hatte er sein letztes Werk vollbracht, sein Zeitliches bestellt, sein

Testament gemacht, und weil er keinem Menschen etwas gönnte, so hatte er die Flammen zu seinem Haupterben gemacht.

So lag er im Bette, ward bewußtlos, und als ihm, er wußte nicht, wie, seine Augen aufgingen, meinte er, jetzt werde er endlich sehen, wie es im Himmel sei. Aber der Himmel sah akkurat aus wie sein altes Zimmer, und als er den genau ansah, den er anfänglich für unsern Herrgott genommen, da war es der wohlbekannte Arzt. Der hatte mit Staunen ihn betrachtet, ihm den Puls gefühlt und sagte endlich: »Herr, was bei Menschen nicht möglich war, das hat wieder Gott getan; ein wundertätiger Schlaf hat sich eingestellt, Ihr seid gerettet.« Es war das wohltätige Gefühl, sein Werk vollbracht, alle Menschen betrogen zu haben, auch seine nächsten Verwandten, was eine wohltätige Krisis herbeigeführt, ihn gerettet hatte. Aber was er für Augen machte, als der Arzt so sprach, wie er glotzte, wie er stierte! Der Arzt meinte, der Schlaf komme wieder und werde noch länger dauern, er entschuldigte sich daher, daß er ihn geweckt, er solle sich nur stillhalten, fortschlafen, er sei gerettet; und somit ging er hinaus mit bedenklichem Gesichte, erwägend, was es eigentlich heiße, wenn ein Arzt sage, der sei gerettet, und der werde sterben, ob man das je könne, je dürfe, je solle.

Am andern Morgen polterte er etwas sorglos die finstere Treppe hinauf, sah gleich nach dem Bette hin, das war leer, sah im Zimmer herum, das war leer; am Fensterhaken hing etwas, aber dort pflegten gewöhnlich die Kleider zu hängen. Doch als der Arzt den Schaden nun sah, hing am Haken der Alte selbst; der hatte seine Genesung nicht überleben wollen, der hatte es nicht übers Herz bringen können, daß er alle habe betrügen wollen, aber am Ende sich alleine betrogen. Sein Leben, das nur zu seinem eigenen Betruge gedient, das warf er dem Gelde nach, um welches er andere betrogen. Der sah den Bschiß bei Lebzeiten ein, gar manchem werden aber erst an einem andern Orte die Augen aufgehen, zu sehen, wie gräßlich er sich selbst angeschmiert.

HEINRICH HEINE

Die Götter im Exil

Schon in meinen frühesten Schriften besprach ich die Idee, welcher die nachfolgenden Mitteilungen entsprossen. Ich rede nämlich hier wieder von der Umwandlung in Dämonen, welche die griechisch-römischen Gottheiten erlitten haben, als das Christentum zur Oberherrschaft in der Welt gelangte. Der Volksglaube schrieb jenen Göttern jetzt eine zwar wirkliche, aber vermaledeite Existenz zu, in dieser Ansicht ganz übereinstimmend mit der Lehre der Kirche. Letztere erklärte die alten Götter keineswegs, wie es die Philosophen getan, für Chimären, für Ausgeburten des Lugs und des Irrtums, sondern sie hielt sie vielmehr für böse Geister, welche, durch den Sieg Christi vom Lichtgipfel ihrer Macht gestürzt, jetzt auf Erden, im Dunkel alter Tempeltrümmer oder Zauberwälder, ihr Wesen trieben und die schwachen Christenmenschen, die sich hierhin verirrt, durch ihre verführerischen Teufelskünste, durch Wollust und Schönheit, besonders durch Tänze und Gesang, zum Abfall verlockten. Alles was auf dieses Thema Bezug hat, die Umgestaltung der alten Naturkulte in Satansdienst und des heidnischen Priestertums in Hexerei, diese Verteuflung der Götter, habe ich sowohl im zweiten wie im dritten Teile des »Salon« unumwunden besprochen, und ich glaube mich jetzt um so mehr jeder weitern Besprechung überheben zu können, da seitdem viele andre Schriftsteller, sowohl der Spur meiner Andeutungen folgend, als auch angeregt durch die Winke, welche ich über die Wichtigkeit des Gegenstandes erteilt, jenes Thema viel weitläufiger, umfassender und gründlicher als ich behandelt haben. Wenn sie bei dieser Gelegenheit nicht den Namen des Autors erwähnt, der sich das Verdienst der Initiative erworben, so war dieses gewiß eine Vergeßlichkeit von geringem Belange. Ich selbst will einen solchen Anspruch nicht sehr hoch anschlagen. In der Tat, es ist wahr, das Thema, das ich aufs Tapet brachte, war keine Neuigkeit; aber es hat mit solchem Vulgarisieren alter Ideen immer dieselbe Bewandtnis, wie mit dem Ei des Kolumbus. Jeder hat die Sache gewußt, aber keiner hat sie gesagt. Ja, was ich sagte, war keine Novität, und befand sich längst gedruckt in den ehrwürdigen Folianten und Quartanten der Kompilatoren und Antiquare, in diesen Katakomben der Gelehrsamkeit, wo zuweilen mit einer grauenhaften Symmetrie, die noch weit schrecklicher ist als wüste Willkür, die heterogensten Gedankenknochen aufgeschichtet – Auch gestehe ich, daß ebenfalls moderne Gelehrte das erwähnte Thema behandelt; aber sie haben es sozusagen eingesargt in die hölzernen Mumienkasten ihrer konfusen und abstrakten Wissenschaftssprache, die das große Publikum nicht entziffern kann und für ägyptische Hieroglyphen halten dürfte. Aus solchen Grüften und Beinhäusern habe ich den Gedanken wieder zum wirklichen Leben heraufbeschworen, durch die Zaubermacht des allgemein verständlichen Wortes, durch die Schwarzkunst eines gesunden, klaren, volkstümlichen Stiles!

Doch ich kehre zurück zu meinem Thema, dessen Grundidee, wie oben angedeutet, hier nicht weiter erörtert werden soll. Nur mit wenigen Worten will ich den Leser darauf aufmerksam machen, wie die armen alten Götter, von welchen oben die Rede, zur Zeit des definitiven Sieges des Christentums, also im dritten Jahrhundert, in Verlegenheiten gerieten, die mit älteren traurigen Zuständen ihres Götterlebens die größte Analogie boten. Sie befanden sich nämlich jetzt in dieselben betrübsamen Notwendigkeiten versetzt, worin sie sich schon weiland befanden, in jener uralten Zeit, in jener revolutionären Epoche, als die Titanen aus dem Gewahrsam des Orkus heraufbrachen und, den Pelion auf den Ossa türmend, den Olymp erkletterten. Sie mußten damals schmählich flüchten, die armen Götter, und unter allerlei Vermummungen verbargen sie sich bei uns auf Erden. Die meisten begaben sich nach Ägypten, wo sie zu größerer Sicherheit Tiergestalt annahmen, wie männiglich bekannt. In derselben Weise mußten die armen Heidengötter wieder die Flucht ergreifen und unter allerlei Vermummungen in abgelegenen Verstecken ein Unterkommen suchen, als der wahre Herr der Welt sein Kreuzbanner auf die Himmelsburg pflanzte, und die ikonoklastischen Zeloten, die schwarze Bande der Mönche, alle Tempel brachen und die verjagten Götter mit Feuer und Fluch verfolgten. Viele dieser armen Emigranten, die ganz ohne Obdach und Ambrosia waren, mußten jetzt zu einem bürgerlichen Handwerke greifen, um wenigstens das liebe Brot zu erwerben. Unter solchen Umständen mußte mancher, dessen heilige Haine konfisziert waren, bei uns in Deutschland als Holzhacker taglöhnern und Bier trinken statt Nektar. Apollo scheint sich in dieser Not dazu bequemt zu haben, bei Viehzüchtern Dienste zu nehmen, und wie er einst die Kühe des Admetos weidete, so lebte er jetzt als Hirt in Niederösterreich, wo er aber, verdächtig geworden durch sein schönes Singen, von einem gelehrten Mönch als ein alter zäuberischer Heidengott erkannt, den geistlichen Gerichten überliefert wurde. Auf der Folter gestand er, daß er der Gott Apollo sei. Vor seiner Hinrichtung bat er auch, man möchte ihm nur noch einmal erlauben, auf der Zither zu spielen und ein Lied zu singen. Er spielte aber so herzrührend und sang so bezaubernd, und war dabei so schön von Angesicht und Leibesgestalt, daß alle Frauen weinten, ja viele durch solche Rührung später erkrankten. Nach einiger Zeit wollte man ihn aus seiner Gruft wieder hervorziehen, um ihm einen Pfahl durch den Leib zu stoßen, in der Meinung, er müsse ein Vampyr gewesen sein, und die erkrankten Frauen würden durch solches probate Hausmittel genesen; aber man fand das Grab leer.

Über die Schicksale des alten Kriegsgottes Mars, seit dem Siege der Christen, weiß ich nicht viel zu vermelden. Ich bin nicht abgeneigt zu glauben, daß er in der Feudalzeit das Faustrecht benutzt haben mag. Der lange Schimmelpennig, Neffe des Scharfrichters von Münster, begegnet ihm zu Bologna, wo sie eine Unterredung hatten, die ich an einem andern Orte mitteilen werde. Einige Zeit vorher diente er unter Frondsberg in der Eigenschaft eines Landsknechtes, und war zugegen bei der Erstürmung von Rom, wo ihm gewiß bitter zumute war, als er seine alte Lieblingsstadt und die Tempel, worin er selbst verehrt worden, sowie auch die Tempel seiner Verwandten, so schmählich verwüsten sah.

Besser als dem Mars und dem Apollo war es, nach der großen Retirade, dem Gotte Bacchus ergangen, und die Legende erzählt folgendes:

In Tirol gibt es sehr große Seen, die von Waldungen umgeben, deren himmelhohe Bäume sich prachtvoll in der blauen Flut abspiegeln. Baum und Wasser rauschen so geheimnisvoll, daß einem wunderlich zu Sinne wird, wenn man dort einsam wandelt. An dem Ufer eines solchen Sees stand die Hütte eines jungen Fischers, der sich mit dem Fischfang ernährte und auch wohl das Geschäft eines Fährmanns besorgte, wenn irgendein Reisender über den See gesetzt zu werden begehrte. Er hatte eine große Barke, die an alten Baumstämmen angebunden unfern von seiner Wohnung lag. In dieser letztern lebte er ganz allein. Einst, zur Zeit der herbstlichen Tagesgleiche, gegen Mitternacht, hörte er an sein Fenster klopfen, und als er vor die Türe trat, sah er drei Mönche, die ihre Köpfe in den Kutten tief vermummt hielten und sehr eilig zu sein schienen. Einer von ihnen bat ihn hastig, ihnen seinen Kahn zu leihen, und versprach, denselben in wenigen Stunden an dieselbe Stelle zurückzubringen. Die Mönche waren ihrer drei, und der Fischer, welcher unter solchen Umständen nicht lange zögern konnte, band den Kahn los, und während jene einstiegen und über den See fortfuhren, ging er nach seiner Hütte zurück, und legte sich aufs Ohr. Jung wie er war, schlief er bald ein, aber nach einigen Stunden ward er von den zurückkehrenden Mönchen aufgeweckt; als er zu ihnen hinaustrat, drückte ihm einer von ihnen ein Silberstück als Fahrgeld in die Hand, und alle drei eilten rasch von dannen. Der Fischer ging, nach seinem Kahn zu schauen, den er fest angebunden fand. Dann schüttelte er sich, doch nicht wegen der Nachtluft. Es war ihm nämlich sonderbar fröstelnd durch die Glieder gefahren und es hatte ihm fast das Herz erkältet, als der Mönch, der ihm das Fährgeld gereicht, seine Hand berührte; die Finger des Mönches waren eiskalt. Diesen Umstand konnte der Fischer einige Tage lang gar nicht vergessen. Doch die Jugend schlägt sich endlich alles Unheimliche aus dem Sinn, und der Fischer dachte nicht mehr an jenes Ereignis, als im folgenden Jahre, gleichfalls um die Zeit der Tagesgleiche, gegen Mitternacht, an das Fenster der Fischerhütte geklopft wurde und wieder mit großer Hast die drei vermummten Mönche erschienen, welche wieder den Kahn verlangten. Der Fischer überließ ihnen denselben diesmal mit weniger Besorgnis, und als sie nach einigen Stunden zurückkehrten, und ihm einer der Mönche eilig das Fahrgeld in die Hand drückte, fühlte er wieder mit Schaudern die eiskalten Finger. Dasselbe Ereignis wiederholte sich jedes Jahr um dieselbe Zeit in derselben Weise, und endlich, als der siebente Jahrestag herannahte, ergriff den Fischer eine große Begier, das Geheimnis, das sich unter jenen drei Kutten verbarg, um jeden Preis zu erfahren. Er legte eine Menge Netzwerke in den Kahn, daß dieselben ein Versteck bildeten, wo er hineinschlüpfen konnte, während die Mönche das Fahrzeug besteigen würden. Die erwarteten dunklen Kunden kamen wirklich um die bestimmte Zeit, und es gelang dem Fischer, sich unversehens unter die Netze zu verstecken und an der Überfahrt teilzunehmen. Zu seiner Verwunderung dauerte diese nur kurze Zeit, während er sonst mehr als eine Stunde brauchte, ehe er ans entgegengesetzte Ufer gelangen konnte, und noch größer war sein Erstaunen, als er hier, wo die Gegend ihm so gut bekannt war, jetzt einen weiten offnen Waldesplatz sah, den er früher noch nie erblickt, und der mit Bäumen umgeben war, die einer ihm ganz fremden Vegetation angehörten.

Die Bäume waren behängt mit unzähligen Lampen, auch Vasen mit loderndem Waldharz standen auf hohen Postamenten, und dabei schien der Mond so hell, daß der Fischer die dort versammelte Menschenmenge so genau betrachten konnte, wie am hellen Tage. Es waren viele hundert Personen, junge Männer und junge Frauen, meistens bildschön, obgleich ihre Gesichter alle so weiß wie Marmor waren, und dieser Umstand, verbunden mit der Kleidung, die in weißen, sehr weit aufgeschürzten Tuniken mit Purpursaum bestand, gab ihnen das Aussehn von wandelnden Statuen. Die Frauen trugen auf den Häuptern Kränze von natürlichem oder auch aus Gold- und Silberdraht verfertigtem Weinlaub, und das Haar war zum Teil auf dem Scheitel in eine Krone geflochten, zum Teil auch ringelte dasselbe aus dieser Krone wildlockig hinab in den Nacken. Die jungen Männer trugen ebenfalls auf den Häuptern Kränze von Weinlaub. Männer und Weiber aber, in den Händen goldne Stäbe schwingend, die mit Weinlaub umrankt, kamen jubelnd herangeflogen, um die drei Ankömmlinge zu begrüßen. Einer derselben warf jetzt seine Kutte von sich, und zum Vorschein kam ein impertinenter Geselle von gewöhnlichem Mannesalter, der ein widerwärtig lüsternes, ja unzüchtiges Gesicht hatte, mit spitzen Bocksohren begabt war, und eine lächerlich übertriebene Geschlechtlichkeit, eine höchst anstößige Hyperbel, zur Schau trug. Der andre Mönch warf ebenfalls seine Kutte von sich, und man sah einen nicht minder nackten Dickwanst, auf dessen kahlen Glatzkopf die mutwilligen Weiber einen Rosenkranz pflanzten. Beider Mönche Antlitz war schneeweiß, wie das der übrigen Versammlung. Schneeweiß war auch das Gesicht des dritten Mönchs, der schier lachend die Kapuze vom Haupte streifte. Als er den Gürtelstrick seiner Kutte losband, und das fromme schmutzige Gewand nebst Kreuz und Rosenkranz mit Ekel von sich warf, erblickte man in einer von Diamanten glänzenden Tunika eine wunderschöne Jünglingsgestalt vom edelsten Ebenmaß, nur daß die runden Hüften und die schmächtige Taille etwas Weibisches hatten. Auch die zärtlich gewölbten Lippen und die verschwimmend weichen Züge verliehen dem Jüngling ein etwas weibisches Aussehen; doch sein Gesicht trug gleichwohl einen gewissen kühnen, fast übermütig heroischen Ausdruck. Die Weiber liebkosten ihn mit wilder Begeisterung, setzten ihm einen Efeukranz aufs Haupt, und warfen auf seine Schultern ein prachtvolles Leopardenfell. In demselben Augenblick kam, bespannt mit zwei Löwen, ein goldner zweirädriger Siegeswagen herangerollt, auf den sich der junge Mensch mit Herrscherwürde, aber doch heitern Blickes hinaufschwang. Er leitete an purpurnen Zügeln das wilde Gespann. An der rechten Seite seines Wagens schritt der eine seiner entkutteten Gefährten, dessen geile Gebärden und oben erwähnte unanständige Übertriebenheit das Publikum ergötzte, während sein Genosse, der kahlköpfige Dickwanst, den die lustigen Frauen auf einen Esel gehoben hatten, an der linken Seite des Wagens einherritt, in der Hand einen goldnen Pokal haltend, der ihm beständig mit Wein gefüllt wurde. Langsam bewegte sich der Wagen, und hinter ihm wirbelte die tanzende Ausgelassenheit der weinlaubgekrönten Männer und Weiber. Dem Wagen voran ging die Hofkapelle des Triumphators: der hübsche bausbäckige Junge mit der Doppelflöte im Maule; dann die hochgeschürzte Tamburinschlägerin, die mit den Knöcheln der umgekehrten Hand auf das klirrende Fell lostrommelte; dann die ebenso holdselige Schöne mit dem Triangel; dann die Hornisten, bocksfüßige Gesellen mit schönen, aber lasziven Gesichtern, welche auf wunderlich geschwungenen Tierhörnern oder Seemuscheln ihre Fanfaren bliesen; dann die Lautenspieler –

Doch, lieber Leser, ich vergesse, daß du ein sehr gebildeter und wohlunterrichteter Leser bist, der schon lange gemerkt hat, daß hier von einem Bacchanale die Rede ist, von einem Feste des Dionysus. Du hast oft genug auf alten Basreliefen oder Kupferstichen archäologischer Werke die Triumphzüge gesehen, die jenen Gott verherrlichen, und wahrlich bei deinem klassisch gebildeten Sinn würdest du nimmermehr erschrecken, wenn dir einmal plötzlich in der mitternächtlichen Abgeschiedenheit eines Waldes der schöne Spuk eines solchen Bacchuszuges nebst dem dazu gehörigen betrunkenen Personale leiblich vor Augen träte – Höchstens würdest du einen leisen lüsternen Schauer, ein ästhetisches Grüseln empfinden beim Anblick dieser bleichen Versammlung, dieser anmutigen Phantome, die den Sarkophagen ihrer Grabmäler oder den Verstecken ihrer Tempelruinen entstiegen sind, um den alten fröhlichen Gottesdienst noch einmal zu begehen, um noch einmal mit Spiel und Reigen die Siegesfahrt des göttlichen Befreiers, des Heilandes der Sinnenlust, zu feiern, um noch einmal den Freudentanz des Heidentums, den Cancan der antiken Welt, zu tanzen, ganz ohne hypokritische Verhüllung, ganz ohne Dazwischenkunft der Sergeants-de-ville einer spiritualistischen Moral, ganz mit dem ungebundenen Wahnsinn der alten Tage, jauchzend, tobend, jubelnd: Evoe Bacche! Aber ach! lieber Leser, der arme Fischer, von welchem wir berichten, war keineswegs wie du in der Mythologie bewandert, er hatte gar keine archäologischen Studien gemacht, und er war von Schrecken und Angst ergriffen bei dem Anblick jenes schönen Triumphators mit seinen zwei wunderlichen Akoluthen, als sie ihrer Mönchstracht entsprungen; er schauderte ob der unzüchtigen Gebärden und Sprünge der Bacchanten, der Faunen, der Satyre, die ihm durch ihre Bocksfüße und Hörner ganz besonders diabolisch erschienen, und die gesamte Sozietät hielt er für einen Kongreß von Gespenstern und Dämonen, welche durch ihre Malefizien allen Christenmenschen Verderben zu bereiten suche. Das Haar sträubte sich auf seinem Haupte, als er die halsbrechend unmögliche Positur einer Mänade sah, die mit flatterndem Haar das Haupt zurückwarf und sich nur durch den Thyrsus im Gleichgewicht erhielt. Ihm selber, dem armen Schiffer, ward es wirr im Hirn, als er hier Korybanten erblickte, die mit den kurzen Schwertern ihrem eigenen Leibe Wunden beibrachten, tobsüchtig die Wollust suchend in dem Schmerze selbst. Die weichen, zärtlichen und doch zugleich grausamen Töne der Musik, die er vernahm, drangen in sein Gemüt wie Flammen, lodernd, verzehrend, grauenhaft. Aber als der arme Mensch jenes verrufene ägyptische Symbol erblickte, das in übertriebener Größe und bekränzt mit Blumen von einem schamlosen Weibe auf einer hohen Stange herumgetragen wurde: da verging ihm Hören und Sehen – und er stürzte nach seinem Kahne zurück und verkroch sich unter die Netze, zähneklappernd und zitternd, als hielte ihn Satan bereits an einem Fuße fest. Nicht lange darauf kamen die drei Mönche ebenfalls nach dem Kahne zurück und stießen ab. Als sie endlich am andern See-Ufer landeten und ausstiegen, wußte der Fischer so geschickt seinem Versteck zu entschlüpfen, daß die Mönche meinten, er habe hinter den Weiden ihrer geharrt, und indem ihm einer von ihnen wieder mit eiskalten Fingern den Fährlohn in die Hand drückte, eilten sie stracks von hinnen.

Sowohl seines eigenen Seelenheils wegen, das er gefährdet glaubte, als auch um andere Christenmenschen vor Verderben zu bewahren, hielt sich der Fischer für verpflichtet, das unheimliche Begebnis dem geistlichen Gerichte anzuzeigen, und da der Superior eines nahegelegenen Franziskanerklosters als Vorsitzer eines solchen Gerichtes und ganz besonders als gelahrter Exorzist in großem Ansehen stand, beschloß er, sich unverzüglich zu ihm zu begeben. Die Frühsonne fand daher den Fischer schon auf dem Wege nach dem Kloster, und demütigen Blickes stand er bald vor Seiner Hochwürden, dem Superior, der in seiner Bücherei, die Kapuze weit übers Gesicht gezogen, in einem Lehnsessel saß, und in dieser nachdenklichen Positur sitzen blieb, während ihm der Fischer die grausenhafte Historie erzählte. Als derselbe mit dieser Relation zu Ende war, erhob der Superior sein Haupt, und indem die Kapuze zurückfiel, sah der Fischer mit Bestürzung, daß Seine Hochwürden einer von den drei Mönchen war, die jährlich über den See fuhren, und er erkannte in ihm eben denjenigen, den er diese Nacht als heidnischen Dämon auf dem Siegeswagen mit dem Löwengespann gesehen: es war dasselbe marmorblasse Gesicht, dieselben regelmäßig schönen Züge, derselbe Mund mit den zärtlich gewölbten Lippen – Und um diese Lippen schwebte ein wohlwollendes

Lächeln, und diesem Munde entquollen jetzt die sanftklingenden salbungsreichen Worte: Geliebter Sohn in Christo! wir glauben herzlich gern, daß Ihr diese Nacht in der Gesellschaft des Gottes Bacchus zugebracht habt, und Eure phantastische Spukgeschichte gibt dessen hinlänglich Kunde. Wir wollen beileibe nichts Unliebiges von diesem Gotte sagen, er ist gewiß manchmal ein Sorgenbrecher und erfreut des Menschen Herz, aber er ist sehr gefährlich für diejenigen, die nicht viel vertragen können, und zu diesen scheint Ihr zu gehören. Wir raten Euch daher hinfüro nur mit Maß des goldenen Rebensaftes zu genießen, und mit den Hirngeburten der Trunkenheit die geistlichen Obrigkeiten nicht mehr zu behelligen, und auch von Eurer letzten Vision zu schweigen, ganz das Maul zu halten, widrigenfalls Euch der weltliche Arm des Büttels fünfundzwanzig Peitschenhiebe aufzählen soll. Jetzt aber, geliebter Sohn in Christo, geht in die Klosterküche, wo Euch der Bruder Kellermeister und der Bruder Küchenmeister einen Imbiß vorsetzen sollen.

Hiermit gab der geistliche Herr dem Fischer seinen Segen, und als sich dieser verblüfft nach der Küche trollte und den Frater Küchenmeister und den Frater Kellermeister erblickte, fiel er fast zu Boden vor Schrecken – denn diese beiden waren die zwei nächtlichen Gefährten des Superiors, die zwei Mönche, die mit demselben über den See gefahren, und der Fischer erkannte den Dickwanst und die Glatze des einen, ebenso wie die grinsend geilen Gesichtszüge nebst den Bocksohren des andern. Doch hielt er reinen Mund, und erst in spätern Jahren erzählte er die Geschichte seinen Angehörigen.

Alte Chroniken, welche ähnliche Sagen erzählen, verlegen den Schauplatz nach Speyer am Rhein.

An der ostfriesischen Küste herrscht eine analoge Tradition, worin die altheidnischen Vorstellungen von der Überfahrt der Toten nach dem Schattenreiche, welche allen jenen Sagen zugrunde liegen, am deutlichsten hervortreten. Von einem Charon, der die Barke lenkt, ist zwar nirgend darin die Rede, wie denn überhaupt dieser alte Kauz sich nicht in der Volkssage, sondern nur im Puppenspiele erhalten hat; aber eine weit wichtigere mythologische Personnage erkennen wir in dem sogenannten Spediteur, der die Überfahrt der Toten besorgt, und der dem Fährmann, welcher des Charons Amt verrichtet und ein gewöhnlicher Fischer ist, das herkömmliche Fährgeld auszahlt. Trotz ihrer barocken Vermummung werden wir den wahren Namen jener Person bald erraten, und ich will daher die Tradition selbst so getreu als möglich hier mitteilen:

In Ostfriesland, an der Küste der Nordsee, gibt es Buchten, die gleichsam kleine Hafen bilden und Siele heißen. An den äußersten Vorsprüngen derselben steht das einsame Haus irgendeines Fischers, der hier mit seiner Familie ruhig und genügsam lebt. Die Natur ist dort traurig, kein Vogel pfeift, außer den Seemöven, welche manchmal mit einem fatalen Gekreische aus den Sandnestern der Dünen hervorfliegen und Sturm verkünden. Das monotone Geplätscher der brandenden See paßt sehr gut zu den düstern Wolkenzügen. Auch die Menschen singen hier nicht, und an dieser melancholischen Küste hört man nie die Strophe eines Volksliedes. Die Menschen hierzulande sind ernst, ehrlich, mehr vernünftig als religiös, und stolz auf den kühnen Sinn und auf die Freiheit ihrer Altvordern. Solche Leute sind nicht phantastisch aufregbar, und grübeln nicht viel. Die

Hauptsache für den Fischer, der auf seinem einsamen Siel wohnt, ist der Fischfang, und dann und wann das Fährgeld der Reisenden, die nach einer der umliegenden Inseln der Nordsee übergesetzt sein wollen. Zu einer bestimmten Zeit des Jahres, heißt es, just um die Mittagsstunde, wo eben der Fischer mit seiner Familie, das Mittagsmahl verzehrend, zu Tische sitzt, tritt ein Reisender in die große Wohnstube, und bittet den Hausherrn, ihm einige Augenblicke zu vergönnen, um ein Geschäft mit ihm zu besprechen. Der Fischer, nachdem er den Gast vergeblich gebeten, vorher an der Mahlzeit teilzunehmen, erfüllt am Ende dessen Begehr, und beide treten beiseite an ein Erkertischchen. Ich will das Aussehen des Fremden nicht lange beschreiben in müßiger Novellistenweise; bei der Aufgabe, die ich mir gestellt, genügt ein genaues Signalement. Ich bemerke also folgendes: Der Fremde ist ein schon bejahrtes, aber doch wohlkonserviertes Männchen, ein jugendlicher Greis, gehäbig aber nicht fett, die Wänglein rot wie Borstorfer Äpfel, die Äuglein lustig nach allen Seiten blinzelnd, und auf dem gepuderten Köpfchen sitzt ein dreieckiges Hütlein. Unter einer hellgelben Houppelande mit unzähligen Krägelchen trägt der Mann die altmodische Kleidung, die wir auf Porträten holländischer Kaufleute finden, und welche eine gewisse Wohlhabenheit verrät: ein seidenes papageigrünes Röckchen, blumengestickte Weste, kurze schwarze Höschen, gestreifte Strümpfe und Schnallenschuhe; letztere sind so blank, daß man nicht begreift, wie jemand durch den Schlamm der Sielwege zu Fuße so unbeschmutzt hergelangen konnte. Seine Stimme ist asthmatisch, feindrähtig und manchmal ins Greinende überschlagend, doch der Vortrag und die Haltung des

Männleins ist gravitätisch gemessen, wie es einem holländischen Kaufmann ziemt. Diese Gravität scheint jedoch mehr erkünstelt als natürlich zu sein, und sie kontrastiert manchmal mit dem forschsamen Hin- und Herlugen der Äuglein, sowie auch mit der schlecht unterdrückten flatterhaften Beweglichkeit der Beine und Arme. Daß der Fremde ein holländischer Kaufmann ist, bezeugt nicht bloß seine Kleidung, sondern auch die merkantilische Genauigkeit und Umsicht, womit er das Geschäft so vorteilhaft als möglich für seinen Kommittenten abzuschließen weiß. Er ist nämlich, wie er sagt, Spediteur und hat von einem seiner Handelsfreunde den Auftrag erhalten, eine bestimmte Anzahl Seelen, so viel in einer gewöhnlichen Barke Raum fänden, von der ostfriesischen Küste nach der weißen Insel zu fördern; zu diesem Behufe nun, fährt er fort, möchte er wissen, ob der Schiffer diese Nacht die erwähnte Ladung mit seiner Barke nach der erwähnten Insel übersetzen wolle, und für diesen Fall sei er erbötig, ihm das Fährgeld gleich vorauszuzahlen, zuversichtlich hoffend, daß er aus christlicher Bescheidenheit seine Forderung recht billig stellen werde. Der holländische Kaufmann (dieses ist eigentlich ein Pleonasmus, da jeder Holländer Kaufmann ist) macht diesen Antrag mit der größten Unbefangenheit, als handle es sich von einer Ladung Käse, und nicht von Seelen der Verstorbenen. Der Fischer stutzt einigermaßen bei dem Wort Seelen, und es rieselt ihm ein bißchen kalt über den Rücken, da er gleich merkt, daß von den Seelen der Verstorbenen die Rede sei, und daß er den gespenstischen Holländer vor sich habe, der so manchen seiner Kollegen die Überfahrt der verstorbenen Seelen anvertraute und gut dafür bezahlte. Wie ich jedoch oben bemerkt, diese ostfriesischen Küstenbewohner sind mutig und gesund und nüchtern, und es fehlt ihnen jene Kränklichkeit und Einbildungskraft, welche uns für das Gespenstische und Übersinnliche empfänglich macht: unsres Fischers geheimes Grauen dauert daher nur einen Augenblick; seine unheimliche Empfindung unterdrückend, gewinnt er bald seine Fassung, und mit dem Anschein des größten Gleichmuts ist er nur darauf bedacht, das Fährgeld so hoch als möglich zu steigern. Doch nach einigem Feilschen und Dingen verständigen sich beide Kontrahenten über den Fahrlohn, sie geben einander den Handschlag zur Bekräftigung der Übereinkunft, und der Holländer, welcher einen schmutzigen ledernen Beutel hervorzieht, angefüllt mit lauter ganz kleinen Silberpfennigen, den kleinsten, die je in Holland geschlagen worden, zahlt die ganze Summe des Fahrgelds in dieser putzigen Münzsorte. Indem er dem Fischer noch die Instruktion gibt, gegen Mitternacht zur Zeit wo der Mond aus den Wolken hervortreten würde, sich an einer bestimmten Stelle der Küste mit seiner Barke einzufinden, um die Ladung in Empfang zu nehmen, verabschiedet er sich bei der ganzen Familie, welche vergebens ihre Einladung zum Mitspeisen wiederholte, und die eben noch so gravitätische Figur trippelt mit leichtfüßigen Schritten von dannen.

Um die bestimmte Zeit befindet sich der Schiffer an dem bestimmten Orte mit seiner Barke, die anfangs von den Wellen hin und her geschaukelt wird; aber nachdem der Vollmond sich gezeigt, bemerkt der Schiffer, daß sein Fahrzeug sich minder leicht bewegt und immer tiefer in die Flut einsinkt, so daß am Ende das Wasser nur noch eine Handbreit vom Rand entfernt bleibt. Dieser

Umstand belehrt ihn, daß seine Passagiere, die Seelen, jetzt an Bord sein müssen, und er stößt ab mit seiner Ladung. Er mag noch so sehr seine Augen anstrengen, doch bemerkt er im Kahne nichts als einige Nebelstreifen, die sich hin und her bewegen, aber keine bestimmte Gestalt annehmen und ineinander verquirlen. Er mag auch noch so sehr horchen, so hört er doch nichts als ein unsäglich leises Zirpen und Knistern. Nur dann und wann schießt schrillend eine Möve über sein Haupt, oder es taucht neben ihm aus der Flut ein Fisch hervor, der ihn blöde anglotzt. Es gähnt die Nacht, und frostiger weht die Seeluft. Überall nur Wasser, Mondschein und Stille; und schweigsam, wie seine Umgebung, ist der Schiffer, der endlich an der weißen Insel anlangt und mit seinem Kahne stillhält. Auf dem Strande sieht er niemand, aber er hört eine schrille, asthmatisch keuchende und greinende Stimme, worin er die des Holländers erkennt; derselbe scheint ein Verzeichnis von lauter Eigennamen abzulesen, in einer gewissen verifizierenden, monotonen Weise; unter diesen Namen sind dem Fischer manche bekannt und gehören Personen, die in demselben Jahr verstorben. Während dem Ablesen dieses Namenverzeichnisses wird der Kahn immer leichter, und lag er eben noch so schwer im Sande des Ufers, so hebt er sich jetzt plötzlich leicht empor, sobald die Ablesung zu Ende ist; und der Schiffer, welcher daran merkt, daß seine Ladung richtig in Empfang genommen ist, fährt wieder ruhig zurück zu Weib und Kind, nach seinem lieben Hause am Siel.

So geht es jedesmal mit dem Überschiffen der Seelen nach der weißen Insel. Als einen besondern Umstand bemerkte einst der Schiffer, daß der unsichtbare Kontrolleur im Ablesen des Namenverzeichnisses plötzlich innehielt und ausrief: »Wo ist aber Pitter Jansen? Das ist nicht Pitter Jansen.« Worauf ein feines, wimmerndes Stimmchen antwortete: »Ik bin Pitter Jansens Mieke un häb mi op mines Manns Noame inskreberen laten.« (Ich bin Pitter Jansens Mieke, und habe mich auf meines Mannes Namen einschreiben lassen.)

Ich habe mich oben vermessen, trotz der pfiffigen Vermummung die wichtige mythologische Person zu erraten, die in obiger Tradition zum Vorschein kommt. Dieses ist keine geringere als der Gott Mercurius, der ehemalige Seelenführer, Hermes Psychopompos. Ja, unter jener schäbigen Houppelande und in jener nüchternen Krämergestalt verbirgt sich der brillanteste jugendliche Heidengott, der kluge Sohn der Maja. Auf jenem dreieckigen Hütchen steckt auch nicht der geringste Federwisch, der an die Fittige der göttlichen Kopfbedekkung erinnern könnte, und die plumpen Schuhe mit den stählernen Schnallen mahnen nicht im mindesten an beflügelte Sandalen; dieses holländisch schwerfällige Blei ist so ganz verschieden von dem beweglichen Quecksilber, dem der Gott sogar seinen Namen verliehen: aber eben der Kontrast verrät die Absicht, und der Gott wählte diese Maske, um sich desto sicherer verstellt zu halten. Vielleicht aber wählte er sie keineswegs aus willkürlicher Laune: Merkur war, wie Ihr wißt, zu gleicher Zeit der Gott der Diebe und der Kaufleute, und es lag nahe, daß er bei der Wahl einer Maske, die ihn verbergen, und eines Gewerbes, das ihn ernähren könnte, auf seine Antezedentien und Talente Rücksicht nahm. Letztere waren erprobt: er war der erfindungsreichste der Olympier, er hatte die Schildkrötenlyra und das Sonnengas erfunden, er bestahl Menschen und Götter, und schon als Kind war er ein kleiner Calmonius, der seiner Wiege entschlüpfte, um ein Paar Rinder zu stibitzen. Er hatte zu wählen zwischen den zwei Industrien, die im wesentlichen nicht sehr verschieden, da bei beiden die Aufgabe gestellt ist, das fremde Eigentum so wohlfeil als möglich zu erlangen: aber der pfiffige Gott bedachte, daß der Diebesstand in der öffentlichen Meinung keine so hohe Achtung genießt, wie der Handelsstand, daß jener von der Polizei verpönt, während dieser von den Gesetzen sogar privilegiert ist, daß die Kaufleute jetzt auf der Leiter der Ehre die höchste Staffel erklimmen, während die vom Diebesstand manchmal eine minder angenehme Leiter besteigen müssen, daß sie Freiheit und Leben aufs Spiel setzen, während der Kaufmann nur seine Kapitalien oder nur die seiner Freunde einbüßen kann, und der pfiffigste der Götter ward Kaufmann, und um es vollständig zu sein, ward er sogar Holländer. Seine lange Praxis als ehemaliger Psychopompos, als Schattenführer, machte ihn besonders geeignet für die Spedition der Seelen, deren Transport nach der weißen Insel, wie wir sahen, durch ihn betrieben wird.

Die weiße Insel wird zuweilen auch Brea oder Britinia genannt. Denkt man vielleicht an das weiße Albion, an die Kalkfelsen der englischen Küste? Es wäre eine humoristische Idee, wenn man England als ein Totenland, als das plutonische Reich, als die Hölle bezeichnen wollte. England mag in der Tat manchem Fremden in solcher Gestalt erscheinen.

In einem Versuche über die Faust-Legende habe ich den Volksglauben in bezug auf das Reich des Pluto und diesen selbst hinlänglich besprochen. Ich habe dort gezeigt, wie das alte Schattenreich eine ausgebildete Hölle und der alte finstre Beherrscher desselben ganz diabolisiert wurde. Aber nur durch den Kanzeleistil der Kirche klingen die Dinge so grell; trotz dem christlichen Anathema blieb die Position des Pluto wesentlich dieselbe. Er, der Gott der Unterwelt, und sein Bruder Neptunus, der Gott des Meeres, diese beiden sind nicht emigriert wie andre Götter, und auch nach dem Siege des Christentums blieben sie in ihren Domänen, in ihrem Elemente. Mochte man hier oben auf Erden das Tollste von ihm fabeln, der alte Pluto saß unten warm bei seiner Proserpina. Weit weniger Verunglimpfungen, als sein Bruder Pluto, hatte Neptunus zu erdulden, und weder Glockengeläute noch Orgelklänge konnten sein Ohr verletzen da unten in seinem Ozean, wo er ruhig saß bei seiner weißbusigen Frau Amphitrite und seinem feuchten Hofstaat von Nereiden und Tritonen. Nur zuweilen, wenn irgendein junger Seemann zum erstenmale die Linie passierte, tauchte er empor aus seiner Flut, in der Hand den Dreizack schwingend, das Haupt mit Schilf bekränzt, und der silberne Wellenbart herabwallend bis zum Nabel. Er erteilte alsdann dem Neophyten die schreckliche Seewassertaufe, und hielt dabei eine lange, salbungsreiche Rede, voll von derben Seemannswitzen, die er nebst der gelben Lauge des gekauten Tabaks mehr ausspuckte als sprach, zum Ergötzen seiner beteerten Zuhörer. Ein Freund, welcher mir ausführlich beschrieb, wie ein solches Wasser-Mysterium von den Seeleuten auf den Schiffen tragiert wird, versicherte daß eben jene Matrosen, welche am tollsten über die drollige Fastnachtsfratze des Neptuns lachten, dennoch keinen Augenblick an der Existenz eines solchen Meergottes zweifelten und manchmal in großen Gefahren zu ihm beteten.

Neptunus blieb also der Beherrscher des Wasserreichs, wie Pluto trotz seiner Diabolisierung der Fürst der Unterwelt blieb. Ihnen ging es besser als ihrem Bruder Jupiter, dem dritten Sohn des Saturn, welcher nach dem Sturz seines Vaters die Herrschaft des Himmels erlangt hatte, und sorglos als König der Welt im Olymp mit seinem glänzenden Troß von lachenden Göttern, Göttinnen und Ehrennymphen sein ambrosisches Freudenregiment führte. Als die unselige Katastrophe hereinbrach, als das Regiment des Kreuzes, des Leidens, proklamiert ward, emigrierte auch der große Kronide, und er verschwand im Tumulte der Völkerwanderung. Seine Spur ging verloren, und ich habe vergebens alte Chroniken und alte Weiber befragt, niemand wußte mir Auskunft zu geben über sein Schicksal. Ich habe in derselben Absicht viele Bibliotheken durchstöbert, wo ich mir die prachtvollsten Codices, geschmückt mit Gold und Edelsteinen, wahre Odalisken im Harem der Wissenschaft, zeigen ließ, und ich sage den gelehrten Eunuchen für die Unbrummigkeit und sogar Affabilität, womit sie mir jene leuchtenden Schätze erschlossen, hier öffentlich den üblichen Dank. Es scheint als hätten sich keine volkstümlichen Traditionen über einen mittelalterlichen Jupiter erhalten, und alles was ich aufgegabelt, besteht in einer Geschichte, welche mir einst mein Freund Niels Andersen erzählte.

Ich habe soeben Niels Andersen genannt, und die liebe drollige Figur steigt wieder lebendig in meiner Erinnerung herauf. Ich will ihm hier einige Zeilen widmen. Ich gebe gern meine Quellen an, und ich erörtere ihre Eigenschaften, damit der geneigte Leser selbst beurteile, inwieweit sie sein Vertrauen verdienen. Also einige Worte über meine Quelle.

Niels Andersen, geboren zu Drontheim in Norwegen, war einer der größten Walfischjäger, die ich kennenlernte. Ich bin ihm sehr verpflichtet. Ihm verdanke ich alle meine Kenntnisse in bezug auf den Walfischfang. Er machte mich bekannt mit allen Finten, die das kluge Tier anwendet, um dem Jäger zu entrinnen; er vertraute mir die Kriegslisten, womit man seine Finten vereitelt. Er lehrte mich die Handgriffe beim Schwingen der Harpune, zeigte mir wie man mit dem Knie des rechten Beines sich gegen den Vorderrand des Kahnes stemmen muß, wenn man die Harpune nach dem Walfisch wirft, und wie man mit dem linken Bein einen gesalzenen Fußtritt dem Matrosen versetzt, der das Seil, das an der Harpune befestigt ist, nicht schnell genug nachschießen ließ. Ihm verdanke ich alles, und wenn ich kein großer Walfischjäger geworden, so liegt die Schuld weder an Niels Andersen noch an mir, sondern an meinem bösen Schicksal, das mir nicht vergönnte, auf meinen Lebensfahrten irgendeinen Walfisch anzutreffen, mit welchem ich einen würdigen Kampf bestehen konnte. Ich begegnete nur gewöhnlichen Stockfischen und lausigen Heringen. Was hilft die beste Harpune gegen einen Hering? Jetzt muß ich allen Jagdhoffnungen entsagen, meiner gesteiften Beine wegen. Als ich Niels Andersen zu Ritzebüttel bei Cuxhaven kennenlernte, war er ebenfalls nicht mehr gut auf den Füßen, da am Senegal ein junger Haifisch, der vielleicht sein rechtes Bein für ein Zuckerstängelchen ansah, ihm dasselbe abbiß, und der arme Niels seitdem auf einem Stelzfuß herumhumpeln mußte.

Sein größtes Vergnügen war damals, auf einer hohen Tonne zu sitzen, und auf dem Bauche derselben mit seinem hölzernen Beine zu trommeln. Ich half ihm oft die Tonne erklettern, aber ich wollte ihm manchmal nicht wieder hinunterhelfen, ehe er mir eine seiner wunderlichen Fischersagen erzählte.

Wie Muhamet Eben Mansur seine Lieder immer mit einem Lob des Pferdes anfing, so begann Niels Andersen alle seine Geschichten mit einer Apologie des Walfisches. Auch die Legende, die wir ihm hier nacherzählen, ermangelt nicht einer solchen Lobspende. Der Walfisch, sagte Niels Andersen, sei nicht bloß das größte, sondern auch das schönste Tier. Aus den zwei Naslöchern auf seinem Kopfe sprängen zwei kolossale Wasserstrahlen, die ihm das Ansehen eines wunderbaren Springbrunnens gäben, und gar besonders des Nachts im Mondschein einen magischen Effekt hervorbrächten. Dabei sei er gutmütig, friedliebig, und habe viel Sinn für stilles Familienleben. Es gewähre einen rührenden Anblick, wenn Vater Walfisch mit den Seinen auf einer ungeheuern Eisscholle sich hingelagert, und jung und alt sich um ihn her in Liebesspielen und harmlosen Neckereien überböten. Manchmal springen sie alle auf einmal ins Wasser, um zwischen den großen Eisblöcken Blindekuh zu spielen. Die Sittenreinheit und die Keuschheit der Walfische wird weit mehr gefördert durch das Eiswasser, worin sie beständig mit den Flossen herumschwänzeln, als durch moralische Prinzipien. Es sei auch leider nicht zu leugnen, daß sie keinen religiösen Sinn haben, daß sie ganz ohne Religion sind –

Ich glaube, das ist ein Irrtum – unterbrach ich meinen Freund – ich habe jüngst den Bericht eines holländischen

Missionärs gelesen, worin dieser die Herrlichkeit der Schöpfung beschreibt, die sich in den hohen Polargegenden offenbare, wenn des Morgens die Sonne aufgegangen, und das Tageslicht die abenteuerlichen, riesenhaften Eismassen bestrahlt. Diese, sagte er, welche alsdann an diamantne Märchenschlösser erinnern, geben von Gottes Allmacht ein so imposantes Zeugnis, daß nicht bloß der Mensch, sondern sogar die rohe Fischkreatur, von solchem Anblick ergriffen, den Schöpfer anbete – mit seinen eigenen Augen, versichert der Domine, habe er mehre Walfische gesehen, die an einer Eiswand gelehnt, dort aufrecht standen und sich mit dem Oberteil auf und nieder bewegten, wie Betende.

Niels Andersen schüttelte sonderbar den Kopf; er leugnete nicht, daß er selber zuweilen gesehen, wie die Walfische, an einer Eiswand stehend, solche Bewegungen machten, nicht unähnlich denjenigen, die wir in den Betstuben mancher Glaubenssekten bemerken; aber er wollte solches keineswegs irgendeiner religiösen Andacht zuschreiben. Er erklärte die Sache physiologisch: er bemerkte, daß der Walfisch, der Chimborasso der Tiere, unter seiner Haut eine so ungeheuer tiefe Schichte von Fett besitze, daß oft ein einziger Walfisch hundert bis hundertundfunfzig Fässer Talg und Tran gebe. Jene Fettschichte sei so dick, daß sich viele hundert Wasserratten darin einnisten können, während das große Tier auf einer Eisscholle schliefe, und diese Gäste, unendlich größer und bissiger als unsre Landratten, führen dann ein fröhliches Leben unter der Haut des Walfisches, wo sie Tag und Nacht das beste Fett verschmausen können, ohne das Nest zu verlassen. Diese Schmausereien mögen wohl am Ende dem unfreiwilligen Wirte etwas überlästig, ja unendlich schmerzhaft werden; da er nun keine Hände hat, wie der Mensch, der sich gottlob kratzen kann, wenn es ihn juckt, so sucht er die innere Qual dadurch zu lindern, daß er sich an die scharfen Kanten einer Eiswand stellt und daran den Rücken durch Auf- und Niederbewegungen recht inbrünstiglich reibt, ganz wie bei uns die Hunde sich an einer Bettstelle zu scheuern pflegen, wenn sie mit zu viel Flöhen behaftet sind. Diese Bewegungen hat nun der ehrliche Domine für die eines Beters gehalten und sie der religiösen Andacht zugeschrieben, während sie doch nur durch die Ratten-Orgien hervorgebracht wurden. Der Walfisch, soviel Tran er auch enthält, schloß Niels Andersen, ist doch ohne den mindesten religiösen Sinn. Er ehrt weder die Heiligen noch die Propheten, und sogar den kleinen Propheten Jonas, den solch ein Walfisch einmal aus Versehen verschluckte, konnte er nimmermehr verdauen, und nach dreien Tagen spuckte er ihn wieder aus. Das vortreffliche Ungeheuer hat leider keine Religion, und so ein Walfisch verehrt unsern wahren Herrgott, der droben im Himmel wohnt, ebensowenig wie den falschen Heidengott, der fern am Nordpol auf der Kaninchen-Insel sitzt, wo er denselben zuweilen besucht.

Was ist das für ein Ort, die Kaninchen-Insel? fragte ich unsern Niels Andersen. Dieser aber trommelte mit seinem Holzbein auf der Tonne und erwiderte: Das ist eben die Insel, wo die Geschichte passiert, die ich zu erzählen habe. Die eigentliche Lage der Insel kann ich nicht genau angeben. Niemand konnte, seit sie entdeckt worden, wieder zu ihr gelangen; solches verhinderten die ungeheuern Eisberge, die sich um die Insel türmen und vielleicht nur selten eine Annäherung erlauben. Nur die

Schiffsleute eines russischen Walfischjägers, welche einst die Nordstürme so hoch hinauf verschlugen, betraten den Boden der Insel, und seitdem sind schon hundert Jahre verflossen. Als jene Schiffsleute mit einem Kahn dort landeten, fanden sie die Insel ganz wüst und öde. Traurig bewegten sich die Halme des Ginsters über dem Flugsand; nur hie und da standen einige Zwergtannen, oder es krüppelte am Boden das unfruchtbarste Buschwerk. Eine Menge Kaninchen sahen sie umherspringen, weshalb sie dem Orte den Namen Kaninchen-Insel erteilten. Nur eine einzige ärmliche Hütte gab Kunde, daß ein menschliches Wesen dort wohnte. Als die Schiffer hineintraten, erblickten sie einen uralten Greis, der kümmerlich bekleidet mit zusammengeflickten Kaninchenfellen, auf einem Steinstuhl vor dem Herde saß, und an dem flackernden Reisig seine magern Hände und schlotternden Knie wärmte. Neben ihm zur Rechten stand ein ungeheuer großer Vogel, der ein Adler zu sein schien, den aber die Zeit so unwirsch gemausert hatte, daß er nur noch die langen struppigen Federkiele seiner Flügel behalten, was dem nackten Tiere ein höchst närrisches und zugleich grausenhaft häßliches Aussehen verlieh. Zur linken Seite des Alten kauerte am Boden eine außerordentlich große haarlose Ziege, die sehr alt zu sein schien, obgleich noch volle Milcheutern mit rosig frischen Zitzen an ihrem Bauche hingen.

Unter den russischen Seeleuten, welche auf der Kaninchen-Insel landeten, befanden sich mehrere Griechen, und einer derselben glaubte, nicht von dem Hausherrn der Hütte verstanden zu werden, als er in griechischer Sprache zu einem Kameraden sagte: Dieser alte Kauz ist entweder ein Gespenst oder ein böser Dämon. Aber bei diesen Worten erhub sich der Alte plötzlich von seinem Steinsitz, und mit großer Verwunderung sahen die Schiffer eine hohe stattliche Gestalt, die sich trotz dem hohen Alter mit gebietender, schier königlicher Würde aufrecht hielt und beinahe die Balken des Gesimses mit dem Haupte berührte: auch die Züge desselben, obgleich verwüstet und verwittert, zeugten von ursprünglicher Schönheit, sie waren edel und streng gemessen, sehr spärlich fielen einige Silberhaare auf die von Stolz und Alter gefurchte Stirn, die Augen blickten bleich und stier, aber doch stechend, und dem hoch aufgeschürzten Munde entquollen in altertümlich griechischem Dialekt die wohllautenden und klangvollen Worte: »Ihr irrt Euch, junger Mensch, ich bin weder ein Gespenst noch ein böser Dämon; ich bin ein Unglücklicher, welcher einst bessere Tage gesehen. Wer aber seid Ihr?«

Die Schiffer erzählten nun dem Manne das Mißgeschick ihrer Fahrt, und verlangten Auskunft über alles was die Insel beträfe. Die Mitteilungen fielen aber sehr dürftig aus. Seit undenklicher Zeit, sagte der Alte, bewohne er die Insel, deren Bollwerke von Eis ihm gegen seine unerbittlichen Feinde eine sichere Zuflucht gewährten. Er lebe hauptsächlich vom Kaninchenfange, und alle Jahr, wenn die treibenden Eismassen sich gesetzt, kämen auf Schlitten einige Haufen Wilde, denen er seine Kaninchenfelle verkaufe, und die ihm als Zahlung allerlei Gegenstände des unmittelbarsten Bedürfnisses überließen. Die Walfische, welche manchmal an die Insel heranschwämmen, seien seine liebste Gesellschaft. Dennoch mache es ihm Vergnügen, jetzt wieder seine Muttersprache zu reden, denn er sei ein Grieche; er bat auch seine Landsleute, ihm einige Nachrichten über die jetzigen

Zustände Griechenlands zu erteilen. Daß von den Zinnen der Türme der griechischen Städte das Kreuz abgebrochen worden, verursachte dem Alten augenscheinlich eine boshafte Freude; doch war es ihm nicht ganz recht, als er hörte, daß an seiner Stelle der Halbmond jetzt aufgepflanzt steht. Sonderbar war es, daß keiner der Schiffer die Namen der Städte kannte, nach welchen der Alte sich erkundigte, und die nach seiner Versicherung zu seiner Zeit blühend gewesen; in gleicher Weise waren ihm die Namen fremd, die den heutigen Städten und Dörfern Griechenlands von den Seeleuten erteilt wurden. Der Greis schüttelte deshalb oft wehmütig das Haupt, und die Schiffer sahen sich verwundert an. Sie merkten, daß er alle Örtlichkeiten Griechenlands ganz genau kannte, und in der Tat er wußte die Buchten, die Erdzungen, die Vorsprünge der Berge, oft sogar den geringsten Hügel und die kleinsten Felsengruppen, so bestimmt und anschaulich zu beschreiben, daß seine Unkenntnis der gewöhnlichsten Ortsnamen die Schiffer in das größte Erstaunen setzte. So befrug er sie mit besonderm Interesse, ja mit einer gewissen Ängstlichkeit, nach einem alten Tempel, der, wie er versicherte, zu seiner Zeit der schönste in ganz Griechenland gewesen sei. Doch keiner der Zuhörer kannte den Namen, den er mit Zärtlichkeit aussprach, bis endlich, nachdem der Alte die Lage des Tempels wieder ganz genau geschildert hatte, ein junger Matrose nach der Beschreibung den Ort erkannte, wovon die Rede war.

Das Dorf, wo er geboren, sagte der junge Mensch, sei eben an jenem Orte gelegen, und als Knabe habe er auf dem beschriebenen Platze lange Zeit die Schweine seines Vaters gehütet. Auf jener Stelle, sagt er, fänden sich wirklich die Trümmer uralter Bauwerke, welche von untergegangener Pracht zeugten; nur hie und da ständen noch aufrecht einige große Marmorsäulen, entweder einzeln oder oben verbunden durch die Quadern eines Giebels, aus dessen Brüchen blühende Ranken von Geißblatt und roten Glockenblumen, wie Haarflechten, herabfielen. Andre Säulen, darunter manche von rosigem Marmor, lägen gebrochen auf dem Boden, und das Gras wuchere über die kostbaren Knäufe, die aus schön gemeißeltem Blätter- und Blumenwerk beständen. Auch große Marmorplatten, viereckige Wand- oder dreieckige Dachstühle steckten dort halbversunken in der Erde, überragt von einem ungeheuer großen wilden Feigenbaum, der aus dem Schutte hervorgewachsen. Unter dem Schatten dieses Baumes, fuhr der Bursche fort, habe er oft ganze Stunden zugebracht, um die sonderbaren Figuren zu betrachten, die auf den großen Steinen in runder Bildhauerarbeit konterfeit waren, und allerlei Spiele und Kämpfe vorstellten, gar lieblich und lustig anzusehen, aber leider auch vielfach zerstört von der Witterung oder überwachsen von Moos und Efeu. Sein Vater, den er um die geheimnisvolle Bedeutung jener Säulen und Bildwerke befragte, sagte ihm einst, daß dieses die Trümmer eines alten Tempels wären, worin ehemals ein verruchter Heidengott gehaust, der nicht bloß die nackteste Liederlichkeit, sondern auch unnatürliche Laster und Blutschande getrieben; die blinden Heiden hätten aber dennoch, ihm zu Ehren, vor seinem Altar manchmal hundert Ochsen auf einmal geschlachtet; der ausgehöhlte Marmorblock, worin das Blut der Opfer geflossen, sei dort noch vorhanden, und es sei eben jener Steintrog, den er, sein Sohn, zuweilen dazu benutze, mit dem darin gesammelten Regenwasser seine Schweine zu tränken, oder darin allerlei Abfall für ihre Atzung aufzubewahren.

So sprach der junge Mensch. Aber der Greis stieß jetzt einen Seufzer aus, der den ungeheuersten Schmerz verriet; gebrochen sank er nieder auf seinen Steinstuhl, bedeckte sein Gesicht mit beiden Händen und weinte wie ein Kind. Der große Vogel kreischte entsetzlich, spreizte weit aus seine ungeheuern Flügel, und bedrohte die Fremden mit Krallen und Schnabel. Die alte Ziege jedoch leckte ihres Herrn Hände, und meckerte traurig und wie besänftigend.

Ein unheimliches Mißbehagen ergriff die Schiffer bei diesem Anblick, sie verließen schleunig die Hütte, und waren froh, als sie das Geschluchze des Greises, das Gekreisch des Vogels und das Ziegengemecker nicht mehr vernahmen. Zurückgekehrt an Bord des Schiffes, erzählten sie dort ihr Abenteuer. Aber unter der Schiffsmannschaft befand sich ein russischer Gelehrter, Professor bei der philosophischen Fakultät der Universität zu Kasan, und dieser erklärte die Begebenheit für höchst wichtig; den Zeigefinger pfiffig an die Nase legend, versicherte er den Schiffern: Der Greis auf der Kaninchen-Insel sei unstreitig der alte Gott Jupiter, Sohn des Saturn und der Rhea, der ehemalige König der Götter. Der Vogel an seiner Seite sei augenscheinlich der Adler, der einst die fürchterlichen Blitze in seinen Krallen trug. Und die alte Ziege könne, aller Wahrscheinlichkeit nach, keine andre Person sein, als die Althea, die alte Amme, die den Gott bereits auf Kreta säugte und jetzt im Exil wieder mit ihrer Milch ernähre.

So erzählte Niels Andersen, und ich gestehe, diese Mitteilung erfüllte meine Seele mit Wehmut. Schon die Aufschlüsse über das geheime Leid der Walfische erregte mein Mitgefühl. Arme große Bestie! Gegen das schnöde Rattengesindel, das sich bei dir eingenistet, und unaufhörlich an dir nagt, gibt es keine Hülfe, und du mußt es lebenslang mit dir schleppen; und rennst du auch verzweiflungsvoll vom Nordpol zum Südpol und reibst dich an seinen Eiskanten – es hilft dir nichts, du wirst sie nicht los, die schnöden Ratten, und dabei fehlt dir der Trost der Religion! An jeder Größe auf dieser Erde nagen die heimlichen Ratten, und die Götter selbst müssen am Ende schmählich zugrunde gehen. So will es das eiserne Gesetz des Fatums, und selbst der Höchste der Unsterblichen muß demselben schmachvoll sein Haupt beugen. Er, den Homer besungen und Phidias abkonterfeit in Gold und Elfenbein; er, der nur mit den Augen zu zwinkern brauchte, um den Erdkreis zu erschüttern; er, der Liebhaber von Leda, Alkmene, Semele, Danae, Kallisto, Jo, Leto, Europa etc. – er muß am Ende am Nordpol sich hinter Eisbergen verstecken, und um sein elendes Leben zu fristen mit Kaninchenfellen handeln wie ein schäbiger Savoyarde!

Ich zweifle nicht, daß es Leute gibt, die sich schadenfroh an solchem Schauspiel laben. Diese Leute sind vielleicht die Nachkommen jener unglücklichen Ochsen, die als Hekatomben auf den Altären Jupiters geschlachtet wurden – Freut Euch, gerächt ist das Blut Eurer Vorfahren, jener armen Schlachtopfer des Aberglaubens! Uns aber, die wir von keinem Erbgroll befangen sind, uns erschüttert der Anblick gefallener Größe, und wir widmen ihr unser frömmigstes Mitleid. Diese Empfindsamkeit verhinderte uns vielleicht, unsrer Erzählung jenen kalten Ernst zu verleihen, der eine Zierde des Geschichtschreibers ist; nur einigermaßen vermochten wir uns jener Gravität zu befleißen, die man nur in Frankreich erlangen kann. Bescheidentlich empfehlen wir uns der Nachsicht des Lesers, für welchen wir immer die höchste Ehrfurcht bezeugten, und somit schließen wir hier die [...] Geschichte der Götter im Exil.

THEODOR STORM

Der Amtschirurgus – Heimkehr

Allerlei Seltsames war in der alten Stadt. In der alten, sage ich; denn seit der große Brand ihre Treppengiebel verzehrt und die Eisenbahn den Arm nach ihr ausgestreckt hat, ist sie jünger geworden, als sie es in meiner Jugend war.

Damals, wenn Unwetter in der Luft drohte, ließen wir uns das nicht, wie anderwärts, durch ein Wetterglas prophezeien, auch nicht durch einen Laubfrosch, der die Leiter in seinem Glase hinabkletterte, sondern durch einen alten Amtschirurgus, der die Treppen der drei Rathausböden hinaufstieg und dann aus der obersten Giebelluke über die Stadt hinaus prophezeite. Zwar betrafen seine Worte nicht zunächst das Wetter; vielmehr pflegte er sich dann als Kronprinzen von Preußen zu proklamieren und hinterher allerlei Verwünschungen über die höchsten Würdenträger der Stadt herabzurufen; aber wir Eingeborenen wußten Bescheid, ein Sturm aus Nordwest war gewiß im Anzuge. Oft habe ich aus dem engen Steinhofe eines Nachbarhauses hinaufgeschaut, wenn das breite rubinrote Gesicht mit dem weißgepuderten Haarschopf droben aus dem Rathausgiebel hinausfuhr, und mit Wonne die ungeheuren Aufrichtigkeiten eingesogen, die der aufgeregte Redner mit beiden Armen aus der Bodenluke hervorarbeitete. Es war dies allerdings nicht das geeignetste Mittel, um in einem jungen Herzen den Respekt vor den Autoritäten des Staatskalenders großzuziehen, und ich habe später oft darüber nachdenken müssen, was der Mann nicht alles in mir zerstört haben mag. – Ob im Grunde genommen nicht der Amtschirurgus klarer sah als die Leute unten in der Stadt, die ihn für einen Narren hielten? – Nur soviel ist gewiß: auch wir Gesunden sehen die Dinge nicht, wie sie sind; uns selber unbewußt webt unser Inneres eine Hülle um sie her, und erst in dieser Scheingestalt erträgt es unser Auge, sie zu sehen, unsere Hand, sie zu berühren.

Ich glaube nicht, daß unser Amtschirurgus der Kronprinz von Preußen war; aber er war vielleicht ein Prinz jenes weit entlegenen, aber viel größeren und schöneren Reiches, in welchem Aschenbrödel einst den Thron bestieg. Bestimmtes über seine Herkunft kann ich nicht berichten; denn er war lange vor meiner Geburt aus der Fremde eingewandert. Seit seine Denkweise von der der anderen guten Bürger in so Anstoß erregender Weise abzuweichen begonnen hatte, und, wie es hieß, sogar die Kehle eines hohen Beamten unter seinem Schermesser in Gefahr geraten war, hauste er, ich weiß nicht infolge welches Abkommens, auf den wüsten Böden des Rathauses, die er weder sommers noch winters verließ. – Dennoch konnte man sein Leben kein ungeselliges nennen; nur etwas seltsam mochte, wenigstens dem oberflächlichen Beobachter, die Gesellschaft erscheinen, die er bei sich sah. Da er nämlich auf menschlichen Besuch nicht eingerichtet war, so hatte er dafür desto traulichere Beziehungen mit den großen Ratten der benachbarten Brauerei angeknüpft; und er stand sich dabei um nichts schlechter.

Die meisten Leute in der Stadt kannten von dem Amtschirurgus nur noch die Stimme, wie sie an düsteren

Novembertagen in der Luft über ihren Köpfen laut wurde; mich aber hatte schon lange die Neugierde geplagt, dies geheimnisvolle Leben einmal in unmittelbarer Nähe zu betrachten; auch wußte ich von meiner dicken Freundin, der Ratskellerwirtin, daß der Amtschirurgus, wenn die Geister des Sturmes ihn nicht beunruhigten, ein gar wohlanständiger alter Herr sei. Und so schlich ich denn an einem sonnigen schulfreien Nachmittage die engen Wendelstiegen hinauf, bis ich endlich durch die Bodentür in den untersten der weiten unbenutzten Räume eintrat. Es war totenstill, von dem Wirtschaftsleben drunten im Keller drang kein Laut herauf; überall jene bekannte Bodendämmerung; nur hie und da durch die kleinen Dachfenster fiel ein Lichtstrahl mit emsig tanzenden Sonnenstäubchen. Dort hinten in der dunklen Ecke sah ich eine Stiege, die durch einen Ausschnitt in der Decke zu einem weiteren Boden führte, der, wie ich wußte, noch nicht der letzte war. Eine seltsame Beklommenheit befiel mich, und ich wollte schon ganz leise meinen Rückzug nehmen; da hörte ich hinter mir eine Tür aufklinken, und als ich mich umwandte, stand eine aufrechte breitschultrige Gestalt vor mir, und ein stattliches Burgundergesicht mit vollem weißen Haarschopf schaute aus kleinen zugeschnürten Augen gelassen auf mich herab. »Nun, mein Söhnchen«, – er sprach es aber: Sehnchen – »was hast du denn zu bestellen?« Diese Worte wurden mit einer auffallend zarten Tenorstimme an mich gerichtet, und ich wollte eben wohlgemut eine Antwort geben, als zum Unglück mein Blick in die offene Tür einer Kammer fiel, und ich drinnen eine ganze Reihe halbgeöffneter spiegelblanker Schermesser an dem Balken hängen sah. Aber schon legte sich beschwichtigend eine große Hand gar sanft auf meinen Kopf: »Warte nur, mein Söhnchen; wir sollen wohl meine Haustierchen einmal zu Gaste laden!« Ich blickte auf, vermochte aber nur durch ein stummes Nikken mein Einverständnis zu erkennen zu geben; der Mann sah mir so altertümlich vornehm aus, und es war plötzlich, ich weiß nicht wie, in meinem Knabenhirne fertig, daß der Amtschirurgus, wenn auch kein Prinz, so doch wenigstens ein in Ungnade gefallener Kammerherr sein müsse. Der blaue Kleidrock mit dem aufrechtstehenden Kragen und den blanken Knöpfen, zwischen dessen Schößen der goldene Schlüssel nicht übel gepaßt hätte, mochte ein Wesentliches zu dieser Vorstellung beitragen. Freilich, en grande tenue habe ich ihn auch später nie gesehen; seine hellgrauen Pantalons waren über den Knöcheln zugebunden, und seine Füße steckten immer in großen Lederpantoffeln, wenn er, die Hände auf dem Rücken, in seinem öden Reiche promenierte.

Damals war übrigens zu langen Betrachtungen keine Zeit gelassen; denn der Amtschirurgus begann jetzt in scharfem Tempo den Marsch des alten Dessauer zu pfeifen. Unter dieser Musik stieg er die Treppe zu dem zweiten Boden hinan, und während ich ihn so immer weiter bis unter das Dach hinauf pfeifen hörte, wurden über mir alle Böden nach und nach lebendig, überall hörte ich es rascheln und an dem Holzwerk herunterhuschen, kleine Kalkstückchen fielen mir vor die Füße, und hie und da zwischen Pfannen und Sparren fuhr ein grauer Rattenkopf hervor und lugte wie suchend mit den blutschwarzen Augen umher, während an der anderen Seite der kahle Schwanz herabhing. Meine Gegenwart schien hier keinen Zwang zu tun; denn bald begann es dicht neben mir immer emsiger auf den Fußboden herabzuplumpen, bis endlich ein ganzer Haufen von glatten grauen Pelzen durcheinanderwimmelte. Und jetzt verbreitete sich auch der eigentümliche Dunst, den die Ratte an sich hat, so daß ich unwillkürlich einen Schritt zurücktrat.

Mittlerweile hatte der Amtschirurgus seinen Marsch vollendet und war mit einer Brotschnitte in der Hand herangetreten. Einen Augenblick wurde es ruhig, und die sämtlichen Köpfchen hoben sich empor; sobald aber der erste Brocken zwischen sie fiel, fuhr alles wieder quieksend und beißend in einen Haufen zusammen. Nur eine Ratte mit lichtgrauem Fell, es mochte eine junge sein, war nicht unter dem Wirrsal; sie hob sich auf den Hinterfüßchen, ließ die Vorderpfötchen hängen und sah erwartungsvoll zu ihrem Meister auf. Alsbald auch begann dieser eine neue musikalische Figur zu pfeifen; die Ratte huschte über den Fußboden und saß im Nu in derselben zuwartenden Stellung auf der Lehne einer zerbrochenen Holzbank; und der Amtschirurgus trat dicht an sie heran. – Sie kannten sich wohl, das fremde unheimliche Tier und der einsame alte Mann; sie blickten sich traulich in die Augen, als hätten sie in deren Tiefe den kleinen Punkt gefunden, der unterschiedslos für alle Kreatur aus dem Urquell des Lebens springt. Und jetzt nahm der Alte ein Krüstchen Brot zwischen seine Lippen, und sein Lieblingstier lief an ihm herauf, erfaßte es mit den zierlichen Pfötchen und saß gleich darauf wieder auf der zerbrochenen Bank, behaglich knuspernd und dann und wann einen Blick auf seinen großen menschlichen Freund werfend, der lächelnd danebenstand.

Ehe ich fortging, führte der Amtschirurgus mich noch

in seine Kammer, wo die blanken Schermesser mich nun nicht mehr erschreckten. – Es war nur ein Bretterverschlag, den man von dem großen Boden abgeteilt hatte; darin stand ein Stuhl, ein Tisch und ein Bett; das war alles. Ein Ofen war nicht darin; und wenn im Januar die »hahnebüchene« Kälte bei uns einzog, so mußte der Amtschirurgus auch den Tag über im Bette bleiben, und er lag dann, wie mir die Ratskellerwirtin später erzählte, so tief darin vergraben, daß nur die bläuliche Burgundernase und die kleinen Augen über der rotkarierten Bettdecke hervorsahen. – Allein es war auch dann so übel nicht in seiner Kammer; denn die Wände waren ganz mit jenen hübschen Bilderbogen bedeckt, wie wir Älteren sie in unserer Kinderzeit für einen Schilling uns beim Krämer holen konnten. Derzeit, vor der Erfindung des Steindrucks, war noch jeder Bilderbogen ein illuminierter Kupferstich und zum mindesten ein halbes Kunstwerk, und der Amtschirurgus wußte wohl, was er tat, als er mit dieser Tapete seine Bretterwand bekleiden ließ. Da sah man außer dem Affen- und dem Ritterspiel jenen berühmten Bilderbogen von der verkehrten Welt, wo die Bauern von den Ochsen auf die Weide getrieben werden, und der Schulmeister von den Schuljungen die Rute bekommt; da war ferner ein Bogen mit kleinen Landschaften in runden Schildern, hier eine Heuernte, über der so lustig die gelbe Sommersonne schien, dort ein Vogelherd mit dem alten Vogelsteller im tiefen grünen Walde; lauter trauliche Orte für den Amtschirurgus; denn ich zweifle nicht, daß er sich dieselben Bilder ausgesucht hatte, für welche einst in seiner Knabenzeit seine ersparten Dreier zum Krämer gewandert waren. Und so, während draußen auf den wüsten Böden die

Bretter im Froste krachten, während das Trinkwasser vor seinem Bett gefror und durch die bereiften Dachfenster das kalte Dämmerlicht des Winters in seine Kammer fiel, führte er seine Augen an den Wänden spazieren und wandelte vergnügt in seinem Kindheitsgarten, wo er einst gewandelt, da er noch nicht der Kronprinz von Preußen und der Wetterprophet unserer grauen Stadt gewesen war.

Aber es gab noch andere Unterhaltungen für den alten Herrn. – Unter seinem ersten Bodenraum befand sich der große Rathaussaal, in welchem nicht nur unsere heimischen Komödianten zuweilen ihr Gerüste aufschlugen, sondern wo auch wir Primaner alljährlich um Michaelis von einem hohen Katheder herab mehr oder minder selbstverfertigte Reden hielten. Von allem diesen bekam der Alte seinen stillen Anteil. Denn wenn unten – und das geschah unfehlbar jedesmal – die Begeisterung die Luft allzusehr erhitzt hatte, dann wurde in der Bretterdecke des Saales eine Luke ausgehoben, und alsbald vom Rande der Öffnung glänzte das rote Gesicht des Amtschirurgus teilnehmend zu uns herab.

Es war immer ein großer Tag, diese »Redefeierlichkeit«. Wir konnten damals noch nicht am eignen Tische frühstücken und in Hamburg zu Mittag essen; alles blieb deshalb hübsch zu Hause, und was wir dort hatten, das würzten wir uns und machten es schmackhaft und kosteten es aus bis auf den letzten Tropfen. – An jenem Tage standen die Häuser der Honoratioren wie der kleineren Bürgersleute leer; der Rattenfänger von Hameln hätte sie nicht leerer fegen können. Frauen und Töchter in Flor und Seide saßen dicht gereiht vor dem weißen Katheder mit der grünsamtenen goldbefransten Bordüre; den Männern blieben nur die hintersten Bänke, oder sie standen an der Wand unter den großen Bildern vom Jüngsten Gericht und vom Urteil Salomonis. Wer hätte auch zu Hause bleiben können, wenn wir Primaner uns nicht zu vornehm hielten, die gedruckten Einladungen in eigener Person von Haus zu Haus zu tragen! Freilich war auch diese Pflicht, besonders für die älteren Schüler, nicht ohne allen Reiz; denn die »Stellen«, welche nach einem Maßstabe von Wein und Kuchen in »fette« und »magere« zerfielen, wurden von dem Primus Classis streng nach der Anciennität verteilt. Die Einladungen selbst enthielten nur unsere Namen und die Thematen unserer Vorträge; aber dessenungeachtet waren es keine öden Listen, wovon es heutzutage an allen Ecken wimmelt; unser alter Rektor – möge der allverehrte Greis noch lange seiner fruchtbringenden Muße genießen! – wußte durch eine feine Abtönung auch diesen Dingen einen munteren Anstrich zu geben. Denn während der erste nur »redete«, suchte der zweite schon »auszuführen«, der dritte »vertiefte sich in«, der vierte »verbreitete sich über«; und so arbeitete jeder in seinem eigenen Charakter. Was blieb endlich mir übrig, der ich schon damals in einigen Versen gesündigt hatte? Ich, selbstverständlich: »besang«. – »Matathias, der Befreier der Juden«, so hieß meine Dichtung, welche der Rektor mir ohne Korrektur und mit den lächelnd beigefügten Worten zurückgab, er sei kein Dichter. Ich will nicht leugnen, es überrieselte mich so etwas von einer exklusiven Lebensstellung, und ich mag in jenem Augenblick meinen Knabenkopf wohl um einige Linien höher getragen haben. – Freilich, unser Schultisch war derzeit nur mit geistiger Hausmannskost besetzt: wir kannten noch nicht den bunten Krautsalat, der – »Friß Vogel, oder stirb!« – den heutigen armen Jungen aufgetischt wird. Ich habe niemals Kaviar essen können, und – Gott sei Dank! – ich habe ihn auch niemals im Namen der »Gleichmäßigkeit der Bildung« essen müssen; diese schöne Lehre beglückte noch nicht unsere Jugend; der Fundamentalsatz aller Ökonomie: »Was kostet es dir, und was bringt es dir ein?« fand damals, freilich harmlos und unbewußt, auch für die Schule noch seine Anwendung. – Leider muß ich bekennen, daß auch die deutsche Poesie als Luxusartikel betrachtet und lediglich dem Privatgeschmack anheimgegeben war; und dieser Geschmack war äußerst unerheblich. Unseren Schiller kannten wir wohl; aber Uhland hielt ich noch als Primaner für einen mittelalterlichen Minnesänger, und von den Romantikern hatte ich noch nichts gesehen als einmal Ludwig Tiecks Porträt auf dem Umschlage eines Schreibbuches. – Nichtsdestoweniger dichtete ich den »Matathias«.

Und endlich kam der große Tag. Während draußen vor der Kirche die Buden zum Michaelis-Jahrmarkte aufgeschlagen wurden, war oben in unserem Rathaussaale die Redefeierlichkeit schon in vollem Schwunge. Die an den Fenstern entlang postierte Liebhaberkapelle hatte schon einige Pausen mit entsprechenden Walzern und Ekossaisen ausgefüllt; nun aber begann ein feierlicher Marsch, und mir klopfte das Herz; denn ich hatte ihn bestellt als Ouvertüre zum Matathias. Dort stand auch mein würdiger Freund, der Doktor, derzeit Primaner und Mitglied des »Dilettantenvereins«, und noch hübscher, als er redete, blies er die Klarinette; heute aber leistete er das Außerordentliche. Da plötzlich, noch ein heroischer Akkord, und oben auf dem Katheder stand ich in dem lautlosen Saale, die erwartungsvolle Menge unter mir. Wie durch einen Schleier sah ich noch die Dilettanten ihre Klarinettenschnäbel mit den Taschentüchern putzen; ein Blick nach oben zeigte mir am Rande der Deckenöffnung das leuchtende Gesicht des Amtschirurgus, der wie ein umgekehrter sixtinischer Engelskopf zur Erde statt zum Himmel blickte; dann:

»O Söhne Judas, rächt der Väter Schmach!«

–– Zum Unglück für den Leser ist das Gedicht verloren gegangen, und mein Gedächtnis vermag dem Schaden nicht mehr abzuhelfen; doch kann ich versichern, daß es ohne Anstoß zu Ende gebracht wurde. Und das war keine Kleinigkeit; denn unter den Zuhörerinnen hatte ich ein Paar wohlbekannte vergißmeinnichtblaue Augen entdeckt, die mit dem Ausdruck zarter Fürsorge auf mich gerichtet waren. Ich kannte solche Klippen nur zu wohl; war es mir doch in meiner vorjährigen Rede »Über den Untergang der Staaten« begegnet, daß ich in denselben Augen eine ganze Weile, alle Feierlichkeit vergessend, hängen blieb, wodurch denn eine allen übrigen Zuhörern unbegreifliche Kunstpause entstanden war. Diesmal aber, und das von Rechts wegen, half mir der Gott Israels. Denn dort hinten, unter dem Urteile Salomonis, erschien mein Freund, der jüdische Handelsherr aus unserer Nachbarstadt, und nickte mir zu und lächelte mich an; und der Geist meiner heutigen Sendung erfüllte mich wieder, ich sah nicht mehr in die vergißmeinnichtblauen Augen, sondern auf die goldenen Uhrberloques, die an dem behäbigen Leibe des jüdischen

Mannes funkelten; und für ihn eigentlich habe ich diese Rede gehalten.

»Dein Stern ging unter, Judas Stern
Erglänzt in neuer Pracht und brennt
An deiner Gruft die würd'ge Todesfackel.«

Das waren meine letzten Worte für den Matathias. Als ich das Katheder verlassen und mich nach dem alttestamentarischen Bilde durchgedrängt hatte, nahm der Urenkel desselben schweigend und mit sanftem Druck meinen Arm in den seinen, und wir stiegen miteinander die schmale Wendeltreppe hinab bis unten in den Ratskeller und tranken dort in altem Madeira auf das Gedächtnis des unsterblichen Matathias und auf die Gesundheit seines jungen sterblichen Dichters. Dann, da die Redefeierlichkeit für den Vormittag beendet war, gingen wir auf den Markt hinaus und setzten uns im Lindenschatten vor einem Hause auf den Beischlag. Uns gegenüber im Sonnenschein wurde eine Bude nach der anderen aufgeschlagen; aber der sonst so eifrige Handelsmann, obgleich er noch nicht einmal sein herkömmliches Tuchgeschäft mit meinem Vater gemacht hatte, wandte kein Auge auf dieses werktägige Treiben. Von meiner Rede ausgehend hatte er mich, wie er es liebte, in allerlei religiösmoralisches Gespräch verwickelt: »Was soll's!« rief er mit den scharfen Akzenten seines Volkes, »ich sage bloß: Tue Recht und scheue niemand!« – Bald darauf schien er indessen durch den jetzt vom nahen Kirchturm tönenden Schlag der Viertelsglocke an die Kostbarkeit der Zeit erinnert zu werden; denn, als wolle er alle grauen Theorien von sich schütteln, stand er plötzlich auf und klopfte mich zärtlich auf die Schulter.

»Komm nun!« sagte er schmunzelnd; »woll'n wir gehen und woll'n noch betrügen ein bißchen den Alten!«

Aber das war nur dein Scherz, mein alter Freund; ich kann nicht anders, als es dir in dein Grab nachsagen, worin du nun seit lange auf dem kleinen Judenkirchhof der Nachbarstadt ruhst, daß du meinem Vater gewiß gutes niederländisches Tuch zu den christlichsten Preisen verkauft hast. – Wer weiß, ob nicht die Freundlichkeit, die du dem Knaben einst erwiesest, den Keim jener Zuneigung gelegt hat, die ich deinem Volke stets bewahrte, und die mir auch der schmutzigste Schacherjude nicht hat stören können. Habe ich doch aus jener Sympathie heraus noch vor wenigen Jahren die nachstehenden Verse gedichtet, welche freilich von meinem Freunde Alexander, da ich sie ihm noch warm aus dem Herzen vortrug, mit der kurzen Kritik: »Auch eine Auffassung!« ganz und für immer abgefertigt sind:

Crucifixus

Am Kreuz hing sein gequält Gebeine,
Mit Blut besudelt und geschmäht;
Dann hat die stets jungfräulich reine
Natur das Schreckensbild verweht.

Doch, die sich seine Jünger nannten,
Die formten es in Erz und Stein,
Und stellten's in des Tempels Düster
Und in die lichte Flur hinein.

So, jedem reinen Aug ein Schauder,
Ragt es herein in unsre Zeit;
Verewigend den alten Frevel,
Ein Bild der Unversöhnlichkeit.

Aber ich kann so nicht weiterschreiben. Durch das offene Fenster weht der Primelduft aus dem Garten, und draußen unter dem sprießenden Syringenbaum steht plötzlich meine Muse, die ich so lange nicht mehr sah. Sie legt den schönen, ewig jugendlichen Kopf zurück und sieht mich an; schimmernd liegt die Frühlingssonne auf ihrem goldig blonden Haar. Soll ich noch einmal deine träumerischen Wege wandeln? – Aber, wenn du mich zur Höhe führst, und nun dein Fuß von der festen Erde auf die rosigen Wolken hinaustritt? – Zwar meine Seele hat noch ihre Flügel; aber manche der rauschenden Schwungfedern sind schon gebrochen, und mächtiger als sonst fühl ich die Erde mich zu sich niederziehen. – Doch, wer könnte diesen Augen widerstehen? So gehen wir denn! Streich mit deiner Götterhand das graue Haar von meinen Schläfen und dann sage mir: wie war es doch?

–– Ich war wieder in der kleinen Küstenstadt, in der ich einst die Tage meiner Jugend lebte. Weit dahinter lag jene Zeit, unabsehbar weit; denn es gibt Gräber, über die hinweg der Blick in die Vergangenheit unmöglich wird. Dennoch hatte es mich dahin zurückgezogen; in allen Jahren, die ich in der Fremde lebte, war immer wieder das Brausen des heimatlichen Meeres an mein inneres Ohr gedrungen, und oft war ich von Sehnsucht ergriffen worden, wie nach dem Wiegenliede, womit einst die Mutter das Tosen der Welt von ihrem Kinde ferngehalten hatte. – Nun hörte ich es wieder, das Wiegenlied des Meeres; am Tage wanderte ich hinaus an seine Küste und ließ die Wellen zu meinen Füßen rauschen, des Nachts klang es hinüber in die schlafende Stadt, nur unterbrochen von dem tönenden Flug der Wandervögel, die in großen Zügen unsichtbar unter den Sternen dahinrauschten. Wie oft stand ich jetzt im Dunkel meines Gartens, blickte hinauf zu der lichten Sternenhöhe und ließ mein Ohr von diesen Akkorden des Schöpfungsliedes erfüllen!

Ich entsinne mich eines Spätherbstnachmittages; so ungestört war ich seit meiner Heimkehr nicht durch die Stadt gewandert; denn der erste Novembersturm hatte die Gassen leer gefegt. Ich sah mir die Häuser an und gedachte ihrer einstigen Bewohner. Hier auf der Bank unter den Linden, von deren Zweigen jetzt die letzten Blätter wehten, saß einst der lustige Herbergsvater, der uns Schülern stets das griechische »Heureka« zum Gruß entgegenrief. – Heureka – Gefunden! – Ob man wohl das Wort auf seinen Sarg geschrieben hat?

Und drüben jenes Giebelfenster mit den zertrümmerten Scheiben; – die Donner des Frühlingsungewitters sind längst verhallt, die ich in lauer düfteschwerer Nacht dort über meinem Haupte rollen hörte; aber wo ist sie geblieben, die ich so fest in meinen Armen hielt? – Ich habe das blasse Gesichtchen nie vergessen können, wie es beim Schein der Blitze aus dem Dunkel auftauchte und wieder darin verschwand. – Hu! Wie kommen und gehen die Menschen! Immer ein neuer Schub, und wieder: Fertig! – Rastlos kehrt und kehrt der unsichtbare Besen und kann kein Ende finden. Woher kommt all das immer wieder, und wohin geht der grause Kehricht? – Ach, auch die zertretenen Rosen liegen dazwischen.

Ich will zum Kirchhofe gehen; es stillt die Unruhe, in den Blättern dieses grünen Stammbuches zu lesen. Auf dem Wege dahin sieht hie und da ein übriggebliebener Treppengiebel vertraut auf mich herab. Ob droben in der Tertia der nun abgesetzten »Gelehrtenschule« das halb zerschnittene Pult noch steht, vor dem ich einst »Üb immer Treu und Redlichkeit« so weltvertrauend deklamierte? Mir ahnte damals noch nicht, daß die Redlichkeit nur so weit geübt werden dürfe, als sie nicht verboten ist. Jetzt weiß ich es und begreife nur nicht, warum man die Kinder Dinge lernen läßt, die ihnen später so gefährlich werden können.

Äußerst schmucklos waren jene alten Räume; höchstens, daß hie und da eine aus Strafgeldern zusammengesparte Landkarte an der Wand hing. Wir kannten weder die Schöne griechischer Götterbilder, noch andererseits jenes cäsarische Wesen, in dem Bilde des jemaligen Herrschers der aufstrebenden Jugend ein drohendes Symbol der Gewalt entgegenzuhalten. Aber jenseits der schmalen Straße in dem Hofe der damaligen Propstei stand derzeit ein mächtiger Kastanienbaum, dessen Zweige zu den Fenstern der Tertia und der danebenliegenden Sekunda hinüberreichten. Wie oft, wenn es draußen Frühling war, flogen meine Gedanken über den Nepos, oder später über den Ovid hinweg und schwärmten drüben mit den Bienen um die weißen rotgesprenkelten Blütenkerzen, die aus den jungen lichtgrünen Blättern emporgestiegen waren. Aber weiter, – weiter! Hier noch den kurzen Baumgang hinab, und schon sehe ich die Totenkränze an den Kreuzen wehen und die weißen Bänder flattern. Die Ulmen an der Seite des Kirchhofes ächzen und schlagen ihre nackten Zweige aneinander, wie der Sturm ihnen die letzten Blätter abreißt und sie weithin über die Gräber wirft. Wie wüst dort im Nordwest das Meer am Horizonte aufsteigt! Ich lese die Inschriften der Leichensteine: »Du warst, wirst sein, wirst nie vergehen, nie Todesraub«.

Überall dies unheimliche Wehren gegen die Vernichtung; nur hier der alte aufrechte Stein trägt einen anderen Spruch:

Het Liden hier geleden,
Het Striden hier gestreden,
Ick was het Leven möd;
Ick zegg Adies min Vrienden,
Gy zelt mi niet mer vinden;
– – – – – – – – – – – –

Das übrige bedeckt die Erde.

Es ist sehr einsam hier; – doch nein, da stehe ich ja an deinem Grabe, alter ehrlicher Georg, candidatus der Gottesgelahrtheit. Wie lange ist es her, daß wir unter den blühenden Apfelbäumen deines elterlichen Gartens auf dem widerspenstigen Esel Schule reiten wollten! Mir ist, als sei das nur ein Kapitel aus einer sonnigen Idylle, die ich in schöner Jugendzeit gelesen. Etwas später war es – wir waren schon Studenten – da wir am lauen Frühlingsabend über den Hamburger Wall schlenderten. Als in der Dämmerung die Frösche aus dem Graben ihre Stimme erhuben, legtest du die Hand auf meinen Arm und sagtest andächtig: »Horch nur, wie lieblich doch die Nachtigallen girren!« Freilich, du warst ein Sohn unserer Küste, und selten und nur zu flüchtigem Besuche kehrt Philomele bei uns ein; denn sie weiß es wohl, daß ihre Liebesklage von dem Brausen der großen Naturorgel verschlungen wird, die Boreas hier so meisterlich zu spielen weiß. Aber, daß dir auch der Frosch, der Sänger unserer Marschen, plötzlich fremd geworden war, das mußte mich billig wundernehmen, und ich komme nachträglich auf den Verdacht, daß du die seltsamen Worte nur gesprochen hast, damit ich jenen Abend nicht vergäße, an dem sonst nichts war, als Frieden in der Natur und in unseren jungen Herzen. – Das Pfeifen ganz anderer Vögel war es, die dir bei Idstedt dein letztes Schlummerlied gesungen haben, und mit Andacht lese ich auf deinem Grabe den Spruch aus dem Evangelium Johannis, den, wie ich anderswo berichtet habe, auch der alte Landschullehrer auf seines Knaben Grabstein hauen ließ: »Niemand hat größere Liebe denn die, daß er sein Leben lässet für seine Freunde.« Für seine Freunde; möge das dein Los gewesen sein!

Und hier stolpere ich über den Hügel unseres Amtschirurgus; der Nordwest, der jetzt den Sand von seinem Grabe bläst, beunruhigt ihn nicht mehr. Ich war ihm noch begegnet nach meiner Heimkehr; aber schon damals hatte er seine großen Räume verlassen und begnügte sich mit einem Winkel in dem städtischen Krankenhause. Seine Seltsamkeiten hatten abgeblüht, und er war nur noch ein müder abgebrauchter Mensch, gleich allen übrigen, die dort der Ewigkeit entgegenträumen. Hier auf der Bank am Kirchhofssteige saß er und wärmte seine Glieder in der Frühlingssonne. Als ich ihn begrüßte, stand er auf, und ich sah, wie das Alter seine hohe Gestalt gebeugt hatte. »Und was ist aus Ihren trefflichen Ratzen geworden?« So fragte ich, nachdem die üblichen Reden eines ersten Wiedersehens zwischen uns gewechselt waren. Ich hatte eine unverharschte Wunde berührt; aus seinen kleinen Augen blickte er wehmütig auf mich herab, indem er mit seinem Stock im Sande scharrte: »Sie wissen ja; die große Brauerei nebenan; – vergiftet! alle vergiftet!« Und er schlich von dannen mit einem Seufzer über die schöne alte Zeit; denn wie Freund Mörike sagt:

Doch besser dünkt ja allen, was vergangen ist.

Aber wo bist denn du, Ludwig? Ich lebe noch, und schon finde ich dein Grab nicht mehr. Wir waren gute Kameraden; hab ich doch einst, da wir auf dem Lübecker Gymnasium unserer Schulbildung die letzte Politur geben ließen, meine goldene Uhr zum Pfandverleiher getragen, damit du in der Rolle des Dottore Bartolo die Maskerade im Schauspielhause besuchen konntest! Mit dem Bambusrohr und der Pillenschachtel stapftest du wacker im Saale umher; und als der spanische Grande dich wegen der Donna Ines konsultierte, die zart und schmächtig an seinem Arme hing, da versichertest du mit großer Innigkeit, daß die Dame nur an den Würmern leide; was dir seltsamerweise mehr Entrüstung als Dank von dem Gemahl der hohen Patientin eintrug. – Auch eine Maskerade war es, die wir beide wenige Jahre später in unserer grauen Küstenstadt veranstalteten. Dein Name stand neben dem meinigen auf dem Einladungsbogen; aber als der Abend des Festes herangekommen war und die Masken sich durcheinanderdrängten, die du mit mir berufen, da hattest du dich so tief vermummt, daß dich niemand zwischen ihnen zu finden vermochte; und auch später bist du niemals wieder zum Vorschein gekommen. – –

Aber es wird schon dämmerig; mir ist, als höre ich zwischen dem Brüllen des Sturmes das gewichtige Wort des alten Jobst Sackmann, das bei jeder Wiederkehr immer dröhnender ins Gehör fällt: »Wo is he bleven? – Wo is he bleven? – Mortuus est!«

Ich will nach Hause gehen. Die eiserne Kirchhofstür fällt klirrend hinter mir ins Schloß; die lange Straße, die nach meiner Wohnung führt, ist noch so öde wie zuvor. Aber dort sehe ich eine weibliche Gestalt mit dem Winde kämpfen; und wie wir uns einander nähern, bemerke ich mit Verwunderung, daß sie einen maigrünen Sonnenschirm in der Hand hält. Unter einem lila Seidenhütchen mit Blumen hängen lange braune Locken auf die Schultern herab. Und jetzt erkenne ich sie! In meiner Erinnerung taucht ein Erkerfenster auf mit Reseda- und Geranienstöcken, hinter denen ein junges Mädchen an einer Stickerei zu sitzen pflegte. Wie tief zogen wir Primaner unsere Mützen, um einen Aufschlag dieser Augen, ein Erröten dieses frischen Antlitzes zu erhaschen! – Auch jetzt ziehe ich den Hut. Ein ältliches maskenartiges Gesicht verzieht sich zu einem verbindlichen Lächeln, und mit altjüngferlichem Knicks geht die Gestalt an mir vorüber.

O meine Muse, war das der Weg, den du mich führen wolltest? Die sommerlichen Heiden, deren heilige Einsamkeit ich sonst an deiner Hand durchstreifte, bis durch den braunen Abendduft die Sterne schienen, sind sie denn alle, alle abgeblüht?

Es ist ein melancholisches Lied, das Lied von der Heimkehr.

GOTTFRIED KELLER

Die Jungfrau und der Teufel

Freund! wach' und schau dich um, der Teufel geht stets runden,
Kommt er dir auf den Leib, so liegest du schon unten.

Angelus Silesius, Cherub. Wandersmann VI. Buch, 206.

Es war ein Graf Gebizo, der besaß eine wunderschöne Frau, eine prächtige Burg samt Stadt und so viele ansehnliche Güter, daß er für einen der reichsten und glücklichsten Herren im Lande galt. Diesen Ruf schien er denn auch dankbar anzuerkennen, indem er nicht nur eine glänzende Gastfreundschaft hielt, wobei sein schönes und gutes Weib gleich einer Sonne die Gemüter der Gäste erwärmte, sondern auch die christliche Wohltätigkeit im weitesten Umfang übte.

Er stiftete und begabte Klöster und Spitäler, schmückte Kirchen und Kapellen, und an allen hohen Festtagen kleidete, speiste und tränkte er eine große Zahl von Armen, manchmal zu Hunderten, und einige Dutzend mußten täglich, ja fast stündlich auf seinem Burghofe schmausend und ihn lobpreisend zu sehen sein, sonst hätte ihm seine Wohnung, so schön sie war, verödet geschienen.

Allein bei solch schrankenloser Freigebigkeit ist auch der größte Reichtum zu erschöpfen, und so kam es, daß der Graf nach und nach alle seine Herrschaften verpfänden mußte, um seinem Hange zu großartigem Wohltun zu frönen, und je mehr er sich verschuldete, desto eifriger verdoppelte er seine Vergabungen und Armenfeste, um dadurch den Segen des Himmels, wie er meinte, wieder zu seinen Gunsten zu wenden. Zuletzt verarmte er gänzlich, seine Burg verödete und verfiel; erfolglose und törichte Stiftungen und Schenkungsbriefe, welche er aus alter Gewohnheit immer noch zu schreiben nicht unterlassen konnte, trugen ihm nur Spott ein, und wenn er hie und da noch einen zerlumpten Bettler auf seine Burg locken konnte, so warf ihm dieser das magere Süppchen, das er ihm vorsetzte, mit höhnischen Schmähworten vor die Füße und machte sich davon.

Nur eines blieb sich immer gleich, die Schönheit seiner Frau Bertrade; ja, je öder es im Hause aussah, desto lichter schien diese Schönheit zu werden. Und auch an Huld, Liebe und Güte nahm sie zu, je ärmer Gebizo wurde, so daß aller Segen des Himmels sich in dies Weib zu legen schien und tausend Männer den Grafen um diesen einen Schatz, der ihm noch übrig blieb, beneideten. Er allein sah nichts von alledem, und je mehr sich die holde Bertrade bemühte, ihn aufzuheitern und seine Armut zu versüßen, desto geringer schätzte er dies Kleinod und verfiel in einen bittern und verstockten Trübsinn und verbarg sich vor der Welt.

Als einst ein herrlicher Ostermorgen anbrach, wo er sonst gewohnt war, fröhliche Scharen nach seiner Burg wallfahren zu sehen, schämte er sich seines Falles, daß er nicht einmal in die Kirche zu gehen wagte und in Verzweiflung war, wie er die schönen sonnigen Festtage zubringen sollte. Umsonst bat ihn sein Weib mit perlenden Tränen und mit lächelndem Munde, sich nicht zu grämen und unverzagt mit ihr zur Kirche zu gehen; er machte sich unwirsch los und ging auf und davon, sich in den Wäldern zu verbergen, bis Ostern vorbei wäre.

Bergauf und -ab lief er, bis er in eine uralte Wildnis kam, wo ungeheure bärtige Tannenbäume einen See umschlossen, dessen Tiefe die nächtigen Tannen ihrer ganzen Länge nach widerspiegelte, so daß alles düster und schwarz erschien. Die Erde um den See war dicht bedeckt mit abenteuerlichem langfransigem Moose, in welchem kein Tritt zu hören war.

Hier setzte sich Gebizo nieder und grollte mit Gott ob seinem elenden Geschicke, welches ihm nicht mehr erlaubte, seinen Hunger genugsam zu stillen, nachdem er Tausende mit Freuden gesättigt, und ihm überdies seine Werktätigkeit mit dem Hohn und Undank der Welt vergalt.

Unversehens gewahrte er mitten auf dem See einen Nachen und in demselben einen hochgewachsenen Mann. Da der See nur klein und leicht zu überblicken war, so konnte Gebizo nicht begreifen, wo der Fährmann auf einmal herkomme, da er ihn zuvor nirgends bemerkt; genug, er war jetzt da, tat einen einzigen Ruderschlag und landete alsbald dicht vor dem Ritter, und ehe dieser sich einen Gedanken machen konnte, fragte er ihn, warum er ein so schlimmes Gesicht in die Welt schneide? Weil der Fremde ungeachtet des sehr hübschen Äußern einen Zug gründlicher Unzufriedenheit um Mund und Augen hatte, erweckte dies das Vertrauen Gebizos, und er klagte unverhohlen sein Mißleiden und all seinen Groll.

»Du bist ein Tor«, sagte jener hierauf; »denn du besitzest einen Schatz, der größer ist als alles, was du verloren hast. Wenn ich dein Weib hätte, so wollte ich nach allen Reichtümern, Kirchen und Klöstern und nach allen Bettelleuten der Welt nichts fragen!«

»Gib mir diese Dinge wieder und du kannst wohl mein Weib dafür haben!« erwiderte Gebizo bitter lachend, und jener rief blitzschnell: »Es gilt! Suche unter dem Kopfkissen deiner Frau, dort wirst du finden, was für deine ganze Lebenszeit ausreicht, alle Tage ein Kloster zu bauen und tausend Menschen zu speisen, und wenn du hundert Jahre alt würdest! Dafür bringe mir dein Weib hier zur Stelle, unfehlbar am Abend vor Walpurgistag!«

Es sprühte bei diesen Worten ein solches Feuer aus seinen dunklen Augen, daß davon zwei rötliche Lichter über den Rockärmel des Grafen und von da über Moos und Tannenstämme wegstreiften. Da sah Gebizo, wen er vor sich habe, und nahm das Anerbieten des Mannes an. Dieser rührte das Ruder und fuhr wieder auf die Mitte des Sees hinaus, wo er samt dem Schiffe im Wasser versank mit einem Getön, welches dem Gelächter von vielen ehernen Glocken ähnlich war.

Gebizo eilte mit einer Gänsehaut bekleidet auf dem geradesten Wege nach seiner Burg, untersuchte sogleich Bertradens Bett und fand unter ihrem Kopfkissen ein altes unscheinbares Buch, das er nicht lesen konnte. Wie er aber darin blätterte, fiel ein Goldstück nach dem andern heraus. Sobald er das merkte, machte er sich mit dem Buche in das tiefste Gewölbe eines Turmes und blätterte dort in aller Verborgenheit fürs erste, so lange das Osterfest dauerte, einen hinreichenden Haufen Goldes aus dem interessanten Werke heraus.

Dann trat er wieder auf vor der Welt, lösete alle seine Besitzungen ein, rief Werkleute herbei, die sein Schloß herstellten, prächtiger als es je gewesen, und spendete

Wohltaten rings herum gleich einem Fürsten, der eben gekrönt worden ist. Das Hauptwerk aber war die Grundlegung einer mächtigen Abtei für fünfhundert der frömmsten und vornehmsten Kapitularen, eine ordentliche Stadt von Heiligen und Schriftgelehrten, in deren Mitte dereinst seine Begräbnisstätte sein sollte. Diese Vorsicht glaubte er seinem ewigen Seelenheil schuldig zu sein. Da über seine Frau anders verfügt war, so wurde eine Grabstätte für sie nicht vorgesehen.

Am Mittage vor Walpurgis befahl er zu satteln und gebot seiner schönen Frau, ihr weißes Jagdpferd zu besteigen, da sie einen weiten Weg mit ihm zu reiten hätte. Zugleich verbot er, daß irgend ein Knappe oder Diener mitkäme. Eine große Angst befiel die Arme, sie zitterte an allen Gliedern und belog zum erstenmal in ihrer Ehe den Gemahl, indem sie sich für unwohl ausgab und ihn bat, sie zu Hause zu lassen. Da sie kurz vorher halblaut ein wenig gesungen hatte, so ward Gebizo zornig über diese Lüge und glaubte nun ein doppeltes Recht über sie zu haben. Sie mußte, dazu noch möglichst wohl geschmückt, zu Pferde sitzen und ritt traurig mit ihrem Manne von dannen, ohne zu wissen, wohin es gehen sollte.

Als sie ungefähr die Hälfte des Weges zurückgelegt, kamen sie zu einem Kirchlein, das Bertrade in früheren Tagen so nebenbei einst gebaut und der Mutter Gottes gewidmet hatte. Es war einem armen Meister zu Gefallen geschehen, welchem wegen seiner mürrischen und unlieblichen Person niemand etwas zu tun gab, so daß auch Gebizo, dem jeder mit gefälligem und ehrerbietigem Wesen nahen mußte, ihn nicht leiden mochte und bei allen seinen Werken leer ausgehen ließ. Heimlich hatte sie das Kirchlein bauen lassen, und der verachtete Meister hatte gleichsam als Feierabendarbeit zum Dank noch ein gar eigentümlich anmutiges Marienbild selbst gearbeitet und auf den Altar gestellt.

In dieses Kirchlein begehrte jetzt Bertrade für einen Augenblick einzutreten, um ihr Gebet zu verrichten, und Gebizo ließ es geschehen; denn er dachte, sie könnte es wohl brauchen. Sie stieg also vom Pferde und ging, indessen der Mann draußen harrte, hinein, kniete vor dem Altare nieder und empfahl sich in den Schutz der Jungfrau Maria. Da fiel sie in einen tiefen Schlaf; die Jungfrau sprang vom Altar herunter, nahm Gestalt und Kleidung der Schlafenden an, trat aus der Türe frischen Mutes und bestieg das Pferd, worauf sie an der Seite des Grafen und an Bertradens Statt den Weg fortsetzte.

Der Elende wollte sein Weib noch täuschen und, je näher sie dem Ziele kamen, mit um so größerer Freundlichkeit einschläfern und zerstreuen; und er redete deshalb über dieses und jenes mit ihr, und die Jungfrau gab ihm trauliche Antwort in süßem Geplauder, sich stellend, als ob sie alle Bangigkeit verlöre. So erreichten sie die dunkle Wildnis an dem See, über welchem falbe Abendwolken hingen; die alten Tannen blühten mit Purpurknospen, wie es nur in den üppigsten Frühlingen geschieht; im Dickicht schlug eine gespenstige Nachtigall so stark wie mit Orgelpfeifen und Cymbeln, und aus den Tannen ritt der bewußte Mann hervor auf einem schwarzen Hengst, in reicher ritterlicher Tracht, ein langes Schwert zur Seite.

Er näherte sich ganz manierlich, obgleich er einen so grimmigen Blick schnell auf Gebizo schoß, daß diesem die Haut schauderte; sonst schienen nicht einmal die

Pferde Unheil zu wittern, denn sie blieben ruhig. Gebizo warf dem Fremden zitternd die Zügel seiner Frau zu und sprengte ohne sie von dannen und ohne sich nach ihr umzusehen. Der Fremde aber ergriff die Zügel mit hastiger Faust und fort ging es wie ein Sturmwind durch die Tannen, daß Schleier und Gewand der schönen Ritterfrau flogen und flatterten, über Berg und Tal und über die fließenden Wasser, daß die Hufe der Pferde kaum die Schäume der Wellen berührten. Von sausendem Sturme gejagt, wälzte sich vor den Rossen her eine rosig duftende Wolke, die in der Dämmerung leuchtete, und jene Nachtigall flog unsichtbar vor dem Paare her und setzte sich da und dort auf einen Baum, singend, daß die Lüfte schallten.

Endlich nahmen alle Hügel und alle Bäume ein Ende, und die beiden ritten in eine endlose Heide hinein, in deren Mitte wie aus weiter Ferne die Nachtigall schlug, obgleich weder Strauch noch Zweig zu ahnen war, auf dem sie hätte sitzen können.

Unversehens hielt der Reiter an, sprang vom Pferde und half der Dame mit den Gebärden eines vollkommenen Ritters aus dem Sattel. Kaum berührte ihr Fuß die Heide, so entsproß rings um das Paar ein mannshoher Rosengarten mit einem herrlichen Brunnen und Ruhesitz, über welchem ein Sternenhimmel funkelte, so hell, daß man bei seinem Lichte hätte lesen können. Der Brunnen aber bestand aus einer großen runden Schale, in welcher einige Teufel in der Weise, wie man heutzutage lebende Bilder macht, eine verführerische weiße Marmorgruppe schöner Nymphen bildeten oder darstellten. Sie gossen schimmerndes Wasser aus ihren hohlen Händen, wo sie es hernahmen, wußte nur ihr Herr und

Meister; das Wasser machte die lieblichste Musik, denn jeder Strahl gab einen andern Ton, und das Ganze schien gestimmt wie ein Saitenspiel. Es war sozusagen eine Wasserharmonika, deren Akkorde alle Süßigkeiten der ersten Mainacht durchbebten und mit den reizenden Formen der Nymphengruppe ineinander flossen; denn das lebende Bild stand nicht still, sondern wandelte und drehte sich unvermerkt.

Nicht ohne feine Bewegung führte der seltsame Herr die Frau zu dem Ruhesitz und lud sie ein, Platz zu nehmen; dann aber ergriff er gewaltsam zärtlich ihre Hand und sagte mit einer das Mark erschütternden Stimme: »Ich bin der ewig Einsame, der aus dem Himmel fiel! Nur die Minne eines guten irdischen Weibes in der Mainacht läßt mich das Paradies vergessen und gibt mir Kraft, den ewigen Untergang zu tragen. Sei mit mir zu zweit, und ich will dich unsterblich machen und dir die Macht geben, Gutes zu tun und Böses zu hindern, soviel es dich freut!«

Er warf sich leidenschaftlich an die Brust des schönen Weibes, welches seine Arme lächelnd öffnete; aber in demselben Augenblicke nahm die heilige Jungfrau ihre göttliche Gestalt an und schloß den Betrüger, der nun gefangen war, mit aller Gewalt in ihre leuchtenden Arme. Augenblicklich verschwand der Garten samt Brunnen und Nachtigall, die kunstreichen Dämonen, so das lebende Bild gemacht, entflohen als üble Geister mit ängstlichem Wimmern, ihren Herren im Stich lassend, und dieser rang mit Titanengewalt, sich aus der qualvollen Umarmung loszuwinden, ohne einen Laut zu verlieren.

Die Jungfrau hielt sich aber tapfer und entließ ihn nicht, obgleich sie alle Kraft zusammennehmen mußte;

sie hatte nichts minderes im Sinn, als den überlisteten Teufel vor den Himmel zu tragen und ihn dort in all seinem Elend zum Gelächter der Seligen an einen Türpfosten zu binden.

Allein der Böse änderte seine Kampfweise, hielt sich ein Weilchen still und nahm die Schönheit an, welche er einst als der schönste Engel besessen, so daß es der himmlischen Schönheit Marias nahe ging. Sie erhöhte sich, soviel als möglich; aber wenn sie glänzte wie Venus, der schöne Abendstern, so leuchtete jener wie Luzifer, der helle Morgenstern, so daß auf der dunkeln Heide ein Leuchten begann, als wären die Himmel selbst hernieder gestiegen.

Als die Jungfrau merkte, daß sie zuviel unternommen und ihre Kräfte schwanden, begnügte sie sich, den Feind gegen Verzicht auf die Grafenfrau zu entlassen, und alsbald fuhren die himmlische und die höllische Schönheit auseinander mit großer Gewalt. Die Jungfrau begab sich etwas ermüdet nach ihrem Kirchlein zurück; der Böse hingegen, unfähig, länger irgend eine Verwandlung zu tragen und wie an allen Gliedern zermalmt, schleppte sich in grausig dürftiger Gestalt, wie der leibhafte geschwänzte Gram, im Sande davon. So übel war ihm das vorgehabte Schäferstündchen bekommen!

Gebizo indessen, nachdem er sein liebliches Weib verlassen, war in der beginnenden Nacht irr geritten und Roß und Mann in eine Kluft gestürzt, wo er den Kopf an einem Steine zerschellte, so daß er stracks aus dem Leben schwand.

Bertrade dagegen verharrte in ihrem Schlafe, bis die Sonne des ersten Maitages aufging; da erwachte sie und verwunderte sich über die verflossene Zeit. Doch sagte sie gleich ihr Ave Maria, und als sie gesund und munter vor das Kirchlein trat, stand ihr Pferd davor, wie sie es verlassen. Sie wartete nicht lang auf ihren Gemahl, sondern ritt froh und eilig nach Hause; denn sie ahnte, daß sie irgend einer großen Gefahr entgangen sei.

Bald fand und brachte man die Leiche des Grafen. Bertrade ließ ihn mit allen Ehren bestatten und stiftete unzählige Messen für ihn. Aber alle Liebe zu ihm war unerklärlicher Weise für sie aus ihrem Herzen weggetilgt, obgleich dasselbe so freundlich und zärtlich blieb, als es je gewesen. Deshalb sah sich ihre hohe Gönnerin im Himmel nach einem andern Manne für sie um, der solch anmutiger Liebe würdiger wäre als jener tote Gebizo, und diese Sache begab sich, wie in der folgenden Legende geschrieben steht.

Die Jungfrau als Ritter

Maria wird genenn't ein Thron und Gott's Gezelt,
Ein Arche, Burg, Thurm, Haus, ein Brunn, Baum, Garten, Spiegel,
Ein Meer, ein Stern, der Mond, die Morgenröth', ein Hügel:
Wie kann sie alles seyn? sie ist ein' andre Welt.

Angeli Silesii cherub. Wandersmann
IV. Buch, 42.

Gebizo hatte zu seinen früheren Besitzungen noch so viele neue erworben, daß Bertrade über eine bedeutende Grafschaft gebot und sowohl ihres Reichtums als ihrer Schönheit wegen im deutschen Reiche berühmt wurde. Da sie zugleich eine große Bescheidenheit und Freundlichkeit gegen jedermann kundtat, so schien das Kleinod ihrer Person allen unternehmenden und schüchternen, kühnen und furchtsamen, großen und kleinen Edelleuten gleich leicht zu gewinnen, und männiglich, wer sie einigemal gesehen, wunderte sich, warum er sie eigentlich nicht schon an der Hand hatte. Dennoch war mehr als ein Jahr verflossen, ohne daß man von einem vernahm, der wirkliche Hoffnung gewonnen.

Auch der Kaiser hörte von ihr, und da er wünschte, daß ein so ansehnliches Lehen in die Hand eines rechten Mannes käme, beschloß er, auf einer Reise die berühmte Witwe zu besuchen, und zeigte ihr dies in einem gar wohlgeneigten und freundlichen Briefe an. Diesen gab er einem jungen Ritter Zendelwald, welcher gerade des

Weges zu reiten hatte. Der wurde von Bertrade huldreich empfangen und bewirtet wie jeder, der auf ihrer Burg einkehrte; er besah sich ehrerbietig die herrlichen Säle, Zinnen und Gärten und verliebte sich nebenbei heftig in die Besitzerin. Doch blieb er um deswillen nicht eine Stunde länger auf der Burg, sondern als er seinen Auftrag verrichtet und alles gesehen, nahm er kurzen Abschied von der Frau und ritt von dannen, der einzige von allen, die je hier gewesen, der nicht daran dachte, diesen Preis erringen zu können.

Überdies war er träg in Handlungen und Worten. Wenn sein Geist und sein Herz sich eines Dinges bemächtigt hatten, was immer vollständig und mit Feuer geschah, so brachte es Zendelwald nicht über sich, den ersten Schritt zu einer Verwirklichung zu tun, da die Sache für ihn abgemacht schien, wenn er inwendig damit im reinen war. Obgleich er sich gern unterhielt, wo es nicht etwa galt, etwas zu erreichen, redete er doch nie ein Wort zur rechten Zeit, welches ihm Glück gebracht hätte. Aber nicht nur seinem Munde, auch seiner Hand waren seine Gedanken so voraus, daß er im Kampfe von seinen Feinden öfters beinahe besiegt wurde, weil er zögerte, den letzten Streich zu tun, den Gegner schon im voraus zu seinen Füßen sehend. Deshalb erregte seine Kampfweise auf allen Turnieren Verwunderung, indem er stets zuerst sich kaum rührte und nur in der größten Not mit einem tüchtigen Ruck obsiegte.

In voller Gedankenarbeit, deren Gegenstand die schöne Bertrade war, ritt dieser Zendelwald jetzt nach seinem Heimatschlößchen, das in einem einsamen Bergwalde lag. Nur wenige Köhler und Holzschläger waren seine Untertanen, und seine Mutter harrte daher jedesmal seiner Rückkunft mit bitterer Ungeduld, ob er jetzt endlich das Glück nach Hause bringe.

So lässig Zendelwald war, so handlich und entschlossen war seine Mutter, ohne daß es ihr viel genützt hätte, da sie ihrerseits diese Eigenschaft ebenfalls jederzeit übertrieben geltend gemacht und daher zur Zwecklosigkeit umgewandelt hatte. In ihrer Jugend hatte sie so bald als möglich an den Mann zu kommen gesucht und mehrere Gelegenheiten so schnell und eifrig überhetzt, daß sie in der Eile gerade die schlechteste Wahl traf in der Person eines unbedachten und tollkühnen Gesellen, der sein Erbe durchjagte, einen frühzeitigen Tod fand und ihr nichts als ein langes Witwentum, Armut und einen Sohn hinterließ, der sich nicht rühren wollte, das Glück zu erhaschen.

Die einzige Nahrung der kleinen Familie bestand aus der Milch einiger Ziegen, Waldfrüchten und aus Wild. Zendelwalds Mutter war eine vollkommene Jägerin und schoß mit der Armbrust wilde Tauben und Waldhühner nach Gelüsten; auch fischte sie Forellen aus den Bächen und pflasterte eigenhändig das Schlößchen mit Kalk und Steinen, wo es schadhaft geworden. Eben kehrte sie mit einem erlegten Hasen heim und schaute, als sie das Tier vor das Fenster ihrer hochgelegenen Küche hing, nochmals ins Tal hinaus; da sah sie ihren Sohn den Weg heraufreiten und ließ freudig die Brücke nieder, weil er seit Monaten fortgewesen.

Sogleich begann sie zu forschen, ob er nicht irgend ein Schwänzchen oder eine Feder des Glückes erwischt und mitgebracht hätte, woran sich klüglich zu halten wäre, und als er die wie gewöhnlich unerheblichen Ergebnisse seiner letzten Kriegsfahrt erzählte, schüttelte sie schon zornig den Kopf; als er aber vollends seiner Botschaft zur reichen und reizenden Bertrade erwähnte und deren Huld und Schönheit rühmte, da schalt sie ihn einen Faulpelz und Bärenhäuter wegen seines schimpflichen Abzuges. Bald sah sie auch, daß Zendelwald an nichts dachte als an die ferne Herrenfrau, und nun wurde sie erst recht ungeduldig über ihn, da er mit einer so trefflichen Leidenschaft im Herzen gar nichts anzuwenden wüßte, während ihm die schwere Verliebtheit eher ein Hemmnis als ein Antrieb zum Handeln war.

So hatte er nicht die besten Tage; die Mutter schmollte mit ihm, und aus Ärger, um sich zu zerstreuen, besserte sie das zerfallende Dach des Schloßturmes aus, so daß es dem guten Zendelwald angst und bange ward, als er sie oben herumklettern sah. Unwirsch warf sie die zerbrochenen Ziegel herunter und hätte fast einen fremden Reitersmann tot geschmissen, welcher eben in das Tor zog, um sich ein Nachtlager auszubitten.

Es gelang diesem aber, die Freundlichkeit der herben Dame zu wecken, als er beim Abendbrot viele gute Dinge erzählte und besonders, wie der Kaiser soeben auf der großen Burg der schönen Witwe weile, wo ein Fest das andere dränge und die wonnige Frau vom Kaiser und seinen Herren unablässig bestürmt werde, unter diesen sich einen Gemahl zu wählen. Sie habe aber den Ausweg ergriffen, ein großes Turnier auszuschreiben und dem Sieger über alle ihre Hand zu reichen, fest vertrauend, daß ihre Beschützerin, die göttliche Jungfrau, sich ins Mittel legen und dem Rechten, der ihr gebühre, den Arm zum Siege lenken werde.

»Das wäre nun eine Unternehmung für Euch«, schloß der Mann, sich an Zendelwald wendend, »ein so hübscher junger Ritter sollte sich recht daran hin machen, das Beste zu erwerben, was es nach irdischen Begriffen in diesen Zeitläuften gibt; auch sagt man allgemein, die Frau hoffe, es werde sich auf diesem Wege irgend ein unbekanntes Glück für sie einfinden, so ein armer tugendlicher Held, welchen sie alsdann recht hätscheln könnte, und die großen bekannten Grafen und eiteln Freier seien ihr alle zuwider.«

Als der Fremde weggeritten war, sagte die Mutter: »Nun will ich wetten, daß niemand anderes als Bertrade selbst diesen Boten hergesandt hat, dich auf die richtige Spur zu locken, mein lieber Zendelwald! Das ist mit Händen zu greifen; was hätte der Kauz, der unser letztes Krüglein Wein zu sich genommen hat, sonst zu tun und zu reisen in diesem Wald?«

Der Sohn fing über ihre Worte mächtig an zu lachen und lachte immer stärker, teils über die offenbare Unmöglichkeit der mütterlichen Einbildungen, teils weil ihm diese Einbildungen doch wohl gefielen. Der bloße Gedanke, Bertrade könnte wünschen, seiner habhaft zu werden, ließ ihn nicht aus dem Lachen heraus kommen. Doch die Mutter, welche glaubte, er lache, um sie zu verspotten, geriet in Zorn und rief: »So höre denn! Meinen Fluch gebe ich dir, wenn du mir nicht gehorchst und dich von Stund an auf den Weg machst, jenes Glück zu erwerben! Ohne dasselbe kehre nicht zurück, ich mag dich dann nie wieder sehen! Oder wenn du dennoch kommst, so nehme ich mein Schießzeug und gehe selbst fort, ein Grab zu suchen, wo ich von deiner Dummheit unbelästiget bin!«

So hatte Zendelwald nun keine Wahl; um des lieben Friedens willen rüstete er seufzend seine Waffen und ritt in Gottes Namen in der Richtung nach Bertradens Wohnsitz hin, ohne daß er überzeugt war, wirklich dort anzukommen. Doch hielt er den Weg so ziemlich inne, und je näher er dem Ziele kam, um so deutlicher gestaltete sich der Gedanke, daß er das Ding eigentlich wohl unternehmen könnte, so gut wie ein anderer, und wenn er mit den Rivalen fertig geworden sei, so werde es den Kopf auch nicht kosten, mit der schönen Frau ein Tänzchen zu wagen. Zug für Zug fand jetzt in seiner Vorstellung das Abenteuer statt und verlief auf das beste, ja er hielt bereits tagelang, während er durch das sommergrüne Land ritt, süße Zwiegespräche mit der Geliebten, worin er ihr die schönsten Erfindungen vorsagte, daß ihr Antlitz in holder Freude sich rötete, alles dies in seinen Gedanken.

Als er eben wieder eine erfreuliche Begebenheit innerlich ausmalte, sah er in Wirklichkeit an einem blauen Höhenzuge die Türme und Zinnen der Burg in der Morgensonne erglänzen und die vergoldeten Geländer aus der Ferne herüberfunkeln und erschrak so darüber, daß all sein Traumwerk zerstob und nur ein zages unschlüssiges Herz zurückließ.

Unwillkürlich hielt er das Pferd an und schaute, nach Art der Zauderer, rings nach einer Zuflucht aus. Da gewahrte er ein zierliches Kirchlein, das nämliche, welches einst Bertrade der Mutter Gottes erbaut und in welchem sie jenen Schlaf getan hatte. Sogleich beschloß er, da einzukehren und sich vor dem Altare ein wenig zu sammeln, besonders da es der Tag war, an welchem das Turnier abgehalten wurde.

Eben sang der Priester die Messe, welcher bloß zwei oder drei arme Leute beiwohnten, so daß der Ritter der kleinen Gemeinde zur nicht geringen Zierde gereichte; als aber alles vorbei war und Pfaff und Küster das Kirchlein verlassen, fühlte Zendelwald sich so wohl in diesem Aufenthalt, daß er ganz gemächlich einschlief und Turnier und Geliebte vergaß, wenn er nicht davon träumte.

Da stieg die Jungfrau Maria wieder von ihrem Altare herunter, nahm seine Gestalt und Waffenrüstung an, bestieg sein Pferd und ritt, geschlossenen Helmes, eine kühne Brunhilde, an Zendelwalds Statt nach der Burg.

Als sie eine Weile geritten, lag am Wege ein Haufen grauen Schuttes und verdorrten Reisigs. Das kam der aufmerksamen Jungfrau verdächtig vor, und sie bemerkte auch, daß etwas wie das Schwanzende einer Schlange aus dem Wirrsal hervorguckte. Da sah sie, daß es der Teufel war, welcher, noch immer verliebt, auch in der Nähe der Burg herumgeschlichen und sich vor der Jungfrau schnell in das Gerölle versteckt hatte. Scheinbar achtlos ritt sie vorüber, ließ aber geschickt das Pferd einen kleinen Seitensprung tun, so daß es mit dem Hinterhufe auf jenes verdächtige Schwanzende trat. Pfeifend fuhr der Böse hervor und davon und machte sich in dieser Angelegenheit nicht mehr bemerklich.

Durch das kleine Abenteuer erheitert, ritt sie voll guten Mutes vollends auf die Burg Bertrades, wo sie eben ankam, als die zwei stärksten Kämpen übrig geblieben, um die Entscheidung unter sich herbeizuführen.

Langsam und in nachlässiger Haltung, ganz wie Zendelwald, ritt sie auf den Platz und schien unentschlossen, ob sie sich beteiligen wolle oder nicht.

»Da kommt noch der träge Zendelwald«, hieß es, und die zwei starken Ritter sagten: »Was will uns der? Laß uns ihn noch schnell abtun, ehe wir's unter uns ausmachen!«

Der eine nannte sich »Guhl der Geschwinde«. Er pflegte sich mit seinem Rosse wie ein Wirbelwind herumzutummeln und suchte seine Gegner mit hundert Streichen und Listen zu verwirren und zu besiegen. Mit ihm mußte der vermeintliche Zendelwald zuerst den Kampf bestehen. Er trug einen pechschwarzen Schnurrbart, dessen Spitzen so steif gedreht waagrecht in die Luft ragten, daß zwei silberne Glöckchen, die daran hingen, sie nicht zu biegen vermochten und fortwährend klingelten, wenn er den Kopf bewegte. Dies nannte er das Geläute des Schreckens für seine Feinde, des Wohlgefallens für seine Dame! Sein Schild glänzte, je nachdem er ihn drehte, bald in dieser, bald in jener Farbe, und er wußte diesen Wechsel so rasch zu handhaben, daß das Auge davon geblendet wurde. Sein Helmbusch bestand aus einem ungeheuern Hahnenschwanz.

Der andere starke Ritter nannte sich »Maus der Zahllose«, womit er zu verstehen gab, daß er einem ungezählten Heere gleich zu achten sei. Zum Zeichen seiner Stärke hatte er die aus seinen Naslöchern hervorstehenden Haare etwa sechs Zoll lang wachsen lassen und in zwei Zöpfchen geflochten, welche ihm über den Mund herabhingen und an den Enden mit zierlichen roten Bandschleifchen geschmückt waren. Er trug einen großen weiten Mantel über seiner Rüstung, der ihn fast samt dem Pferde umhüllte und aus tausend Mausfellchen künstlich zusammengenäht war. Als Helmzierde überschatteten ihn die mächtig ausgebreiteten Flügel einer Fledermaus, unter welchen er drohende Blicke aus geschlitzten Augen hervorsandte.

Als nun das Signal zum Kampfe mit Guhl dem Geschwinden gegeben wurde, ritt dieser gegen die Jungfrau heran und umkreiste sie mit immer größerer Schnelligkeit, sie mit seinem Schilde zu blenden suchend und mit der Lanze hundert Stöße nach ihr führend. Inzwischen verharrte die Jungfrau immer auf derselben Stelle in der Mitte des Turnierplatzes und schien nur die Angriffe mit Schild und Speer abzuwehren, wobei sie mit großer Kunst das Pferd auf den Hinterfüßen sich drehen ließ, so daß sie stets dem Feinde das Angesicht zuwendete. Als Guhl das bemerkte, ritt er plötzlich weit weg, kehrte dann um und rannte mit eingelegter Lanze auf sie ein, um sie über den Haufen zu stechen. Unbeweglich erwartete ihn die Jungfrau; aber Mann und Pferd schienen von Erz, so fest standen sie da, und der arme Kerl, der nicht wußte, daß er mit einer höhern Gewalt stritt, flog unversehens, als er auf ihren Speer rannte, während der seinige wie ein Halm an ihrem Schilde zerbrach, aus dem Sattel und lag auf der Erde. Unverweilt sprang die Jungfrau vom Pferde, kniete ihm auf die Brust, daß er unter der gewaltigen Stärke sich nicht rühren konnte, und schnitt ihm mit ihrem Dolche die beiden Schnäuze mit den Silberglöcklein ab, welche sie an ihrem Wehrgehänge befestigte, indessen die Fanfaren sie oder vielmehr den Zendelwald als Sieger begrüßten.

Nun kam Ritter Maus der Zahllose an den Tanz. Gewaltig sprengte er einher, daß sein Mantel wie eine unheildrohende graue Wolke in der Luft schwebte. Allein die Jungfrau-Zendelwald, welche sich erst jetzt an dem Kampfe zu erwärmen schien, sprengte ihm ebenso rüstig entgegen, warf ihn auf den ersten Stoß mit Leichtigkeit aus dem Sattel und sprang, als Maus sich rasch erhob und das Schwert zog, ebenfalls vom Pferde, um zu Fuße mit ihm zu kämpfen. Bald aber war er betäubt von den raschen Schlägen, mit denen ihr Schwert ihm auf Haupt und Schultern fiel, und er hielt mit der Linken seinen Mantel vor, um sich dahinter zu verbergen und ihn dem Gegner bei günstiger Gelegenheit über den Kopf zu werfen. Da fing die Jungfrau mit der Spitze ihres Schwertes einen Zipfel des Mantels und wickelte Maus den Zahllosen mit solch zierlicher Schnelligkeit selbst vom Kopf bis zum Fuße in den Mantel ein, daß er in kurzer Zeit wie eine von einer Spinne eingesponnene ungeheure Wespe aussah und zuckend auf der Erde lag.

Nun zerdrasch ihn die Jungfrau mit der flachen Klinge und mit solcher Behendigkeit, daß der Mantel sich in seine ursprünglichen Bestandteile auflöste und die umherstäubenden Mäusepelzchen unter dem allgemeinen Gelächter der Zuschauer die Luft verfinsterten, während der Ritter allmählig wieder zu Tage kam und als ein geschlagener Mann davon hinkte, nachdem sein Besieger ihm die bebänderten Zöpfchen abgeschnitten hatte.

So war denn die Jungfrau als Zendelwald der letzte Sieger auf dem Platze.

Sie schlug nun das Visier auf, schritt hinauf zur Königin des Festes, beugte das Knie und legte die Siegestrophäen zu deren Füßen. Dann erhob sie sich und stellte einen Zendelwald dar, wie dieser gewöhnlich zu blöde war, es zu sein. Ohne indessen seiner Bescheidenheit zu viel zu vergeben, grüßte sie Bertraden mit einem Blicke, dessen Wirkung auf ein Frauenherz sie wohl kannte; kurz, sie wußte sich als Liebhaber wie als Ritter so zu benehmen, daß Bertrade ihr Wort nicht zurücknahm, sondern dem Zureden des Kaisers, der am Ende froh war, einen so tapfern und edlen Mann mächtig zu sehen, ein williges Ohr lieh.

Es geschah jetzt ein großer Festzug nach dem hochragenden Lindengarten, in welchem das Bankett bereitet war. Dort saß Bertrade zwischen dem Kaiser und ihrem Zendelwald; aber es schien gut, daß jenem für eine zweite muntere Nachbarin gesorgt worden; denn dieser ließ seiner Braut nicht viel Zeit, mit andern zu sprechen, so geschickt und zärtlich unterhielt er sie. Er sagte ihr augenscheinlich die feinsten Dinge, da sie ein Mal um das andere glückselig errötete. Heitere Wonne verbreitete sich über alle; in den grünen Laubgewölben in der Höhe sangen die Vögel um die Wette mit den Musikinstrumenten, ein Schmetterling setzte sich auf die goldene Krone des Kaisers, und die Weinpokale dufteten wie durch einen besonderen Segen gleich Veilchen und Reseda.

Aber vor allen fühlte sich Bertrade so glücklich, daß sie, während Zendelwald sie bei der Hand hielt, in ihrem Herzen ihrer göttlichen Beschützerin gedachte und derselben ein heißes stilles Dankgebet abstattete. Die Jungfrau Maria, welche ja als Zendelwald neben ihr saß, las dies Gebet in ihrem Herzen und war so erfreut über die fromme Dankbarkeit ihres Schützlings, daß sie Bertraden zärtlich umfing und einen Kuß auf ihre Lippen drückte, der begreiflicher Weise das holde Weib mit himmlischer Seligkeit erfüllte; denn wenn die Himmlischen einmal Zuckerzeug backen, so gerät es zur Süße.

Der Kaiser aber und die übrige Gesellschaft riefen dem vermeintlichen Zendelwald ihren Beifall zu, erhoben die Becher und tranken auf das Wohl des schönen Paares.

Indessen erwachte der wirkliche Zendelwald aus seinem unzeitigen Schlafe und fand die Sonne so stark vorgeschritten, daß das Turnier wohl vorbei sein mußte. Obgleich er nun des Handelns glücklich enthoben war, fühlte er sich doch sehr unglücklich und traurig, denn er hätte doch die Frau Bertrade gar zu gerne geheiratet. Auch durfte er jetzt nicht mehr zu seiner Mutter zurückkehren, und so entschloß er sich, eine immerwährende freudlose Irrfahrt anzutreten, bis ihn der Tod von seinem unnützen Dasein erlösen würde. Nur wollte er vorher noch einmal die Geliebte sehen und sich ihr Bild für die übrigen Tage einprägen, damit er stets wüßte, was er verscherzt habe.

Er legte also den Weg bis zur Burg vollends zurück. Als er das Menschengedränge erreichte, hörte er überall das Lob und das Glück eines armen Ritters Zendelwald ausrufen, der den Preis errungen habe, und bitterlich neugierig, wer dieser glückliche Namensvetter sein möge, stieg er vom Pferde und drängte sich durch die Menge, bis er am Rande des Gartens einen Platz gewinnen konnte, und zwar an einer erhöhten Stelle, wo er das ganze Fest übersah.

Da erblickte er in Schmuck und Glanz und unweit der funkelnden Krone des Kaisers das in Glück strahlende Antlitz der Geliebten, aber Haupt an Haupt bei ihr zu seinem bleichen Erstaunen seine eigene Person, wie er leibte und lebte. Wie leblos starrte er hin, just sah er seinen Doppelgänger die fromme Braut umfangen und küssen; da schritt er, unbeachtet in der allgemeinen Freude, unaufhaltsam durch die Reihen, bis er dicht hinter dem Paare stand, von seltsamer Eifersucht gepeinigt. In demselben Augenblicke war sein Ebenbild von Bertrades Seite verschwunden, und diese sah sich erschrocken nach ihm um. Als sie aber Zendelwald hinter sich sah, lachte sie voll Freuden und sagte: »Wo willst du hin? Komm, bleibe fein bei mir!« Und sie ergriff seine Hand und zog ihn an ihre Seite.

So saß er denn, und um den vermeintlichen Traum recht zu probieren, ergriff er den vor ihm stehenden Becher und leerte ihn auf einen Zug. Der Wein hielt Stich und strömte ein zuversichtliches Leben in seine Adern; wohlaufgelegt wandte er sich zum lächelnden Weibe und sah ihr in die Augen, worauf diese zufrieden die trauliche Unterhaltung fortsetzte, in welcher sie vorhin unterbrochen worden war. Allein Zendelwald wußte nicht, wie ihm geschah, als Bertrade ihm wohlbekannte Worte sprach, auf welche er einige Male, ohne sich zu besinnen, Worte erwiderte, die er auch schon irgendwo gesprochen hatte; ja, nach einiger Zeit merkte er, daß sein Vorgänger genau das nämliche Gespräch mit ihr geführt haben mußte, welches er während der Reisetage phantasierend ausgedacht hatte und welches er jetzt bedächtig fortsetzte, um zu sehen, welches Ende das Spiel eigentlich nehmen wolle.

Aber es nahm kein Ende, vielmehr wurde es immer erbaulicher; denn als die Sonne niederging, wurden Fakkeln angezündet, und die ganze Versammlung zog auf den größten Saal der Burg, um dort des Tanzes zu pflegen. Nachdem der Kaiser den ersten Gang mit der Braut getan, nahm Zendelwald sie in den Arm und tanzte mit ihr drei- oder viermal um den Saal, bis die Erglühende ihn plötzlich bei der Hand nahm und zur Seite führte in ein stilles Erkergemach, das vom Mondschein erfüllt war. Dorf warf sie sich an seine Brust, streichelte ihm den blonden Bart und dankte ihm für sein Kommen und seine Neigung. Der ehrliche Zendelwald aber wollte jetzt wissen, ob er träume oder wache, und befragte sie um den richtigen Sachverhalt, besonders was seinen Doppelgänger betraf. Sie verstand ihn lange nicht; doch ein Wort gab das andere, Zendelwald sagte, so und so ist es mir ergangen, und erzählte seine ganze Fahrt, von seiner Einkehr in das Kirchlein und wie er eingeschlafen sei und das Turnier versäumt habe.

Da ward Bertraden die Sache so weit klar, daß sie abermals die Hand ihrer gnädigen Patronin erblickte. Jetzt erst aber durfte sie den wackern Ritter keck als eine Himmelsgabe betrachten, und sie war dankbar genug, das handfeste Geschenk recht ans Herz zu drücken und demselben den süßen Kuß vollwichtig zurückzugeben, den sie vom Himmel selbst empfangen.

Von jetzt an verließ aber den Ritter Zendelwald alle seine Trägheit und träumerische Unentschlossenheit; er tat und redete alles zur rechten Zeit, vor der zärtlichen Bertrade sowohl als vor der übrigen Welt, und wurde ein ganzer Mann im Reiche, so daß der Kaiser ebenso zufrieden mit ihm war als seine Gemahlin.

Zendelwalds Mutter aber erschien bei der Hochzeit hoch zu Roß und so stolz, als ob sie zeitlebens im Glück gesessen hätte. Sie verwaltete Geld und Gut und jagte bis in ihr hohes Alter in den weitläufigen Forsten, während Bertrade es sich nicht nehmen ließ, sich alljährlich einmal von Zendelwald in dessen einsames Heimatschlößchen bringen zu lassen, wo sie auf dem grauen Turme mit ihrem Liebsten so zärtlich horstete wie die wilden Tauben auf den Bäumen umher. Aber niemals unterließen sie, unterwegs in jenes Kirchlein zu treten und ihr Gebet zu verrichten vor der Jungfrau, die auf ihrem Altar so still und heilig stand, als ob sie nie von demselben heruntergestiegen wäre.

FRIEDRICH NIETZSCHE

Die Gefangenen

Eines Morgens traten die Gefangenen in den Arbeitshof: der Wärter fehlte. Die einen von ihnen gingen, wie es ihre Art war, sofort an die Arbeit, andere standen müßig und blickten trotzig umher. Da trat einer vor und sagte laut: »Arbeitet, so viel ihr wollt oder tut nichts: es ist alles gleich. Eure geheimen Anschläge sind ans Licht gekommen, der Gefängniswärter hat euch neulich belauscht und will in den nächsten Tagen ein fürchterliches Gericht über euch ergehen lassen. Ihr kennt ihn, er ist hart und nachträgerischen Sinnes. Nun aber merkt auf: ihr habt mich bisher verkannt: ich bin nicht, was ich scheine, sondern viel mehr: ich bin der Sohn des Gefängniswärters und gelte alles bei ihm. Ich kann euch retten, ich will euch retten; aber, wohlgemerkt, nur diejenigen von euch, welche mir *glauben*, daß ich der Sohn des Gefängniswärters bin; die übrigen mögen die Früchte ihres Unglaubens ernten.« – »Nun«, sagte nach einigem Schweigen ein älterer Gefangener, »was kann dir daran gelegen sein, ob wir es dir glauben oder nicht glauben? Bist du wirklich der Sohn und vermagst du das, was du sagst, so lege ein gutes Wort für uns alle ein: es wäre wirklich recht gutmütig von dir. Das Gerede von Glauben und Unglauben aber laß beiseite!« – »Und«, rief ein jüngerer Mann dazwischen, »ich glaub' es ihm auch nicht: er hat sich nur etwas in den Kopf gesetzt. Ich wette, in acht Tagen befinden wir uns gerade noch so hier wie heute, und der Gefängniswärter weiß *nichts.*« – »Und wenn er etwas gewußt hat, so weiß er's nicht mehr«, sagte der letzte der Gefangenen, der jetzt erst in den Hof hinabkam, »der Gefängniswärter ist eben plötzlich gestorben.« – »Holla«, schrien mehrere durcheinander, »holla! Herr Sohn, Herr Sohn, wie steht es mit der Erbschaft? Sind wir vielleicht jetzt *deine* Gefangenen?« – »Ich habe es euch gesagt«, entgegnete der Angeredete mild, »ich werde jeden freilassen, der an mich glaubt, so gewiß als mein Vater noch lebt.« – Die Gefangenen lachten nicht, zuckten aber mit den Achseln und ließen ihn stehen.

FRANK WEDEKIND

Der Brand von Egliswyl

Im Kanton Aargau in der Nordschweiz liegen die Bergschlösser dichter beieinander als in Norddeutschland die Bauernhöfe. Jeder Berggipfel, jeder Vorsprung des Gebirges ist von einem alten Schloß oder doch wenigstens von einer alten Ruine gekrönt. Von einem Schloß aus kann man mit einem halbwegs guten Fernrohr immer zwei oder drei anderen zu den Söllerfenstern hineinsehen. Im Umkreis von wenigen Meilen liegen da beieinander Wildegg, Habsburg, Bruneck, Casteln, Wildenstein, Lenzburg, Liebegg und Hallwyl. Das Schloß Lenzburg hatte mein Vater gekauft, als ich acht Jahre alt war. Das Städtchen Lenzburg hat aber außer seinem alten hohen Schloß noch eine andere, weniger erfreuliche Merkwürdigkeit. Es ist die nach neuestem amerikanischem Muster erbaute kantonale Strafanstalt. Wenn nun die Gutsbesitzer der Umgegend irgend schwere Arbeiten zu verrichten haben, so mieten sie eine Anzahl von Sträflingen aus der Anstalt, die sich an das ihnen aufgedrungene Heim zur Genüge gewöhnt haben, um keinen Fluchtversuch mehr befürchten zu lassen. Unter diesen Arbeitern finden sich nicht selten schwere Verbrecher.

Im Jahre 1876 war bei uns zu Hause dicht unter den Schloßfelsen ein großes Stück Matte abgerutscht und hatte die halbe Straße verschüttet. Es mußten zwanzig Fuß tiefe Dolen und Senklöcher angelegt werden, um das Grundstück zu entwässern. Mein Vater wandte sich an den Strafhausdirektor, der ihm eine Anzahl seiner Zöglinge für die Arbeiten zur Verfügung stellte. Ein Aufseher aus der Anstalt begleitete sie. Übrigens war auch mein Vater von früh bis spät auf dem Platze. Da die Arbeiter nicht rauchen durften, gab er ihnen Kautabak. Eines Tages handelte es sich um eine lange Bleiröhre, die im Städtchen unten gekauft werden sollte. Mein Vater nahm einen der Sträflinge mit. Auf dem Heimwege holte ich ihn unten am Schloßberg ein. Ich kam eben aus der Schule und hatte den Tornister auf dem Rücken. So gingen wir zu dritt langsam den Berg hinan, in der Mitte mein Vater, trotz seiner sechzig Jahre noch frisch und rüstig, zu seiner Rechten der Sträfling in seinen blauen Zwillichkleidern, mit einem von Bartstoppeln überdeckten verdüsterten Gesicht, die zusammengerollte Bleiröhre über der Schulter tragend; zu seiner Linken ich, den Tornister auf dem Rücken.

»Wie lange seid Ihr schon in der Anstalt?« fragte mein Vater den Sträfling.

»Sieben Jahr.«

»Und wie lange bleibt Ihr noch?«

»Acht Jahr.«

»Was hat Euch denn hineingebracht?«

»Ich bin Brandstifter«, sagte der Sträfling.

»Ihr hattet wohl Schulden und wolltet die Versicherungssumme für Euer Haus einstreichen?«

»Ich hatte niemals ein Haus und niemals Schulden. Ich war Knecht. Aber – aber –« Darauf erzählte er seine Geschichte. Er war aus dem Dorfe Egliswyl gebürtig, wo er auch sein Verbrechen begangen. Ich war damals höchstens zwölf Jahre alt, aber seine Erzählung machte einen derartigen Eindruck auf mich, daß ich mich heute, zwanzig Jahre später, noch jedes einzelnen seiner Worte erinnere.

»Die Amrain-Susanne«, begann der Sträfling, »das war eine! Der hatte es unser Herrgott an nichts fehlen lassen, weder außen noch innen. An der hätte jeder, der Mensch ist, seine Freude gehabt. Freilich, sie war auch die Tochter vom Gemeindeammann. Sogar in der Woche war sie immer gekämmt und gewaschen und trug ein weißes Hemd unter der Jüppe. Und ich war nur der Knecht, drüben beim Suter-Bauer und war von der Gemeinde verköstigt worden von Kind auf. Ich habe nie gewußt, wer meine Mutter gewesen ist, geschweige der Vater. Ich habe überhaupt nichts gewußt, nicht von Männern, nicht von Weibern, nur von Vieh, von Kühen, Kälbern: von denen habe ich gewußt, wozu sie in der Welt sind und wie alt sie sind, aber nicht von mir, bis es mir die Amrain-Susanne gesagt hat, der Vater habe gesagt, ich sei neunzehn Jahr und müsse in zwei Jahren zu den Rekruten. Sie holte den Wasserkessel vom Brunnen und ich hielt die Bethi an der Halfter, weil der Milchbub zur Stadt gefahren war. Sie sah mich an, daß ich mich umwandte, weil ich dachte, sie meinte die Bethi, so groß waren ihre Augen. Du bist neunzehn Jahr, sagte ich ganz laut, wo ich die Bethi im Stall anband, und von da an ging es auch nicht mehr gut mit mir.

Die Amrain-Susanne war die erste. Nie, solang ich denken kann, hatte ich bis dahin gewagt, sie von vorne anzusehen. Ich glaube, ich hätte es nicht einmal im Traum gekonnt. Ich hatte sie immer erst angesehen, wenn sie wieder dem Haus zuging und mir den Rücken zukehrte. Und nun machte sie solche Augen. Am nächsten Abend sagte sie, ich solle am Sonntag zum ›Egli‹

kommen. Ich sagte, ich habe kein Geld. Sie sagte, das macht nichts. Am Sonntag ging ich zum ›Egli‹ und stellte mich an die Türe und sah, wie sie drinnen tanzten. Da kam die Amrain-Susanne mit ihrer Freundin, der kleinen Marianne, und sie zogen mich herein. Zuerst mußte die Marianne mit mir tanzen. Anfangs wollte es nicht recht zusammen gehen; ich hielt sie auch nicht fest, aber sie war so klug, als wir dreimal herum waren, da ging es schon so feurig wie bei den anderen, die mit ihren Uhrgehängen rasselten, und da fühlte ich es auch schon deutlicher, daß es etwas ganz Besonderes mit mir war. Und da ließ die Amrain-Susanne ihren Buben fahren und nahm mich, warm wie ich war, der Marianne aus dem Arm und tanzte mit keinem anderen mehr, bis es dunkel wurde im Saal. Nur zuweilen, wenn die Musikanten sich schneuzten, gab sie mir ein Glas Wein zu trinken, damit ich frisch blieb. Nachher drückte ich sie dann um so fester an mich, daß sie die Schultern zurückbog und mit den Schuhen nicht wußte wohin treten. Als der Tanz aus war, zog sie mich nach, an der Hand. Die Marianne mußte Streit anheben, daß niemand mitkam. Die Schuhe ließ ich auf der Straße, unter dem Brunnentrog. Der Gemeindeammann trank im ›Egli‹. Am Bett waren oben zwei Rosen gemalt. Als ich in unseren Stall zurückkam, und unsere fünf Kühe schliefen in der Reihe, da sagte ich mir selber: Es ist alles eins! Mensch oder Vieh – ich wollte nicht die Hand umkehren!

Alle Nacht stieg ich zur Susanne zum Fenster hinein und heraus, und draußen sprang des Gemeindeammanns Barry an mir auf und leckte mir den Mund, ohne einen Laut in der Nacht. – Aber da war die Veronika, dem reichen Leser-Bauer die Tochter, ein stolzes Weibsbild, die war das erste Mädchen im ganzen Dorf. Am Sonntag gingen sie und ihre Gespaninnen das Dorf hinauf, alle in einer Reihe, daß kein Wagen nicht vorbei mochte, die Veronika in der Mitte, weil sie die Größte war. Und wenn ein junger Bursche daherkam, dann sahen ihm alle sieben ins Gesicht, gerade in die Augen hinein, bis er vorbei war; und wenn er vorbei war, lachten sie, daß man es bei der Kirche oben hören mochte. Die Veronika hatte auch ihren Buben, schon seit einem Jahr. Aber der Weber-Ruodi hatte die Auszehrung seit dem Herbst. Er konnte nur mehr drei Tänze machen im ›Egli‹, so viel Wein er auch trank. Dann stützte er die Ellbogen auf den Wirtstisch und sagte kein Wort. Wie mich die Veronika dann tanzen sah, die ganze Nacht durch mit der Susanne, ohne daß ich mich einmal zum Tisch setzte, da kam sie und bat die Susanne um einen Tanz mit mir, sie wolle mich ihr nicht abwendig machen. Die Susanne wollte nicht, aber ich wollte schon und tanzte mit ihr. Die Susanne lief hinaus. Draußen auf der Bank heulte sie. Und die Veronika lachte im Tanz, ich konnte ihr bis in den Hals sehen. Da spürte ich zuerst, wie heiß es in ihr war. Wo man die Veronika nahm, war alles fest, als hätte man sie für den Metzger den Winter gefüttert. Wäre es ein dreijähriges Rind gewesen, bei meinem Eid, ich hätte zwanzig Napoleon dafür lösen wollen. Wir kamen einander nicht aus den Armen und gingen heim, so wie wir getanzt hatten. Es schlug ein Uhr, da klopfte es an den Laden. Das ist der Weber-Ruodi, sagte sie und stand auf und sagte ihm Gutenacht zum Fenster hinaus, daß er nicht die Nachtbuben holte. Dann sagte sie, ich dürfe nicht mehr zur Susanne, und weil sie mir so lieb war, sagte ich ja. Aber am Tag darauf meinte ich, ich müsse doch zur Susanne gehen. Deshalb ging ich zur Susanne, als es Nacht war, und berichtete ihr alles. Da sagte sie, sie sei nicht wie die Veronika; ihrethalben dürfe ich zu jeder gehen, es sei ihr gleich; nur zu einer nicht, zu ihrer Gespanin, der kleinen Marianne. Und weil die Susanne so gut war, sagte ich ja. Aber am anderen Tag dachte ich, es sei schlecht von der Susanne, daß sie mir verboten, zur Marianne zu gehen. Als dann aber unser Muni beschlagen wurde, weil Glatteis war und wir in den Wald fahren mußten, kam die kleine Marianne in die Schmiede und sagte, der Vater käme gleich, er braue noch einen Trank für dem Gemeindeammann sein krankes Roß. Da fragte ich sie, ob ich kommen dürfe. Die Marianne stand wie angefroren und sah nach dem Kohlenfeuer und ging leise die Treppe hinauf. –

Im ›Egli‹ am Sonntag gab es Streit zwischen der großen Veronika und der Susanne. Da tanzte ich den ganzen Nachmittag nur mit der kleinen Marianne. Und als der Tanz zu Ende ging, hatten sie sich wieder ausgesöhnt, und wir gingen zu vieren nach Hause. Sie hielten mich in der Mitte, weil sie Angst hatten, ich könnte ihnen davonlaufen. So gingen wir auch am nächsten Sonntag durchs Dorf, und die Buben fluchten und verschworen sich, wie sie mich sahen, sie wollten mich erschlagen, und die Mädchen, die bei ihnen standen, lachten sie aus und staunten mich an wie ein Kamel, weil ich mit den drei schönsten Mädchen ging. Die Veronika, die Susanne und die Marianne sahen nicht nach rechts und nicht nach links. Untereinander diskurrierten sie, es war wie drei Hanfrätschen, und dabei lachten sie, daß es das ganze Dorf hören mußte. Der Pfarrer kam daher durch den frischen Schnee und tat, als sähe er nichts. Nur mir sah er unter die Augen. Aber ich dachte, es ist der Neid, weil er schneeweißes Haar hat. – Die kleine Marianne hatte mich so lieb, sie hatte mir eine Tabakspfeife geschenkt. Ich aber zeigte die Tabakspfeife der Susanne, und die Susanne schenkte mir eine große Pelzmütze. Und ich zeigte die Pelzmütze der Veronika, und die Veronika schenkte mir eine silberne Uhr. – Und so kam es, daß, als man die Sommerfrucht säte, da tanzte kein Mädchen im ›Egli‹, und keine ging in die Spinnstube, bei der ich nicht gewesen zur Nacht. Am Tag schaffte ich, daß es mir eine Freude war. Der Suter-Bauer hatte auch seine Freude. Alle staunten, wie ich in die Breite gegangen war seit einem Jahr. Ich hatte Schultern, man hätte mich können in den Pflug spannen, und nahm mehr auf die Hutte als der Müller-Werni am Bach, wenn ich schon alle Nacht aus war und er nicht. Und bäumige Arme hatte ich bekommen; und gescheit war ich geworden, da fragte mich keiner mehr, wo Hüst oder Hott ist; dem hätt' ich's zeigen wollen! – Jetzt hat er das Maß, sagte der Suter-Bauer. Jetzt schicken sie ihn nicht zurück bei den Rekruten.

Es war mitten im Sommer. Da machte ich die Stalltür auf in der Nacht, da stand die Suter-Bäuerin vor dem Stall. Hans, wohin willst du? – Kümmert Euch das, Bäuerin? – Hans, ich berichte es dem Suter-Bauer. – Da ging ich zurück in den Stall. Die Suter-Bäuerin war dreiundfünfzig Jahr alt. Ihr Gesicht war nicht wie Wiesenland; es war wie Ackerfeld. Aber ich sagte mir, es ist für die Amrain-Susanne, sonst macht sie dem Suter-Bauer Bericht. Die Bethi wandte den Kopf im Schlaf, aber die Suter-Bäurin tat, als kenne sie die Bethi nicht. Ich aber sah ein Mal. Und ich sagte: Wenn Ihr dem

Suter-Bauer berichtet, ich gehe aus bei der Nacht, dann berichte ich dem Suter-Bauer, Ihr habt ein Mal. – Da kam sie nie mehr in den Stall, und ich ging, wohin mich der Teufel trieb.

Und dann kam das Heuet, und dann kam die Ernte, und dann kam das Emd, und dann kam die Weinlese, und an der Weinlese hat mich der Herrgott gestraft, daß ich mein Leben abkürzen sollte und zum Brandstifter werden. Dort drüben war es, auf dem Schloß Wildegg. Der Rebmann auf dem Schloß, weil er ein Egliswyler war, nahm die Leser und Leserinnen von Egliswyl. Es war ein reiches Jahr, das letzte, in dem ich Trauben in der Tanse getragen. Die Weinlese währte drei Tag. Wir waren sieben Mannsbilder und zwanzig Weibervölker. Und am dritten Tag, am Abend, da brachte der Schloßherr einen Zigeuner mit, der hatte eine Fiedel, und da tanzten wir auf dem Rasen im Schloßhof. Die Schloßbuben hatten Laternen aufgehängt, und da kamen die Mägde aus dem Haus und tanzten auch mit. Da war eine, die war das Stubenmädchen, die war aus dem Schwabenland. Die war dünn und klein wie ein Kienspan, aber Augen hatte sie, die gingen mir ins Fleisch, daß ich sie nicht mehr vergaß, und ich sehe sie noch heute. Die tanzte einmal mit mir, aber als wir gingen, kam sie mit, mit der dicken Köchin, den Weg entlang und sang. Das hörte ich die ganze Nacht. Ich lag im Stall und schaute in die Laterne. Am Abend ging ich wieder nach Wildegg hinunter, weil eine Tanse vergessen war, und da kam das Stubenmädchen mit mir in den unteren Hof unter die Felsen und gab mir den Mund zum Küssen. Als ich ging, fühlte ich es hier, wo die Brust ist, da tat es weh, ich wußte nicht, was das ist, weil ich niemals krank gewesen war. So ging ich den zweiten Abend wieder hinunter und bat sie, ich wolle bei ihr sein bis am Morgen, aber sie sagte nein. Da habe ich geweint. Drei Tage ging ich nur auf das Feld hinaus, aber ich konnte nicht schaffen. Der Suter-Bauer sagte: Was ist dem Hans? Er ißt nicht, er trinkt nicht, er schafft nicht mehr. – Da ging ich wieder hinunter in der Nacht nach Wildegg. Bei jedem Schritt wurde mir besser. Das Schloßtor war zu, alles war finster. Da saß ich bis am Morgen und ging nicht mehr nach Egliswyl; ich verdingte mich unten im Dorf. Dann ging ich jeden Abend hinauf, wenn es dunkelte, und konnte ich nur einen Zipfel ihrer Schürze sehen, so wurde mir wohl. Unter der Woche fuhr ich mit einem Klafter Holz nach Lenzburg ins Städtchen. Da kaufte ich einen Ring, daß ich etwas hatte, wenn ich zu ihr kam. Sie lachte, als sie ihn nahm, und gab mir ihren Mund. Dann sagte sie, ich dürfe übermorgen wiederkommen, wenn es dunkel sei. Und als ich den Berg hinunterging, da sagte ich mir: dort drüben liegt Egliswyl, und jetzt bist du ein guter Mensch, jetzt kann es nicht dir fehlen in diesem Leben. Geschafft habe ich die drei Tage, bis ich die Marie sah, das war ihr Name, der Bauer hatte nie einen solchen Knecht gehabt. Da kamen mir auch Gedanken unter dem Schaffen: Wenn du vom Militär kommst, dann trägst du jeden Rappen zur Sparkasse, bis es genug ist zu einem Strohhaus und einem Acker. Dann gehst du hinauf aufs Schloß und fragst die Marie, ob sie deine Frau sein will. Und wenn sie nein sagt, dann gehst du nach Amerika und heiratest nie. Aber sie sagt nicht nein, die Marie; das wäre schlecht, sonst müßte sie es gleich heute sagen und dir nicht sagen, du solltest übermorgen wiederkommen. So sagte ich am Morgen und am Abend zu mir, wenn ich dem Vieh im Stall frische Streu gab; und ich sagte zu dem Vieh, wenn es nicht beiseite wollte: Davon versteht ihr nichts. Das begreift ihr nicht in euren Köpfen. Es ist eben ein Unterschied, ob man Mensch oder Vieh ist!

Jetzt habe ich sieben Jahre darüber nachgedacht, aber ich begreife noch nicht, was mich dort unten in die Anstalt gebracht, daß ich die schönsten Mannesjahre mir zur Schande schaffen muß und habe keinen Ertrag davon. – Die Marie war ein loses Geschöpf, und wie wir drei Wochen uns abgeschleckt hatten, unten, im unteren Hof, unter den Felsen, in Schnee und Kälte, da wollte sie es wärmer haben, und ich war ihr auch nicht böse darum. Da zeigte sie mir an dem Felsen, wo man hinaufklettern konnte, weil sie allein schlief in einem kleinen Gemach, unter dem großen Fenster, wo die Schloßfrau schlief, in den wilden Felsen gehauen. Und da stieg ich hinauf, in der Nacht, wie es zwölf Uhr schlug unten im Dorf, und bebte, daß nicht ein Stein ins Gebüsch herunterfiel und die Herrschaft oben erwecken könnte. – Die Marie machte leise das Fenster auf und machte es wieder zu. Dann gab es eine Stunde kein Wort. Und als ich von ihr ging, war sie noch ebenso, wie sie gewesen war, als ich zu ihr kam.

Über die Felsen stürzte ich hinunter. Ich hatte kein Gefühl in Händen und Füßen. Und dann fühlte ich es hier oben, hier an der Kehle, als hätte ich einen Strick darum und würde gehenkt. Und vorn auf der Brust und im Rücken fühlte ich es, und dazwischen war es, als würde alles ausgerissen. Und vergiftet war ich in allen Adern, von Fuß bis zu Kopf. Anfangs wollte ich mich ertränken, aber dann dachte ich: Nein, was denkt sie dann von mir! – Sie hatte nicht geweint und nicht gelacht. Sie war wie zu Eis erfroren gewesen. Und dann dachte ich an die Amrain-Susanne, an die Veronika, an die Marianne. Die sind schuld, sagte ich mir, die sind schuld! – Es war nicht wahr, das weiß ich, aber ich sagte es mir so, und lief hin, die Straße von Egliswyl. Manchmal in der Anstalt ist es mir schon schlimm gewesen in den sieben Jahren, daß ich geheult habe und mich gekrümmt auf den Fliesen, bis sie mich eingesperrt haben, wo kein Licht und keine Luft ist. Aber dann dachte ich an jene Nacht zurück und sagte mir: sie mögen mit dir tun, was sie wollen, Schlimmeres, als was du in jener Nacht erlitten, gibt es nicht auf Gottes Welt: und das hast du hinter dir. Hätte mich damals einer genommen und gebunden und über die Bank gelegt und geschlagen, ich hätte ihm dafür danken wollen. Aber da war niemand. Ich schrie und brüllte wie ein Tier im Schlachthaus, als ich über den Berg durch den Wald kam. Immer kam es wie Flammen über mich, immer brennender. Es war, als wäre ich in einem brennenden Haus. Zu den Fenstern, zu den Türen, wo ich hinsah, schlugen mir heiße Flammen ins Gesicht. Und unter mir glühte der Boden, wenn er schon gefroren war, daß ich stampfte und lief. So trieb es mich, anfangs wußte ich noch nicht, was tun, aber auf einmal ging es mir auf. Und da wurde mir besser, aber ich rannte nur weiter fort, ich dachte, der Tag könnte vorher dämmern. Da sah ich nur noch Flammen und Flammen. Über mir in den Bäumen brauste es. Es war der Biswind. Der kommt recht, sagte ich mir. Du mußt anfangen, wo der Wind herkommt, daß er es weiterträgt. Der Feuerweiher ist zugefroren, sagte ich mir. Das ist recht, das ist recht. Und als ich ans Dorf Egliswyl gekommen, da schlich ich links herum, weil von dort der Wind kam, und kroch in fünf Häuser außen unter das Strohdach und auf den Heuboden. Das dritte war dem Leser-Bauer sein Haus, und ich dachte an die Veronika, wenn sie nur mit verbrennt, und legte Feuer an. Dann lief ich zurück. Als ich hinaus an den Wald kam, leuchtete es schon auf, und ich wärmte mein Herz daran. Mitten im Wald war ich noch, da läuteten die Glocken im Städtchen Lenzburg, und auf dem Staufberg und drüben in Amriswyl. Und dann ging es Bumbum. Das war der Feuerwächter auf dem Schloß Lenzburg. Der schoß die Kanone los, und ich dachte, es hat gezündet, man wird es auf eine Stunde im Umkreis sehen. Als ich aus dem Wald kam, war auch alles rot hinter mir am Himmel, und unten auf der breiten Landstraße hörte ich die Feuerspritze hinausrasseln. Die können lange spritzen, sagte ich mir, wenn sie kein Wasser haben, und rannte weiter nach Wildegg hinunter. An den Felsen kam ich hinauf, ich weiß nicht wie, und klopfte leise ans Fenster. Da kam die Marie. Laß mich ein, sagte ich. Mach auf, Marie! Da machte sie auf. – Hast du gehört, es brennt! – Was brennt? Wo brennt es? – Siehst du es dort? Der ganze Himmel brennt! – O Gott im Himmel! – Es brennt! Das ganze Dorf brennt! Das Dorf Egliswyl! Das habe ich getan. Sieh, wie es leuchtet. An fünf Ecken habe ich es angezündet, Marie! Sieh hin, sieh hin!

Aber sie war immer noch wie Eis. Es rührte sie nicht. Weiß war sie im Gesicht. Sie kleidete sich an, so rasch es ging, und weckte das ganze Schloß. Und dann lief sie hinunter auf die Schreiberei, schellte die Leute heraus und sagte, sie wisse, wer das Dorf Egliswyl angezündet, und zeigte auf mich. Ich sei es gewesen. Ich habe mich bei ihr verbergen wollen, in ihrer Kammer; so verhaßt war ich ihr. Da kamen sie herauf mit der Zwangsjacke; ich stand noch immer am Fenster, sah, wie der Himmel immer noch röter und röter wurde, und hatte meine Freude daran. – Da nahmen sie mich und führten mich in den Schloßhof. Die Marie stand dabei. Gelacht hat sie nicht, das sah ich wohl, ich weiß nicht, warum nicht.«

Wir waren oben am Berg angekommen, wo der Erdrutsch war. Drüben, in der Entfernung von einer Stunde lag das Schloß Wildegg in warmem Abendsonnenschein. Die Fenster glitzerten. Mein Vater hätte mich während der Erzählung vielleicht gerne fortgeschickt, wenn auf dem Wege den Berg hinauf eine Veranlassung dazu gewesen wäre. Der Sträfling reckte seine knochige Gestalt und legte die Bleiröhre auf den Rasen. – Übrigens mochte mein Vater sich auch gesagt haben, ich verstände nichts von dem Gesprochenen. Tatsächlich ist mir das Verständnis auch erst viel, viel später aufgegangen. Der Sträfling mußte damals längst wieder in Freiheit sein.

THOMAS MANN

Tobias Mindernickel

1

Eine der Straßen, die von der Quaigasse aus ziemlich steil zur mittleren Stadt emporführen, heißt der Graue Weg. Etwa in der Mitte dieser Straße und rechter Hand, wenn man vom Flusse kommt, steht das Haus Nr. 47, ein schmales, trübfarbiges Gebäude, das sich durch nichts von seinen Nachbarn unterscheidet. In seinem Erdgeschoß befindet sich ein Krämerladen, in welchem man auch Gummischuhe und Rizinusöl erhalten kann. Geht man, mit dem Durchblick auf einen Hofraum, in dem sich Katzen umhertreiben, über den Flur, so führt eine enge und ausgetretene Holztreppe, auf der es unaussprechlich dumpfig und ärmlich riecht, in die Etagen hinauf. Im ersten Stockwerk links wohnt ein Schreiner, rechts eine Hebamme. Im zweiten Stockwerk links wohnt ein Flickschuster, rechts eine Dame, welche laut zu singen beginnt, sobald sich Schritte auf der Treppe vernehmen lassen. Im dritten Stockwerk steht linker Hand die Wohnung leer, rechts wohnt ein Mann namens Mindernickel, der obendrein Tobias heißt. Von diesem Manne gibt es eine Geschichte, die erzählt werden soll, weil sie rätselhaft und über alle Begriffe schändlich ist.

Das Äußere Mindernickels ist auffallend, sonderbar und lächerlich. Sieht man beispielsweise, wenn er einen Spaziergang unternimmt, seine magere, auf einen Stock gestützte Gestalt sich die Straße hinaufbewegen, so ist er schwarz gekleidet, und zwar vom Kopfe bis zu den Füßen. Er trägt einen altmodischen, geschweiften und rauhen Zylinder, einen engen und altersblanken Gehrock und in gleichem Maße schäbige Beinkleider, die unten ausgefranst und so kurz sind, daß man den Gummieinsatz der Stiefeletten sieht. Übrigens muß gesagt werden, daß diese Kleidung aufs reinlichste gebürstet ist. Sein hagerer Hals erscheint um so länger, als er sich aus einem niedrigen Klappkragen erhebt. Das ergraute Haar ist glatt und tief in die Schläfen gestrichen, und der breite Rand des Zylinders beschattet ein rasiertes und fahles Gesicht mit eingefallenen Wangen, mit entzündeten Augen, die sich selten vom Boden erheben, und zwei tiefen Furchen, die grämlich von der Nase bis zu den abwärtsgezogenen Mundwinkeln laufen.

Mindernickel verläßt selten das Haus, und das hat seinen Grund. Sobald er nämlich auf der Straße erscheint, laufen viele Kinder zusammen, ziehen ein gutes Stück Wegs hinter ihm drein, lachen, höhnen, singen: »Ho, ho, Tobias!« und zupfen ihn wohl auch am Rocke, während die Leute vor die Türen treten und sich amüsieren. Er selbst aber geht, ohne sich zu wehren und scheu um sich blickend, mit hochgezogenen Schultern und vorgestrecktem Kopfe davon, wie ein Mensch, der ohne Schirm durch einen Platzregen eilt; und obgleich man ihm ins Gesicht lacht, grüßt er hie und da mit einer demütigen Höflichkeit jemanden von den Leuten, die vor den Türen stehn. Später, wenn die Kinder zurückbleiben, wenn man ihn nicht mehr kennt und nur wenige sich nach ihm umsehen, ändert sich sein Benehmen nicht wesentlich. Er fährt fort, ängstlich um sich zu blicken und geduckt davonzustreben, als fühlte er tausend höhnische Blicke auf sich, und wenn er unschlüssig und scheu den Blick vom Boden erhebt, so bemerkt man das Sonderbare, daß er nicht imstande ist, irgendeinen Menschen oder auch nur ein Ding mit Festigkeit und Ruhe ins Auge zu fassen. Es scheint, möge es fremdartig klingen, ihm die natürliche, sinnlich wahrnehmende Überlegenheit zu fehlen, mit der das Einzelwesen auf die Welt der Erscheinungen blickt, er scheint sich einer jeden Erscheinung unterlegen zu fühlen, und seine haltlosen Augen müssen vor Mensch und Ding zu Boden kriechen ...

Was für eine Bewandtnis hat es mit diesem Manne, der stets allein ist und der in ungewöhnlichem Grade unglücklich zu sein scheint? Seine gewaltsam bürgerliche Kleidung sowie eine gewisse sorgfältige Bewegung der Hand über das Kinn scheint anzudeuten, daß er keineswegs zu der Bevölkerungsklasse gerechnet werden will, in deren Mitte er wohnt. Gott weiß, in welcher Weise ihm mitgespielt worden ist. Sein Gesicht sieht aus, als hätte ihm das Leben verächtlich lachend mit voller Faust hineingeschlagen ... Übrigens ist es sehr möglich, daß er, ohne schwere Schicksalsschläge erlebt zu haben, einfach dem Dasein selbst nicht gewachsen ist, und die leidende Unterlegenheit und Blödigkeit seiner Erscheinung macht den peinvollen Eindruck, als hätte die Natur ihm das Maß von Gleichgewicht, Kraft und Rückgrat versagt, das hinlänglich wäre, mit erhobenem Kopfe zu existieren.

Hat er, gestützt auf seinen schwarzen Stock, einen Gang in die Stadt hinauf gemacht, so kehrt er, im Grauen Weg von den Kindern johlend empfangen, in seine Wohnung zurück; er begibt sich die dumpfige Treppe hinauf in sein Zimmer, das ärmlich und schmucklos ist. Nur die Kommode, ein solides Empiremöbel mit schweren Metallgriffen, ist von Wert und Schönheit. Vor dem Fenster, dessen Aussicht von der grauen Seitenmauer des Nachbarhauses hoffnungslos abgeschnitten ist, steht ein Blumentopf, voll von Erde, in der jedoch durchaus nichts wächst; gleichwohl tritt Tobias Mindernickel zuweilen dorthin, betrachtet den Blumentopf und riecht an der bloßen Erde. – Neben dieser Stube liegt eine kleine, dunkle Schlafkammer. – Nachdem er eingetreten, legt Tobias Zylinder und Stock auf den Tisch, setzt sich auf das grünüberzogene Sofa, das nach Staub riecht, stützt das Kinn in die Hand und blickt mit erhobenen Augenbrauen vor sich nieder zu Boden. Es scheint, daß es für ihn auf Erden nichts weiter zu tun gibt.

Was Mindernickels Charakter betrifft, so ist es sehr schwer, darüber zu urteilen; der folgende Vorfall scheint zugunsten desselben zu sprechen. Als der sonderbare Mann eines Tages das Haus verließ und wie gewöhnlich eine Schar von Kindern sich einfand, die ihn mit Spottrufen und Gelächter verfolgten, strauchelte ein Junge von etwa zehn Jahren über den Fuß eines anderen und schlug so heftig auf das Pflaster, daß ihm das Blut aus der Nase und von der Stirne lief und er weinend liegen blieb. Alsbald wandte Tobias sich um, eilte auf den Gestürzten zu, beugte sich über ihn und begann mit milder und bebender Stimme ihn zu bemitleiden. »Du armes Kind«, sagte er, »hast du dir weh getan? Du blutest! Seht, das Blut läuft ihm von der Stirn herunter! Ja, ja, wie elend du nun daliegst! Freilich, es tut so weh, daß es weint, das arme Kind! Welch Erbarmen ich mit dir habe! Es war deine Schuld, aber ich will dir mein Taschentuch um den Kopf binden ... So, so! Nun fasse dich nur, nun erhebe dich nur wieder ...« Und nachdem er mit diesen Worten dem Jungen in der Tat sein eigenes Schnupftuch umgebunden hatte, stellte er ihn mit Sorgfalt auf die Füße und ging davon. Seine Haltung und sein Gesicht aber zeigten in diesem Augenblicke einen entschieden anderen Ausdruck als gewöhnlich. Er schritt fest und aufrecht, und seine Brust atmete tief unter dem engen Gehrock; seine Augen hatten sich vergrößert, sie hatten Glanz erhalten und faßten mit Sicherheit Menschen und Dinge, während um seinen Mund ein Zug von schmerzlichem Glück lag ...

Dieser Vorfall hatte zur Folge, daß sich die Spottlust der Leute vom Grauen Wege zunächst ein wenig verminderte. Nach Verlauf einiger Zeit jedoch war sein überraschendes Betragen vergessen, und eine Menge von gesunden, wohlgemuten und grausamen Kehlen sang wieder hinter dem geduckten und haltlosen Manne drein: »Ho, ho, Tobias!«

2

Eines sonnigen Vormittags um elf Uhr verließ Mindernickel das Haus und begab sich durch die ganze Stadt hinauf zum Lerchenberge, jenem langgestreckten Hügel, der um die Nachmittagsstunden die vornehmste Promenade der Stadt bildet, der aber bei dem ausgezeichneten Frühlingswetter, welches herrschte, auch um diese Zeit bereits von einigen Wagen und Fußgängern besucht war. Unter einem Baum der großen Hauptallee stand ein Mann mit einem jungen Jagdhund an der Leine, den er den Vorübergehenden mit der ersichtlichen Absicht zeigte, ihn zu verkaufen; es war ein kleines gelbes und muskulöses Tier von etwa vier Monaten, mit einem schwarzen Augenring und einem schwarzen Ohr.

Als Tobias dies aus einer Entfernung von zehn Schritten bemerkte, blieb er stehen, strich mehrere Male mit der Hand über das Kinn und blickte nachdenklich auf den Verkäufer und auf das alert mit dem Schwanze wedelnde Hündchen. Hierauf begann er aufs neue zu gehen, umkreiste, die Krücke seines Stockes gegen den Mund gedrückt, dreimal den Baum, an welchem der Mann lehnte, trat dann auf den letzteren zu und sagte, während er unverwandt das Tier im Auge behielt, mit leiser und hastiger Stimme:

»Was kostet dieser Hund?«

»Zehn Mark«, antwortete der Mann.

Tobias schwieg einen Augenblick und wiederholte dann unschlüssig:

»Zehn Mark?«

»Ja«, sagte der Mann.

Da zog Tobias eine schwarze Lederbörse aus der Tasche, entnahm derselben einen Fünfmarkschein, ein Drei- und ein Zweimarkstück, händigte rasch dieses Geld dem Verkäufer ein, ergriff die Leine und zerrte eilig, gebückt und scheu um sich blickend, da einige Leute den Kauf beobachtet hatten und lachten, das quiekende und sich sträubende Tier hinter sich her. Es wehrte sich während der Dauer des ganzen Weges, stemmte die Vorderbeine gegen den Boden und blickte ängstlich fragend zu seinem neuen Herrn empor; er jedoch zerrte schweigend und mit Energie und gelangte glücklich durch die Stadt hinunter.

Unter der Straßenjugend des Grauen Weges entstand ein ungeheurer Lärm, als Tobias mit dem Hunde erschien, aber er nahm ihn auf den Arm, beugte sich über ihn und eilte verhöhnt und am Rocke gezupft durch die Spottrufe und das Gelächter hindurch, die Treppe hinauf und in sein Zimmer. Hier setzte er den Hund, der beständig winselte, auf den Boden, streichelte ihn mit Wohlwollen und sagte herablassend:

»Nun, nun, du brauchst dich nicht vor mir zu fürchten, du Tier; das ist nicht nötig.«

Hierauf entnahm er einer Kommodenschieblade einen Teller mit gekochtem Fleisch und Kartoffeln und warf dem Tiere einen Anteil davon zu, worauf es seine Klagelaute einstellte und schmatzend und wedelnd das Mahl verzehrte.

»Übrigens sollst du Esau heißen«, sagte Tobias, »verstehst du mich? Esau. Du kannst den einfachen Klang sehr wohl behalten ...« Und indem er vor sich auf den Boden zeigte, rief er befehlend:

»Esau!«

Der Hund, in der Erwartung vielleicht, noch mehr zu essen zu erhalten, kam in der Tat herbei, und Tobias klopfte ihm beifällig auf die Seite, indem er sagte:

»So ist es recht, mein Freund; ich darf dich loben.«

Dann trat er ein paar Schritte zurück, wies auf den Boden und befahl aufs neue:

»Esau!«

Und das Tier, das ganz munter geworden war, sprang wiederum herzu und leckte den Stiefel seines Herrn.

Diese Übung wiederholte Tobias mit unermüdlicher Freude am Befehl und dessen Ausführung wohl zwölf- bis vierzehnmal; endlich jedoch schien der Hund ermüdet, er schien Lust zu haben, zu ruhen und zu verdauen, und legte sich in der anmutigen und klugen Pose der Jagdhunde auf den Boden, beide langen und fein gebauten Vorderbeine dicht nebeneinander ausgestreckt.

»Noch einmal!« sagte Tobias. »Esau!«

Aber Esau wandte den Kopf zur Seite und verharrte am Platze.

»Esau!« rief Tobias mit herrisch erhobener Stimme; »du hast zu kommen, auch wenn du müde bist!«

Aber Esau legte den Kopf auf die Pfoten und kam durchaus nicht.

»Höre«, sagte Tobias, und sein Ton war voll von leiser und furchtbarer Drohung; »gehorche, oder du wirst erfahren, daß es nicht klug ist, mich zu reizen!«

Allein das Tier bewegte kaum ein wenig seinen Schwanz.

Da packte den Mindernickel ein maßloser, ein unverhältnismäßiger und toller Zorn. Er ergriff seinen schwarzen Stock, hob Esau am Nackenfell empor und hieb auf das schreiende Tierchen ein, indem er außer sich vor entrüsteter Wut und mit schrecklich zischender Stimme einmal über das andere wiederholte:

»Wie, du gehorchst nicht? Du wagst es, mir nicht zu gehorchen?«

Endlich warf er den Stock beiseite, setzte den winselnden Hund auf den Boden und begann tief atmend und die Hände auf dem Rücken mit langen Schritten vor ihm auf und ab zu schreiten, während er dann und wann einen stolzen und zornigen Blick auf Esau warf. Nachdem er diese Promenade eine Zeitlang fortgesetzt hatte, blieb er bei dem Tiere stehen, das auf dem Rücken lag und die Vorderbeine flehend bewegte, verschränkte die Arme auf der Brust und sprach mit dem entsetzlich kalten und harten Blick und Ton, mit dem Napoleon vor die Kompanie hintrat, die in der Schlacht ihren Adler verloren: »Wie hast du dich betragen, wenn ich dich fragen darf!«

Und der Hund, glücklich bereits über diese Annäherung, kroch noch näher herbei, schmiegte sich gegen das Bein des Herrn und blickte mit seinen blanken Augen bittend zu ihm empor.

Während einer guten Weile betrachtete Tobias das demütige Wesen schweigend und von oben herab; dann jedoch, als er die rührende Wärme des Körpers an seinem Bein verspürte, hob er Esau zu sich empor.

»Nun, ich will Erbarmen mit dir haben«, sagte er; als aber das gute Tier begann, ihm das Gesicht zu lecken, schlug plötzlich seine Stimmung völlig in Rührung und Wehmut um. Er preßte den Hund mit schmerzlicher Liebe an sich, seine Augen füllten sich mit Tränen, und ohne den Satz zu vollenden, wiederholte er mehrere Male mit erstickter Stimme:

»Sieh, du bist ja mein einziger ... mein einziger ...« Dann bettete er Esau mit Sorgfalt auf das Sofa, setzte sich neben ihn, stützte das Kinn in die Hand und sah ihn mit milden und stillen Augen an.

3

Tobias Mindernickel verließ nunmehr das Haus noch seltener als früher, denn er verspürte keine Neigung, sich mit Esau in der Öffentlichkeit zu zeigen. Seine ganze Aufmerksamkeit aber widmete er dem Hunde, ja, er beschäftigte sich vom Morgen bis zum Abend mit nichts anderem, als ihn zu füttern, ihm die Augen auszuwischen, ihm Befehle zu erteilen, ihn zu schelten und aufs menschlichste mit ihm zu reden. Allein die Sache war die, daß Esau sich nicht immer zu seinem Wohlgefallen betrug. Wenn er neben ihm auf dem Sofa lag und ihn, schläfrig vor Mangel an Luft und Freiheit, mit melancholischen Augen ansah, so war Tobias voll Zufriedenheit; er saß in stiller und selbstgefälliger Haltung da und streichelte mitleidig Esaus Rücken, indem er sagte:

»Siehst du mich schmerzlich an, mein armer Freund? Ja, ja, die Welt ist traurig, das erfährst auch du, so jung du bist ...«

Wenn aber das Tier, blind und toll vor Spiel- und Jagdtrieb, im Zimmer umherfuhr, sich mit einem Pantoffel balgte, auf die Stühle sprang und sich mit ungeheurer Munterkeit überkugelte, so verfolgte Tobias seine Bewegungen aus der Entfernung mit einem ratlosen, mißgünstigen und unsicheren Blick und einem Lächeln, das häßlich und ärgervoll war, bis er es endlich in unwirschem Tone zu sich rief und es anherrschte:

»Laß nun den Übermut. Es liegt kein Grund vor, umherzutanzen.«

Einmal geschah es sogar, daß Esau aus der Stube entwischte und die Treppen hinunter auf die Straße sprang, woselbst er alsbald begann, eine Katze zu jagen, Pferdekot zu fressen und sich überglücklich mit den Kindern umherzutreiben. Als aber Tobias unter dem Applaus und Gelächter der halben Straße mit schmerzlich verzogenem Gesichte erschien, geschah das Traurige, daß der Hund in langen Sätzen vor seinem Herrn davonlief ... An diesem Tage prügelte Tobias ihn lange und mit Erbitterung.

Eines Tages – der Hund gehörte ihm bereits seit einigen Wochen – nahm Tobias, um Esau zu füttern, einen Brotlaib aus der Kommodenschieblade und begann mit dem großen Messer mit Knochengriff, dessen er sich hierbei zu bedienen pflegte, in gebückter Haltung kleine Stücke abzuschneiden und auf den Boden fallen zu lassen. Das Tier aber, unsinnig vor Appetit und Albernheit, sprang blindlings herzu, rannte sich das ungeschickt gehaltene Messer unter das rechte Schulterblatt und wand sich blutend am Boden.

Erschrocken warf Tobias alles beiseite und beugte sich über den Verwundeten; plötzlich jedoch veränderte sich der Ausdruck seines Gesichtes, und es ist wahr, daß ein Schimmer von Erleichterung und Glück darüber hinging. Behutsam trug er den wimmernden Hund auf das Sofa, und niemand vermag auszudenken, mit welcher Hingebung er den Kranken zu pflegen begann. Er wich während des Tages nicht von ihm, er ließ ihn zur Nacht auf seinem eigenen Lager schlafen, er wusch und verband ihn, streichelte, tröstete und bemitleidete ihn mit unermüdlicher Freude und Sorgfalt.

»Schmerzt es sehr?« sagte er. »Ja, ja, du leidest bitterlich, mein armes Tier! Aber sei still, wir müssen es ertragen.« – Sein Gesicht war ruhig, wehmütig und glücklich bei solchen Worten.

In dem Grade jedoch, in welchem Esau zu Kräften kam, fröhlicher wurde und genas, ward das Benehmen des Tobias unruhiger und unzufriedener. Er befand es nunmehr für gut, sich nicht mehr um die Wunde zu bekümmern, sondern lediglich durch Worte und Streicheln dem Hunde sein Erbarmen zu zeigen. Allein die Heilung war weit vorgeschritten, Esau besaß eine gute

Natur, er begann bereits wieder, sich im Zimmer umherzubewegen, und eines Tages, nachdem er einen Teller mit Milch und Weißbrot leergeschlappt hatte, sprang er völlig gesundet vom Sofa herunter, um mit freudigem Geblaff und der alten Unbändigkeit durch die beiden Stuben zu fahren, an der Bettdecke zu zerren, eine Kartoffel vor sich herzujagen und sich vor Lust zu überkugeln.

Tobias stand am Fenster, am Blumentopfe, und während eine seiner Hände, die lang und mager aus dem ausgefransten Ärmel hervorsah, mechanisch an dem tief in die Schläfen gestrichenen Haare drehte, hob seine Gestalt sich schwarz und sonderbar von der grauen Mauer des Nachbarhauses ab. Sein Gesicht war bleich und gramverzerrt, und mit einem scheelen, verlegenen, neidischen und bösen Blick verfolgte er unbeweglich Esaus Sprünge. Plötzlich jedoch raffte er sich auf, schritt auf ihn zu, hielt ihn an und nahm ihn langsam in seine Arme.

»Mein armes Tier«, begann er mit wehleidiger Stimme, – aber Esau, ausgelassen und gar nicht geneigt, sich ferner in dieser Weise behandeln zu lassen, schnappte munter nach der Hand, die ihn streicheln wollte, entwand sich den Armen, sprang zu Boden, machte einen neckischen Seitensatz, blaffte auf und rannte fröhlich davon.

Was nun geschah, war etwas so Unverständliches und Infames, daß ich mich weigere, es ausführlich zu erzählen. Tobias Mindernickel stand mit am Leibe herunterhängenden Armen ein wenig vorgebeugt, seine Lippen waren zusammengepreßt, und seine Augäpfel zitterten unheimlich in ihren Höhlen. Und dann, plötzlich, mit einer Art von irrsinnigem Sprunge, hatte er das Tier ergriffen, ein großer blanker Gegenstand blitzte in seiner Hand, und mit einem Schnitt, der von der rechten Schulter bis tief in die Brust lief, stürzte der Hund zu Boden, – er gab keinen Laut von sich, er fiel einfach auf die Seite, blutend und bebend …

Im nächsten Augenblicke lag er auf dem Sofa, und Tobias kniete vor ihm, drückte ein Tuch auf die Wunde und stammelte:

»Mein armes Tier! Mein armes Tier! Wie traurig alles ist! Wie traurig wir beide sind! Leidest du? Ja, ja, ich weiß, du leidest, – wie kläglich du da vor mir liegst! Aber ich, ich bin bei dir! Ich tröste dich! Ich werde mein bestes Taschentuch …«

Allein Esau lag da und röchelte. Seine getrübten und fragenden Augen waren voll Verständnislosigkeit, Unschuld und Klage auf seinen Herrn gerichtet, – und dann streckte er ein wenig seine Beine und starb.

Tobias aber verharrte unbeweglich in seiner Stellung. Er hatte das Gesicht auf Esaus Körper gelegt und weinte bitterlich.

ARTHUR SCHNITZLER

Wohltaten, still und rein gegeben

Er ging, so schnell er konnte; zuweilen lief er geradezu. Aber es war ganz vergeblich – ihn fror immer heftiger. Seit Anbruch der Dunkelheit schneite es überdies, und die Straßen leuchteten im Laternenschein. Was sollte er beginnen? Er konnte sich nicht einmal mehr in eine Branntweinbudike wagen; die letzten paar Heller hatte er nachmittags für einen Kaffee ausgegeben. Er war hungrig geworden, nachdem er den ganzen Tag treppauf treppab gelaufen war. Vor acht Tagen, als die ersten trügerischen Frühjahrsdüfte wehten, hatte er seinen dicken Rock verkauft, und nun, zu allem anderen Elend, schien ein neuer Winter einbrechen zu wollen.

Die Straße öffnete sich. Franz befand sich einem großen Gebäude gegenüber, vor dem Bogenlampen brannten und dessen riesige Fenster in hellem Licht erstrahlten. Wagen näherten sich in geschlossener dichter Reihe langsam dem Tor, von verschiedenen Seiten kamen Fußgänger mit heraufgeschlagenen Kragen und verschwanden in der Halle. Franz wußte, daß er vor dem Sophiensaal stand. Drüben lief ein großer Bursche hin und her, der die Wagentüren öffnete und von den Aussteigenden Trinkgeld erhielt.

In Franz regte sich der Neid. Wenn er sich doch auch zu dergleichen entschließen könnte. Aber das war ja schon Bettelei. Und er war Student ... inskribiert an der Universität. Mit Erbitterung erinnerte er sich, wie er vor ein paar Monaten, der Verzweiflung nahe so wie heute, beim Studentenverein um Unterstützung eingekommen war, wie er dann mit dreißig oder vierzig anderen in einem großen Vorraum hatte warten müssen, wie ihm ein Herr mit einer Brille an einem grünen Tisch ein paar Gulden eingehändigt und, als er danken wollte, mit einem »schon gut, vorwärts – der Nächste« förmlich die Tür gewiesen hatte.

Ein junger Mann und eine Dame gingen an ihm vorüber; sie aßen gebratene Kastanien und lachten, als ob sie das sehr komisch fänden, daß sie naschen durften, während andere hungerten. Der Geruch stieg Franz verlokkend in die Nase. Am liebsten hätte er ihnen die warmen duftenden Dinger einfach aus der Hand gerissen und verschlungen, und er spürte, daß ihm zu einer solchen Handlung eigentlich nichts fehlte als der Mut. Er biß die Zähne zusammen vor Wut, wenn er daran dachte, was für einen feigen Hungerleider die Not aus dem frischen Knaben von einst gemacht hatte. Wäre er doch daheim geblieben. Ein tüchtiges Handwerk oder irgendeine Arbeit auf freiem Feld, das wäre seine Sache gewesen, da wär' er heute stark und gesund wie früher, als er sich in Wäldern und auf Bergen herumtreiben oder stundenlang auf den Wiesen liegen und in den Himmel starren durfte. Daheim hätt' er schon irgendwie ehrlich sein Brot verdient, ohne sich demütigen zu müssen wie hier. Was war aus ihm geworden!

Durch die stille kalte Luft drangen die Klänge der Tanzmusik scheinbar stärker als früher zu ihm. In diesem Augenblick merkte er, daß ihn jemand betrachtete, wie er zähneklappernd, die Hände in den Hosentaschen, an der Laterne lehnte. Ein junger Mann im Pelz, mit einem kleinen Schnurrbart, war es, der gemächlich durch den Schnee gestapft kam und plötzlich vor ihm stehen blieb. Er schlug den Pelz zurück, griff mit einer weißbehandschuhten Hand in die Tasche und zog seine Börse hervor. Gegen seinen Willen, ja mit einem dumpfen Staunen über sich selbst, hielt Franz die Augen auf den Herrn fast flehentlich gerichtet und die Rechte wie zum Empfang ausgestreckt. Der Herr suchte in seiner Börse, offenbar ohne zu finden, was er wollte. Dann schüttelte er leicht den Kopf, murmelte »ah, was« und reichte Franz ein Zehnkronenstück. Franz riß unwillkürlich Mund und Augen auf. Ein ungeheures Entzücken erfüllte ihn. Er wußte, daß er in einer Minute essen konnte. Er roch den Duft von Braten und frisch gebackenem Brot. Mit Inbrunst faßte er die Hand des jungen Mannes – drückte sie und preßte sie endlich an die Lippen. Dieser wich, wie erstaunt, zurück, schien etwas fragen zu wollen, rasch aber besann er sich, ging eilends über die Fahrstraße, wand sich drüben zwischen zwei Wagen durch und verschwand in der Halle. Franz hatte ihm nachgeschaut, solang er konnte, in der dunklen Empfindung, daß er sich die Gestalt und den Gang seines Retters einprägen müsse. Dann führte er das Goldstück mit plötzlicher Angst näher an die Augen, und tief atmete er auf, als er sah, daß er sich nicht getäuscht hatte. Nun lief er eine ganze Weile durch die Straßen, ohne an Hunger, Durst und Kälte zu denken. Aber als er an einer Ecke die erleuchteten Fenster eines bescheidenen Gasthauses blinken sah, kam er zu Besinnung und trat ein.

Das Lokal war sehr spärlich besucht. An einem länglichen Tisch saß eine kleine Gesellschaft von älteren Leuten, die laut redeten und sich um den Eintretenden nicht kümmerten. Franz setzte sich an einen großen runden Tisch in die andere Ecke, bestellte sich ein Nachtmahl, aß und trank hastig und mit schmerzlich süßem Behagen. Als er fertig war, schob er den Teller weg und lehnte sich zurück. Er hatte keine Eile. In das schmutzige Quartier, wo er die letzten Nächte verbracht hatte, kam er immer noch früh genug. Auch war ihm die Aussicht, wieder in den Schnee hinaus zu müssen, immer unangenehmer.

Es schien ihm, als sähen die anderen zu ihm herüber. Unruhig rückte er auf seinem Sessel hin und her. Jetzt, da er in einem warmen Lokal saß, mit gesättigtem Magen wie andere Leute, war ihm beinahe, als wenn er in den letzten Stunden nicht ganz bei Verstande gewesen wäre. Mit Unbehagen dachte er an den Moment, in dem er dem jungen Herrn flehentlich die Hand entgegengestreckt hatte, und noch viel ärgerlicher an den Augenblick, der gleich darauf gefolgt war ... Er hatte nicht übel Lust, wieder zum Sophiensaal zurückzukehren, um dort seinen Wohltäter beim Ausgang abzupassen und ihm zu erklären, daß er keineswegs ein Bettler sei.

Franz zahlte und ging. Auf der Straße schwindelte ihm ein wenig, vor dem trübseligen Gasthof in der Brigittenau graute ihm noch heftiger als früher, und so trat er gleich wieder in ein Kaffeehaus, um noch einen Schnaps zu trinken.

Hier schlug ihm eine schwüle rauchige Luft entgegen; der geräumige, aber niedrige Saal war ziemlich gefüllt, auf den Billardbrettern rollten die Kugeln, lachende laute Stimmen tönten überall. Franz fand ein kleines Tischchen am letzten Fenster frei. Nicht weit von ihm saßen zwei junge Leute im Frack, in Gesellschaft eines hübschen jungen Mädchens mit dunklen unruhigen Augen.

Der eine Herr sah einen Moment lang scharf auf Franz hinüber, der zusammenzuckte, denn er hatte schon geglaubt, den Herrn im Pelz zu erkennen. Dann ärgerte er sich aber, daß er so erschrocken war. Gerade als hätte er nicht das Recht, die gleichen Lokale zu besuchen wie jener andere. Der tanzte wohl in diesem Augenblick mit schönen Damen durch den leuchtenden Saal und hatte das stolze Gefühl, einen armen Teufel glücklich gemacht, zu ewigem Dank verpflichtet zu haben. Franz biß sich in die Lippen ... Ja, wenn es zehnmal soviel gewesen wäre – oder hundertmal! ... Ja, dann hätte er ihm wohl die Hand küssen dürfen. Dann hätte er seine Existenz von Grund auf ändern, ein neues Leben beginnen, ein Mensch ... ein Mensch wie andere Menschen werden können! ... Aber dieses eine Goldstück! ... Es war gerade genug, um ihn seine Armut noch bitterer empfinden zu lassen und ihn tiefer zu erniedrigen als je zuvor ... Die Erinnerung trieb ihm die Schamröte in die Wangen ... Er wünschte seinen Wohltäter eintreten zu sehen – er würde aufstehen, sich vor ihn hinpflanzen und ihm den Rest des Geldes vor die Füße schmeißen ...

Franz merkte, daß die Gesellschaft drüben auf ihn aufmerksam wurde. Vielleicht hatte er in der Erregung halblaut gesprochen. Das Mädchen hatte ihm den Rükken zugewandt, ihre Frisur war ein wenig verwirrt, feine lose Haare kräuselten sich ihr im Nacken. Franz dachte an einen Sommerabend daheim: wie er auf der Bank am Mühlenweg saß und wie die Kellnerin von der »Grünen Traube« ganz erhitzt über die Wiese zu ihm gelaufen kam; im Mondenschein hatte es ausgesehen, als flöge sie über das Gras. Es war an dem Abend gewesen, bevor er in die Stadt mußte, und seither hatte er keine mehr in den

Armen gehalten. Eine plötzliche Sehnsucht nach dem blonden Geschöpf mit den heißen feuchten Wangen, an das er so lange nicht mehr gedacht hatte, ergriff ihn, und er bekam förmlich Lust, sich morgen früh aufzumachen und zu Fuß nach Hause zu wandern über die verschneiten Straßen und Hügel.

Ein blasses Mädchen stand plötzlich vor ihm, ganz still, mit einem Körbchen voll Blumen, und hielt ihm, ohne ihn recht anzusehen, ein kleines Bukett von roten Nelken und Reseda entgegen. In seiner Verlegenheit griff er wie mechanisch nach dem Sträußchen und legte es vor sich hin. Während er nach einem Zwanzighellerstück suchte, nahm das Mädchen die Blumen vom Tische auf und steckte sie ihm ins Knopfloch, immer schweigsam, ohne die Miene zu verziehen, als dächte sie an etwas ganz anderes. Franz hatte endlich das Geldstück aus dem Sack hervorgeholt – es war zwar eine Krone, aber er schämte sich weiterzusuchen und gab der Kleinen die Münze. Sie lächelte ein wenig, und Franz sah, daß sie viel älter sein mußte, als er anfangs vermutet hatte. »Küss' die Hand, gnädiger Herr«, sagte sie, indem sie sich entfernte. Der Klang dieser Worte durchbebte ihn ... Und wie er jetzt wieder seine Blicke zu den anderen Tischen sandte, kam es ihm vor, als sähe man ihn überall mit einer gewissen ruhigen und selbstverständlichen Hochschätzung an. Unwillkürlich nahm er eine leichtere Haltung an, winkte dem Kellner, verlangte Zigaretten und zündete sich eine an. Dann ging er.

Es schneite noch immer, und die Straßen, durch die er jetzt spazierte, waren menschenleer. Die Kälte empfand er nicht mehr, aber der Boden schwankte ein wenig unter den Füßen.

Ein verlockender Gedanke fuhr ihm durch den Sinn. Er schauerte zusammen ... und blieb einen Augenblick lang stehen. Dann stapfte er mit den Füßen durch den Schnee weiter und empfand ein gewisses Vergnügen daran, den Schritt des Herrn im Pelz nachzuahmen ...

In einer ganz engen Gasse kamen ihm zwei Frauenzimmer entgegen; die eine hielt einen Muff vors Gesicht. Als sie Franz gerade gegenüberstand, ließ sie den Arm heruntergleiten und zeigte ein lachendes Gesicht. Franz starrte sie an. Die andere Frauensperson ging weiter, als gäbe sie von vornherein jede Hoffnung auf. Die mit dem Muff faßte nach dem Sträußchen und drängte sich an Franz. Er war sehr verlegen. »Ich habe keine Zeit«, sagte er. – »Was hast' denn so spät bei der Nacht andres zu tun? Komm nur; das ist schon mein Haustor.« Und resolut zog sie an der Glocke. Sie trällerte einen Gassenhauer und schaute Franz lachend an. Er rührte sich nicht ... Das Tor wurde geöffnet und schloß sich gleich darauf wieder hinter den beiden.

Das Zimmer, in das er mit ihr trat, war klein und niedrig, auf dem Fensterbrett stand eine Petroleumlampe, die matt brannte und nach der das ganze Zimmer roch. Wieder dachte Franz an jene letzte Sommernacht daheim, an den kühlen Duft der Wiesen und Wälder, der ihn damals umströmt hatte, und wäre am liebsten davongelaufen. Aber er blieb.

Später schlummerte er an ihrer Seite ein.

Im Traum ging er eine große Treppe in ein schönes Haus hinauf, wo er in den ersten Wochen seines Wiener Aufenthalts Lektion gegeben hatte. Da standen Männer oben, die sich nicht um ihn kümmerten. Plötzlich ertönte hinter ihnen eine Stimme, schrill wie ein Befehl –

da wandten sich die beiden zu ihm und trieben ihn mit Fußtritten die Treppe hinunter. Aber unten, auf einer samtgepolsterten Bank, saß der Herr vom Sophiensaal, hielt das Blumenmädchen auf dem Schoß, und sie aßen beide Kastanien und erkannten Franz nicht, was ihn wütend machte. Er schrie sie an – sie hörten ihn nicht. Und alle, die vorbeigingen, hunderte, tausende Menschen, lachten nun über ihn. Er wollte um sich schlagen, aber er konnte sich nicht rühren.

Er erwachte jäh und stand auf. Das Frauenzimmer erhob sich im Bett, hatte offenbar schon tief geschlafen und war sehr ärgerlich. Sie kleidete sich notdürftig an und schlürfte in zerrissenen Pantoffeln herum. Franz mußte ihr beinah den ganzen Rest seines Geldes geben und eilte davon.

Als das Haustor hinter ihm zudröhnte, schlug es eben drei Uhr von einem nahen Kirchturm. Franz nahm den Weg schnurgerade zum Sophiensaal. Den Herrn im Pelz mußte er finden; wenn es ihm jetzt nicht gelang, so wollte er die Stadt nach allen Ecken und Enden durchstreifen, bis er ihm begegnete. Die Sache war nicht in Ordnung, und sie mußte geregelt werden. Auf den Lippen hatte er ein schmerzlich brennendes Gefühl. Es war ihm jetzt, als wenn er dem Herrn die Hand geküßt hätte, nicht für die zehn Kronen, die er ihm geschenkt, sondern für all das Nichtige und Erbärmliche, auf das das Geld aufgegangen war ... Die Erlebnisse der Nacht wirrten ihm durcheinander. Jetzt erst fiel ihm mit vollkommener Deutlichkeit ein, daß er dem völligen Elend gegenüberstand, daß er wieder einmal nicht wußte, wovon er morgen leben sollte.

Die Straße war verlassen, der kalte Morgenwind wehte

über den Schnee. Eine Budike, an der er vorbeiging, wurde eben geöffnet, verschlafen und ungekämmt staubte ein dickes Judenmädel den Schanktisch ab. Franz trat ein, und wie sich selber und der ganzen Welt zum Trotz stürzte er noch ein Glas Branntwein hinunter. Dann eilte er weiter, und in ein paar Minuten war er an seinem Ziel. Nah beim Tor nahm er Aufstellung und wartete. Noch immer klang die Tanzmusik durch die leise klirrenden Fenster. War es wirklich kaum eine Nacht, die seither vergangen war? ...

Leere Wagen fuhren vor. Herren und Damen kamen aus der Halle und stiegen ein, andere eilten zu Fuß davon. Franz wunderte sich selbst über die Sicherheit, mit der er einige Herren passieren ließ, die doch einen ähnlichen Pelz trugen wie sein Wohltäter. Er war entschlossen, nicht vom Platze zu weichen, ehe der letzte Ballgast das Gebäude verlassen hätte. –

Er wartete.

Plötzlich stand ihm das Herz still ... Das war Er ... Da trat er aus dem Tor, knöpfte den Pelz zu und schlug den Kragen hinauf. Es war ein rechtes Glück, daß ihn Franz noch hinter der Glastür erkannt hatte, denn jetzt war er beinahe vermummt. Franz wartete, beide Hände in den Taschen, und der Herr stapfte wieder mit den Füßen durch den Schnee, was Franz erbitterte. Er stellte sich dem Herrn in den Weg. Dieser blickte auf und fragte: »Wie? ...« Dann schien er ihn zu erkennen und lächelte.

»Mein Herr ...«, begann Franz, aber es schnürte ihm die Kehle zusammen, und er konnte nicht weiter. Der hochmütige Blick des andern, der zugleich die Erinnerung an seine außergewöhnliche Freigebigkeit von gestern abend und unbewußte Verachtung für den Bettler ausstrahlte, der da vor ihm stand, erbitterte Franz bis zum Wahnsinn, so daß ihm die Augen zu glühen begannen. Ein unsäglicher Haß grimmte in ihm auf – breit ausholend hob er seine Hand und gab dem Wohltäter eine mächtige Ohrfeige, daß ihm der Zylinder herunterfiel. Der junge Herr riß zuerst vor Entsetzen den Mund weit auf, dann packte er den erhobenen Arm des Bettlers und fing an, nach der Wache zu schreien. Einige Leute, die aus der Halle kamen, blieben stehen, Kutscher liefen herüber, ein Polizeimann war sofort zur Stelle. »Ist der Kerl verrückt?« schrie der Wohltäter, indem er seinen Zylinder aufhob. »Ich habe nämlich zu bemerken«, rief er in größter Erregung, ohne die Kraft, seine bisherige Vornehmheit aufrechtzuerhalten, »daß ich diesem Kerl gestern eine Unsumme – zehn Kronen! – ja, zehn Kronen! ... bitte, Herr Sicherheitswachmann ...«, dabei stülpte er sich den Hut auf den Kopf, »... nie ist mir etwas Ähnliches vorgekommen!«

Franz ließ den Herrn schreien, befand sich sehr wohl und sprach kein Wort. Die Sache war erledigt. Er hatte seine Dankesschuld abgetragen. Und gleichsam erlöst, mit einem heiteren Lächeln auf den Lippen, ließ er sich auf die Wache führen.

HUGO VON HOFMANNSTHAL

Ein Brief

Dies ist der Brief, den Philipp Lord Chandos, jüngerer Sohn des Earl of Bath, an Francis Bacon, später Lord Verulam und Viscount St. Albans, schrieb, um sich bei diesem Freunde wegen des gänzlichen Verzichtes auf literarische Betätigung zu entschuldigen.

Es ist gütig von Ihnen, mein hochverehrter Freund, mein zweijähriges Stillschweigen zu übersehen und so an mich zu schreiben. Es ist mehr als gütig, Ihrer Besorgnis um mich, Ihrer Befremdung über die geistige Starrnis, in der ich Ihnen zu versinken scheine, den Ausdruck der Leichtigkeit und des Scherzes zu geben, den nur große Menschen, die von der Gefährlichkeit des Lebens durchdrungen und dennoch nicht entmutigt sind, in ihrer Gewalt haben.

Sie schließen mit dem Aphorisma des Hippokrates: »Qui gravi morbo correpti dolores non sentiunt, iis mens aegrotat« und meinen, ich bedürfe der Medizin nicht nur, um mein Übel zu bändigen, sondern noch mehr, um meinen Sinn für den Zustand meines Innern zu schärfen. Ich möchte Ihnen so antworten, wie Sie es um mich verdienen, möchte mich Ihnen ganz aufschließen und weiß nicht, wie ich mich dazu nehmen soll. Kaum weiß ich, ob ich noch derselbe bin, an den Ihr kostbarer Brief sich wendet; bin denn ichs, der nun Sechsundzwanzigjährige, der mit neunzehn jenen »Neuen Paris«, jenen

»Traum der Daphne«, jenes »Epithalamium« hinschrieb, diese unter dem Prunk ihrer Worte hintaumelnden Schäferspiele, deren eine himmlische Königin und einige allzu nachsichtige Lords und Herren sich noch zu entsinnen gnädig genug sind? Und bin ichs wiederum, der mit dreiundzwanzig unter den steinernen Lauben des großen Platzes von Venedig in sich jenes Gefüge lateinischer Perioden fand, dessen geistiger Grundriß und Aufbau ihn im Innern mehr entzückte als die aus dem Meer auftauchenden Bauten des Palladio und Sansovin? Und konnte ich, wenn ich anders derselbe bin, alle Spuren und Narben dieser Ausgeburt meines angespanntesten Denkens so völlig aus meinem unbegreiflichen Innern verlieren, daß mich in Ihrem Brief, der vor mir liegt, der Titel jenes kleinen Traktates fremd und kalt anstarrt, ja daß ich ihn nicht als ein geläufiges Bild zusammengefaßter Worte sogleich auffassen, sondern nur Wort für Wort verstehen konnte, als träten mir diese lateinischen Wörter, so verbunden, zum ersten Male vors Auge? Allein ich bin es ja doch und es ist Rhetorik in diesen Fragen, Rhetorik, die gut ist für Frauen oder für das Haus der Gemeinen, deren von unserer Zeit so überschätzte Machtmittel aber nicht hinreichen, ins Innere der Dinge zu dringen. Mein Inneres aber muß ich Ihnen darlegen, eine Sonderbarkeit, eine Unart, wenn Sie wollen eine Krankheit meines Geistes, wenn Sie begreifen sollen, daß mich ein ebensolcher brückenloser Abgrund von den scheinbar vor mir liegenden literarischen Arbeiten trennt als von denen, die hinter mir sind und die ich, so fremd sprechen sie mich an, mein Eigentum zu nennen zögere.

Ich weiß nicht, ob ich mehr die Eindringlichkeit Ihres Wohlwollens oder die unglaubliche Schärfe Ihres

Gedächtnisses bewundern soll, wenn Sie mir die verschiedenen kleinen Pläne wieder hervorrufen, mit denen ich mich in den gemeinsamen Tagen schöner Begeisterung trug. Wirklich, ich wollte die ersten Regierungsjahre unseres verstorbenen glorreichen Souveräns, des achten Heinrich, darstellen! Die hinterlassenen Aufzeichnungen meines Großvaters, des Herzogs von Exeter, über seine Negoziationen mit Frankreich und Portugal gaben mir eine Art von Grundlage. Und aus dem Sallust floß in jenen glücklichen, belebten Tagen wie durch nie verstopfte Röhren die Erkenntnis der Form in mich herüber, jener tiefen, wahren, inneren Form, die jenseits des Geheges der rhetorischen Kunststücke erst geahnt werden kann, die, von welcher man nicht mehr sagen kann, daß sie das Stoffliche anordne, denn sie durchdringt es, sie hebt es auf und schafft Dichtung und Wahrheit zugleich, ein Widerspiel ewiger Kräfte, ein Ding, herrlich wie Musik und Algebra. Dies war mein Lieblingsplan.

Was ist der Mensch, daß er Pläne macht!

Ich spielte auch mit anderen Plänen. Ihr gütiger Brief läßt auch diese heraufschweben. Jedweder vollgesogen mit einem Tropfen meines Blutes, tanzen sie vor mir wie traurige Mücken an einer düsteren Mauer, auf der nicht mehr die helle Sonne der glücklichen Tage liegt.

Ich wollte die Fabeln und mythischen Erzählungen, welche die Alten uns hinterlassen haben, und an denen die Maler und Bildhauer ein endloses und gedankenloses Gefallen finden, aufschließen als die Hieroglyphen einer geheimen, unerschöpflichen Weisheit, deren Anhauch ich manchmal, wie hinter einem Schleier, zu spüren meinte.

Ich entsinne mich dieses Planes. Es lag ihm ich weiß

nicht welche sinnliche und geistige Lust zugrunde: Wie der gehetzte Hirsch ins Wasser, sehnte ich mich hinein in diese nackten, glänzenden Leiber, in diese Sirenen und Dryaden, diesen Narcissus und Proteus, Perseus und Aktäon: verschwinden wollte ich in ihnen und aus ihnen heraus mit Zungen reden. Ich wollte. Ich wollte noch vielerlei. Ich gedachte eine Sammlung »Apophthegmata« anzulegen, wie deren eine Julius Cäsar verfaßt hat: Sie erinnern die Erwähnung in einem Briefe des Cicero. Hier gedachte ich die merkwürdigsten Aussprüche nebeneinanderzusetzen, welche mir im Verkehr mit den gelehrten Männern und den geistreichen Frauen unserer Zeit oder mit besonderen Leuten aus dem Volk oder mit gebildeten und ausgezeichneten Personen auf meinen Reisen zu sammeln gelungen wäre; damit wollte ich schöne Sentenzen und Reflexionen aus den Werken der Alten und der Italiener vereinigen, und was mir sonst an geistigen Zieraten in Büchern, Handschriften oder Gesprächen entgegenträte; ferner die Anordnung besonders schöner Feste und Aufzüge, merkwürdige Verbrechen und Fälle von Raserei, die Beschreibung der größten und eigentümlichsten Bauwerke in den Niederlanden, in Frankreich und Italien und noch vieles andere. Das ganze Werk aber sollte den Titel »Nosce te ipsum« führen.

Um mich kurz zu fassen: Mir erschien damals in einer Art von andauernder Trunkenheit das ganze Dasein als eine große Einheit: geistige und körperliche Welt schien mir keinen Gegensatz zu bilden, ebensowenig höfisches und tierisches Wesen, Kunst und Unkunst, Einsamkeit und Gesellschaft; in allem fühlte ich Natur, in den Verirrungen des Wahnsinns ebensowohl wic in den äußersten Verfeinerungen eines spanischen Zeremoniells;

in den Tölpelhaftigkeiten junger Bauern nicht minder als in den süßesten Allegorien; und in aller Natur fühlte ich mich selber; wenn ich auf meiner Jagdhütte die schäumende laue Milch in mich hineintrank, die ein struppiges Mensch einer schönen, sanftäugigen Kuh aus dem Euter in einen Holzeimer niedermolk, so war mir das nichts anderes, als wenn ich, in der dem Fenster eingebauten Bank meines studio sitzend, aus einem Folianten süße und schäumende Nahrung des Geistes in mich sog. Das eine war wie das andere; keines gab dem andern weder an traumhafter überirdischer Natur, noch an leiblicher Gewalt nach, und so gings fort durch die ganze Breite des Lebens, rechter und linker Hand; überall war ich mitten drinnen, wurde nie ein Scheinhaftes gewahr: Oder es ahnte mir, alles wäre Gleichnis und jede Kreatur ein Schlüssel der andern, und ich fühlte mich wohl den, der imstande wäre, eine nach der andern bei der Krone zu packen und mit ihr so viele der andern aufzusperren, als sie aufsperren könnte. Soweit erklärt sich der Titel, den ich jenem enzyklopädischen Buche zu geben gedachte.

Es möchte dem, der solchen Gesinnungen zugänglich ist, als der wohlangelegte Plan einer göttlichen Vorsehung erscheinen, daß mein Geist aus einer so aufgeschwollenen Anmaßung in dieses Äußerste von Kleinmut und Kraftlosigkeit zusammensinken mußte, welches nun die bleibende Verfassung meines Innern ist. Aber dergleichen religiöse Auffassungen haben keine Kraft über mich; sie gehören zu den Spinnennetzen, durch welche meine Gedanken hindurchschießen, hinaus ins Leere, während so viele ihrer Gefährten dort hangenbleiben und zu einer Ruhe kommen. Mir haben sich die

Geheimnisse des Glaubens zu einer erhabenen Allegorie verdichtet, die über den Feldern meines Lebens steht wie ein leuchtender Regenbogen, in einer stetigen Ferne, immer bereit, zurückzuweichen, wenn ich mir einfallen ließe hinzueilen und mich in den Saum seines Mantels hüllen zu wollen.

Aber, mein verehrter Freund, auch die irdischen Begriffe entziehen sich mir in der gleichen Weise. Wie soll ich es versuchen, Ihnen diese seltsamen geistigen Qualen zu schildern, dies Emporschnellen der Fruchtzweige über meinen ausgereckten Händen, dies Zurückweichen des murmelnden Wassers vor meinen dürstenden Lippen?

Mein Fall ist, in Kürze, dieser: Es ist mir völlig die Fähigkeit abhanden gekommen, über irgend etwas zusammenhängend zu denken oder zu sprechen.

Zuerst wurde es mir allmählich unmöglich, ein höheres oder allgemeineres Thema zu besprechen und dabei jene Worte in den Mund zu nehmen, deren sich doch alle Menschen ohne Bedenken geläufig zu bedienen pflegen. Ich empfand ein unerklärliches Unbehagen, die Worte »Geist«, »Seele« oder »Körper« nur auszusprechen. Ich fand es innerlich unmöglich, über die Angelegenheiten des Hofes, die Vorkommnisse im Parlament, oder was Sie sonst wollen, ein Urteil herauszubringen. Und dies nicht etwa aus Rücksichten irgendwelcher Art, denn Sie kennen meinen bis zur Leichtfertigkeit gehenden Freimut: sondern die abstrakten Worte, deren sich doch die Zunge naturgemäß bedienen muß, um irgendwelches Urteil an den Tag zu geben, zerfielen mir im Munde wie modrige Pilze. Es begegnete mir, daß ich meiner vierjährigen Tochter Katharina Pompilia eine kindische Lüge, deren sie sich schuldig gemacht hatte, verweisen und sie auf die Notwendigkeit, immer wahr zu sein, hinführen wollte, und dabei die mir im Munde zuströmenden Begriffe plötzlich eine solche schillernde Färbung annahmen und so ineinander überflossen, daß ich den Satz, so gut es ging, zu Ende haspelnd, so wie wenn mir unwohl geworden wäre und auch tatsächlich bleich im Gesicht und mit einem heftigen Druck auf der Stirn, das Kind allein ließ, die Tür hinter mir zuschlug und mich erst zu Pferde, auf der einsamen Hutweide einen guten Galopp nehmend, wieder einigermaßen herstellte.

Allmählich aber breitete sich diese Anfechtung aus wie ein um sich fressender Rost. Es wurden mir auch im familiären und hausbackenen Gespräch alle die Urteile, die leichthin und mit schlafwandelnder Sicherheit abgegeben zu werden pflegen, so bedenklich, daß ich aufhören mußte, an solchen Gesprächen irgend teilzunehmen. Mit einem unerklärlichen Zorn, den ich nur mit Mühe notdürftig verbarg, erfüllte es mich, dergleichen zu hören, wie: diese Sache ist für den oder jenen gut oder schlecht ausgegangen; Sheriff N. ist ein böser, Prediger T. ein guter Mensch; Pächter M. ist zu bedauern, seine Söhne sind Verschwender; ein anderer ist zu beneiden, weil seine Töchter haushälterisch sind; eine Familie kommt in die Höhe, eine andere ist im Hinabsinken. Dies alles erschien mir so unbeweisbar, so lügenhaft, so löcherig wie nur möglich. Mein Geist zwang mich, alle Dinge, die in einem solchen Gespräch vorkamen, in einer unheimlichen Nähe zu sehen: so wie ich einmal in einem Vergrößerungsglas ein Stück von der Haut meines kleinen Fingers gesehen hatte, das einem Blachfeld mit Furchen und Höhlen glich, so ging es mir nun mit den

Menschen und ihren Handlungen. Es gelang mir nicht mehr, sie mit dem vereinfachenden Blick der Gewohnheit zu erfassen. Es zerfiel mir alles in Teile, die Teile wieder in Teile, und nichts mehr ließ sich mit einem Begriff umspannen. Die einzelnen Worte schwammen um mich; sie gerannen zu Augen, die mich anstarrten und in die ich wieder hineinstarren muß: Wirbel sind sie, in die hinabzusehen mich schwindelt, die sich unaufhaltsam drehen und durch die hindurch man ins Leere kommt.

Ich machte einen Versuch, mich aus diesem Zustand in die geistige Welt der Alten hinüberzuretten. Platon vermied ich; denn mir graute vor der Gefährlichkeit seines bildlichen Fluges. Am meisten gedachte ich mich an Seneca und Cicero zu halten. An dieser Harmonie begrenzter und geordneter Begriffe hoffte ich zu gesunden. Aber ich konnte nicht zu ihnen hinüber. Diese Begriffe, ich verstand sie wohl: ich sah ihr wundervolles Verhältnisspiel vor mir aufsteigen wie herrliche Wasserkünste, die mit goldenen Bällen spielen. Ich konnte sie umschweben und sehen, wie sie zueinander spielten; aber sie hatten es nur miteinander zu tun, und das Tiefste, das Persönliche meines Denkens, blieb von ihrem Reigen ausgeschlossen. Es überkam mich unter ihnen das Gefühl furchtbarer Einsamkeit; mir war zumut wie einem, der in einem Garten mit lauter augenlosen Statuen eingesperrt wäre; ich flüchtete wieder ins Freie.

Seither führe ich ein Dasein, das Sie, fürchte ich, kaum begreifen können, so geistlos, so gedankenlos fließt es dahin; ein Dasein, das sich freilich von dem meiner Nachbarn, meiner Verwandten und der meisten landbesitzenden Edelleute dieses Königreiches kaum unterscheidet und das nicht ganz ohne freudige und belebende Augenblicke ist. Es wird mir nicht leicht, Ihnen anzudeuten, worin diese guten Augenblicke bestehen; die Worte lassen mich wiederum im Stich. Denn es ist ja etwas völlig Unbenanntes und auch wohl kaum Benennbares, das in solchen Augenblicken, irgendeine Erscheinung meiner alltäglichen Umgebung mit einer überschwellenden Flut höheren Lebens wie ein Gefäß erfüllend, mir sich ankündet. Ich kann nicht erwarten, daß Sie mich ohne Beispiel verstehen, und ich muß Sie um Nachsicht für die Albernheit meiner Beispiele bitten. Eine Gießkanne, eine auf dem Felde verlassene Egge, ein Hund in der Sonne, ein ärmlicher Kirchhof, ein Krüppel, ein kleines Bauernhaus, alles dies kann das Gefäß meiner Offenbarung werden. Jeder dieser Gegenstände und die tausend anderen ähnlichen, über die sonst ein Auge mit selbstverständlicher Gleichgültigkeit hinweggleitet, kann für mich plötzlich in irgend einem Moment, den herbeizuführen auf keine Weise in meiner Gewalt steht, ein erhabenes und rührendes Gepräge annehmen, das auszudrücken mir alle Worte zu arm scheinen. Ja, es kann auch die bestimmte Vorstellung eines abwesenden Gegenstandes sein, dem die unbegreifliche Auserwählung zuteil wird, mit jener sanft und jäh steigenden Flut göttlichen Gefühles bis an den Rand gefüllt zu werden. So hatte ich unlängst den Auftrag gegeben, den Ratten in den Milchkellern eines meiner Meierhöfe ausgiebig Gift zu streuen. Ich ritt gegen Abend aus und dachte, wie Sie vermuten können, nicht weiter an die Sache. Da, wie ich im tiefen, aufgeworfenen Ackerboden Schritt reite, nichts Schlimmeres in meiner Nähe als eine aufgescheuchte Wachtelbrut und in der Ferne über den welligen Feldern die große sinkende Sonne, tut sich mir im Innern plötzlich dieser Keller auf, erfüllt mit dem Todeskampf dieses Volks von Ratten. Alles war in mir: die mit dem süßlich scharfen Geruch des Giftes angefüllte kühldumpfe Kellerluft und das Gellen der Todesschreie, die sich an modrigen Mauern brachen; diese ineinander geknäulten Krämpfe der Ohnmacht, durcheinander hinjagenden Verzweiflungen; das wahnwitzige Suchen der Ausgänge; der kalte Blick der Wut, wenn zwei einander an der verstopften Ritze begegnen. Aber was versuche ich wiederum Worte, die ich verschworen habe! Sie entsinnen sich, mein Freund, der wundervollen Schilderung von den Stunden, die der Zerstörung von Alba Longa vorhergehen, aus dem Livius? Wie sie die Straßen durchirren, die sie nicht mehr sehen sollen ... wie sie von den Steinen des Bodens Abschied nehmen. Ich sage Ihnen, mein Freund, dieses trug ich in mir und das brennende Karthago zugleich; aber es war mehr, es war göttlicher, tierischer; und es war Gegenwart, die vollste erhabenste Gegenwart. Da war eine Mutter, die ihre sterbenden Jungen um sich zucken hatte und nicht auf die Verendenden, nicht auf die unerbittlichen steinernen Mauern, sondern in die leere Luft, oder durch die Luft ins Unendliche hin Blicke schickte und diese Blicke mit einem Knirschen begleitete! – Wenn ein dienender Sklave voll ohnmächtigen Schauders in der Nähe der erstarrenden Niobe stand, er muß das durchgemacht haben, was ich durchmachte, als in mir die Seele dieses Tieres gegen das ungeheure Verhängnis die Zähne bleckte.

Vergeben Sie mir diese Schilderung, denken Sie aber nicht, daß es Mitleid war, was mich erfüllte. Das dürfen Sie ja nicht denken, sonst hätte ich mein Beispiel sehr ungeschickt gewählt. Es war viel mehr und viel weniger als Mitleid: ein ungeheures Anteilnehmen, ein Hinüberfließen in jene Geschöpfe oder ein Fühlen, daß ein Fluidum des Lebens und Todes, des Traumes und Wachens für einen Augenblick in sie hinübergeflossen ist – von woher? Denn was hätte es mit Mitleid zu tun, was mit begreiflicher menschlicher Gedankenverknüpfung, wenn ich an einem anderen Abend unter einem Nußbaum eine halbvolle Gießkanne finde, die ein Gärtnerbursche dort vergessen hat, und wenn mich diese Gießkanne und das Wasser in ihr, das vom Schatten des Baumes finster ist, und ein Schwimmkäfer, der auf dem Spiegel dieses Wassers von einem dunklen Ufer zum andern rudert, wenn diese Zusammensetzung von Nichtigkeiten mich mit einer solchen Gegenwart des Unendlichen durchschauert, von den Wurzeln der Haare bis ins Mark der Fersen mich durchschauert, daß ich in Worte ausbrechen möchte, von denen ich weiß, fände ich sie, so würden sie jene Cherubim, an die ich nicht glaube, niederzwingen, und daß ich dann von jener Stelle schweigend mich wegkehre und nach Wochen, wenn ich dieses Nußbaums ansichtig werde, mit scheuem seitlichen Blick daran vorübergehe, weil ich das Nachgefühl des Wundervollen, das dort um den Stamm weht, nicht verscheuchen will, nicht vertreiben die mehr als irdischen Schauer, die um das Buschwerk in jener Nähe immer noch nachwogen. In diesen Augenblicken wird eine nichtige Kreatur, ein Hund, eine Ratte, ein Käfer, ein verkümmerter Apfelbaum, ein sich über den Hügel schlängelnder Karrenweg, ein moosbewachsener Stein mir mehr, als die schönste, hingebendste Geliebte der glücklichsten Nacht mir je gewesen ist. Diese stummen und manchmal unbelebten Kreaturen heben sich mir mit einer solchen Fülle, einer solchen Gegenwart der Liebe entgegen, daß mein beglücktes Auge auch ringsum auf keinen toten Fleck zu fallen vermag. Es erscheint mir alles, alles, was es gibt, alles, dessen ich mich entsinne, alles, was meine verworrensten Gedanken berühren, etwas zu sein. Auch die eigene Schwere, die sonstige Dumpfheit meines Hirnes erscheint mir als etwas; ich fühle ein entzückendes, schlechthin unendliches Widerspiel in mir und um mich, und es gibt unter den gegeneinanderspielenden Materien keine, in die ich nicht hinüberzufließen vermöchte. Es ist mir dann, als bestünde mein Körper aus lauter Chiffern, die mir alles aufschließen. Oder als könnten wir in ein neues, ahnungsvolles Verhältnis zum ganzen Dasein treten, wenn wir anfingen, mit dem Herzen zu denken. Fällt aber diese sonderbare Bezauberung von mir ab, so weiß ich nichts darüber auszusagen; ich könnte dann ebensowenig in vernünftigen Worten darstellen, worin diese mich und die ganze Welt durchwebende Harmonie bestanden und wie sie sich mir fühlbar gemacht habe, als ich ein Genaueres über die inneren Bewegungen meiner Eingeweide oder die Stauungen meines Blutes anzugeben vermöchte.

Von diesen sonderbaren Zufällen abgesehen, von denen ich übrigens kaum weiß, ob ich sie dem Geist oder dem Körper zurechnen soll, lebe ich ein Leben von kaum glaublicher Leere und habe Mühe, die Starre meines Innern vor meiner Frau und vor meinen Leuten die Gleichgültigkeit zu verbergen, welche mir die Angelegenheiten des Besitzes einflößen. Die gute und strenge Erziehung, welche ich meinem seligen Vater verdanke, und die frühzeitige Gewöhnung, keine Stunde des Tages unausgefüllt zu lassen, sind es, scheint mir, allein, welche meinem Leben nach außen hin einen genügenden Halt und den meinem Stande und meiner Person angemessenen Anschein bewahren.

Ich baue einen Flügel meines Hauses um und bringe es zustande, mich mit dem Architekten hie und da über die Fortschritte seiner Arbeit zu unterhalten; ich bewirtschafte meine Güter, und meine Pächter und Beamten werden mich wohl etwas wortkarger, aber nicht ungütiger als früher finden. Keiner von ihnen, der mit abgezogener Mütze vor seiner Haustür steht, wenn ich abends vorüberreite, wird eine Ahnung haben, daß mein Blick, den er respektvoll aufzufangen gewohnt ist, mit stiller Sehnsucht über die morschen Bretter hinstreicht, unter denen er nach den Regenwürmern zum Angeln zu suchen pflegt, durchs enge, vergitterte Fenster in die dumpfe Stube taucht, wo in der Ecke das niedrige Bett mit bunten Laken immer auf einen zu warten scheint, der sterben will, oder auf einen, der geboren werden soll; daß mein Auge lange an den häßlichen jungen Hunden hängt oder an der Katze, die geschmeidig zwischen Blumenscherben durchkriecht, und daß es unter all den ärmlichen und plumpen Gegenständen einer bäurischen Lebensweise nach jenem einem sucht, dessen unscheinbare Form, dessen von niemand beachtetes Daliegen oder -lehnen, dessen stumme Wesenheit zur Quelle jenes rätselhaften, wortlosen, schrankenlosen Entzückens werden kann. Denn mein unbenanntes seliges Gefühl wird eher aus einem fernen, einsamen Hirtenfeuer mir hervorbrechen als aus dem Anblick des gestirnten Himmels; eher aus dem Zirpen einer letzten, dem Tode nahen Grille, wenn schon der Herbstwind winterliche Wolken über die öden Felder hintreibt, als aus dem majestätischen Dröhnen der Orgel. Und ich vergleiche mich manchmal in Gedanken mit jenem Crassus, dem Redner, von dem berichtet wird, daß er eine zahme Muräne, einen dumpfen, rotäugigen, stummen Fisch seines Zierteiches, so über alle Maßen liebgewann, daß es zum Stadtgespräch wurde; und als ihm einmal im Senat Domitius vorwarf, er habe über den Tod dieses Fisches Tränen vergossen, und ihn dadurch als einen halben Narren hinstellen wollte, gab ihm Crassus zur Antwort: »So habe ich beim Tode meines Fisches getan, was Ihr weder bei Eurer ersten noch Eurer zweiten Frau Tod getan habt.«

Ich weiß nicht, wie oft mir dieser Crassus mit seiner Muräne als ein Spiegelbild meines Selbst, über den Abgrund der Jahrhunderte hergeworfen, in den Sinn kommt. Nicht aber wegen dieser Antwort, die er dem Domitius gab. Die Antwort brachte die Lacher auf seine Seite, so daß die Sache in einen Witz aufgelöst war. Mir aber geht die Sache nahe, die Sache, welche dieselbe geblieben wäre, auch wenn Domitius um seine Frauen blutige Tränen des aufrichtigsten Schmerzes geweint hätte. Dann stünde ihm noch immer Crassus gegenüber, mit seinen Tränen um seine Muräne. Und über diese Figur, deren Lächerlichkeit und Verächtlichkeit mitten in einem die erhabensten Dinge beratenden, weltbeherrschenden Senat so ganz ins Auge springt, über diese Figur zwingt mich ein unnennbares Etwas in einer Weise zu denken, die mir vollkommen töricht erscheint, im Augenblick, wo ich versuche sie in Worten auszudrücken.

Das Bild dieses Crassus ist zuweilen nachts in meinem

Hirn, wie ein Splitter, um den herum alles schwärt, pulst und kocht. Es ist mir dann, als geriete ich selber in Gärung, würfe Blasen auf, wallte und funkelte. Und das Ganze ist eine Art fieberisches Denken, aber Denken in einem Material, das unmittelbarer, flüssiger, glühender ist als Worte. Es sind gleichfalls Wirbel, aber solche, die nicht wie die Wirbel der Sprache ins Bodenlose zu führen scheinen, sondern irgendwie in mich selber und in den tiefsten Schoß des Friedens.

Ich habe Sie, mein verehrter Freund, mit dieser ausgebreiteten Schilderung eines unerklärlichen Zustandes, der gewöhnlich in mir verschlossen bleibt, über Gebühr belästigt.

Sie waren so gütig, Ihre Unzufriedenheit darüber zu äußern, daß kein von mir verfaßtes Buch mehr zu Ihnen kommt, »Sie für das Entbehren meines Umganges zu entschädigen«. Ich fühlte in diesem Augenblick mit einer Bestimmtheit, die nicht ganz ohne ein schmerzliches Beigefühl war, daß ich auch im kommenden und im folgenden und in allen Jahren dieses meines Lebens kein englisches und kein lateinisches Buch schreiben werde: und dies aus dem einen Grund, dessen mir peinliche Seltsamkeit mit ungeblendetem Blick dem vor Ihnen harmonisch ausgebreiteten Reiche der geistigen und leiblichen Erscheinungen an seiner Stelle einzuordnen ich Ihrer unendlichen geistigen Überlegenheit überlasse: nämlich weil die Sprache, in welcher nicht nur zu schreiben, sondern auch zu denken mir vielleicht gegeben wäre, weder die lateinische noch die englische noch die italienische und spanische ist, sondern eine Sprache, von deren Worten mir auch nicht eines bekannt ist, eine Sprache, in welcher die stummen Dinge zu mir sprechen, und in welcher ich vielleicht einst im Grabe vor einem unbekannten Richter mich verantworten werde.

Ich wollte, es wäre mir gegeben, in die letzten Worte dieses voraussichtlich letzten Briefes, den ich an Francis Bacon schreibe, alle die Liebe und Dankbarkeit, alle die ungemessene Bewunderung zusammenzupressen, die ich für den größten Wohltäter meines Geistes, für den ersten Engländer meiner Zeit im Herzen hege und darin hegen werde, bis der Tod es bersten macht.

A. D. 1603, diesen 22. August. Phi. Chandos

GUSTAV MEYRINK

Der heiße Soldat

Es war keine Kleinigkeit für die Militärärzte gewesen, alle die verwundeten Fremdenlegionäre zu verbinden. – Die Anamiten hatten schlechte Gewehre und die Flintenkugeln waren fast immer in den Leibern der armen Soldaten stecken geblieben. –

Die medizinische Wissenschaft hatte in den letzten Jahren große Fortschritte gemacht, das wußten selbst diejenigen, die nicht lesen und schreiben konnten, und sie unterwarfen sich, zumal ihnen nichts anderes übrigblieb, willig allen Operationen.

Zwar starben die meisten, aber erst immer nach der Operation, und auch dann nur, weil die Kugeln der Anamiten offenbar vor dem Schuß nicht aseptisch behandelt worden waren oder auf ihrem Wege durch die Luft gesundheitsschädliche Bakterien mitgerissen hatten.

Die Berichte des Professors Mostschädel, der sich aus wissenschaftlichen Motiven, und von der Regierung bestätigt, der Fremdenlegion angeschlossen hatte, ließen keinen Zweifel daran zu. –

Seinen energischen Anordnungen war es auch zu danken, daß die Soldaten wie auch die Eingebornen im Dorfe nur noch im Flüstertone von den Wunderheilungen des frommen indischen Büßers Mukhopadaya sprachen. –

Als letzter Verwundeter wurde lange nach dem Scharmützel der Soldat Wenzel Zavadil, ein gebürtiger Böhme, von zwei anamitischen Weibern in das Lazarett getragen. Befragt, woher sie jetzt so spät noch kämen, erzählten sie, daß sie Zavadil wie tot vor der Hütte des Mukhopadaya liegend gefunden und sodann getrachtet hätten, ihn durch Einflößen einer opalisierenden Flüssigkeit – das einzige, was in der verlassenen Hütte des Fakirs zu finden gewesen war – wieder zum Leben zurückzubringen.

Der Arzt konnte keine Wunde finden und bekam auf sein Befragen von dem Patienten nur ein wildes Knurren zur Antwort, das er für die Laute eines slawischen Dialektes hielt.

Für alle Fälle verordnete er ein Klystier und ging in das Offizierszelt. – – –

Ärzte und Offiziere unterhielten sich ausgezeichnet; das kurze aber blutige Scharmützel hatte Leben in das alte Einerlei gebracht.

Mostschädel hatte eben einige anerkennende Worte über Professor Charkot – um die anwesenden französischen Kollegen sein deutsches Übergewicht nicht allzu schmerzlich fühlen zu lassen – beendet, als die indische Pflegerin vom Roten Kreuz am Zelteingang erschien und in gebrochenem Französisch meldete:

»Sergeant Henry Serpollet tot, Trompeter Wenzel Zavadil 41,2 Grad Fieber.«

»Intrigantes Volk, diese Slawen«, murmelte der Wache habende Arzt, »der Kerl hat Fieber und doch keine Verwundung!«

Die Wärterin erhielt die Weisung, dem Soldaten, natürlich dem lebendigen, drei Gramm Chinin in den Schlund zu stopfen, und entfernte sich. – – –

Professor Mostschädel hatte die letzten Worte aufgefangen und machte sie zum Ausgangspunkte einer längeren gelehrten Rede, in der er die Wissenschaft Triumphe feiern ließ, die es verstanden hatte, das gute Chinin in den Händen von Laien zu entdecken, die in der Natur, der blinden Henne gleich, auf dieses Heilmittel gestoßen waren.

Er war von diesem Thema auf die spastische Spinalparalyse übergegangen, und die Augen seiner Zuhörer begannen bereits gläsern zu werden, als wiederum die Wärterin mit der Meldung erschien:

»Trompeter Wenzel Zavadil 49 Grad Fieber, bitte um ein längeres Thermometer.« – – –

»Also demnach schon längst tot«, sagte lächelnd der Professor. –

Der Stabsarzt stand langsam auf und näherte sich mit drohender Miene der Wärterin, die sofort einen Schritt zurückwich. – »Sie sehen, meine Herren«, erklärte er daraufhin den übrigen Ärzten, »das Weib ist ebenfalls hysterisch, wie der Soldat Zavadil; – – – Duplizität der Fälle!« – – –

Hierauf legten sich alle zur Ruhe. –

– –

»Der Herr Stabsarzt läßt dringend bitten«, schnarrte der Meldereiter den noch sehr verschlafenen Gelehrten an, als kaum die ersten Sonnenstrahlen den Saum der nahen Hügel färbten.

Alles blickte erwartungsvoll auf den Professor, der sich augenblicklich an das Bett Zavadils begab.

»54 Grad Réaumur Blutwärme, unglaublich«, stöhnte der Stabsarzt.

Mostschädel lächelte ungläubig, zog aber entsetzt

seine Hand zurück, als er sich an der Stirne des Kranken tatsächlich verbrannte.

»Nehmen Sie die Vorgeschichte der Krankheit auf«, sagte er zögernd nach längerem peinlichen Schweigen zum Stabsarzt.

»Nehmen Sie doch die Vorgeschichte der Krankheit auf und stehen Sie nicht so unentschlossen herum!« schrie der Stabsarzt den jüngsten der Ärzte an.

»Bhagavan Sri Mukhopadaya wüßte vielleicht ...« wagte die indische Wärterin zu beginnen.

»Reden Sie, wenn Sie gefragt werden«, unterbrach sie der Stabsarzt.

»Immer der alte verdammte Aberglauben«, fuhr er, zu Mostschädel gewendet, fort.

»Der Laie denkt immer an das Nebensächliche«, begütigte der Professor. – »Senden Sie mir nur den Bericht, ich habe jetzt dringend zu tun.« – – – – – – – – – – – –
– –

»Nun, junger Freund, was haben Sie eruiert?« fragte der Gelehrte den Subalternarzt, hinter dem sich eine Menge Offiziere und Ärzte wißbegierig in das Zimmer drängten.

»Die Temperatur ist inzwischen auf 80 Grad gestiegen ...«

Der Professor machte eine ungeduldige, abwehrende Bewegung: »Nun?«

»Patient machte vor zehn Jahren einen Typhus durch, vor zwölf Jahren eine leichte Diphtheritis; Vater an Schädelbruch gestorben, Mutter an Gehirnerschütterung; Großvater an Schädelbruch, Großmutter an Gehirnerschütterung! – Der Patient und seine Familie stammen nämlich aus Böhmen«, fügte der Subalternarzt erklärend hinzu. »Befund, Temperatur ausgenommen, normal, – Abdominalfunktionen sämtlich träge, – Verwundung, außer leichten Kontusionen am Hinterkopf, nicht auffindbar. – Patient soll angeblich in der Hütte des Fakirs Mukhopadaya mit einer opalisierenden Flüssigkeit . . .«

»Zur Sache, nicht in das Unwesentliche abschweifen, junger Freund!« ermahnte gütig der Professor und fuhr, seinen Gästen mit einer einladenden Handbewegung die umherstehenden Bambuskoffer und Stühle als Sitze anbietend, fort:

»Es handelt sich hier, meine Herren, wie ich schon heute früh auf den ersten Blick erkannte, Ihnen aber nur andeutete, damit Sie selber Gelegenheit fänden, den richtigen Weg zur Diagnose einzuschlagen, um einen nicht allzu häufigen Fall von spontaner Temperaturerhöhung infolge einer Verletzung des Thermalzentrums«, – (mit einer leicht geringschätzigen Miene zu den Offizieren und Laien:) »des Zentrums im Gehirn, das die Temperaturschwankungen des Körpers vermittelt – auf Basis erblicher und akquirierter Belastung. – Wenn wir ferner die Schädelbildung des Subjektes – – –«

Hornsignale der Ortsfeuerwehr, die aus einigen invaliden Soldaten und chinesischen Kulis bestand, drangen schreckenverkündend vom Missionargebäude herüber und ließen den Redner verstummen. –

Alle stürzten ins Freie; der anwesende Oberst voran.

Vom Lazaretthügel herab zum See der Göttin Parvati raste, einer lebenden Fackel gleich, gefolgt von einer schreienden und gestikulierenden Menge, der Trompeter Wenzel Zavadil in brennende Fetzen gehüllt.

Knapp vor dem Missionshause empfing den Armen die

chinesische Feuerwehr mit einem armdicken Wasserstrahl, der ihn zwar zu Boden warf, sich aber fast gleichzeitig in eine Dampfwolke verwandelte. – – – Die Hitze des Trompeters hatte sich im Lazarett zuletzt derart gesteigert, daß die neben ihm stehenden Gegenstände zu verkohlen angefangen hatten und die Wärter schließlich gezwungen waren, Zavadil mit Eisenstangen aus dem Hause zu scheuchen; die Fußböden und Treppen wiesen seine eingebrannten Fußstapfen, als ob der Teufel dort spazieren gegangen wäre. –

Jetzt lag Zavadil nackt – die letzten Fetzen hatte der Wasserstrahl fortgerissen – auf dem Vorhofe des Missionsgebäudes, dampfte wie ein Bügeleisen und schämte sich seiner Blöße. – – –

Ein findiger Jesuitenpater warf ihm einen alten Asbestanzug, der einmal einem Lavaarbeiter gehört hatte, vom Balkon zu, in den sich Zavadil unter Dankesworten hüllte. – – –

– –

»Wie, um Gottes willen, soll man sich aber erklären, daß der Kerl nicht selbst gänzlich zu Asche verbrennt?« fragte der Oberst den Professor Mostschädel. –

»Ich bewunderte stets Ihre strategischen Talente, Herr Oberst«, entgegnete der Gelehrte indigniert, »aber was die medizinische Wissenschaft anbetrifft, so müssen Sie diese schon uns Ärzten überlassen. – Wir müssen uns an die gegebenen Tatsachen halten, und diese aus den Augen zu lassen, liegt für uns keinerlei Indikation vor!« –

Die Ärzte freuten sich der klaren Diagnose, und abends traf man immer wieder im Zelte des Kapitäns zusammen, wo es dann stets lustig herging.

Von Wenzel Zavadil sprachen nur noch die Anamiten; – zuweilen sah man ihn am andern Ufer des Sees beim Steintempel der Göttin Parvati sitzen, und die Knöpfe seines Asbestanzuges erstrahlten in Rotglut. – –

Die Priester des Tempels sollten ihr Geflügel an ihm braten, hieß es; andere sagten wiederum, er sei bereits im Abkühlen begriffen und gedenke, schon mit 50 Grad in seine Heimat zurückzukehren.

HEINRICH MANN

Abdankung

Alle wollten Fußball spielen; Felix allein bestand auf einem Wettlauf.

»Wer ist hier der Herr?« schrie er, gerötet und bebend, mit einem Blick, daß der, den er traf, sich in einen Knäuel von Freunden verkroch.

»Wer ist hier der Herr!« – es war das erste Wort, das er, kaum in die Schule eingetreten, zu ihnen sprach. Sie sahen verdutzt einander an. Ein großer Rüpel musterte den schmächtigen Jungen und wollte lachen. Felix saß ihm plötzlich mit der Faust im Nacken und duckte ihn.

»Weiter kannst du wohl nichts?« ächzte der Gebändigte, das Gesicht am Boden.

»Laufe mit mir! Das soll entscheiden.«

»Ja, lauf!« riefen mehrere.

»Wer ist noch gegen das Laufen?« fragte Felix, aufgereckt und ein Bein vorgestellt.

»Mir ist es wurscht«, sagte faul der dicke Hans Butt.

Andere bestätigten: »Mir auch.«

Ein Geschiebe entstand, und einige traten auf Felix' Seite. Denen, die sich hinter seinen Gegner gereiht hatten, ward bange, so rachsüchtig maß er sie.

»Ich merke mir jeden!« rief er schrill.

Zwei gingen zu ihm über, dann noch zwei. Butt, der sich parteilos herumdrückte, ward von Felix vermittels einer Ohrfeige den Seinen zugesellt.

Felix siegte mit Leichtigkeit. Der Wind, der ihm beim Dahinfliegen entgegenströmte, schien eine begeisternde Melodie zu enthalten; und wie Felix, den Rausch der Schnelligkeit im pochenden Blut, zurückkehrte, war er jedes künftigen Sieges gewiß. Dem Unterlegenen, der ihm Vergeltung beim Fußball verhieß, lächelte er achselzuckend in die Augen.

Als er aber das nächste Mal einen, der sich seinem Befehl widersetzte, niederwarf, war's nur Glück, und er wußte es. Schon war er verloren, da machte sich's, daß er loskam und dem anderen einen Tritt in den Bauch geben konnte, so daß er stürzte. Da lag der nun, wie selbstverständlich – und doch fühlte Felix, der auf ihn herabsah, noch den Schwindel der schwankenden Minute, als Ruf und Gewalt auf der Schneide standen. Dann ein tiefer Atemzug und ein inneres Aufjauchzen; aber schon murrte jemand: Bauchtritte gälten nicht. Jawohl, echote es, sie seien feige. Und von neuem mußte man der Menge entgegentreten und sich behaupten.

Bei den meisten zwar genügten feste Worte. Die zwei oder drei kannte Felix, mit denen er sich noch zu messen hatte; die anderen gehorchten schon. Zuweilen überkam ihn – nie in der Schule, denn hier war er immer gespannt von der Aufgabe des Herrschens, aber daheim –, ihn überkam Staunen, weil sie gehorchten. Sie waren doch stärker! Jeder einzelne war stärker! Wenn dem dicken Hans Butt eingefallen wäre, daß er Muskeln hatte! Aber das war auch so ein weicher Klumpen, aus dem sich alles machen ließ. Felix war allein; sein Geist prüfte, in unruhigen Sprüngen, alle die Entfernten; und seine erregten Hände kneteten an seinen Gesichten und stießen sie fort.

Dabei fand er für den und jenen geringschätzige

Namen. Fast allen schon hatte er sie aufgenötigt, und als der neue Klassenlehrer fragte, wie sie hießen, hatte jeder den seinen angeben müssen: Klobs, Lump, Pithekos. Ja, da stand der englisch gekleidete Weeke als Pithekos, und Graupel, dessen Vater der Bürgermeister war, schimpfte sich Lump, weil Felix es ihnen befohlen hatte. Felix aber trug einen gewendeten Anzug; und seit auf der letzten ihrer abenteuerlichen Fahrten sein Vater – er konnte nur ahnen, wie – ums Leben gekommen war, beherbergten seine Mutter und ihn drei dürftige Zimmer in dieser Stadt – wo nun geschah, was er wollte.

Denn wie er den Kameraden die Spitznamen auferlegte, machte er die der Lehrer unmöglich. Niemand konnte sie mehr ohne Scham aussprechen. Dem Schreiblehrer, an dem solange der Feigste sein Mütchen gekühlt hatte, erzwang er eine achtungsvolle Behandlung. Durch Einschüchterung und Spott brachte er es in Mode, sich auf die Mathematikstunden nicht vorzubereiten. Als aber der Professor, dem jemand geklatscht haben mußte, die Klasse warnte, sich von einem Unbegabten zur Trägheit verführen zu lassen, erkämpfte Felix in acht Tagen die beste Note und erklärte es für Kinderspiel. In Wirklichkeit hatte er seinem Kopf Gewalt angetan und wußte nicht wohin vor Gereiztheit. Dem Professor, der ihn durch Auszeichnungen zu gewinnen suchte, begegnete er beflissen und unnahbar. Bis zur nächsten Stunde setzte er durch, daß das eiserne Lineal erhitzt werden sollte. Das geschah hinter der Turnhalle. Wie Felix die Zweifler überzeugen wollte, daß der Professor immer im Eifer der Demonstration plötzlich mit ganzer Hand nach dem Lineal fasse, tat unbedacht er selbst den Griff und schrak zurück. Es ward gelacht. »Wer anderen eine

Grube gräbt«, hieß es, und: »Er kann es selbst nicht aushalten.«

Felix' Augen, die die Runde machten, wurden dunkel. Als das heiße Eisen zwischen Hölzern hineingetragen ward, ging er stumm hinterher. Alle saßen auf den Plätzen, der Schritt des Professors war zu hören; da nahm Felix das Lineal vom Pult und stieß es in sein aufgerissenes Hemd. Wie Rauschen ging's durch die Klasse. Was sie hätten, warum niemand aufmerke, fragte der Professor. Felix meldete sich und gab, mit weißen Lippen, die Antwort. Dann saß er wieder da und hatte, hinter seinem gekrampften, einsamen Lächeln, das eine, manchmal von den Schmerzen übertobte Bewußtsein, daß sie alle, die er nicht ansah, voll Grauen, in Unterworfenheit und mit Wallungen der Liebe durch die Finger zu ihm herschielten und daß er hoch über ihnen schwelge und sie maßlos verachte.

»Feuer ist nichts für euch«, sagte er, als er nach drei Tagen wiederkam, »aber Wasser!«

Er öffnete den Brunnen.

»Butt! Unter die Pumpe!«

Butt gab faul seinen Kopf her.

»Weeke! Graupel!«

Sie kamen. Einer nach dem andern duckte sich unter den Strahl: albern lachend und knechtisch; weil auch der vorige es getan hatte; weil es ein Witz sein konnte; weil Felix zu widerstehen und gegen Klugheit und Sitte ging.

Wie es von allen Schöpfen auf die Dielen tropfte und der erbitterte Ordinarius vergeblich nach dem Anstifter umherfragte, stand Felix auf.

»Ich habe sie alle getauft«, erklärte er gelassen und nahm sechs Stunden Karzer entgegen.

Er stand auch auf, weil einer »Kikeriki« gerufen hatte

und niemand sich meldete. Nicht er war's gewesen. Das nächste Mal zog er sich einen Tadel im Klassenbuch zu dadurch, daß er seine Grammatik dem Hintermann zum Ablesen hinhielt. Wenn er sie tyrannisierte, fühlte er sich auch verantwortlich für ihre Sünden und für ihr Wohlergehen. Er konnte sie nur als Sklaven ertragen; aber wo nicht er selbst befahl, hielt er eifersüchtig auf ihre Würde. Ein kürzlich eingetroffener Landjunker überhob sich. Felix kam darüber zu, wie er in der Mitte eines neugierigen Kreises stand, seinen ausgestreckten Arm für den Radius erklärte und ihn plötzlich rundum über die Gesichter fegte.

»Von welchem Hundekerl laßt ihr euch da ohrfeigen?« schrie Felix glühend.

»Nimm dich in acht, guter Freund«, sagte der junge Graf, mit einem Blick von oben nach unten. Felix stieß, außer sich, die Arme in die Luft.

»Sprich so mit deinem Kuhjungen, nicht mit mir, nicht mit –«

Die Sprache versagte ihm.

»Du möchtest wohl Prügel?« fragte sein Feind. Der Kreis öffnete sich und wich zurück.

»Und du?« – vorspringend. Plötzlich bezwang er sich, schob die Hände in die Taschen.

»Prügel von mir sind zu gut für dich; aber ich *lasse* dich prügeln!«

Zu den andern:

»Verhaut ihn! – Nun? Er hat euch beleidigt. Macht euch das nichts? Er hat auch mich beleidigt. Ihr kennt mich. Nun?«

Von seinen Worten, seinen Blicken kamen sie ruckweise in Bewegung. Sie lugten einer nach dem andern aus, suchten mit den Ellenbogen Fühlung: da, alle auf einmal, warfen sie sich auf den Angreifer ihres Herrn. Er fiel um; ihr Erfolg machte sie wild. Felix lehnte an der Mauer und sah zu.

»Genug! Er blutet! Jetzt vertragt euch wieder!«

Und der verblüffte Neuling ward in die Schar aufgenommen, lernte gehorchen mit der Schar.

Felix übte sie. Der, dem er zurief: »Er lebe wohl!«, hatte in wahnsinniger Hast zu verschwinden; und auf die Frage: »Wie geht's Ihm?« war es Gesetz zu erwidern: »Mäßig«; worauf Felix, mit gekrümmter Lippe: »Es scheint so.« Irgendeiner mußte nach Dunkelwerden zur Stadt hinaus; mußte den Weg schweigend zurücklegen und an einem bestimmten Hause sein Bedürfnis verrichten. Es war nicht sicher, daß Felix von Verstößen gegen seine Gebote nicht auf mystischen Wegen Kenntnis erlangt haben würde; und je derber sie der Vernunft zuwiderliefen, desto fanatischer wurden sie ausgeführt. Der junge Graf brachte es dahin, daß er Punkt vier Uhr, allein in seinem Zimmer, einen Stock schwenkte und dreißigmal hurra schrie. Und nach jedem Hurra rief ein anderer, der vor dem Hause stand, hinauf: »Du Schaf!« Tägliche Pflicht des dicken Hans Butt war es, sich während der längsten Pause in die leere Klasse zu schleichen, sich auf den Boden zu legen und mit geschlossenen Augen zu harren, daß Felix ihn »entsündige«. Felix kam die Treppe herauf, zwischen vier Trabanten, die an der Tür stehenblieben und das, was vorging, nicht mit Augen schauen durften. Er umkreiste dreimal den ausgestreckten Butt; kein Atem ging in dem weiten Zimmer; und ließ sich rittlings auf den Bauch des Patienten fallen. Butt konnte aufstehen.

Wenn er Butts Fett unter sich zittern und weichen

fühlte, war Felix versucht, sich darauf auszuruhen. Er hatte die Empfindung, daß Butts Sünden wirklich in sein eigenes Fleisch hinüberflössen; die tierische Apathie des andern versuchte ihn; eine Gemeinschaft entstand, die ihn selbst anwiderte.

Butt stammte aus einer Gärtnerei und war durchtränkt mit dem friedlichen Geruch erdiger Gemüse, nach dem es Felix immer wieder verlangte wie nach einem Gift, das verachtete Wonnen verspricht. Butts Schnaufen lockte ihn an; und Felix brauchte auf seinem brennenden Lauf nach einem Ziel, einer Tat nur in Butts Nähe zu kommen. Butt hing, hingewälzt, an der sonnigen Mauer: dann mußte Felix anhalten; Butts Dunst fing ihn ein. Er schob – und bekam nie genug davon – diesen willenlosen Kopf hin und her, der hängenblieb, wie man ihn hängte; hob diese trägen Gliedmaßen und ließ sie fallen; versenkte sich, mit einem erschlaffenden Grauen, in Butt wie in einen lauen Abgrund. Ein wütender Fußtritt bezeichnete den Augenblick, wo er wieder heraufkam.

Sein Schlaf ward unruhig; er erwachte manchmal mit Tränen bitterer Begierde und erinnerte sich schambestürzt, daß er im Traum Butts Körper betastet habe. Und er sann sich, mit Verachtung und Neid, in solch ein Wesen hinein, dessen Schwere nichts aufrüttelte, kein Ehrgeiz, kein Verantwortlichkeitssinn, weder die Not der selbstgeschaffenen Pflichten noch die jener Seltsamkeiten, die sich nicht gestehen ließen. Wenn die Unterworfenen einen Blick hätten tun können in das, was ihr Beherrscher verbarg! Daß er ihre Antwort auf den rituellen Zuruf: »Wie geht's Ihm?« mit immer neuer Qual erwartete. Daß er das Ausbleiben dieses entsetzlichen »Mäßig« selbst während der Unterrichtsstunde nie ertragen haben würde und dem Zwang erlegen wäre, zur Erlangung seines Tributs dem Lehrer laut ins Wort zu fallen. Daß er die Schritte eines, den er zu sich beschied, zählen und abergläubische Schlüsse aus ihrer Summe ziehen mußte. Daß er – es ging nicht anders – jemanden, den er durch ein »Er lebe wohl!« zum jähen Verschwinden bestimmt hatte, in Angst und Eile von beiden Seiten, von vorn und nochmals von links ansah, als gälte es, ihn für immer auswendig zu lernen, und daß, hatte er dies fertiggebracht, Stunden voll Pein kamen.

Wie leicht sie's eigentlich hatten, die, die sich ihm ergaben, ihn statt ihrer wollen ließen und nun ruhig schliefen. Ob man sich solch ein gemeines, stumpfsinniges Dasein wünschen sollte? Ach, manchmal wäre es eine Wohltat gewesen, jemand zu haben, der einem Befehle gäbe, einem alles abnähme. Felix stand in der Nacht auf, stellte sich mit der Kerze vor den Spiegel und ließ sich von seinem Gegenüber zurufen: »Streck die Zunge raus! Leg zwei Finger an die Stirn!«

»Nein, was für ein Unsinn! Das bin ich ja wieder selbst.«

Mit einem Blick des Überdrusses wandte er seinem Abbild den Rücken.

Dann rächte er sich an denen, die es soviel leichter hatten, machte die Probe, wie weit sich's wohl treiben ließ mit ihnen.

»Runge, spuck dem Butt ins Gesicht! – Jetzt spuckt Butt den Weeke. Und Weeke den Graupel. Und so weiter.«

Sie taten es! Es war fabelhaft.

»Wer den andern auf die Nase trifft, wird mein Trabant!«

Er dachte: ›Merken sie denn gar nicht, was sie tun? Sie jubeln! Warum zwingen sie mich, sie so furchtbar zu verachten? Da stehe ich ganz allein. Mich spuckt keiner, darauf verfallen sie nicht. Ich hätte wirklich Lust; oh, ich darf nicht; aber ich hätte Lust ...‹ Er holte, erregten Gesichtes, Butt aus dem Gedränge und sagte ihm etwas ins Ohr. Butt sah ihn tief erschrocken an.

»Wird's bald?« flüsterte Felix; und da Butt unschlüssig blieb, erhob er die Hand.

»Entweder – oder!«

Da tappte Butt einen Schritt rückwärts, und vor aller Augen spie er Felix mitten auf die Stirn.

Entsetzte Stille brach ein. Felix lachte leichtsinnig.

»Jetzt kommt was Neues. Ich tue alles, was Butt sagt.«

Die Menge blickte auf Butt und jauchzte befreit.

»Nun, Butt? Sag mal was! Was soll ich tun? Weißt du nichts? Soll ich rechtsum machen?«

Butt blieb ratlos, und die Menge krümmte sich.

»Soll ich auf einem Bein hüpfen? Hast du denn gar keine Phantasie? Befiehl mir doch dasselbe, was ich dir befohlen habe!«

Butt wagte mißtrauisch:

»Heb den Arm auf! Laß ihn wieder fallen!«

Felix tat es; und Butt wußte nicht weiter.

Aber in jeder Schulpause kam Felix auf das neue Spiel zurück. Er legte Butt nahe, was er ihm aufgeben solle.

»Du kannst alles von mir verlangen, was ich sonst von dir verlangt habe; hörst du: alles ... Was mußtest du um diese Zeit immer tun?«

»Ich mußte mich entsündigen lassen«, sagte Butt und wollte schon hin.

»Nein, ich!«

Und Felix ging hinauf und streckte sich auf den Boden. Mit geschlossenen Augen: »Weiter, Butt!«

Einige stießen Butt vor; andere zerrten ihn wieder zurück.

»Weiter, Butt!«

Butt schwankte ins Zimmer hinein. Er machte die Runde um Felix: einmal, zweimal und das drittemal.

»Was kommt jetzt, Butt?«

Alles hielt den Atem an. Den Finger am Mundwinkel, stand Butt und glotzte auf Felix hinab.

»Nein, das geht nicht!« und er machte kehrt.

»Butt, du tust es!«

»Nein, das darf er nicht!« rief die Menge mit Entrüstung – und sooft Felix hiervon wieder anfing, hinderte ihn derselbe dumpfe Widerstand. Er erfand ein anderes Mittel, Butt zu seinem Herrn zu machen.

»Butt, wo geht der Weg? Geradeaus oder um den Baum herum?«

Butt antwortete in zweifelndem Ton, Felix tat, was er vorschrieb, und alle lachten Beifall.

Es war die Zeit der Schulausflüge.

»Butt, wo geht der Weg? Über die Brücke oder durch den Bach?«

Und Butt, Mut fassend:

»Durch den Bach!«

Felix sprang hinein, ohne nur die Füße zu entkleiden.

Wenn es zur Stunde läutete, fragte er noch rasch:

»Butt, wo geht der Weg?«

»Die Treppe hinauf!«, und Butt grunzte.

›Wenn er gesagt hätte: nach Hause‹, dachte Felix, ›ich hätte es tun müssen; ich hätte es unbedingt tun müssen.‹ Ein Versuch lockte ihn angstvoll.

»Der Weg kann auch mal unter den Tischen durchgehn«, erklärte er; und während der nächsten Stunde fragte er:

»Butt, wo geht der Weg?«

»Unter den Tischen durch«, sagte Butt und machte vor Schreck die Augen zu. Als er sie öffnete, war Felix fort.

»Was hat denn der dort unten zu suchen!« rief der Professor.

Blutrot, mit wirrem Blick kam Felix unter der letzten Bank hervor. Oh, die grausame Selbstvergewaltigung, die todverachtende Hingabe, mit der er sich hinabgestürzt hatte! Herrlicher fühlte dies sich an, als wenn sie auf seinen Befehl einander verprügelt hatten. Er begegnete, voll eines entsetzlich süßen Stolzes, in den Augen, die ihn untersuchten, der beginnenden Schadenfreude.

Bis dahin hatte Felix keinen Freund gehabt, hatte außerhalb der Schule mit niemand verkehrt. Jetzt trennte er sich nicht mehr von Butt, brachte ihm die fertigen Arbeiten, blieb bei ihm sitzen und sah ihn inständig an.

»Butt, wo geht der Weg?«

»In die Ecke ... Die Treppe siebenmal rauf und runter ... Ins Hundehaus.« Damit war Butt erschöpft. Unvermutet aber fand er etwas Praktisches.

»Zum Bäcker, Apfelkuchen holen.«

Dies wiederholte er, solange Felix' Mutter noch Geld gab.

»Butt, wo geht der Weg?«

»Zum Kuckuck.«

Und Felix lief vors Tor hinaus, strich mit Herzklopfen durch die Büsche, horchte, errötend und erblassend, in den Wald hinein und atmete, wie der Kuckuck rief, leidenschaftlich auf, als sei ihm das Leben geschenkt.

In der Schule prahlte Butt mit seiner Macht über den, dem alle gehorchen. Aber er bekam von ihnen Püffe dafür. Felix versuchte zu lachen, schämte sich gleich darauf seiner Verstellung und erklärte:

»Butt ist mein Freund: was geht es euch an?«

Er ward mißbilligend und scheu betrachtet; in den Winkeln tuschelte es über ihn; freche Blicke wagten sich hervor; ein kleiner Naiver trat an ihn heran.

»Ist Butt eigentlich mehr als du?« fragte er hell.

Felix senkte, rot überflogen, die Stirn. Niemand sprach.

Alles Glück, auf das Felix sann, sollten die Sommerferien bringen, wenn er mit Butt allein wäre. Er erreichte es, daß seine Mutter auch dem Gärtnerssohn den Aufenthalt am Ukleisee bezahlte. Das Bauernhaus stand halb im Wasser. Aus ihrem Fenster fischten sie. Durch das von waldigen Ufern schwarz beschattete Wasser schwankte ihr plumper Kahn. Felix schoß Stöcke ins Wasser: das waren Torpedos; und verkündete Butt, seinem Kapitän, den Sieg. Butt ließ sich zu stolzen Kommandorufen hinreißen; aber als Felix ihm einen der Stöcke, den er aus dem Wasser zog, wegnahm und dabei behauptete, das sei ein Hai, er habe seinen Kapitän gerettet und dem Hai eine Stange durch den Rachen und den ganzen Leib getrieben, da kam Butt nicht mehr mit, erklärte alles für Unsinn und streckte sich ins Boot.

»Butt, wo geht der Weg?«

»Ins Wasser, das Boot schieben.«

Felix schwamm und schob. Er ermüdete.

»Butt, wo geht der Weg?«

Butt lag mit den Händen unter dem Kopf, blinzelte, schnaufte und genoß. Halb schlafend, gedachte er der

Zeit, als er für Felix umhergesprungen war, vor ihm gezittert hatte, sich von ihm hatte entsündigen lassen.

»Weiter«, brummte er. Eine Weile darauf mußte Felix gestehen: »Ich kann nicht mehr. Wo geht der Weg?«

Butt wußte etwas Neues.

»Zu den –«

Aber er unterbrach sich, gutmütig grunzend.

»Ins Boot zurück.«

»Was wolltest du sagen, Butt?«

Felix war außerstande, sich darüber zu beruhigen. Butt erlustigte sich an seiner Erregung. In der Nacht ward er wachgerüttelt. Felix stand im Hemd vor seinem Bett.

»Butt, wo geht der Weg?«

»Donnerwetter, jetzt hört's auf! Zu den Fischen hinunter geht er!«

Im nächsten Augenblick, mit Geschrei:

»Nein! Nicht zu den Fischen! Ins Bett!«

Felix stieg zögernd von der Fensterbank herab.

»Du hast es doch gesagt.«

»Es war nicht wahr. Laß mich in Ruhe.«

»Du hast es aber doch gesagt.«

Am Morgen, als erstes Wort nach fiebrigem Schlaf, und unermüdlich Tag für Tag:

»Geht der Weg wirklich nicht zu den Fischen hinunter?«

»Na also: ja«, machte Butt manchmal; aber dann rief er Felix zurück.

Die Schule fing wieder an. Felix betrat sie mit blassen, gehöhlten Wangen und starrem Blick. Er hatte keinen Sinn für die Vorgänge bei den anderen, für das, was Butt ihnen erzählte, für ihr Gelächter, wenn er sich zeigte.

Von Zeit zu Zeit kam einer auf ihn zu, versetzte ihm wortlos einen langsamen Stoß mit der Schulter; und nach dieser Absage an den einstigen Herrn ging er mit saurer, strenger Miene weiter. Die Lider gesenkt, schlich Felix nur immer Butt nach, flüsterte etwas; Butt stieß mit der Schulter, wie die anderen: »Wer weiß!«, und Felix stammelte qualvoll:

»Du hast es aber gesagt.«

Eines Morgens war er nicht da. Am zweiten Tage erst fand Butt unter seinen Heften den Zettel, auf den Felix geschrieben hatte:

»Der Weg ging *doch* zu den Fischen hinunter.«

MARIE VON EBNER-ESCHENBACH

Ein Traum im Traume

Mir träumte, ich hätte das vollkommene Luftschiff erfunden und sei mit ihm an eine so ferne Stelle im Weltenraum gelangt, daß erst jetzt Bilder von Ereignissen zu ihr drangen, die sich vor tausend und aber tausend Jahren auf unsrer Erde abgespielt hatten.

Ein überraschender Anblick stellte sich im Äther mir dar. Ich sah eine große Menge brauner schlanker Menschen mit der Ausführung eines riesigen Bauwerks beschäftigt. Sie projizierten, visierten, gruben, hämmerten und sägten an ungeheuren Blöcken, hieben gewaltige Stufen zu. In der Höhe über ihnen schwärmten Flieger, die ich anfangs für vielgestaltige Vögel hielt. Es waren aber keine Vögel, es waren Luftfahrzeuge der verschiedensten Art, nach allen Systemen, die wir kennen, erbaut, aber jedes zur höchsten Vollkommenheit ausgebildet. Sie kamen von überall daher, mit dem Winde, gegen den Wind, mit rasender Eile herabgewirbelt, nahe dem Boden sachte hingleitend. Sie kamen schwer beladen mit Wüstensand, mit Ziegeln und Nilschlamm, mit Quadern und auch mit Melonen, Datteln, Bananen, Granatäpfeln, köstlichen Früchten der sonnengeliebten, sonnengeküßten Tropen. Ein Ewigkeits-, ein Pyramidenbau war's, der sich mir darstellte, und die beschwingten Helfer nahmen den armen Fronern die schwerste Arbeit ab und brachten ihnen Nahrung und Erquickung. O die herrlichen Wohltäter, edle Erzeugnisse des schaffenden

Menschengeistes; damals schon standen sie in Übung und Gebrauch und waren mit einer uralten Kultur vom Erdboden verschwunden.

Mir aber, mir war es gegeben worden, sie zu neuem, unermeßlich erhöhtem Leben zu erwecken. Mit jubelvoller Dankbarkeit pries ich mein Geschick und hatte im Traume den wonnigen Traum von einer in heller Blüte der Wohlfahrt stehenden Welt. Durch meine Flieger – sie wurden Legion – stieg der Verkehr zu fabelhafter Höhe, dem Handel und Wandel die Pfade bereitend. Hungersnot kannte man nur noch dem Namen nach; trat Mißwachs in einem Lande ein, stellte ein andres, wenn auch auf der jenseitigen Hemisphäre gelegen, unverweilt Lebensmittel in Fülle zur Verfügung, sehr froh, Absatz für seine reiche Ernte zu finden. Der Wohlstand wuchs und mit ihm die Gesittung. Die wilde Habgier erlosch; leicht wird ein guter Gönner, wer nicht selbst allzu bitter entbehrt. Verleumdung, tendenziöse Lobpreisungen beeinflußten das Urteil eines Volkes über das andre nicht mehr; dieses Urteil bildete sich aus eigener Anschauung, eigener Erfahrung. Aus dem Verständnis erwuchs die Gerechtigkeit, die, was gilt, auch gelten läßt; ein Band von Geist zu Geist bildete sich, die Kunst der einen erweckte die Bewunderung der andern, und ihre Wissenschaft wurde ihnen nutzbringend und ehrwürdig. Trennende Grenzen fielen, es gab keine Fremde mehr, alle Menschen hatten nur eine mit gleich heißer Liebe gehegte Heimat – die Erde.

Wohltäter, Erlöser aus materieller Not waren die Flieger einem alten Volke gewesen – was sie einem fortgeschrittenen Zeitalter werden konnten, ermißt die Phantasie eines Sterblichen nicht.

Von einem Wonnerausch erfaßt, ein glückseliger Glückbringer, flog ich pfeilgerade dem Erdball zu und nahm die Richtung nach einer Werkstätte, in der emsige Erfinder mit der Herstellung von Flugmaschinen beschäftigt waren. Eine Weile beobachtete ich ihr Treiben, und ein großes Mitleid erfaßte mich. Ich sah ihr rastloses Mühen und seine Erfolglosigkeit, die Gefahren, denen sie sich tollkühn aussetzten, die Enttäuschungen, die ihnen bevorstanden …

Kinder! Kinder! Ihr tappt im Finstern, wollte ich ihnen zurufen und ihnen die Lösung des großen Rätsels darlegen. Da begannen sie zu sprechen, sich zu beraten, und ich erschrak, ich zögerte – und schwieg.

Worauf sannen diese Erfinder? Was war das Ziel ihrer Bestrebungen? … Kriegszwecken sollten ihre Flieger dienen, Mordwerkzeuge gedachten sie herzustellen. Sie hatten nicht genug an ihren weittragenden Geschützen, die, meisterlich gehandhabt, die Reihen der Gegner niedermähen wie Gras, wie reifes Korn – aus den Wolken wollten sie kommen, als Feuerhagel herunterprasseln auf Menschenbrüder, auf unsre geliebte Heimat: Erde.

»Lebendiger Gott, laß diese die Lösung nicht finden, diese nicht!« schrie ich auf und erwachte.

FRANZ KAFKA

Automobil und Tricycle

Auf dem Asphaltpflaster sind die Automobile leichter zu dirigieren, aber auch schwerer einzuhalten. Besonders wenn ein einzelner Privatmann am Steuer sitzt, der die Größe der Straßen, den schönen Tag, sein leichtes Automobil, seine Chauffeurkenntnisse für eine kleine Geschäftsfahrt ausnützt und dabei an Kreuzungsstellen sich mit dem Wagen so winden soll wie die Fußgänger auf dem Trottoir. Darum fährt ein solches Automobil knapp vor der Einfahrt in eine kleine Gasse, noch auf dem großen Platz in ein Tricycle hinein, hält aber elegant, tut ihm nicht viel, tritt ihm förmlich nur auf den Fuß, aber während ein Fußgänger mit einem solchen Fußtritt desto rascher weitereilt, bleibt das Tricycle stehen und hat das Vorderrad verkrümmt. Der Bäckergehilfe, der auf diesem der Firma gehörigen Wagen bisher vollständig sorglos mit jenem den Dreirädern eigentümlichen schwerfälligen Schwanken dahingefahren ist, steigt ab, trifft den Automobilisten, der ebenfalls absteigt, und macht ihm Vorwürfe, die durch den Respekt vor einem Automobilbesitzer gedämpft und durch die Furcht vor seinem Chef angefeuert werden. Es handelt sich nun zuerst darum, zu erklären, wie es zu dem Unfall gekommen. Der Automobilbesitzer stellt mit seinen erhobenen Handflächen das heranfahrende Automobil dar, da sieht er das Tricycle, das ihm in die Quere kommt, die rechte Hand löst sich ab und warnt durch Hin- und Herfuchteln das Tricycle, das Gesicht ist besorgt, denn welches Automobil kann auf diese Entfernung bremsen. Wird es das Tricycle einsehen und dem Automobil den Vortritt lassen? Nein, es ist zu spät, die Linke läßt vom Warnen ab, beide Hände vereinigen sich zum Unglücksstoß, die Knie knicken ein, um den letzten Augenblick zu beobachten. Es ist geschehen und das still dastehende verkrümmte Tricycle kann schon bei der weiteren Beschreibung mithelfen. Dagegen kann der Bäckergehilfe nicht gut aufkommen. Erstens ist der Automobilist ein gebildeter lebhafter Mann, zweitens ist er bis jetzt im Automobil gesessen, hat sich ausgeruht, kann sich bald wieder hineinsetzen und weiter ausruhn und drittens hat er von der Höhe des Automobils den Vorgang wirklich besser gesehn. Einige Leute haben sich inzwischen angesammelt und stehen, wie es die Darstellung des Automobilisten verdient, nicht eigentlich im Kreise um ihn, sondern mehr vor ihm. Der Verkehr muß sich inzwischen ohne den Platz behelfen, den diese Gesellschaft einnimmt, die überdies nach den Einfällen des Automobilisten hin und her rückt. So ziehen z. B. einmal alle zum Tricycle, um den Schaden, von dem so viel gesprochen worden ist, einmal genauer anzusehen. Der Automobilist hält ihn nicht für arg (einige halten in mäßig lauten Unterredungen zu ihm), trotzdem er sich nicht mit dem bloßen Hinschauen begnügt, sondern rundherum geht, oben hinein und unten durch schaut. Einer, der schreien will, setzt sich, da der Automobilist Schreien nicht braucht, für das Tricycle ein; er bekommt aber sehr gute und sehr laute Antworten von einem neu auftretenden fremden Mann, der, wenn man sich nicht beirren läßt, der Begleiter des Automobilisten gewesen ist. Einige Male müssen einige Zuhörer zusammen lachen, beruhigen sich aber immer mit neuen sachlichen Einfällen. Nun besteht eigentlich keine große Meinungsverschiedenheit zwischen Automobilisten und Bäckerjungen, der Automobilist sieht sich von einer kleinen freundlichen Menschenmenge umgeben, die er überzeugt hat, der Bäckerjunge läßt von seinem einförmigen Armeausstrecken und Vorwürfemachen langsam ab, der Automobilist leugnet ja nicht, daß er einen kleinen Schaden angerichtet hat, gibt auch durchaus dem Bäckerjungen nicht alle Schuld, beide haben Schuld, also keiner, solche Dinge kommen eben vor usw. Kurz, die Angelegenheit würde schließlich in Verlegenheit ablaufen, die Stimmen der Zuschauer, die schon über den Preis der Reparatur beraten, müßten abverlangt werden, wenn man sich nicht daran erinnern würde, daß man einen Polizeimann holen könnte. Der Bäckerjunge, der in eine immer untergeordnetere Stellung zum Automobilisten geraten ist, wird von ihm einfach um einen Polizisten geschickt und vertraut sein Tricycle dem Schutz des Automobilisten an. Nicht mit böser Absicht, denn er hat es nicht nötig, eine Partei für sich zu bilden, hört er auch in Abwesenheit des Gegners mit seinen Beschreibungen nicht auf. Weil man rauchend besser erzählt, dreht er sich eine Zigarette. In seiner Tasche hat er ein Tabaklager. Neu Ankommende, Uninformierte, und wenn es auch nur Geschäftsdiener sind, werden systematisch zuerst zum Automobil, dann zum Tricycle geführt und erst dann über die Details unterrichtet. Hört er aus der Menge von einem weiter hinten Stehenden einen Einwand, beantwortet er ihn auf den Fußspitzen, um dem ins Gesicht sehen zu können. Es zeigt sich, daß es zu umständlich ist, die Leute zwischen

Automobil und Tricycle hin- und herzuführen, deshalb wird das Automobil mehr zum Trottoir in die Gasse hineingefahren. Ein ganzes Tricycle hält, und der Fahrer sieht sich die Sache an. Wie zur Belehrung über die Schwierigkeiten des Automobilfahrens ist ein großer Motoromnibus mitten auf dem Platz stehengeblieben. Man arbeitet vorn am Motor. Die ersten, die sich um den Wagen niederbeugen, sind seine ausgestiegenen Passagiere im richtigen Gefühl ihrer näheren Beziehung. Inzwischen hat der Automobilist ein wenig Ordnung gemacht und auch das Tricycle mehr zum Trottoir geschoben. Die Sache verliert ihr öffentliches Interesse. Neu Ankommende müssen schon erraten, was eigentlich geschehen ist. Der Automobilist hat sich mit einigen alten Zuschauern, die als Zeugen Wert haben, förmlich zurückgezogen und spricht mit ihnen leise. Wo wandert aber inzwischen der arme Junge herum? Endlich sieht man ihn in der Ferne, wie er mit dem Polizisten den Platz zu durchqueren anfängt. Man war nicht ungeduldig, aber das Interesse zeigt sich sogleich aufgefrischt. Viele neue Zuschauer treten auf, die auf billige Weise den äußersten Genuß der Protokollaufnahme haben werden. Der Automobilist löst sich von seiner Gruppe und geht dem Polizisten entgegen, der die Angelegenheit sofort mit der gleichen Ruhe aufnimmt, welche die Beteiligten erst durch halbstündiges Warten sich verschafft haben. Die Protokollaufnahme beginnt ohne lange Untersuchung. Der Polizist zieht aus seinem Notizbuch mit der Schwerfälligkeit eines Bauarbeiters einen alten schmutzigen, aber leeren Bogen Papier, notiert die Namen der Beteiligten, schreibt die Bäckerfirma auf und geht, um dies genau zu machen, schreibend um das Tricycle herum.

Die unbewußte unverständige Hoffnung aller Anwesenden auf eine sofortige sachliche Beendigung der ganzen Angelegenheit durch den Polizisten geht in eine Freude an den Einzelheiten der Protokollaufnahme über. Diese Protokollaufnahme stockt bisweilen. Der Polizist hat sein Protokoll etwas in Unordnung gebracht, und in der Anstrengung, es wieder herzustellen, hört und sieht er weilchenweise nichts anderes. Er hat nämlich den Bogen an einer Stelle zu beschreiben angefangen, wo er aus irgendeinem Grunde nicht hätte anfangen dürfen. Nun ist es aber doch geschehen, und sein Staunen darüber erneuert sich öfters. Er muß den Bogen immerfort wieder umdrehen, um den schlechten Protokollanfang zu glauben. Da er aber von diesem schlechten Anfang bald abgelassen und auch anderswo zu schreiben angefangen hat, kann er, wenn eine Spalte zu Ende ist, ohne großes Auseinanderfalten und Untersuchen unmöglich wissen, wo er richtigerweise fortzusetzen hat. Die Ruhe, die dadurch die Angelegenheit gewinnt, läßt sich mit jener früheren, durch die Beteiligten allein erreichten, gar nicht vergleichen.

ELSE LASKER-SCHÜLER

Das Buch der drei Abigails

Abigail der Erste

Er wurde Melech, als er noch im Mutterleibe war. Die Melechmutter klagte, denn Abigail weigerte sich zur Welt zu kommen. Der lag in seiner Mutter Prachtleib wohl geborgen und schnarchte so laut, daß man seinen Schlummer vom Palaste aus bis über den Fluß, im Osten der Stadt vernahm. Der junge Melech wollte nicht zur Welt kommen. Und Diwagâtme, seine Mutter, gewann einen Umfang, der über das Königskissen hinauswuchs, und man polsterte für ihren hohen Leib ein Gemach des Palastes aus, darin sie sich ausdehnte von Tag zu Tag. Der junge Melech lebte nun in ihrem Leibe zwanzig Jahre und weigerte sich zur Welt zu kommen. Da berief die Melechmutter von jeder Vereinigung ihrer Stadt einen Mann, der ihr raten sollte. Von den Jehovanitern den vornehmsten Priester, von den roten und gelben Adames je einen der Viehzüchter, auch den liebwertesten Zebaothknaben, der der Gespiele ihres Sohnes Abigail hätte werden sollen. Und der Marktplatz wurde gehöhlt und mit weichen Schafsfellhaaren ausgestopft, denn Diwagâtme, die Mutter des eigensinnigen Abigail, konnte ihres Leibes wegen nicht mehr im Palast bleiben, und also geschah auf Raten ihres ärztlichen Beistands, daß sie behutsam trugen eines Mittags unzählige Sklavenhände, begleitet von der Musik der Dudelsackpfeifer und Schellen und Trommeln auf ihren neuen Sitz mitten auf dem Marktplatz in Theben. Abigail weigerte sich zur Welt zu kommen. Aber einmal hörte ihn seine Mutter eine himmlische Melodie sagen und sie dachte an das hohe Lied Salomos, doch sie verschwieg der Stadt und sogar den Nächsten ihrer Umgebung das neue Geheimnis ihres Leibes. Abigail, ihr Sohn, war ein Dichter und kein Regent; ihr sein Beharren in der dunklen, sorgenlosen Nacht wohl verständlich, den anderen ein immermehr zunehmendes Rätsel. Von dem Bewahren des Geheimnisses wurde Diwagâtme krank; Schatten bedeckten ihre strahlenden Augen, und stumm wurde sie vor Furcht, doch einmal einzuflechten den Dichtgeist ihres Sohnes in ein gleichgültiges Gespräch, zumal sie keine andere Freude empfand, als die beim Vernehmen des hohen Liedes ihres Sohnes. Sie mochte sich auch nicht mehr betasten lassen von dem kleinen Staate, der sich um ihren Leib wie um eine Insel bildete, Umschau hielt und Messungen anstellte. Der beharrende Melech aber lebte weiter vom Fleisch und Blut seiner Mutter, und sie fühlte ganz genau, daß er eine Vorliebe für einige Gerichte hatte; daß er nur dichtete beim Genusse süßen Blutes, wenn seine Mutter verzuckerte Rosen verzehrte. Aber immer, wenn sich die ungeduldigen Bürger der Stadt seiner Mutter näherten, verkroch er sich ganz tief in seiner einsamen, pochenden Heimat, bis er eines Tages das Herz seiner Mutter gewaltig mit seinem Fuß in die Rippen stieß und Diwagâtme tötete. Da weigerte sich der Muttermörder nicht mehr – zur Welt zu kommen aus der erstarrten Nacht. Diwagâtme wurde begraben, aber ihn, den Sohn, setzte man auf den Thron im Palast. Abigail der Erste saß nackt auf dem Thron in seiner letzten Haut, die war zart und neu und unberührt. Und er fürchtete sich in der offenen Welt – seine Hände suchten immer Wände und der Tag tat seinem Auge weh. Aber seine Bürger trugen ihn auf ihren Schultern durch die Stadt, durch die Lande – ihren Wundermelech! Schön war Abigail, jedes seiner Glieder ausgeruht; nicht eine Farbe an ihm nur hingeworfen! Die Töchter Thebens gehörten alle ihm, die hatten durch die lange Erwartung, in der die Stadt lebte, fragende Augen und geöffnete, lächelnde Lippen, und trugen eine Blume im Haar mit offenem Kelch für den Schmetterling. Abigail aber kroch in jeder Jungfrau Leib und er sehnte sich nur noch nach dem Mond, wenn er rund und weich am Himmel pochte. Da, einmal in der Frühe brannte sein Palast; nun starb Abigail der Erste, der Sohn Diwagâtmes, die das Geheimnis mit ins Grab nahm, daß ihr Sohn ein Dichter war. Er stand und schritt und lief zum erstenmal auf seinen Füßen, die sonst, ein verwöhnter König, auf den Schultern seiner Bürger ruhten. Der Palast stand in wilden Flammen, als Abigail es bemerkte, sich an der Säule des Gebäudes herabließ, ohnmächtig zusammenbrach und von einer Karawane, die im Morgendunkel noch träumte, überritten wurde. So endete Abigail, der Spätgeborene von Theben.

Abigail der Zweite

Abigail des Spätgeborenen ältester Vetter Simonis saß auf dem Thron zu Theben nur einen Tag und langweilte sich und verzichtete auf die Krone zu Gunsten seines Bruders Arion-Ichtiosaur. Der nannte sich Abigail der Zweite –

wie er vorgab, – zum Angedenken seines vetterlichen, spätgeborenen Vorgängers. Dieser Zweite ähnelte kaum entfernt nur noch dem Ersten. Denn der neue Melech war sechzig Jahre alt, als er den Thron der Stadt bestieg, seine ursprüngliche Wesenheit hatte geglättete, wohlweise ganz in sich ruhende, feste Form angenommen. Er bestieg am zehnten des Monats Jisroël den Thron und hielt sein träumerisch Volk wach und in Spannung. Er lud die ältesten Bürger der oberen Stadt zu sich in den Palast ein, erging sich an sie in einer stummen Ansprache in Kopfnicken und Gebärden, legte einige Male die erlauchte Stirn in Falten, nahm den zartesten der reichen Kaufleute, küßte ihn mit einer Wucht, die den so vor allen seinen Mitbürgern ausgezeichneten Mann aufschreien ließ und ihn wie die verwunderten Zuschauer ebenso verblüffte wie ergötzte. Darauf die kleine Gesellschaft entlassen wurde, stumm und mit dem huldvollsten Lächeln ihres Melechs. Sie zerstreuten sich hinter dem Tore des Palastgartens über die gepflegten Wege, durch die morschen Straßen und lächelten verlegen. Auf Befragen der neugierigen Menge vermochten sie nur die Schultern zu zucken und erklärten sich heimlich untereinander das Verhalten ihres neuen Melechs als ein Symbol der Gnade; neigten die alten Köpfe mit den Turbanen und taten nach ihres wunderlichen Königs Geheiß. Der stellte Männer an, die meisten waren überernährt und kugelrund gespeist, die auf den Marktplätzen von der Enthaltsamkeit predigten, die dem verwöhnten Volke im Namen ihres besorgten Melechs einigemale im Monat den Genuß der Früchte, des Brotes, der Fische und jegliches Vieh verbaten, so, daß keine Speise übrig blieb und die Leute den Tag über hungern mußten. Aber der

Melech gestattete jedem Bürger der Stadt Thebens, seinem eigenen Mahle zuzusehen, sich an den Melonen seines Tisches zu freuen. Und er säete Haß, Gier und Mißgunst unter die zärtlichen Menschen, daß sie sich der Dattel mißgönnten. Einmal fragte ihn dann sein Lieblingssklave: Herr, warum befiehlst du solches? Da sagte der Melech: Haß und Gier und Mißgunst halten ein Volk wach. Abigail der Zweite ließ sich auf die Backe den Wendekreis des Affen tätowieren; er beschäftigte sich mit Astronomie und Mathematik und die Gemächer seiner Arbeit waren mit Karten dieser Wissenschaften behangen. Abigail der Zweite besaß seine Lachweiber und seine Tränenweiber; außer dieser Schar begleitete ihn sein Grüßer, ein edler Jüngling mit freundlichem Wuchs, an dem sich der Melech des Grüßens Anstrengung jedem Vorbeischreitenden immer wieder höflich enthob. Ihm zur Seite aber kam sein Erklärer, der ihm die Würzen der Humoresken deuten mußte, die seiner Hochlaunigkeit vorgetragen wurden. Mit einer Anekdote durfte sich jeder Bürger der Stadt auf der Straße oder im Palaste ungehindert dem Melech nähern; der wanderte oft zur Abendstunde gemächlich durch die erfrischenden Lüfte. Oder er stand auf dem Dache seines Palastes und stritt mit Gott. Oder er unterrichtete seine Diener und Dienerinnen in der Schöpfungsgeschichte. Da er kinderlos war, nahm er sich der beiden toten Söhne Adam und Evas an; glaubte nimmermehr an die Bruderbluttat Kains. Vom Sohne des obersten Priesters ließ er sich das Brüderpaar an die Wand seines Festsaals malen. Jussuf, der Sohn des Tempels, der in engste Berührung mit dem Palaste trat, wohnte einmal einem Gespräche bei, das der Melech mit seinem roten Hausgeschöpf

Bisam-Ö führte. Dieser riet dem sehr bewegten König, sich zu vermählen. Das Murren, das sich nach und nach in seinem Volke, namentlich unter der Jugend bemerkbar mache, bezog sein Ratgeber auf das Nichtvorhandensein eines Thronerben. Abigail hatte sich mit seiner ganzen erhabenen Person seinen geliebten Bürgern gewidmet und es schmerzten ihn diese leisen Aufrührungen. Er hatte versucht, die säumenden Leute seiner Stadt aufzurütteln, er hatte versucht, jeden einzelnen von ihnen auf eigenen Fuß zu stellen, darum begann er schon bei Beginn seiner Regentschaft alle die Vereine zu lösen, die sich schon zu Abigail des Ersten Zeiten gebildet hatten. Nur die Zebaothknaben, die jüngsten Bürger Thebens, hielten trotz des Melechs Verbot ihre heimlichen Zusammenkünfte, deren Oberhaupt der begabte Sohn des obersten Priesters war. Jussuf warf sich schon unter seinen jugendlichen Anhängern zu ihrem Prinzen auf. Einem der Zebaothknaben, dessen Vater des Melechs Gunst erworben hatte, geschah es, daß er vom König in den Palast gerufen und mit allerlei Geschmeiden, Nasenknöpfen, goldenen Gurtschellen und Ketten beschert wurde, aber sich der Sitte fügen mußte, einige Male im Mond den Melech aufzusuchen und in tiefster Dankbarkeit den heiligen Zeh seines Fußes zu küssen. Diese Handlung, die die unerfahrenen Knaben für eine demütigende empfanden, entfachte ihren Zorn zu einer Feuersäule, die ihrer Schar voranschritt. Jussuf, des Oberpriesters Sohn, liebte die junge Königin Marjam, seines verhaßten Melechs ausersehene Braut, und sein Herz eifersüchtete giftig nach seinem gekrönten, alten Nebenbuhler. Hinter der Liebeshecke ihrer Stadt trafen sie sich einmal als junge Kinder und liebten sich. Das Land

Marjam, hatte dann der Oberpriester gesagt zu seinem Sohn, dufte nach Brot – –. Wie die Hochzeit des Melechs zu verhindern sei, besprachen die Knaben untereinander, bis sie von einem Plan überrascht und durchläutert wurden und begeistert. Ihr Prinz Jussuf, der schon lange Entzücken bei den Tränenweibern und Lachweibern erregt hatte, gewann zur Ausführung der Tat die armen Faulenzerinnen. Die Lachweiber begannen ihre roten Herzen schwermütig an die Wolken zu hängen und der Tränenweiber Lachen machte den Tag toll. Aber der Melech traf schon Vorbereitungen für den Einzug seiner jungen Braut. Zwei Paviane ließ er zähmen, die saßen zwischen seiner Dienerschaft am Eingang seines Palastes. Auf ihre Häßlichkeit war die Sonne bunt gestolpert und ihre Hinterorangen bewegten sich mit ihren jähen Sprüngen. Dann kam die Königin. In allerlei höflichen Zeremonien übte sich Abigails Grüßer und der Melech selbst zwischen seinen Lachweibern und Tränenweibern, die lederne Stirn lieblich von der Schminke gerötet, den Kinnbart jung gefärbt. »Seht Abigail, unseren Melech!« Auf Tanzschritten seinem Glück entgegen. Und hinter den lachenden und weinenden Weibern hielten sich eine Anzahl Zebaothknaben verborgen und kitzelten den Tränenfrauen in die Hüften, so daß die ein Lachen bei der Zeremonie des Empfanges ansetzten, welches dem Melech höchste Verlegenheit bereitete. Marjam, die junge Königin war kühl und selbstsüchtig und ehrgeizig. Dem königlichen Gastgeber zu gefallen, hatte sie ihren Geist mit Anekdoten, herzhaftesten, aus allen Ländern bereichert. Die Flötenspieler bliesen Tanzmelodien und die Dudelsäcke dehnten sich wie lustige Lachbäuche. Und wenn Marjam in Begleitung der Musik dem lauschenden Melech ihre Anekdoten erzählte, begannen die Lachweiber zu heulen, daß auf ihren Tränen die Speisen des Tisches fortschwammen. Am tiefsten aber berührte es die Königin, als sie von der Tiefe ihres Herzens sprach und dazu die Tränenweiber an zu pusten anfingen und vor Lachlust platzten und den König verwirrten, da er in Frauenempfindungen sehr wenig Erfahrungen gesammelt hatte, und er schließlich, den Gefühlen seiner Sklavinnen vertrauend, selbst eine Lachflut losließ und nach ihm die Königin sich zu einem Lächeln zwang, das wie ein Granat blutig auf dem tobenden Ozean schimmerte. Nach der Tafel führte der Melech seine hohe Braut durch die Menge der Gäste, aber sie verließ mit gnädigem Nicken ihres ernsten, hochmütigen Kopfes gekränkt den verblüfften Hof, die Stadt Abigails des Wunderlichen, der, wie sich seine Bürger erzählten, gestorben sei, weil seine Erklärer ihm nicht den Kernpunkt seiner Tafel seltsamer Anekdote deuten konnten. In Wirklichkeit hatte ihn aber in derselben Nacht Jussuf, der Sohn des Oberpriesters, durch einen Dolchstoß ins Zwerchfell getötet. Jussuf, der Prinz von Theben, ließ sich zum König Abigail den Dritten ausrufen von seinem kleinen Heer, das zählte 1000 Zebaothknaben; mit ihnen sammelte er die aufatmenden Bürger der Stadt.

Abigail der Dritte

Der ehemalige Zebaothknabe Jussuf, der Sohn des verstorbenen Oberpriesters und seiner schönen Mutter Singa, war jetzt in Theben Melech. Er bekleidete außer der Königswürde auch das Oberamt des Tempels. Sein siebzehnjähriges Gesicht und seine Glieder blühten und sein Herz war ein Oleanderstrauch. Seine Mutter Singa, die als Jungfrau eine zärtliche Schwärmerei mit ihren Freundinnen gemeinsam für den spätgeborenen Melech teilte, schürte den Haß ihres Sohnes gegen den zweiten Abigail zur Tat auf. Er, der die Stadt wach hielt, ermüdete und enttäuschte, lag endlich im Gewölbe und schlief. Aber Theben atmete hoch im Festkleid auf der Hochzeit, die der Melech mit der Stadt feierte. Die Nachbarorte sandten ihm und seinem Hof, freundschaftliche Beziehungen anzuknüpfen, Prachtgeschenke; der Fürst Marc ben Ruben von Cana bot dem Siebzehnjährigen den Bruderbund an. Für seine Ställe schenkte er ihm unvergleichliche Pferde, für seine Haine heilige Kühe und Kälbchen und langhaarige Ziegen. Unter den vielen Gästen, die aus allen Erdteilen dem König ihre Aufwartung machten, befand sich ein alter freundlicher Siouxindianer, der in Verehrung für den ersten Judenmelech Saul entbrannt war. Mit dem kupferroten Manne plauderte Abigail der Dritte gerne von den Menschen der Bundeslade, auch entdeckte er in dem fremden Freund bedeutendes Geschick für die Herstellung der Farben, die er aus den verschiedenen Rinden der Bäume, aus bunten Kräutern zu ziehen wußte. Und es entstanden Bildnisse von Abigail des Dritten Hand, die seine Vorhöfe zu Sehenswürdigkeiten aller Zeiten erhoben. Vor seinem Palaste aber schuf er das steinerne Bildnis seiner Mutter Singa. Abigail sammelte um sich Harfenspieler, die die Tafelstunden versüßten; und Tänzer und Tänzerinnen schlängelten sich über die Mosaikblumen der Böden – es kam nicht selten vor, daß sie sich die Adern anstechen ließen und den Trank ihrer roten Beeren ihrem

Liebesherrn in Schalen reichten. Und Abigail der Melech baute prunkvolle Paläste und Gotteshäuser und diente seinem jungen Gotte Zebaoth. Einmal sagte er seinen Knaben: »Ich möchte ›Ihn‹ einmal sehen oder auch nur seinen Finger, an dem der Mond leuchtet.« Und er salbte sechs der wilden Juden zu Häuptlingen und gab ihnen Königsnamen. Einem unter ihnen, den er besonders lieb hatte, hing er dem neuen Namen eine Zärtlichkeit an sondergleichen. Salomein trug einen Stern in der Schläfe und in einem Teppich zur Rechten seines Melechs wurde er verewigt. Dieser geliebte Gespiele liebte den König sein Leben lang. Und Abigail und seine Häuptlinge drangen in die Häuser der alten Bürger ein, die noch festhielten an den wunderlichen Gesetzen des zweiten Machthabers; zwangen die Väter zur Herausgabe ihrer gefangenen Söhne. Und 25 000 Jünglinge zogen unter ihrem Melech in eine heilige Schlacht, um die Landschaft Eden. In der Dämmerung schlichen sich betrügerische Weibchen in ihre müden Zelte und boten den Kriegern Liebesharz feil aus den Ästen des verbotenen Baumes. In der Zeit, als Abigail der Dritte mit seinem begeisterten Heer die Fluten des Pison durchschritt und östlich vom Flusse siegreich wurde, brachen Unruhen in den vornehmen Vierteln seiner Stadt aus, aber Singa, die Mutter des Melechs, verstand den Zorn der ihrer Söhne beraubten Eltern zu beschwichtigen. Viele gefangene Heiden zogen dem glücklichen Siegeszug voran; ihre Göttin ließ Abigail verhüllt auf den Schultern seiner Kriegssklaven in den Tempel tragen. Er vergaß, daß er Gott mit dem Kultus beleidigte. Aber die Zebaothknaben bauten eine goldene Mauer aus ihren leuchtenden Leibern um ihren Melech und schützten seinen Odem, und lauschten den

Worten seiner sprechenden Träume, und sie bereicherten ihre Sprache, daß jeder Fremde, der die Zebaothknaben sprechen hörte, sich der Schönheit ihrer Rede kaum entziehen konnte. Manchmal sahen die Freunde ihren Abigail einsam oder von seinem Liebling Salomein begleitet oder von der Zahl seiner Häuptlinge den Berg der Stadt besteigen. Wenn der Komet unter den Sternen war, saß er, ein goldener Vogel, unentwegt auf dem Gipfel. Einmal aber weinte er so wild, daß seine Tränen fruchtbar auf Thebens Felder fielen. Hinter den bunten Brotblumen fanden ihn oft die Suchenden mit Salomein in frommen Liebesschwüren. Oder er saß in seinem Liebesgemach und warf seinen Bürgern Kußhände zu. Im Überschwang seiner Liebe bestieg er die Pyramide auf dem Platz der Stadt, riß sich die Seide von seiner Brust und blutete wie ein junger Löwe für sein Volk. Und es war kein Haus in Theben, das nicht das Bild, wider Verbot des Gesetzes, seines Melechs schmückte, im Sternenmantel, im Kriegshut. Ein reicher Jude besaß ihn eingetäfelt zwischen Lapis in der Wand. Zum erstenmal sah Abigail der Liebende blondes Haupthaar und blaue Augen bei den abendländischen Feinden in der Nähe seiner Stadt. Von seinem Dache aus bewunderte er die hellen Locken der Schlafenden und versäumte, seinen überfallenen Freundesstämmen zu Hilfe zu kommen. Als er aus seinem blonden Rausch erwachte, verurteilte er sich und unterschrieb sein eigenes Todesurteil. Aber die Zebaothknaben wandten sich an den Balkan und der Sultan, der von der Gerechtigkeit des königlichen Kriegers eingenommen war, entkräftete den heldenhaften Todesspruch, indem er den Melech an seinen Hof einlud und ihm seine Tochter Leila zum Weibe gab. Aber als der blonde Feind nun vor Thebens Tor lag, die alte Stadt einzunehmen, des Königs Herz von neuem zu entflammen, geschah es, als die Zebaothknaben die Tiefen und Breiten des Flusses maßen, Abigail im kostbaren Kriegsschmuck, um die Lenden den Muschelgurt, auf sie zutrat – die Freunde in Überraschung aufschrien: »O seht, wie der Krieg unseres Melechs Angesicht schmückt!« – er sich dann übte vor ihnen in der Schönheit des Speeres, als zöge er zum Feste. Hinter einer Garbe sah, während seine Krieger mit den Feinden ihr Blut tauschten, Salomein – wie sich die beiden herrlichen Herrscher der feindlichen Heere liebend umarmten. Aber durch Theben eilte die Kunde, der Melech habe ohne Blut zu vergießen den Feind in die Flucht getrieben, und er genoß eine Ehrfurcht von seinem Volk fortan, die sich bis auf seine nächsten Gespielen erstreckte, und selbst Salomein berührte aus Zartheit seine Fingerspitzen ehrerbietig mit seinen Lippen und seine Augen wichen scheu dem sehnsüchtigen Lächeln seines königlichen Freundes aus. So wurde Abigail der Liebende ein einsamer Fürst und er gedachte schmerzhaft der Nächte, in denen er sich in die Häute süßer Leiber hüllte. Von einer Wanderung heimkehrend, sah er seine verscheuchten Freunde am Fuß eines Zitronenwaldes mit den Prinzessinnen Thebens spielen, auch Leila, sein Weib, war unter ihnen, lief ihm entgegen und reichte ihm betroffen die Rosen ihres Spiels. Daß man ihn so verkannte, erfüllte den liebenden König mit tödlichem Durst. Er überfiel den Kuckuck der Zebaothknaben und fraß ihm das Herz aus der Brust. Aber die treuen verwirrten Jünglinge würfelten untereinander, wer von ihnen die grausige Tat ihres Königs auf sich nehmen solle. Die verhängnisvolle

Zahl traf seinen Liebling. Als Abigail vom Tode seines Salomein wußte, ergriff ihn eine wilde Ohnmacht. Nachts stand er vor dem Tore und drohte seiner unschuldigen Stadt. Oder er wälzte sich in seinem eigenen Blute und wurde der gefürchtetste Feind des Krieges. Auf einer Tigerjagd verwundet, starb er früh am Morgen, ohne die Besinnung wieder erlangt zu haben. Die Zebaothknaben forderten von der Mutter ihres Melechs den Freund; aus seinem Gebein erschufen sie einen Tempel.

Singa, die Mutter des toten Melechs des Dritten

Singa, die Mutter des toten Melechs, saß in ihrem Gemach wie eine Mumie verhüllt, und das Volk trauerte mit ihr drei Jahre lang. Bis sie die trüben Schleier von ihrem Angesicht riß, dem heißen Psalm der Liebe zu lauschen, der die Erde aller Straßen aufwühlte, das Rauschen des Flusses dämpfte, sich in die Herzen der Menschen schlich und ihre Heimlichkeiten offenbarte. Dann kamen die erregten Zebaothknaben zu der Melechmutter in den Palast, ihre Gesichter trugen die Züge ihres Sohnes und in ganz Theben war keine Prinzessin, deren Mund sich nicht in die feinen Lippen des Melechs verwandelt hatte. Und Singa selbst entdeckte mit Verwunderung, daß ihre Hände dem Spielzeug ähnelten, mit dem der noch kleine Abigail auf ihrem Schoß zu spielen pflegte. Und die Sklavinnen lächelten um Abigails Mutter, wie ihr holder Liebling so eigen. Gesteinigt wurde derjenige, welcher fallen ließ einen störenden Laut von seinen Lippen, denn die Melechmutter sandte ihre schwarzen Diener, die des Hörens kundig waren, die Quelle des Zauberpsalms zu suchen, sie brachten keinen Bescheid; und eine Händlerin, die den Mägden in den unteren Palasträumen Tücher und Glasperlen verkaufte und zur Mutter Singa verlangte, wurde nicht vorgelassen. Aber sie versteckte sich hinter einem Muskatbusch und rief in der Dunkelheit: »Melechmutter, Melechmutter, ich habe einen Sohn, der ist Viehknecht und er hat ein Ohr, das geht ihm bis zur Lende!« An jeder Wand jedes Hauses legte er es an, bis es abgenutzt und nicht größer war, wie das der Dienerschaft im Palast. Und er wußte, von wo der sehnsüchtige Gesang kam. Da ließ die Mutter des liebenden Abigail des Dritten alle die Edeltöchter der Stadt zu sich in den Palast kommen, wählte die anmutigste, sie mit dem königlichen Tempel zu vermählen. Die Braut aber erhängte sich vor der schauerlichen Hochzeit. Auch die übrigen Töchter der Stadt weigerten sich, in den Tempel zu gehen, und Singa bot ihr Geschmeide jeder Tänzerin und jedem Freudenmädchen hin für den Liebesgang, bedrängte die Hütten der armseligsten Hirtinnen und küßte die Mägde. Auf dem Acker die Ähren und die Stöcke der Weinberge begannen zu brennen und die Herzen der Menschen in Theben waren zu Asche verfallen und die Flügelgestalten an den Brunnen der Gärten flogen auf. Und Singa, die Mutter des Melechs, ließ ihre Wangen jung malen, ihre Lippen schminken wie zur Liebesnacht, und sie trug goldene Ringe an den Zehen und Düfte im Haar und all Volk stand um den Tempel, bis sie ihn zerzaust verließ; ihre Glieder waren zerfressen, die Fetzen ihrer jungen Kleider hingen ihr um den Leib und ihre zerdrückten Augen tränten. Seitdem schlichen alle Bürger der Stadt über die Pfade wie auf dem Weg zum Friedhof und ihre Wohnungen wurden leise wie Gotteshäuser. So endet die Geschichte des dritten Abigail, dessen Liebe so viele Opfer forderte.

ROBERT WALSER

Die Wurst

An was denke ich? An eine Wurst denke ich. Es ist schrecklich. Jünglinge, Männer, die ihr dem Staate dient, auf die der Staat seine Hoffnung setzt, betrachtet mich sorgsam und nehmt an mir ein abschreckendes Exempel, denn ich bin tief gesunken. Ich vermag mich vom Gedanken nicht loszureißen, daß ich soeben noch eine Wurst besaß, die nun für immer dahin ist. Ich zog sie aus dem Kleiderschrank hervor, und bei dieser Gelegenheit aß ich sie. Mit offenbar nur allzu aufrichtigem Behagen habe ich verzehrt, was noch vorhanden sein könnte, wenn ich es nicht vertilgt hätte. Vor wenigen Minuten war die beste saftigste Wurst noch leibhaftig da, doch jetzt ist durch leider nur allzu voreiliges Verzehren die wohlschmekkendste Wurst verschwunden, worüber ich untröstlich bin. Was soeben noch da war, ist fort, und niemand bringt es mir jemals wieder. Ich aß, was ich nimmermehr so schnell hätte essen, was ich mir lieber nimmermehr so eilig hätte schmecken lassen sollen. Ich habe aufgegessen, was mir noch jetzt schmecken könnte, wenn ich der Begierde widerstanden hätte. Ich beklage tief, daß ich der Begierde nicht widerstanden habe und daß ich verbraucht habe, was vor wenigen Minuten noch frisch und rot zu meiner Verfügung stand, was aber nun und nimmermehr zu meiner Verfügung stehen wird, weil ich es voreilig verbrauchte. Ich habe Gebrauch gemacht, wovon ich noch jetzt Gebrauch machen könnte, wenn nicht vorgefallen wäre, was vorgefallen ist und was nicht wiedergutzumachen ist. Was dahin ist, könnte noch ruhig und friedlich da sein, und was auf Nimmerwiedersehen verlorengegangen ist, könnte Appetit erwecken, doch das Appetit Erweckende ist dahin, und das beklage ich ehrlich, obschon ich einsehe, daß alles Klagen wenig oder gar nichts nützt. Was angetastet wurde, könnte unangetastet, was gegessen wurde, könnte unaufgegessen, was weggeschnappt wurde, könnte unaufgeschnappt sein, wenn ich vorsichtiger und enthaltsamer gewesen wäre, aber leider war ich weder enthaltsam noch vorsichtig, und das bedaure ich tief, obschon ich einsehe, daß Klage und Reue wenig oder gar nichts nützen. Was verschwunden ist, könnte vorhanden sein und was tot ist, könnte fröhlich leben. Was grausam zerbissen und zerstückt wurde, könnte ganz sein, aber es ist leider zerstückt, da hilft keine Klage. Was nicht mehr dient, könnte die besten Dienste leisten, und was weg und fort ist, würde mich noch jetzt mit seiner schönen Gegenwart erfreuen, wenn ich das Beklagenswerte nicht getan hätte, was ich mit leider nur zu viel Grund bedaure. Was, wie gesagt, fort ist, brauchte, wie gesagt, nicht bereits abhanden gekommen zu sein, wenn ich widerstandsfähiger und stärker gewesen wäre und bösen Neigungen entsagt hätte. Schlimme Begierden, ihr habt mich meiner Wurst beraubt. Ich habe gekostet, was als Kost noch fernerhin zu kosten wäre, wenn ich es ungekostet und ungenossen liegen gelassen hätte, worüber ich, wie ich bereits mehrfach sagte, trostlos bin, was ich nur immer wiederholen kann. Ich brachte mir eine Schlappe durch Probieren einer nur zu vorzüglichen Kost bei, die nun ausgekostet und ausprobiert ist, weil ich nicht enthaltsam gewesen bin, was ich bereue. Reue nützt nichts; sie macht den Wurst-Verlust eher größer als kleiner, ich will daher versuchen, auf Reue zu verzichten, was aber jedenfalls sehr schwer ist, weil die Ursache, reuig zu sein, stark und groß ist. Ich habe mir eine Niederlage zugezogen, weil ich nicht aufgespart habe, was ich unbedingt hätte aufbewahren und in acht nehmen sollen, was ich aber leider nicht in acht nahm, obschon ich es kaum glaube, da ich immer des Glaubens war, daß ich stark und widerstandsfähig sei, worin ich mich aber scheinbar irrte, was mich schmerzt, obschon, wie gesagt, Reue offenbar gar nichts nützt. O, diese Wurst, ich schwöre, sie war herrlich. Wunderbar geräuchert war sie, und mit entzückenden Speckmocken war sie gespickt, und eine durchaus stattliche, annehmbare Länge hatte sie, und einen Duft hatte sie, so milde, so bestrickend, und eine Farbe hatte sie, so rot, so zart, und gekracht hatte sie, als ich sie zerbiß, ich höre noch jetzt beständig, wie sie krachte, und saftig war sie, etwas Saftigeres habe ich in meinem ganzen Leben nie gegessen, und dieses Saftige und Schmackhafte könnte noch jetzt schmackhaft und saftig sein, das Rote und Zarte noch jetzt rot und zart, das Wohlriechende noch jetzt wohlriechend, das Vorzügliche und Appetitliche noch jetzt vorzüglich und appetitlich, das Längliche und Runde noch jetzt rund und länglich, das Geräucherte noch jetzt geräuchert und das Speckgespickte noch jetzt mit Speck gespickt, wenn ich Geduld gehabt hätte. Ich könnte es noch jetzt krachen hören, wenn ich es nicht schon krachen gemacht hätte, und zu beißen gäbe es noch jetzt, was ich leider allzu schnell zerbiß.

Schwendimann

Einmal war ein sonderbarer Mann. Hallo, hallo, was denn für ein sonderbarer Mann? Wie alt war er, und woher kam er? Das weiß ich nicht. So kannst du mir vielleicht sagen, wie er hieß? Er hieß Schwendimann. Aha, Schwendimann! Gut, sehr gut, très bien, très bien. Fahre also fort, wenn es dir gefällt und sage uns: was wollte denn der Schwendimann? Was er wollte? Hm, das wußte er wohl selber nicht recht. Er wollte nicht viel, aber er wollte etwas Rechtes. Was suchte, nach was forschte Schwendimann? Er suchte nicht viel, aber er suchte etwas Rechtes. Zerfahren, verloren in weiter Welt war er. So, so? Verloren? Aha, zerfahren! Großer Gott, wo hinaus soll es denn mit dem armen Mann? Ins Nichts, ins All oder in was sonst? Bange Frage! Alle Leute schauten ihn fragend an, und er die Leute. O wie ängstlich, wie kläglich! Er ging so dahin, matt und schwerfällig, mit wankenden unsicheren Schritten, und die Schulkinder liefen ihm mutwillig nach und neckten und fragten ihn: »Was suchst du, Schwendimann?« Er suchte nicht viel, aber er suchte das Rechte. Mit der Zeit hoffte er das Rechte schon zu finden. »Das wird sich finden«, murmelte er in seinen zerzausten schwarzen Bart. Schwendimanns Bart war ganz struppig. So, so? Struppig? Sessa! Voilà! Ausgezeichnet. In der Tat! Hochinteressant! Mit eins und so stand er vor dem Rathaus. »Mir ist weder zu helfen noch zu raten«, sagte er, und da er seines Wissens im Rathaus nicht das geringste zu suchen hatte, so ging er sachte weiter und kam vor das Armenhaus. »Ich bin wohl arm, aber ich gehöre nicht ins Armenhaus«, dachte er und ging fleißig weiter, und nach einer Weile kam er unvermutet vor das Spritzenhaus. »Es brennt nirgends!« machte er und ging mürrisch weiter. Einige Schritte weiter kam das Pfandhaus. »Ich habe in Gottes weiter Welt nichts zu pfänden«, und eine kleine Strecke weiter das Badhaus. »Ich brauche nicht zu baden!« Als er nach einiger Zeit vor das Schulhaus kam, sagte er: »Die Zeiten, wo ich zur Schule gegangen bin, sind vorüber«, und ging leise weiter, indem er den sonderbaren Kopf schüttelte. »Mit der Zeit komme ich schon vor das rechte Haus«, sagte er. Nicht lange und so stand Meister Schwendimann vor einem großen, finstern Gebäude. Es war das Zuchthaus. »Ich verdiene nicht Strafe, ich verdiene etwas anderes«, sprach er dunkel vor sich hin und marschierte weiter und gelangte bald vor ein anderes Haus, nämlich vor das Krankenhaus, wo er sagte: »Ich bin nicht krank, ich bin anders. Ich habe keine Krankenpflege nötig, ich habe etwas ganz anderes nötig.« Schwankend ging er weiter, heller, heiterer Tag war's, die Sonne blitzte und die hübschen Straßen waren voll Leute, und das Wetter war so säuberlich, so freundlich, aber Schwendimann achtete nicht auf das schöne Wetter. Da kam er vor das Elternhaus, vor das liebe Haus der Kindheit, vor sein Geburtshaus. »Ich möchte wohl wieder ein Kind sein und Eltern haben, aber die Eltern sind gestorben und die Kindheit kommt nicht wieder zurück.« Zögernd mit bedächtigen Schritten ging er weiter und sah das Ballhaus und nachher das Kaufhaus. Vor dem Tanzhaus sagte er: »Ich mag nicht tanzen«, und vor dem Kaufhaus: »Ich kaufe und verkaufe nichts.« Da wurde es allmählich Abend. Wohin gehörte denn eigentlich Schwendimann? Ins Arbeitshaus? Er hatte keine Lust mehr, zu arbeiten. Oder ins Freudenhaus? »Lust und Freude sind mir vergangen.« Nicht lange ging es, und so stand er vor dem Gerichtshaus, und da sagte er: »Ich brauche keinen Richter, ich brauche etwas anderes.« Vor dem Schlachthaus meinte er: »Ich bin kein Schlächter.« Im Pfarrhaus hatte er seines Bedünkens nichts zu schaffen, und im Schauspielhaus haben Leute wie Schwendimann kaum etwas zu suchen, auch ins Konzerthaus treten solche Leute nicht. Still und mechanisch ging er weiter, vermochte kaum die Augen offen zu behalten, so müde war er. Es war ihm, als schlafe er, als marschiere er im Schlafe. Wann kommst du wohl vor das rechte Haus, Schwendimann? – Geduld, das wird sich finden. Er kam vor ein Trauerhaus. »Ich bin wohl traurig, aber ich gehöre nicht ins Trauerhaus«, und ging weiter; kam vor das Gotteshaus und ging wortlos weiter und kam vor ein Gasthaus, wo er sprach: »Ich bin kein guter Gast, und niemand sieht mich gern«, und ging seinen Weg weiter. Endlich, nach beschwerlicher Wanderung, nachdem es schon dunkel geworden war, kam er vor das rechte Haus, und sobald er es sah, sagte er: »Endlich habe ich gefunden, was ich suche. Hier hinein gehöre ich.« Ein Gerippe stand an der Türe, er fragte: »Darf ich wohl hier eintreten, um auszuruhen?« Das Gerippe grinste auf das freundlichste und sagte: »Guten Abend, Schwendimann. Ich kenne dich wohl. Komm nur herein. Du bist willkommen.« Er trat in das Haus hinein, das am Ende jeder findet, und wo nicht nur für ihn, sondern für alle Platz vorhanden ist, und wie er hineingekommen war, sank er um und war tot, denn er war ins Totenhaus gekommen, und hier hatte er Ruhe.

Helbling

Helbling arbeitete als fleißiger Angestellter auf einer Bank, die Bank lasse ich stehen, aber das »fleißig« muß ich ausstreichen. Schönen guten Morgen mit deinem »fleißig«! Nein, Helbling war keineswegs fleißig, vielmehr war er träge wie die Sünde. Jung und hübsch war er, nett und artig war er, alles mögliche war er, aber nur nicht fleißig war er, und punkto Pünktlichkeit stand es böse bei ihm. Spätes Aufstehen war sein Hauptfehler. Schade um ihn, er wäre sonst ein ganz brauchbarer junger guter braver Mensch gewesen. Pünktlich zur Arbeit anzutreten schien ihm ein Ding der Unmöglichkeit zu sein. Auch schon munter, Helbling? Besten Dank für das Wörtchen munter. Nein, Helbling war am frühen Morgen nie munter. Um acht Uhr sollte er pünktlich bei der Arbeit sein, aber er kam immer erst acht Uhr zehn, acht Uhr fünfzehn oder acht Uhr zwanzig im Bureau an. Mitunter war es auch schon halb neun Uhr, wenn Herr Helbling aufzutauchen und anzulangen geruhte. Im Bett war Helbling der glücklichste, bei der täglichen Arbeit jedoch der unglücklichste Mensch der Welt, und im späten Eintreffen war er ein Meister. Verspätungen jeglichen Umfanges brachte er spielend zustande. »Das geht so nicht weiter, ich kann es nicht dulden«, sagte Herr Hasler, der Abteilungschef, aber alles Ermahnen nützte bei dem unverbesserlichen Faulpelz nicht das geringste. »Der Schlendrian muß aufhören, das hat keine Art mehr«, sprach Herr Hasler etwa wieder, aber du liebe Zeit, die Wirkung derartiger Worte auf den Tunichtgut war gleich Null. Immer hatte Helbling irgendeine faule Ausflucht flink bei der Hand, wenn er sich verspätete. Bald war dieses, bald war jenes schuld an der Verspätung. Bald war der Schnee schuld, bald war der Hut schuld, bald war der Regen schuld, bald waren die Schuhe schuld. Unerhört sei das, meinte wieder Herr Hasler, aber das Wort machte wenig Eindruck auf den jugendlichen Sünder.

»Bleib im Bett! Wozu schon aufstehen!« piepste ein Spatz, als Helbling eines Morgens aufstehen wollte. »Du scheinst nicht der Dümmste zu sein«, dachte der Faulenzer und blieb liegen. Auf Haslers Frage, weshalb er sich verspätet habe, gab er dreist zur Antwort: »Ein Spatz, der mir nicht der Dümmste zu sein schien, piepste mir zu, ich solle doch nicht schon aufstehen wollen. Daraufhin blieb ich liegen und es ergab sich infolgedessen eine auffallende Verspätung.«

»Faule Ausrede«, sagte Herr Hasler.

»Bleib im Bett, du wirst doch nicht schon aufstehen wollen«, raschelte eine Maus, als Helbling wieder einmal sozusagen auf dem Sprung war, aus den Federn herauszuspringen. »Du sprichst nicht übel«, dachte der Trägling, drehte sich herum und blieb liegen. Als Hasler ihn fragte, weshalb er so verblüffend spät anlange, antwortete er: »Eine Maus raschelte mir zu, ich solle kein törichter Mensch sein. Das Wort nahm ich mir zu Herzen, und hieraus entstand leider Gottes eine allerdings recht stattliche Verspätung, die ich tief bedaure.«

»Faule Ausrede«, murmelte Herr Hasler.

»Bleib im Bett, du wirst es dir doch noch eine kleine Weile unter der Wolldecke wohl sein lassen wollen«, girrte ein Täubchen, als Helbling wieder einmal frühmorgens einsah, daß es zum Aufstehen höchste Zeit sei. »Du gibst mir einen guten Rat«, dachte der bequeme Herr, ließ es sich wohl sein und blieb liegen. Auf Haslers Frage, weshalb er sich neuerdings verspätet habe, sagte er: »Ein Täubchen ist schuld, es lachte mich aus, weil ich Miene machte, aufzustehen. Ei, ei, girrte es, und so blieb ich liegen, bis ich plötzlich zur Einsicht kam, daß eine gehörige Verspätung unvermeidlich sei.«

»Faule Ausrede«, brummte wieder Herr Hasler. Mehr sagte er nicht, dachte sich aber dafür um so mehr.

»Bleib im Bett! Das ist gescheiter als aufstehen. Bedenke, wie hübsch es ist, noch ein wenig auszufaulenzen. Zur Arbeit langst du jederzeit noch früh genug an. Nur nicht allzu eifrig sein. Großer Eifer schadet ja bekanntlich manchmal bloß. Mit der Gewissenhaftigkeit kann man es leicht übertreiben. Pflichttreue ist in vielen Fällen nur ein Esel.« So summte und surrte unserem Helbling eine Fliege um die Nase, als er wieder einmal recht eilig aufstehen und zur Pflicht rennen wollte. »Du scheinst mir witzbegabt, aufgeweckt und weitblickend zu sein. Was du sagst, hat Faden, potztausend! Und ich wäre ein Narr, wenn ich mich mit deiner Anschauungsweise und mit der Art, wie du die Dinge beurteilst, nicht sogleich einverstanden erklärte. Du redest ja wie ein Gelehrter, liebe Fliege«, dachte er und blieb liegen. Auf die Frage Meister Haslers, weshalb er eigentlich immer Verspätungen eintreten lasse, die ebenso bemerkenswert wie anschaulich, ebenso glänzend wie im Grunde jedoch außerordentlich bedauerlich seien, erwiderte er: »Eine Fliege ...« und wollte lang und breit wiederholen, was ihm dieselbe vorgesurrt hatte, aber Herr Hasler schnitt ihm den Redefaden kurzerhand ab, indem er

»Faule Ausrede« sagte. Mehr sagte er nicht, dachte sich jedoch dafür desto mehr.

»Was? Schon aufstehen willst du? Warum nicht gar! Bleibe lieber im Bett; rechtzeitig aufstehen ist lächerlich, absurd! Zu befürchten hast du nichts, Herr Hasler ist ja ein gar geduldiger, scharmanter Mann«, trällerte ihm eine Amsel ins Ohr, als er sich wieder einmal beeilen wollte. »Gut gesagt, ungemein gut gesprochen«, dachte der Spätaufsteher und blieb liegen, und wieder gab es eine wahrhaft prächtige Verspätung, wegen der er neuerdings getadelt wurde, was aber gar nichts schadete, weil ja, wie die Amsel geträllert hatte, Herr Hasler ein gar geduldiger Mensch war.

»Faule Ausrede«, sprach Herr Hasler nur wieder, als Helbling mit faulen Ausflüchten erstaunlich flink daherkam.

Langmut und Geduld nehmen aber schließlich ein Ende. Güte und Nachsicht haben ihre Grenzen. Als immer schönere und reichere Verspätungen zustande kamen, hatte es endlich Herr Hasler satt, und eines schönen Tages, im Winter oder im Sommer, es kommt nicht so genau darauf an, wurde Helbling zu verstehen gegeben, daß er gehen könne, womit gemeint war, daß er entlassen sei. Indem man ihm zart andeutete, daß man seiner von nun an nicht mehr bedürfe, wurde er gewissermaßen aufgefordert, sich völlig frei und unabhängig zu fühlen, und indem man ihn freundlich bat, auf den Posten, den er bis dahin bekleidet hatte, gefällig verzichten und sich behufs passender Beschäftigung anderweitig umschauen zu wollen, dankte man ihm für die geleisteten vorzüglichen Dienste sowohl wie für die vielen zustande gebrachten wertvollen Verspätungen herzlich.

Mit etwas weniger gewundenen und verschleierten Worten: Helbling wurde mit Schand und Spott oder mit Spott und Schand (falls letzteres vorteilhafter klingen sollte) fortgeschickt und weggejagt, und von da an langte kein Helbling mehr zu spät zur Arbeit an, es kam zu keinen faulen Ausreden und flinken Ausflüchten mehr, kein Hasler brauchte sich mehr über Verspätungen zu ärgern, denn es tauchte kein Spätling mehr mit verschlafenem Gesicht auf. Helbling durfte jetzt so lange liegen bleiben als es ihm behagte, es kümmerte sich niemand mehr darum und kein Hahn krähte mehr danach.

FRANZ KAFKA

Ein Brudermord

Es ist erwiesen, daß der Mord auf folgende Weise erfolgte:

Schmar, der Mörder, stellte sich gegen neun Uhr abends in der mondklaren Nacht an jener Straßenecke auf, wo Wese, das Opfer, aus der Gasse, in welcher sein Bureau lag, in jene Gasse einbiegen mußte, in der er wohnte.

Kalte, jeden durchschauernde Nachtluft. Aber Schmar hatte nur ein dünnes blaues Kleid angezogen; das Röckchen war überdies aufgeknöpft. Er fühlte keine Kälte; auch war er immerfort in Bewegung. Seine Mordwaffe, halb Bajonett, halb Küchenmesser, hielt er ganz bloßgelegt immer fest im Griff. Betrachtete das Messer gegen das Mondlicht; die Schneide blitzte auf; nicht genug für Schmar; er hieb mit ihr gegen die Backsteine des Pflasters, daß es Funken gab; bereute es vielleicht; und um den Schaden gutzumachen, strich er mit ihr violinbogenartig über seine Stiefelsohle, während er, auf einem Bein stehend, vorgebeugt, gleichzeitig dem Klang des Messers an seinem Stiefel, gleichzeitig in die schicksalsvolle Seitengasse lauschte.

Warum duldete das alles der Private Pallas, der in der Nähe aus seinem Fenster im zweiten Stockwerk alles beobachtete? Ergründe die Menschennatur! Mit hochgeschlagenem Kragen, den Schlafrock um den weiten Leib gegürtet, kopfschüttelnd, blickte er hinab.

Und fünf Häuser weiter, ihm schräg gegenüber, sah Frau Wese, den Fuchspelz über ihrem Nachthemd, nach ihrem Manne aus, der heute ungewöhnlich lange zögerte.

Endlich ertönt die Türglocke vor Weses Bureau, zu laut für eine Türglocke, über die Stadt hin, zum Himmel auf, und Wese, der fleißige Nachtarbeiter, tritt dort, in dieser Gasse noch unsichtbar, nur durch das Glockenzeichen angekündigt, aus dem Haus; gleich zählt das Pflaster seine ruhigen Schritte.

Pallas beugt sich weit hervor; er darf nichts versäumen. Frau Wese schließt, beruhigt durch die Glocke, klirrend ihr Fenster. Schmar aber kniet nieder; da er augenblicklich keine anderen Blößen hat, drückt er nur Gesicht und Hände gegen die Steine; wo alles friert, glüht Schmar.

Gerade an der Grenze, welche die Gassen scheidet, bleibt Wese stehen, nur mit dem Stock stützt er sich in die jenseitige Gasse. Eine Laune. Der Nachthimmel hat ihn angelockt, das Dunkelblaue und das Goldene. Unwissend blickt er es an, unwissend streicht er das Haar unter dem gelüpften Hut; nichts rückt dort oben zusammen, um ihm die allernächste Zukunft anzuzeigen; alles bleibt an seinem unsinnigen, unerforschlichen Platz. An und für sich sehr vernünftig, daß Wese weitergeht, aber er geht ins Messer des Schmar.

»Wese!« schreit Schmar, auf den Fußspitzen stehend, den Arm aufgereckt, das Messer scharf gesenkt, »Wese! Vergebens wartet Julia!« Und rechts in den Hals und links in den Hals und drittens tief in den Bauch sticht Schmar. Wasserratten, aufgeschlitzt, geben einen ähnlichen Laut von sich wie Wese.

»Getan«, sagt Schmar und wirft das Messer, den überflüssigen blutigen Ballast, gegen die nächste Hausfront. »Seligkeit des Mordes! Erleichterung, Beflügelung durch das Fließen des fremden Blutes! Wese, alter Nachtschatten, Freund, Bierbankgenosse, versickerst im dunklen Straßengrund. Warum bist du nicht einfach eine mit Blut gefüllte Blase, daß ich mich auf dich setzte und du verschwändest ganz und gar. Nicht alles wird erfüllt, nicht alle Blütenträume reiften, dein schwerer Rest liegt hier, schon unzugänglich jedem Tritt. Was soll die stumme Frage, die du damit stellst?«

Pallas, alles Gift durcheinander würgend in seinem Leib, steht in seiner zweiflügelig aufspringenden Haustür. »Schmar! Schmar! Alles bemerkt, nichts übersehen.« Pallas und Schmar prüfen einander. Pallas befriedigt's, Schmar kommt zu keinem Ende.

Frau Wese mit einer Volksmenge zu ihren beiden Seiten eilt mit vor Schrecken ganz gealtertem Gesicht herbei. Der Pelz öffnet sich, sie stürzt über Wese, der nachthemdbekleidete Körper gehört ihm, der über dem Ehepaar sich wie der Rasen eines Grabes schließende Pelz gehört der Menge.

Schmar, mit Mühe die letzte Übelkeit verbeißend, den Mund an die Schulter des Schutzmannes gedrückt, der leichtfüßig ihn davonführt.

Ein Besuch im Bergwerk

Heute waren die obersten Ingenieure bei uns unten. Es ist irgendein Auftrag der Direktion ergangen, neue Stollen zu legen, und da kamen die Ingenieure, um die allerersten Ausmessungen vorzunehmen. Wie jung diese Leute sind und dabei schon so verschiedenartig! Sie haben sich alle frei entwickelt, und ungebunden zeigt sich ihr klar bestimmtes Wesen schon in jungen Jahren.

Einer, schwarzhaarig, lebhaft, läßt seine Augen überallhin laufen.

Ein Zweiter mit einem Notizblock, macht im Gehen Aufzeichnungen, sieht umher, vergleicht, notiert.

Ein Dritter, die Hände in den Rocktaschen, so daß sich alles an ihm spannt, geht aufrecht; wahrt die Würde; nur im fortwährenden Beißen seiner Lippen zeigt sich die ungeduldige, nicht zu unterdrückende Jugend.

Ein Vierter gibt dem Dritten Erklärungen, die dieser nicht verlangt; kleiner als er, wie ein Versucher neben ihm herlaufend, scheint er, den Zeigefinger immer in der Luft, eine Litanei über alles, was hier zu sehen ist, ihm vorzutragen.

Ein Fünfter, vielleicht der oberste im Rang, duldet keine Begleitung; ist bald vorn, bald hinten; die Gesellschaft richtet ihren Schritt nach ihm; er ist bleich und schwach; die Verantwortung hat seine Augen ausgehöhlt; oft drückt er im Nachdenken die Hand an die Stirn.

Der Sechste und Siebente gehen ein wenig gebückt, Kopf nah an Kopf, Arm in Arm, in vertrautem Gespräch; wäre hier nicht offenbar unser Kohlenbergwerk und unser Arbeitsplatz im tiefsten Stollen, könnte man glauben, diese knochigen, bartlosen, knollennasigen Herren seien junge Geistliche. Der eine lacht meistens mit katzenartigem Schnurren in sich hinein; der andere, gleichfalls lächelnd, führt das Wort und gibt mit der freien Hand irgendeinen Takt dazu. Wie sicher müssen diese zwei Herren ihrer Stellung sein, ja welche Verdienste müssen sie sich trotz ihrer Jugend um unser Bergwerk schon erworben haben, daß sie hier, bei einer so wichtigen Begehung, unter den Augen ihres Chefs, nur mit eigenen oder wenigstens mit solchen Angelegenheiten, die nicht mit der augenblicklichen Aufgabe zusammenhängen, so unbeirrbar sich beschäftigen dürfen. Oder sollte es möglich sein, daß sie, trotz alles Lachens und aller Unaufmerksamkeit, das, was nötig ist, sehr wohl bemerken? Man wagt über solche Herren kaum ein bestimmtes Urteil abzugeben.

Andererseits ist es aber doch wieder zweifellos, daß zum Beispiel der Achte unvergleichlich mehr als diese, ja mehr als alle anderen Herren bei der Sache ist. Er muß alles anfassen und mit einem kleinen Hammer, den er immer wieder aus der Tasche zieht und immer wieder dort verwahrt, beklopfen. Manchmal kniet er trotz seiner eleganten Kleidung in den Schmutz nieder und beklopft den Boden, dann wieder nur im Gehen die Wände oder die Decke über seinem Kopf. Einmal hat er sich lang hingelegt und lag dort still; wir dachten schon, es sei ein Unglück geschehen; aber dann sprang er mit einem kleinen Zusammenzucken seines schlanken Körpers auf. Er hatte also wieder nur eine Untersuchung gemacht. Wir glauben unser Bergwerk und seine Steine zu kennen, aber was dieser Ingenieur auf diese Weise hier immerfort untersucht, ist uns unverständlich.

Ein Neunter schiebt vor sich eine Art Kinderwagen, in welchem die Meßapparate liegen. Äußerst kostbare Apparate, tief in zarteste Watte eingelegt. Diesen Wagen sollte ja eigentlich der Diener schieben, aber es wird ihm nicht anvertraut; ein Ingenieur mußte heran und er tut es gern, wie man sieht. Er ist wohl der Jüngste, vielleicht versteht er noch gar nicht alle Apparate, aber sein Blick ruht immerfort auf ihnen, fast kommt er dadurch manchmal in Gefahr, mit dem Wagen an eine Wand zu stoßen.

Aber da ist ein anderer Ingenieur, der neben dem Wagen hergeht und es verhindert. Dieser versteht offenbar die Apparate von Grund aus und scheint ihr eigentlicher Verwahrer zu sein. Von Zeit zu Zeit nimmt er, ohne den Wagen anzuhalten, einen Bestandteil der Apparate heraus, blickt hindurch, schraubt auf oder zu, schüttelt und beklopft, hält ans Ohr und horcht; und legt schließlich, während der Wagenführer meist stillsteht, das kleine, von der Ferne kaum sichtbare Ding mit aller Vorsicht wieder in den Wagen. Ein wenig herrschsüchtig ist dieser Ingenieur, aber doch nur im Namen der Apparate. Zehn Schritte vor dem Wagen sollen wir schon, auf ein wortloses Fingerzeichen hin, zur Seite weichen, selbst dort, wo kein Platz zum Ausweichen ist.

Hinter diesen zwei Herren geht der unbeschäftigte Diener. Die Herren haben, wie es bei ihrem großen Wissen selbstverständlich ist, längst jeden Hochmut abgelegt, der Diener dagegen scheint ihn in sich aufgesammelt zu haben. Die eine Hand im Rücken, mit der anderen vorn über seine vergoldeten Knöpfe oder das feine Tuch seines Livreerockes streichend, nickt er öfters nach rechts und links, so als ob wir gegrüßt hätten und er antwortete, oder so, als nehme er an, daß wir gegrüßt hätten, könne es aber von seiner Höhe aus nicht nachprüfen. Natürlich grüßen wir ihn nicht, aber doch möchte man bei seinem Anblick fast glauben, es sei etwas Ungeheures, Kanzleidiener der Bergdirektion zu sein. Hinter ihm lachen wir allerdings, aber da auch ein Donnerschlag ihn nicht veranlassen könnte, sich umzudrehen, bleibt er doch als etwas Unverständliches in unserer Achtung.

Heute wird wenig mehr gearbeitet; die Unterbrechung war zu ausgiebig; ein solcher Besuch nimmt alle Gedanken an Arbeit mit sich fort. Allzu verlockend ist es, den Herren in das Dunkel des Probestollens nachzublicken, in dem sie alle verschwunden sind. Auch geht unsere Arbeitsschicht bald zu Ende; wir werden die Rückkehr der Herren nicht mehr mit ansehen.

REGINA ULLMANN

Ende und Anfang einer bösen Geschichte

Es war Abend. Vor einer Almhütte saßen zwei Mädchen, die flüsterten und zu einem in der Ferne grasmähenden Knecht hinüberschauten. Sie fielen sich um den Hals. Sie hatten eine teuflische Freude. Die eine war aber erst dreizehn und die andere erst vierzehn Jahre, und beide schlank wie Ruten. Ungepflegt waren sie wie das Kraut auf den Berghalden. Gott hatte es gesät.

Der Knecht gefiel ihnen vielleicht, aber nur zum Spiel. Denn in ihrem Kopf waren noch keine ernsthaften Liebesgedanken möglich. Und der Hirte, obgleich schön und offenen Augs, hatte auch etwas von einer ungepflückten Frucht an sich. Er war schon zweiundzwanzig Jahre alt. Die Mädchen aber existierten nicht für ihn wie all die Jahre vorher. Er merkte nicht, daß sie gewachsen waren wie das Gras, und daß sie zu wispern und zu flüstern begannen. Er ging an seine Arbeit, die, wenn sonst nichts da war, seine Welt bedeutete.

Drei Uhr morgens. Ein Hahn hatte schon zweimal gekräht. Der Morgenstern zitterte wie ein Brautgeschenk vom Himmel nieder. Die Luft war so rein, so nüchtern und stark zugleich, daß man sie kaum zu atmen vermochte. Der Bursche war auf halbem Wege und sah schon die braune Hürde, in die er sein Vieh eintreiben wollte (in diesem Jahre zum erstenmal). Und es war ihm feierlich dabei zu Mute, vertraut und befremdend zugleich. Denn alle Sommer tat er dieses Amt, während er die Winter in einem Städtlein als Stallknecht verlebte.

Er knallte mit der Peitsche, er schnalzte mit der Zunge, als ein Geräusch ihn ängstigte. Es war nicht ganz das eines Tiers und nicht ganz das eines Menschen. Durch die Zwergföhren war es herabgerutscht. Dann schien ihm, als habe jemand leise geräuspert. Aber eher hätte er an einen Geist als an ein Weib geglaubt, denn um diese Zeit schliefen sie alle. Er dachte an einen Feind, obgleich er keinen hatte. Keine Herdenglocke läutete und kein Pferdhuf bewegte sich, keine Mähne schüttelte sich ... Da sah er, als sei plötzlich Tag geworden, ein wie Phosphor leuchtendes Antlitz und semmelblondes Mädchenhaar; seine Almgenossin, jene Dreizehnjährige. Aber dennoch redete der Hirte noch nichts. Er war bis oben angefüllt von diesem Erlebnis, obwohl er augenblicks zuvor noch gänzlich leer gewesen war. Er wartete. Und ob er auch merkte, daß er sich geirrt hatte (es war keine solche Frauensperson, wie er sie sich gedacht hatte, sondern eben dieses Mädchen), so hörte doch sein Herz nicht auf, heftig zu schlagen. Und auch die Erstarrung wich noch nicht der gemächlichen Ruhe früherer Tage.

»Ich bin verletzt und kann nicht mehr gehen«, sagte die dünne Stimme, als drücke sie ein Weinen.

Er war gleich zu allem bereit. Außen stand noch ein Fohlen, innen in der Hürde ein Mutterpferd. Die liebkosten sich. Er trieb das Junge zu seiner Mutter hinein und wollte ein altes Zugpferd bei der Mähne nehmen, da sagte das Kind: »Nein, ich kann nicht darauf steigen, ich habe mir an der Hüfte weh getan, Knecht.«

Es fiel ihm nicht ein, zu fragen, wie sie denn abgestürzt sei und was sie in der Nacht hinausgetrieben habe. Er war nur Hilfe. Er schloß die Hürde sorgfältig zu. Er streichelte einen Ochsen noch einmal, der sich in seiner Nähe wohltat. Dann ging er, wie man zu seinem Wanderstab geht, oder wie man zu einem Bach zum Trinken geht. Eine Bangigkeit unbekannter Art war dabei. Sogar noch mehr. Sein Herz war plötzlich wie ein Sternenhimmel. Aber so laut und behend klopfte es innen, daß er beim Aufheben des Mädchens fürchten mußte, daß es höre und errate.

Aber im Nu war alles vergessen. Die junge Dirn war so leicht wie ein Herbstast. Er erschrak darüber, wie herzlos und kindhaft sicher sie ihren Arm um seinen Hals schlang, so daß er nur die eine Hand brauchte, die unter ihren Kniekehlen festhielt.

Eine Zeit eilte er so dahin. Da war's ihm, als lockere sich der Arm und so schnell erfolgte das, daß er kaum dabei denken konnte: daß sie vielleicht einschlief. Der Hirte nahm darauf auch die andere Hand unter ihren Rücken, unter ihren Arm hindurch. Ihr Kopf sank an seine Schulter und schlief. Der Hirte wurde dadurch plötzlich selber müde. Aber es war nicht so einfach, mit ihr auszuruhen. Denn er war an einer Felsenwand angelangt und mußte den Abhang entlang gehen.

Das Hohe Lied der Liebe schwang sich in der Luft, als ging es die beiden nichts an. Und der Bursche wußte nicht, was mit ihm vorging. Und das Mädchen ... war noch ein Kind? Er wagte nun doch, von übermannender Schwäche mit seiner Bürde sich auf dem Wege niederzulassen. Aber der Weg war nicht breiter als ein Sargbrett und hinter ihm die Felswand und vor ihm der Abgrund. Sankt Stefan hätte er anrufen können. Aber, war er immer gottlos gewesen oder war die Natur seiner Liebe gottlos, er dachte nicht in diesem Augenblick daran, die Hilfe eines Gottes anzunehmen. Eher war er zu etwas anderem bereit: zum Tode. Sie schlief und hatte einen leichtsinnigen Atem. Er war verzweifelt.

Die Liebe war wie ein Tier gekommen. Und sie lastete doch nur ganz ein wenig auf ihm ... Und das war noch mehr zum Verzweifeln. Sie hinabzuwerfen? In einem Augenblick! Er nach in einem nächsten? Sie beide zugleich, war noch eine Lösung. Denn wieder mit ihr aufzustehen, fehlte ihm alle Kraft und aller Wille. Es schwindelte ihn sogar so, daß der Weg unter ihm biegsam schien und die Föhren zum Greifen nahe, während sie doch in Wirklichkeit tief unter ihm wuchsen und kaum mehr zu sehen waren.

Da war ihm, als wimmere sie, als bisse sie mit den Zähnen in seine Joppe. Er ließ sie völlig los und wäre im nächsten Augenblick mit ihr abgestürzt, so kochte das Blut in ihm. Ja, es siedete. Da hielt ihn der erzürnte Kinderarm und eine völlig wache (nicht eben erst erwachte) Kinderstimme rief ihn auf die Füße.

Von da ab war er ihre Strohpuppe. Er vermochte nicht mehr zu denken. Er hätte etwas Schreckliches denken müssen. Er hätte glauben müssen, was ihn mit allen Wurzeln aus der Erde riß: daß alles nur ein kalter, boshafter Scherz war. Das Ganze: berechnet und abgezählt. Er gab sich nicht einmal ab mit diesem furchtbaren Zweifel, aber sein Ohr horchte aus, seine Sinne horchten aus wie Spione. Nun hörte er lachen, aber es konnte ebenso ein Weinen gewesen sein. Der Hirte war nahe daran, das Ding abzusetzen. Da entschlief es nochmals und diesmal tiefer als zuvor.

Wie ein Wald, durch dessen Geäste man sich drängt... Ein Knistern vernahm er und es erinnerte ihn. Denn er hatte nicht mehr gefühlt, ob ein Tag, oder ein Jahr, oder ein Augenblick dazwischen lag. Aber diesmal war es ein Marder, der das Federvieh der Almen witterte. Ein Uhu schrie, ein Kauz. Helle Nachttöne. Ein Hahn krähte.

Die Sonne ging auf. In ihrem Glanze war die Wiese etwas anderes als eine Wiese. Wie ein jenseitiger Raum war sie. Die hohen Tannen waren beredt wie ein Wort des Propheten. Ein Bächlein rann unter den Füßen des Hirten seines Wegs. Das Dirnlein war wie gebadet. Die Sonne hatte das vollbracht.

Er kam an einer Muttergottes vorbei, die einen Christus auf ihrem Schoße hielt. Er setzte sich auf einen Meilenstein, ihr gegenüber, ein umgekehrtes Gegenbild. Dadurch wurde er aber sich seiner erst bewußt. Und ihrer, der Dirne. Vielleicht war sie Satan. Auch wenn sie aus Gold war. Sie brannte jetzt förmlich. Denn außerdem war sie noch warm geworden durch seine Bewegung und durch den Schlaf.

»Gott ist ein Bote des Unglücks«, dachte er. »Wenn man der Liebe begegnet, dann ist es der Tod.« Denn daß dieses der Tod war und nicht die Liebe, hatte er irgendwie begriffen. Er ging schon mit ihr auf den Armen wie in die Ewigkeit. Er merkte schon gar nicht mehr, daß er auf der Alm angelangt war. Die Türe stand offen.

»Gott ist ein böser Geist, wenn er im Menschen lebt«, dachte er. Er war nicht ganz sicher, ob er sich selber damit meinte. Eine gebräuchliche Rede, wie er sie hätte in Anbetracht dieser rühmlichen Rettungstat halten wollen beim Aufwecken seiner Hausgenossen, war nicht vonnöten, denn die Türe stand, wie schon gesagt, bereits offen. Er dachte auch nicht daran. Er dachte nicht einmal mehr an sich. Der schwarze Hirtenhund schnupperte entgegen. Er vernahm es nicht, noch vernahm er die Laute. Er ging wie einer, der eine Botschaft aus den Wolken empfängt. Da waren plötzlich seine Arme leer. Das Dirnlein war ins Haus geschlüpft.

So schnell ging das, daß er es nicht fühlte. Jetzt krähte der Hahn deutlich, so wie man einen Brief empfängt, einen bösen Brief. Es hatte sich wirklich ein Verrat an ihm erfüllt. Und das Schlimmste: ein Liebesverrat. Und der grausamste. Denn eben war die Liebe in ihm aufgeblüht. Der Hirte hörte das Lachen. Aber es konnte ebenso gut das Läuten der Almglocke seines jüngsten Kälbleins sein. Er wußte es nicht. Es hatte ihn wie ein Morgenschauer der Wahnsinn der Liebe gepackt. Er enteilte. Und als er bei seiner Herde angelangt war, glaubte er einen Moment lang, es sei ein Traum gewesen. Aber dann kam die zu viele Zeit zum Nachdenken. Die restlose Zeit. Und er verbrannte seine Liebe. Und er hob sie als das erste, was auf der Welt war, aus der Asche seines Leides. Er blies die Asche fort und trug sie eine Strecke Wegs auf seinen Armen. Dann setzte er sich auf den Felsenweg und wollte da ausruhen. Dann wollte er sich mit ihr hinabstürzen.

»Gott war ein Berggeist aus Wurzeln, aus Nacht, aus Magdgebein.«

Er haßte Gott. Er schrie ihn an. Während er nie zuvor an ihn geglaubt hatte. Die Stunde des Glaubens hatte für ihn geschlagen. Das war die Zeit, die zu viele Zeit. Sie war ein furchtbarer Peiniger. Oder war sie ein Kind und ahnte sie nicht, was sie ihm angetan hatte? Er konnte seine Liebe dem Teufel gestehen. Indes niemals diesem Kinde da, das ihm noch nicht bis an die Schulter reichte. Er war groß und breit, wie alle, die Lasten tragen auf hohen Bergen. Daß er keine Frau bisher geliebt hatte, daß ihn keine Frau bisher geliebt hatte, lag vielleicht nur an seinem einsamen Hirtenamte. Aber nun bricht die Liebe ein, beinahe ohne Gegenstand. (Denn war diese Dirn nicht wie jene kleine Nadelbüchse, aus Elfenbein gedreht, die er einmal gesehen hatte in einer Nähschatulle?) Es war ihm so bitter zu Mute, daß er leiblich seine Galle fühlte und ahnte, daß sie einen Ausweg ins Blut wollte. Dann würde er das Ding erwürgen, denn er hatte gehört, daß Gelbsucht zornig macht. Schließlich fielen Tränen, Tränen wie ein Naturregen, ein schwerer, der Nacht schickt und kaum den Blitz hindurchläßt. Der Knecht weinte, daß der Zaun, an den er sich hielt, zitterte. Er bebte wie ein Tier. Die Welt verfolgte ihn, die Natur hatte ihn bei den Haaren. Er rief. Wer glaubte, daß das Jodeln sei, der irrte sich.

Am Abend sah er etwas, was er längst wußte: daß noch ein solches Dirnlein da war, ein etwas älteres und rabenschwarzes. Sie spielten zusammen mit einer Puppe und schienen keine Ahnung von ihm zu haben. Oh, sie waren furchtbare Komödiantinnen. Die Kleine, die Nadelbüchse bedankte sich nicht einmal.

Der Hirte lebte nun ebenso von der Gewißheit wie von der Ungewißheit. Und er wußte nicht, welche von beiden er loben und welcher er fluchen sollte. Und Wahrheit und Unwahrheit, beides konnte gleichzeitig wahr sein und sah seiner Verirrung ähnlich wie eine Schwester der anderen. Sie konnten böse wie lüstern sein. Unwissend wie unschuldig, unschuldig bis auf den

Grund. Sie konnten selbander Pläne aushecken und wieder vergessen. Jene Begegnung an der Viehhürde konnte die gottloseste Scherzerei gewesen sein, die einem unerwachsenen Dirnlein je eingefallen ist.

Lange hätte der Hirte das nicht mehr ertragen. Er lauerte bald auf beide. Oh, er wollte sie in die Himmel heben, beide. Seine Arme und sehnigen Hände schwollen drohend an. Er ging ins Haus und suchte etwas. Da fand sich, was beinahe bei allen Hirten zu finden ist: ein Kräuterschnaps. Zwar hatte ihn die alte Hausmutter auf die Nische zu Kamillentee und Senfpflaster gelegt, aber er steckte ihn ohne Federlesens in seine Hosentasche.

Als die Abendglocken wie ein Hauch in die Einsamkeit drangen, als der Brunnen der einzige war, der noch sprach, als der Abendstern wie ein Wort des Himmels ihm begegnete und versuchte, ihm Frieden zu spenden, sandte er mit seinem Schnalzen und leichten Peitschenhieb die Rinder und Pferde, Kühe und Kälber wieder in die Hürde zurück. Er konnte diese Nacht nicht hüten. Dem Hund befahl er, hineinzugehen, denn er, der Hirte, mußte sich betrinken.

Der Hahn krähte einmal schon, als er endlich sich dazu entschloß. Denn er war im Grunde nüchterner Natur, und der Liebesrausch bedurfte nicht eines anderen Rausches. Er ging über alle Getränke, die je gebraut worden sind. Aber, wenn sich der Hirt und Knecht das einmal vorgenommen hatte, so mußte er es befolgen. Der Feind wider sich selber war aufgestanden. Die Flasche faßte ein halbes Maß bittersüßen Trankes. Da der Hirt den ganzen Tag nicht gespeist hatte noch getrunken, so gelang ihm das Unmögliche. (Denn im Grunde kann man sich nicht zwingen zu solcher Tat und Untat.)

Da ein Gewitter kam, hörte und sah ihn niemand. Der Donner tobte und der Hirt tobte. Der Hund heulte ohne Aufhören. Der Sturm heulte gegen den Sturm. Die Tiere hatten sich unter ihr Schutzdach geflüchtet. Manchmal war's, als sei die Erde von Gold. Die Natur witterte wie ein Tier schon die Frische des erwachenden Tages. Der Hahn krähte schon ein zweites Mal den Tag an. Die Erde war in den Gesichtskreis der Sonne gelangt. Und wenn man sie auch noch nicht sah, so fühlte man sie doch. Sie regte sich gleichsam in den Pflanzen. Die Zwergföhren und die Wettertannen tropften nicht mehr. Ein Bienlein zog in den Weihrauch des Morgenglastes hinaus. Denn es war die Jahreszeit, in der sie sogar bei Nacht auf die Honigsuche gehen.

Von ferne hörte man die Milcheimer. Die Dirnlein kamen, die kleinen Kanaillen. Sie sollten die Kühe melken, wie es an der Ordnung war. Denn man wechselte auf der Alm ab in seinen Mühen und bald mußte dieses melken und bald ein anderes. Sie waren schon ganz nahe an der großen Hürde, als sie den Hirten auf dem Grase liegen sahen. Zuerst trauten sie ihren Augen nicht, denn er war nicht einer, der am Tage schlief. Aber als sie näher traten, die verkrampfte Starrheit gewahrten, und, noch näher tretend, in das Angesicht schauten, war ihr Schrekken maßlos.

Ja, sie sollten die Kühe melken, die kleinen Kanaillen. Sie taten es auch. Aber sie sprachen kein Wort dabei und auch nicht zu den Tieren. Und als sie fertig waren, blieben sie ratlos stehen. Es fiel ihnen schließlich ein, dem Hirten, der betrunken da vor ihnen auf der Erde lag, etwas Milch einzuflößen. Und eine hielt das Haupt mit den verglasten Augen, und eine fuhr ihm mit der vollen

Hand wie einem kranken Tiere in den Mund. Aber er schluckte nicht. Da weinten die beiden verzweifelten kleinen Biester. Und als sie das wiederum eine Weile getan hatten, ohne daß er es zu merken schien, fingen sie an, das Unheil zu ermessen. Freilich mit mehr Erstaunen als mit Reue und Mitgefühl. Denn, wenn sie auch die Tragweite ihres Spiels empfanden, ja im Geheimen fühlten, daß sie es hätten noch weiter treiben wollen, wenn nur der Gegenstand ihres Spieles im Rausche etwas gefälliger und weniger gefährlich ausgesehen hätte, wenn sie das auch fühlten, so ahnten sie doch nicht die Liebe selber. Sie, diese beiden Hauptpersonen, kannten nur ihr oberflächliches, herzloses Vergnügen: das Quälen. Aber nichts von Liebe. Liebe war ein unerlaubtes Wort. Und wenn es der Andere empfand, war er gestraft genug damit.

Sie wollten ihn auf eine Kuh binden und heimtreiben. Aber er war ihnen zu schwer. Und das Tier wich entsetzt zurück, als sich die eine behend auf den breiten Rücken schwang. An ein Pferd getrauten sie sich nicht heran.

Die Hausmutter zu holen, hatte keinen Sinn, sie war zu alt, um zu helfen. Auf der Alm mußte man sich allein beraten. Und was war schließlich ein Rausch? Konnte man etwa gleich daran sterben? Man mußte ihn schließlich ausschlafen.

Die eine Dirn, die blonde, nahm (sie stritten sich, wer bleiben müsse; ob sie aber nicht beide bleiben oder gehen wollten, war ein Geheimnis) diese eine, die abziehen mußte, nahm das Joch und die vollen Melkkübel daran auf. Und die andere blieb stehen, sehr lange, und wartete, bis die Heimgehende endlich entschwunden war. Dann kniete sie zu dem Hirten nieder und küßte ihn auf die Haare und die Stirn, auf den Hals und die Schultern. Sie küßte ihn auf die Brust und auf die beiden Handflächen.

Es war, als sei sie auf das Geheimnis der Erweckung gekommen. Sie besann sich. Sie besann sich auf sein Erwachen: sie lagerte sich zu ihm nieder und redete leise auf ihn ein. Was sie sagte, war ihr nicht klar. Daß er verstand und fühlte, war nicht anzunehmen. Denn nur das Herz pochte unter der haarigen Brust und flößte ihr bald Trost und bald Schrecken ein. Sie hielt einen Büschel Kräuter unter seine Nase und band mit einem zähen Grase ein Sträußlein in seine linke Hand. Aber im Grunde war alles ein grausames Spiel, dem sie nie ein End gegeben hätte und nach dem sich die blonde, auf dem Heimweg Begriffene auch sehnte. Denn ob es auch gefährlich war, man entschlüpfte doch dem Tode noch im letzten Augenblick.

Sie wußten jetzt beide, daß sie es ein Leben lang tun wollten.

Schließlich aber suchte sie doch plötzlich Schutz. Und es kam sie von der gewittrigen Nacht her der Schlaf an. Sie kroch in die Hürde und legte sich neben den Wiederkäuern und schlief.

Die andere nähte zuhause, kochte, scheuerte Kupferpfannen. Sie sang. Plötzlich sang sie, weil sie weit weg war, die Herzlose.

Der Abend kam und sie lief mit den Melkkübeln.

Da begegnete ihr auf der Mitte des Wegs ihre schwarze Genossin und schaute sie fragend an. Wo der Melker sei ... Ob er nicht nach Hause gekehrt sei. Er läge nicht mehr neben dem Zaun.

Es umschauerte sie Angst, die Angst ihres Wesens.

Sie gingen zuerst in den Stall, wo er ein Bett hatte, und wo er schon vor Jahren geschlafen hatte mit ihnen unter einem Dache, ohne an sie zu denken. Ja, sie fürchteten und gingen hinein und hatten nicht Unrecht.

Er hing in der Luft. Er hatte sich erdrosselt. Er hatte nicht die eine erdrosselt und nicht die andere erdrosselt, er hatte sich selber erdrosselt.

Und dieses war das Ende und der Anfang einer bösen Geschichte.

HERMANN HESSE

Der Holländer

Lange habe ich mich darum gedrückt, dies Kapitel zu schreiben. Nun muß es sein.

Als ich vor vierzehn Tagen mit Vorsicht und Sorgfalt mein Hotelzimmer Nummer 65 aussuchte, hatte ich im ganzen keine schlechte Wahl getroffen. Das Zimmer, hell und freundlich tapeziert, hat einen Alkoven, in dem das Bett steht, und erfreute mich durch seinen nicht alltäglichen, originellen Grundriß, es hat ein schönes Licht und etwas Aussicht auf Fluß und Weinberge. Ferner liegt es zuhöchst im Hause, es wohnt also niemand über mir, und von der Straße her sind kaum Störungen möglich. Ich hatte gut gewählt. Ich hatte damals auch nach den Zimmernachbarn gefragt und beruhigende Auskunft erhalten. Auf der einen Seite wohnte eine alte Dame, von der ich in der Tat nie etwas hörte. Auf der andern Seite, in Nummer 64, aber wohnte der Holländer! Im Lauf von zwölf Tagen, im Lauf von zwölf bitteren Nächten ist mir dieser Herr überaus wichtig geworden, ach allzu wichtig, er ist eine mythische Figur, ein Götze, ein Dämon und Gespenst für mich geworden, das ich erst vor wenigen Tagen besiegt habe.

Niemand, dem ich ihn zeigen würde, würde es mir glauben. Dieser Herr aus Holland, der mich seit so vielen Tagen am Arbeiten, seit so vielen Nächten am Schlafen gehindert hat, ist weder ein tollwütiger Berserker noch ein enthusiastischer Musiker, weder kommt er zu unerwarteten Zeiten betrunken nach Hause noch schlägt er seine Frau oder schimpft mit ihr, er pfeift und singt nicht, ja er schnarcht nicht einmal, wenigstens nicht so laut, daß es mich störte. Er ist ein solider, gesitteter, nicht mehr junger Mann, lebt regelmäßig wie eine Uhr und hat keinerlei auffallende Untugenden – wie ist es möglich, daß dieser ideale Bürger mich so leiden machte?

Es ist möglich, es ist leider Tatsache. Die beiden Hauptpunkte, die Grundpfeiler meines Unglücks, sind diese: zwischen den Zimmern Nummer 64 und 65 ist eine Tür, eine zwar verriegelte und mit einem Tisch verstellte, aber keineswegs dichte Tür. Dies ist das eine Unglück, es läßt sich nicht beheben. Das zweite, schlimmere: der Holländer hat eine Frau. Auch sie ist mit erlaubten Mitteln nicht aus der Welt oder doch aus Nummer 64 zu bringen. Und dann habe ich noch das ungewöhnliche Pech, daß meine Nachbarn, gerade wie ich selber, zu den verhältnismäßig seltenen Hotelgästen gehören, die den größten Teil ihres Tages auf ihren Zimmern zubringen.

Hätte ich nun ebenfalls eine Frau bei mir oder wäre ich Gesanglehrer oder hätte ich ein Klavier, eine Geige, ein Waldhorn, eine Kanone oder Pauke, so könnte ich den Kampf gegen meine holländischen Nachbarn mit der Hoffnung auf Erfolg aufnehmen. So aber ist die Lage diese: das Holländerpaar bekommt von mir während der vierundzwanzig Stunden des Tages keinen Ton zu hören, es wird von mir behandelt wie man Könige und Schwerkranke behandelt, wird von mir unaufhörlich mit der unausdenklichen Wohltat einer vollkommenen, absoluten Stille überschüttet. Und wie erwidern sie diese Wohltat? Sie gewähren mir, indem sie jede Nacht von zwölf bis sechs Uhr schlafen, eine tägliche Schonzeit von sechs Stunden. Ich habe die Wahl, ob ich diese Stunden zur Arbeit oder zum Schlaf, zu Gebet oder Meditation verwenden will. Über die übrigen achtzehn Stunden des Tages habe ich keine Verfügung, sie gehören nicht mir, diese täglichen achtzehn Stunden finden gewissermaßen überhaupt nicht bei mir, sondern nur in Nummer 64 statt. Achtzehn Stunden des Tages wird in Nummer 64 geplaudert, gelacht, Toilette gemacht, Besuch empfangen. Es wird nicht mit Schießwaffen hantiert noch wird Musik gemacht noch finden Schlägereien statt, dies muß ich anerkennen. Es wird aber auch nicht nachgedacht, nicht gelesen, nicht meditiert, nicht geschwiegen. Immerzu fließt der Fluß der Gespräche, oft sind vier und sechs Personen dort drüben beisammen, und abends plaudert das Ehepaar bis halb zwölf Uhr. Dann kommt das Klirren von Glas und Porzellan, das Feilen der Zahnbürsten, das Rücken einiger Stühle und die Melodien des Gurgelns. Dann krachen die Betten, und dann wird es still und bleibt still (das sei nochmals anerkannt) bis in der Frühe etwa um sechs Uhr, um welche Stunde einer der Ehegatten, ich weiß nicht ob er oder sie, sich erhebt und den Fußboden erbeben macht, er geht zum Bade, kehrt bald wieder; inzwischen ist auch für mich die Badestunde gekommen, und von meiner Wiederkehr an reißt der Faden der Gespräche, der Geräusche, des Lachens, des Stuhlrückens und so weiter nicht mehr ab bis wieder kurz vor Mitternacht.

Wäre ich nun ein vernünftiger, normaler Mensch wie andere, so würde ich mich leicht in die Lage schicken. Ich würde nachgeben, da nun einmal zwei stärker sind als einer, und würde meinen Tag irgendwo anders als in meinem Zimmer hinbringen, im Lese- oder Rauchzimmer, in den Korridoren, im Kursaal, in Restaurants, wie die meisten Kurgäste es tun. Und nachts würde ich eben schlafen. Statt dessen bin ich von der mühsamen, törichten und aufreibenden Leidenschaft besessen, tagsüber viele Stunden allein am Schreibtisch zu sitzen, angestrengt nachzudenken, angestrengt zu schreiben, oftmals nur, um das Geschriebene nachher wieder zu vernichten; und des Nachts habe ich zwar eine große, eine glühende Sehnsucht nach Schlaf, aber mein Einschlafen ist ein komplizierter Dämmerungsvorgang, welcher Stunden dauert, und dann ist der Schlaf sehr leise, sehr dünn und spröde, ein Hauch genügt, um ihn zu zerreißen. Und wenn ich um zehn, um elf Uhr noch so todmüde und noch so nahe am Einschlummern bin, es hilft nichts, es reicht nicht bis zum Schlafe, solange nebenan die Holländer ihre Geselligkeit pflegen. Und während ich erschöpft und sehnsüchtig warte, bis die Mitternacht kommt, bis der Mann aus dem Haag mir die Erlaubnis gewährt, eventuell einzuschlafen, bis dahin bin ich durch Warten, Zuhören und Denken an die morgige Arbeit wieder so wach und erregt geworden, daß der größte Teil der mir zugebilligten sechs Ruhestunden vorübergeht, ehe ich ein wenig Schlaf finde.

Ist es nötig, es eigens auszusprechen, daß mir wohl bewußt ist, wie unberechtigt meine Forderung an den Holländer ist, mich mehr schlafen zu lassen? Ist es nötig zu sagen, daß ich sehr wohl weiß, daß nicht er an meinem schlechten Schlafe und an meinen geistigen Liebhabereien schuld ist, sondern ich allein? Ich schreibe jedoch diese Notizen aus Baden nicht, um andere anzuklagen oder mich rein zu waschen, sondern um Erlebnisse aufzuzeichnen, seien es auch die seltsam verzerrten Erlebnisse des Psychopathen. Jene andere, verwickeltere Frage nach der Berechtigung des Psychopathen, jene furchtbare und erschütternde Frage, ob unter gewissen Zeit- und Kulturumständen es nicht würdiger, edler, richtiger sei, Psychopath zu werden, als sich diesen Zeitumständen unter Opferung aller Ideale anzupassen – diese schlimme Frage, die Frage aller differenzierten Geister seit Nietzsche, lasse ich auf diesen Blättern unberührt; sie bildet ohnehin das Thema fast aller meiner Schriften.

Durch die oben erzählten Umstände also ist der Holländer für mich zum Problem geworden. Nicht ganz erklären kann ich mir, warum ich, in Gedanken und Worten, es immer nur mit dem Holländer, in der Einzahl, zu tun habe. Es ist ja ein Paar, es sind ja zweie. Aber sei es, daß ich aus instinktiver Galanterie der Frau mehr Duldung entgegenbringe als dem Mann, sei es, daß die Stimme und der etwas schwere Schritt des Mannes es sind, die mich tatsächlich besonders belästigen, jedenfalls sind es nicht »die«, sondern es ist »der« Holländer, an dem ich leide. Zum Teil beruht dies instinktive Übergehen der Frau in meinen Feindschaftsgefühlen und die Mythisierung des Mannes zum Feind und Antipoden aber auf sehr tiefen, elementaren Trieben: der Holländer, der Mann mit der kräftigen Gesundheit, dem gedeihlichen Aussehen, dem würdigen Auftreten und vollen Portemonnaie, ist für mich, den Outsider, schon im Typus feindlich.

Er ist ein Herr von etwa dreiundvierzig Jahren, mittelgroß, von kräftiger, etwas untersetzter Gestalt, welche den Eindruck von Gesundheit und Normalität macht.

Gesicht und Figur sind beleibt und rundlich, doch nicht so, daß es auffiele; der große kräftige Kopf mit etwas schweren Augendeckeln wirkt dadurch massig und drückt auf die ganze Figur, daß er auf einem schwach akzentuierten, ein wenig kurzen Halse sitzt. Gesundheit und Körpergewicht machen, obwohl der Holländer sich gemessen bewegt und vorzügliche Manieren hat, leider seine Bewegungen und Schritte wuchtiger und hörbarer, als für seinen Nachbarn wünschenswert ist. Seine Stimme ist tief und gleichmäßig, weder in der Tonhöhe noch in der Stärke viel wechselnd, die ganze Persönlichkeit, neutral betrachtet, wirkt seriös, zuverlässig, beruhigend, nahezu sympathisch. Etwas störend hingegen ist, daß er zu kleinen Erkältungen neigt (was übrigens alle Badener Kurgäste tun), die ihn heftig husten und niesen machen; in diesen Tönen kommt dann ebenfalls eine gewisse Wucht und Kraftfülle zum Ausdruck.

Dieser Herr aus dem Haag also hat das Unglück, mein Nachbar zu sein, tagsüber der Feind, Bedroher und oft Vernichter meiner geistigen Arbeit, einen Teil der Nacht hindurch der Feind und Vernichter meines Schlafes. Nicht an allen Tagen allerdings empfand ich seine Existenz als Strafe und Belastung. Es gab mehrere warme und sonnige Tage, an welchen es mir vergönnt war, meine Arbeit im Freien zu tun; im Hotelgarten in einem verborgenen kleinen Gehölz, die Mappe auf den Knien, schrieb ich meine Blätter voll, dachte meine Gedanken, ging meinen Träumen nach oder las zufrieden in meinem Jean Paul. An allen kühlen und Regentagen jedoch, und deren waren sehr viele, sah ich mich den ganzen Tag hindurch dem Feinde Wand an Wand gegenüber; während ich lautlos und gespannt am Schreibtisch über meinen Beschäftigungen hing, lief nebenan der Holländer auf und ab, füllte die Waschschüssel, spuckte das Becken voll, warf sich in den Sessel, unterhielt sich mit seiner Frau, lachte mit ihr über Witze, empfing Besuche. Es waren für mich oft sehr mühsame Stunden. Indessen hatte ich eine gewaltige Hilfe dabei, nämlich eben meine Arbeit. Ich bin kein Arbeitsheld und verdiene keine Fleißpreise, aber wenn ich schon einmal begonnen habe, mich von einer Vision oder von einer Gedankenreihe erfüllen und bezaubern zu lassen, wenn ich schon einmal, widerstrebend genug, mich auf den Versuch eingelassen habe, diese Gedanken in eine Form zu bringen, dann bin ich in dies Unternehmen verbissen und kenne nichts andres, was mir wichtig wäre. Es gab Stunden, da konnte in Nummer 64 ganz Holland Kirmes feiern, es berührte mich kaum, denn ich war bezaubert und hingenommen von dem einsamen, phantastischen und gefährlichen Geduldsspiel, das mich einspann, ich rannte hitzig mit krampfhafter Feder meinen Gedanken nach, baute Sätze, wählte unter zuströmenden Assoziationen, angelte hartnäckig nach den geeigneten Worten. Der Leser mag sehr darüber lachen, für uns Schreibende aber ist das Schreiben immer wieder eine tolle, erregende Sache, eine Fahrt in kleinstem Kahn auf hoher See, ein einsamer Flug durchs All. Während man ein einzelnes Wort sucht, unter drei sich anbietenden Worten wählt, zugleich den ganzen Satz, an dem man baut, im Gefühl und Ohr zu behalten –: während man den Satz schmiedet, während man die gewählte Konstruktion ausführt und die Schrauben des Gerüstes anzieht, zugleich den Ton und die Proportionen des ganzen Kapitels, des ganzen Buches irgendwie auf geheimnisvolle Weise stets im Gefühl gegenwärtig zu haben: das ist eine aufregende Tätigkeit. Ich kenne eine ähnliche Gespanntheit und Konzentration aus eigener Erfahrung nur noch bei der Tätigkeit des Malens. Da ist es ganz ebenso: jede einzelne Farbe zur Nachbarfarbe richtig und sorgfältig abzustimmen, ist hübsch und leicht, man kann das lernen und alsdann beliebig oft praktizieren. Darüber hinaus aber beständig die sämtlichen Teile des Bildes, auch die noch gar nicht gemalten und sichtbaren, wirklich gegenwärtig zu haben und mit zu berücksichtigen, das ganze vielmaschige Netz sich kreuzender Schwingungen zu empfinden: das ist erstaunlich schwer und glückt nur selten.

Es liegt also in der literarischen Arbeit eine so heftige Nötigung zur Konzentration, daß man bei stark gespanntem Produktionstrieb recht wohl äußere Behinderungen und Störungen überwinden kann. Der Autor, welchem nur an einem bequemen Tisch, bei bestem Licht, mit seinem eigenen gewohnten Schreibmaterial, auf besonderem Papier und so weiter seine Arbeit möglich scheint, ist mir verdächtig. Wohl sucht man instinktiv alle äußeren Erleichterungen und Bequemlichkeiten auf, wo sie aber nicht zu haben sind, geht es auch ohne sie. Und so gelang es mir oft, zwischen mich und Nummer 64 eine Distanz oder Isolierwand hinein zu schreiben, die mich für eine produktive Stunde schützte. Sobald ich aber zu ermüden begann, und dazu trug der angehäufte Schlafmangel mächtig bei, waren die Störungen wieder da.

Viel schlimmer als mit der Arbeit stand es mit dem Schlafen. Ich will hier meine rein psychologisch begründete Theorie der Schlaflosigkeit nicht darlegen. Ich sage nur, daß jene vorübergehende Immunität gegen Holland, mein Hinweg-Konzentriertsein von Nummer 64, wohl je und je bei der Arbeit gelang, mit Hilfe beflügelnder Kräfte, daß meine Schlafversuche aber dieses Glück nicht teilten.

Der Schlaflose nun, wenn er seinem Leiden eine längere Weile preisgegeben ist, richtet, wie die meisten Menschen es in Zuständen nervöser Übermüdung tun, Gefühle der Ablehnung, des Hasses, ja der Vernichtungslust sowohl gegen sich selbst wie gegen die nächste Umgebung. Da die nächste Umgebung für mich nun einzig aus Holland bestand, häuften sich in mir während der schlaflosen Nächte langsam gegen Holland Gefühle der Abneigung, der Erbitterung, des Hasses an, die sich tagsüber nicht zerstreuen konnten, da die Spannung und Störung ja beständig fortbestand. Lag ich im Bette, durch den Holländer am Schlaf verhindert, fiebernd vor Übermüdung und ungestilltem Verlangen nach Ruhe, und hörte ich nebenan den Nachbar seine satten, festen, soliden Schritte tun, seine festen, strammen Bewegungen machen, seine markigen Töne bilden, dann empfand ich gegen ihn einen ziemlich vehementen Haß.

Immerhin aber blieb mir während dieser Situation stets bis zu einem gewissen Grade die Dummheit meines Hasses bewußt, ich konnte zwischenein immer wieder für Augenblicke über meinen Haß lächeln und ihm dadurch die Spitze abbrechen. Fatal aber wurde es mir, als dieser an sich unpersönliche, nur gegen die Störungen meines Schlafes, gegen meine eigene Nervosität, gegen die undichte Türe gerichtete Haß sich im Laufe der Tage immer weniger neutralisieren und verteilen ließ, als er allmählich immer törichter, immer einseitiger und persönlicher wurde. Es half am Ende nichts mehr, daß ich mir die persönliche Unschuld des Holländers vorhielt und bewies. Ich haßte ihn einfach, und zwar nicht nur etwa in den Augenblicken, wo er mir tatsächlich lästig war, wo mitten in tiefer Nacht sein lautes Schreiten, Reden und Lachen vielleicht in der Tat rücksichtslos war. Nein, ich haßte ihn jetzt ganz richtig, mit dem richtigen, naiven, dummen Haß, mit welchem ein erfolgloser kleiner christlicher Kaufmann die Juden oder ein Kommunist die Kapitalisten haßt, mit jener dummen, tierischen, vernunftlosen und im Grunde feigen oder neidischen Art von Haß, die ich an anderen stets so sehr bedaure, der die Politik, das Geschäft, die Öffentlichkeit vergiftet und dessen ich mich nicht für fähig gehalten hätte. Ich haßte nicht mehr bloß sein Husten, seine Stimme, sondern ihn selbst, seine reale Person, und wenn er mir, vergnügt und ahnungslos, tagsüber irgendwo begegnete, war es für mich die Begegnung mit einem ausgemachten Feind und Schädling, und all meine Philosophie reichte nur so weit, daß ich meinem Gefühl keine Äußerung gestattete. Sein glattes, frohes Gesicht, seine dicken Augendeckel, seine dicken, frohen Lippen, sein Bauch in der modischen Weste, sein Gehen und Benehmen, alles zusammen war mir zuwider und verhaßt, und am meisten haßte ich alle die unzähligen Anzeichen seiner Kraft, Gesundheit und Unverwüstlichkeit, sein Lachen, seine gute Laune, die Energie seiner Bewegungen, die überlegene Apathie seines Blickes, alle diese Anzeichen seiner biologischen und sozialen Überlegenheit. Natürlich, auf diese Art war es leicht, gesund und guter Laune zu sein und den befriedigten Herrn zu spielen, wenn man Tag und Nacht vom Schlaf, von der Kraft anderer zehrte, wenn man die Rücksicht, das stille

Betragen, die Beherrschung seiner Nachbarn immerzu genoß und schluckte, selber aber keine Hemmungen kannte, nach Belieben bei Tag und Nacht Luft und Haus mit Tönen und Vibrationen erschütterte. Möge der und jener ihn holen, diesen Herrn aus Holland! Dunkel erinnerte ich mich auch des fliegenden Holländers – war nicht auch der ein verfluchter Dämon und Quälgeist gewesen? Namentlich aber erinnerte ich mich jener Holländer, welche einst der Dichter Multatuli gezeichnet hat, jener fetten Genießer und Geldsammler, deren Reichtum und satte Bonhomie die Aussaugung der Malaien zur Basis hatte. Braver Multatuli!

Freunde von mir, welchen meine Denk- und Fühlweise, mein Glaube und Vorstellungsleben genauer bekannt sind, vermögen sich vorzustellen, wie sehr ich unter diesem unwürdigen Zustande litt, wie sehr dieser zwanghafte, von meinem Herzen nicht gebilligte Haß gegen einen Unschuldigen mich stören und quälen mußte – und zwar nicht wegen der Unschuld meines »Feindes« und wegen des Unrechts, das ich ihm in meinen Gefühlen tat, sondern vor allem wegen der Unsinnigkeit meines Gehabens, wegen des tiefen, prinzipiellen Widerspruches zwischen meinem praktischen Verhalten und alledem, worin mein Wissen, mein Glaube, meine Religion bestand. Ich glaube nämlich an nichts in der Welt so tief, keine andre Vorstellung ist mir so heilig wie die der Einheit, die Vorstellung, daß das Ganze der Welt eine göttliche Einheit ist und daß alles Leiden, alles Böse nur darin besteht, daß wir einzelne uns nicht mehr als unlösbare Teile des Ganzen empfinden, daß das Ich sich zu wichtig nimmt. Viel Leid hatte ich in meinem Leben erlitten, viel Unrecht getan, viel Dummes und Bitteres mir eingebrockt, aber immer wieder war es mir gelungen, mich zu erlösen, mein Ich zu vergessen und hinzugeben, die Einheit zu fühlen, den Zwiespalt zwischen Innen und Außen, zwischen Ich und Welt als Illusion zu erkennen und mit geschlossenen Augen willig in die Einheit einzugehen. Leicht war es mir nie geworden, niemand konnte weniger Begabung zum Heiligen haben als ich; aber dennoch war mir immer wieder jenes Wunder begegnet, dem die christlichen Theologen den schönen Namen der »Gnade« gegeben haben, jenes göttliche Erlebnis der Versöhnung, des Nichtmehrwiderstrebens, des willigen Einverstandenseins, das ja nichts anderes ist als die christliche Hingabe des Ich oder die indische Erkenntnis der Einheit. Ach, und nun stand ich wieder einmal so völlig außerhalb der Einheit, war ein vereinzeltes, leidendes, hassendes, feindliches Ich. Auch andre waren das, gewiß, ich stand damit nicht allein, es gab eine Menge von Menschen, deren ganzes Leben ein Kampf, ein kriegerisches Sichbehaupten des Ich gegen die Umwelt war, welchen der Gedanke der Einheit, der Liebe, der Harmonie unbekannt war und fremd, töricht und schwächlich erschienen wäre, ja, die ganze praktische Durchschnittsreligion des modernen Menschen bestand in einem Verherrlichen des Ich und seines Kampfes. Aber in diesem Ichgefühl und Kampf sich wohl zu fühlen, war nur den Naiven möglich, den starken, ungebrochenen Naturwesen; den Wissenden, den in Leiden sehend Gewordnen, den in Leiden differenziert Gewordnen war es verboten, in diesem Kampfe ihr Glück zu finden, ihnen war Glück nur denkbar im Hingeben des Ich, im Erleben der Einheit. Ach, wohl jenen Einfältigen, welche sich selber lieben und ihre

Feinde hassen konnten, wohl jenen Patrioten, welche nie an sich zu zweifeln brauchten, weil an allem Elend und Unheil ihres Landes niemals sie selbst im geringsten eine Schuld hatten, sondern natürlich die Franzosen oder die Russen oder die Juden, einerlei wer, nur eben immer ein anderer, ein »Feind«! Vielleicht waren diese Menschen, neun Zehntel der Lebenden, wirklich glücklich in ihrer barbarischen Urreligion, vielleicht lebten sie beneidenswert froh und leicht in ihrem Panzer von Dummheit oder von äußerst schlauer Denkfeindschaft – obwohl ja auch dies höchst zweifelhaft war, denn wo war ein gemeinsamer Maßstab für das Glück jener Menschen und das meine, für ihre Leiden und die meinen zu finden?

Es war in einer langen, quälend langen Nacht, daß ich diese Gedanken dachte. Ich lag als Opfer des Holländers, der nebenan hustete, spuckte und auf und nieder lief, heiß und übermüdet im Bett, die Augen von langem Lesen (was wollte ich andres tun?) überanstrengt, und fühlte, daß jetzt diesem Zustand, dieser Qual und Schmach unbedingt ein Ende gemacht werden mußte. Kaum war diese Klarheit, diese Überzeugung oder Entschließung in mir aufgeblitzt, kalthell wie Morgenschein, kaum stand es klar und fest vor meiner Seele: »Dies muß alsbald zu Ende gelitten und zur Lösung gebracht werden«, da tauchten zuerst die üblichen vulgären Phantasien in mir auf, wie sie in Augenblicken besonderer Pein jedem Nervösen wohlbekannt sind. Nur zwei Wege, so schien es, konnten aus dieser jämmerlichen Lage herausführen; einen davon mußte ich wählen: entweder mich umbringen oder mich mit dem Holländer auseinandersetzen, ihn an der Gurgel nehmen und besiegen. (Eben hustete er wieder mit imponierender Energie.) Beide

Vorstellungen waren schön und erlösend, wenn auch etwas kindlich. Schön war der Gedanke, sich auf irgendeine der üblichen, öfters erwogenen Arten beiseitezubringen, mit dem typischen kindlichen Selbstmördergefühl: »Es geschieht euch recht, wenn ich mir jetzt die Gurgel durchschneide.« Schön war auch die andre Vorstellung, statt meiner den Holländer zu packen, ihn zu erwürgen oder totzuschießen, als Sieger über seine brutale, undifferenzierte Vitalität übrigzubleiben.

Diese naiven Phantasien vom Auslöschen entweder meiner selbst oder des Feindes waren indessen schon bald erschöpft. Man konnte sich ihnen eine Weile hingeben, sich in Wunschbilder flüchten, welche aber schnell welkten und ihren Zauber verloren, denn nach kurzem Schweifen durch diesen Irrgarten war der Wunsch entkräftet, und ich mußte mir gestehen, daß diese Wünsche lediglich Exaltationen des Augenblicks waren, daß ich ja weder meine noch des Holländers Vernichtung wirklich und ernstlich wünsche. Seine Entfernung hätte vollkommen genügt. Ich suchte nun diese Entfernung in Bilder zu kleiden, ich machte Licht, nahm das Kursbuch aus der Nachttischschublade und unterzog mich der Mühe, einen lückenlosen Reiseplan zusammenzustellen, nach welchem der Holländer morgen in aller Frühe abreisen und so rasch wie möglich seine Heimat erreichen sollte. Diese Beschäftigung machte mir ein wenig Vergnügen, ich sah den Mann in unheimlicher, kühler Morgenfrühe aufstehen, sah und hörte ihn zum letztenmal in Nummer 64 seine Toilette verrichten, die Stiefel anziehen, die Tür zuknallen, sah ihn fröstelnd zum Bahnhof fahren und abreisen, sah ihn morgens um acht Uhr in Basel mit französischen Zöllnern schelten, und je weiter mein

Wunschbild ihn fortspediert hatte, desto leichter ward mir. Aber schon in Paris versagte meine Vorstellungskraft, und das ganze Bild ging wieder in Trümmer, lang, ehe ich meinen Mann an der holländischen Grenze hatte.

Das waren Spielereien. Auf so einfache, so wohlfeile Art war der Feind, der Feind in mir selbst, nicht zu überwinden. Es galt ja nicht, an dem Holländer irgendeine Rache zu nehmen, es galt lediglich eine wertvolle, positive und meiner würdige Einstellung zu ihm zu gewinnen. Meine Aufgabe war ganz klar: ich hatte meinen wertlosen Haß abzubauen, ich hatte den Holländer zu lieben. Dann mochte er spucken und dröhnen, ich war ihm überlegen, ich war gefeit. Wenn es mir gelang, ihn zu lieben, dann half ihm alle Gesundheit, alle Vitalität nichts mehr, dann war er mein, dann widerstrebte sein Bild nicht mehr dem Gedanken der Einheit. Wohlan denn, das Ziel war würdig, es galt, meine schlaflose Nacht gut anzuwenden!

So einfach die Aufgabe war, so schwer war sie, und ich habe wirklich nahezu jene ganze Nacht dazu gebraucht, sie zu lösen. Ich mußte den Holländer verwandeln, ihn umarbeiten, aus dem Objekt meines Hasses, aus der Quelle meiner Leiden mußte er umgeschaffen, mußte zum Objekt meiner Liebe, meines Interesses, meiner Teilnahme und Brüderlichkeit umgegossen werden. Gelang mir dies nicht, brachte ich in mir die Wärmegrade für diese Umschmelzung nicht auf, dann war ich verloren, dann blieb der Holländer mir im Halse stecken, und ich mußte weitere Tage und Nächte an ihm würgen. Was ich zu tun hatte, war lediglich die Erfüllung jenes wunderbaren Wortes »Liebet eure Feinde«. Ich war längst gewohnt, alle diese so merkwürdig zwingenden Worte des Neuen Testamentes nicht bloß moralisch zu nehmen, nicht als Befehle, als »Du sollst«, sondern als freundliche Andeutungen eines wahrhaft Weisen, der uns zuwinkt: »Probiere es einmal, diesen Spruch buchstäblich zu erfüllen, du wirst dich wundern, wie wohl das dir tun wird.« Ich wußte, daß diese Sprüche nicht bloß das Höchste an moralischer Forderung, sondern auch das Höchste und Klügste an seelenhafter Glückslehre enthielten und daß die ganze Liebestheorie des Neuen Testamentes, neben all ihren anderen Bedeutungen, auch die Bedeutung einer seelischen Technik von größter Durchdachtheit habe. In diesem Falle lag es ja auf der Hand, der jüngste und naivste Psychoanalytiker hätte es nur bestätigen können, daß zwischen mir und meiner Erlösung einzig die noch unerfüllte Forderung stand, meinen Feind zu lieben.

Nun, es gelang, er blieb mir nicht im Halse stecken, er wurde umgeschmolzen. Aber es ging nicht leicht, es kostete Schweiß und Arbeit, es kostete zwei oder drei Nachtstunden heftigster Anspannung. Dann aber war es getan.

Ich machte den Anfang damit, mir die Gestalt des Gefürchteten in möglichst scharfer Deutlichkeit vor die Seele zu zwingen, bis keine Hand und kein Finger an der Hand, bis kein Schuh, keine Augenbraue, keine Wangenfalte mehr fehlte, bis ich ihn ganz und gar vor mir sah, ihn innerlich völlig besaß, ihn gehen, sitzen, lachen und schlafen machen konnte. Ich stellte ihn mir vor, wie er morgens sich die Zähne bürstete und wie er nachts auf dem Kissen einschlief, ich sah das Müdewerden der Augendeckel, sah den Hals sich entspannen und den Kopf weich hinabwelken. Wohl eine Stunde dauerte es, bis ich ihn soweit hatte. Damit war viel gewonnen.

Etwas lieben, das bedeutet für den Dichter: es in seine Phantasie aufnehmen, es dort wärmen und hegen, damit spielen, es mit der eigenen Seele durchdringen, mit dem eigenen Atem beleben. So tat ich mit meinem Feinde, bis er mir gehörte und in mich eingegangen war. Ohne seinen etwas zu kurzen Hals wäre es wohl nicht geglückt, aber der Hals kam mir zu Hilfe. Ich mochte den Holländer aus- oder anziehen, ihn in Kniehosen oder Gehrock, in ein Ruderboot oder an einen Mittagstisch setzen, ich mochte ihn zum Soldaten, zum König, zum Bettler, zum Sklaven, zum Greis oder zum Kind machen, in jeder noch so veränderten Gestalt hatte er einen kurzen Hals und ein klein wenig vorstehende Augen. Dies Zeichen war sein schwacher Punkt, hier mußte ich ihn angreifen. Lange brauchte ich, bis es mir gelang, den Holländer jünger zu machen, bis ich ihn als jungen Ehemann, als Bräutigam, als Studenten und Schüler vor mir sehen konnte. Als es mir endlich gelungen war, ihn zum kleinen Knaben zurückzuverwandeln, da gewann der Hals zum erstenmal meine Teilnahme. Auf dem sanften Wege des Mitleids eroberte er mein Herz, als ich diesen kräftigen und energischen Knaben seinen Eltern durch diese leisen Anzeichen einer asthmatischen Anlage Sorge machen sah. Auf dem sanften Wege des Mitleids ging ich weiter, und es gehörte wenig Kunst mehr dazu, auch die künftigen Jahre und Stufen zu produzieren. Als ich soweit war, den ganzen Mann, um zehn Jahre gealtert, seinen ersten Schlaganfall erleiden zu sehen, da sprach plötzlich alles an ihm so rührend mit, die dicklichen Lippen, die schweren Augendeckel, die wenig biegsame Stimme, alles gewann Werbekraft, und noch ehe er in meiner intensiven Vorstellung den imaginären Tod erlitten hatte, war sein Menschliches, seine Schwäche, sein Sterbenmüssen mir schon so brüderlich nahe gekommen, daß ich längst keine Widerstände mehr gegen ihn hatte. Da war ich froh, drückte ihm die Augen vollends zu und schloß meine eigenen, denn es war schon Morgen, und ich hing, von meiner langen nächtlichen Dichtung völlig erschöpft, wie ein Gespenst in den Kissen.

Am folgenden Tage und in der folgenden Nacht hatte ich reichlich Gelegenheit, festzustellen, daß ich Holland besiegt hatte. Der Mensch mochte lachen oder husten, er mochte noch so gesund auftreten, noch so dröhnend einherschreiten, er mochte Stühle rücken oder Witze machen, es brachte mich nichts mehr aus dem Gleichgewicht. Am Tage konnte ich leidlich arbeiten, in der Nacht leidlich ruhen.

Mein Triumph war groß, doch genoß ich ihn nicht lange. Am zweiten Morgen nach der Siegesnacht reiste der Holländer plötzlich ab, womit wieder er zum Sieger wurde, und ließ mich sonderbar enttäuscht zurück, da ich für meine schwer errungene Liebe und Unanfechtbarkeit nun keine Verwendung mehr hatte. Seine Abreise, die ich einst so innig herbeigesehnt hatte, tat mir nun beinahe weh.

An seiner Stelle zog in Nummer 64 eine kleine, graue Dame mit einem jener gummibeschuhten Stöcke ein, die ich nur selten zu sehen oder zu hören bekam. Sie war eine ideale Nachbarin, nie störte sie mich, nie erregte sie Zorn und Feindschaft in mir. Doch kann ich das erst jetzt, nachträglich, anerkennen. Mehrere Tage lang war die neue Nachbarschaft mir eine ständige Enttäuschung, viel lieber hätte ich wieder meinen Holländer da gehabt, ihn, den ich nun endlich hätte lieben können.

ALFRED POLGAR

Die Handschuhe

Auf dem Waldspaziergang sagte die Frau plötzlich, daß sie auch einen Stock haben wolle. »Nichts leichter als das«, erwiderte der Mann, »einen Augenblick.« Er legte seine Handschuhe auf den Boden und verfertigte aus einem abgebrochenen Zweig eine Art Spazierstock für die Frau. Dann gingen sie weiter, und als sie müde waren, legten sie sich ins Gras. Da bemerkte der Mann, daß ihm seine Handschuhe fehlten. »Sie müssen noch dort liegen, wo ich dir den Stock gemacht habe«, sagte er; »ich hole sie. Gleich bin ich wieder da.«

Er ging nun den Weg zurück, den sie gekommen waren, und überdachte hierbei, gewohnt, »Fehlleistungen« zu deuten, was es mit dem Vergessen der Handschuhe für Bewandtnis haben möge. Sie waren ein Geschenk der Frau; also nichts wahrscheinlicher, als daß sich in ihrem Verlieren der heimliche Wunsch kundgegeben hatte, die Frau irgendwo liegen zu lassen. Indem der Mann diesen Gedanken durchkaute, schritt er über den Platz, wo die Handschuhe lagen, ohne sie zu sehen, hinweg und fast bis zum Ausgangspunkt des Spaziergangs zurück.

Unterdessen hatte die Frau, besorgt, wo ihr Begleiter so lange bleibe, sich aufgemacht, ging selbst den Weg, auf dem sie dem Wiederkehrenden begegnen mußte – es kam kein anderer Weg in Frage –, zurück und fand die Handschuhe dort, wo er sie hätte finden müssen. Das konnte sie sich nun ganz und gar nicht erklären. War dem Manne was geschehen? In diesem friedlichen, harmlosen, von der Vormittagssonne durchhellten Wald? Hatte er den Weg verfehlt? Auf dieser breiten, nicht zu verfehlenden Promenade? Da sie sich den Vorfall nicht erklären konnte, bekam sie, wie das schon zu sein pflegt bei gebildeten Frauen, einen rechten Zorn auf den Mann und pumpte sich mit Ärger so ganz voll, daß sie, als sie des Daherkommenden ansichtig wurde, rief: »Also, das ist eine Gemeinheit von dir!« und ihm die Handschuhe vor die Füße warf.

Nun muß man wissen, daß der Mann, wie er so, in süße Träumereien versponnen, sich plötzlich am Ausgangspunkt des Spaziergangs sah – von einem rechten Schreck befallen, die Frau könnte seinethalben sich ängstigen –, den Weg, ohne weiter nach den Handschuhen zu suchen, zurückgelaufen war. Atemlos, erhitzt, zärtliche Worte, zum Herabfallen bereit, auf der Lippe, auf dem äußersten Rand der Lippe schon, so kam er an: da traf ihn die »Gemeinheit!«. Er schwankte ein wenig, betäubt durch das ganz und gar Unerwartete, dann hob er mechanisch die Handschuhe auf, spuckte den zärtlichen Rest, der ihn auf den Lippen (wie ein von der Zigarette dort gebliebener Tabakfaden) genierte, fort und wandte sich, Richtung nach Hause. Sie ihm nach: »Jetzt bist natürlich du wieder böse ..., und ich vergehe seit zwei Stunden vor Angst.« »Vor einer dreiviertel Stunde sind wir vom Hause weggegangen«, sagte er schlicht. »Also, mir kam es länger vor als zwei Stunden. Wo warst du denn?« »Ich habe eine entzückende Blondine getroffen und sie ein wenig vergewaltigt ... Übrigens, wieviel Trinkgeld, meinst du, soll ich dem Portier geben?« »Du hast eine Art, wenn dir ein Thema unangenehm ist, von ihm wegzugehen, die aufreizend ist«, rief sie, »die Handschuhe ...« »Wo waren sie denn?« »Genau dort, wo du sie hingelegt hast.« »Komisch, ich habe sie nicht bemerkt.« »Komisch nennst du das? Ich nenne es stupid.«

Hierbei gingen sie eben über eine kleine Brücke, unter der Wasser floß, und er warf die Handschuhe hinein. Diese für seine Verhältnisse leidenschaftliche Tat erschreckte die Frau so, daß sie liebevoll den Arm des Mannes nahm und lispelte: »Muschipuschi!« Nach einigem Schweigen setzte sie hinzu: »Wie boshaft du doch sein kannst! Warum sprichst du nicht? Warum zankst du nicht mit mir, wenn du böse bist? Warum haust du mir nicht eine herunter?«

»Ich will dir das erklären«, sagte der Mann. »Wenn ich dir eine Ohrfeige gebe – tatsächlich oder metaphorisch –, so brennt meine Wange, und ich fühle mich geschlagen und gedemütigt. Wenn ich dir in der Wut was sage, um dich zu kränken, so empfinde ich meine Wut und deine Kränkung dazu, bin also doppelt übel dran. Ich kann dir nichts tun, ohne es mir zu tun. Vielleicht ist das Liebe, vielleicht Schwäche. Wenn ich nur einmal darauf käme, wie ich es machen soll, dir Schmerz zuzufügen, der mich nicht schmerzte. Ich glaube, die meisten Männer bringen ihre Frauen nur deshalb nicht um, weil sie sie zu lieb haben! Und dann hast du mir ja das mit meinem Zartgefühl eingeredet. Du hast mir beigebracht, wenn ein guter, zarter, feiner Mensch wie ich ›Nicht doch!‹ sage, sei das schon so wie von einem anderen ein Stoß in den Magen, und lächle ich kühl, so ist das in meiner subtilen Affektsprache schon eine unerhörte Brutalität. Also halte ich mich natürlich zurück, denn ich kann nicht riskieren, daß du, wenn ich dir ›Dumme Gans‹ sage, gemordet umfällst. Ferner dein Temperament. Es kommt vor, daß du nach einem Streit auf der Gasse dich umdrehst und fortläufst. Himmel, was stehe ich da für Ängste aus! Nicht vielleicht, weil ich fürchte, du wirfst dich unter ein Auto, sondern weil ich fürchte, du gerätst unter eines, das du, ganz mit deiner Bosheit beschäftigt, übersiehst. Oh, dein Temperament! Ich habe gar keine Angst, daß du, wenn es entfesselt ist, dir was tust; aber ich habe Angst, daß dir dann was geschieht. Der Zufall ist immer gegen mich, und die heimlichen bösen Wünsche, die man so im Ärger hat, kommen auch in Betracht. Ich will dir jetzt etwas Furchtbares gestehn: Dich habe ich heute ins Wasser geworfen, nicht die Handschuhe.«

Pause.

»Schön waren sie ja ohnehin nicht mehr«, sagte die Frau. »Ich kaufe dir morgen ein Paar neue, Muschipuschi.«

BERTOLT BRECHT

Barbara

Ich dachte lange darüber nach, wie diese Geschichte heißt. Aber dann wußte ich, daß sie »Barbara« heißt. Ich gebe zu, daß Barbara selber nur ganz am Anfang vorkommt und die ganze Geschichte hindurch in viel zu schlechtem Licht dasteht, aber die Geschichte kann gar nicht anders heißen als »Barbara«.

Edmund, genannt Eddi, 200 Pfund schwer, Melancholiker, tat sehr unrecht, mich abends 9 Uhr, nur weil wir ein paar Kurfürstendamm-Cocktails zusammen geschluckt hatten und sein Chrysler vor der Bar stand, in die Lietzenburger Straße 53 zu Barbara mitzunehmen, obwohl er wissen mußte, daß Barbara eine »sehr wichtige Unterredung mit einem Kabarettdirektor« hatte.

Wir klingelten, traten ein, hängten die Mäntel auf, sahen Barbara wütend auf uns zukommen, hörten sie: »Du machst mich noch wahnsinnig mit deiner idiotischen Eifersucht« schreien, worauf eine Tür zufiel und wir merkten, daß wir wieder unten vor Eddis Chrysler standen. Wir setzten uns sofort hinein.

Eddi fuhr ein sehr rasches Tempo. Er fuhr wie ein Windstoß durch zwei sich kreuzende Elektrischen hindurch, am Kinn einer alten Dame entlang, um einen Schupomann herum, mit Vollgas über die Halenseer Brücke.

Und während der ganzen Zeit redete er in einem fort. Er sah genau so aus, als ob eine Fettkugel, mit einem kleinen steifen schwarzen Hut als Kopf, in ihrem Mittelpunkt einen kleinen schwarzen Schalthebel und zwischen diesem und dem Hut, alles sorgsam in Fett eingepolstert, ein ziemlich großes Lenkrad hätte und sich nun mit unheimlicher und zunehmender Schnelligkeit in der Richtung auf größere Wälder zu bewegte.

Und wie gesagt, dabei redete die Fettkugel.

»Siehst du«, sagte sie, »das war ja nur eine Kleinigkeit. Eine kleine Unhöflichkeit, verursacht durch starke Nervosität. Aber siehst du, diese Kleinigkeiten sind es eben, offen gestanden: Ich habe vollkommen genug davon. Was heißt Eifersucht? Wenn es jemand gibt, der nicht eifersüchtig ist, der dieses Gefühl überhaupt nicht kennt, nie gekannt hat, so bin ich es. Natürlich schwärme ich nicht für Kabarettdirektoren, aber das wäre auch zu viel verlangt. Natürlich ist es ihr Recht, solch einen Burschen bei sich zu empfangen, abends um 9 Uhr und im Pyjama, und wenn es jemand gibt, der ein Recht respektiert, jeder Art, bis an die Grenze, dann bin ich es. Aber es ist einfach leichtsinnig von Barbara. Das sage ich, nichts sonst. Eifersucht!

Ich kann dir gar nicht sagen, wie wütend ich werde, wenn ich solch einen Herrenulster in Barbaras Garderobe hängen sehe. Natürlich ist es nicht der Mantel. Ich weiß auch gar nicht, was es ist, aber ich habe einfach einen instinktiven Widerwillen vor Mänteln mit Pelzfutter. Mein eigener, den ich doch selber trage, ist mir zum Ekel. Aber ich habe mir ja längst verkniffen, meine eigenen Meinungen zu äußern. Ich muß dir sagen, daß es damit jetzt ein Ende hat. Endgültig.«

So sprach Eddi, als wir über die Halenseer Brücke waren. Im Grunewald war er schon viel weiter. Es war eine trübe Nacht mit einem widerlichen Nebel, und ich wäre lieber zu Hause gewesen. Aber Eddi hatte noch viel zu sagen.

Er hatte deutlich die Absicht, mich mit seiner Weltanschauung bekannt zu machen. Er sagte mir alles, was er dachte über die Welt. Er sagte es mir ungeschminkt und fuhr dabei ein Tempo von 90 Kilometer auf einem Weg, den es eigentlich gar nicht gab, außer in seiner Phantasie. Er war ein schlechter Philosoph und ein ausgezeichneter Autofahrer, aber sein Fahren war viel gefährlicher als seine Philosophie. Er sagte, daß die Menschen überhaupt falsch konstruiert seien, einfach eine Fehlkonstruktion von der unausgeprobten Art, wie sie gewisse Firmen auf den Markt werfen, die sich zu wenig Zeit nehmen und dann ihren Schund mit einer hübschen Aluminiumkarosserie zudecken. Aber ich sah rasend vorüberflitzende Kiefern und hatte das Gefühl, daß das Tempo einfach zu rasch war.

Eddi gab noch etwas Gas, um das Tempo höher zu kriegen, und sagte mir, was er über die Frauen dachte. Die Frauen hielt Eddi, als er das Tempo auf 100 Kilometer gebracht hatte, für einen solchen Schund, daß er sich fragte, warum sie eigentlich immerfort über andere Haustiere gestellt würden, die weit zuverlässiger seien. Sie seien viel zu leichtes Zeug, Rabitzwände! In das Wort »Rabitzwände«, auf Frauen angewandt, verbiß er sich direkt. Er stieß es wiederholt hervor und fügte noch hinzu, daß sie einfach wegen Unsolidität von der Feuerpolizei verboten werden müßten, und kam so auf das erschreckende Tempo von 110 Kilometer.

Ich konnte Eddis Argumente gegen die Frauen in der Eile (110 Kilometer in der Stunde!) nicht nachprüfen, aber die Kiefern, die ich vorbeisausen sah, schienen mir ungeheuer solide und äußerst haltbar.

Das Unheimliche war, daß Eddis Weltschmerz einen Fuß hatte, der auf den Gashebel drückte. Da der Fuß nicht zu beseitigen war, konnte ich höchstens versuchen, etwas gegen den Weltschmerz zu tun.

Infolgedessen fing ich an, mitten in der Nacht, auf einer unbeleuchteten Chaussee, zwischen Wannsee und Potsdam, Grunewald usw., einer tollgewordenen Fettkugel die Vorzüge des Planeten zu zeigen. Ich sagte ihm, da ich unter solchen Umständen auf Details nicht eingehen konnte, einfach, daß alles relativ sei, obwohl ich sehen mußte, daß unsere Geschwindigkeit zweifellos absolut war. Wir bewegten uns keinesfalls »verhältnismäßig« schnell auf unseren Tod zu. Als ich auf das Thema »Auf Regen folgt Sonnenschein« zu sprechen kam, rasten wir gerade einen waldigen Abhang hinunter, und als wir endlich unten über eine Wiese fuhrwerkten, konnte mein Vortrag über »die guten Seiten, die die Frauen auch hätten« natürlich nur von geringer Wirkung sein. Unten bekam Eddi die Straße wieder in Sicht und konnte seinen Wagen schnell wieder auf ein Tempo bringen, das seiner Verzweiflung angemessen war.

Ich war total erschöpft. Ich sah voraus, daß wir im Morgengrauen an irgendeinem, jetzt noch unbescholtenen Kilometerstein liegen würden, wir, das heißt ein ehemaliges Auto, ein ehemaliger Wahnsinniger und das ehemalige Opfer des Wahnsinnigen. Ich war schrecklich erbittert.

Wir fuhren eine Zeitlang, mindestens eine halbe Stunde, in finsterem Schweigen, aber mit keineswegs abnehmender Geschwindigkeit. Dann fuhr Eddi wieder einen Kiesabhang hinunter, und ich sagte kurz und barsch: »Du fährst saumäßig!«

Dieser Ausspruch, der mein Ernst war, übte eine große Wirkung auf Eddi aus. Er war bekannt als ausgezeichneter Fahrer. Es war das einzige, was er konnte.

Ein dumpfer Laut kam aus seinem unförmigen Körper. Es klang wie das Ächzen eines Mastodons, dem man gesagt hat, es sei zu schwächlich, um einen Grashalm auszurupfen.

Dann fuhr Eddi 120 Kilometer.

Wir waren gerade in einer sehr kurvenreichen Gegend. Eddi ging in jede Kurve mit Vollgas. Es war wenig Licht da, nur in den Dörfern gab es vereinzelte Lichterchen, aus Kuhställen usw. Bei einem davon sah ich in einem schwachen, blitzartigen Schimmer Eddis Visage; er hatte ein dünnes, verächtliches Lächeln auf seinem Kindergesicht, das nicht mehr von dieser Welt war.

Aber mitten in einem Walde, schwarz wie die Sünde, hackte der Motor.

Dann gab Eddi Gas.

Dann fuhr der Wagen langsamer.

Dann trat Eddi die Kupplung und gab wieder Gas.

Dann blieb der Wagen stehen.

Es war kein Benzin mehr drin.

Eddi stieg aus und stierte in den Benzinbehälter, sah in seiner Kanne nach, schüttelte sie und setzte sich gebrochen auf das Trittbrett. Es war in einem Wald ohne Anfang und Ende, einem Wald, der sicher auf der Karte nicht verzeichnet war. Er mußte ziemlich weit östlich liegen, denn es war kalt wie in einem Eisloch.

Und damit ist meine Geschichte im Grunde aus. Ich kann nur noch sagen, daß gegen Morgen zu in einem abgelegenen Dörfchen zwei Männer gesehen wurden, die einen Chrysler vor sich her schoben, während der eine, schlanke, dem anderen alles sagte, was er über ihn dachte und noch einiges mehr, und der andere, eine ramponierte Fettkugel ohne jede Form, schnaufend schob und ab und zu lachte.

Aber es war ein kindliches und fröhliches Lachen.

ALFRED DÖBLIN

Man bereite sich auf eine baldige Katastrophe vor

In Stettin an der Oder lebte einmal mein Vater. Der hieß Max Döblin und war seines Zeichens ein Kaufmann. Da das aber eigentlich kein Zeichen ist, so war er Inhaber eines Konfektionsgeschäftes, welches nicht ging. Worauf er eine Zuschneidestube eröffnete, die einen guten Verlauf nahm. Dieser Mann war verheiratet und hatte es im Laufe der Jahre, wenn auch nicht zu Geld, so doch zu fünf Kindern gebracht. Auch ich war darunter. Er war mit vielen Neigungen und Begabungen gesegnet, und man kann wohl sagen: was ihm seine Begabungen einbrachten, nahmen ihm seine Neigungen wieder weg. So daß also die Natur in diesem Mann ein merkwürdiges Gleichgewicht hergestellt hat. Eines Tages nun wurde dieses Gleichgewicht auf eine besonders heftige Weise gestört; wie und wodurch, das werde ich gleich erzählen. Jedenfalls beschloß der Mann in seiner Unruhe, nach Mainz zu fahren. Dies wird alle Kenner Stettins in Erstaunen versetzen. Denn wenn man in Stettin aus dem Gleichgewicht gerät, fährt man nicht nach Mainz. Bisweilen nach Gotzlow oder Podejuch oder, wenn es schlimm wird, in die nahegelegene Klapsmühle. Aber Mainz ist ungewöhnlich. Und es war in der Tat ein Haken dabei, den niemand merkte, nicht einmal ich, obwohl ich schon über neun Jahre war. Der Haken war: wie mein Vater nach Mainz fuhr, kam er da nicht an. Das lag an der Richtung seines Zuges. Der nämlich nach Hamburg fuhr.

Und als der Zug in Hamburg hielt, ging die Bewegung in meinem Vater noch weiter. Auch Hamburg war nicht das Richtige. Nicht Mainz, nicht Hamburg, es sollte und mußte noch weiter sein. Es war Amerika. Das Wasser liegt zwischen Hamburg und Amerika. Neunundzwanzig Ozeanflieger sind schon in dem Wasser ertrunken. Mein Vater wollte und mußte herüber, der Drang in ihm war zu groß. Er nahm sich ein Schiff. Obwohl das Gleichgewicht in meinem Vater gestört war, war er doch so besonnen, kein Flugzeug zu nehmen, – vielleicht darum nicht, weil es damals keine Flugzeuge gab. Jedenfalls: er fuhr zu Schiff, wie schon Kolumbus, und darum kam er an. Ob die Freiheitsstatue schon 1888 im Hafen von New York stand, weiß ich nicht. Bestimmt richtete sie mein Vater damals in Gedanken auf. So weit also hatte der Stettiner fahren müssen, um sein Gleichgewicht wieder herzustellen. So sonderbar war das Schicksal. Er hatte gesagt, er wolle nach Mainz fahren, aber schon das Billett stimmte nicht, der Zug fuhr anders, das Wasser kam, und nun saß er in Amerika.

Und er war auch nicht allein gefahren. Er hatte sich einen Mechaniker, einen Doktor, zur Herstellung seines Balancements mitgenommen, einen Leibdoktor, Leibmechaniker. Es tut nichts zur Sache, daß es ein junges Mädchen war. Frauen eignen sich ja für viele Berufe, sie werden Juristen, Abgeordnete, Minister, warum nicht auch Mechaniker. Ja, man erkennt die Besonnenheit unseres Amerikareisenden auch daran, daß er sich ein Mädchen und keinen Mann mitnahm. Denn wer versteht sich besser auf Herstellung des Gleichgewichts, auf alle

Schwankungen der horizontalen und vertikalen Lage, als junge, unschuldige Mädchen. Das Mädchen, das mit ihm über den gewaltigen Ozean fuhr und von ihm erkoren war, hieß Henriette, und mit Nachnamen – sagen wir – Hecht. Es war merkwürdigerweise ein Fischname, wie das die Wasserkante mit sich bringt. Aber sie war – ein rätselhaftes Spiel der Natur, eine Paradoxie – vollkommen Fleisch. Offenbar hatten die Hechte im Laufe der Generationen ihre Natur verändert, und so stand sie lieblich vor dem Mann, der mein Vater war, und er fand Wohlgefallen an ihr.

Mein Vater hatte zwei Augen, ein linkes und ein rechtes. Mit dem rechten Auge blickte er immer auf seine Familie. Das linke aber war bei ihm weitgehend selbständig. Während das rechte Auge stets von Sorgen getrübt war, schwer bewölkt und zu Regengüssen geneigt, freute sich und lachte das linke, und das Hochdruckgebiet war weit entfernt. Damit man nicht die sonderbare Verschiedenheit seiner beiden Augen erkannte, trug er eine goldene Brille. Die deckte alles, und dadurch wurde er ein ernster Mann, der er ja auch war, ein vielseitiger Mann. Meine Mutter war eine einfache Frau. Und da sich ihr Mann zu Hause öfters die Brille abnahm, so wußte sie, daß er schielte. Und sie war, wie das nun einmal Frauen sind, neugierig, wohin er schielte. Für das rätselhafte Naturspiel an sich hatte sie gar kein Interesse. Die reine Wissenschaft war ihr egal. Wie sie auch später gar kein Organ dafür hatte, den wunderbaren, schon erzählten Vorgang zu ergründen, der darin bestand, daß ihr Mann nach Mainz fuhr, aber es kam ein Zug auf dem Bahnhof an, der fuhr nach Hamburg an der Elbe – blinde Gewalt der technischen Kraft –, und kaum war der Zug dort angelangt, wird der Mann von einem Ungestüm erfaßt, muß nach St. Pauli an den Hafen, wird in ein Schiff verstaut und soll und muß über den Ozean, obwohl dieser so tief ist und später viele darin ertranken. Nichts davon interessierte meine Mutter. Sie blieb bis an ihr Ende dabei: der Mann ist mit einem Weib ausgerückt. Eine schrecklich einfache Formulierung. Mein Vater hat später sehr darunter gelitten. Sagen wir: etwas gelitten. Sagen wir: gar nicht. Er ist vorsichtigerweise nämlich nicht wiedergekommen.

Meine Mutter also interessierte sich heftig in Stettin, wohin mein Vater schielte. Und je mehr sie die Geheimnisse seines linken Auges zu ergründen suchte, um so dunkler wurden die Schatten über seinem rechten. Aber das schreckte sie nicht. Es war nicht Heroismus bei ihr, es war Temperament und Unbesonnenheit, die leicht in Heroismus ausarten, wobei ihnen aber gar nicht wohl ist.

Mein Vater bemerkte mit dem linken beweglichen Auge in Stettin viele Menschen, Einwohner und Einwohnerinnen, Steuerzahler und Steuerzahlerinnen. Aber nicht das interessierte ihn, ob und wieviel sie Steuer zahlten, sondern ob sie männlich oder weiblich waren. Er nahm eine simple naive Trennung vor. Er war eine Art Fleischbeschauer. Die männlichen fielen gleich ab. Blieben die weiblichen. Die waren in großer Zahl in Stettin vorhanden. Ich kann mich nicht genauer auf sie besinnen, denn ich war damals so klein. Aber ich erinnere mich, wie ich öfter als ganz kleiner Junge von einem Dienstmädchen an der Hand ins Freie geführt wurde, Kinderwagen fuhren mit, es ging in ein Tanzlokal draußen. Da saß ich dann auf der Bank, und im Saal tanzten viele erwachsene Menschen, große Männer und große

Frauen, die Frauen kenntlich an den Röcken, die Männer meist in Uniform, mit Schnurrbärten, Soldaten, gewaltige Männer, die stark schwitzten. Solche Mädchen muß auch mein Vater in Stettin entdeckt haben, und die Entdeckerfreude ließ ihm keine Ruhe. So gehen berühmte Gelehrte noch nachts in ihre Laboratorien, blicken in ihre Mikroskope oder rechnen oder stellen noch einmal ihre Apparate zusammen, fangen mitten in der Nacht an zu destillieren, den Schmelzpunkt zu bestimmen. Schließlich: ist die Entdeckung eines Menschen, einer Menschensorte nicht ebenso merkwürdig und beunruhigend und aufregend, wenigstens für den, der sie macht? Und andererseits: ist die Entdeckung eines neuen Elements oder einer chemischen Verbindung seelisch anders, beglückt sie anders, erregt, entflammt sie anders als die eines neuen Menschen? So hängt die Liebe mit der Entdeckerfreude zusammen. Mein Vater muß viel gesucht und viel entdeckt haben. Er betrieb die Wissenschaft gründlich und mit Ausdauer, und es hätten sich ihm da große Perspektiven eröffnet, wenn diese Wissenschaft staatlich anerkannt gewesen wäre. Es war offenbar die Disziplin, für die er am begabtesten war.

Aber während meine Mutter sonst keinen Anteil nahm an seinen vielen anderen Neigungen – er komponierte ja, dichtete, zeichnete –, in dieser einen Passion wurde sie mitgerissen. Wenigstens hier knüpfte sich zwischen ihr und dem Mann ein gewisses eheliches Band. Wenn der Mann auf seinen Kriegspfad ging und sein linkes Auge in Aktion trat, dann geriet auch sie in Erregung. Der Geschichtschreiber muß leider feststellen, daß sie sich auf dem Pfad nicht ebenso bewaffnete wie der Mann. Er trug Rosen, sie aber schwang einen Regenschirm. Er war geladen mit Zärtlichkeit und hohen männlichen Gaben, sie aber mit Zorn. Er ging einsam wie ein Hirsch Wasser suchen, sie aber trug Geschosse, ihn beim Trunk zu stören. Das waren die Unterschiede zwischen den Ehegatten. Sie dachte an ihre Kinder, die Familie und daß dies ihr angetrauter Mann war; er aber: wie schön es sich in der Sonne spazieren ging Arm in Arm, – ach, es war nicht der Arm seiner Frau. Es war überhaupt nicht immer derselbe Arm. Der Mann lebte in starker Unruhe. Er hatte die Weite der Natur entdeckt und die Mannigfaltigkeit der Stettinerinnen. Er wechselte die Quellen seiner Erquickung. Erst spät gewöhnte er sich an eine, und das war das Allerschlimmste, denn diese Quelle war nun zufälligerweise nicht seine Frau. Eigentlich muß man sagen, das Gegenteil wäre ein Zufall gewesen. Denn es gibt notorisch Millionen Frauen auf der Welt; warum soll ein Mann grade seine eigene Frau lieben? Das wäre doch ein höchst merkwürdiges Zusammentreffen! So war es bei meinem Vater. Die Frau, die starke Frau mit dem Regenschirm, nahte. Gerüstet mit Zorn und mit der entschiedenen Abneigung, hier irgendwie etwas zu ›verstehen‹. Sie trug mit sich Legitimität, Pathos, Ansprüche. Die Tragödie war eingeleitet. Der donnernde Jupiter zeigte sein Dasein. So wandeln Menschen im Grünen, und eine Wolke zieht sich zusammen, und sie regnen ein. Man glaubt im Grünen zu wandeln, und schon hat man den Regenschirm vergessen.

Als damals in Stettin in unserem Hause das Gewitter in Aktion getreten war und nicht aufhören wollte, dachte der Mann, so scheint es, an die Wilden in Afrika. Sie haben nichts an, aber sie haben ein Strohdach über sich. Wenn ein Mann an einen andern Arm denkt, so ist es schlimm; wenn er aber an ein anderes Dach denkt, dann ist es gefährlich, und das Verhängnis ist kaum aufzuhalten. Mein Vater fing unter den ständigen Gewittern an zu träumen, vorwiegend von Mainz, der Zug fuhr aber nach Hamburg, dann kam das Meer und Amerika. Was weiter kam, träumte er nicht. Es ist das Schlimme an den Träumen, daß sie zu früh aufhören. Er hätte auch träumen sollen, was nach Amerika kam.

Die Geschichte wird noch einmal erzählt

Erzähle noch einmal die Geschichte. – Wer, ich? Warum? – Frage nicht. Erzähl sie mir noch einmal. Bitte. –

Hm. Also, wenn es durchaus sein soll. –

Es gab eines Morgens in Stettin einen furchtbaren Tumult bei uns im Hause, Weinen und Geschrei, meine Mutter lief eine Treppe hinauf, Gespräche mit den älteren Geschwistern, fremde Leute kamen. Ein Brief war aus Hamburg eingetroffen, mein Vater, damals zweiundvierzig Jahre alt, war auf der Fahrt nach Amerika. Er schrieb in seinem pathetischen, großartigen Stil – der Mann konnte Ihnen schreiben, die rührendsten Briefe –: ›Goldene Berge werde ich euch bieten.‹ Vorausgegangen waren jahrelange Streitigkeiten zwischen Mann und Frau, Weibergeschichten. Zuletzt drehte es sich, wie gesagt, um ein junges Mädchen, eine seiner Arbeitnehmerinnen, zwanzig Jahr jünger als er, ein Nähfräulein mit dem Vornamen Henriette. Meine Mutter hatte ihr aufgelauert, Tätlichkeiten waren vorgekommen – wenn ich mich recht besinne, auch zwischen den Eheleuten. Es gab ein Tohuwabohu bei uns in Stettin, Verwandte der Mutter kamen, Geschäftsfreunde des Vaters, die Bestände wurden aufgenommen, an den hinterlassenen Schulden hatte meine Mutter noch viele Jahre abzuzahlen. Wir Kinder natürlich sofort aus den höheren Schulen genommen und provisorisch zu einer kleinen Privatlehrerin geschickt. Das ist das Leben. Rette sich, wer kann. Während bei uns alles drunter und drüber ging, der Tag mit Unruhe, Sorgen und Weinen anfing und ebenso endete, während meine Mutter ihre Verwandten alarmierte und für uns bettelte – trieb sich der Mann, der diese Familie gegründet hatte, in New York mit dem jungen Mädchen herum, das zwanzig Jahre jünger war als er, saß mit ihr in Tingeltangels, bewachte sie eifersüchtig, und er lebte da monatelang in New York in Liebe und Freude, bis das Geld alle war.

Er ist dann nach Europa zurückgekehrt und hat mit dem Mädchen bis an sein Lebensende zusammen in Hamburg gelebt. Meine Mutter hat ihn einen Bigamisten genannt, aber das ist nicht wahr. Sie hat sich erst spät, als sie eine Erbschaft machte, von ihm scheiden lassen. Er hat in Hamburg ein kleines, sehr ärmliches Dasein geführt, zuletzt mußte er unterstützt werden. Uns hat er einmal nach Hamburg kommen lassen – war ein Streit mit der Henriette vorausgegangen oder besann er sich auf seine Pflichten? Aber das Wort Pflicht kam in seinem Lexikon nicht vor – er hatte geschworen, es sei nun alles aus mit dem Mädchen. Der Eid hielt kein halbes Jahr. Dann kamen anonyme Briefe, und wir saßen wieder im

Osten Berlins. Er tat auch einmal so, als wolle er sich Arbeit in Berlin suchen, hatte schon Stellung, dann behagte ihm dies und jenes nicht, er verschwand ohne Abschied, es kam ein Telegramm vom Lehrter Bahnhof, und – er saß in Hamburg, am alten Fleck.

Der Mann hat sich wohlgefühlt in Hamburg in seiner Armut und Kümmerlichkeit. Mein ältester Bruder hat ihn gelegentlich besucht, hat auch die Gefährtin des Mannes gesprochen, sie wohnten zusammen in einem armen Stadtteil, proletarisch in sauberen Räumen. Der Mann hatte zuletzt einen ehrwürdigen weißen Bart, trug seine goldene Brille und sah wie ein alter Volksschullehrer aus. Er hat sich viel mit Freimaurerei beschäftigt. Am Ende befiel ihn ein Halsleiden. Es war der Kehlkopfkrebs. Daran starb er. Mein Bruder hat die Leiche im Regen auf den Friedhof begleitet, es ging sonst keiner mit, und hat das Grab richten lassen. Er, der am schwersten von all dem Unglück getroffen war, hatte damals noch eine schreckliche Aussprache mit der Frau. Sie war selbst leidend, konnte sich wenig bewegen. Sie sagte, daß sie an allem unschuldig gewesen wäre.

– Der Mann hat sich in verbrecherischer Weise aus einer wahrscheinlich schweren Situation gerettet. Er war roh genug, seine ganze Familie den Verwandten seiner Frau aufzubürden. Er dachte sich: verkommen werden sie nicht, das Hemd ist mir näher als der Rock. Über Nacht hatte er uns alle in Not gestoßen und zu Bettlern gemacht. Er war ein Lump, nehmt alles nur in allem.

– Es ist nicht recht, meinen Sie, so streng über einen nahen Verwandten, den eigenen Vater, einen Toten zu urteilen? Ich müßte nicht Sohn meiner Mutter sein und nicht alles mitgemacht haben, wenn ich diesen Ton unterdrückte. Ich kann so urteilen nur mit Worten, er hat mit Taten über uns geurteilt so streng wie möglich: Ihr seid mir schlechte Luft, und hat sich allen Herzenspflichten und juristischen Pflichten eines Vaters entzogen. Ich habe nicht den Eindruck, daß ihm das schwergefallen ist. Der Vater hat über seine Familie geurteilt, es war aber, unter Berücksichtigung aller Umstände, nicht nötig, so hart, so wegwerfend grausam über die Familie zu urteilen. Alles Recht der Persönlichkeit in Ehren, aber man macht es sich zu leicht, wenn man glaubt zur Persönlichkeit zu kommen, indem man die Verantwortung zerbricht. Wir leben in keinem Beduinenstaat, der Vater hat nicht Allmacht über die Familie, er muß sich meine Antwort gefallen lassen. Wenn die Sünden der Väter heimgesucht werden an den Kindern bis in das dritte und vierte Glied, so haben die Kinder das Recht, die Väter vor ihr Tribunal zu ziehen und Klage zu erheben. Der Mann ist tot. Vor dem großen Reinigungsfilter, in das wir alle eingehen werden, will ich haltmachen und still sein.

Zum dritten Mal!

Du mußt ran, zum drittenmal. Du sollst noch einmal davon sprechen. – Aber was denn? Von dieser Sache? Ich hab es schon zweimal gesagt. Warum denn? – Du wirst es schon sehen, du weißt es schon, fang nur an. – Ich weiß nicht. – Fang an. –

Seine Eltern waren sehr strenge Leute. – So ist's recht. Fang mit den Eltern an. – Sie verheirateten ihn mit fünfundzwanzig Jahren. – Sieh mal, wie du alles weißt, mein Junge. Immer sachte so weiter. – Er war schwach, nachgiebig. Er widerstrebte wenig, er ließ sich verheiraten, er machte eine gute Partie mit der Freudenheim, eine schöne Person und Geld. Du lieber Gott, das sind doch alles keine Entschuldigungen. – Wir wollen doch einmal sehen. Nur weiter. – Es ist nicht viel weiter. Sie kriegen Kinder, sein Geschäft geht kaputt, er macht eine Konfektionsstube auf. Dann –. – Was ist dann? – Dann sterben seine Eltern. – Ah. So. Dann sind also die Eltern tot. – Ja. – Das ist wohl ein wichtiger Punkt? – Ich muß einmal sehen. Ich muß doch einmal sehen. Also die Eltern sterben. Sie haben ihn verheiratet. Der Mann ist allein. Daraus ergibt sich eine gewisse Schwierigkeit für die Frau. Aber ich habe etwas vergessen. – Bitte. – Es wird mir schwer, davon zu sprechen, aber ich muß es wohl sagen. Also: der Mann und die Frau stimmten nicht gut zusammen. – Wegen der Partie? Ich meine, weil seine Eltern das Ding gedreht hatten? – Auch deswegen, von ihm aus. Aber das ist es nicht. Sie stimmten nicht zusammen. Überhaupt nicht. – Hm, hm. – – Ja. Es ist wohl nicht schön, wenn ich davon spreche. – Ich denke, man soll Wahrheiten ruhig aussprechen. Es klärt. Man sieht vielleicht dann auch anderes besser. – Die Frau nämlich, meine Mutter, war nüchtern, aus einer Kaufmannsfamilie. Er, der Hamburger, war ein Luftikus, ein begabtes Wesen. Er war sehr begabt. – Nun, und? – Er verfügt über ein ganzes Arsenal von Begabungen. Er spielt Violine, Klavier, ohne Unterricht gehabt zu haben. Wir selbst hatten bei ihm ja die ersten Musikstunden. Das

Klavier, weiß ich noch, war eine Zeitlang ein Kasten ohne Beine; oben auf der Platte wurde bei Tag meist zugeschnitten. Es fiel Staub zwischen die Tasten von den Stoffen, man mußte einen Blasebalg nehmen, um ihn zu entfernen. Der Mann komponierte. Ein Stück von ihm setzte sogar der Musiklehrer unserer Schule, des Friedrich-Wilhelmstädtischen Realgymnasiums, für Orgel. Er saß über Büchern auf Kompositionslehre. Er sang, und nicht schlecht. Er schrieb Gelegenheitsgedichte, war ein fixer Zeichner. Er war geschickt im Entwerfen von Kostümen. Eigentlich ein unheimlich talentierter Knabe; lauter künstlerische Dinge. Die Begabungsfülle war, glaub ich, von mütterlicher Seite auf ihn gekommen. Seine Mutter war eine geborene Jessel; der Komponist des ›Zinnsoldat‹ und anderer Operetten: Léon Jessel, ist sein Vetter. Aber bei meinem Vater gedieh nichts recht.

Erstens war er ein Luftikus und trieb nichts beständig, dann hatten sie ihn zu Hause natürlich nichts lernen lassen – das hat ihn sehr gegrämt –, und nachher hing die Familie an seinem Bein. Das waren wir, fünf Stück, und die Frau. Er war auch ein triebhaftes Wesen, ohne allen Ehrgeiz. In dem Mann, ja ich seh ihn noch vor mir, war etwas Weichliches, Schlaffes, Schwächliches und Ruhendes. Er lebte so hin mit seinen Gaben. Er schlenderte, fühlte sich nie eigentlich unglücklich. Ein Windhund, nehmt alles nur in allem. Aber kein unedles Tier.

– Dies ist alles sehr gut, was du sagst. Du siehst, wie nötig es war, daß du noch mal anfingst. Also ruhig weiter. – Es sind schlimme Dinge, die ich spreche. Ich weiß sie gut, aber ich erinnere mich ungern daran. Es führt geradewegs zu mir. – Aber bitte, wir haben Zeit. Ich dränge gar nicht. Wird es sehr schwer? – O nein, es geht schon. Also, wovon sprach ich, meine Mutter, ja. Meine Mutter hatte nicht viel Respekt vor ihm. Sie nannte ihn: ›gebildeter Hausknecht‹. Ein böses Wort. Ein schlimmes Kapitel, dieser Kaufmanns- und Geldstolz in der Familie meiner Mutter. Das waren alles sehr lebhafte, aktive, praktische Leute, Verdiener und einige auch Genießer. Was darüber lag, war unbekannt! Nein, nicht bloß unbekannt, sondern lächerlich! Es war Anlaß zum Höhnen, zum Ironisieren. Wie wenn Indianer oder Neger zu uns kommen und die Kinder sie ausspotten. Eine fürchterliche Sache. Von dieser Seite her kam eine der Minen, über der die Ehe meiner Mutter mit diesem vielbegabten weichlichen Mann aufflog. Das ist es. Ich muß es schon sagen.

Ich kann davon sprechen, denn ich habe diesen Hohn, diese Borniertheit, diese bittere, anmaßende Härte selbst kennengelernt. Ich hätte nicht gewagt, nicht wagen dürfen, meine Schreibereien zu Hause zu zeigen. Es wußte lange Jahre niemand zu Hause, daß ich schrieb. Und als 1906 von mir ein kleines Theaterstück in einer Matinee zusammen mit einem Stück von Paul Scheerbart aufgeführt wurde, da kam es nicht unter meinem Namen, dem meiner Familie, heraus, sondern unter einem Pseudonym. Aber schon vorher, etwa 1902, war mir unter diesem häuslichen Druck etwas fast Schweres, eigentlich nur Tragikomisches, passiert. Da ich vermied, meinen Namen unter meine Schreibereien zu setzen, hatte ich meinen ersten Roman, er liegt noch in meinem Rollschrank, an Fritz Mauthner, der damals Kritiker in Berlin war – es ist seitdem kein Theaterkritiker seines Ernstes in Berlin erschienen –, geschickt unter einem Pseudonym. Mauthner war augenleidend, er lebte im

Grunewald, schrieb mir nach der Anatomie, wo ich damals arbeitete, an meine Deckadresse: ich möchte ihn besuchen, ihm selbst aus dem Manuskript vorlesen, er sei augenleidend. Eine ganz sonderbare Scheu und Furcht hielt mich zurück davor, ihn zu besuchen. Ja, ich weiß, woher ich diese Scheu habe. Ich hatte also schon ein schlechtes Gewissen vor meinen Arbeiten. So hatte sich das eingeprägt. Bis ins zweite Glied. Ich fuhr einmal bis zum Grunewald, um ihn aufzusuchen. Dann hatte ich es geschickt eingerichtet, daß es schon dunkel war und ich in der Finsternis den Weg zu ihm nicht fand. Vom sichern Hafen schrieb ich ihm einen Brief, worin ich ohne Angabe der Gründe um Rücksendung meines Manuskriptes bat. Und jetzt fängt die eigentliche Tragikomödie an. Mauthner schickte das Manuskript an meine Deckadresse an ein Paketpostamt. Oranienburger Straße. Und als ich dort erschien, um mein Manuskript abzuholen, gab man es mir nicht. Pakete werden nur gegen Legitimation ausgehändigt. Aber wie sollte ich mich legitimieren. Ich zeigte Mauthners Karte vor. Das genügte nicht. Ich war ratlos – und ich blieb ratlos. Das Gegebene, nämlich den Tatbestand, zu erklären, wagte ich nicht. Das schlechte, das grausam schlechte Gewissen! Das zweite Glied! Oh, das ist ein Leiden. Daß so etwas möglich ist. Man hätte mein Manuskript geöffnet, ich – hätte mich zu Tode geschämt. So ist dies Manuskript unabgeholt auf dem Paketamt liegengeblieben. Lange Monate habe ich darunter gekrankt. Die Handschrift meines ersten Romans (die ›Jagenden Rosse‹) ist auf diesem Paketpostamt weggeworfen oder eingestampft. Eine Abschrift hatte ich nicht. Ich faßte einen Entschluß: ich schrieb nach den Skizzen, Entwürfen und aus der Erinnerung das Ganze noch einmal, mit Bitterkeit, über mich verzagend. Ganz schwarz wurde ich darunter.

Ja. Es ging so weiter und blieb so. Als ich schon Arzt war und ein Buch von mir erschien, fragte meine Mutter: »Wozu machst du das? Du hast doch dein Geschäft.« Sie meinte die ärztliche Praxis. Um sie zu beruhigen, mußte ich ihr sagen, daß ich etwas damit verdiene. Es war nicht wahr (übrigens finde ich jetzt, wo sie nicht mehr lebt: die Frau hatte nicht so unrecht. Eigentlich – hätte ich's lassen sollen –). Es war ihr eine Spielerei, das Schreiben, eine Zeitvergeudung, unwürdig eines ernsten Menschen. Das war noch ganz ein Charakterzug der Menschen, die aus kleinen Verhältnissen in das Reich kamen und Geld verdienen mußten, und sonderbar, es war ganz und gar nicht das, was ich später in Polen bei den Juden traf und was mich da so sehr tief erfreute, die Ehrfurcht vor dem Buch, die Ehrfurcht vor dem Geist. Mein Vater hatte solche verschütteten Gaben mit sich getragen. Er war – ethnologisch das Opfer der Umsiedlung. Alle seine Werte waren umgewertet und entwertet. Darum, darum also gedieh seine Ehe nicht. Erst in meiner Generation ist wieder die Besinnung, auch die freudige Besinnung auf die Herkunft und die alte Ehrfurcht schwer und langsam wieder aufgekommen. Ich – habe die große Umsiedlung überstanden.

Meine Mutter, ich kann jetzt ruhig weitersprechen, es war doch gut, daß ich es sagte, meine Mutter hatte keinen Respekt vor ihrem Mann. Er galt auch bei ihren Brüdern nichts. Da fängt, jetzt seh ich besser, fängt der Mann, der im übrigen ein Schürzenjäger ist, an, außerhalb des Hauses Luft zu schnappen, nämlich die Luft, die ihm im Hause fehlt. Der Mann wird langsam ein verlogner Rebell, – verlogen; er wagt sich nicht heraus. Solange seine Eltern leben, duckt er sich. Dann wird er frech. Ich kann auch sagen: mutiger, entschlossener. Er wird oft erwischt. Er vernachlässigt ganz evident seine Frau. Er ist außerdem älter geworden, er ist an die gefährlichen Vierzig geraten, und da muß er die H. treffen. Das legt das Schicksal wie ein Experiment auf ihn. Er gerät in Flammen, der Mann wird das noch nicht gekannt haben, es ist offenbar eine wirkliche, ganz starke Liebesleidenschaft. Er ist reif dafür. Es wird vieles damals in ihm die Leidenschaft geschürt haben und Holz zum Feuer gewesen sein. Es war die Krise in seinem Leben. Nun kommt sein Wagen ins Rutschen und Rollen. Zu Haus wächst die Kälte, die Unfreiheit, der Streit. Da – rückt er einfach aus. Endlich, endlich. – Was sagst du: endlich? – Es kam mir so. – Du bist blaß. Es trifft dich wohl sehr. Vielleicht hören wir jetzt auf. – Nein, danke. Ich kann sprechen. Ich bin doch kein Jüngling mehr, daß mich Einsichten umwerfen. Ich sehe alles klar. Ich sprech es jetzt gern aus. Es fürchte die Götter das Menschengeschlecht! Sie halten die Herrschaft in ewigen Händen und können sie brauchen, wie's ihnen gefällt. – Können wir weitersprechen? – Doch. Es war die Krise im Leben meines Vaters. Er rückt, er rückt einfach aus, dieser Mann. Es tut mir wohl, das so zu sehen. Jetzt bitte ich etwas aufhören zu dürfen. – Gut, gut. Wir haben ja Zeit. – (Eine lange Pause, geschlossene Augen. Dann:) Fahren wir fort. Also mein Vater, der war abgeschwommen von Stettin.

Das kann er jetzt. So weit ist er. Es geht ganz leicht. Es ist dann gar kein Grund anzunehmen, daß dieser Mann jemals wiederkehren wird. Denn warum? Gewissensbisse, wenn sie überhaupt auftreten, treten zurück hinter dem Gefühle des neuen Daseins, der Freiheit. Wird sich seine Frau ändern? Nicht die mindeste Chance. Sie hängt an ihm, er ist ihr Mann, aber ihre Naturen sind sich fremd. Es findet keine Berührung statt. Bei dem blutjungen Mädchen drüben ist er aufgeblüht. Er fühlt sich da wohl. Es ist sein, unbegrenzt sein Element. Seine Existenz. Er wird bei ihr bleiben. Es wird aus ihm vielleicht nichts werden mit allen seinen Gaben. Sein Vater hatte ihn zwingen wollen, etwas Falsches zu werden. Resultat: Desertion, der Mann um sein halbes Leben betrogen, seine Familie Bettler. Man hätte ihn jung laufen lassen sollen oder ihm eine derbe oder sehr kluge Frau geben, Kandare oder ganz lose Zügel. Jetzt ist er deklassiert. Immerhin aber: er lebt, lebt, man verstehe, er lebt in dieser Klasse, auf einem andern Kontinent, seiner Natur entsprechend. – Nun wollen wir aufhören. Es ist wohl alles gesagt. Für jetzt. – Ja. Was soll ich aber zu dem Ganzen sagen.

Unanfechtbar wie sein hartes Urteil über seine Familie ist das Urteil seiner Familie über ihn. Ich kann daran nicht rühren. Für den, der noch andere Taten hinzunimmt, die Taten anderer, seiner Eltern, wird das Urteil schwer. Man gelangt zu keinem Urteil. Nur zu einem Kopfsenken. Zu einer Anklage vielleicht nach einer andern Richtung. Schließlich bleibt, bleibt eine Einsicht, eine Lehre, eine Warnung, für jetzt, für uns, die wir leben.

MARIELUISE FLEISSER

Der Apfel

Da war einmal ein Mädchen, dem ging es schlecht. Das Mädchen war sehr schüchtern, hauptsächlich darum ging es ihm schlecht. Es war ihm nicht immer so gegangen. Zwar war es seit jeher ein verschlossenes Kind und blieb viel allein. Immerhin kamen an bestimmten Tagen Freundinnen von der Sorte, daß sie hinterher beim nächsten Straßeneck stehenbleiben und einen ausrichten. Sie blieben ein bißchen sitzen, jede in einer anderen Haltung, die ihr schön vorkam, tranken Tee, aßen, was man so daheim hat, und niemand machte sich darüber einen Gedanken. Denn wenn der Tee aus war, holte das Mädchen einen neuen von seinem bestimmten Laden und der Kommis dort war auch kein bißchen böse über den Verbrauch, er lächelte freundlich und lief an die Tür. Im stillen hätte er es gerne so gut gehabt wie die gedankenlose Person.

Denn sie war eine gedankenlose Person. Bloß in einem bestimmten Fall machte sie sich ihre Gedanken. Denn wenn die Freundinnen bei ihr im Zimmer saßen und das Gespräch kam auf einen merkwürdigen Menschen, den etwa eine von ihnen kannte, dann hatte die es sehr wichtig und ging im Zimmer hin und her und wußte alles von ihm bis auf seinen Schneider.

Sie aber, von der wir insbesondere reden, hatte einen Freund, und er war merkwürdig in mehr als einer Beziehung. Sein Haar trug er lang. Gallischer Witz funkelte auf seiner Lippe. Kräftig war er und behend, er spielte Fußball und schrieb. Er hatte die Augen von einem hochherzigen Räuber.

Wer ihn kannte, der mochte nicht mehr von ihm weg, so einzigartig war er. Sie dachte, wenn ich anfinge von ihm zu reden, so wäret ihr alle miteinander ganz krank vor Neid und möchtet ihn mir gerne ausspannen. Deswegen redete sie nicht von ihm.

Jeden Tag dachte sie, ist es nicht herrlich, was für einen unvergleichlichen Freund ich habe. Da wurde alles so reich, wenn er kam, und die Einfälle hüpften ihm nur so heraus. Er sprach eine Masse und legte sich hin im Sprechen, wie er sich bei jedermann hinlegte, und sie ließ ihn, wie jedermann ihn ließ und aus ihm ein Wesen machte.

Tat er es mit dem Gang wie ein Panther, mit seinem freien Hals, tat er es mit den Augen, in denen tief ein Rätsel steckte und an ihr ritzte, tat er es mit dem Lächeln, das übersprang? An ihn war sie verloren, es konnte gar kein anderer sein. Nachts liefen sie stundenlang zusammen in den Straßen herum. Eine solche Gewalt war in ihr, und der Mond war so schön, sie hätte den Mond aufessen können.

Aber sie durfte nur weiblichen Umgang haben, einen anderen hatte der Freund ihr verboten. Und so hing es nach einer Seite, denn sie hätte doch immer gern die gescheiten Menschen gekannt. »Eines Tages«, sagte er, »werde ich von dir gehn, dann ist immer noch Zeit für die anderen.« Dann weinte sie. Er sagte es ihr oft vor, denn er dachte, das bin ich meiner genialen Veranlagung schuldig. Und so weit hatte er sie, daß sie solche Reden von ihm ertrug und ihn nicht verließ. Denn dies hatte er ihr eingefleischt, daß sie vor allen Dingen Nachsicht haben mußte mit seinen Schwächen.

Die Zeit verging, die Mark fiel, die Freundinnen blieben aus. Es kam jener Tag, an dem es ihr ging wie vielen, ihr kleines Kapital war nur noch sehr wenig wert. Diesmal z. B. konnte sie nicht mehr daran denken, sich was zum Anziehn zu kaufen. Sie fror im Zimmer, das nicht geheizt war. In der galoppierenden Armut fand sie sich nicht zurecht.

Sie hatte so wenig Wirklichkeitssinn. Sie war wie in einem großen Wald, aus dem sie nicht herausfand. Oder sie war wie ein Taubstummer auf der Straße, und wen sie in der ihr eigentümlichen Sprache ansprach, siehe er ging weiter und machte sich nichts zu wissen von ihren ungelenken Zeichen.

Was sie gelernt hatte, war brotlos. Sie wußte nicht, wie die Menschen sich untereinander bewegen und durch welche geheime Vergünstigung einer es so weit bringt, daß er seiner bestimmten und bezahlten Arbeit nachgeht. In ihrer Unkenntnis stellt sie sich das viel rätselhafter vor, als es in Wirklichkeit war, und da keiner ihr eine Anleitung gab, blieb sie immer verschreckter in ihren vier Wänden sitzen und scheute an den Menschen. Und jetzt war sie richtig ein Mädchen, dem es schlecht ging. Die Mark war schon wieder weniger wert.

Der Freund kam immer noch und tat, als merke er nicht, wie hungrig sie es hatte, so zartfühlend war er, und er rechnete es sich hoch an. Es war eben ein unvergleichlicher Freund, und es wäre nicht angegangen, ihn aus seinen inspirierten Zuständen in ihre Niederungen herabzuziehn, wo es sie auf den Boden preßte. Auch er lebte von der Hand in den Mund, blitzartig konnte er sich dann wieder helfen. Er nahm es nicht genau mit dem Gesetz, aber er zog sie da nicht hinein. Er sagte, »komm, wir gehen einmal wieder miteinander spazieren.«

Dann wußte sie immer eine Ausrede, bald war sie krank, bald war es ein anderer Grund, und jedenfalls mußte sie sich in ihrem Zimmer verhalten. Sie wollte aber nicht, daß er sich an ihrer Seite genieren müsse für ihr altes Kleid. Wenn er mit ihr allein war, sah er von dem ärmlichen Kleid ganz ab, und alles rechnete er sich hoch an.

Da kam an einem merkwürdigen Tag eine frühere Freundin, über die man sich nie was gedacht hatte, und wollte nicht sagen, warum sie kam, sie nahm auch keinen Tee an und als sie ging, lagen auf dem Tisch zwei große, gelblich duftende Äpfel, die hatte sie mitgebracht. Unsere verschreckte Person saß lange da und sah sich ihre zwei Äpfel an, einen ganz roten Kopf hatte sie bekommen. Es überwältigte sie, daß man ihr in der galoppierenden Armut etwas schenkte und nicht einmal etwas dafür verlangte.

Sie roch an dem Apfel, und gerade an einem Apfel hatte sie schon lang nicht mehr gerochen, sie sagte sich vor, daß sie ihn ganz allein aufessen konnte, und aß. Dabei hielt sie ständig den anderen Apfel im Auge, als könne er ihr ungefähr wieder genommen werden. Den wollte sie nämlich für den Freund aufheben, bis er einmal wieder kam.

Sie rieb ihn ab mit zärtlichen Händen, bis er überall einen gleichmäßigen Glanz annahm. Sie legte ihn in eine Schale, und wie er so darinnen lag in Erwartung dessen, für den er bestimmt war, war er für sie noch einmal so schön.

Sie konnte kaum die rinnende Zeit mehr ertragen, bis der Freund erschien. Sie wollte ihm an die Tür entgegengehn und sagen, ich habe lange nichts mehr für dich gehabt, jetzt komm nur schnell herein, heute habe ich was, das darf ich dir geben. In der Nacht sprang sie aus dem Schlaf heraus auf, ihr hatte geträumt, der Apfel war weg. Aber wie sie hinschaute, da lag er noch in seiner Schale, sie schlief gleich wieder ein.

Der Freund blieb lange aus. Sie ging vorsichtig um ihren Apfel herum, kein Hauch durfte ihn treffen, damit er nicht schneller verderbe. Du liebe Zeit, dachte sie, er wird richtig daherkommen, wenn es meinem Apfel schon schlecht geht.

Immer dringender wurde sie in eine törichte Sparsamkeit hineingetrieben. Als wieder einmal die Flasche leer war, hatte sie nicht einmal das Geld, um neuen Brennspiritus zu kaufen. Da gab es kein warmes Getränk mehr in den Leib, und an einem trüben Mittag aß sie einen rohen Suppenwürfel auf, der von früher noch dalag, wie er eingewickelt aus der Fabrik kam, und der Ekel machte sie ganz krank. Aber den Apfel rührte sie nicht an.

In der Nacht befiel den Mann, den sie kannte, ein Bedürfnis, mit ihr zusammen zu sein als mit einem Menschen, bei dem er sich gehen lassen konnte. Im grauenden Morgen warf er an ihr Fenster einen kleinen Stein und schreckte sie aus ihrem Schlaf auf. »Laß mich hinauf«, sagte er über die Straße hin, und als sie ihn unten stehen sah, war es für sie der große Moment. Er ging dann auf ihr Zimmer. Später legte er sich für einige Stunden auf ihr schmales Bett, sagte »ich bin müde.«

Sie stand selber auf, um ihn ungestört ruhen zu lassen, kleidete sich fröstelnd an. Sie stieß an einen Schuh, der da stand. Halbwach warf er sich herum, er verbat sich den Lärm. Gleich darauf versank er. Wie Adam sah er aus in seinem starken, unbekümmerten Schlaf. Sie schlug den Vorhang so über das Fenster, daß kein störendes Licht auf sein Bett fiel. Dabei knarrte der Boden, und sie befürchtete ihn zu wecken.

So blieb sie am Fenster stehn und rührte sich nicht. Wie ein Eindringling stand sie zaghaft in ihrem Eigentum. Sie zog sich auch keinen Stuhl herbei, sie befürchtete dabei ein kleines Geräusch.

Der helle Tag kam sehr stark hinter den Häusern herauf, bald schreckte da und dort ein Vogel auf und sang sich vollends aus dem Schlaf. Etwas später schrie schon eine ganze Schar vieltönig durcheinander. Immer wieder riß sie ihre Augen auf, weil sie ihr blind wurden vor Schlafbedürfnis, und daß sie sich hier mit Anstrengung des Leibes für ihn wach hielt, das war ihr gerade recht. Sie dachte, wie gut, daß mein Apfel noch schön ist.

Als er ausgeschlafen hatte, zog er sich gleich an und wollte ein Frühstück. »Bloß einen einfachen Tee«, sagte er, »daß man was Warmes in den Leib hat« und er rechnete es sich hoch an. Tee wäre noch dagewesen, aber der Spiritus fehlte, und sie hatte für sich selbst nicht einmal ein Stück Brot.

Aber sie lachte mit einer tapferen Nachsicht über die eigenen kleinen Nöte. Sie stellte ihm die Schale mit dem einzigen Apfel hin. Noch freute sie sich daran, daß einem Leib, den sie liebte und der dampfend aus einem Bett stieg, die kühle in den Morgen duftende Frucht hingegeben werde. Erst vor seinem wartenden Blick erblaßte sie. Er wartete eine ganze Weile auf die Zutat, aber sie schloß keinen Kasten auf, ihm zu bereiten, was drinnen war, es lag ja nichts drinnen. Sie hielt die Hände noch so hin in der zagen Erwartung eines guten Wortes, das von ihm zu ihr kam, und eine langsame Röte stieg in ihr Gesicht, weil sie ganz arm war. Nie hätte sie ihm verraten, wie es um sie stand.

Da fing er an zu begreifen, daß er einen kalten Apfel in den nüchternen Magen hineinspeisen werde. Bei dieser Vorstellung fror er und merkte, daß das Fenster offen stand, und es war ihm zuwider. Er stand noch eine Weile herum, erzählte eine unklare Geschichte von einer Schwägerin, bei der es auch nichts gegeben hatte, und sagte es nicht direkt, daß der Apfel auf den leeren Magen für ihn eine Zumutung bedeute. Sie gab für ihr Verhalten keine Erklärung ab. Es war gar nicht so lang her, da hatte er eine Studentin mitgezogen ein ganzes Jahr, er hatte sie genährt und gekleidet, er hatte ihre Bude bezahlt. Das ging ins Auge, er kannte sich damit schon aus. Er würde es nie wiederholen.

Der Freund tat, was er sich vor einigen Minuten vorgenommen hatte, er ging und sagte noch, sie solle keinen Roman daraus machen. Nicht um die Welt hätte sie sich ihm erklären können, aber das Unglück hat ein Gesicht.

Etwas später ging das Mädchen durch dieselbe Tür. Sie hatte einen Apfel bei sich, den wollte sie einem Kind geben, damit wenigstens ein Mensch sich daran freue. Sie war schon so eine Person, die auf empfindsame Zusammenhänge ausging. Sie lief am Trottoir auf und ab mit ihren zerrissenen Schuhen. Aber es kam kein Kind von einer Beschaffenheit, wie man sich ein Kind eben vorstellt.

Bloß ein Junge ging vorbei mit einem häßlichen Ausdruck in seinem käsigen Gesicht, und obendrein war er voller Ausschlag. Am Ende des Trottoirs kehrte er um, ging ein zweites Mal an ihr vorbei und fixierte sie wieder. Sie mochte den Jungen nicht, aber wie sie ihm abermals auf seinen peinlich gemeinen Rücken nachsah, da fühlte sie, die so empfindsam war für die Berührungen der Außenwelt, eine merkwürdige Veranlassung in sich, deren Reiz sie nicht widerstand.

Jetzt war über ihrem Vorhaben schon soviel Zeit vergangen, auf einmal war ihr schon der ganze Apfel gleich, wenn sie ihn nur aus der Hand hatte. Deswegen wollte sie ihm den Apfel geben. Sie lief sogar hinter ihm her in ihrem Unverstand, sie rief ihn an und hielt ihm förmlich bittend den großen Apfel hin, den er ihr mit einer wüsten Gebärde gleich aus der Hand riß, ganz als ob sie gekommen sei, um ihm was zu nehmen. Sie blieb einen Augenblick neben ihm stehen und wunderte sich über ihn.

In eben diesem Augenblick mußte sie es mit ansehn, wie sich der widerwärtige Ausdruck in seinem Gesicht zur gehässigen Bosheit vertiefte. Sie lief vor ihm davon und er ihr nach und zeigte auf ihre Füße und schrie, wie recht es ihr geschehe, wenn sie auch einmal so herumlaufen müsse. Alle Leute sahen hin und merkten erst jetzt, was das Mädchen für schadhafte Schuhe anhatte, aber es konnte keinen Schuster bezahlen. Sie nahm es nicht von der stoischen Seite, als ob sie an diesem Apfel nun einmal keine Freude erleben dürfe. Völlig verlassen setzte sie sich im leeren Zimmer hin und machte sich Vorwürfe und weinte.

Immer hatte sie, wenn sie an den Freund dachte, in einen Glanz gesehn. Immer stand der Gedanke an Hilfe in ihr, wo doch keine Hilfe war. Sie mußte vergessen, wie das mit ihr hätte werden können. Sie mußte ja doch daran glauben. Man nannte erwachsen, wem ein Licht aufgegangen war über die natürliche Feindschaft unter den Menschen. Personen lernten, wie sie die eigene Angst an der Mitperson heimzahlen konnten. Weil sie nicht gefeit waren, traten sie in Furcht nach dem, was ihnen unter die Füße kam. Einer hätte sich ja an ihnen aufrichten, sie dann leichter hinabstoßen können.

ERNST BLOCH

Spuk, dumm und aufgebessert

Ob es irgendwie oder irgendwo noch spukt, stehe dahin. Wo immer aber davon berichtet wird, fällt auf, wie nichtssagend dies Unheimliche ist. Wie bei noch so aufwendigem Chok dann meist nur Langweiliges dahinter ist – falls er nicht erzählend aufgebessert wird. Selbst ein sogenanntes zweites Gesicht, auf Kommendes bezogen, ist selten so beschaffen, daß es nicht auch einfacher zu haben wäre, ganz nüchtern vorahnend. Und auch das Unvermutete darin ist meist banal oder aber es geht uns überhaupt nichts an. Es sei denn eben, ein Dichter macht sich darüber her, Poe'sches, Hoffmann'sches kommen ausfabelnd, umfabelnd hinzu. Die Spukgeschichte mit literarischem Samtkragen ist halluzinatorischer geworden als der meiste »tatsächlich« berichtete Spuk. Wozu uns nachfolgend, aus den selbstgemachten Er-innerungen des Wiener Schauspielers Girardi, sogar ein graziöses Beispiel entgegenblickt, nachträglich sinngebend.

Der Fall selber hebt sehr alltäglich oder auch allnächtlich an. Girardi war spät, doch nüchtern von Freunden in einem Wiener Außenbezirk aufgebrochen. Ruhigen Gemütes überlegte er draußen, ob er, da die Stadtbahn nicht mehr lief, ein teures Taxi oder einen gesunden Fußweg heim nach Hitzing nehmen sollte. Entschied sich für letzteren, geriet dabei in eine hübsche, enge Altwienergasse, die er vorher nie gesehen hatte. Von den Fenstern her gut beleuchtet, und aus vielen hingen einladende Mädchen heraus, schnalzten ihm zu. Besonders anregend tat das eine in ganz schmalem Haus, je nur ein Fenster übereinander, altösterreichisch-gelb um die weißen Fensterrahmen, sie selber entzückend anzusehen. »Danke dir sehr«, sagte der höfliche Mann, »ein andermal, bin jetzt zu müde, aber morgen nacht vielleicht, merke mir dein Haus.« Er war schon weitergegangen, als sie ihm noch nachrief: »Schau, sei net blöd, komm doch her, i mach dirs mexikanisch.« Der Mann lief aber weiter in die Nacht, durch immer bekanntere Gegend, Rotenturmstraße, Kärntnerstraße, Ring, heimwärts durch die Mariahilferstraße, hielt plötzlich an, »was hat dös Madl bloß gmaant mit dem mexikanisch?« Lange stand er still wie ein Schiff von streitenden Winden bewegt, riß sich los, kehrte um, Ring, Kärntnerstraße, Rotenturmstraße und so fort, bis er endlich die kleine alte Gasse wiederfindet, nur nirgends dort das so auffallend gewesene schmale Haus und das Mädchen in seinem einen Fenster. Hin und her die Gasse, fragte die sonst überall noch heraushängenden Huren nach dem verschwundenen Haus, »du Depp du blöder, brauchst a Haus oder a Hur«, riefen die schnalzenden Weiber und schimpften noch hinter ihm her, als der Mann endlich abzog. Mehr als kopfschüttelnd, sehr enttäuscht, wegverspukt ihm beides, Haus und junge Hure. Der Fall selber war doch ganz läppisch, und über eine kleine Erzählung am gewohnten Kaffeehaustisch den nächsten Nachmittag oder Abend reichte das Pech doch kaum hinaus, ein allzu dünner Chok, aus sehr wenig Nicht-Geheurem, ganz ohne Salz. Bis ihn plötzlich, schon mitten in der Mariahilferstraße, die Erleuchtung, der Schlüssel, gleichsam die wahre, nun erst vollendete Spukgeschichte traf. Das so (wir setzen die Erklärung, die nun erst fabulöse Ausspinnung des Schauspielers Girardi wörtlich hierher): »Es gibt einen Engel, der kann es nicht länger mitansehen, wie falsch es die Menschen machen. Hat aber die Erlaubnis, alle hundert Jahre in Gestalt einer Hure auf die Erde, in die Wiener Gasse, in das sonst nicht vorhandene schmale, feine Haus zu kommen. Darf indes nur ein einziges Mal mit einem Mann, der vorübergeht, anbandeln, um ihm das ganz anders zu machende Glück zu offenbaren. Und das verschlüsselte Wort lautet: Schau, i mach dirs mexikanisch. Kommt dann keiner auf den nur einmal vergönnten Ruf hin, dann muß der Engel wieder verschwinden, hundert Jahre lang. Noch keiner aber hat den Ruf bisher verstanden, als noch Zeit dazu war, auch ich nicht, der Letzte bisher, und vielleicht der Letzte überhaupt. Denn wenn niemand folgt, wird der Engel sich sagen: Die Menschen verdienens halt nit besser, und kehrt niemals wieder.« Damit endete der innere Monolog; mit seiner kuriosen Reue ging der sympathische Girardi nach Hitzing in sein unverwunschenes Haus. Doch Nestroy hätte an dieser kleinen erfundenen Post-Magie Freude gehabt, obwohl, ja gerade weil sie nicht auf der Bühne geschah.

Fall ins Jetzt

Man kann auch sonderbar aufs Hier und Da kommen, das ist nie weit von uns. Ich kenne eine kleine, fast niedere, ostjüdische Geschichte, an der freilich der

Schluß merkwürdig enttäuscht. Ihr Ende soll offenbar ein Witz sein, ein recht verlegener und matter, unlustiger, jedoch eben einer, der nur die Grube zuschaufeln soll, in die man gefallen ist. Die Grube ist unser Jetzt, in dem alle sind und von dem *nicht* wegerzählt wird, wie sonst meistens; die kleine Falltür ist also herzusetzen.

Man hatte gelernt und sich gestritten, war darüber müde geworden. Da unterhielten sich die Juden, im Bethaus der kleinen Stadt, was man sich wünschte, wenn ein Engel käme. Der Rabbi sagte, er wäre schon froh, wenn er seinen Husten los wäre. Und ich wünschte mir, sagte ein Zweiter, ich hätte meine Töchter verheiratet. Und ich wollte, rief ein Dritter, ich hätte überhaupt keine Töchter, sondern einen Sohn, der mein Geschäft übernimmt. Zuletzt wandte sich der Rabbi an einen Bettler, der gestern abend zugelaufen war und nun zerlumpt und kümmerlich auf der hinteren Bank saß. »Was möchtest du dir denn wünschen, Lieber? Gott sei es geklagt, du siehst nicht aus, wie wenn du ohne Wunsch sein könntest.« – »Ich wollte«, sagte der Bettler, »ich wäre ein großer König und hätte ein großes Land. In jeder Stadt hätte ich einen Palast, und in der allerschönsten meine Residenz, aus Onyx, Sandel und Marmor. Da säße ich auf dem Thron, wäre gefürchtet von meinen Feinden, geliebt von meinem Volk, wie der König Salomo. Aber im Krieg habe ich nicht Salomos Glück; der Feind bricht ein, meine Heere werden geschlagen und alle Städte und Wälder gehen in Brand auf. Der Feind steht schon vor meiner Residenz, ich höre das Getümmel auf den Straßen und sitze im Thronsaal ganz allein, mit Krone, Szepter, Purpur und Hermelin, verlassen von allen meinen Würdeträgern und höre, wie das

Volk nach meinem Blut schreit. Da ziehe ich mich aus bis aufs Hemd und werfe alle Pracht von mir, springe durchs Fenster hinab in den Hof. Komme hindurch durch die Stadt, das Getümmel, das freie Feld und laufe, laufe durch mein verbranntes Land, um mein Leben. Zehn Tage lang bis zur Grenze, wo mich niemand mehr kennt, und komme hinüber, zu andern Menschen, die nichts von mir wissen, nichts von mir wollen, bin gerettet und *seit gestern abend sitze ich hier.*« – Lange Pause und ein Chok dazu, der Bettler war aufgesprungen, der Rabbi sah ihn an. »Ich muß schon sagen«, sprach der Rabbi langsam, »ich muß schon sagen, du bist ein merkwürdiger Mensch. Wozu wünschst du dir denn alles, wenn du alles wieder verlierst. Was hättest du dann von deinem Reichtum und deiner Herrlichkeit?« – »Rabbi«, sprach der Bettler und setzte sich wieder, »ich hätte schon etwas, ein Hemd.« – Nun lachten die Juden und schüttelten die Köpfe und schenkten dem König das Hemd, mit einem Witz war der Chok zugedeckt. Dieses merkwürdige Jetzt als Ende oder Ende des Jetzt in dem Wort: Seit gestern abend sitze ich hier, dieser Durchbruch des Hierseins mitten aus dem Traum heraus. Sprachlich vermittelt durch den vertrackten Übergang, den der erzählende Bettler aus der Wunschform, mit der er beginnt, über das historische plötzlich zum wirklichen Präsens nimmt. Den Hörer überläuft es etwas, wenn er landet, wo er ist; kein Sohn übernimmt dies Geschäft.

JOSEPH ROTH

Seine k. und k. Apostolische Majestät

Für Stefan Zweig

Es war einmal ein Kaiser. Ein großer Teil meiner Kindheit und meiner Jugend vollzog sich in dem oft unbarmherzigen Glanz seiner Majestät, von der ich heute zu erzählen das Recht habe, weil ich mich damals gegen sie so heftig empörte. Von uns beiden, dem Kaiser und mir, habe ich recht behalten – was noch nicht heißen soll, daß ich recht hatte. Er liegt begraben in der Kapuzinergruft und unter den Ruinen seiner Krone, und ich irre lebendig unter ihnen herum. Vor der Majestät seines Todes und seiner Tragik – nicht vor seiner eigenen – schweigt meine politische Überzeugung, und nur die Erinnerung ist wach. Kein äußerer Anlaß hat sie geweckt. Vielleicht nur einer jener verborgenen, inneren und privaten, die manchmal einen Schriftsteller reden heißen, ohne daß er sich darum kümmerte, ob ihm jemand zuhört.

Als er begraben wurde, stand ich, einer seiner vielen Soldaten der Wiener Garnison, in der neuen feldgrauen Uniform, in der wir ein paar Wochen später ins Feld gehen sollten, ein Glied in der langen Kette, welche die Straßen säumte. Der Erschütterung, die aus der Erkenntnis kam, daß ein historischer Tag eben verging, begegnete die zwiespältige Trauer über den Untergang eines Vaterlandes, das selbst zur Opposition seine Söhne erzogen hatte. Und während ich es noch verurteilte, begann ich schon, es zu beklagen. Und während ich die Nähe des Todes, dem mich noch der tote Kaiser entgegenschickte, erbittert maß, ergriff mich die Zeremonie, mit der die Majestät (und das war: Österreich-Ungarn) zu Grabe getragen wurde. Die Sinnlosigkeit seiner letzten Jahre erkannte ich klar, aber nicht zu leugnen war, daß eben diese Sinnlosigkeit ein Stück meiner Kindheit bedeutete. Die kalte Sonne der Habsburger erlosch, aber es war eine Sonne gewesen.

An dem Abend, an dem wir in Doppelreihen in die Kaserne zurückmarschierten, in den Hauptstraßen noch Parademarsch, dachte ich an die Tage, an denen mich eine kindische Pietät in die körperliche Nähe des Kaisers geführt hatte, und ich beklagte zwar nicht den Verlust jener Pietät, aber den jener Tage. Und weil der Tod des Kaisers meiner Kindheit genauso wie dem Vaterland ein Ende gemacht hatte, betrauerte ich den Kaiser und das Vaterland wie meine Kindheit. Seit jenem Abend denke ich oft an die Sommermorgen, an denen ich um sechs Uhr früh nach Schönbrunn hinausfuhr, um den Kaiser nach Ischl abreisen zu sehen. Der Krieg, die Revolution und meine Gesinnung, die ihr recht gab, konnten die sommerlichen Morgen nicht entstellen und nicht vergessen machen. Ich glaube, daß ich jenen Morgen einen stark empfindlichen Sinn für die Zeremonie und die Repräsentation verdanke, die Fähigkeit zur Andacht vor der religiösen Manifestation und vor der Parade des neunten November auf dem Roten Platz im Kreml, vor jedem Augenblick der menschlichen Geschichte, dessen Schönheit seiner Größe entspricht, und vor jeder Tradition, die ja zumindest eine Vergangenheit beweist.

An jenen Sommermorgen regnete es grundsätzlich nicht, und oft leiteten sie einen Sonntag ein. Die Straßenbahnen hatten einen Sonderdienst eingerichtet. Viele Menschen fuhren hinaus, zu dem höchst naiven Zweck der Spalierbildung. Auf eine sonderbare Weise vermischte sich ein sehr hohes, sehr fernes und sehr reiches Trillern der Lerchen mit den eilenden Schritten Hunderter Menschen. Sie liefen im Schatten, die Sonne erreichte erst die zweiten Stockwerke der Häuser und die Kronen der höchsten Bäume. Von der Erde und von den Steinen kam noch nasse Kühle, aber über den Köpfen begann schon die sommerliche Luft, so daß man gleichzeitig eine Art Frühling und den Sommer fühlte, zwei Jahreszeiten, die übereinander lagen, statt aufeinander zu folgen. Der Tau glänzte noch und verdunstete schon, und von den Gärten kam der Flieder mit der frischen Vehemenz eines süßen Windes. Hellblau und straff gespannt war der Himmel. Von der Turmuhr schlug es sieben.

Da ging ein Tor auf, und ein offener Wagen rollte langsam heraus, weiße Pferde mit zierlichem Schritte und gesenkten Köpfen, ein regloser Kutscher auf einem sehr hohen Bock, in einer graugelben Livree, die Zügel so locker in der Hand, daß sie eine sanfte Mulde über den Rücken der Pferde bildeten und daß es unverständlich blieb, warum die Tiere so straff gingen, da sie doch offensichtlich Freiheit genug hatten, ein ihnen natürliches Tempo anzuschlagen. Auch die Peitsche rührte sich nicht, kein Instrument der Züchtigung, nicht einmal eins der Mahnung. Ich begann zu ahnen, daß der Kutscher andere Kräfte hatte als die seiner Fäuste und andere Mittel als Zügel und Peitsche. Seine Hände waren übrigens zwei blendende weiße Flecke mitten im schattigen Grün der Allee. Die hohen und großen, aber zarten Räder des Wagens, deren dünne Speichen an glänzende

Dirigentenstäbe erinnerten, an ein Kinderspiel und eine Zeichnung in einem Lesebuch – diese Räder vollendeten ein paar sanfte Drehungen auf dem Kies, der lautlos blieb, als wäre er ein feingemahlener Sand. Dann stand der Wagen still. Kein Pferd bewegte den Fuß. Kaum, daß eines ein Ohr zurücklegte – und schon diese Bewegung empfand der Kutscher als ungeziemend. Nicht, daß er sich gerührt hätte! Aber ein ferner Schatten eines fernen Schattens zog über sein Angesicht, so daß ich überzeugt war, sein Unmut käme nicht aus ihm selbst, sondern aus der Atmosphäre und über ihn. Alles blieb still. Nur Mücken tanzten um die Bäume, und die Sonne wurde immer wärmer.

Polizisten in Uniform, die bis jetzt Dienst gemacht hatten, verschwanden plötzlich und lautlos. Es gehörte zu den kalt berechneten Anordnungen des alten Kaisers, daß kein sichtbar Bewaffneter ihn und seine Nähe bewachen durfte. Die Polizeispitzel trugen graue Hütchen statt der grünen, um nicht erkannt zu werden. Komiteemänner in Zylindern, mit schwarz-gelben Binden, erhielten die Ordnung aufrecht und die Liebe des Volkes in den gebührenden Grenzen. Es wagte nicht, die Füße zu bewegen. Manchmal hörte man sein gedämpftes Gemurmel, es war, als flüsterte es eine Ehrenbezeigung im Chor. Es fühlte sich dennoch intim und gleichsam im kleinen Kreis eingeladen. Denn der Kaiser war gewohnt, im Sommer ohne Pomp abzureisen, in einer Morgenstunde, die von allen Stunden des Tages und der Nacht gewissermaßen die menschlichste eines Kaisers ist, jene, in der er das Bett, das Bad und die Toilette verläßt. Deshalb hatte der Kutscher die heimische Livree, dieselbe fast, die der Kutscher eines reichen Mannes trägt.

Deshalb war der Wagen offen und hatte hinten keinen Sitz. Deshalb befand sich niemand neben dem Kutscher auf dem Bock, solange der Wagen nicht fuhr. Es war nicht das spanische Zeremoniell der Habsburger, das Zeremoniell der spanischen Mittagssonne. Es war das kleine österreichische Zeremoniell einer Schönbrunner Morgenstunde.

Aber gerade deshalb war der Glanz besser wahrzunehmen, und er schien mehr vom Kaiser auszugehen als von den Gesetzen, die ihn umgaben. Das Licht war besänftigt und also sichtbar und nicht blendend. Man konnte gleichsam seinen Kern sehen. Ein Kaiser am Morgen, auf einer Erholungsreise, im offenen Wagen und ohne Gesinde: ein privater Kaiser. Eine menschliche Majestät. Er fuhr von seinen Regierungsgeschäften weg, in Urlaub fuhr der Kaiser. Jeder Schuster durfte sich einbilden, daß er dem Kaiser den Urlaub gestattet hatte. Und weil Untertanen sich am tiefsten beugen, wenn sie einmal glauben dürfen, sie hätten dem Herrn etwas zu gewähren, waren an diesem Morgen die Menschen am untertänigsten. Und weil der Kaiser nicht durch ein Zeremoniell von ihnen getrennt wurde, errichteten sie selbst, jeder für sich, ein Zeremoniell, in das jeder den Kaiser und sich selbst einbezog. Sie waren nicht zu Hof geladen. Deshalb lud jeder den Kaiser zu Hof.

Von Zeit zu Zeit fühlte man, wie sich ein scheues und fernes Gerücht erhob, das gleichsam nicht den Mut hatte, laut zu werden, sondern nur gerade noch die Möglichkeit, »ruchbar« zu sein. Es schien plötzlich, daß der Kaiser schon das Schloß verlassen hatte, man glaubte zu fühlen, wie er im Hof das Gedicht eines deklamierenden Kindes entgegennahm, und wie man von einem herannahenden großen Gewitter zuerst den Wind verspürt, so roch man hier von dem herannahenden Kaiser zuerst die Huld, die vor den Majestäten einherweht. Von ihr getrieben, liefen ein paar Komiteeherren durcheinander, und an ihrer Aufregung las man, wie an einem Thermometer die Temperatur, den Stand der Dinge ab, die sich im Innern zutrugen.

Endlich entblößten sich langsam die Köpfe der vorne Stehenden, und die rückwärts standen, wurden plötzlich unruhig. Wie? Hatten sie etwa den Respekt verloren?! Oh, keineswegs! Nur ihre Andacht war neugierig geworden und suchte heftig ihren Gegenstand. Jetzt scharrten sie mit den Füßen, sogar die disziplinierten Pferde legten beide Ohren zurück, und es geschah das Unglaublichste: der Kutscher selbst spitzte die Lippen wie ein Kind, das an einem Bonbon lutscht, und gab dermaßen den Pferden zu verstehen, daß sie sich nicht so benehmen dürfen wie das Volk.

Und es war wirklich der Kaiser. Da kam er nun, alt und gebeugt, müde von den Gedichten und schon am frühen Morgen verwirrt von der Treue seiner Untertanen, vielleicht auch ein wenig vom Reisefieber geplagt, in jenem Zustand, der dann im Zeitungsbericht »die jugendliche Frische des Monarchen« hieß, und mit jenem langsamen Greisenschritt, der »elastisch« genannt wurde, trippelnd fast und mit sachte klirrenden Sporen, eine alte schwarze und etwas verstaubte Offiziersmütze auf dem Kopf, wie man sie noch zu Radetzkys Zeiten getragen hatte, nicht höher als vier Mannesfinger. Die jungen Leutnants verachteten diese Mützenform. Der Kaiser war der einzige Angehörige der Armee, der sich so streng an die Vorschriften hielt. Denn er *war* ein Kaiser.

Ein alter Mantel, innen verblaßtes Rot, hüllte ihn ein. Der Säbel schepperte ein wenig an der Seite. Seine stark gewichsten, glatten Zugstiefel leuchteten wie dunkle Spiegel, und man sah seine schmalen, schwarzen Hosen mit den breiten, roten Generalsstreifen, ungebügelte Hosen, die nach alter Manier rund waren, wie Röllchen. Immer wieder hob der Kaiser seine Hand salutierend an das Dach seiner Mütze. Dabei nickte er lächelnd. Er hatte den Blick, der nichts zu sehen scheint und von dem sich jeder getroffen fühlt. Sein Auge vollzog einen Halbkreis wie die Sonne und verstreute Strahlen der Gnade an jedermann.

An seiner Seite ging der Adjutant, fast ebenso alt, aber nicht so müde, immer einen halben Schritt hinter der Majestät, ungeduldiger als diese und wahrscheinlich sehr furchtsam, von dem innigen Wunsch getrieben, der Kaiser möchte schon im Wagen sitzen und die Treue der Untertanen ein vorschriftsmäßiges Ende haben. Und als ginge der Kaiser nicht selbst zum Wagen, sondern als wäre er imstande, sich irgendwo im Gewimmel zu verlieren, wenn der Adjutant nicht da wäre, machte dieser fortwährend winzige, unhörbare Bemerkungen an dem Ohr des Kaisers, der sich wirklich nach jedem Flüstern des Adjutanten in eine andere Richtung, fast unmerklich, wandte. Schließlich hatten beide den Wagen erreicht. Der Kaiser saß und grüßte noch lächelnd im Halbkreis. Der Adjutant lief hinten um den Wagen herum und setzte sich. Aber ehe er sich noch gesetzt hatte, machte er eine Bewegung, als wollte er nicht an der Seite des Kaisers, sondern ihm gegenüber Platz nehmen, und man konnte deutlich sehen, wie der Kaiser etwas rückte, um den Adjutanten aufzumuntern. In diesem Augenblick stand auch schon ein Diener mit einer Decke vor den beiden, die sich langsam über die Beine der beiden Alten senkte. Der Diener machte eine scharfe Wendung und sprang, wie von einem Gummi gezogen, auf den Bock, neben den Kutscher. Es war des Kaisers Leibdiener. Er war fast so alt wie der Kaiser, aber gelenkig wie ein Jüngling; denn das Dienen hatte ihn jung erhalten, wie das Regieren seinen Herrn alt gemacht hatte.

Schon zogen die Pferde an, und man erhaschte noch einen silbernen Glanz vom weißen Backenbart des Kaisers. Vivat! und Hoch! schrie die Menge. In diesem Augenblick stürzte eine Frau vor, und ein weißes Papier flog in den Wagen, ein erschrockener Vogel. Ein Gnadengesuch! Man ergriff die Frau, der Wagen hielt, und während Zivilpolizisten sie an den Schultern griffen, lächelte ihr der Kaiser zu, wie um den Schmerz zu lindern, den ihr die Polizei zufügte. Und jeder war überzeugt, der Kaiser wisse nicht, daß man jetzt die Frau einsperren würde. Sie aber wurde in die Wachstube geführt, verhört und entlassen. Ihr Gesuch sollte schon seine Wirkung haben. Der Kaiser war es sich selbst schuldig.

Fort war der Wagen. Das gleichmäßige Getrappel der Pferde ging unter im Geschrei der Menge. Die Sonne war heiß und drückend geworden. Ein schwerer Sommertag brach an. Vom Turm schlug es acht. Der Himmel wurde tiefblau. Die Straßenbahnen klingelten. Die Geräusche der Welt erwachten.

WALTER BENJAMIN

Unglücksfälle und Verbrechen

Die Stadt versprach sie mir mit jedem Tag aufs neue und am Abend war sie sie schuldig geblieben. Tauchten sie auf, so waren sie mit einmal, wenn ich an Ort und Stelle kam, wieder fort wie Götter, die nur Augenblicke für die Sterblichen übrig haben. Ein ausgeraubtes Schaufenster, das Haus, aus dem man einen Toten getragen hatte, die Stelle auf dem Fahrdamm, wo ein Pferd gestürzt war – ich faßte vor ihnen Fuß, um an dem flüchtigen Hauch, den dies Geschehn zurückgelassen hatte, mich zu sättigen. Da war er auch schon wieder hin – zerstreut und fortgetragen von dem Haufen Neugieriger, die sich in alle Winde verlaufen hatten. Wer konnte es mit der Feuerwehr aufnehmen, die von ihren Rennern zu unbekannten Brandstätten befördert wurde, wer durch die Milchglasscheiben ins Innere der Krankenwagen blicken, wo am Rand der Bahre ein Begleiter sitzen mochte. Auf diesen Wagen glitt und stürmte Unglück, dessen Fährte ich nicht gewinnen konnte, durch die Straßen. Da hatte es noch seltsamere Vehikel, die freilich ihr Geheimnis ebenso hartnäckig wie Zigeunerwagen wahrten. Und auch an jenen waren es die Fenster, in denen es mir nicht geheuer schien. Eiserne Stäbchen hielten sie verwahrt. Und wenn ihr Abstand auch so winzig war, daß keinesfalls ein Mensch sich durch sie hätte zwingen können, hing ich doch immer, ohne es zu zeigen, den Missetätern und Verbrechern nach, die drinnen, wie ich mir vorerzählte, gefangen saßen. Ich wußte damals nicht, daß das nur Wagen für die Beförderung von Akten waren, begriff sie aber darum nur noch besser als stickige Behältnisse des Unheils. Auch der Kanal, in dem das Wasser doch so dunkel und so langsam trieb, als sei es mit allem Traurigen auf Du und Du, hielt mich von einem Mal zum andern hin. Umsonst war jede seiner vielen Brücken mit einem Rettungsring dem Tod verlobt. Sooft ich sie passierte, fand ich sie jungfräulich und am Ende lernte ich, mich mit den Tafeln zu begnügen, die Wiederbelebungsversuche an Ertrunkenen zeigen. Doch diese Akte blieben mir so fern wie Krieger aus dem Pergamonmuseum. So war fürs Unglück überall gesorgt; die Stadt und ich hätten es weich gebettet, aber nirgends ließ es sich sehen. Ja, wenn ich durch die festgeschlossenen Laden in das Elisabethkrankenhaus hätte blicken können. Es war mir, wenn ich durch die Lützowstraße kam, schon aufgefallen, daß manche Laden hier am hellen Tag geschlossen waren. Auf meine Frage hatte ich erfahren, in solchen Zimmern lägen »die Schwerkranken«. Seitdem sah ich zu ihnen immer auf. Die Juden, wenn sie von dem Todesengel erzählen hörten, der mit seinem Finger die Häuser der Ägypter bezeichnete, deren Erstgeburt sterben sollte, mögen sich diese Häuser so mit Grauen vergegenwärtigt haben wie ich mir die Fenster, deren Laden geschlossen blieben. Aber tat er nun wirklich sein Werk – der Todesengel? Oder gingen dann doch eines Tages die Laden auf und legte sich der Schwerkranke als Genesender ins Fenster? Hätte man ihm nicht nachhelfen mögen – dem Tod, dem Feuer oder auch nur dem Hagel, der gegen meine Scheiben trommelte, ohne je sie zu durchschlagen?

Und ist es wunderbar, daß, als nun endlich Unglück und Verbrechen zur Stelle waren, dieses Erlebnis alles um sich her – ja, auch die Schwelle zwischen Tod und Wirklichkeit – zunichte machte? So weiß ich nicht mehr, ob es einem Traum entstammt oder nur vielfach in ihm wiederkehrte. In jedem Fall war es im Augenblick bei der Berührung der »Kette« gegenwärtig. »Vergiß nicht, erst die Kette vorzumachen«, hieß es, wenn mir gestattet worden war, die Tür zu öffnen. Die Angst vor einem Fuße, der sich in die Tür stemmt, ist mir durch meine ganze Kindheit treu geblieben. Und in der Mitte dieser Ängste dehnt sich endlos wie die Höllenqual das Schrecknis, das offenbar nur eingetreten war, weil nicht die Kette vorlag. Im Arbeitszimmer meines Vaters steht ein Herr. Er ist nicht schlecht gekleidet und er scheint die Gegenwart der Mutter gar nicht zu bemerken, spricht über sie hinweg, als ob sie Luft wäre. Erst recht ist meine Gegenwart im Nebenzimmer für ihn unbeträchtlich. Der Ton, in dem er spricht, ist vielleicht höflich und wohl kaum sehr drohend. Gefährlicher ist eine Stille, wenn er schweigt. In dieser Wohnung ist kein Telephon. Das Leben meines Vaters hängt an einem Haar. Vielleicht wird er das nicht erkennen und indem er vom Sekretär, den zu verlassen er noch gar nicht Zeit fand, aufsteht, um den Herrn, der eindrang und längst Fuß gefaßt hat, hinauszuweisen, wird dieser ihm zuvorgekommen sein, abschließen und den Schlüssel an sich nehmen. Dem Vater ist der Rückzug abgeschnitten und mit der Mutter hat der andere es auch weiter nicht zu tun. Ja, das Entsetzliche an ihm ist diese Art, sie ganz zu übersehen, als wenn sie mit ihm, dem Mörder und Erpresser, im Bunde wäre. Weil aber auch diese finsterste Heimsuchung ging, ohne mir ihr Rätselwort zu hinterlassen, habe ich immer die verstanden, die zum ersten besten Feuermelder flüchten. Sie stehen als Altäre an der Straße, vor denen man zur Unglücksgöttin fleht. Für einen so Beherzten stellte ich mir, noch erregender als das Erscheinen des Wagens, die Minute vor, in der man als einziger Passant sein noch entferntes Sturmläuten hören würde. Es war, als hätte diese Stelle noch ein ganzes Pensum abzuhetzen, bevor der Wagen anhalten dürfe. Fast immer aber hatte man an ihr den besten Teil der Katastrophe. Denn gesetzt, man kam zu einer wirklichen zurecht, so sah man nichts. Es war, als ob die Stadt die seltenen Flammen mit Eifersucht betreue, tief im Innern des Hofes oder Dachgestühls sie nähre und jedermann den Anblick dieses hitzigen, prächtigen Geflügels, das sie sich da gezogen hatte, neide. Löschmannschaften kamen zwar ab und zu von drinnen, doch sie sahen nicht aus, als seien sie den Anblick wert, von dem sie voll sein mußten. Ganz bei der Sache waren nur die Gaffer. Wenn dann ein zweiter Zug mit Schläuchen, Leitern und Boilern vorgefahren kam, so schien er nach den ersten eiligen Manövern sich in den gleichen Schlendrian hineinzufinden und der robuste und behelmte Nachschub mehr Hüter eines unsichtbaren Feuers als sein Feind. Meist aber kamen keine Wagen nach, sondern auf einmal merkte man, daß auch die Polizisten nachließen und das Feuer abgelöscht war. Keiner wollte einem bestätigen, es sei angelegt gewesen.

ANNA SEGHERS

Marie geht in die Versammlung

Marie geht heim von ihrer Dienststelle. Arme, Beine, alles ausgeleiert. Die Sohlen blättern ihr ab, der Körper wird immer schwerer, drei Marien schwer. Die Frage ist gelöst: zwei Bananen oder fahren. In der Hand hat sie zwei Bananen in der Zeitungspapiertüte. Diese Tüte wird sie nachts aufs Fensterbrett legen. Paul wird teilen. Er ist der Austeiler, der Anordner. Er, der alles regelt. Paul ist schon recht. Franz und Anna sind nicht so recht, Franz ist die letzte Zeit richtig verludert, so ein kleiner Dreckspatz, treibt sich auf dem Markt herum, grabscht, wo er kann. Anna ist quengelig, bei jedem Dreck heult sie. Wenn Marie an diese Kinder denkt, dann wird der Strich zwischen ihren Brauen so scharf, daß es ihr selbst innen weh tut. Daß da etwas nicht stimmt, das weiß sie. Wenn sie nachts heimkommt, macht sie sich her über zerrissene Strümpfe und Hosen – Abfall von den Kindern. Zugestopfte Löcher, eine Banane auf dem Fensterbrett, wenn sie aufwachen: Das ist die Mutter. Drei Schläfer auf einem Bett, nachts, wenn sie heimkommt: Das sind die Kinder.

Wenn ich jetzt heimgehe, denkt Marie, das könnte für uns alle ein guter Abend werden. Was für ein Abend? Freitag abend. Ich habe Ernst versprochen, daß ich um sieben Uhr an der Saaltür stehe. Ich werde selbst die Flugblätter bei Maschke abholen. Die Versammlung ist gut vorbereitet, es wird ein guter Abend werden.

Paul wird den Milchtopf vor die Tür stellen, denkt Marie, auf ihn ist Verlaß. Ein kleiner Genosse. Ich brauche heute abend nicht heimzugehen. Man darf nicht bei den Kindern hocken, man muß arbeiten, nicht für drei Kinder, sie sagt, für drei Millionen Kinder. Freilich, Paul ist auch noch ein Kind, man müßte mehr daheim sein, sich um alles kümmern. Dieser Paul kennt mich gar nicht. Er weiß, ich bin seine Mutter, aber er hängt nicht an mir, gar nicht. Grade Paul. Sie versucht an etwas anderes zu denken, ob Ernst die Flugblätter auch richtig bei Maschke abgegeben hat. Sie überquert den Damm, kommt in die Friedrichstraße. Mit ihren zerquetschten Bananen in der Hand schiebt sie durch das Gedränge von Menschen. Diese Menschen gehen alle heim. Sie gehen heim zu ihren Kindern statt auf Versammlungen. Marie biegt in die Körnerstraße. Hier ist es stiller. Es ist schon drei Viertel sieben. Sie eilt sich, um zurechtzukommen. Es wird wieder ein Uhr werden, bis ich daheim bin, denkt sie. Auf einmal zieht sie die Brauen hoch, ihr Herz bekommt einen Stich. Da geht ein Junge vor ihr her, wahrhaftig Paul. Bei dieser überraschenden Begegnung merkt sie, wie sie an diesem Jungen hängt. Sie geht ein Stück hinter ihm her, um sich einmal satt zu sehen. Ein magerer Junge, zehn Jahre alt. Die Haare über den Hinterkopf geschoren, abstehende Ohren. Die Absätze niedergetreten, über den Risten mit großen Stichen genäht, was eigentlich Männerarbeit ist. Sie ist stolz darauf. Die blauschwarzen Strümpfe aus dem letzten Ausverkauf. Die speckige, schon zu enge Hose. Was läßt sich dagegen tun? Vor Herbst gibt's keine neue. Der Kittel auf dem Schulterblatt abgewetzt, wo der Schulranzen sitzt. So lang und dünn ist der Hals, daß ihr bang wird. Jetzt werde ich ihm die Bananen geben, denkt Marie. Sie schleicht sich heran, tippt ihm auf die Schulter, er dreht sich schnell um – und ist ein ganz fremder Junge. Marie bekommt einen Stich im Herzen – nur einen Augenblick. Auf einmal ist ihr so leicht, als ob wunder was Gutes passiert sei. »Da, nimm die Bananen«, sagt sie. Der Junge wundert sich. Seine Augen sind noch bestürzt, wie er hineinbeißt.

Marie lächelt, wie sie weiterläuft, schnell, um nicht zu spät an die Saaltür zu kommen.

ROBERT MUSIL

Das Fliegenpapier

Das Fliegenpapier Tangle-foot ist ungefähr sechsunddreißig Zentimeter lang und einundzwanzig Zentimeter breit; es ist mit einem gelben, vergifteten Leim bestrichen und kommt aus Kanada. Wenn sich eine Fliege darauf niederläßt – nicht besonders gierig, mehr aus Konvention, weil schon so viele andere da sind – klebt sie zuerst nur mit den äußersten, umgebogenen Gliedern aller ihrer Beinchen fest. Eine ganz leise, befremdliche Empfindung, wie wenn wir im Dunkel gingen und mit nackten Sohlen auf etwas träten, das noch nichts ist als ein weicher, warmer, unübersichtlicher Widerstand und schon etwas, in das allmählich das grauenhaft Menschliche hineinflutet, das Erkanntwerden als eine Hand, die da irgendwie liegt und uns mit fünf immer deutlicher werdenden Fingern festhält.

Dann stehen sie alle forciert aufrecht, wie Tabiker, die sich nichts anmerken lassen wollen, oder wie klapprige alte Militärs (und ein wenig o-beinig, wie wenn man auf einem scharfen Grat steht). Sie geben sich Haltung und sammeln Kraft und Überlegung. Nach wenigen Sekunden sind sie entschlossen und beginnen, was sie vermögen, zu schwirren und sich abzuheben. Sie führen diese wütende Handlung so lange durch, bis die Erschöpfung sie zum Einhalten zwingt. Es folgt eine Atempause und ein neuer Versuch. Aber die Intervalle werden immer länger. Sie stehen da, und ich fühle, wie ratlos sie sind.

Von unten steigen verwirrende Dünste auf. Wie ein kleiner Hammer tastet ihre Zunge heraus. Ihr Kopf ist braun und haarig, wie aus einer Kokosnuß gemacht; wie menschenähnliche Negeridole. Sie biegen sich vor und zurück auf ihren festgeschlungenen Beinchen, beugen sich in den Knien und stemmen sich empor, wie Menschen es machen, die auf alle Weise versuchen, eine zu schwere Last zu bewegen; tragischer als Arbeiter es tun, wahrer im sportlichen Ausdruck der äußersten Anstrengung als Laokoon. Und dann kommt der immer gleich seltsame Augenblick, wo das Bedürfnis einer gegenwärtigen Sekunde über alle mächtigen Dauergefühle des Daseins siegt. Es ist der Augenblick, wo ein Kletterer wegen des Schmerzes in den Fingern freiwillig den Griff der Hand öffnet, wo ein Verirrter im Schnee sich hinlegt wie ein Kind, wo ein Verfolgter mit brennenden Flanken stehen bleibt. Sie halten sich nicht mehr mit aller Kraft ab von unten, sie sinken ein wenig ein und sind in diesem Augenblick ganz menschlich. Sofort werden sie an einer neuen Stelle gefaßt, höher oben am Bein oder hinten am Leib oder am Ende eines Flügels.

Wenn sie die seelische Erschöpfung überwunden haben und nach einer kleinen Weile den Kampf um ihr Leben wieder aufnehmen, sind sie bereits in einer ungünstigen Lage fixiert, und ihre Bewegungen werden unnatürlich. Dann liegen sie mit gestreckten Hinterbeinen auf den Ellbogen gestemmt und suchen sich zu heben. Oder sie sitzen auf der Erde, aufgebäumt, mit ausgestreckten Armen, wie Frauen, die vergeblich ihre Hände aus den Fäusten eines Mannes winden wollen. Oder sie liegen auf dem Bauch, mit Kopf und Armen voraus, wie im Lauf gefallen, und halten nur noch das Gesicht hoch. Immer aber ist der Feind bloß passiv und gewinnt bloß von ihren verzweifelten, verwirrten Augenblicken. Ein Nichts, ein Es zieht sie hinein. So langsam, daß man dem kaum zu folgen vermag, und meist mit einer jähen Beschleunigung am Ende, wenn der letzte innere Zusammenbruch über sie kommt. Sie lassen sich dann plötzlich fallen, nach vorne aufs Gesicht, über die Beine weg; oder seitlich, alle Beine von sich gestreckt; oft auch auf die Seite, mit den Beinen rückwärts rudernd. So liegen sie da. Wie gestürzte Aeroplane, die mit einem Flügel in die Luft ragen. Oder wie krepierte Pferde. Oder mit unendlichen Gebärden der Verzweiflung. Oder wie Schläfer. Noch am nächsten Tag wacht manchmal eine auf, tastet eine Weile mit einem Bein oder schwirrt mit dem Flügel. Manchmal geht solch eine Bewegung über das ganze Feld, dann sinken sie alle noch ein wenig tiefer in ihren Tod. Und nur an der Seite des Leibs, in der Gegend des Beinansatzes, haben sie irgend ein ganz kleines, flimmerndes Organ, das lebt noch lange. Es geht auf und zu, man kann es ohne Vergrößerungsglas nicht bezeichnen, es sieht wie ein winziges Menschenauge aus, das sich unaufhörlich öffnet und schließt.

GOTTFRIED BENN

Geographische Details

Vergleiche, Studien, geographische Details! Wie still das Alles in mir ruht: *Canal du Midi* – kein Segel, das Wasser ist unbewegt, von brauner Farbe, Schilf wächst am Rand, er ist nur sechs bis zehn Meter breit, zu beiden Seiten ein Leitweg, überragt mit Pappeln besetzt, auf dem die ziehenden Pferde gehn, – welch ein Gegensatz zum *Belomorskikanal* zwischen Newa und Weißem Meer, der Bau kostete drei Millionen Menschen das Leben, seine Fluten sind unaufhörlich gepeitscht von Stürmen und motorisierten Kutterkarawanen, die zur Onegabucht jagen –, dort im Midi sind auch die großen weißen Stiere vor den Pflügen, die langsam gehn.

So bereit zur Auferstehung! Sich vergeben über weite Räume! Pontinische Sümpfe, giftige Moräste, Trümmer von Gräbern, Hügel mit Ruinen, – Reich des Fiebers und des Todes, aus den dorischen Säulen bröckelt der Kalk. Tief dunkle Buschwälder, Macchia, phönikischer Wacholder von der Via Appia bis zum Circekap, verschlafene Büffel, Horste von Purpurhühnern vor dem clematisblauen Meer, auf dem die Barbareskensegel kamen, *Fondi* überfielen und wieder verschwanden!

Von hohen Schneefeldern stürzt ein Bach, er verschwindet in Schuttkegeln – es ist der Styx. Die rotblauen Felsen von Delphi, die Glanzfelsen, ein Wald von grauen Ölbäumen schmilzt herauf aus der Tiefe des großen Tales. Wie aber auch Anderes seine Ausbreitung erwartet! Sarmatisches Land! Es erfüllt die Stunden! Steppenwinter, furchtbare Schneegestöber, die Luft gänzlich undurchsichtig, eine Windhexe kündigt sie an: Klumpen von verdorrten Pflanzenstengeln, eine Art Kollerdistel, ballen sich zusammen, wachsen riesengroß, rollen und springen, alles flieht, kein Wolf denkt an Beute! Hernach die Frühlinge, Wasserüberfülle, ganz das unruhige Element, widerliche schmutzige Morastgärungen, dann zwar Krokus und Tulpen, aber alle Kräuter grob, groß, strunkig, bei genauerem Hinsehn weit auseinanderstehend, kein Vergleich mit Surrey und Argolis.

Eine weiche weiße Luft fällt um dich wie warmer Schnee, die Rinden und die Vorblüten treiben im Geheimen, dann ist alles da und dann die endenden Sommer mit dem Violett der Distel und der schwefelgelben, der heißen süßen Rose Diane vaincue –, so verkünden sich und so vergehn die Jahre! Wo du auch hinhörst, es ist letzter Klang, immer Ende, finale Lust, von hohen Schneefeldern stürzt ein Bach, ein Wald von grauen Ölbäumen schmilzt herauf aus der Tiefe, Trauer und Licht, wie still das Alles in dir ruht, und dann die endenden Sommer mit dem Violett der Distel und der schwefelgelben, der heißen süßen Rose Diane vaincue.

HEINRICH BÖLL

Abschied

Wir waren in jener gräßlichen Stimmung, wo man schon lange Abschied genommen hat, sich aber noch nicht zu trennen vermag, weil der Zug noch nicht abgefahren ist. Die Bahnhofshalle war wie alle Bahnhofshallen, schmutzig und zugig, erfüllt von dem Dunst der Abdämpfe und vom Lärm, Lärm von Stimmen und Wagen.

Charlotte stand am Fenster des langen Flurs, und sie wurde dauernd von hinten gestoßen und beiseite gedrängt, und es wurde viel über sie geflucht, aber wir konnten uns doch diese letzten Minuten, diese kostbaren, letzten, gemeinsamen unseres Lebens nicht durch Winkzeichen aus einem überfüllten Abteil heraus verständigen …

»Nett«, sagte sie schon zum drittenmal, »wirklich nett, daß du bei mir vorbeigekommen bist.«

»Ich bitte dich, wo wir uns schon so lange kennen. Fünfzehn Jahre.«

»Ja, ja, wir sind jetzt dreißig, immerhin … kein Grund …«

»Hör auf, ich bitte dich. Ja, wir sind jetzt dreißig. So alt wie die russische Revolution …«

»So alt wie der Dreck und der Hunger …«

»Ein bißchen jünger …«

»Du hast recht, wir sind furchtbar jung.« Sie lachte.

»Sagtest du etwas?« fragte sie nervös, denn sie war von hinten mit einem schweren Koffer gestoßen worden …

»Nein, es war mein Bein.«

»Du mußt was dran tun.«

»Ja, ich tu was dran, es redet wirklich zu viel ...«

»Kannst du überhaupt noch stehen?«

»Ja ...«, und ich wollte ihr eigentlich sagen, daß ich sie liebte, aber ich kam nicht dazu, schon seit fünfzehn Jahren ...

»Was?«

»Nichts ... Schweden, du fährst also nach Schweden...«

»Ja, ich schäme mich ein bißchen ... eigentlich gehört das doch zu unserem Leben, Dreck und Lumpen und Trümmer, und ich schäme mich ein bißchen. Ich komme mir scheußlich vor ...«

»Unsinn, du gehörst doch dahin, freu dich auf Schweden ...«

»Manchmal freu' ich mich auch, weißt du, das Essen, das muß herrlich sein, und nichts, gar nichts kaputt. Er schreibt ganz begeistert ...«

Die Stimme, die immer sagt, wann die Züge abfahren, erklang jetzt einen Bahnsteig näher, und ich erschrak, aber es war noch nicht unser Bahnsteig. Die Stimme kündigte nur einen internationalen Zug von Rotterdam nach Basel an, und während ich Charlottes kleines, zartes Gesicht betrachtete, kam der Geruch von Seife und Kaffee mir in den Sinn, und ich fühlte mich scheußlich elend.

Einen Augenblick lang fühlte ich den verzweifelten Mut, diese kleine Person einfach aus dem Fenster zu zerren und hier zu behalten, sie gehörte mir doch, ich liebte sie ja ...

»Was ist?«

»Nichts«, sagte ich, »freu dich auf Schweden ...«

»Ja. Er hat eine tolle Energie, findest du nicht? Drei Jahre gefangen in Rußland, abenteuerliche Flucht, und jetzt liest er da schon über Rubens.«

»Toll, wirklich toll ...«

»Du mußt auch was tun, promovier doch wenigstens ...«

»Halt die Schnauze!«

»Was?« fragte sie entsetzt. »Was?« Sie war ganz bleich geworden.

»Verzeih«, flüsterte ich, »ich meine nur das Bein, ich rede manchmal mit ihm ...«

Sie sah absolut nicht nach Rubens aus, sie sah eher nach Picasso aus, und ich fragte mich dauernd, warum er sie bloß geheiratet haben mochte, sie war nicht einmal hübsch, und ich liebte sie.

Auf dem Bahnsteig war es ruhiger geworden, alle waren untergebracht, und nur noch ein paar Abschiedsleute standen herum. Jeden Augenblick würde die Stimme sagen, daß der Zug abfahren soll. Jeder Augenblick konnte der letzte sein ...

»Du mußt doch etwas tun, irgend etwas tun, es geht so nicht.«

»Nein«, sagte ich.

Sie war das Gegenteil von Rubens: schlank, hochbeinig, nervös, und sie war so alt wie die russische Revolution, so alt wie der Hunger und der Dreck in Europa und der Krieg ...

»Ich kann's gar nicht glauben ... Schweden ... es ist wie ein Traum ...«

»Es ist ja alles ein Traum.«

»Meinst du?«

»Gewiß. Fünfzehn Jahre. Dreißig Jahre ... Noch dreißig Jahre. Warum promovieren, lohnt sich nicht. Sei still, verdammt!«

»Redest du mit dem Bein?«

»Ja.«

»Was sagt es denn?«

»Horch.«

Wir waren ganz still und blickten uns an und lächelten, und wir sagten es uns, ohne ein Wort zu sprechen.

Sie lächelte mir zu: »Verstehst du jetzt, ist es gut?«

»Ja ... ja.«

»Wirklich?«

»Ja, ja.«

»Siehst du«, fuhr sie leise fort, »das ist es ja gar nicht, daß man zusammen ist und alles. Das ist es ja gar nicht, nicht wahr?«

Die Stimme, die sagt, wann die Züge abfahren, war jetzt ganz genau über mir, amtlich und sauber, und ich zuckte zusammen, als schwinge sich eine große, graue, behördliche Peitsche durch die Halle.

»Auf Wiedersehen!«

»Auf Wiedersehen!«

Ganz langsam fuhr der Zug an und entfernte sich im Dunkel der großen Halle ...

HANS HENNY JAHNN

Mov

Der älteste Sohn Faltins, Mov, war dem Großvater nachgeschlagen. Er ging auf die See, er besuchte die Schulen und lernte sich an alle Examen heran. Er war fleißig und sehr still. Er wurde, bald nachdem er sein Patent erworben hatte, Kapitän und führte ein kleines Frachtschiff für eine unbedeutende Reederei in Glückstadt. Seine Uniform war nicht prächtig: ein abgetragener blauer Jackettanzug mit ankergeschmückten, vergoldeten Knöpfen und ein paar zerschlissenen Tressen am Ärmel. Er schlug sich an den kleinen Plätzen, die das Schiff anlief, mit Maklern, Verladern, Schiffshändlern herum. Er hatte harte Tage und Nächte, wenn die See schwer war und mit der Schute spielte, ihr Schläge versetzte, daß sie in allen Spanten erzitterte. Er hörte die Stimmen der Mannschaft: »Kapitän, Kapitän, heute geht es nicht gut, heute nimmt sie uns.« Er saß in seinem kleinen niedrigen Kartenzimmer, zirkelte den Kurs aus, hörte die Worte, das Geheul, das tiefe Stöhnen der Dampfkessel. Die Lampe schaukelte, der alte, drehbare Mahagonisessel knarrte unter dem schwankenden Gewicht des Mannes. Im Raume roch es nach Medizin, weil eine Flasche in der Arzneikiste ausgelaufen war. Das war seine Welt. Bis hierher war er gekommen. Davon hatte er geträumt, als er ein Kind war, und es war ein schwerer Dienst. Der Reeder war nicht mit ihm unzufrieden, aber er tat so, als ob er mit ihm unzufrieden sei. Immer sollte die Kost für die Mannschaft billiger angeschafft werden, immer die Frachtraten hinaufgesetzt. Aber Mov klagte niemals; wahrscheinlich war er selbst mit diesem Teil seines Loses zufrieden.

Die Matrosen, die Heizer waren weniger als er, hausten in schmierigen Löchern. Ihre Kleidung roch nach Tran oder Heringen. Sie waren geringere Leute als er; aber er liebte sie wie sich selbst. Er hatte keinen Dünkel. Doch er saß an dem Teakholztisch mit den merkwürdig gedrechselten Beinen, mit den Barrieren rings um die Platte, damit Karten, Winkelmesser und Zirkel nicht herabgeschleudert würden. Ein Mann der Wache meldete etwas. Der Kapitän antwortete. Er hatte sein Schiff. Es war nichts Großartiges. Aber er liebte es. Er wollte nicht einmal ein anderes. Er war nicht herrschaftlich genug, um ein großes oder prächtiges zu führen. Er richtete sich mit seinem Leben ein.

Frau Larssons Auskünfte über ihn waren nicht viel ergiebiger. Sie wußte indessen auch, daß er nicht verheiratet war, kaum ein Dutzend Freitage im Jahre hatte und sie nicht dazu verwandte, um auf Brautschau zu gehen. Zwar lehnte Frau Larsson es ab, zu wissen, wie er es mit den Mädchen hielt; aber sie war überzeugt, daß sie ihm nichts Erhebliches bedeuteten.

Er war in der Tat sehr anspruchslos, wenig getrieben. Er beneidete seine Leute wegen der Ausschreitungen, die sie begingen. Er beneidete sie und bewunderte sie. Er kam selbst in den Häfen kaum aus seiner Kajüte heraus, außer, daß er Makler, Verlader, Händler in Geschäften aufsuchte. Zuweilen sagte er ein paar dunkle pessimistische Worte. Man behielt sie, weil sie ganz unvermutet von seinen Lippen kamen: »Wir mühen uns ein paar

Jahrzehnte ab, jeder auf seine Weise. Eines Tages legen sie uns in einen Kasten und graben uns ein.« Man antwortete ihm: »So ist es.« Oder auch: »Es hat keinen Zweck, daran zu denken.«

Er dachte auch nicht oft daran. Nur zuweilen, wenn er sich in seiner Koje ausstreckte, wenn das Wetter auf dem Meere still war, oder wenn draußen der abendliche Kai mit seinen elektrischen Lampen durch die Bullaugen hereinschwieg, wenn der Lärm nur noch die Stimme eines betrunkenen Matrosen hatte, wenn der Geruch von Tran, Heringen, faulem Obst und scharfem Käse mit einem lauen Abendwind eindrang – dann dachte er, daß er bald oder ein wenig später verschwinden würde, verschwinden, wie er gekommen. Dann wiederholte er sich: »Bis hierher bin ich gekommen. Das habe ich erreicht. Das war mein Ziel. Dafür bin ich auf die Schulen gegangen. Dafür habe ich alle Ängste der Examen auf mich genommen. Damit ich nicht vergesse, was ich erreicht habe, sind noch alle Knabenängste bei mir. Darum werde ich niemals ein ganzer Mann werden. Damit ich nicht vergesse, daß ich dies erreicht habe, daß ich diese Hütte bewohne, in dieser Koje ausgestreckt liege, dies Schiff führe, diese Mannschaft unter mir habe, die Heizer und die Gasten. – Ob sie mir ansehen, daß ich ein halbwüchsiges Kind geblieben bin? Daß ich niemals auf ähnliche Weise wild bin, wie sie es sind? Daß ich meinen Grog nur trinke, weil andere Kapitäne es tun?«

Er fühlte dann, eine Stunde lang, ehe er einschlief, daß er glücklich war, daß er keinen Wunsch hatte, außer immer hierzubleiben, der zu bleiben, der er war, ein unfertiger Mann, doch ein Kapitän auf einem kleinen Frachtdampfer, beladen mit den Sorgen seines Reeders, allen Tücken des Meeres und der Menschen an den Hafenplätzen ausgesetzt; aber immer in der Gewißheit, daß sein Schiff seine Zuflucht war. An diesen Platz war er gestellt worden. Er konnte ihn ausfüllen. Er verstand es, das Schiff zu führen, die Geschäfte an den Hafenplätzen befriedigend zu erledigen. Er war auf die rechte Weise schroff und weich gegen die Mannschaft. Er verriet niemals, wer er war, daß die abendlichen Stunden in seiner Koje diese seltsame Mischung aus Glück und Verzagtheit hatten. »Gott hat mir bestimmt, daß ich kein Mädchen heiraten soll. Ich werde keine Kinder haben. Das ist mir bestimmt. Das weiß ich. Meine Schwester Olga wird viele Kinder haben; aber ich werde nie ganz erwachsen sein. Ich werde immer schüchtern bleiben. Vielleicht bereiten mir die Mädchen keine große Freude. Ich schäme mich vor ihnen. Ich schäme mich sogar vor einer Hure. Ich schäme mich nicht vor mir selbst. Gott hat mich so gemacht, wie ich bin, mit dieser Angst im Herzen, daß ich womöglich niemals so erwachsen sein werde wie der Küchenjunge Sophus, der doch erst siebzehn Jahre alt ist – und mit dieser Freude, dieser unablässigen Freude, daß ich alle Examen bestanden habe und Kapitän geworden bin. Ich habe wahrhaftig schon vergessen, daß ich ein Schiffsjunge war, ein Matrose, ein geringer Mann auf unbekannten Schiffen. Ich bin jetzt der andere, der am Ziel ist, der zufrieden ist, der hier bleiben will, der immer hier bleiben will, der sein Leben weder durch Trunk noch Huren verschlechtern will, durch keine Verantwortung für Frau und Kinder – der immer ein Halbwüchsiger bleiben will und ein Kapitän dazu – – –«

Er grübelte nicht über sich, er machte nur Feststellungen, Feststellungen ohne Reue, ohne Verlangen, daß es anders sein möchte. Er wußte kaum, was eine Gewissensprüfung ist. Er bedurfte ihrer nicht. Er mußte nur von Zeit zu Zeit den Platz erforschen, an dem er stand. Er sagte nicht einmal mit ganzer Deutlichkeit: »Da bin ich; so bin ich.« Allenfalls räumte er ein: »Möglicherweise steht es so mit mir.« Er sagte auch: »Ich schulde niemand etwas. Ich habe niemand im Stich gelassen. Ich verlasse mich auf niemand. Zwar – ich bin mir selbst nicht genug. Ich habe meine Ängste. Ich bin mir zuweilen abtrünnig. Aber ich habe mein Schiff, meine Mannschaft, meine Beschäftigung und die unvergleichliche Einsamkeit meiner Kajüte. Freilich, eines Tages wird man mich in einen Kasten legen und eingraben. Dann ist dies alles gewesen – und ich weiß nicht einmal mehr wozu. Dies ist, damit auch ich esse und lebe, ernährt werde und mich nützlich mache. Jeder Mensch hat seinen Beruf, und ich habe diesen.«

Die Züge seines Antlitzes waren die eines Mannes, der das Meer befährt. Seine grauen Augen blickten scharf. Seine Hände waren sicher; sie zitterten niemals. Er konnte ein halbes Dutzend Gläser starken Punsches trinken, ohne daß ihm jemand etwas angemerkt hätte. Seine Entscheidungen in Geschäften waren klar. Seine Rechenschaft vor sich selbst wurde von Jahr zu Jahr ungenauer. Es unterliefen immer mehr Ereignisse, die nicht oder nur oberflächlich geprüft wurden. So kam auch jene Nacht, die er nie vergaß, für die sein Gewissen nicht einstehen wollte, jene Nacht, in der James Botters verunglückte. Sie wurden auf hoher See von schwerem Wetter überrascht. Der Ozean kam über die Reling. Das Deck war glatt. Botters ging in der Finsternis von vorn nach achtern. Ganz unerwartet, gegen die Regel des pendelnden Schlingerns, entwich der Boden unter seinen Füßen. Er glitt aus, fiel, rollte wie ein Stück Holz gegen die Schiffswand. In jenem Augenblick schrie er. Schrie so laut, daß es den Sturm durchschnitt. Sogleich gischtete das Wasser über ihn hinweg, zischte. Er konnte nicht hoffen, daß jemand ihn gehört hatte. Er erhob sich, klammerte sich an, spürte ein unbeschreiblich eisiges Gefühl an seinem Leibe.

Da stand der Kapitän vor ihm, zum wenigsten war es seine Stimme »Was ist mit dir, Botters?« »Ich glaube, hier ist ein Haken – – –« sagte der Matrose, machte eine Handbewegung, die der andere in der Finsternis nicht erkennen konnte. »Was für ein Haken?« fragte der Kapitän. »Ich glaube, wir müssen einmal nachsehen –« Ganz unaufgefordert legte der Matrose seinen Arm um den Hals des Kapitäns und begann zu schluchzen. »Bist du gefallen? Bist du verwundet?« »Ich bin gefallen. Ich glaube, ich bin verwundet.«

Die Zähne des Mannes schlugen aufeinander. Der Kapitän Mov Faltin stützte den Matrosen, half ihm die Treppe zum oberen Deck hinauf. Dort begegnete ihnen ein Mann der Wache. James Botters berührte ihn mit seiner freien Hand. Als der Mann stehen blieb, schlang Botters den zweiten Arm um dessen Hals. Er ließ sich mehr tragen, als daß er ging. In der Kajüte des Kapitäns blieb er allein aufrecht stehen. Er fiel nicht, obgleich der Boden unter seinen Füßen tanzte. Der Mann der Wache wollte sich schon entfernen. Doch er hörte Mov Faltins Frage: »Wo steckt denn das Übel?« Und James Botters wies auf seinen Bauch. Der Kapitän entzündete eine kleine messingne Handlampe und leuchtete auf die

Stelle. Da sahen sie, daß die Hose am Bund zerrissen war, und aus dem Riß schaute etwas hervor, vergleichbar einer Blase, graurosa von Farbe. Aber es war nicht Haut, nicht Fleisch, nicht Blut. Und es war groß wie eine Walnuß. »Wir müssen ihn aufs Bett legen«, sagte der Kapitän. James Botters schritt aus eigenem Antrieb schwankend zum Bett, und der Mann, der Wache hatte, half ihm, sich hinzustrecken. Er zog ihm auch die Stiefel von den Füßen. Er streifte ihm die Bluse über den Kopf. Dann hörte er wieder die Stimme Mov Faltins, einen Befehl: »Geh jetzt! Sage niemand, was du gesehen hast! Ich werde allein damit fertig werden.« Er drängte den Mann hinaus, verriegelte die Tür. Er schraubte den Docht der Lampe so hoch, wie es anging, ohne daß er rußte. Er zog die Medizinkiste hervor. Dann erst wandte er sich dem Verunglückten wieder zu. Er entkleidete ihn ganz. Und so sah er denn den Matrosen James Botters, sechsundzwanzig Jahre alt, klein an Wuchs, mit verkrüppelten schmutzigen Zehen, breitem Becken, so daß der Gang des Menschen x-beinig war, weißhäutig, unbehaart, grobhändig, durch keine Schönheit ausgezeichnet, ein durchschnittlicher Mensch, wie er von den Müttern kommt. Aber aus seinem Leibe war, groß wie eine Walnuß, durch eine Wunde, die kaum noch blutete, die braun umrandet war, eine Schlinge des Darms hervorgetreten. Dem Matrosen schlugen die Zähne in Kälteschauern wieder aufeinander. Mov Faltin gab ihm ein Viertelwasserglas voll Kognak. »Ich werde ihn zunähen müssen«, sagte Mov Faltin zu sich selbst, »ich werde dies Schwierige ausführen müssen, denn er wird sonst in zwei Tagen tot sein.« Er suchte Watte und Chloroform hervor. Er ließ den

Matrosen den süßlichen Dampf des Betäubungsmittels einatmen. Er wartete ein paar Minuten, las die Beschreibung, wie man Fleischwunden vernähe. Er wußte nicht, wie tief der Schlaf des Verunglückten war, ob er bewußtlos war oder noch wachte, als er sich ans Werk machte. Aber darauf kam es auch nicht an. Der Kapitän betupfte die schwammige Blase, die aus dem Bauche hervorgetreten war, mit einer desinfizierenden Flüssigkeit. Er tauchte die eigenen Finger in die gleiche Flüssigkeit. Mit einem dieser Finger stieß er den Darm durch die Öffnung im Leibe zurück.

Dann vernähte er sie kunstlos, doch emsig mit einer Anzahl Stichen. Er trieb die krumme Nadel durch Haut und Fleisch. Er tropfte noch einmal einige Tropfen Chloroform auf den Wattebausch, der das Gesicht des Matrosen bedeckte. Dann betrachtete er sein Werk. Nein, er betrachtete das Werk des Schöpfers, den Menschen, der verunglückt war, der leben oder sterben würde. Und dies Anschauen bereitete ihm ein so unermeßliches Glück, einen Genuß von so unirdischer Größe, daß er sich nicht losreißen konnte. Ja, er tröpfelte nochmals Chloroform auf das Gesicht des Matrosen. Endlich kniete er neben dem Bette nieder und begann zu beten. Er betete zu Gott, daß dieser Mensch genesen möge, daß seine schwache, unfachmännische Hilfe ausreichen möge, dies durchschnittliche Leben eines Matrosen zu erhalten. Er, der das Beten nicht verstand, keine Übung darin hatte, lag eine halbe Stunde vor dem Bette auf den Knien und lispelte unvollendete Gedanken und Beschwörungen, bemühte *Jenen*, den er nicht kannte, wollte ihn zwingen, sich in dies Ereignis einzumischen. So fleht ein Knabe um die Genesung eines

Kameraden. Mit tränenerstickter Stimme, mit weltengroßer Angst im Herzen, mit Jubel über ein Gefühl im Fleisch, das neu ist.

Endlich erhob er sich, halb betäubt von seinem Gestammel, vom Stampfen und Schlingern des Schiffes, vom Chloroformgeruch. Er wusch die Wunde, die wie ein verklebter Mund war, mit Äther, brachte ein Pflaster darüber an, packte den Kranken fest in Decken ein, nahm ihm den Wattebausch vom Antlitz. Dann riegelte er die Tür auf, schritt in die Nacht hinaus, tastete sich zur Brücke. Wie er über die Brüstung hinausstarrte, auf das Vorschiff, gegen das die schwarzen Wellen mit grau schimmernden Kämmen anritten, erkannte er, was mit ihm geschehen war. Er sah noch einmal das Bild James Botters, dort unten auf dem Grunde der Schwärze, die kleine weiße Gestalt, aus der ein wenig Darm hervorgetreten war. Willenlos betäubt oder halb betäubt, in die Gewalt von Faltin gegeben. Und er wußte eine Minute lang, er hatte jenen betrachtet, als ob er ihn liebe. – Er vergaß diese Nacht niemals, aber er verheimlichte ihren eigentlichen Inhalt sehr bald vor sich selbst. Botters genas. Die Wunde eiterte ein paar Wochen lang; dann schloß sie sich, ohne einen Schaden im Bauch zu hinterlassen.

Als man nach zwei Tagen einen Hafen anlief, drang der Kapitän darauf, daß Botters in ein Krankenhaus komme. Aber der weigerte sich. Er lag noch immer im Bett des Kapitäns, wurde mit dünner Hafersuppe ernährt. Er wollte nicht von Bord. Der Kapitän gab dem Wunsche des Kranken merkwürdig schnell nach. Botters blieb in seinem Bette, Mov Faltin schlief noch drei Wochen lang auf einem Sofa. Er pflegte den Knaben mit

Sorgfalt, wusch ihm täglich Füße, Hände und Antlitz, überwachte ängstlich die Wunde, reinigte sie, bepflasterte sie. Er befahl eine äußerst karge Diät, beschaute den Darmabgang. Stundenlang saß er schweigend neben dem Lager des Kranken, dessen Hände allmählich so weiß wurden wie der übrige Körper. Dann wurde die alte Ordnung wieder hergestellt. James Botters zog ins Logis der Matrosen.

»Ich habe nur meine Pflicht getan«, sagte Mov Faltin am Ende der für ihn so erregenden Wochen zu sich selbst. Später öffnete er zuweilen den Stöpsel der Chloroformflasche, atmete einen süßlichen Ruchschwaden ein, beschwor einen Traum herauf, dem er keinen Namen gab. »Ich werde immer hier bleiben. Ich kann nirgendwo so gut schlafen wie in meiner Koje. Ich habe keine andere Heimat. Mich verlangt nicht nach den Häfen.« Er bereitete niemand Kummer, nicht einmal Überraschungen.

WOLFGANG KOEPPEN

Schön gekämmte, frisierte Gedanken

Göttingen ist, wie jedermann weiß, eine Musenstadt. Tafeln aus Marmor und Erz ehren berühmte, verstorbene und vergessene Bewohner, aber für Heinrich Heine, glaube ich, gibt es auch in Göttingen kein Denkmal.

Ein rothaariges Mädchen. Verirrte, verlorene Seele. Im chinesischen Märchen ins Haus genommen. Durch das Schlüsselloch beobachtet. Plättet in der Bügelkammer ihre schöne Haut. Gräßlicher, nackter Oger. Das rothaarige Mädchen verschwand hinter der schwarzen Tür eines christlichen Zimmertheaters. Ich ging über die Weender Straße zum Weender Tor, was unvermeidlich ist, wenn man unter den Musen wohnt und sich langweilt. Hier begann die »Harzreise«. Seit 1824 hat sich kaum was geändert, abgesehen von den Automobilen, den Rockern und den Betriebsausflügen. In Göttingen gibt es wieder gute Würste und Studenten, die Hunger oder einen Vater haben. Vor dem Ratskeller saßen sie und tranken einander zu, Vandalen, Teutonen, Cherusker, alte Herren zum Stiftungsfest gekommen und werte Lieben miteingeschlossen, das kahle, das graue Haupt närrisch gezieret, Salamanderreiber, Leichenbeschauer, Versorgungsärzte, Bundesstaatsanwälte, Farbenverflechtungsidylliker und Oberkriegsgerichtsräte aus zwei großen Zeiten siegreich beendeter Kämpfe gegen friedliche

Deserteure, die sanft in molligen Pantoffeln auf Asphodeloswiesen wandeln mögen, von guten Engeln gestreichelt. Ich wollte nicht zum Harz. Ich glaubte nicht mehr an die Hexen auf dem Blocksberg. Die Hexen waren in die Stadt gezogen. In jeder Villa spaltete man Atome, und verhärmt gekleidete Doktorandinnen der theoretischen Physik grübelten in möblierten Zimmern aus rilligem Plüsch und gedrechseltem Nußbaum und dem Kranz zum fünfundzwanzigsten Hochzeitstag der Wirtinnenwitwe unter dem Glassturz Tag und Nacht bei Nes- und Malzkaffee der endgültigen Formel nach, den Erdball in die Luft zu sprengen, während in der Wöhlerstraße (Wöhler, Göttinger Mystagog, Chemiker, 1800–1882, er entdeckte die Bildung des Harnstoffes aus cyansaurem Ammoniak) freundliche Herren am runden Tisch unterm rauschenden Blutbuchenbaum ein Filmmanuskript prüften, das sie bei mir bestellt hatten und in dem ich Gott im Himmel und den Menschen heil lassen sollte. Es war ein schöner Sommertag, und ich schlenderte zum Friedhof hinaus, um mich von den Depressionen zu befreien, die Göttingen, die das Filmmanuskript, die diese Sonne mir schenkte, Sonne auf Schindeldächern, Sonne in altem Fachwerk, Sonne auf den Linzer Schnitten im Schaufenster der Konditoreien, Sonne, die schon den Harz und den Blocksberg für diesmal hinter sich hatte.

Der Gaskessel war mir vertraut. Er erinnerte mich an meine Jugend. Das war in Masuren, an den masurischen Seen, in den masurischen Wäldern. Es gab grimme Kälte und grimme Wölfe, später des Untiers Schanze, und in den verlassenen, den zur Sage gewordenen, den unerreichbaren Städten lecken spitze Zungen Rotkäppchens bleiche Wangen. Auch in Masuren stand hinter dem Friedhof, schwarz und rund, ein Gasometer, und wenn wir im Weltkrieg Nummer eins als Schüler zur Beerdigung eines im Lazarett verstorbenen Soldaten kommandiert waren und an der offenen Gruft sangen »kein schönrer Tod ist in der Welt, als wer vom Feind erschlagen«, wehten süßlich verwesende Schwaden vom Gaswerk her über die Gräber Immergrün, und es war, als habe sich der tote Held in Leuchtgas aufgelöst, um an düsteren Schneemorgen die muffigen Räume des Tannenberggymnasiums milchig zu erhellen. Hellas strahlende Sonne war leider lange schon untergegangen. Ich hätte auf dem masurischen Friedhof liegen können, kein toter Held zwar, aber doch ein Schlachtopfer des Krieges, von der Statistik erfaßt, der nichts entgeht, ein Gefallener der Grippe, der echten spanischen, an der Millionen starben. Der alte Landarzt hatte es eilig, den Totenschein zu schreiben; doch in derselben Nacht noch verließen Kaiser Wilhelm und Feldherr Ludendorff das Heer, der Krieg schien aus zu sein, und die Sterbenden klammerten sich ans Leben. Seine Majestät und die treuesten der Paladine hingen über meinem Bett, schmückten ein Dokument für fleißiges Brennesselsammeln, das mir gewidmet war mit stolzem Spruch und kaiserlichem Namenszug. Was sollten sie mit den Brennnesseln? Sie beugten sich über eine Generalstabskarte und hatten große Dinge mit mir vor. Von den roten Aufschlägen ihrer Mäntel entzündete sich im Fieber die Szene. Auch ich wollte vom Feind erschlagen werden. Hindenburg, der dritte im Bilde, stand wie ein Fels im Feuer. Er sah genau wie unser Deutschlehrer aus, oder

der Deutschlehrer sah wie Hindenburg aus: markig und streng. Erst viel später entdeckte man, daß dieser rocher de bronze – ich meine Hindenburg – hohl war.

Auf dem Friedhof in Göttingen las ich die Grabschriften der toten Professoren. Ich suchte die Göttinger Sieben, und ich fand sie nicht und auch nicht den Machandelbaum, unter dem ich sie mir begraben dachte. Der Geruch vom Gaswerk her stieg mir angenehm in die Nase. Die Göttinger Hausfrauen kochten, und ich lebte. Wäre ich in Masuren gestorben, hätten mich die Granaten des Weltkrieges Nummer zwei wieder ausgegraben. Einen hungrigen Hund hätte ich enttäuscht. Aber ein Wolf hätte vielleicht mein Gebein zum See geschleppt. Mit fünfzehn Jahren träumte ich im Schilf. Ich las Frank Harris' Wilde-Biographie und richtete meine Augen auf den Père Lachaise. Nichts schien mir erstrebenswerter als das Armenbegräbnis eines verrufenen Dichters, doch meine Klassenkameraden wollten weiterhin General werden und für das Vaterland sterben. Einige sind General geworden, andere sind für die Hybris des Vaterlandes gestorben, aber der Père Lachaise blieb fern, fern der Hügel unsichtbaren Lorbeers, und nah waren Prügelstab, Beil, Strick, Bomben, das Kellergrab, das Haus drüber hingesunken, die Delinquentengrube, schaftstiefelentweiht.

Die rothaarige, verirrte Seele kam aus dem Bühneneingang des christlichen Zimmertheaters, wiegte sich über den Rathausmarkt, Teutonen, Vandalen, Cherusker, das Commersbuch war aufgeschlagen, sie ging zur Fischhalle, kaufte einen kleinen geräucherten Aal, der nicht an der Georgia Augusta immatrikuliert war. Die freundlichen Herren in der Wöhlerstraße gaben mir einen Cognac, einen Scheck und mein Drehbuch zurück. Ich eilte zum Bahnhof. Was ließ ich hinter mir? Ein geleertes Glas, einen nicht gefundenen Machandelbaum, geatmetes Gas, eine nicht gegessene Linzer Schnitte, die Jugend und ihre Betrachtung, die alte Burschenherrlichkeit, unwiederbringlich verlorene Stunden und eine rote Seele auf christlicher Bühne, von einem kleinen geräucherten Aal ernährt.

Ich löste den Scheck ein. Ich fuhr nach Paris.

Der blaue Express. Er heißt Mozart. Auf der Brücke bei Kehl pfeift er die Zauberflöte. Das Münster, sein Schatten, als ich auf deinem Grabe herumwandelte, edler Erwin, die bunten Häuser am Ufer wie müde Alte in der Abendsonne, und der duftende Rum von den westindischen Inseln, alle die kreolischen Verhältnisse, Kaiserin und Tänzerinnen und nackt in den Bordellen und das Baccalaureat am Gymnasium Henri Quatre und die Vorlesungen des Collège de France, hinter Straßburg verlangt der Schaffner ein Supplément und der Speisewagen ist zum Abendessen Wollust und Raub, und jeder Schluck aus Burgund ist schon auf der Ile de la Cité getrunken, er kannte Balzac, der begleitete ihn, oh Rue St.-Honoré, das alte Taxi fuhr durch die Rue de la Harpe zur Rue de Cluny, es war der Heimweg Lucien de Rubemprés, das alte Hotel de Cluny, die alten morschen Stufen, die alten klugen Mäusegeschlechter, und da sind die Weinhändler der beneideten Bettler, die wie der alte Verlaine aussehen, die Kochtöpfe der Chinesen, die

Herdfeuer der Anamiten, die Speisestuben der Afrikaner, heimtückische Schüsse aus dem Atlasgebirge und über die Wüste und die Straßen der Kolonisatoren, und auf dem Boulevard St. Michel drängt sich die Jugend, die Jugend der Sorbonne, die ehrgeizbesessene Jugend der École Normale Supérieure, die Jugend der Revolution, die Jugend der Bastille irgendwo in der Welt, Jugend vom Islandschnee bis zum schwarzen Niger, Jugend voll Neugier, Jugend voll Wissen, Jugend voll Trotz und Hochmut und Verbrechen und Fluch und Tränen in allen Kammern des Quartiers, Jugend, die die Welt verändern wird! In fünfzig Jahren – was wird hier in fünfzig Jahren sein – Pompeji? Wir sind vor Entscheidungen gestellt.

Am Morgen das milde Licht. Das milde Licht war Gaukelei. Bitternis, flimmernde freundliche Bitternis über den Bäumen des Ufers, über den sanft geschwungenen Brücken, über dem glitzernden Wasser der Seine, über dem Glockenschlag der Kathedrale. Das Gebäck bröckelte wie Asche, wie müde Lava, aus einem toten Vulkan, der Kaffee war Spülicht, gestohlen aus dem Abflußrohr eines geschlossenen Altersheims. Ja, ich war in Paris, saß am geliebten Platz, saß auf dem wackligen Stuhl, streichelte die Katze. Es war zwanzig Jahre her, daß ich hier gewesen war. Warum war ich jemals weggegangen? Ich war zwanzig Jahre zu spät zurückgekommen, und alles war verfehlt, und alles war falsch geworden, das Leben war gerettet, aber das Leben war vertan, versäumt, vergeudet, wie Sand aus eines Narren Hand gegen die Sterne geworfen.

Das Ballett der Autobusse. Ligne 85 Gare du Luxembourg – St. Denis über den Pont des Arts, ligne 95 Gare Montparnasse – Porte de Montmartre über den Pont du Carrousel, die Ausflugdampfer bewimpelt und mit Musik, Maupassantsche Ruderpartien, meines Großvaters Belle Otero, meines Vaters Mistinguett, Toulouse-Lautrecs Jane Avril erblühen auf den Plakaten des Cinema, ich fliege mit ihnen zum Turm von Notre Dame, binde ihr Haar ins Maul der Ungeheuer, mich hatten Dirnen ausgehalten, ich hatte die Ratten der großen Oper an die Gesandten des Königs von Preußen verkuppelt, in den Plüschsesseln der Logen der kleinen Theater fanden mich am Morgen die Reinmachefrauen, mein Stück war durchgefallen, sie schenkten mir Brot und den Schlag einer derben Hand, ich hatte mit Vautrin gestohlen, ich war mit Rastignac ins Palais Royal gegangen, ich hatte das Chagrinleder besessen, die tödlichen Wünsche, Baudelaires Blumen, Rimbauds Vokale, Verlaines Tränen, ich hatte mit den Goncourt gespeist, mit Herrn von Charlus war ich in eines Westenmachers Werkstätte gegangen, aus den Fenstern der Pension Vedel sah ich auf die Baumgipfel des Jardin du Luxembourg, folgte den Gymnasiasten, den hübschen kleinen Dieben, wie Gérard de Nerval hing ich an einem Morgen am Gitter eines verrufenen Hauses in der Rue de la Vieille Lanterne. Zu spät. Ich war zu spät zurückgekommen. Ich löste das Haar der toten Sirenen vom Maul des Ungeheuers. Sie fielen in die Seine, trieben den Sonnenuntergängen nach, Millionen Kerzen glorifizierten sie, Scheinwerfer, die morgen, von ihren Dynamos gerissen, Fossilien gleichen werden aus vorgeschichtlicher Zeit.

Ich ging über den Platz St.-Michel, Gedenktafeln klagten mich an. Ungekannte Freunde waren gefallen. Noch einmal jung sein! Ich würde in Paris bleiben. Ich würde Medizin studieren, das Herz untersuchen, Gehirne wiegen, ich gewönne Freunde, den Sohn eines Häuptlings von Kukawa am Tschad-See, der von einem Lehrstuhl für Philosophie im russischen Königsberg träumt, den Sohn des Präsidenten und das bürgerliche Frankreich bei Tisch, einen jungen Beischlafdieb, der ein Traktat über die Sinnlosigkeit aller Lyrik schreibt, Verschwörer jeglicher Hautfarben, minderjährige Unzufriedene aus Diktaturen und Demokratien, ich hätte Freundinnen, eine Chinesin aus Saigon, eine Kommunistin aus Clignancourt, eine Kleiderträgerin vom Platz Vendôme mit einem vor tausend Linsen erstarrten Gesicht. Ich würde Schiffsarzt werden, Negerarzt im Wald, der Psychiater verzweifelter Mörder in New York, ich praktiziere in einem chinesischen Dorf. Wo ich's vermag, verrate ich meine weißen Brüder. Die Sehnsucht treibt mich zurück. Ich werde Armenarzt in Paris. Jeder Bettler kennt mich, die Huren sind meine Schwestern. Jeder Gesetzesbrecher traut mir. Ich kenne den Untergrund des Lichts. Und erst nach all den Jahren, reif an Erkenntnissen und Erfahrungen und voll Verachtung für die Praktiken der Verleger und Kritiker, schreibe ich ein Buch.

Glückliches Leben, schönes Ende, die Praxis verlassen, den Stuhl am Schreibtisch umgestoßen. Ich schlafe unter den Brücken, ein alter Mann, wirres graues Haar und noch immer der gierige Blick nach den Beinen der Mädchen. Ich bettele, dies ist die würdigste Haltung des Menschen. Die Weinflasche wird gefüllt. Das milde

Licht über den Bäumen, über der Seine, über dem Glokkenschlag der Kathedrale, nun ist es ohne Bitternis. Ich sehe purpurfarbene Wolken. Paris ist schön! Aber der Père Lachaise ist für immer geschlossen. Ein illustrer Club. Ich verliere die Ballotage: lauter schwarze Kugeln.

Schön gekämmte, frisierte Gedanken. Ein Wort von Heine, wie jedermann weiß.

ARNO SCHMIDT

Trommler beim Zaren

Ich selbst hab' ja nichts erlebt – was mir übrigens gar nichts ausmacht; ich bin nicht Narrs genug, einen Weltreisenden zu beneiden, dazu hab' ich zuviel im Seydlitz gelesen oder im Großen Brehm. Und was heißt schon New York? Großstadt ist Großstadt; ich war oft genug in Hannover; ich kenn's, wenn morgens tausend Henkelmänner mit ihren Kännchen aus dem Hauptbahnhof geschwindschreiten, in Fächerformation, hinein ins Vergoldete Zeitalter. Einer hat'n Gang, als käm'n Dackel hinter ihm her. Backsteinfarbene Geschöpfe mischen sich ein, Schirmpfeile in den blutigen Händen, (oder auch in totschwarzen; gleich werden ihre Schreibmaschinen hell wie Wachtelschlag erklingen. Alle die Weckergeweckten. Schon räuspert sich das Auto neben mir strafend; dabei bin ich doch wirklich, schon rein äußerlich, nicht mehr in dem Alter, daß man mich im Verdacht haben könnte, der Anblick zweier Milchdrüsen vermöchte mich noch zum Trottel zu machen!).

Also das Alles nicht. Aber Abends und Nachts spazieren geh' ich ganz gern – man beachte das dreifachgaumige ‹g›, mir ist es eben auch unangenehm aufgefallen, (‹warum› will ich aber nicht wissen; ich halte nichts mehr von ‹Psychologischen Befunden›, seitdem ich mich einmal unter der Hand nach der Bedeutung solchermeiner nächtlichen Gänge erkundigt habe. Ein Gutachten sagte klipp & klar, ich sei hyänenhaft-feige und eine potentielle Verbrechernatur; das sind die Meisten von uns, sicher. Das andere behauptete, ich wäre ein Mutfänomen – ach, Du lieber Gott! Es wurde mir jedenfalls sehr rasch zu viel, auch zu teuer. Ich hab' dann selbst längere Zeit darüber nachgedacht; der eigentliche Grund dürfte sein, daß ich so schlecht sehe, und es mir am Tage zu hell und zu heiß ist.)

Jedenfalls gehe ich immer erst eine rundliche Stunde – ich hätte gebräuchlicher ‹runde› schreiben sollen, ich weiß; aber das hätte sich dann auf ‹Stunde› gereimt, und ich mag Gedichte nicht – da sieht man allerlei, und braucht sich nicht als ‹voyeur› vorzukommen, also ‹schuldig› oder gar ‹sündig› : den Meisten-von-Uns vergeht das Leben damit, die in der Jugend verkehrt eingestellten Maßstäbe mühsam wieder zu adjustieren.

Die Jahreszeit spielt dabei keine Rolle – ich kann durchaus einen winterlichen Neubau würdigen, früh um 5; und die Handwerker tauen die eingefrorene Pumpe des schon fertigen Nachbars mit lodernden Tapetenresten auf. Es darf ein Sommermeteor sein, der gegen Mitternacht seinen Nylonfaden durch die Giraffe zieht, und über der DDR zerspringt; (ich wohn' so dicht am Zonengrenzübergang. Und erkenne also vorsichtshalber die DDR an.) Es darf ein Spätherbstabend sein, wo man stehen bleibt und horcht : was war das Geräusch eben? Eine nahe Grille; oder ein meilenferner Traktor? (Zum Frühling fällt mir im Augenblick nichts ein, und ich bin nicht Pedant genug, mich deswegen irgendwie zu forcieren; der Herbst ist mir jedenfalls die liebste unter den Jahreszeiten.)

Anschließend gehe ich dann grundsätzlich noch in die Fernfahrerkneipe; und das kann eventuell lange dauern;

denn da sitzen ja dann lauter Leute, die ‹etwas erlebt› haben, beziehungsweise Alle noch mitten im Erleben drin sind, und zwar heftig.

Allein die ganze Atmosfäre dort : das hochoptische Gemisch aus nacktem Kunstlicht und kurz & klein gehackten Schatten. Die fleckigen Tischplatten (Decken haben davon nur die 2, links vom Eingang, wo die überwachten Vornehmen sitzen, in dünnen Fingerspiralen Eisglaskelche, auf denen Schlipsschleifen aus Zitronenschalen schwimmen : Er mit jener für öffentliche Ämter so unschätzbaren würdevollen Fadheit und leeren Ernsthaftigkeit, (dabei so doof, daß er nicht mal in der Hölle Eiskrem verkaufen könnte, wenn er selbstständig sein müßte!); Sie von der Sorte, die auf Camping-Plätzen gleich Blümchen vors Zelt pflanzt und einen Tannenzapfen daneben legt.)

Die Ernstzunehmenden sind natürlich die Anderen, Männer wie Weiber. Meist breit, mit energisch-fleischverhangenen Gesichtern, die Fahrer; sämtlich fähig, eine abstrakte Kleinplastik notfalls als Büchsenöffner zu verwenden; (ich bin nicht für's Moderne; man hat es vielleicht schon gemerkt). Die Frauen meist ‹Lieschen›, mit leicht gezerrtem Defensor virginitatis, aber handfest : weder ist die Brust, vorn, Tarn & Tara, noch hinten die Porta Nigra.

Die betreffende breitschultrige Fünfzigerin hatte ich übrigens schon öfter hier gesehen; stets leicht be-bowlt, so daß die Stimme ein entzückend hoher heiserer Baß wurde. Eben erklärte sie vermittelst desselben : »Mein Vater war Trommler beim Zaren : bei mir ist Alles Natur!«. (Eine Logik, die mir zwar gewagt, ihrem heutigen Partner jedoch anscheinend legitim vorkam, denn er nickte eifrig. Seinen Beruf erkannte ich, als er dann gleich allein abfuhr : er machte seinen Weekendausflug im Leichenauto. Und ich stellte mir das 1 Minute lang illustriert vor. Bis ich kichern mußte.)

Meine 2 Nachbarn auf der andern Seite bestellten sich erst »'ne Schachtel Zie'retten«, (der Eine noch zusätzlich »Fefferminzbruch«); und dann machten sie Folgendes : Jeder tat in sein leeres Glas 2 gehäufte Teelöffel Nescafé, und goß dann frisches CocaCola drüber : das schäumte hoch; dick & gelbbraun; Alles schien sich aufgelöst zu haben; sie schlürften und lächelten technoid. (Das muß ja auch toll aufpulvern! Ma'probier'n.) Mit solchem Trank im Leibe hatten sie dann freilich gut ketzern lästern & erzählen :

von dem Kehlkopfoperierten, dem die Russen die silberne Kanüle aus dem Halse geklaut hatten; (dabei hatte er noch ‹Wilke› geheißen, was ja bekanntlich vom slawischen ‹Wlk›, gleich ‹Wolf›, kommt : es hatte alles nichts genützt!).

»Wat hat sich 'ne Hausanjeschtellte vadient, die 60 Jahre in een- und derselbn Familje jearbeit' hat?« : »'ne Urkunde von'n Landrat?« entschied der Andere pomadig. / Auch wollten sie, relata refero, Deutschland neutralisieren & entwaffnen; und dann noch 'ne solidlose Konföderation ‹zwischen Bonn und der DDR›; und ihre Begründung war, wie immer bei Fernfahrern, so dumm gar nicht. Sie gingen nämlich von der 5%-Klausel aus, und einem künftigen Weltstaat : in dessen Parlament wäre ‹Bonn› dann nämlich mit nichten vertreten! »Denn fümf Prozent von drei Milljarden, det mußte Dir ma' ausrechnen, det sind hundertfuffzich Milljohn'!«. (Und der Andere nickte, vorgeschobenen

Untergelipps, à la ‹Ja bei uns schtimmt e'em ooch nich Alles›.) / »Mensch, Du liest noch Karlmay?! Bei dem kommt doch nich een Auto vor! Da reiten se doch noch uff Ferden rum, wie beim Ollen Fritzen – *det* hat doch keene Zukunft!« / (Und endlich fing er an, von ‹Erlebtem› zu erzählen – darauf hatte ich gewartet; darauf warte ich immer; ich warte ja überhaupt auf nichts anderes. Schon kam ich mir wieder vor, wie bei Homers : los : skin the goat!)

: der Betreffende – (Ich will ihn, geheimnisvoll, ‹Den Betreffenden› nennen. Das paßt für Viele : Dürre in Niedersachsen; dafür Überschwemmungen in Salzburg? : ‹Der Betreffende hat wieder mal falsch disponiert!‹) – war ‹im Westen› zu Besuch gewesen, Jubeltrubelheiterkeit; und hatte, da seines Zeichens Omnibusunternehmer, auch hiesige Tankstellen und Autohändler frequentiert. Neidisch die besterhaltenen Gebrauchtwagen gemustert – auf einmal blitzte sein Blauauge : war das nicht dort derselbe Autobus wie ‹seiner›? Natürlich nur viel fescher, und fast wie neu. – : »Den müßte man haben!«

Handelseinig wurde man relativ rasch; denn der Betreffende war im Nebenberuf auch noch HO-Leiter, und da fällt ja bekanntlich immer Einiges ab. Nur hatte ‹seiner› hinten noch 2 ovale Fenster drinne:? »Die schneiden wa rein!«

»Fuffzehntausend? Na?«. – »Ja. Aber zahlbar erst nach Empfang!« (Und wie das Ding über die diversen Zonengrenzen kriegen; es war ja schließlich ein Objekt, das man sich nicht in den Ärmel schnipsen kann!).

: »Und denn haa'ck'n rüber jebracht!«. (Jetzt lehnte auch die Nachfahrin des Zarentrommlers ihre machtvollen Reize interessiert näher. Also zumindest ein Teil war bestimmt Natur.)

: »Erst ha'm se noch det janze Verdeck innen vabrannt«; nämlich beim Einschneiden der, zur Tarnung unerläßlichen, beiden neuen Rückfenster. Bis aus Lüneburg mußte man einen Sattler ranholen: »und ick schtand wie uff Kohln! Und et wurde Neune« (und zwar P.M.; das dauert jetzt schon 30 Jahre, und die 24-Stunden-Zählung ist immer noch nicht volkstümlich geworden); »und et wurde Zehne: endlich, um Elwe, konnt'ick los!«

Und war eine finstere Nacht gewesen: der Regen goß in Strömen; von den Wetterfähnlein der Kirchtürme kreischte es herunter, wenn er, seinen Leviathan hinter sich, durch die schlafenden Dörfer spritzte; Paul Revere war ein Waisenknabe; bis Helmstedt.

: »Den een' Zollfritzen kenn'ick; der saacht: ‹Kieck ma det Pärchen; die warten ooch schonn seit drei Taachen, det se Eener mitnimmt. Die sind beschtimmt durchjebrannt, und wolln jetz wieda zu Muttien.› Finster sahn se ja aus.« (Kunststück: 3 Tage warten; wahrscheinlich ungewaschen; ohne Geld; und dann bei dem Wetter. Jedenfalls hatte er sie, der Bus war ja ganz leer, dann um Gottes willen bis auf die Höhe von Lehnin mitgenommen. Begreiflicherweise auch den Rückspiegel so eingestellt, daß er vorsichtshalber die beiden Zerknitterten beobachten konnte. Beschrieb auch deren intimere Evolutionen; wozu unsere ältliche Hörerin, fachfraulich gepreßten Mundes, mehrfach billigend nickte. Einmal allerdings stieß sie verächtlich Nasenluft aus: Anfänger!).

: »Hinta Braunschweig hatt'ick schonn ma'ne Weiße

Maus hinter mir jehabt«, (so nennt man in solcher Umgebung, unehrerbietig, einen einzelnen Verkehrspolizisten auf seinem Motorrad); in Westberlin aber war es dann gar ein »Peterwagen« (also ein ganzes Polizeiauto) gewesen, das ihn an den Straßenrand gedrückt, und seine Papiere kontrolliert hatte: die waren auf BRD & Westberlin via Zone ausgestellt gewesen, und ergo unanfechtbar; hier lag ja auch gar nicht die Schwierigkeit; aber

: »nu schteh ick in Berlin-Schalottenburch, und der Betreffende kommt an : mit *sonner* Aktentasche! Alles Fuffzijer und Hunderter.« Da wurde einem, beiden Teilen bekannten und ehrwürdigen, neutralen Dritten die Kaufsumme übergeben; der schrieb im Schweiße seines Angesichtes 15 Postanweisungen à tausend Mark aus, und gab erst mal 7 davon auf bei der Post – in Berlin wundert man sich über gar nichts mehr.

: »Haste de Nummernschilder?!« Nämlich von des Betreffenden »alter ostzonaler Schaukel«: die mußten erst passend gemacht werden; das heißt, die Schraubenlöcher genau aufeinander, sämtliche Muttern geölt. Und dann als erstes wirkliches Risiko

: »durchs Brandenburger Tor : und det *war* vielleicht enge, Mensch, wie bei 'ner Jungfrau : ‹Kieck Du links raus; ich rechts.›«; so waren sie, die Wände beinahe streifend, durch jenes nicht-marmorne deutsche Wahrzeichen gesteuert; und drüben harrte schon der Volkspolizist.

Nun braucht man im inner-berlinischen Verkehr weiter keine Papiere – aber daß sich Einer zur Besichtigung des Ostsektors ausgerechnet einen leeren Omnibus wählt, befremdete den Blanken, und mit Recht, doch ein wenig. Der Dicke aber, eiserner Stirnen rundherum übervoll, hatte solange auf seine besichtigungslustige Korpulenz, und den 1 Freund, verwiesen, bis der Beamte endlich achselzuckend sagte : »Et kost' ja *Ihr* Benzien.« Und ihn weiterließ.

: »aber nu kam de eijentliche Schwierichkeit« ; und das war der Übergang aus Ostberlin in die ‹Zone›, also, disons le mot, die DDR : »Da hatt' ick nu schonn vorher meine Bekannten mobilisiert jehabt : ‹Sucht ma'n janz einsam Grenzüberjang raus›« – er hielt den Zeigefinger effektvoll 3 Zentimeter vor die dicken Cäsarenlippen, und funkelte uns Lauschende majestätisch an (und geschmeichelt auch. Die Gebärden der Erzähler hier sind mannigfaltig.)

: »und zwar in Richtung Ludwigslust. – Ick fah da also immer an'n Kanal lank. Vor uns Keener, hinter uns Keener; et iss ja ooch bloß'n halber Feldwêch.« Steuerbord voraus kam der Kontrollposten in Sicht : eine simple Bretterbude, ganz einfältig. Bis auf 300 Meter fuhren sie ran

: »dann wir runter. Ick saache : ‹De Schilder her : ick vorne, Du hinten!› Und de Muttern bloß so mit de Finger anjezogen. Rinn in'n Kanal mit de alten Schilder; und immer noch keen Aas in Sicht. Und ick richt' ma uff. Und ick dreh ma um. Und ick saache bloß : ‹Hier haste Dein' Omnibus.›« (Und wir nickten Alle im neidischen Takt : es gibt schon noch Männer!).

: »Der Konnte det jaa nich'jlooben! Det er nu'n neuet Auto hatte.« Hatte nur immer strahlend das neu auf West lackierte Ungetüm betrachtet, der Betreffende. Und dann wieder den mutig-Dicken. Hatte sich selig ans Steuer geschwungen; ihm noch »Hundert Ost : für't

Mittachessen!« in die Hand hinuntergedrückt; und war dann abgebrummt.

: »ick seh ma det noch so an, wie er an det Wach-Häuseken da ran jondelt. Da kiekt een-Enzjer raus, mi'm Kopp. Und winkt bloß so mit de Hand« – so schwach und schläfrig winkte die seine nach, wie ich, in a long and misspent life, noch nie zuvor gesehen hatte – »und der winkt wieder – : und da iß er ooch schonn durch. Keene Kontrolle. Nischt. . . .«. Und breitete, leicht kopfschüttelnd, die Hände; und ließ sie wieder auf die Tischplatte sinken : geritzt.

Wir waren verpflichtet, wiederum zu nicken. Taten es auch gern. Der Andere bot ihm vor Anerkennung einen Stumpen.

»Det haa'ck übrijens ooch noch nich jewußt, det-det Brand'nburjer Tor nich massiv iß. Ick hab' immer jedacht, wenichstens Jranitt oder so.« Aber der Erzähler schüttelte nur ablehnend den kundigen Kopf : nichts; gar nichts : »Überall blättert de Tünche ab.«

»Bei *mir* ist Alles Natur«, sagte die Walküre, und lehnte sich voller zurück : »Mein Vater war Trommler beim Zaren!«

WOLFGANG HILDESHEIMER

Der hellgraue Frühjahrsmantel

Vor zwei Monaten – wir saßen gerade beim Frühstück – kam ein Brief von meinem Vetter Eduard. Mein Vetter Eduard hatte an einem Frühlingsabend vor zwölf Jahren das Haus verlassen, um, wie er behauptete, einen Brief in den Kasten zu stecken, und war nicht zurückgekehrt. Seitdem hatte niemand etwas von ihm gehört. Der Brief kam aus Sidney in Australien. Ich öffnete ihn und las:

Lieber Paul!

Könntest Du mir meinen hellgrauen Frühjahrsmantel nachschicken? Ich kann ihn nämlich brauchen, da es hier oft empfindlich kalt ist, vor allem nachts. In der linken Tasche ist ein »Taschenbuch für Pilzsammler«. Das kannst Du herausnehmen und behalten. Eßbare Pilze gibt es hier nämlich nicht. Im voraus vielen Dank.

Herzlichst Dein Eduard

Ich sagte zu meiner Frau: »Ich habe einen Brief von meinem Vetter Eduard aus Australien bekommen.« Sie war gerade dabei, den Tauchsieder in die Blumenvase zu stecken, um Eier darin zu kochen, und fragte: »So? Was schreibt er:?

»Daß er seinen hellgrauen Mantel braucht und daß es in Australien keine eßbaren Pilze gibt.« – »Dann soll er doch etwas anderes essen«, sagte sie. – »Da hast Du recht«, sagte ich.

Später kam der Klavierstimmer. Er war ein etwas schüchterner und zerstreuter Mann, ein wenig weltfremd sogar, aber er war sehr nett, und natürlich sehr musikalisch. Er stimmte nicht nur Klaviere, sondern reparierte auch Saiteninstrumente und erteilte Blockflötenunterricht. Er hieß Kolhaas. Als ich vom Tisch aufstand, hörte ich ihn schon im Nebenzimmer Akkorde anschlagen.

In der Garderobe sah ich den hellgrauen Mantel hängen. Meine Frau hatte ihn also schon vom Speicher geholt. Das wunderte mich, denn gewöhnlich tut meine Frau die Dinge erst dann, wenn es gleichgültig geworden ist, ob sie getan sind oder nicht. Ich packte den Mantel sorgfältig ein, trug das Paket zur Post und schickte es ab. Erst dann fiel mir ein, daß ich vergessen hatte, das Pilzbuch herauszunehmen. Aber ich bin kein Pilzsammler.

Ich ging noch ein wenig spazieren, und als ich nach Hause kam, irrten der Klavierstimmer und meine Frau in der Wohnung umher und schauten in die Schränke und unter die Tische.

»Kann ich helfen?« fragte ich.

»Wir suchen Herrn Kolhaas' Mantel«, sagte meine Frau.

»Ach so«, sagte ich, meines Irrtums bewußt, »den habe ich soeben nach Australien geschickt.« – »Warum nach Australien?« fragte meine Frau. »Aus Versehen«, sagte ich. »Dann will ich nicht weiter stören«, sagte Herr Kolhaas, etwas betreten, wenn auch nicht besonders erstaunt, und wollte sich entschuldigen, aber ich sagte: »Warten Sie, Sie können dafür den Mantel von meinem Vetter bekommen.«

Ich ging auf den Speicher und fand dort in einem verstaubten Koffer den hellgrauen Mantel meines Vetters. Er war etwas zerknittert – schließlich hatte er zwölf Jahre im Koffer gelegen – aber sonst in gutem Zustand.

Meine Frau bügelte ihn noch ein wenig auf, während ich mit Herrn Kolhaas ein Glas Sherry trank und er mir von einigen Klavieren erzählte, die er gestimmt hatte. Dann zog er ihn an, verabschiedete sich und ging.

Wenige Tage später erhielten wir ein Paket. Darin waren Steinpilze, etwa ein Kilo. Auf den Pilzen lagen zwei Briefe. Ich öffnete den ersten und las:

Lieber Herr Holle, (so heiße ich)

da Sie so liebenswürdig waren, mir ein »Taschenbuch für Pilzsammler« in die Tasche zu stecken, möchte ich Ihnen als Dank das Resultat meiner ersten Pilzsuche zuschicken und hoffe, daß es Ihnen schmecken wird. Außerdem fand ich in der anderen Tasche einen Brief, den Sie mir wohl irrtümlich mitgegeben haben. Ich schicke ihn hiermit zurück.

Ergebenst Ihr A. M. Kolhaas

Der Brief, um den es sich hier handelte, war also wohl der, den mein Vetter damals in den Kasten stecken wollte. Offenbar hatte er ihn dann mitsamt dem Mantel zu Hause vergessen. Er war an Herrn Bernhard Haase gerichtet, der, wie ich mich erinnerte, ein Freund meines Vetters gewesen war. Ich öffnete den Umschlag. Eine Theaterkarte und ein Zettel fielen heraus. Auf dem Zettel stand:

Lieber Bernhard!

Ich schicke Dir eine Karte zu »Tannhäuser« nächsten Montag, von der ich keinen Gebrauch machen werde, da ich verreisen möchte, um ein wenig auszuspannen. Vielleicht hast Du Lust, hinzugehen. Die Schmidt-Hohlweg singt die Elisabeth. Du schwärmst doch immer so von ihrem hohen Gis.

Herzliche Grüße, Dein Eduard

Zum Mittagessen gab es Steinpilze. »Die Pilze habe ich hier auf dem Tisch gefunden. Wo kommen sie eigentlich her?« fragte meine Frau. »Herr Kolhaas hat sie geschickt.« – »Wie nett von ihm. Es wäre doch gar nicht nötig gewesen.«

»Nötig nicht«, sagte ich, »aber er ist eben sehr nett.«

»Hoffentlich sind sie nicht giftig. – Übrigens habe ich auch eine Theaterkarte gefunden. Was wird denn gespielt?«

»Die Karte, die du gefunden hast«, sagte ich, »ist zu einer Aufführung von ›Tannhäuser‹, aber die war vor zwölf Jahren!« – »Na ja«, sagte meine Frau, »zu ›Tannhäuser‹ hätte ich ohnehin keine große Lust gehabt.«

Heute morgen kam wieder ein Brief von Eduard mit der Bitte, ihm eine Tenorblockflöte zu schicken. Er habe nämlich in dem Mantel (der übrigens seltsamerweise länger geworden sei, es sei denn, er selbst sei kürzer geworden) ein Buch zur Erlernung des Blockflötenspiels gefunden und gedenke, davon Gebrauch zu machen. Aber Blockflöten seien in Australien nicht erhältlich.

»Wieder ein Brief von Eduard«, sagte ich zu meiner Frau. Sie war gerade dabei, die Kaffeemühle auseinanderzunehmen und fragte:

»Was schreibt er?« – »Daß es in Australien keine Blockflöten gibt.« – »Dann soll er doch ein anderes Instrument spielen«, sagte sie.

»Das finde ich auch«, meinte ich.

Meine Frau ist von erfrischender, entwaffnender Sachlichkeit. Ihre Repliken sind zwar nüchtern aber erschöpfend.

KONRAD BAYER

getruds ohr

eine schweinische geschichte
von konrad bayer,
montiert aus zitaten des
moewig-romans nummer 597:
ohne dich ist alles trüb und leer
oder
verzeih meine harten worte!
von maria linz

die lebenslustige weltdame und die ernste landfrau lebten in zwei verschiedenen welten.

*

danke! hauchte sie.
vielen dank!
sie meinen es gut mit mir.
sie hatte sich inzwischen gewaschen und angekleidet.
hast du mich aber erschreckt! sagte sie auf italienisch.
sie fuhr herum.
sie schrie leise auf, als eine hand an ihr vorbeigriff und den vollen eimer von dem stein hob.
draussen wurde es allmählich hell.
die kälte prickelte auf der nackten haut ihrer arme und beine.

*

seine augen waren jetzt blind für die wunderbare schmiedearbeit des schlosses und der verschnörkelten klinke.
armes einsames herz, dachte er.

*

gertrud war hochgewachsen, ihr scheitel berührte fast die niederen deckenbalken.

*

es war fünf uhr nachmittags.
die milchausgabe war bereits vorbei.

*

auf einem bauernhof beginnt der tag auch im herbst früh,
die standuhr im flur des rotbucherhofes schlug fünfmal.
joseph der kleinknecht und die tagelöhner liessen sich seltsam verlegen am esstisch nieder.

*

als er wiederkam war sein gesicht verändert.
es war beherrscht und fremd.
du bist nicht der erste, der sein dienstmädchen heiratet, schrie viviane.
ihre schönen hände waren vor aufregung ungeschickt.

*

es war schon nach der milchausgabe.
der hof lag leer und dunkel da.

*

gertrud hatte ein glas mit dem johannisbeerwein gefüllt, den sie selbst ansetzte.
»wollen sie nicht trinken, doktor?«

in diesem augenblick verliess anje den stall.
sie bemerkte die beiden schattenhaften gestalten garnicht.
das haben sie schon heute morgen am telefon getan, entgegnete curt.

*

fast fünf monate später betrat anje hinter gertrud das zimmer. es war ihr während ihrer brautzeit zu einer zweiten heimat geworden. die sonnenstrahlen durchleuchteten anjes schleier.

*

dann tun sie es doch, curt, sagte gertrud leise.
sie würde den roller absperren und ihn hier am zaun zurücklassen. der kleinknecht könnte ihn dann abholen.

*

er knöpfte seinen weiten mantel auf und sagte:
komm, schlüpf darunter!
sie gehorchte zögernd.
du bist ein liebes menschenkind, meinte er gerührt.
willst du mich denn nun wirklich heiraten, mein kleiner liebling?

*

joseph hatte die letzte kuh gemolken.

*

anje wusste nicht, wie sie in die küche zu gertrud zurückgekommen war.
sie war förmlich über den hof geflogen.

gertrud stand mit dem rücken zu ihr am herd.
wo hast du die eier? fragte sie mit einer ganz fremden scharfen stimme.
bitte nicht böse sein, ich habe das ganz vergessen, rief anje.
und warum? fragte gertrud und wandte sich langsam nach ihr um.
ihr gesicht war fahl und ihre augen flackerten.

*

anje umarmte die ältere behutsam.
dabei hatte sie sich nicht einmal zeit genommen, ein strickjäckchen überzuziehen.
sie seufzte leicht auf.
aber GERTRUDS OHR hatte doch die leise mahnung gehört.

*

um die mittagszeit des dritten tages hörten sie endlich, wie sein wagen ums haus jagte und scharf abgebremst vor der tür hielt.
er drückte ihr ein kleines päckchen in die hand.
machen sie es auf, ich möchte gern ihr gesicht sehen!

er hatte die brille abgenommen. sein gesicht hatte jetzt etwas jungenhaftes.
ich bin aber doch kein kind mehr, HERR HANNES, schmollte sie.

*

als gertrud aus dem badezimmer zurückkam, war das wohnzimmer verändert.

*

endlich sahen sie die dunkle masse des wohnhauses.

*

darf man herein? kam curts ruhige stimme hinterher.
das junge mädchen wurde unsicher und antwortete mit leiser stimme:

ich komme vom rotbucherhof und
bringe für HERRN HANNES lebensmittel!

sie musste einen besonderen schutzengel gehabt haben, dass sie in diesem zustand heil aus münchen herausgefunden hatte.

*

das lämpchen über dem buntbemalten bauernbett brannte noch.
getrud blieb zerbrochen in ihrem zimmer sitzen.

*

hannes zögerte immer noch.
er hatte altes bauernblut in sich.

*

wenige augenblicke später kamen leichte schritte durch den garten heruntergelaufen.

*

deine heimat ist jetzt bei mir in münchen und auch noch ein bisschen auf dem rotbucherhof, sagte hannes eifersüchtig.
sein männliches gesicht schien schärfer geworden zu sein.

er hatte nicht einmal seinen gelben lodenmantel ausgezogen. er riss nur ungeduldig den karierten schal aus dem ausschnitt.

*

ich stehe hier wirklich auf einem scheidewege, dachte sie beklommen.
dr. curt de crinis war im schweinekoben gewesen.

*

gertrud gab schnell einen rauhen schluchzenden laut von sich.

*

für reiche leute, ergänzte sie.

*

hannes schwieg bestürzt.
was hatte er im kongo zu tun, fragte er behutsam.

in dem warmen gelben lichte schien das mädchen einem alten gemälde entstiegen zu sein.

*

seien sie willkommen, sagte ihre monotone stimme.

*

sie bereute ihre worte schon im nächsten augenblick.

*

anje zog wortlos ihre jacke aus und sah sich nach einer schürze um. die herrin des rotbucherhofes war eine gefangene ihres verschlossenen und herben wesens.

ja, hannes, flüsterte sie scheu.

*

viviane hatte die beine unter sich gezogen.
die junge frau trug zu dem festen rock schon die graue lodenjacke.

*

armer, armer kopf, brummte hannes zärtlich.

*

so herb gertrud sonst war, zu tieren konnte sie zärtlich sein.

*

der schweizer joseph stand auf der schwelle. zwischen seinen zähnen hing die erkaltete pfeife.
ich tue es gern, antwortete er kurz.
gertrud blieb neben ihm stehen. seine nähe tat ihr wohl.
er verstand sie ganz.
(hätte er seine worte laut ausgesprochen, vielleicht wäre dadurch verhütet worden, dass kurz darauf ein missverständnis über 2 wertvolle menschen tiefes leid brachte und sie anscheinend für immer auseinandertrieb.)

*

trotzdem war viviane noch immer im zimmer, als hannes rotbucher in seinem dunkelgrauen flanellanzug zurückkam.
sie fand mit einem feinen stich im herzen,
dass er gut aussah.

*

die küche, die eben noch vor menschen überquoll, gähnte leer und still.
sein blondes haar glänzte frisch gebürstet.
das mädchen wurde unter dem stummen und selbstvergessenen schauen des fremden unruhig. sie raffte den buntgestickten leinenkittel an ihrem runden bäuerlichen hals zusammen.

hannes bemerkte, dass sie kurze hosen trug. ihre nackten schenkel und ihre langen beine waren stark gebräunt und so vollkommen.
hannes nahm sich zusammen.
hannes griff wie unter einem zwang über den tisch.

er betrachtete mit heisser bewunderung ihre hohe gestalt und die stolze haltung.
hannes gab das geld für ihre haltung her.
gertruds augen wurden schmal.
er hat mich gehasst, murmelte sie. bitte, kommen sie in den kuhstall.

*

wieso ist sie kein kind? fragte viviane gedehnt.

*

vor ihr stand ein schlanker mann in einer sportlichen windbluse. in seinen starken goldgefassten brillengläsern spiegelte sich das schwache licht der stallaterne.
hörst du, wie sie stampfen? sagte joseph.

*

danke, danke, ich bin sehr glücklich! hauchte sie.

dann schlug sie leicht auf die flanke ihrer stute und galoppierte auf die hofeinfahrt zu.

*

unwillkürlich rief er auf deutsch:

hallo!

THOMAS BERNHARD

Der Italiener

Fragment

Nach dem Nachtmahl ging ich mit dem Italiener vor dem Lusthaus auf und ab. Er habe es weit gebracht, sagte er, das Florenz nach dem Krieg, sowie das Aussterben seiner Familie habe ihn, für seine Begriffe, reich gemacht. Er hatte mir schon am Vormittag vierzehn Geschäfte aufgezählt, die er besitze, zwei Landwirtschaften, zwei Mühlen, eine Konservenfabrik, sämtliche in der Toskana, ein Haus in Florenz, einen kleinen Besitz »über Silvaplana, eine Hütte für meine Einsamkeit«. In immer kürzeren Abständen kehrte in dem, was er sagte, ›Fiesole‹ wieder. Er schilderte, während aus dem offenen Lusthaus, in dem mein Vater, wie ich jetzt sah, von meinen Schwestern viel zu hoch aufgebahrt war, die gefürchtete und unter Umständen tödliche Luft herausströmte, seine Verhältnisse, Ansichten über Geschäfte, während ich in Gedanken noch immer mit Kiental und Zimmerwald, mit der Wirkung Karl Liebknechts beschäftigt war. Fortwährend dachte ich an meine Arbeit, vornehmlich an das Heidelberger Programm. Aus Höflichkeit, um den Italiener nicht vor den Kopf zu stoßen, sagte ich, ich plante schon lange Zeit eine Reise nach Süditalien. »Ich möchte mich einem Gesteinsforscher anschließen, der im Herbst nach Sizilien geht«, sagte ich. Der Italiener warnte mich, zu früh nach Sizilien zu reisen, »nicht vor Ende Oktober«. Unser Ausgangspunkt werde Caltanisetta sein, sagte ich, die Forschungen meines Freundes beschränkten sich auf das Gebiet zwischen Caltanisetta und Enna. Der Italiener riet mir zu einem Ausflug nach Agrigent (»Sie ersparen sich damit Griechenland!«), nach Palermo und Cefalù. Er fürchtete, entdeckte ich, ich könnte ihn plötzlich auffordern, zu meinem toten Vater ins Lusthaus hineinzugehen, oder ich könnte ihn fragen, ob er, wie sich das gehörte, schon bei meinem toten Vater, dem ›Alten Herrn‹, gewesen sei; sämtliche Trauergäste hatten inzwischen diesen gefürchteten Totenbesuch absolviert, nur der Italiener nicht. Ich hatte ihn den ganzen Tag lang beobachtet, von allen erschien er mir als der Interessanteste, auch als der weitaus Intelligenteste der ganzen Gesellschaft. Kein gesprächiger Mensch, er war seit seiner Ankunft immer allein gewesen. Die Schwestern hatten sich, nachdem sie ihn begrüßt hatten, nicht mehr um ihn gekümmert. Er wünschte aber auch keinen Kontakt.

Ich hatte sofort die Gelegenheit ausgenützt, mit dem Italiener im Park zu verschwinden, der gespannten Atmosphäre im Haus, den vielen Leuten, Erregungen meiner Schwestern, dem Trauertumult in ihnen für kurze Zeit zu entkommen, er wollte, daß ich ihm etwas über die Geschichte unseres Hauses erzähle, und zwar im Freien, was ich, selbst neugierig und freilich mit großen Denkschwierigkeiten, auch getan habe. Jetzt gingen wir also auf und ab, und ich zeigte, einem plötzlichen, völlig unvorhergesehenen Einfall folgend, dem Italiener, um ihn von dem Toten, der ihm so gut wie unbekannt war, meinem Vater, zu dessen Begräbnis ihn seine Familie zu uns geschickt hatte, abzubringen, den Haufen Theaterkostüme und Instrumente, Mäntel, Jacken, Hosen,

Trompeten, Schlagzeug und Flöten also, im Schuppen an der Lusthauswand. Vor Aufregung hatten meine Schwestern, bevor sie den Vater im Lusthaus aufbahren konnten, das Lusthaus ausgeräumt und die Kostüme und Instrumente, die jahrzehntelang im Lusthaus gelegen waren, im Schuppen auf einen Haufen geworfen. Ich dachte, den Italiener könnten die Kostüme und Instrumente, alles kostbare, uralte Stücke, interessieren. Ich erklärte ihm, daß jedes dieser Stücke für mich eine besonders tiefe Bedeutung habe, einen besonders hohen Wert darstelle, »Erinnerungen«, sagte ich im Tonfall des Italieners. Er schien mir, nach seinen Äußerungen, darin, wie er sich von den anderen unterschied, auf seine Weise, sehr gut erzogen, künstlerisch interessiert zu sein. Zum Großteil noch von meiner Urgroßmutter und ihren Schwestern zusammengenäht und geschmückt, von meinem Urgroßvater und seinen Brüdern zusammengekauft, seien sie die schönsten, die ich jemals gesehen, die schönsten, die ich jemals gehört habe, und der Fundus vieler großer Theater in ganz Europa sei mir bekannt. Der Schuppen war durch einen Bretterspalt von den beiden Totenkerzen im Lusthaus erleuchtet. Ich sagte, der Italiener solle sich nicht schmutzig machen, denn der Schuppen war schmutzig, voller Spinnweben, voller Staub. Zuerst zeigte ich ihm die Kostüme der Reichen. Dann die Kostüme der Armen. Dann die Kostüme der Erhabenen. Dann die Kostüme der Lächerlichen. Eins nach dem andern zog ich vor seinen Augen aus dem Haufen heraus und hielt es gegen das Licht. Der Italiener wollte wissen, wer das Schauspiel geschrieben hat, das die Kinder meiner Schwestern genau an diesem Abend »zwischen halb neun und halb elf, *in und vor dem*

Lusthaus« aufgeführt hätten, wäre nicht unser Vater während der letzten Probe gestorben, hätte er sich, wie ich schon ausführlich dargelegt habe, nicht auf die bekannte grauenhafte Weise in seinem Zimmer erschossen. »Ein Unglück«, hatte der Italiener vorher gesagt. Ob das Schauspiel ein lustiges sei oder ein tragisches, oder tragisch und lustig zugleich, wollte er unbedingt wissen. Ich antwortete, daß der älteste Sohn meiner jüngeren Schwester, der Dreizehnjährige, der Dichter des Schauspiels sei, ich hätte es, das für jeden mit Ausnahme der Mitspielenden als Überraschung gedacht gewesen war, nicht gelesen, »nicht eine einzige Zeile«, sagte ich, »ich weiß nicht einmal seinen Titel«. Es sei, sagte ich, eine gute Idee, mir sofort nach unserer Rückkehr ins Haus das Schauspiel geben zu lassen, denn »aufgeführt wird es nun nicht mehr«, um es noch in der Nacht zu lesen, an Schlaf wäre nicht zu denken und ablenken könne es mich vielleicht, auch von der für mich im Augenblick quälenden Schriftstellerei. Da mir das Wesen dessen, der es geschrieben hat, bekannt sei, »ein sehr zartes Wesen«, sagte ich, werde mir das Schauspiel sicher gefallen und mir auf erfreuliche Weise zu denken geben. Seit mehr als hundert Jahren, sagte ich, werde alljährlich von einem unserer Kinder, meistens von einem der Söhne, für das Lusthaus, und zwar für den letzten Augustabend, ein Schauspiel geschrieben, es sei erstaunlich, wie gut diese Schauspiele immer seien, wie gut geschrieben und aufgeführt sie seien, es existierten im Schreibtisch meiner älteren Schwester noch an die drei Dutzend; die ältesten vorhandenen seien von meinen Großeltern, eines davon ist mir noch vom Lesen in Erinnerung, es hat den Titel ›Der Sperber‹. Alle diese

Schauspiele, die, nachdem sie gründlich einstudiert worden sind, immer nur ein einziges Mal im Lusthaus gespielt werden durften, sind eine Fundgrube für den Theaterstudenten und -wissenschaftler, für jeden ernst zu nehmenden Schauspieler. Ich selbst hätte, sagte ich, Lust, sie einmal zum Mittelpunkt eines Aufsatzes, vielleicht unter dem Titel ›Unsere Sommerlustspiele‹, zu machen. Alle diese Schauspiele, Komödien wie auch Tragödien wie auch Singspiele, wurden jeweils an einem einzigen Tag, in einer einzigen Nacht geschrieben, ich selbst habe ein solches schon mit elf Jahren verfaßt, »in der Finsternis des Lusthauses«, sagte ich. Das Italienische in uns habe uns für die Schauspielerei inspiriert, sagte ich und war froh, auf diese Weise in dem Italiener, der bis zu diesem Augenblick doch auch mir gegenüber in manchmal schmerzender Weise reserviert gewesen war, einen freundlichen, aufmerksamen, ja sogar gesprächigen Partner gefunden zu haben.

Er sagte jetzt, daß auch seine Familie bei ihm zu Hause in Florenz alljährlich Theater gespielt habe, »immer nur hinter Masken«, sagte er, »und immer im Winter« und niemals ein selbstverfaßtes, sondern, merkwürdig im Land des Lustspiels, nur Spiele englischer und französischer Herkunft, »Shakespeare, Molière ...« Bei ihnen hätten auch immer die Erwachsenen mitgespielt. Ob das Lusthaus, fragte er, nur zu dem einen Zweck, in ihm Theater zu spielen, gebaut worden sei. »Für Theater und Lustbarkeiten«, sagte ich. Das Wort ›Lustbarkeiten‹ verstand er nicht, und ich versuchte, es ihm zu erklären, mit Erfolg, wie ich glaube. Er sprach, muß ich sagen, jedesmal so gut deutsch, daß ich zu Anfang meiner Bekanntschaft mit ihm irritiert war. Die Luft, die jetzt in den

Schuppen hereinkam, war scharf durch die Nähe des nach den vergangenen Regengüssen unaufhörlich laut plätschernden, sich immerfort am Waldrand überstürzenden Baches. Ich hatte dem Italiener noch immer nicht alle Kostüme gezeigt, da dachte ich, vielleicht langweilt sich der Italiener mit mir, denn was gingen ihn, der hier nichts zu suchen hatte, den Italiener aus Florenz, der nur auf zwei Tage zum Begräbnis unseres Vaters gekommen war, die Kostüme an, die Instrumente, was ging ihn das alles an? Ich machte ihm den Vorschlag, ins Haus zu gehen, es sei dort, wenn auch laut, so doch warm, er wolle vielleicht auch ein warmes Getränk, »einen heißen Most«? sagte ich, den der Italiener am frühen Nachmittag mit großem Genuß, wie ich habe feststellen können, getrunken hat. Der Italiener aber wollte *alle* Kostüme sehen. Ich erklärte ihm, aus der Erinnerung, jede der dazugehörenden Rollen, auch, wer sie jeweils gespielt hat, gespielt haben könnte. Damit verging beinahe eine Stunde. Die Kostüme des neuen Schauspiels wären nicht darunter, sie seien, nicht fertig geworden, im Zimmer meiner jüngeren Schwester, und zwar auf dem Boden in ihrem Zimmer, liegengeblieben. Auch die Musikinstrumente schienen ihm zu gefallen. Er sei, sagte er, einmal mit seiner Mutter in Padua, wo er studiert habe, aus einem brennenden Operntheater gelaufen, und seine Mutter sei an dem Schock vier Wochen später in einem Florentiner Spital gestorben. Seither habe er kein Theatergebäude mehr betreten. In unser Lusthaus sei er aber hineingegangen. Wir schwiegen, dann sagte er: »Wir schreiben einander nie.« Mir fiel auf, wie nachdenklich er das gesagt hatte, gleichzeitig bedauerte ich, kein Wort Italienisch zu können; mein Vater hat recht gehabt mit der Behauptung, man könne nicht genug Sprachen sprechen. Ich kam mir erbärmlich vor. Und wie gut der Italiener deutsch sprach! Ob ihn die Zeit im Schuppen, ob ihn mein ganzes Theater mit den Kostümen und Instrumenten nicht irritiert oder gar gelangweilt habe, für mich sei das Ganze, sagte ich entschuldigend, eine willkommene Ablenkung von dem Grauenhaften des Unglücks, »überhaupt von mir selbst«, sagte ich, gewesen. »Auch habe ich«, sagte ich, »einen Vorwand, nicht im Hause zu sein, wo sie mich sicher überall suchen; sie vermuten nicht, daß ich im Park bin. Sie vermissen uns. Einem Gast«, sagte ich, »kann ich, wenn er ihn wünscht, den Rundgang nicht abschlagen.«

Der Italiener fragte mich in dem Augenblick, in dem wir den Wald betreten hatten, ob mir die italienische Literatur bekannt sei. Diese Frage eines Geschäftsmannes verblüffte mich, tatsächlich habe ich aber immer wieder feststellen können, daß gerade Geschäftsleute solche Fragen stellen. Ich verneinte. Ich hätte aber, sagte ich, schon im Alter von dreizehn Jahren die Sonette des Michelangelo und die Gedichte Petrarcas gelesen. Aus der neueren Literatur sei mir nichts, außer Pavese, Ungaretti und Lampedusa, bekannt, außer italienischen politischen Schriften, die ich für meine Studien von Zeit zu Zeit heranzuziehen gezwungen sei. Ich sprach den Namen *Serrati* aus, aber der Italiener hatte ihn nie gehört. Auch mit *Campanella* hatte ich keinen Erfolg, der Liberale *Mazzini* wie auch der Opportunist *Modigliani* bewirkten bei dem Italiener genauso nur Kopfschütteln. Er fragte mich jetzt, ob ich gern und viel reiste. Ich sagte ja. Wie alt ich sei, »noch Student«? fragte er. Ich verneinte es. Die Schwierigkeit, die es mir ohne

Zweifel gemacht hätte, ließ mich über mich, selbst was meine absoluten Personalien betrifft, dem Italiener gegenüber nichts mehr erklären. Er sagte, während er sich einen Fichtenast aus dem Gesicht hielt und dabei stehenblieb, ich hatte mich, völlig grundlos, wie mir schien, umgedreht, es sei für ihn schwierig, mit den Leuten im Haus, den Trauergästen, »mit den Hausleuten selbst«, wie er einwandfrei sagte, ein Gespräch anzufangen, von einem Großteil (»Alles nur Fremde!«), sagte er, wisse er noch nicht einmal den Namen, obwohl er doch mit ihnen allen verwandt und sofort nach seiner Ankunft ihnen allen vorgestellt worden sei. Er fühle sich jetzt mir zugehörig. Er sagte, »der einem die ersten freundlichen Worte sagt, dem gehört man in fremder Gesellschaft«. Ich sei dieser Mensch, »geheimnisvoll jung«. Hatte ich es die ganze Zeit nicht für richtig befunden, ihn nach seinem Alter zu fragen, so sagte er, der jetzt vor mir ging, auf einmal, er sei achtundvierzig. Er erschien mir jetzt jünger als noch am Vormittag. Daß ich mich »unter dem Unglück« so »frei« bewegte, ganz zum Unterschied von den andern, gefiel ihm. Es wirke sich auch auf ihn aus.

Vom Haus herüber hörten wir beide jetzt meine Schwestern aufgeregt debattieren, einzelne Wörter, ja ganze Sätze waren, wohl wegen der dafür günstigen Luftströmung, bis in den Wald herein voll verständlich. Die Debatte der beiden kam aus der Küche, wohin sie sich, wahrscheinlich um eine ihrer nutzlosen Dringlichkeiten ungestört besprechen zu können, zurückgezogen hatten. Es machte auch dem Italiener Spaß, die Auseinandersetzung der Schwestern aufzufangen. Im Mittelpunkt der immer lauter werdenden Unterhaltung, die, wie ich hören konnte und wie auch der Italiener verstand, bei geöffneten Fenstern stattfand, wohl weil die Schwestern der Ansicht gewesen waren, daß sich um diese Zeit und in dieser Kälte kein Mensch mehr im Park oder gar im Wald befinde, fielen immer wieder die Worte ›zuerst‹ und ›dahinter‹. Ich machte den Italiener darauf aufmerksam, daß es sich um den Leichenzug handle und wer in ihm hinter wem zu gehen habe. Eine warf der andern noch schnell das Wort ›Bischof‹ an den Kopf, dann war es still. Jetzt bemerkte ich erst, wie fürchterlich ihre Stimmen waren. Von der Lichtung aus war das Lusthaus zu sehen. Ich dachte, genau um diese Zeit hätten die Kinder ihr Schauspiel gespielt. Eine ebenso große Menge Leute, wenn auch nur aus der nächsten Umgebung, in anderer Stimmung, in anderen Kleidern als jetzt, weniger Verwandte als Nachbarn und Freunde, wären im Haus und im Park, vor dem Lusthaus versammelt. Ich dachte über den Unterschied zwischen ›Sommerlustspielbesucher‹ und ›Sommertotenbesucher‹ nach, während ich schon auf dem Massengrab stand. Der Italiener hatte keine Ahnung davon. Ich war im Zweifel, ob ich ihm sagen solle, daß er und ich auf zwei Dutzend verscharrten Leichen stünden. »Hier in der Lichtung«, sagte ich, ich beherrschte mich im letzten Augenblick, »haben wir als Kinder oft Fangen gespielt«, und ich erklärte ihm unser Fangenspiel. Er meinte, die Florentiner Kinder spielten dasselbe Fangenspiel. Ich konnte sogar in der Finsternis die Umrisse des Massengrabes, den ›hellen Fleck‹ im Gras sehen. Ich bin über zehn Jahre, glaube ich, nicht mehr in der Lichtung gewesen, und jetzt schon zum viertenmal innerhalb von drei Tagen; auch mit dem Italiener. Ich sagte, das noch

Fürchterlichere rasch zurückdrängend: »Mein Vater wollte im Lusthaus aufgebahrt sein. Auch sein Vater hat sich im Lusthaus aufbahren lassen.« Und dann: »Er nannte es oft auch ›Das *Schlacht*haus‹.« Zum viertenmal in drei Tagen, dachte ich. Um dann doch, was mir wichtig erschien, aus vielerlei Gründen, auch den Italiener in bezug auf das Massengrab aufzuklären, schaute ich, daß wir weiterkamen; wir machten, von mir geführt, den Umweg über die Brücke. Der Italiener war erstaunt, als ich, gerade auf der Brücke, sagte: »Hier gibt es ein Massengrab, und zwar in der Lichtung, aus der wir uns gerade entfernt haben. In der Lichtung sind zwei Dutzend Polen begraben. Verscharrt«, sagte ich. Mit kurzen Sätzen erzählte ich, wie jedem seiner Vorgänger, dem Italiener die von meinem Vater stammende Geschichte, daß in der Lichtung zwei Dutzend Polen verscharrt sind, »gemeine Soldaten«, sagte ich, »zwei Offiziere«. Ich könne mich, obwohl bei Kriegsschluß erst zwölf Jahre alt, noch an die Polen erinnern, »sie waren im Lusthaus untergebracht, sie hatten im Lusthaus das Kriegsende abgewartet, sie hatten Zuflucht gesucht im Lusthaus.« Aus den Erzählungen meines Vaters wisse ich, daß sie, zwei Wochen vor Kriegsschluß, von plötzlich in der Nacht aus dem Wald herausgekommenen Deutschen erschossen worden sind. Die Leichen sollen vierzehn Tage im Lusthaus gelegen sein und ›einen ungeheueren Gestank‹ verbreitet haben, den Hausleuten sei es verboten gewesen, das Lusthaus zu betreten. Meinem Vater sollen die Deutschen mit dem Erschießen gedroht haben, auch allen andern, die die Leichen aus dem Lusthaus befördern und eingraben wollten. »Halbwüchsige«, sagte ich, »Fünfzehnjährige, Sechzehnjährige.«

Diese Geschichte habe ich jetzt schon zum drittenmal seit meiner Ankunft erzählt. »Wirklich gesehen hat die Erschossenen nur mein Vater.« Der Italiener schaute auf das Lusthaus und sagte: »Das ›*Schlacht*haus‹.« Ich sagte, daß ich, an dem Mordtag, das Schreien der Polen vom Lusthaus in mein Zimmer herüber gehört habe. Jahrelang hätte ich in der Nähe des Lusthauses und überall in der Welt in der Nacht dieses Schreien gehört. Mit diesem Schreien, das sich automatisch jedesmal mit meiner Annäherung an das Lusthaus verstärke, hätte ich zwei Jahrzehnte, bis zum heutigen Tag, zu kämpfen gehabt. »Mein ganzes Leben«, sagte ich, »habe ich immer geglaubt, dem Geschrei der an die Wand gestellten Polen nicht mehr entkommen zu können.« Der Italiener drehte sich um. »Unter den Ermordeten soll ein Potocki sein«, sagte ich. Der Italiener nahm meine Erzählung, meine Mitteilung schweigend auf. Nur mein Vater habe, sagte ich, lange Zeit von dem Massengrab gewußt, niemand sonst; es sei längst die dafür zuständige Behörde verständigt worden, doch habe sich bis heute noch niemand um das Massengrab, um das ›Polengrab‹, wie meine Schwestern es nannten, gekümmert. »Wir gehen auch nie in die Lichtung«, sagte ich, »mit Ihnen bin ich, merkwürdig, in die Lichtung gegangen. Auch mit dem Freistädter. Mit dem Ungarn.« »Greuel«, sagte der Italiener und fragte mich, ob dieser Ausdruck stimme. Ich bejahte. »Die Polen«, sagte ich, »sind in das Lusthaus wie in eine Falle gegangen.« Nun wieder meinen Vater betreffend, sagte der Italiener: »Erschossen«, und schaute auf das Lusthaus. »Ein Unglücksfall?« Wieder dachte ich: Liegt ein Selbstmörder mit durchschossenem Schädel im Lusthaus? »Ein so grauenhaft zerstörtes Gesicht«, sagte der

Italiener. Um abzulenken, erkundigte ich mich noch einmal nach den politischen Verhältnissen in Italien. »Das Politische«, sagte er, »interessiert mich tatsächlich nur insofern, als es meinen Geschäften nützt; kann sein, daß meine Ehrlichkeit verblüfft.« Damit entledigte er sich eines ihm, wie ich feststellte, unangenehmen Gesprächs. »In Rom«, sagte er vereinfachend, »sitzen immer die falschen Leute, in jedem Staat sitzen in jeder Hauptstadt, in Parlament und Regierung, immer die falschen Leute.« Augenblicklich hatte ich an die Chartistenbewegung in England gedacht, dann an Zimmerwald, die mich beinahe ununterbrochen, wenn auch oft gewaltsam zurückgedrängt, beschäftigten. Es waren jetzt wieder der Spartakusbund und das Rätesystem, Rosa Luxemburg und die Klara Zetkin. Zwei Stunden lang hatte ich alles, was mir schon seit Monaten ungeheuren Schmerz im Gehirn verursacht hatte, meine ganze Arbeit, vergessen. Nur ein einziges Mal noch kam ich aus meinen Gedanken, als der Italiener, der mich, nach kurzer Zeit schon, zu sich nach Florenz eingeladen hatte, nachdem wir über der Brücke waren, sagte: »Die Finsternis, die hier herrscht ...«, und dann schwieg. Es gebe, sagte er, »kein Mittel, sich selbst zu entfliehen«. Was er, und zwar im Augenblick, damit meinte, wußte ich nicht, wir standen gerade vor dem offenen Fenster, genau vor dem Toten.

MAX FRISCH

Eine Geschichte für Camilla:

von einem Mann, der immer wieder einmal entschlossen ist, seinen Lebenswandel zu ändern, und natürlich gelingt es ihm nie... Als er wieder einmal heimwärts flog, einer, der nicht mehr hinausguckt, wenn die Maschine draußen auf der Piste steht und auf die Starterlaubnis wartet, und der seine Zeitung schon vor dem Start entfaltet, las er in einem heimatlichen Morgenblatt, das, im fremden Flughafen gekauft, natürlich etwas veraltet war, zufällig seine eigene Todesanzeige. Niemand hatte ihm seinen Hinschied mitgeteilt; niemand hatte gewußt, wo er sich in diesen Tagen befand, nicht einmal seine Frau. Er selbst, kaum hatte er seine Todesanzeige wahrgenommen, guckte nun doch zu dem runden Fenster hinaus; aber an Aussteigen war nicht mehr zu denken, die Piste flitzte vorbei, und eben hob sich die Maschine vom Boden steilauf. Noch sah er Wiesen, Gehöfte von oben, Kiefernwald mit Straßen, ein Fuhrwerk auf einer Straße, kurz darauf einen Bahnhof mit Geleisen, aber schon wie ein Spielzeug. Dann Nebel. Ein Glück, daß niemand neben ihm saß; er hätte sich kaum getraut das Morgenblatt nochmals aufzuschlagen. Nicht bloß der Name, schwarz umrahmt, war genau der seine; auch die Namen der Hinterbliebenen stimmten. Offenbar erbleichte er trotz besseren Wissens. Die Stewardeß lächelte, als sie fragte, ob sie irgend etwas für ihn tun könnte, und schraubte an der Zuluftdüse über ihm. Er ließ sich einen Fruchtsaft geben. Das Morgenblatt war von vorgestern, seine Todesanzeige darin dreifach, als wollten sie jeglichen Zweifel ausschließen: eine im Namen der Familie, eine im Namen des Verwaltungsrates, eine im Namen eines Berufsverbandes. Gott kam nur in der Anzeige der Familie vor, hingegen waren alle sich einig inbezug auf die Todesursache: Ein tragischer Unfall. Genaueres war aus dem Morgenblatt nicht zu erfahren, wie oft er es auch wiederlas, seinen Fruchtsaft trinkend. Vielleicht hat, wie schon einmal, ein Strolch seinen Wagen genommen, diesmal um gegen einen Tanker zu fahren und sich aufs Unkenntlichste zu verbrennen. Begräbnis heute. Das heißt, es reichte dem Mann, wenn das Flugzeug keine Verspätung haben sollte, gerade noch zu seinem Begräbnis –

Nie flog ein Jet so langsam.

Sein Leben zu bedenken, das er auf Erden geführt hatte, vielleicht versuchte er's, während man über den besonnten Wolken flog; aber es gelang ihm nicht, und als sie das Tablett brachte, die Hosteß mit ihrem unentwegten Lächeln, schüttelte er nur den Kopf; er konnte nicht essen, eigentlich auch nicht denken, nur immer wieder auf seine Uhr blicken – während die Witwe jetzt ihren schwarzen Schleier über das verweinte Gesicht zog …

Endlich krächzte der Lautsprecher.

NO SMOKING.

Die Maschine, von Böen geschüttelt, so daß die Flügel wippten, kreiste noch mindestens zwanzig Minuten im Nebel; zum ersten Mal hatte er Angst.

Wie erwartet:

sein Wagen war einfach nicht mehr da; der Parkwärter, dem er sein Park-Ticket zeigte, konnte es nicht ändern und verwies ihn an die Polizei –

Er nahm ein Taxi.

Ohne sein Gepäck einzulösen.

Er war der erste auf dem Friedhof; natürlich hatte er sofort, kaum gelandet, zuhause angerufen, aber vergeblich, die Trauernden waren schon unterwegs. Ein Gärtner, der das faule Laub von den Wegen rechte, sonst war noch niemand auf dem Friedhof. Er las die Schleifen an den Kränzen. Ein regnerischer Tag. Vielleicht waren gewisse Schleifen, die er vermißte, drinnen auf dem Sarg; aber einzutreten in das Krematorium, um nachzusehen, wagte er nicht, zumal er einen hellen Regenmantel trug. Natürlich wollte er die Sache aufklären, das war seine Pflicht. Als er sich bei einem Wärter nach dem Namen des Dahingegangenen erkundigte, nahm er seine Pfeife aus dem Mund, etwas ratlos, dann immer verwirrter, als kurz darauf die ersten Wagen vorfuhren. Er trat, als sei er fehl am Platz, hinter eine Zypresse, etwas erschüttert war er schon: alle in Schwarz, ihr langsamer Gang in stummen Gruppen oder einzeln, es kamen ziemlich viele, und manche kannte er gar nicht, Leute, die vermutlich eine Gilde oder Firma vertraten, auch Kinder aus der Nachbarschaft, Freunde, die er lang nicht mehr gesehen hatte, alle in Schwarz, während er, als einziger in einem hellen Regenmantel, hinter der Zypresse stand, seine Pfeife in der Hand. Der Augenblick, um vorzutreten, war eigentlich schon verpaßt. Soviele waren es schon, einige weithergereist. Übrigens brauchte er sich nicht besonders zu verstecken, da alle, wenn sie auf dem knirschenden Kies vorbeigingen, auf den Boden blickten, Trauernde und solche, die Trauer spielten. Die einander kannten, nickten nur verhalten. Und niemand rauchte, natürlich nicht, so daß auch er unwillkürlich seine erloschene Pfeife in die Tasche versteckte. Das war schlecht; denn damit anerkannte er die Veranstaltung, noch bevor die verschleierte Witwe gekommen war, und konnte nur noch zuschauen, wie alles seinen Gang nahm, ohnmächtig. Die Rührung, die ihn beim Lesen der verregneten Schleifen beschlichen hatte, war vorbei; jetzt empfand er das Ganze als eine Verschwörung. Die Witwe kam, wie erwartet, unter einem schwarzen Schleier, gestützt von zwei Schwägern, die dabei aufrecht gingen und würdig-nüchtern und sie vor Grüßen schützten, indem sie, stellvertretend, dahin und dorthin sparsam nickten. Zu hören war nichts als das Knirschen der anfahrenden Wagen im Kies, das Klappen der Wagentüren, dazwischen das Tropfen von der Zypresse herab. Und jetzt vorzutreten in einem hellen Regenmantel, wer wagt das schon. Auch hörte man kurz darauf schon die Orgel. Als letzter zu folgen, eigentlich blieb dem Mann nichts andres übrig, wenn die Veranstaltung schon nicht mehr aufzuhalten war: als letzter zu folgen, um die Trauerrede zu hören, das wäre durchaus gegangen; in einem Krematorium sehen die Leute sich nicht um, wenn sie in den Bänken einmal Platz genommen haben, und der Verstorbene, wenn er sich nur ruhig verhält, könnte durchaus an der Tür stehen. Er wartete nur noch die letzten Nachzügler ab. Der Wagenpark, die Orgel, all das ließ ihn nicht gleichmütig; vor allem die Orgel. Es kamen immer noch mehr, in der Tat, mehr als es Sitzplätze gab; manche mußten in der Türe stehen, Hut in der Hand, sogar draußen. Es ging also nicht; sie hätten ihn gesehen, wenn er sich durch die Türe gedrängt hätte, um die Trauerrede zu hören. Jetzt war die Orgel verstummt. Er aber hörte nur das Tropfen von der Zypresse herab, jetzt wieder die Pfeife im Mund, allerdings ohne zu rauchen, und wußte nicht recht, was man in seinem Fall jetzt tun sollte. Ins Kino gehen oder nachhaus? Er erkundigte sich bei einem Fahrer, wohin die Trauergemeinde nachher zu fahren gedenke, und ging zu Fuß, Hände in den Hosentaschen, einer, der plötzlich zuviel Zeit hat, lungernd und müßig, während ein Pfarrer, der ihn nie gekannt hatte, seine Biographie verlas; ein Mann im hellen Regenmantel. Einmal blieb er stehen; er schaute zu, wie Buben Fußball spielten zwischen Schrebergärten, und wartete auf einen Ball, der über den Zaun fliegen würde. Das hätte ihn gelockt, Fußballspielen am Tag seines Begräbnisses. Es kam aber kein Ball für ihn, und als er weiterschlenderte, trat er eine leere Konservenbüchse, so daß sie wie ein Fußball flog, dann über eine Böschung kollerte, scheppernd, während die Trauergemeinde mit gesenkten Häuptern, neuerdings von der Orgel getröstet, seiner gedachte. Halb war er froh, daß er seine Biographie nicht hatte anhören müssen, halb verdroß es ihn, daß er nichts dazu sagen konnte. Jetzt stand er in der Wirtschaft, wo die Trauergemeinde sich nachher zu versammeln gedachte, und trank einen Grappa, dann ein Bier, dann einen zweiten Grappa, ohne seinen Mantel abzulegen. Ein unmögliches Etablissement, fand er, ein Café im Heimatstil. Für den Leichenschmaus war das obere Stockwerk bestellt. Es dauerte lang, bis der Strolch eingeäschert war unter seinem Namen. Was immer ihm einfiel, beispielsweise daß er im obern Stockwerk sitzen könnte, wenn die Trauergemeinde kommt, ging natürlich nicht aus Rücksicht auf die Witwe, die in diesen letzten drei Tagen wirklich etwas durchgemacht hatte. Auch war ihm selbst, offengestanden, nicht witzig zumute. Er war wirklich ratlos. Vermutlich machte er sich Vorwürfe, daß er nichts von seiner Flugreise gesagt hatte, und bestellte noch einen Grappa, blätterte in Zeitungen von heute, ohne jedoch einen Nachruf zu finden; schließlich wechseln die Zeitungen von Tag zu Tag. Als die Leute, eben noch als Trauergemeinde angesprochen, in beruflichen Gruppen und in familiären Gruppen oder auch durch den Anlaß unvereinbar-vermischt die Treppe hinaufgingen, redeten sie mit alltäglichen Stimmen, jedoch wenig. Jeder wollte allen andern die Türe halten. Sicherlich waren auch zwei oder drei wirkliche Freunde dabei, denen er diesen Leichenschmaus gern erspart hätte, diese schwarze Peinlichkeit, die sie nicht ihm zuliebe, sondern seiner Familie zuliebe auszustehen sich verpflichtet fühlten. Warum kamen sie nicht ins untere Stockwerk! Es machte ihn traurig. Als er später, offenbar betrunken, an die Juke-Box gegangen war, um eine schmetternde Schnulze loszulassen, dauerte es nicht lang, bis der Wirt, übrigens auch in Schwarz, herunterkam und ihn zurechtwies, begreiflicherweise. Aber die Juke-Box, einmal in Betrieb gesetzt, war nicht abzustellen; sie mußten die Schnulze doch zu Ende hören. Wie es im obern Stock zuging, konnte er sich denken: würdig, ein Tisch in Hufeisenform, die Witwe jetzt ohne Schleier, aber verweint, ein schlichter Imbiß, Schinken und Clevner-Beerli, dazu Erinnerungen persönlicher Art. Einigen wird man schon fehlen, andern wiederum weniger als sie meinen. Eine Frau, die sich auch in der Erinnerung nie mit ihm versöhnen wird, war sicherlich nicht dabei, und das erleichterte ihn, überhaupt hatte die Gesellschaft da oben wenig mit seinem Leben zu tun, konnte ihm gleichgültig sein, gleichgültiger als man es zu Lebzeiten zeigen darf. Als er auf die Toilette gehen mußte, die sich im obern Stockwerk befand, war zum Glück niemand im Vorraum. Er mußte sich übergeben. Als dann jemand kam, war seine Türe verriegelt. Der Trauernde entfernte sich. Plötzlich fühlte er sich sehr elend, der Mann hinter der verriegelten Tür, fürchtete, daß er die Tür nicht mehr öffnen könnte, wollte aber nicht rufen. Sicherlich plauderten sie jetzt im Saal schon ganz natürlich, nur die Witwe schwieg, was jedermann verständlich war, aber die Stimmung dämpfte. Einmal hörte er Stimmen draußen im Vorraum, zwei Männer nebeneinander vor der Schüssel, sie redeten über Berufliches, was auch den Mann hinter der Tür interessierte, und wuschen sich ausführlich die Hände, trockneten sich ausführlich die Hände, um länger über Berufliches reden zu können, endlich ein Witz auf der Schwelle – nicht über den Toten, versteht sich, sondern weitab davon ... Der Mann war froh um den Witz, den er zwar schon kannte. Jetzt hätte er in den Saal treten können: Das Leben geht weiter. Im Saal wäre jetzt die richtige Stimmung dafür gewesen. Aber er war zu elend, leider, und es blieb ihm nur die Straße, wo es regnete.

Sein Gepäck lag noch im Flughafen.

So fühlte er sich ledig.

Gegen Mitternacht, nachdem er sich in einem Wartsaal ausgeschlafen hatte und nüchtern war, wurde er nochmals traurig. Obdachlos in der Vaterstadt, das geht an die Nerven. Zwar hätte er in ein Hotel gehen können, Zimmer mit Bad; ohne Gepäck, aber mit Geld. Und mit einem Paß. Als wüßte jeder Concierge, wer heute eingeäschert worden ist, scheute er sich. Die Kinos waren aus. So hockte er auf einer öffentlichen Bank hutlos im Regen, erschöpft, fröstelnd, langsam belustigt darüber, daß er lebte, und plötzlich bereit zu einem Fest, ja, zu einem ganz verrückten Fest. Aber mit wem? Hutlos im Regen allein, nachdem er die Einladung einer Straßendame höflich ausgeschlagen hatte, entdeckte er, daß er die wenigen Menschen, die nach diesem Tag noch als Freunde in Frage kämen, seit Jahr und Tag vernachlässigt hatte, und es ging nicht, daß man sie jetzt, kurz nach Mitternacht, heimsuchte wie ein Geist aus dem Grabe. Vielleicht hätte der eine oder andere sich gefreut. Er gedachte ihrer mit Reue. Aber Reue war kein Ort, um sitzen zu bleiben, und irgend etwas mußte geschehen. Als er schließlich in eine Kabine trat und zuhause anrief, nahm niemand ab; wahrscheinlich schlief die Witwe bei den Schwägern, das heißt, bei ihren Brüdern, die nie viel übrig hatten für diesen Schwager. Man kann's ihnen nicht verargen. Der Mann im hellen Regenmantel, der jetzt in der öffentlichen Kabine stand, paßte nie richtig in die Familie; er wußte es selbst. Sie hatten diese Heirat nie ganz verstehen können. Erschüttert von ihrer Trauer – der eigentliche Zusammenbruch kommt meistens erst nach dem Begräbnis – sagten sie wahrscheinlich auch jetzt nicht, was sie schon all die Jahre gedacht hatten, sondern trösteten die Unglückliche. Zum Glück waren da keine Kinder. Sie trösteten, indem sie die Unglückliche verstanden; sie widersprachen nicht, als sie schluchzte und schluchzte und redete wie die Portugiesische Nonne: nicht von ihm, sondern von ihrer Liebe . . .

Jedenfalls nahm niemand ab.

Der Mann im hellen Regenmantel, als er den Hörer schließlich aufgehängt und die wieder herausfallende Münze eingesteckt hatte, versicherte sich, ob er die Hausschlüssel habe, und nahm ein Taxi, fuhr nachhaus. Er wollte schlafen. Die Wohnung war dunkel; er machte Licht und stand da ... es war komisch: – die sieben Teetassen auf dem Tisch, ihre letzte Stärkung vor dem Begräbnis, dazu die Blumen überall, eine Schachtel voll Beileidskarten und Briefe mit schwarzem Rand. Einige las er, ohne sich zu setzen, mit schrägem Kopf. Jemand hatte seine schwarze Melone vergessen. Sonst alles wie immer, abgesehen von den offenen Schubladen; man hat Dokumente gebraucht, versteht sich, ein Testament gesucht und gefunden. Um dann trotzdem einen Pfarrer sprechen zu lassen. Nun gut. Er machte Licht im Schlafzimmer: das Doppelbett, ihr schwarzer Schleier darauf. Er löschte das Licht. Eine Katze, die in ihrem Korb schlief, war das einzige Lebewesen zuhaus. Er machte Licht in der Küche, nahm sich ein Glas aus dem Schrank und füllte es mit Wasser, trank, füllte es nochmals. Wieder im Wohnzimmer, das Glas in der Hand, blickte er sich nochmals um, ohne seinen Regenmantel auszuziehen, die andere Hand in der Hosentasche, um nicht einzugreifen in seine eignen Sachen, die da aus der Schublade geräumt waren: Bündel von Briefen, Quittungen, ein Sportabzeichen von einst, Steuerbelege, eine Police der Unfallversicherung, Fotos, eine Ehrenurkunde. Plunder. Verwundert über all diese Zeugnisse einer Anstrengung, die plötzlich überholt ist, trank er sein Wasser, verwundert auf eine angenehme Weise. Als die Katze, inzwischen aufgewacht, ins Zimmer schlich, erschrak er; dann lachte er ein wenig, gab der Katze ein

Biskuit vom Teetisch der Leidtragenden. Er blieb nicht lang in der Wohnung, hatte hier nichts zu bestellen, schien ihm, nichts anzurühren. Erst als er einen Zinnbecher sah mit sieben Pfeifen drin, konnte er's nicht lassen und suchte die beste heraus, steckte sie in seine Manteltasche, nicht ohne die Pfeife, die er bisher in der Manteltasche hatte, dafür in den Zinnbecher zu stecken. Und damit hatte es sich eigentlich. Dann nochmals ein Rundblick über alles, dann löschte er das Licht. Im Treppenhaus meinte er etwas gehört zu haben, versteckte sich sofort in einer Nische, eine Weile atemlos. Schritte treppauf! Aber dann hörte er eine Tür im untern Stock, dann Stille. Wie ein Liebhaber auf Fußspitzen, besorgt nach jedem Girren der Treppe, erreichte er die Haustür ungesehen; er öffnete sie behutsam. Der Regen hatte aufgehört. Er stülpte seinen Regenmantelkragen auf, schaute an der Fassade empor, ging – Außer daß er in der Küche versehentlich das Licht hatte brennen lassen, fand man keine Spuren von ihm; das Wasserglas auf dem Schreibtisch war nicht auffällig; sein Hausschlüssel lag im Briefkasten, was unerklärlich blieb . . .

UWE JOHNSON

Geschenksendung, keine Handelsware

Aus Jerichow bekam Gesine Cresspahl noch Pakete, als sie längst in Frankfurt Geld verdiente, denn Jakobs Mutter traute den Städten nicht und schickte dem Kind zur Vorsorge Gestricktes aus Selbstgesponnenem, Gebackenes, Geräuchertes, Gekauftes nie, zu kaufen gab es wenig, das sich für den Westen noch geschickt hätte. Die Verpackung war altmodisch, wie für Segelschiffgut. Die Abs lag schon lange auf dem Friedhof hinterm hannoverschen Schloß, und Gesine fand immer noch hartes, geöltes Packpapier, in das die Alte mit der Stahlfeder in pommerscher Volksschulschrift die vorschriftsmäßige Erklärung neben die Adresse geritzt hatte: Geschenksendung, keine Handelsware.

An ihren Vater schickte Gesine einmal im Jahr fünf Meter Manchesterstoff, jeden Monat Rauchtabak, im übrigen nur Gewünschtes. Als sie ab und an schon zwanzig Mark übrig hatte, dachte sie öfter, der Verwandtschaft die Harke zu zeigen und was zu schicken. Aber es hatte um die Jahrhundertwende einer dem Platz Jerichow das Gelübde hinterlassen: mich sollt ihr gar nicht wiedersehen, oder unantastbar, und als er nach elf Jahren kam mit etwas Geld, war er immer noch so in Fahrt, daß er dem Rat und der Gemeinde am liebsten die Gasanstalt abgekauft hätte, weil in der Stadt nichts höher stand als deren Schornstein. Die Alten erzählten davon noch, und Gesine hätte sich nicht gerne fragen lassen: Na, willst du uns jetzt auch die Gasanstalt abkaufen?

Dann ging Cresspahl ab mit Tod, und seine Tochter mußte sich bedanken in Jerichow bei einigen Leuten, die ihn vernünftig unter die Erde gebracht hatten. Da gab sie, als einmal ihr Brief einen andern an Land zog, auch ein Päckchen auf die Post, an die Frau von Brüshaver, mit herzlichen Grüßen von Ihrer ergebenen. Sie hatte an eine stille, magere Person gedacht, sie bekam aber einen Dankesbrief in forschen Tönen, die anfangs zwar das Du zurückerbaten, dann aber doch bemängelten, daß Gesine da was gepackt hatte mit Liebe. Mit zartem Gefühl war der Empfängerin vorerst nicht geholfen, was sollte sie mit Sachen zum Genuß, solange sie noch Zwiebeln brauchte, Weizenmehl, Reis, Hartfett, Milchpulver, alle Gewürze, und so fort durch den ganzen Laden, und den nebenan, und den gegenüber. Frau Pastor Brüshaver schloß mit dem Bemerken, das liebe Kind könne ihr Beliebiges ja denken, aber sie sei nun einmal eine alte Frau, und sie wünschte sich ehrlich und aufrichtig von dem berühmten westdeutschen Klosettpapier, im Alter soll man nicht mehr so viel lügen.

Die Cresspahlsche besann sich, wie ungemein faßlicher noch eine Lisbeth Papenbrock das gesagt hätte, und sie begriff, daß Jerichow ihr die Gasanstalt anbot auf dem Teller. Zu heilen Zeiten hätte die Pastorswitwe kein Wort gerichtet an eine Unverheiratete mit einem nicht ehelichen Kind, auch wenn sie ein Geld verdiente, das Jerichow nun allerdings so übers Haus ging wie uns der Dollar. Gesine ging in diesem Herbst manchmal ein Stück zu Fuß durch Düsseldorf nach Hause und versuchte an den im Licht ausgelegten Waren zu erinnern, was sie wahrgenommen hatte bei ihrem letzten Besuch in dem Brüshaverschen Schlafzimmer. Neben der Lampe hatte ein Buch in schwarzem Kaliko gelegen über den Unfug des Sterbens vor vielen Jahren. Gab es solche Bücher heute noch? Nach Kölnisch Wasser hatte es gerochen hinter einem grünen Etikett. Dies und das mit Mehl und Mandeln und entkeimtem Toilettenpapier aus weichstem Zellstoff in Zellophan schickte sie weg und machte sich oft Spaß mit dem Schweigen, das hinter der jerichower Kirche hervordröhnte.

So fand sie viele Leute wieder vor den Schaufenstern Westdeutschlands, und ein Stück vom alten Jerichow im zeitgesättigten Geruch der kleinen Delikatessengeschäfte, und alle kamen mit und sahen ihr über die Schulter.

– Nein, das kann ich nicht annehmen als Dank: sagte Kern von der Tischlerinnung, wenn sie vor einer Tonbank stand und wußte nichts von Zigarren: Aber zu Neujahr von Cresspahl sozusagen durch die Tochter, da nähm ich wohl diese leichten holländischen Importen, und könnte es wohl eine Schachtel sein aus buntem Blech, du denkst dir doch wohl meine Enkelkinder, na legn Riegel Sch'lade zu. Dank dir auch, ich erkenn die Absicht.

Die Papenbrock, Oll Klupasch, Heinz Wollenberg, Jöche, Niebuhr, sogar die Selenbinder halfen ihr ein und flüsterten ihr zu, wenn sie an den Vitrinen und Wursthaken und Regalen entlangblickte und nicht finden konnte was noch. – Was der krumme Martens sich wohl freuen würde zu dem Katenschinken, so was räuchert er lang nicht mehr, kuck mal die Feigen, haben wir dir erzählt von im Krieg, kauf bloß keine Dosen: das dürfen wir nicht haben, daß du jetzt Weizen schicken mußt in eine Weizengegend! sieh bloß mal wie appetitlich der Käse, vor dem Krieg haben wir alle Virginia geraucht, ja mit Stahlspänen könnt ich meinen Fußboden wohl wieder christlich kriegen, ach Mensch ein Hemd wirklich ohne Bügeln, Wolle ohne Holz, Strümpfe ohne Naht, Fahrradspeichen, Schreibpapier und Reißbrettstifte, ach Gesine womit haben wir das verdient, was waren wir früher gut bei Sach, und leben jetzt her hinter der Zeit.

Von den Jungen wußte sie nicht mehr viele da. Zu ihrer Zeit war die Oberschule von Jerichow Kaserne, und die Klassenkameraden in der Bezirksstadt hatte sie durch die täglichen Fahrten hin und her nicht recht gewonnen und bald verloren mit dem Studieren und Weggehen nach Westdeutschland. An Peter Pillgrimm, Fahrschüler wie sie damals, versuchte sie es, aber er verbat sich was er ein Almosen nannte, womit sie aber nur den Auflauf gemeint hatte, den er sich zuzog mitten auf der Stadtstraße 1950 mit der Westzigarette zwischen seinen prall aufgeworfenen Lippen, das Papier so weiß, so blond der Tabak, so lang und prächtig das Stück von drüben. Damals hatte er ihr auf langes Drängen eine verkauft für Gegenleistung; inzwischen mochte er sich gewöhnt haben an Orient.

Die Alten blieben ihr, und dankten nicht besonders. Für sie war Ordnung, daß die von Jerichow wie alle gewöhnlichen Leute mit denen zusammenhielten in schlechten Zeiten gegen die Schuldigen, in guten untereinander; einmal bekam sie auch schriftlich, daß die Ostdeutschen mit dieser Art von Wirtschaft den Krieg bezahlten immer noch, nachdem die Westdeutschen wieder lebten, und wenn einer sich anständig hielt und abgab und teilte, verdiente er nicht eigens ein Lob. Ohne Namen auf einer Ansichtenkarte sagte einer: Laß es uns doch schlecht gehen, um so rascher haben wir das besser eines Tages. Andere waren geniert, daß sie mit aller guten Arbeit nicht herankamen an die Sachen zum besseren Leben, und so gewiß sie Gesine einen Satz Bohrer oder eine Meßlehre anrechnen wollten, sie hätten sich das doch lieber selbst ausgesucht bei Wollenberg am Markt mit sachverständigem Genuß und mit ehrlichem Geld beglichen wie früher. Und unbehaglich war ihnen, daß nach dem Erlaß eines westdeutschen Justizministeriums jeder solche Pakete pro Stück mit dreißig Mark absetzen konnte von seiner Steuer, weil die Bedürftigkeit ostdeutscher Empfänger zu unterstellen sei und von einer Prüfung seiner Einkommens- und Vermögensverhältnisse in jedem Falle abzusehen. Dazu schrieb nun Cresspahls Tochter schöne Grüße. Ja da wollten sie das lieber unbestimmt erwidern und auch so.

In der Reihe vor der blankgescheuerten Blechtheke des Paketpostamts sah Gesine, an den Aufschriften, wie viele ihr Jerichow hatten, verlassen und verloren, und wie viele von einer verleugneten Regierung noch den Umgang mit den eigenen Leuten sich verordnen und beschränken ließen. Einmal im Monat durfte einer sich helfen lassen, in genau begrenzten Mengen von dem und dem, und nicht mit dem und nicht mit Medizin, das Packpapier mußte gebraucht sein und die Adresse mit der Hand geschrieben, wie Verdächtige mußten sie harmlos tun, damit ihr Geschenk nicht auffiel vor den Röntgengeräten und Sonden des Staates, den es für den ihren nicht gab, so daß wieder einmal die gewöhnlichen Leute einspringen mußten mit dem Geld, das die Steuer ihnen ließ, für viele Paketkarren voll mattrosa bezettelter Kartons, für Wagen voll, für Sonderzüge voll zu den Geschenkfesten und das ganze Jahr, zum Geburtstag, gegen Mangel, gegen Krankheit, gegen die Trennung; aus Pflichtbewußtsein, Scham, gutem Willen, gegen das Finanzamt.

Vielleicht nicht harmlos aber ganz wie ihr war, wenn die graue scharfe Luft Jerichows wiederging am Rhein, beim Anblick wohlfeiler, altmodisch verpackter Geschenke, ihrer Trauer zuliebe, aus heiterem Himmel, mit rotem und blauem Papier packte Gesine keine Handelsware, Geschenksendungen nach Hause. Sie hielt sich an die Leute, von denen ihr Vater Briefe lang geschrieben hatte, sie lernte sie wieder kennen an ihren Wünschen und Gewohnheiten, das alte Jerichow kam ihr gegenwärtig mit den verbeulten Reklametafeln, unter denen sie größer geworden war, mit dem Postamt, aus dem jetzt ihre Pakete gebracht wurden an ihr bekannte Häuser, da fuhr der Wagen vorbei am Tor des Friedhofs, auf dessen Flügeln die Enkel von Kern von der Innung Halbkreise fuhren, wie sie einmal, damals.

GÜNTER DE BRUYN

Vergißmeinnicht

Das Geschäft lief gerade richtig an, als die junge Frau, die ihm vorher so viel Ärger gemacht hatte, schon zurückkam. Seiffert sah sie den Hauptweg entlangkommen, langsamer, als es der gute Ton vorschreibt, bleich, schwarz gekleidet, den geliehenen Korb am Arm, und es wunderte ihn, daß sie so schnell mit dem Bepflanzen des frischen Grabes fertig war.

Es war zehn Uhr, und der an den ersten sonnigen Sonntagen des Jahres übliche Andrang begann. Die Leute – Frauen meist, selten mit Mann oder Kind, nie Männer allein – drängten sich an der Pforte, zwangen sich, wenn sie aus dem Schatten der Mauer heraus waren, den langsamen Friedhofsschritt auf, blickten nach links auf die in quadratische und rechteckige Felder geordneten Töpfe und Kästen, blieben stehen, überlegten, gingen weiter, kamen näher, musterten das Angebot, verglichen die Preise, und jede Minute etwa stellte sich eine in die Reihe der Käufer, an der Seiffert hin und her hastete, bei der Auswahl half, verpackte und Geld einnahm. Selten wußte eine gleich, was sie wollte, meist hieß es erst, was ist dies, wie und wann blüht es, was kostet es, ist es winterhart, muß es oft gegossen werden, geben Sie zehn davon, nein, nur fünf und fünf davon, paßt das überhaupt zusammen, warum keine Schnittblumen, was heißt: noch nicht, wozu gibt es Treibhäuser, und dann lohnte die Rechnung den Aufwand nicht, und die Wartenden murrten, aber wenn sie dran waren, machten sie es nicht anders, und der alte Seiffert wurde schweigsam vor Wut über diese Hinterbliebenen, die für ihre Toten nicht eine Stunde früher aufstehen konnten, um vor dem Stoßgeschäft dazusein.

Die junge Frau war früher dagewesen. Sie hatte für ihren Toten reichlich Zeit, aber wenig Geld gehabt. Lange hatte sie das magere Angebot studiert und still für sich gerechnet, bis Seiffert sie gestört hatte, um ihr Stiefmütterchen, die nur 16 Pfennig kosteten und sehr gefragt waren, auszureden, und da Rosen wohl nicht in Frage kamen, zu den massenhaft vorhandenen Vergißmeinnicht (14 Pfennig das Stück) oder zu Waren mittlerer Preisklasse zu raten. Erst hatten es niedrige Eriken (61 Pfennig) sein sollen, dazu hatte das Geld nicht gereicht. Dann hatte er ihr ausführlich erklären müssen, warum es keine Primeln gab. Dann hatte sie sich für Stiefmütterchen entschieden, aber während er knurrend in den Schuppen gehumpelt war, um die letzten zu holen, waren sie ihr für den ernsten Gatten als zu bunt erschienen. Also doch Vergißmeinnicht! Und wieviel? Vierzig? Sie hatte entsetzt getan, als hätte er Grund, ihr mehr aufzuschwatzen, als sie brauchte.

Und jetzt kam sie schon wieder zurück. Sie wollte an der Schlange der Wartenden vorbei, aber jemand sagte was zu ihr, und sie kehrte um und stellte sich schweigend hinten an, obwohl sie doch nur den Korb zurückzugeben hatte. Seiffert wollte sie schon nach vorn beordern, ließ es aber, weil er fand, daß so viel Schüchternheit Strafe verdiente.

Er nahm sich vor, ihr, wenn sie an der Reihe war, wortlos den Korb abzunehmen, ihn hinter das Feld der

Rosentöpfe zu werfen und die nächste zu fragen, was es denn sein sollte. Aber als sie endlich dran war, konnte er ihrem hilflosen Blick nicht ausweichen und ihre leise gesprochenen Worte nicht gleich begreifen.

»Bitte, nehmen Sie die Blumen wieder zurück!« sagte sie. Er hatte den Korb schon in der Hand, spürte sein Gewicht, aber erst jetzt sah er, daß er noch gefüllt war, daß die Vergißmeinnicht noch so standen, wie er sie aufgereiht hatte. Er hatte die Erdballen aneinanderpressen müssen, um sie alle unterzubringen, und die letzten drei Pflanzen obenauf gelegt.

»Blumen sind vom Umtausch ausgeschlossen«, sagte er und gab ihr den Korb zurück. »Der nächste, bitte!«

Sie hatte ihm vorhin schon reichlich Zeit gestohlen für die paar Mark. Das Theater mit ihr würde von neuem losgehen und die Schlange immer länger werden.

»Ich möchte sie nicht umtauschen, ich möchte sie zurückgeben!«

»Noch besser!« sagte er und hielt der nächsten Kundin einen Rosenstrauch vor die Nase, den sie sich rundum besah, als verstünde sie etwas davon. »Gekauft ist gekauft! Und falls Sie sich im Friedhof geirrt haben: Sie dürfen die Vergißmeinnicht auch auf dem Nachbarfriedhof pflanzen. Das sind Edelrosen, liebe Frau, die kriegen Sie nirgendsonst für den Preis!«

»Ich habe mich nicht geirrt«, sagte die junge Frau leise, »das Grab ist schon bepflanzt.«

»Geht mich nichts an!« sagte er.

Er hatte zu viel Vergißmeinnicht mitgenommen, die würde er sonntags nicht loswerden. Sie blühten noch nicht, und Leute, die selten kamen, wollten ihre Gräber gleich schön haben, nicht erst später, wenn sie es nicht sahen. Die noch knospenden Vergißmeinnicht waren für wochentags, für die alten Frauen, die er mit Namen kannte, weil sie fast täglich kamen, denen der Friedhof auch Erholungspark und Schrebergarten war.

»Aber was soll ich machen?«

»Sie in den Garten pflanzen.«

»Ich habe keinen Garten.«

»Auf den Balkon.«

»Habe ich auch nicht.«

»Dann lassen Sie sich das Geld von der zurückgeben, die Ihnen diesen Streich gespielt hat.«

»Ich weiß nicht, wer es sein könnte.«

»Die Schwiegermutter vielleicht.«

»Wir haben keine Verwandten hier.«

»Vielleicht eine von seiner Arbeitsstelle.«

»Unmöglich.«

»Dann reißen Sie das Zeug raus und pflanzen Ihres hin.«

»Das geht nicht. Es ist viel schöner so. Blühende Erika, die hohe Sorte!«

Sie sah suchend umher, um ihm die Blumen zu zeigen, fand sie aber nicht. Er hatte die hohe Sorte in diesem Jahr noch nie gehabt, die Genossenschaft hatte sie aus irgendwelchen Gründen nicht geliefert. Die Augen der jungen Frau füllten sich mit Tränen; Seiffert konnte nicht mehr hinsehen; er verkaufte weiter und hörte, während er rechnete und auswählte und einpackte, ihr Schluchzen neben sich und ärgerte sich über die Hartnäckigkeit, mit der sie hier stand und den Kunden was vorheulte, nur der paar Mark wegen. Und dann fiel ihm plötzlich ein, daß er immer so geredet hatte, als könnte nur eine Frau die Blumen gepflanzt haben. Es war unbeabsichtigt und unüberlegt geschehen, weil Männer hier selten kamen, weil Frauen meist die zäheren sind und überleben und weil die Männer nie allein bleiben und schneller vergessen und weil ihnen das gute Verhältnis zu Toten und zu Blumen fehlt, und weil sie meist besser verdienen und mit dem Gärtner eher einen Pflegevertrag abschließen, als selbst zu pflanzen und zu hacken und zu gießen. Und er sagte, während er Rosen verpackte:

»Hohe Erika, sagen Sie? Das ganze Grab bepflanzt? So viel habe ich in den letzten Tagen nur einmal abgegeben, einem Mann, wäre für einen alten Freund, sagte er.«

Die Frau wurde still, putzte sich die Nase, wartete, bis Seiffert das Geld für die Rosen hatte und fragte: »So ein großer?«

»Ja, groß war er.«

»Schwarz?«

»Ja, groß und schwarz.«

»Redet ein bißchen sächsisch?«

»Ja, ein bißchen.«

Die junge Frau lächelte und stellte den Korb auf die Erde.

»Alfred, natürlich Alfred«, sagte sie, und dann ging sie. Der alte Seiffert bediente weiter, sah die Frau durch die Pforte verschwinden, und zu der nächsten Kundin, für die Rosen wohl nicht in Frage kamen, sagte er: »Vergißmeinnicht, vierzig Stück, schon verpackt, nur vier Mark, ohne Korb natürlich.«

CHRISTA WOLF

Blickwechsel

1

Ich habe vergessen, was meine Großmutter anhatte, als das schlimme Wort *Asien* sie wieder auf die Beine brachte. Warum gerade sie mir als erste vor Augen steht, weiß ich nicht, zu Lebzeiten hat sie sich niemals vorgedrängt. Ich kenne alle ihre Kleider: das braune mit dem Häkelkragen, das sie zu Weihnachten und zu allen Familiengeburtstagen anzog, ihre schwarze Seidenbluse, ihre großkarierte Küchenschürze und die schwarzmelierte Strickjacke, in der sie im Winter am Ofen saß und den »Landsberger General-Anzeiger« studierte. Für diese Reise hatte sie nichts Passendes anzuziehen, an meinem Gedächtnis liegt es nicht. Ihre Knöpfstiefelchen konnte sie gebrauchen, sie hingen an ihren zu kurzen, leicht krummen Beinen immer zwei Zentimeter über dem Fußboden, auch wenn meine Großmutter auf einer Luftschutzpritsche saß, auch wenn der Fußboden festgetretene Erde war, wie an jenem Apriltag, von dem hier die Rede ist. Die Bomberverbände, die nun schon am hellerlichten Tag über uns hin nach Berlin zogen, waren nicht mehr zu hören. Jemand hatte die Tür des Luftschutzbunkers aufgestoßen, und in dem hellen Sonnendreieck am Eingang standen, drei Schritt von den baumelnden Knöpfstiefelchen meiner Großmutter entfernt, ein paar hohe schwarze Langschäfter, in denen ein Offizier der

Waffen-SS steckte, der in seinem blonden Gehirn jedes einzelne Wort meiner Großmutter während des langen Fliegeralarms festgehalten hatte: Nein, nein, hier kriegt ihr mich nicht mehr weg, sollen sie mich umbringen, um mich alte Frau ist es nicht schade. – Was? sagte der SS-Offizier. Lebensmüde? Diesen asiatischen Horden wollt ihr in die Hände fallen? Die Russen schneiden doch allen Frauen die Brüste ab!

Da kam meine Großmutter ächzend wieder hoch. Ach Gott, sagte sie, womit hat die Menschheit das verdient! Mein Großvater fuhr sie an: Was du auch immer reden mußt!, und nun sehe ich sie genau, wie sie auf den Hof gehen und sich jeder an seinen Platz bei unserem Handwagen stellen: Großmutter in ihrem schwarzen Tuchmantel und dem hell- und dunkelbraun gestreiften Kopftuch, das noch meine Kinder als Halswickel hatten, stützt die rechte Hand auf den hinteren Holm des Wagens, Großvater in Ohrenklappenmütze und Fischgrätjoppe postiert sich neben der Deichsel. Eile ist geboten, die Nacht ist nahe und der Feind auch, nur daß sie beide von verschiedenen Richtungen kommen: die Nacht von Westen und der Feind von Osten. Im Süden, wo sie aufeinandertreffen und wo die kleine Stadt Nauen liegt, schlägt Feuer an den Himmel. Wir glauben die Feuerschrift zu verstehen, das Menetekel scheint uns eindeutig und lautet: Nach Westen.

Wir aber müssen zuerst meine Mutter suchen. Sie verschwindet häufig, wenn es ans Weiterziehen geht, sie will zurück, und sie muß weiter, beide Gebote sind manchmal gleich stark, da erfindet sie sich Vorwände und läuft weg, sie sagt: Ich häng mich auf, und wir, mein Bruder und ich, leben noch in dem Bereich, in dem man Worte wörtlich nimmt, wir laufen in das kleine Waldstück, in dem meine Mutter nichts zu suchen hat und in dem auch wir nichts zu suchen haben wollen, wir ertappen uns gegenseitig dabei, wie wir den Blick in die Baumkronen werfen, wir vermeiden es, uns anzusehen, sprechen können wir sowieso nicht über unaussprechbare Vermutungen, wir schweigen auch, als meine Mutter, die jede Woche knochiger und magerer wird, vom Dorf heraufkommt, ein Säckchen Mehl auf den Handwagen wirft und uns Vorwürfe macht: Rennt in der Gegend umher und macht die Leute wild, was habt ihr euch bloß gedacht? Und wer soll den Bauern das Zeug aus der Nase ziehen, wenn nicht ich?

Sie spannt sich vor den Wagen, mein Bruder und ich schieben an, der Himmel gibt unheimlich Feuerwerk dazu, und ich höre wieder das feine Geräusch, mit dem der biedere Zug *Wirklichkeit* aus den Schienen springt und in wilder Fahrt mitten in die dichteste, unglaublichste Unwirklichkeit rast, so daß mich ein Lachen stößt, dessen Ungehörigkeit ich scharf empfinde.

Nur daß ich niemandem klarmachen kann, daß ich nicht über uns lache, gottbewahre, über uns seßhafte, ordentliche Leute in dem zweistöckigen Haus neben der Pappel, über uns bunte Guckkastenleute im Essigpott; Mantje, Mantje, Timpete, Buttje, Buttje in de See, mine Fru, de Ilsebill, will nich so, as ik wol will. Aber keiner von uns hat doch Kaiser werden wollen oder gar Papst und ganz gewiß nicht Lieber Gott, ganz zufrieden hat der eine unten im Laden Mehl und Butterschmalz und saure Gurken und Malzkaffee verkauft, der andere englische Vokabeln an einem schwarzen Wachstuchtisch gelernt und hin und wieder aus dem Fenster über die Stadt und den Fluß gesehen, die ganz ruhig und richtig dalagen und mir nie den Wunsch eingegeben haben, sie zu verlassen, ganz beharrlich hat mein kleiner Bruder immer neue Merkwürdigkeiten aus seinem Stabilbaukasten zusammengeschraubt und dann darauf bestanden, sie mit Schnüren und Rollen in irgendeine sinnlose Bewegung zu bringen, während oben in ihrer Küche meine Großmutter eine Sorte Bratkartoffeln mit Zwiebeln und Majoran brät, die mit ihrem Tod aus der Welt verschwunden ist, und mein Großvater den Pechdraht über den Fensterriegel hängt und die blaue Schusterschürze abbindet, um auf seinem Holzbrettchen am Küchentisch in jedes Stückchen Brotrinde ein Dutzend feiner Kerben zu schneiden, damit sein zahnloser Mund das Brot kauen kann.

Nein, ich weiß nicht, warum man uns in den Essigpott geschickt hat, und um nichts in der Welt weiß ich, wieso ich darüber lachen muß, auch wenn mein Onkel, der den zweiten Handwagen unseres winzigen Zuges anführt, wieder und wieder argwöhnisch fragt: Möchte bloß wissen, an wem es hier was zu lachen gibt! Auch wenn ich begreife, wie enttäuscht einer sein muß, daß die Angst, man lache ihn aus, nicht mal zu Ende ist, wenn man endlich die Prokura in der Tasche hat. Auch wenn ich ihm gerne den Gefallen getan hätte, ihm zu versichern, ich lachte über mich selbst: Ich konnte schwer lügen, und ich fühlte deutlich, daß ich abwesend war, obwohl man eine jener Figuren, in der Dunkelheit gegen den Wind gelehnt, ohne weiteres mit mir hätte verwechseln können. Man sieht sich nicht, wenn man in sich drinsteckt, ich aber sah uns alle, wie ich uns heute sehe, als hätte irgendeiner mich aus meiner Hülle herausgehoben und danebengestellt mit dem Befehl: Sieh hin!

Das tat ich, aber es machte mir keinen Spaß.

Ich sah uns von der Landstraße abkommen, in der Finsternis auf Seitenwegen herumtappen und endlich auf eine Allee stoßen, die uns auf ein Tor führte, auf einen abgelegenen Gutshof und auf einen schiefen, leicht schlotternden Mann, der mitten in der Nacht zu den Ställen humpelte, dem es nicht gegeben war, sich über irgend etwas zu wundern, so daß er das verzweifelte, erschöpfte Trüppchen ungerührt auf seine Weise begrüßte: Na ihr, Sodom und Gomorrha? Macht ja nichts. Platz ist in der kleinsten Hütte für ein glücklich liebend Paar.

Der Mann ist nicht gescheit, sagte meine Mutter bedrückt, als wir Kalle über den Hof folgten, und mein Großvater, der wenig sprach, erklärte befriedigt: Der ist ganz schön im Gehirn verrückt. – So war es freilich. Kalle sagte Meister zu meinem Großvater, dessen höchste Dienstränge in seinem Leben Gemeiner in einem Kaiserlichen Infanterieregiment, Schustergeselle bei Herrn Lebuse in Bromberg und Streckenwärter bei der Deutschen Reichsbahn, Bezirksinspektion Frankfurt (Oder), gewesen waren. Meister, sagte Kalle, am besten nimmst du dir das Kabuff dahinten in der Ecke. Darauf verschwand er und pfiff: Nimm mal noch ein Tröpfchen, nimm mal noch ein Tröpfchen ... Aber die Teeverteilung hatten die Schläfer in den Doppelstockbetten schon hinter sich, auch die unvermeidlichen Leberwurstbrote waren ihnen gereicht worden, man roch es. Ich versuchte, mir mit dem Arm beim Schlafen die Nase zuzuhalten. Mein Großvater, der fast taub war, begann wie jeden Abend laut sein Vaterunser aufzusagen, aber bei Und vergib uns unsere Schuld rief meine Großmutter ihm ins Ohr, daß er die Leute störe, und darüber kamen sie in Streit. Der ganze Saal konnte ihnen zuhören, wo früher nur ihre alten knarrenden Holzbetten Zeuge gewesen waren und das schwarzgerahmte Engelsbild mit dem Spruch: Wenn auch der Hoffnung letzter Anker bricht, verzage nicht!

Bei Morgengrauen weckte uns Kalle. Kutschern wirst du doch woll können? fragte er meinen Onkel. Herr Volk, was der Gutsbesitzer ist, will nämlich mit Mann und Maus abrücken, aber wer fährt die Ochsenwagen mit den Futtersäcken? – Ich, sagte mein Onkel, und er blieb dabei, auch wenn meine Tante ihm in den Ohren lag, daß Ochsen gefährliche Tiere sind und daß er nicht für diese fremden Leute seine Haut zu Markte . . . Halt den Mund! schnauzte er. Und wie kriegst du sonst deine Plünnen hier weg? – Wir alle durften aufsitzen, und unser Handwagen wurde an der hinteren Wagenrunge festgezurrt. Oberprima, sagte Kalle, denkt bloß nicht, die Ochsen sind schneller als euer Handwagen. Herr Volk kam persönlich, um seinen neuen Kutscher mit Handschlag zu verpflichten, er trug einen Jägerhut, einen Lodenmantel und Knickerbocker, und Frau Volk kam, um die Frauen, die nun so oder so zu ihrem Gesinde gehörten, mit einem gütigen, gebildeten Wort zu bedenken, aber ich konnte sie nicht leiden, weil sie ohne weiteres du zu mir sagte und ihrer Dackelhündin Bienchen erlaubte, an unseren Beinen zu schnuppern, die vermutlich nach Leberwurstbroten rochen. Nun sah meine Tante, daß es sich um feine Leute handelte, sowieso hätte sich mein Onkel ja nicht bei irgendeinem

Piefke verdingt. Dann begann es dicht hinter uns zu schießen, und wir zogen in beschleunigtem Tempo ab. Der Liebe Gott verläßt die Seinen nicht, sagte meine Großmutter.

Ich aber hatte in der Nacht zum letztenmal den Kindertraum geträumt: ich bin gar nicht das Kind meiner Eltern, ich bin vertauscht und gehöre zu Kaufmann Rambow in der Friedrichstadt, der aber viel zu schlau ist, seine Ansprüche offen anzumelden, obwohl er alles durchschaut hat und sich Maßnahmen vorbehält, so daß ich endlich gezwungen bin, die Straße zu meiden, in der er in seiner Ladentüre mit Lutschkellen auf mich lauert. Diese Nacht nun hatte ich ihm im Traum bündig mitteilen können, daß ich jegliche Angst, sogar die Erinnerung an Angst vor ihm verloren hatte, daß dies das Ende seiner Macht über mich war und ich von jetzt an täglich bei ihm vorbeikommen und zwei Stangen Borkenschokolade abholen werde. Kaufmann Rambow hatte kleinlaut meine Bedingungen angenommen.

Kein Zweifel, er war erledigt, denn er wurde nicht mehr gebraucht. Vertauscht war ich nicht, aber ich selbst war ich auch nicht mehr. Nie vergaß ich, wann dieser Fremdling in mich gefahren war, der mich inzwischen gepackt hatte und nach Gutdünken mit mir verfuhr. Es war jener kalte Januarmorgen, als ich in aller Hast auf einem Lastwagen meine Stadt in Richtung Küstrin verließ und als ich mich sehr wundern mußte, wie grau diese Stadt doch war, in der ich immer alles Licht und alle Farben gefunden hatte, die ich brauchte. Da sagte jemand in mir langsam und deutlich: Das siehst du niemals wieder.

Mein Schreck ist nicht zu beschreiben. Gegen dieses

Urteil gab es keine Berufung. Alles, was ich tun konnte, war, treu und redlich für mich zu behalten, was ich wußte, Flut und Ebbe von Gerüchten und Hoffnungen anschwellen und wieder sinken zu sehen, vorläufig alles so weiterzumachen, wie ich es den anderen schuldig war, zu sagen, was sie von mir hören wollten. Aber der Fremdling in mir fraß um sich und wuchs, und womöglich würde er an meiner Stelle bald den Gehorsam verweigern. Schon stieß er mich manchmal, daß sie mich von der Seite ansahen: Jetzt lacht sie wieder. Wenn man bloß wüßte, worüber?

2

Über *Befreiung* soll berichtet werden, die Stunde der Befreiung, und ich habe gedacht: Nichts leichter als das. Seit all den Jahren steht diese Stunde scharf gestochen vor meinen Augen, fix und fertig liegt sie in meinem Gedächtnis, und falls es Gründe gegeben hat, bis heute nicht daran zu rühren, dann sollten fünfundzwanzig Jahre auch diese Gründe getilgt haben oder wenigstens abgeschwächt. Ich brauchte bloß das Kommando zu geben, schon würde der Apparat arbeiten, und wie von selbst würde alles auf dem Papier erscheinen, eine Folge genauer, gut sichtbarer Bilder. Wider Erwarten hakte ich mich an der Frage fest, was meine Großmutter unterwegs für Kleider trug, und von da geriet ich an den Fremdling, der mich eines Tages in sich verwandelt hatte und nun schon wieder ein anderer ist und andere Urteile spricht, und schließlich muß ich mich damit abfinden, daß aus der Bilderkette nichts wird; die Erinnerung ist kein Leporelloalbum, und es hängt nicht allein von einem Datum und zufälligen Bewegungen der alliierten Truppen ab, wann einer befreit wird, sondern doch auch von gewissen schwierigen und lang andauernden Bewegungen in ihm selbst. Und die Zeit, wenn sie Gründe tilgt, bringt doch auch unaufhörlich neue hervor und macht die Benennung einer bestimmten Stunde eher schwieriger; wovon man befreit wird, will man deutlich sagen, und wenn man gewissenhaft ist, vielleicht auch, wozu. Da fällt einem das Ende einer Kinderangst ein, Kaufmann Rambow, der sicherlich ein braver Mann war, und nun sucht man einen neuen Ansatz, der wieder nichts anderes bringt als Annäherung, und dabei bleibt es dann. Das Ende meiner Angst vor den Tieffliegern. Wie man sich bettet, so liegt man, würde Kalle sagen, wenn er noch am Leben wäre, aber ich nehme an, er ist tot, wie viele der handelnden Personen (der Tod tilgt Gründe, ja).

Tot wie der Vorarbeiter Wilhelm Grund, nachdem die Tieflieger ihm in den Bauch geschossen hatten. So sah ich mit sechzehn meinen ersten Toten, und ich muß sagen: reichlich spät für jene Jahre. (Den Säugling, den ich in einem steifen Bündel aus einem Lastwagen heraus einer Flüchtlingsfrau reichte, kann ich nicht rechnen, ich sah ihn nicht, ich hörte nur, wie seine Mutter schrie, und lief davon.) Der Zufall hatte ergeben, daß Wilhelm Grund an meiner Stelle dalag, denn nichts als der nackte Zufall hatte meinen Onkel an jenem Morgen bei einem kranken Pferd in der Scheune festgehalten, anstatt daß wir mit Grunds Ochsenwagen gemeinsam wie sonst vor den anderen auf die Landstraße gingen. Hier, mußte ich mir sagen, hätten auch wir sein sollen, und nicht dort, wo man sicher war, obwohl man die Schüsse hörte und die fünfzehn Pferde wild wurden. Seitdem fürchte ich Pferde. Mehr noch aber fürchte ich seit jenem Augenblick die Gesichter von Leuten, die sehen mußten, was kein Mensch sehen sollte. Ein solches Gesicht hatte der Landarbeiterjunge Gerhard Grund, als er das Scheunentor aufstieß, ein paar Schritte noch schaffte und dann zusammensackte: Herr Volk, was haben sie mit meinem Vater gemacht!

Er war so alt wie ich. Sein Vater lag am Rande der Straße im Staub neben seinen Ochsen und blickte starr nach oben, wer darauf bestehen wollte, mochte sich sagen: in den Himmel. Ich sah, daß diesen Blick nichts mehr zurückholte, nicht das Geheul seiner Frau, nicht das Gewimmer der drei Kinder. Diesmal vergaß man, uns zu sagen, das sei kein Anblick für uns. Schnell, sagte Herr Volk, hier müssen wir weg. So wie sie diesen Toten an Schultern und Beinen packten, hätten sie auch mich gepackt und zum Waldrand geschleift. Jedem von uns, auch mir, wäre wie ihm die Zeltplane vom gutsherrlichen Futterboden zum Sarg geworden. Ohne Gebet und ohne Gesang wie der Landarbeiter Wilhelm Grund wäre auch ich in die Grube gefahren. Geheul hätten sie auch mir nachgeschickt, und dann wären sie weitergezogen, wie wir, weil wir nicht bleiben konnten. Lange Zeit hätten sie keine Lust zum Reden gehabt, wie auch wir schwiegen, und dann hätten sie sich fragen müssen, was sie tun könnten, um selbst am Leben zu bleiben, und, genau wie wir jetzt, hätten sie große Birkenzweige abgerissen und unsere Wagen damit besteckt, als würden die fremden Piloten sich durch das wandelnde Birkenwäldchen täuschen lassen. Alles, alles wäre wie jetzt, nur ich wäre nicht mehr dabei. Und der Unterschied, der mir alles war, bedeutete den meisten anderen hier so gut wie nichts. Schon saß Gerhard Grund auf dem Platz seines Vaters und trieb mit dessen Peitsche die Ochsen an, und Herr Volk nickte ihm zu: Braver Junge. Dein Vater ist wie ein Soldat gefallen.

Dies glaubte ich eigentlich nicht. So war der Soldatentod in den Lesebüchern und Zeitungen nicht beschrieben, und der Instanz, mit der ich ständigen Kontakt hielt und die ich – wenn auch unter Skrupeln und Vorbehalten – mit dem Namen Gottes belegte, teilte ich mit, daß ein Mann und Vater von vier Kindern nach meiner Überzeugung nicht auf diese Weise zu verenden habe. Es ist eben Krieg, sagte Herr Volk, und gewiß, das war es und mußte es sein, aber ich konnte mich darauf berufen, daß hier eine Abweichung vom Ideal des Todes für Führer und Reich vorlag, und ich fragte nicht, wen meine Mutter meinte, als sie Frau Grund umarmte und laut sagte: Die Verfluchten. Diese verfluchten Verbrecher.

Mir fiel es zu, weil ich gerade Wache hatte, die nächste Angriffswelle, zwei amerikanische Jäger, durch Trillersignal zu melden. Wie ich es mir gedacht hatte, blieb der Birkenwald weithin sichtbar als leichte Beute auf der kahlen Chaussee stehen. Was laufen konnte, sprang von den Wagen und warf sich in den Straßengraben. Auch ich. Nur daß ich diesmal nicht das Gesicht im Sand vergrub, sondern mich auf den Rücken legte und weiter mein Butterbrot aß. Ich wollte nicht sterben, und todesmutig war ich gewiß nicht, und was Angst ist, wußte ich besser, als mir lieb war.

Aber man stirbt nicht zweimal an einem Tag. Ich wollte den sehen, der auf mich schoß, denn mir war der überraschende Gedanke gekommen, daß in jedem Flugzeug ein paar einzelne Leute saßen. Erst sah ich die weißen Sterne unter den Tragflächen, dann aber, als sie zu neuem Anflug abdrehten, sehr nahe die Köpfe der Piloten in den Fliegerhauben, endlich sogar die nackten weißen Flecken ihrer Gesichter. Gefangene kannte ich, aber dies war der angreifende Feind von Angesicht zu Angesicht, ich wußte, daß ich ihn hassen sollte, und es kam mir unnatürlich vor, daß ich mich für eine Sekunde fragte, ob ihnen das Spaß machte, was sie taten. Übrigens ließen sie bald davon ab.

Als wir zu den Fuhrwerken zurückkamen, brach einer unserer Ochsen, der, den sie Heinrich nannten, vor uns in die Knie. Das Blut schoß ihm aus dem Hals. Mein Onkel und mein Großvater schirrten ihn ab. Mein Großvater, der neben dem toten Wilhelm Grund ohne ein Wort gestanden hatte, stieß jetzt Verwünschungen aus seinem zahnlosen Mund. Die unschuldige Kreatur, sagte er heiser, diese Äster, verdammten, vermaledeite Hunde alle, einer wie der andere. Ich fürchtete, er könnte zu weinen anfangen, und wünschte, er möge sich alles von der Seele fluchen. Ich zwang mich, das Tier eine Minute lang anzusehen. Vorwurf konnte das in seinem Blick nicht sein, aber warum fühlte ich mich schuldig? Herr Volk gab meinem Onkel sein Jagdgewehr und zeigte auf eine Stelle hinter dem Ohr des Ochsen. Wir wurden weggeschickt. Als der Schuß krachte, fuhr ich herum. Der Ochse fiel schwer auf die Seite. Die Frauen hatten den ganzen Abend zu tun, das Fleisch zu verarbeiten. Als wir im Stroh die Brühe aßen, war es schon dunkel. Kalle, der sich bitter beklagt hatte, daß er hungrig sei, schlürfte gierig seine Schüssel aus, wischte sich mit dem

Ärmel den Mund und begann vor Behagen krächzend zu singen: Alle Möpse bellen, alle Möpse bellen, bloß der kleine Rollmops nicht ... Daß dich der Deikert, du meschuggichter Kerl! fuhr mein Großvater auf ihn los. Kalle ließ sich ins Stroh fallen und steckte den Kopf unter die Jacke.

3

Man muß nicht Angst haben, wenn alle Angst haben. Dies zu wissen ist sicherlich befreiend, aber die Befreiung kam erst noch, und ich will aufzeichnen, was mein Gedächtnis heute davon hergeben will. Es war der Morgen des 5. Mai, ein schöner Tag, noch einmal brach eine Panik aus, als es hieß, sowjetische Panzerspitzen hätten uns umzingelt, dann kam die Parole: im Eilmarsch nach Schwerin, da sind die Amerikaner, und wer noch fähig war, sich Fragen zu stellen, der hätte es eigentlich merkwürdig finden müssen, wie alles jenem Feind entgegendrängte, der uns seit Tagen nach dem Leben trachtete. Von allem, was nun noch möglich war, schien mir nichts wünschbar oder auch nur erträglich, aber die Welt weigerte sich hartnäckig, unterzugehen, und wir waren nicht darauf vorbereitet, uns nach einem verpatzten Weltuntergang zurechtzufinden. Daher verstand ich den schauerlichen Satz, den eine Frau ausstieß, als man ihr vorhielt, des Führers lang ersehnte Wunderwaffe könne jetzt nur noch alle gemeinsam vernichten, Feinde und Deutsche. Soll sie doch, sagte das Weib.

An den letzten Häusern des Dorfes vorbei ging es einen Sandweg hinauf. Neben einem roten mecklenburgischen Bauernhaus wusch sich an der Pumpe ein Soldat. Er hatte die Ärmel seines weißen Unterhemds hochgekrempelt, stand spreizbeinig da und rief uns zu: Der Führer ist tot, so wie man ruft: Schönes Wetter heute. Mehr noch als die Erkenntnis, daß der Mann die Wahrheit sagte, bestürzte mich sein Ton.

Ich trottete neben unserem Wagen weiter, hörte die heiseren Anfeuerungsrufe der Kutscher, das Ächzen der erschöpften Pferde, sah die kleinen Feuer am Straßenrand, in denen die Papiere der Wehrmachtsoffiziere schwelten, sah Haufen von Gewehren und Panzerfäusten gespensterhaft in den Straßengräben anwachsen, sah Schreibmaschinen, Koffer, Radios und allerlei kostbares technisches Kriegsgerät sinnlos unseren Weg säumen und konnte nicht aufhören, mir wieder und wieder in meinem Inneren den Ton dieses Satzes heraufzurufen, der, anstatt ein Alltagssatz unter anderen zu sein, meinem Gefühl nach fürchterlich zwischen Himmel und Erde hätte widerhallen sollen.

Dann kam das Papier. Die Straße war plötzlich von Papier überschwemmt, immer noch warfen sie es in einer wilden Wut aus den Wehrmachtswagen heraus, Formulare, Gestellungsbefehle, Akten, Verfahren, Schriftsätze eines Wehrbezirkskommandos, banale Routineschreiben ebenso wie geheime Kommandosachen und die Statistiken von Gefallenen aus doppelt versicherten Panzerschränken, auf deren Inhalt nun, da man ihn uns vor die Füße warf, niemand mehr neugierig war. Als sei etwas Widerwärtiges an dem Papierwust, bückte auch ich mich nach keinem Blatt, was mir später leid tat, aber die Konservenbüchse fing ich auf, die mir ein LKW-Fahrer zuwarf. Der Schwung seines Armes erinnerte mich an den oft wiederholten Schwung, mit dem ich im Sommer neununddreißig Zigarettenpäckchen auf die staubigen Fahrzeugkolonnen geworfen hatte, die an unserem Haus vorbei Tag und Nacht in Richtung Osten rollten. In den sechs Jahren dazwischen hatte ich aufgehört, ein Kind zu sein, nun kam wieder ein Sommer, aber ich hatte keine Ahnung, was ich mit ihm anfangen sollte.

Die Versorgungskolonne einer Wehrmachtseinheit war auf einem Seitenweg von ihrer Begleitmannschaft verlassen worden. Wer vorbeikam, nahm sich, was er tragen konnte. Die Ordnung des Zuges löste sich auf, viele gerieten, wie vorher vor Angst, nun vor Gier außer sich. Nur Kalle lachte, er schleppte einen großen Butterblock zu unserem Wagen, klatschte in die Hände und schrie glücklich: Ach du dicker Tiffel! Da kann man sich doch glatt vor Wut die Röcke hochheben!

Dann sahen wir die KZler. Wie ein Gespenst hatte uns das Gerücht, daß sie hinter uns hergetrieben würden, die Oranienburger, im Nacken gesessen. Der Verdacht, daß wir auch vor ihnen flüchteten, ist mir damals nicht gekommen. Sie standen am Waldrand und witterten zu uns herüber. Wir hätten ihnen ein Zeichen geben können, daß die Luft rein war, doch das tat keiner. Vorsichtig näherten sie sich der Straße. Sie sahen anders aus als alle Menschen, die ich bisher gesehen hatte, und daß wir unwillkürlich vor ihnen zurückwichen, verwunderte mich nicht. Aber es verriet uns doch auch, dieses Zurückweichen, es zeigte an, trotz allem, was wir einander und was wir uns selber beteuerten: Wir wußten Bescheid. Wir alle, wir Unglücklichen, die man von ihrem Hab und Gut vertrieben hatte, von ihren Bauernhöfen und aus ihren Gutshäusern, aus ihren Kaufmannsläden und muffigen Schlafzimmern und aufpolierten Wohnstuben mit dem Führerbild an der Wand – wir wußten: Diese da, die man zu Tieren erklärt hatte und die jetzt langsam auf uns zukamen, um sich zu rächen – wir hatten sie fallenlassen. Jetzt würden die Zerlumpten sich unsere Kleider anziehen, ihre blutigen Füße in unsere Schuhe stecken, jetzt würden die Verhungerten die Butter und das Mehl und die Wurst an sich reißen, die wir gerade erbeutet hatten. Und mit Entsetzen fühlte ich: Das ist gerecht, und wußte für den Bruchteil einer Sekunde, daß wir schuldig waren. Ich vergaß es wieder.

Die KZler stürzten sich nicht auf das Brot, sondern auf die Gewehre im Straßengraben. Sie beluden sich damit, sie überquerten, ohne uns zu beachten, die Straße, erklommen mühsam die jenseitige Böschung und faßten oben Posten, das Gewehr im Anschlag. Schweigend blickten sie auf uns herunter. Ich hielt es nicht aus, sie anzusehen. Sollen sie doch schreien, dachte ich, oder in die Luft knallen, oder in uns reinknallen, Herrgottnochmal! Aber sie standen ruhig da, ich sah, daß manche schwankten und daß sie sich gerade noch zwingen konnten, das Gewehr zu halten und dazustehen. Vielleicht hatten sie sich das Tag und Nacht gewünscht. Ich konnte ihnen nicht helfen, und sie mir auch nicht, ich verstand sie nicht, und ich brauchte sie nicht, und alles an ihnen war mir von Grund auf fremd.

Von vorne kam der Ruf, jedermann außer den Fuhrleuten sollte absitzen. Dies war ein Befehl. Ein tiefer Atemzug ging durch den Treck, denn das konnte nur eines bedeuten: Die letzten Schritte in die Freiheit standen uns bevor. Ehe wir in Gang kommen konnten, sprangen die polnischen Kutscher ab, schlangen ihre

Leine um die Wagenrunge, legten die Peitsche auf den Sitz, sammelten sich zu einem kleinen Trupp und schickten sich an, zurück, gen Osten, auf und davon zu gehen. Herr Volk, der sofort blaurot anlief, vertrat ihnen den Weg. Zuerst sprach er leise mit ihnen, kam aber schnell ins Schreien, Verschwörung und abgekartetes Spiel und Arbeitsverweigerung schrie er. Da sah ich polnische Fremdarbeiter einen deutschen Gutsbesitzer beiseite schieben. Nun hatte wahrhaftig die untere Seite der Welt sich nach oben gekehrt, nur Herr Volk wußte noch nichts davon, wie gewohnt griff er nach der Peitsche, aber sein Hieb blieb stecken, jemand hielt seinen Arm fest, die Peitsche fiel zu Boden, und die Polen gingen weiter. Herr Volk preßte die Hand gegen das Herz, lehnte sich schwer an einen Wagen und ließ sich von seiner spitzmündigen Frau und der dummen Dackelhündin Bienchen trösten, während Kalle von oben Miststück, Miststück auf ihn herunterschimpfte. Die Franzosen, die bei uns blieben, riefen den abziehenden Polen Grüße nach, die sie sowenig verstanden wie ich, aber ihren Klang verstanden sie, und ich auch, und es tat mir weh, daß ich von ihrem Rufen und Winken und Mützehochreißen, von ihrer Freude und von ihrer Sprache ausgeschlossen war. Aber es mußte so sein. Die Welt bestand aus Siegern und Besiegten. Die einen mochten ihren Gefühlen freien Lauf lassen. Die anderen – wir – hatten sie künftig in uns zu verschließen. Der Feind sollte uns nicht schwach sehen.

Da kam er übrigens. Ein feuerspeiender Drache wäre mir lieber gewesen als dieser leichte Jeep mit dem kaugummimalmenden Fahrer und den drei lässigen Offizieren, die in ihrer bodenlosen Geringschätzung nicht einmal ihre Pistolentaschen aufgeknöpft hatten. Ich bemühte mich, mit ausdruckslosem Gesicht durch sie hindurchzusehen, und sagte mir, daß ihr zwangloses Lachen, ihre sauberen Uniformen, ihre gleichgültigen Blicke, dieses ganze verdammte Siegergehabe ihnen sicher zu unserer besonderen Demütigung befohlen war.

Die Leute um mich herum begannen Uhren und Ringe zu verstecken, auch ich nahm die Uhr vom Handgelenk und steckte sie nachlässig in die Manteltasche. Der Posten am Ende des Hohlwegs, ein baumlanger, schlacksiger Mensch unter diesem unmöglichen Stahlhelm, über den wir in der Wochenschau immer laut herausgelacht hatten – der Posten zeigte mit der einen Hand den wenigen Bewaffneten, wohin sie ihre Waffen zu werfen hatten, und die andere tastete uns Zivilpersonen mit einigen festen, geübten Polizeigriffen ab. Versteinert vor Empörung ließ ich mich abtasten, insgeheim stolz, daß man auch mir eine Waffe zutraute. Da fragte mein überarbeiteter Posten geschäftsmäßig: Your watch? Meine Uhr wollte er haben, der Sieger, aber er bekam sie nicht, denn es gelang mir, ihn mit der Behauptung anzuführen, der andere da, your comrade, sein Kamerad, habe sie schon kassiert. Ich kam ungeschoren davon, was die Uhr betraf, da signalisierte mein geschärftes Gehör noch einmal das anschwellende Motorengeräusch eines Flugzeugs. Zwar ging es mich nichts mehr an, aber gewohnheitsmäßig behielt ich die Anflugrichtung im Auge, unter dem Zwang eines Reflexes warf ich mich hin, als es herunterstieß; noch einmal der ekelhafte dunkle Schatten, der schnell über Gras und Bäume huscht, noch einmal das widerliche Einschlaggeräusch von Kugeln in Erde. Jetzt noch? dachte ich erstaunt und merkte, daß man sich von einer Sekunde zur anderen daran gewöhnen kann, außer Gefahr zu sein. Mit böser Schadenfreude sah ich amerikanische Artilleristen ein amerikanisches Geschütz in Stellung bringen und auf die amerikanische Maschine feuern, die eilig hochgerissen wurde und hinter dem Wald verschwand.

Nun sollte man sagen können, wie es war, als es still wurde. Ich blieb eine Weile hinter dem Baum liegen. Ich glaube, es war mir egal, daß von dieser Minute an vielleicht niemals mehr eine Bombe oder eine MG-Garbe auf mich heruntergehen würde. Ich war nicht neugierig auf das, was jetzt kommen würde. Ich wußte nicht, wozu ein Drache gut sein soll, wenn er aufhört, Feuer zu speien. Ich hatte keine Ahnung, wie der hürnene Siegfried sich zu benehmen hat, wenn der Drache ihn nach seiner Armbanduhr fragt, anstatt ihn mit Haut und Haar aufzuessen. Ich hatte gar keine Lust, mit anzusehen, wie der Herr Drache und der Herr Siegfried als Privatpersonen miteinander auskommen würden. Nicht die geringste Lust hatte ich darauf, um jeden Eimer Wasser zu den Amerikanern in die besetzten Villen zu gehen, erst recht nicht, mich auf einen Streit mit dem schwarzhaarigen Leutnant Davidson aus Ohio einzulassen, an dessen Ende ich mich gezwungen sah, ihm zu erklären, daß mein Stolz mir nun gerade gebiete, ihn zu hassen.

Und schon überhaupt keine Lust hatte ich auf das Gespräch mit dem KZler, der abends bei uns am Feuer saß, der eine verbogene Drahtbrille aufhatte und das unerhörte Wort Kommunist so dahinsagte, als sei es ein erlaubtes Alltagswort wie Haß und Krieg und Vernichtung. Nein. Am allerwenigsten wollte ich von der Trauer und Bestürzung wissen, mit der er uns fragte: Wo habt ihr bloß all die Jahre gelebt?

Ich hatte keine Lust auf Befreiung. Ich lag unter meinem Baum, und es war still. Ich war verloren, und ich dachte, daß ich mir das Geäst des Baumes vor dem sehr schönen Maihimmel merken wollte. Dann kam mein baumlanger Sergeant nach getanem Dienst den Abhang hoch, und in jedem Arm hatte sich ihm ein quietschendes deutsches Mädchen eingehängt. Alle drei zogen in Richtung der Villen ab, und ich hatte endlich Grund, mich ein bißchen umzudrehen und zu heulen.

INGEBORG BACHMANN

Simultan

Bože moj! hatte sie kalte Füße, aber das mußte endlich Paestum sein, es gibt da dieses alte Hotel, ich versteh nicht, wie mir der Name, er wird mir gleich einfallen, ich habe ihn auf der Zunge, nur fiel er ihr nicht ein, sie kurbelte das Fenster herunter und starrte angestrengt seitwärts und nach vorne, sie suchte den Weg, der nach rechts, credimi, te lo giuro, dico a destra, abbiegen mußte. Dann war es also das NETTUNO. Als er an der Kreuzung verlangsamte und den Scheinwerfer aufblendete, entdeckte sie sofort das Schild, angeleuchtet im Dunkel, unter einem Dutzend Hotelschildern und Pfeilen, die zu Bars und Strandbädern wiesen, sie murmelte, das war aber früher ganz anders, hier war doch nichts, einfach nichts, noch vor fünf sechs Jahren, nein wirklich, das ist doch nicht möglich.

Sie hörte den Kies knirschen unter den Rädern und Steine zurückschlagen gegen die Karosserie, blieb zusammengesunken sitzen, massierte sich den Hals, streckte sich dann gähnend, und als er zurückkam, sagte er, damit sei es nichts, sie müßten in eines der neuen Hotels gehen, hier überzogen sie nicht einmal mehr die Betten, es gab keine Gäste mehr für alte Hotels neben Tempeln, inmitten von Rosen und unter Bougainvilleen, und sie war enttäuscht und erleichtert, es sei ihr übrigens auch völlig gleichgültig, todmüde, wie sie sei.

Im Fahren hatten sie wenig miteinander reden können, auf der Autobahn war immer dieses scharfe Geräusch da, vom Wind, von der Geschwindigkeit, das beide schweigen ließ, nur vor der Ausfahrt in Salerno, die sie eine Stunde lang nicht finden konnten, gab es dies und jenes zu bemerken, einmal französisch, dann wieder englisch, italienisch konnte er noch nicht besonders gut, und mit der Zeit nahm sie den alten Singsang wieder an, sie melodierte ihre deutschen Sätze und stimmte sie auf seine nachlässigen deutschen Sätze ein, wie aufregend, daß sie wieder so reden konnte, nach zehn Jahren, es gefiel ihr mehr und mehr, und nun gar reisen, mit jemand aus Wien! Sie wußte bloß nicht, was sie deswegen einander zu sagen hatten, nur weil sie beide aus dieser Stadt kamen und eine ähnliche Art zu sprechen und beiseite zu sprechen hatten, vielleicht hatte sie auch nur, nach einem dritten Whisky auf der Dachterrasse im Hilton, geglaubt, er bringe ihr etwas zurück, einen vermißten Geschmack, einen fehlenden Tonfall, ein geisterhaftes Gefühl von einem Daheim, das nirgends mehr für sie war.

Er hatte in Hietzing gewohnt, dann brach er ab, etwas mußte also noch in Hietzing geblieben sein, schwer auszusprechen, und sie war aufgewachsen in der Josefstadt, Wickenburggasse, dann kam das unvermeidliche namedropping, sie tasteten das Wiener Terrain ab, fanden aber keine gemeinsamen Leute, die ihnen weitergeholfen hätten, die Jordans, die Altenwyls, von denen wußte sie natürlich, wer die waren, aber kennengelernt, nie, die Löwenfelds kannte sie nicht, Deutschs auch nicht, ich bin schon zu lange weg, mit neunzehn bin ich weg, ich spreche nie mehr deutsch, nur wenn es gebraucht wird, dann natürlich, aber das ist etwas anderes, für den Gebrauch. Auf dem römischen Kongreß hatte sie zuerst Mühe gehabt, eigentlich eher Lampenfieber, wegen Italienisch, es war dann aber sehr gut gegangen, für ihn war das natürlich unbegreiflich, wenn man, wie sie, so viele Diplome in der Tasche hatte, sie erwähne es auch nur, weil sie einander sonst nie kennengelernt hätten und sie doch keine blasse, nicht einmal die blasseste Ahnung, eben nach dieser Überanstrengung und mit allen Gedanken woanders, in dieser Hilton-Pergola danach, und er in der FAO brauchte also nur Englisch und Französisch, so? und Spanisch konnte er recht gut lesen, aber wenn er nun in Rom bleiben wollte, dann war es doch ratsam, und er schwankte zwischen Privatstunden und einem Italienischkursus, den die FAO organisierte.

Er war einige Jahre lang in Rourkela gewesen und zwei Jahre in Afrika, in Ghana, dann in Gabun, länger in Amerika selbstverständlich, sogar ein paar Jahre zur Schule dort gegangen, während der Emigration, sie irrten beide die halbe Welt ab, und am Ende wußten sie ungefähr, wo sie, von Zeit zu Zeit, gewesen waren, wo sie gedolmetscht und er etwas erforscht hatte, was denn bloß? fragte sie sich, aber sie fragte es nicht laut, und sie kehrten aus Indien wieder nach Genf zurück, wo sie studiert hatte, zu den ersten Abrüstungskonferenzen, sie war sehr gut, sie wußte es auch, sie wurde hoch bezahlt, zu Hause hätte sie es nie ausgehalten mit ihrem Selbständigkeitsdrang, es ist eine so unglaublich anstrengende Arbeit, aber ich mag das eben trotzdem, nein, heiraten, nie, sie würde ganz gewiß nie heiraten.

Die Städte wirbelten auf in der Nacht, Bangkok, London, Rio, Cannes, dann wieder Genf unvermeidlich, Paris auch unvermeidlich. Nur San Francisco, das bedauerte sie lebhaft, no, never, und gerade das hatte sie sich immer gewünscht, after all those dreadful places there, und immer nur Washington, grauenhaft, ja, er auch, er hatte es auch grauenhaft gefunden und er könnte dort nicht, nein sie auch nicht, dann schwiegen sie, ausgelaugt, und nach einer Weile stöhnte sie ein wenig, please, would you mind, je suis terriblement fatiguée, mais quand-même, c'est drôle, n'est ce pas, d'être parti ensemble, tu trouves pas? I was flabbergasted when Mr. Keen asked me, no, of course not, I just call him Mr. Keen, denn er schien immerzu keen auf etwas zu sein, auch auf sie während der Party im Hilton, but let's talk about something more pleasant, I utterly disliked him.

Mr. Keen, der nicht so hieß und der Mr. Ludwig Frankel in der FAO-Hierarchie im Weg stand, war vor den Bahnschranken von Battipaglia ein Gegenstand gemeinsamen Interesses, erwies sich aber auch als wenig ergiebig, da sie ihn ja nur einmal gesehen hatte und Mr. Frankel ihn auch erst seit drei Monaten um sich und über sich hatte, einen hemdsärmeligen Amerikaner, un cassepied monolingue, emmerdant, aber, wie er sich ohnmächtig zugeben mußte, sonst ein ganz entwaffnend hilfsbereiter und argloser Mensch. Sie mußte noch einmal mißbilligen und weiterreden, I couldn't agree more with you, I was just disgusted, the way he behaved, und was hatte der Mann sich eingebildet mit seinen gut und reichlich fünfzig Jahren und einer schon kaum mehr zu übersehenden Glatze unter den dünnen Haaren, und sie fuhr ihrem Mr. Frankel durch die vielen dunklen Haare und legte ihm die Hand auf die Schulter.

Er war nicht geschieden, das nicht, aber in der Scheidung, die eine Frau Frankel in Hietzing und er nur langsam betrieben, er war sich noch immer nicht schlüssig, ob eine Scheidung das Richtige war. Bei ihr wäre es fast bis zu einer Heirat gekommen, aber kurz davor doch auseinandergegangen, und über das Warum hatte sie jahrelang nachgedacht, und nie kam sie auf den Grund, nie vermochte sie einzusehen, was damals vorgefallen war. Als sie am Lido von Paestum hielten und sie wieder im Auto wartete, während er sich in den neuen Hotels umsah und verhandelte, fiel es ihr halbwegs ein, denn es hatte niemand Dritten gegeben und keine Zerrüttung, so etwas gab es jedenfalls nicht für sie, so was würde sie niemals zugelassen haben, obwohl sie Leute kannte, denen ekelhafte Dinge passierten oder die in theatralischen Vorstellungen dachten oder vielleicht brockten die sich solche Geschichten einfach ein, damit sie etwas erlebten, how abominable, wie geschmacklos, alles, was degoutant war, hatte sie in ihrer Nähe nie aufkommen lassen, nur gegangen war es doch nicht, weil sie ihm nicht zuhören konnte, höchstens wenn sie beisammen lagen und er ihr wieder und wieder versicherte, wie sehr ihm dies und jenes an ihr, und er gab ihr viele winzige Namen, die anfingen mit: ma petite chérie, und sie ihm viele große Namen, die endeten mit: mon grand chéri, und sie waren ineinander verhängt gewesen, leidenschaftlich, sie hing vielleicht noch heute an ihm, das war der beste Ausdruck dafür, an einem zu einem Schemen gewordenen Mann, aber wenn sie damals aufgestanden waren am späten Vormittag oder am späten Nachmittag, weil man doch nicht immerzu aneinander hängen konnte, dann redete er von etwas, was sie nicht interessierte, oder er erzählte ihr, wie jemand, der verkalkt ist, und er konnte doch nicht mit dreißig schon an einer schweren Arteriosklerose leiden, drei oder vier wichtige Ereignisse aus seinem Leben und gelegentlich noch einige kleinere Begebenheiten, sie kannte sie alle nach den ersten Tagen auswendig, und gesetzt den Fall, sie hätte, wie andere, die ihr Privatleben den Gerichten dieser Welt auslieferten, vor einen Richter treten müssen, um sich zu verteidigen oder um anzuklagen, so wäre weiter nichts herausgekommen, als daß es eine Zumutung für einen Mann war, wenn eine Frau ihm nicht zuhörte, aber auch eine Zumutung für sie, weil sie ihn anhören mußte, denn meistens hatte er sie belehrt oder ihr etwas erklärt, das Thermometer und das Barometer, wie Eisenbeton hergestellt wurde und wie Bier, was der Raketenantrieb war und warum Flugzeuge fliegen, wie die Situation in Algerien früher und danach war, und sie, mit ihren riesigen kindlich aufgerissenen Augen, hatte getan, als hörte sie zu, in Gedanken immer woanders, bei ihm und ihrer Empfindung für ihn, Stunden zurück oder um Stunden voraus, nur im Augenblick konnte sie nichts für ihn aufbringen, schon gar nicht Aufmerksamkeit, und erst jetzt, viele Jahre zu spät, kam aus ihr die Antwort auf eine unwichtig gewordene Frage, auf ein immer leiseres, fast schon erlöschendes Warum. Die Antwort kam, weil sie sie nicht französisch suchte, sondern in ihrer eigenen Sprache, und weil sie jetzt mit einem Mann reden konnte, der ihr die Sprache zurückgab und der, dessen war sie sicher, terribly nice war, sie hatte nur noch kein einziges Mal Ludwig zu ihm gesagt, weil seine Freunde und seine Familie ihn unmöglich so nennen konnten. Sie überlegte, wie sie diese drei oder vier Tage lang ohne seinen Vornamen auskommen könne, sie würde einfach darling oder caro oder mein Lieber sagen, und als er die Wagentür auf ihrer Seite aufmachte, hatte sie schon verstanden und stieg aus, er hatte also zwei Zimmer im selben Stockwerk gefunden. Er suchte ihr die Tasche, das Kopftuch und das Plaid heraus, und eh der Hausdiener kam, überfiel sie ihn von hinten, umarmte ihn ungeschickt und sagte heftig, I'm simply glad we've met, you are terribly nice to me, and I do not even deserve it.

Im Speisesaal, in dem abgeräumt wurde, waren sie die letzten, mit der letzten lauen Suppe. Dieser panierte Fisch, ist das Kabeljau, tiefgefroren? Sie stocherte lustlos in dem Fisch herum, haben die hier keine Fische mehr, mit dem Mittelmeer vor der Tür? In Rourkela, da hatte man das Gefühl gehabt, wirklich etwas tun zu können, es war seine beste Zeit gewesen, in Indien, trotz allem, er zog mit der Gabel über das weiße Tischtuch die Eisenbahnlinie Calcutta–Bombay, ungefähr hier mußt du es dir vorstellen, praktisch haben wir mit einem Bulldozer angefangen und selbst die ersten Baracken gebaut, nach drei Jahren spätestens ist jeder völlig verbraucht, ich bin genau 21 mal hin- und hergeflogen zwischen Calcutta und Europa, und dann hatte ich genug. Als der Wein doch noch gebracht wurde, erläuterte sie es nachsichtig, sie waren immer zu zweit in einer Kabine, nicht wie Pilot und Co-Pilot, nein, natürlich nur, um sofort wechseln zu können nach zwanzig Minuten, das war die vernünftigste Zeit, länger konnte man nicht übersetzen, obwohl man manchmal dreißig oder gar vierzig Minuten aushalten mußte, der reine Wahnsinn, an den Vormittagen ging es noch, aber nachmittags wurde es immer schwerer, sich zu konzentrieren, es war dieses fanatisch genaue Zuhören, dieses totale sich Versenken in eine andere Stimme, und ein Schaltbrett war ja einfach zu bedienen, aber ihr Kopf, just imagine, t'immagini! In den Pausen trank sie aus einer Thermosflasche warmes Wasser mit Honig, jeder hatte seine eigene Methode, sich über den Tag zu bringen, aber am Abend kann ich kaum noch die Zeitung in der Hand halten, es ist wichtig, daß ich regelmäßig alle großen Zeitungen lese, ich muß den Wendungen auf der Spur bleiben, den neuen Ausdrücken, aber die Terminologien, das gerade war das wenigste, da gab es die Berichte, die Listen, die mußte sie vorher auswendig lernen, Chemie mochte sie nicht, Landwirtschaft sehr, Flüchtlingsprobleme, das ging, wenn sie für die Vereinten Nationen arbeitete, aber Unions des Postes Universelles und International Unions of Marine Insurance, das waren ihre letzten Alpträume gewesen, die mit nur zwei Sprachen hatten es eben leichter, sie aber, sie lernte schon frühmorgens, wenn sie ihre Atemübungen und ihre Gymnastik machte, sie war einmal in einem Krankenhaus gewesen, wo ein Arzt ihr das Autogene Training beigebracht hatte, und sie wandelte das jetzt für sich ab, nicht sehr orthodox, aber es half ihr sehr. Es ist mir damals sehr schlecht gegangen. Mr. Frankel, dem es offenbar nie schlecht gegangen war, wunderte sich aber nicht, daß sie öfters schloß mit einem Satz: damals ist es mir gar nicht gut gegangen. Oder: damals ist es mir schlecht gegangen. Actually, basically, was man schon so perfekt nannte, als ob es das geben könnte! Eine Russin, eine ältere Frau übrigens, die bewunderte sie am meisten, sie hatte dreizehn Sprachen, she really does them, siehst du, ich weiß nicht, wie ich es sagen soll, gestand sie verwirrt, mit der Zeit wolle sie eine Sprache fallenlassen, Russisch oder Italienisch, es zerstört mich, ich komme ins Hotel, trinke einen Whisky, kann nichts mehr hören, nichts sehen und sitze ausgewrungen da, mit meinen Mappen und Zeitungen. Sie lachte, da war dieser Zwischenfall in Rio gewesen, nicht mit der Russin, mit einem Jungen von der sowjetischen Delegation, der mitkontrollierte, denn ihr Co-Dolmetscher hatte übersetzt, der amerikanische Delegierte sei ein silly man, und nun bestanden die todernst darauf, daß durak stupid heiße, nicht mehr und nicht weniger, und sie hatten alle etwas zum Lachen gehabt, ja manchmal sogar das.

Deutsch, das ist doch schon im Verschwinden, sagte er, uns kommt es jedenfalls so vor, aber ob das auch die anderen schon zu merken anfangen, was meinst du? Als sie im Gehen waren, fing er wieder an: was meinst du, wird es einmal eine einzige Sprache geben? Sie hörte nicht zu oder hörte es wirklich nicht, und auf der Stiege lehnte sie sich an ihn, tat, als könnte sie kaum mehr gehen, und er zog sie mit sich. Tu dois me mettre dans les draps tout de suite. Mais oui. Tu seras gentil avec moi? Mais non. Tu vas me raconter un tout petit rien? Mais bien sûr, ça oui.

Er sah noch einmal in ihr Zimmer, fragte leise: Nadja, Nadja? und schloß fast geräuschlos die Tür, ging zurück in sein Zimmer, in dem sie eben noch gewesen war, und fand das Bett noch warm und mit ihrem Geruch vor, sie hatte es ihm schon bei der Abreise in Rom gesagt, sie könne nicht mehr, nach einem Schock, seit langer Zeit schon, später würde sie es ihm erklären, mit jemand in einem Zimmer oder gar in einem Bett schlafen, und er war erleichtert gewesen, daß sie ihm mit dieser Geschichte gekommen war, denn er hatte auch nicht die geringste Lust, war viel zu nervös und Alleinsein zu sehr gewohnt. In diesem Hotel, trotz der Steinböden, krachte es nun, die Terrassentür bewegte sich greinend, ein Moskito sirrte im Zimmer, er rauchte und rechnete, seit drei Jahren war ihm das nicht mehr passiert, nichts, was von der Gewohnheit abwich, und mit einer wildfremden Person, Hals über Kopf, ohne jemand ein Wort zu sagen, das Wetter war bedenklich und eine entsetzliche Öde in ihm, der Moskito stach jetzt zu, er schlug sich auf den Hals und traf ihn wieder nicht, hoffentlich will sie morgen diese Tempel nicht sehen, wenn sie sie doch schon zweimal gesehen hat, morgen früh gleich weiter, in ein kleines Fischerdorf am besten, ein ganz kleines Hotel, weg von diesem Touristenstrom, weg von allem, und wenn das Bargeld nicht reichte, er hatte sein Scheckheft, aber ob die in diesen Nestern überhaupt wußten, was ein Scheck war, jedenfalls hatte er eine CD-Nummer, die nie ihre Wirkung verfehlte, und die Hauptsache war schließlich, daß es zwischen ihnen beiden ging, nichts komplizierte sich mit ihr, und in einer Woche würde sie nach Holland verschwunden sein, seine einzige Betroffenheit rührte daher, daß er sie, vor einer Woche in Rom, an diesem Samstag, so bekommen hatte, als könnte etwas Einfaches sich wiederherstellen in seinem Leben, eine in Vergessenheit geratene schmerzliche Freude, von der er ein paar Tage lang so verwandelt war, daß auch die Leute in der FAO etwas merkten, zwischen well well, okay okay, you got that? er drückte die Zigarette aus, die Schläfrigkeit, kaum da, wurde zerstreut durch eine Musik, die über den Gang getragen wurde, STRANGERS IN THE NIGHT, nebenan wurden Zimmertüren aufgesperrt, und in ihm verwirrte sich der Titel zu TENDER IS THE NIGHT, er mußte das Beste aus diesen Tagen machen, im Waschbecken gurgelte plötzlich das Wasser, röhrte, er schrak wieder auf, jetzt redeten die nebenan laut, ein unmögliches Hotel, diese zitternde Unruhe in der Nacht, lo scirocco, sto proprio male, in Calcutta oder wo hatte das angefangen, und jetzt in Rom kam die Beklemmung immer häufiger, the board, the staff, das neue Projekt, tired, I'm tired, I'm fed up, er nahm doch, im Dunkeln danach tastend, das Valium 5, I can't fall asleep anymore without it, it's ridiculous, it's a shame, but it was too much today, dieses Gehetze und die Bank schon geschlossen, aber er wollte weg aus der Stadt mit ihr, she is such a sweet und gentle fanciulla, not very young but looking girlish as I like it, with these huge eyes, and I won't have me hoping that it's possible to be happy, but I couldn't help that, I was immediately happy with her.

Sie gingen rasch bis zum zweiten Tempel und, nach einem Blickwechsel, kehrten sie vor dem dritten um. Er hielt den Reiseführer aufgeschlagen in der Hand, las gedankenlos einen Absatz, aber da sie nichts wissen wollte, erklärte er ihr besser nichts. Sie schlenderten zu dem Garten des NETTUNO, in dem viele verlassene Liegestühle standen, suchten sich einen Platz, von dem aus man die Tempel sehen konnte, bestellten Kaffee und redeten. Es ist ein so absonderliches Jahr heuer, er gab ihr recht, es war bestimmt Schirokko, es ist sonderbar und drückend, immer ist es zu heiß oder zu kalt oder zu schwül, wo ich auch bin, es ist sonderbar, nun ging das schon so jahraus, jahrein. Tu es sûr qu'il s'agit des phénomènes météorologiques? etwas Kosmisches? moi non, je crains plutôt que ce soit quelque chose dans nous-mêmes qui ne marche plus. Griechenland war auch nicht mehr, was es damals oder gestern gewesen war, es war überhaupt nichts mehr, wie man es zuerst, vor zehn, fünfzehn Jahren kennengelernt hatte, und wenn er sich gar vorstellte, was in zwei Jahrtausenden passiert war, wo er kaum fähig war, diese kleine Zeitspanne und seine eigene Geschichte zu übersehen und sich vorzuhalten, kam es ihm überwältigend und irrsinnig vor, daß man hier einfach Kaffee trinken und zugleich auf griechische Tempel schauen konnte – come fosse niente, fiel sie ein, und er verstand nicht, was sie denn von seinem Gedankengang erraten konnte, den er für sich behielt und selber nicht recht begriff. Mit wem sie diese Tempel früher gesehen hatte, das ging ihn selbstverständlich nichts an, aber warum sie sie auf einmal nicht mehr sehen will? Er war bestimmt nicht der Grund dafür, es mußte etwas anderes sein, aber sie redete über alles und jedes hinweg, und was er bisher von ihr wußte, war etwas von einem Schock, but who cares, und daß es ihr öfters schlechtgegangen war.

Noch als er sie in Rom im Hotel abgeholt hatte, war ihr der Aufbruch wie der in ein übliches Abenteuer vorgekommen, aber je weiter sie sich entfernte von ihrem Standplatz, der wichtiger für sie war als für andere ein

Zuhause und von dem ein Sich-Entfernen daher viel heikler ist, desto unsicherer fühlte sie sich. Sie war keine selbstsichere Erscheinung mehr in einer Halle, in einer Bar, entworfen von VOGUE oder GLAMOUR, zur richtigen Stunde im richtigen Kleid, fast nichts mehr deutete auf ihre Identität hin, sie sah aus wie eine beliebige Person mit ihren verwaschenen Blue jeans und der zu knappen Bluse, mit einem Koffer und einer Badetasche, er hätte sie ebensogut auf der Straße aufgelesen haben können. Damit er nicht merkte, wie sie es fürchtete, auf ihn angewiesen zu sein, bemühte sie sich, ihn fühlen zu lassen, daß es ohne ihre Ortskenntnisse und Orientierungskünste nicht ging. Sie blätterte in den Straßenkarten, die alle nicht mehr neu waren und überholt, unterwegs, an einer Tankstelle, kaufte sie noch eine Karte über den Küstenabschnitt, die dann wieder nicht stimmte, aber er wollte es nicht glauben, chauffierte mit der linken Hand und dem linken Auge, um auch in die Karte schauen zu können, und sie durfte sich nicht aufregen, weil er nicht wissen konnte, daß sie besser als jeder Portier, jeder Angestellte in einem Reisebüro und jede Auskunft in Kursbüchern, Straßenkarten und Flugplänen zu lesen verstand, alles, was mit Verbindungen und Anschlüssen zusammenhing, war doch ihr Leben, und als er nun ihre Gereiztheit und ihren Unmut merkte, zog er sie zum Scherz am Ohr, non guardare così brutto. Du, ich brauch meine Ohren, veux-tu me laisser tranquille! Sie verschluckte ein »chéri«, weil das einmal Jean Pierre gehört hatte, sie rieb sich beide Ohren, wo sonst ihre Kopfhörer anlagen, ihre Schaltungen automatisch funktionierten und die Sprachbrüche stattfanden. Was für ein seltsamer Mechanismus war sie doch, ohne einen einzigen Gedanken im Kopf zu haben, lebte sie, eingetaucht in die Sätze anderer, und mußte nachtwandlerisch mit gleichen, aber anderslautenden Sätzen sofort nachkommen, sie konnte aus »machen« to make, faire, fare, hacer und delat' machen, jedes Wort konnte sie so auf einer Rolle sechsmal herumdrehen, sie durfte nur nicht denken, daß machen wirklich machen, faire faire, fare fare, delat' delat' bedeutete, das konnte ihren Kopf unbrauchbar machen, und sie mußte schon aufpassen, daß sie eines Tages nicht von den Wortmassen verschüttet wurde.

Nachher: die Hallen in den Kongreßgebäuden, die Hotelhallen, die Bars, die Männer, die Routine, mit ihnen umzugehen, und viele lange einsame Nächte und viele zu kurze und auch einsame Nächte, und immer diese Männer mit ihren Wichtigkeiten und ihren Witzen zwischen den Wichtigkeiten, die entweder verheiratet und aufgedunsen und betrunken waren oder zufällig schlank und verheiratet und betrunken oder ganz nett und arg neurotisch oder sehr nett und homosexuell, sie dachte da besonders an Genf. Sie sprach wieder von der ersten Zeit in Genf, dem unvermeidlichen, und einigermaßen könne sie verstehen, was er am Morgen im Garten gedacht habe, denn wenn man einen kleinen Zeitraum ansehe, oder einen großen, wofür es bei ihr, zugegeben, nicht ganz reichte, wenn das für ihr kurzes Leben galt, was allein in Genf geschehen war und auch nicht geschehen war, dann war das eben nicht zu fassen, und wo nehmen die anderen Menschen bloß die Fassungskraft her, ich weiß nur, bei mir wird sie immer schwächer, ich bin entweder zu nahe daran, durch die Arbeit, oder wenn ich weggehe und mich in ein Zimmer einschließe, zu fern, ich kann es nicht fassen. Er legte ihr die Hand zwischen die Beine, und sie sah geradeaus, als merkte sie es nicht, aber wenn er es nicht tat, sie vergaß und sich auf das Fahren konzentrierte, forderte sie ihn heraus, und er schlug ihr auf die Hand, come on, you just behave, you don't want me to drive us into this abyss, I hope. Es ging sie beide wirklich nichts an, was in diesen Tagen geschah in der Welt, wie sich alles veränderte und warum es immer auswegloser wurde, er hatte nur darauf zu achten, daß sie die Abzweigung nach Palinuro fanden, auf nichts sonst, und auf diese fremde Frau mußte er achten, mit der er aus der Welt herausfuhr, er ärgerte sich nur, daß sein Kopf nichts verdrängte, was er hinter sich lassen wollte, ja, er wollte heraus für eine Weile, mit einer großen Wut, weil diese Tage ihm und nicht Food and Agriculture gehörten und weil ihm sowieso zu seinem Leben nichts mehr einfiel, weil er es durchschaute, wie die anderen es fertigbrachten, so zu tun, als wüßten sie, was sie wollten, alle, die er kannte, mit ihren Geschichten, ob sie nun halb wahr oder halb erlogen waren, bemitleidenswert, komisch oder irrsinnig, lauter gescheiterte Existenzen, die sich höher drängten, in immer bessere Stellungen, von P 3 zu P 4, um ehrgeizig nach dem P 5 zu schielen, oder die steckenblieben oder nach unten fielen, als wäre im Steigen und Fallen ein Ersatz zu finden für eine Position, die weg war, für einen Schwung, der weg war, weg die Freude, für immer.

Seine Hand lag jetzt immer ruhig auf ihrem Knie, und sie fand es sehr vertraut, so zu fahren, wie in vielen Autos mit einem Mann, wie mit allen Männern in einem Auto, trotzdem mußte sie sich zusammennehmen, sie mußte, mußte jetzt und hier sein, nicht in einer früheren Zeit, nicht sonstwo auf einer Straße, nicht früher in diesem Land, sondern mit Mr. Ludwig Frankel, Welthandelsstudium in Wien, dann die halbe Welt, mit Diplomatenstatus und einer CD-Nummer, die hier aber keine Vorteile brachte auf einer Steilküste, an einem äußersten Rand. Ja, just behave yourself! wenn sie nun aber nicht mehr wollte und ihm ins Steuer fiel, wenn sie es nur ein wenig verriß, dann konnte sie sich überschlagen mit ihm, eine Zusammengehörigkeit herstellen ein einziges Mal und abstürzen mit ihm ohne Bedauern. Sie nahm einige Schlucke aus ihrer Thermosflasche und schluckte eine Tablette mit, o nichts, nur diese lästigen Kopfschmerzen, die sie oft bekam, die ganze Küste unmöglich, diese Orte waren doch unerträglich, wo sie auch ausscherten und etwas suchten, waren Campingplätze, Rummelplätze oder kleine zuganglose Strände, tief unten. Wir schlafen noch im Auto heute nacht, sagte sie jammernd. In Sapri war es wieder nichts, dann schrie sie einmal auf, aber zu spät, an einem baumlosen düsteren flachen Strand hatte sie einen Betonkasten gesehen, mit einer Leuchtschrift HOTEL, wir müssen eben dahin zurück, wenn wir nichts finden. Um zehn Uhr abends war auch er bereit, aufzugeben. Das mußte Maratea sein, sagte sie, es ist zehn nach zehn, denn das letzte, was sie überall und immer wußte, war, wie spät es war und an welchem Ort sie sich befand. Ich sag dir doch, fahr dort hinunter, ti supplico, dico a sinistra, er wendete und sie dirigierte ihn, es hing etwas an einem Faden in ihr, wenn sie sich bloß noch beherrschte und ihre Stimme nicht zu kippen anfing, und sie sagte sehr ruhig etwas, nur um etwas zu sagen, bevor er hielt: sud'ba, Maratea, sud'ba.

Sie wartete nicht im Auto, sondern stieg taumelnd und lufthungrig aus, und als sie die Treppe zum Eingang hinaufging, fühlte sie es, ohne viel zu sehen, geblendet von den Lichtern, wie jemand, der eine gewohnte Umgebung riecht: das war nicht das kleine oder größere Hotel in einem Fischerdorf, sondern ein ganz anderes Hotel, eine erleichternde Rückkehr in ihre Welt, sie ging mit halbgeschlossenen Augen hinter ihm her, nahm sofort die Haltung von jemand an, der nicht nur müde ist, sondern auch unverschämt zeigt, daß er es ist und weder zu überraschen noch zu beeindrucken ist, auch nicht in verwaschenen Hosen und staubigen Sandalen, von einer Hotelhalle, der ihre Kategorie de luxe aus allen Poren kommt, von den first class gedämpften Vorgängen und Stimmen bis zur kategorischen Abwesenheit jeder Aufdringlichkeit. Sie ließ sich die Badetasche von einem Boy abnehmen, warf sich in einen Sessel in der Halle und sah ihn herüberkommen von der Reception, er blickte sie zweifelnd an, sie nickte, sie hatte es befürchtet, es gab also nur noch ein Zimmer. Sie gähnte, starrte dann mißmutig auf das Formular, das ihr der Manager hinhielt, kritzelte eine unleserliche Unterschrift darauf, wirklich eine Zumutung, als ob das nicht Zeit bis morgen hätte. Im Zimmer oben warf sie sich sofort auf das Bett neben dem Fenster, denn wenn sie schon kein eigenes Zimmer bekam, dann müsse sie wenigstens neben dem Fenster schlafen können, um keine Zustände zu bekommen. Der Zimmerkellner trat ein, er schüttelte den Kopf, MUMM gab es nicht, POMMERY, KRUG, VEUVE CLIQUOT kannte er nicht, also MOËT CHANDON, aber DOM PÉRIGNON brut, bitte, da es ihn gab. Im Bad sah er ihr zu, als sie sich duschte, er trocknete sie ab und massierte sie wach, dann saß sie eingewickelt in das lange weiße Badetuch, am Tisch, als der Kellner wiederkam. Wie konnte er bloß wissen, daß sie heute Geburtstag hatte, ihren Paß hatte er natürlich gesehen, aber daß er daran gedacht hatte, come sono commossa, sono così tanto commossa. Die Gläser gaben keinen Ton. Sie trank zwei Gläser, er den Rest der Flasche, es war ja auch nicht sein Jahr, das in Maratea zu Ende ging. Sie lag immer wacher da, wie in einem Schlafwagen oder in einem Flugzeug mit fremden Menschen zusammengezwungen, sie setzte sich auf und horchte, er schlief entweder auch nicht oder er mußte einen unheimlich leisen Schlaf haben. Im Badezimmer legte sie die beiden dicken Badetücher in die Wanne und bettete sich hinein, sie rauchte und rauchte, und tief in der Nacht ging sie zurück ins Zimmer. Einen halben Meter stand ihr Bett von dem seinen entfernt, sie tauchte die Füße in den Abgrund zwischen den beiden Betten, zögerte, dann drängte sie sich vorsichtig an ihn und, während er sie im Schlaf an sich zog, sagte sie, nur ein wenig, du mußt mich nur ein wenig halten, bitte, ich kann sonst nicht einschlafen.

Die Sonne schien nicht, am Strand wehten die kleinen roten Flaggen, und sie berieten miteinander, was zu tun sei. Er beobachtete das Meer, sie eine Gruppe von Mailändern, die sich noch ins Wasser trauten. Er nahm seine Maske und die Flossen und erklärte ihr beim Zurückkommen, wie sie es anstellen müsse, hineinzukommen und wie sie zurückschwimmen solle. Vorn gingen die Wellen über den Felsen mit der weißlackierten Eisenleiter, unter dieser Leiter zog es das Wasser mit unfaßlicher Kraft weg, und die Wellen vertosten an den Felsen daneben. Ein ganzes Zeichensystem hatte er mit ihr ausgemacht, und er erwartete sie am besten an der Leiter. Ein Zeichen hieß: abwarten, ein andres, etwas näher, ein andres: wieder weiter hinaus, und dann: schnell, jetzt, komm! und dann schwamm sie blindlings und mit ganzer Kraft auf die Leiter zu, wo er stand, und sie ihn nicht mehr sah in der Gischt, er fing sie ab oder sie zog sich leicht, ohne seine Hilfe, hinauf. Es ging meistens gut, einmal schluckte sie viel Wasser, hustete, spuckte und mußte sich hinlegen.

Weil er öfter und länger schwimmen ging als sie und sie dann warten mußte, fing sie an, gereizt zu werden und mit ihm zu reden in Gedanken, als kennte sie ihn seit Jahr und Tag. Sie würde ihn anfahren: ich habe mich entsetzlich aufgeregt, du verschwindest einfach, ich suche die ganze Gegend ab, schaue mir die Augen aus dem Kopf, ich denke, du bist ertrunken, das regt mich doch auf, es ist einfach rücksichtslos, verstehst du das denn nicht? Sie schaute aufs Meer hinaus und dann wieder auf die Uhr, und als er nach fünfzig Minuten noch nirgends auftauchte, überlegte sie, wie man das in einem Hotel machte, mit einem Ertrunkenen. Zuerst würde sie in die Direktion gehen und klarstellen, daß sie nicht seine Frau war, aber das errieten die sowieso immer sofort, und dann mußte man jemand anrufen, die FAO natürlich, Mr. Keen, denn sonst kannte sie niemand, der ihn kannte. Pronto, pronto, sicher eine sehr schlechte Verbindung, Maratea–Rom, Nadja's speaking, you remember, to make it short, I went with Mr. Frankel to Maratea, yes, no, pronto, can you hear me now, a very small place in Calabria, I said Calabria, es würde ganz einfach gehen, Mr. Keen sehr betroffen und plötzlich ein gentleman, der auch Stillschweigen darüber bewahren würde, mit wem Mr. Frankel nach Kalabrien gefahren war, und sie würde nicht weinen, oh nein, sondern diese tranquilizer nehmen, die sie bei ihm gesehen hatte, eine dreifache Dosis, die sollten dann in Rom dafür sorgen, daß die Probleme gelöst wurden, denn für sie war das einfach zuviel, jede Summe würde sie zahlen, damit jemand sie mit einem Wagen direkt nach Rom brächte, bis vors Hotel, und dann hatte sie noch drei Tage bis zum IBM-Kongreß in Rotterdam, Zeit zum Verwinden, zum Lernen, zum Begraben und um im swimming-pool hin- und herzucrawlen, um wieder fit zu werden.

Sie warf ihm das Handtuch über die Schulter, rieb ihn ab und fing mit ihrer Predigt an, aber du bist ärger als ein Kind, du zitterst ja, du bist ja ganz durchgefroren, doch da kam eine riesige Woge an und sie brachte rasch das Messer, die Harpune und die Lampe, die er ihr zugeworfen hatte, auf den höherliegenden Felsen, ehe sie weiterschrie. Da sie ihre eigene Stimme nicht mehr hörte, bedeutete sie ihm, daß sie jetzt ins Wasser wolle, sie nahm seine Hand und klammerte sich fest daran, denn über die Leiter konnte sie nicht mehr hinein. Du mußt bis an den Rand vor, die Füße ganz vor, und sie krallte sich mit den Zehen an den glitschigen Felsen. Du gehst besser in die Knie und springst dann genau in die Welle hinein, dorthin, wo sie am höchsten ist. Jetzt. Sie sprang etwas zu spät und zwischen zwei Wellen. Sie schrie: wie war es denn? Nicht schlecht! Zu flach, mais c'était joli à voir, tu es . . . Was? Was? Tu es . . .

Sie sprang noch einige Male vor dem Mittagessen,

wartete immer zu lange, sprang im falschen Moment, ihr Bauch tat ihr weh, dann der Kopf, doch, ich spür es doch, er hielt das für ausgeschlossen, hielt aber behutsam ihren Kopf in seinen Händen und tröstete sie, bis sie merkte, daß sie Hunger hatte, sie vergaß ihren wehen Kopf, und sie liefen hinauf zur Kabine.

Die Nachmittagsstunden bis zum Abendessen im Zimmer, während sie lernte, waren schwierig und langweilig für ihn, er wäre so gern unter Wasser gegangen, aber nachmittags konnte nun wirklich niemand mehr hinein. Er erzählte ihr von einem Fisch, den er am Morgen gesehen hatte, das wundervollste Exemplar dieser Art, im vergangenen Jahr, in Sardinien, hatte er viel geschossen, aber selbst dort hatte er nie eine so herrliche Cernia gesehen. Wir haben einander beobachtet, aber ich konnte sie nicht überlisten, ich war immer in der schlechteren Position, man muß sie im Nacken treffen, es war sinnlos, einfach zu schießen und sie womöglich am Schwanz zu erwischen, das dürfe man überdies nicht tun, es sei unsportlich, er jedenfalls tat es nie. Sie sagte, ach, an sie denkst du immer, nein, das will ich nicht, ich will nicht, daß du sie umbringst. Aber er würde sie wieder suchen gehen am nächsten Tag, und er erzählte ihr, wie man diese und jene Fische angehen müsse und wo man sie fand. Delphine hatte sie auch schon gesehen und etwas gelesen darüber, wie intelligent die waren, und er hatte eine Frau gekannt, es war seine eigene, aber das sagte er nicht, der einmal ein Delphin nachgeschwommen war, nur begleitet hatte er sie oder verliebt war er in sie gewesen, und sie ist geschwommen, als wäre ein Hai hinter ihr her, am Ufer ist sie zusammengebrochen, sie geht nie mehr ins Meer und sie kann auch nicht mehr schwimmen seither. Oh, sagte sie, während sie sich langsam unter ihn schob und mit der Zunge seine Mundwinkel berührte, ja ljublju tebja, oh das ist eine komische – sie unterbrach sich – es ist eine traurige Geschichte. Ljublju tebja. Ein einziges Schiff oder gar eine Mine, nicht nur für getroffene Fische, auch für weit entfernte, ist furchtbar, fürchterlich sind diese Erschütterungen, Verstörungen, denn es dürfen auch die Fische heutzutage nicht mehr ruhig leben, und sie können nichts dafür. Kann ich denn etwas dafür? fragte sie, ich habe doch diese Furchtbarkeiten nicht erfunden, ich habe etwas anderes erfunden, was? das habe ich erfunden, ja, das hast du erfunden, und sie kämpfte erbittert und wild für ihre Erfindung und sprachlos der einzigen Sprache entgegen, auf diese eine zu, die ausdrücklich und genau war.

Er hatte nicht den Wunsch, nach Wien zurückzukehren, es war zuviel abgebrochen, und was sollte er, mit seinem Beruf, dort auch tun. Nostalgie? Nein, etwas anderes, manchmal eine grundlose Traurigkeit. Ferien machte er sonst nur im Winter, weil er mit den Kindern am liebsten Ski fahren ging, seine Frau schickte sie ihm dann für einen Monat, diesmal waren nur zwei Wochen daraus geworden, in Cortina, früher waren sie immer nach St. Christoph gegangen, die Ferien gehörten den Kindern, die schon zu merken anfingen, daß etwas nicht stimme, eines Tages wird man mit ihnen reden müssen, denn lange wird es nicht mehr zu verbergen sein. Stell dir vor, sagte sie, einmal hat mich jemand rundheraus gefragt, warum ich keine Kinder habe und was denn der Grund sei, wie kommt dir das vor? so was fragt man doch einfach nicht. Er antwortete nicht, er nahm nur ihre Hand. Sie dachte, nichts sei einfacher, als mit jemand aus demselben Land beisammen zu sein, jeder wußte, was er sagen durfte und was nicht und wie er es sagen mußte, es war ein geheimer Pakt da, und was hatte sie sich alles anhören müssen von anderen, man konnte doch nicht immerzu erklären, hier ist die Grenze für mich, bis hierher und nicht weiter. Nun war sie noch einmal hell empört über Jean Pierre, der alles verkehrt gefunden hatte, was sie auch tat und dachte, der sie einfach, ohne je auf sie einzugehen, in ein ihr fremdes Leben hineinzwingen wollte, in eine ganz kleine Wohnung, mit ganz kleinen vielen Kindern, und dort hätte er sie am liebsten tagsüber in einer kleinen Küche gesehen oder nachts in einem allerdings sehr großen Bett, in dem sie etwas Winziges war, un tout petit chat, un petit poulet, une petite femmelle, aber damals hatte sie sich noch zur Wehr gesetzt, geschluchzt, geweint, Teller auf den Boden geworfen, sie war mit Fäusten auf ihn losgegangen, und er hatte gelacht, sich ruhig angesehen, was sie aufführte, bis sie ganz außer sich geriet, oder er hatte sie einfach geschlagen, nie im Zorn, sondern weil er es für das Natürlichste hielt, sie hie und da zu schlagen, pour te calmer un peu, bis sie sich wieder an ihn hängte und blieb.

Mr. Frankel fragte, glaubst du, daß die Menschen einmal eine einzige Sprache haben werden? Wie kommst du nur darauf, was für eine Idee! sie zog die Riemen ihrer Sandalen, die sie ständig verlor, wieder an den Fersen hoch. Soviel war ja im Verschwinden, aber da bleiben noch deine vierzig Sprachen in Indien und vierzig allein in dem kleinen Gabun und die Sprachen müssen also in die Hunderte oder Tausende gehen, jemand wird das schon zusammengezählt haben, ihr zählt doch alles zusammen, sagte sie boshaft, nein, im Ernst, sie könne es sich nicht vorstellen, wußte aber keinen Grund dafür anzugeben, er hingegen konnte es sich durchaus vorstellen, und sie entdeckte, daß er ein heilloser Romantiker war, und das gefiel ihr nun wieder besser als ihr erster Eindruck von ihm, daß er ein praktischer und erfolgreicher Mann sein müsse. Für mich wäre es eine große Erleichterung, wenn die Sprachen verschwänden, sagte sie, nur würde ich dann zu nichts mehr taugen. Ein Romantiker, oh was für ein Kind, und wenn es auch nur Food and Agriculture betraf, Hubschrauber, die angeschafft werden mußten zur Heuschreckenbekämpfung, oder Fischereiboote aus Island für Ceylon, und während er sich bückte, um ihr endlich den Riemen enger zu machen, fragte sie, aber bitte, wie sagst du dann: Würstel mit Kren. Oder: Sie gschlenkertes Krokodil? Gibst du es auf, t'arrendi? Er nickte und sah belustigt zu ihr auf, denn er hatte den Kren und das Krokodil vergessen. Und er dachte schon wieder an die Cernia, für die er, nun auf deutsch, keinen Namen wußte.

Die FAO war keine neue Gründung, sondern ging auf einen viel älteren Gedanken zurück als die UNO, etwas der Art hatte sich ein Bursche im Westen Amerikas ausgedacht, einer, der David Lubin hieß und also aus Osteuropa kam, woher sie beide, wenn sie nachforschten, auch ungefähr herkamen. Auf einem Pferd war er über sein neues Land geritten und hatte entdeckt, daß ein paar Meilen weiter die Leute nichts mehr von den Erfahrungen der anderen wußten bei der Kultivierung des Bodens, überall hatten sie einen andren Aberglauben und ein anderes Wissen, das Korn, die Melonen oder das Vieh betreffend, und so fing dieser Lubin an, diese verschiedenen Wissen zu sammeln, damit man es einmal austauschen könne auf der ganzen Welt, und weil niemand ihn damals verstand, war er bis zum König von Italien gereist mit dieser Idee, so märchenhaft fingen eben manchmal Dinge an, und deswegen saß er heute im ehemaligen Afrika-Ministerium von Rom, und jetzt zum Beispiel waren diese Mexikaner da mit ihrem Weizen, der eben besser war als jeder andere, aber sie hörte nicht mehr zu, sondern rief, was für eine schöne Geschichte! Und er sagte streng, aber das ist doch keine Geschichte, was ich dir da erzähle, das ist wahr. Nun eben, sagte sie, denn immer wenn jemand auf die Welt kommt und etwas Abenteuerliches denkt und anfängt mit etwas Neuem, dann kommt ihr daher und verwaltet es zu Tod, o verzeih, versteh mich recht, aber ich kann doch nicht anders denken, wenn ich mir das ganze Kauderwelsch anhöre zwischen Paris und Genf und Rom, wenn man es eben so mithörte wie sie und mithalf, daß die einander immer mehr mißverstanden und in die Enge trieben, ihr Männer seid eine gottverdammte Bande, immer müßt ihr etwas Gewöhnliches draus machen, und dieser Bursche, wie sagst du, hat er geheißen, dieser David gefällt mir eben, und die anderen gefallen mir nicht. Der wird auch wirklich noch auf einem Pferd herumgaloppiert sein und nicht wie ihr, die VIP, in einer Reitbahn, mit Reitstunden, damit ihr in Form bleibt, nein, der nicht, ich bin sicher, ihr seid heute eine für immer verdammte Bande.

Er lachte auf und ging darüber hinweg, er dachte, daß sie zu recht hatte, um so rasch recht haben zu dürfen, aber er fand sie nur schön, sogar wirklich schön, wenn sie sich ereiferte, viel schöner als damals im Hilton, mit den falschen Wimpern, einer dekorativen Stola und einer leicht abgewinkelten Hand für Handküsse, denn im Eifer wurden ihre Augen gefährlich, feucht und noch größer, und sie lebte vielleicht nur, wenn sie zu weit ging, sich heraustraute und über ihre Grenze ging. Wenn wir zurückkommen, dann zeige ich dir, was ich dort mache, in diesem Büro, denn ich verwalte nicht nur etwas zu Tode, ich trage auch nicht den ganzen Tag Akten herum, die werden in eigenen Aufzügen gefahren, weil sie viel zu schwer wären für mich, auch für einen Mister Universum oder den Atlas in Person. Sie fragte mißtrauisch, für welchen Atlas? und er war so erheitert, daß er Wein nachbestellte. Auf den Atlas, der das Ganze tragen sollte! Ci sono cascata, vero? sie schob ihr Glas weg, ich mag nicht mehr, ich weiß auch nicht, warum wir von diesem Zeug reden müssen, ich möchte nichts, was sonst jeden Tag ist, vor dem Einschlafen lese ich meistens noch einen Kriminalroman, aber nur, damit es ganz unwirklich wird, was schon irreal tagsüber für mich ist, jede Konferenz kommt mir wie die direkte Fortsetzung einer endlosen indagine, wie sagt man bloß? vor, immer wird die Ursache für etwas weit Zurückliegendes gesucht, für etwas Furchtbares, und man findet sich nicht durch, weil der Weg dorthin zufällig von vielen zertrampelt worden ist, weil andere die Spuren absichtlich verwischt haben, weil jeder eine Halbwahrheit darüber aussagt, um sich abzusichern, und so sucht und sucht man sich durch die Unstimmigkeiten, die Uneinigkeiten hindurch, und man findet nichts, man müßte schon eine Erleuchtung haben, um zu begreifen, was wirklich vorliegt und was man deswegen wirklich tun sollte, ganz plötzlich.

Ja, sagte er zerstreut, eine Erleuchtung. Nimmst du Obst? Es gefiel ihm an ihr auch, wie sie reagierte, Wünsche äußerte, etwas ablehnte oder annahm, wie anmaßend, bescheiden, ausfallend oder einfach sie war, immer wechselnd, eine Person, mit der man überall hingehen konnte, die in einem kleinen Café so tat, als hätte sie ihr Leben lang nur schlechten Kaffee getrunken und hungrig an einem vertrockneten Sandwich gekaut, und in einem Hotel wie diesem ließ sie den Kellner erkennen, daß mit ihr nicht zu spaßen war, an der Bar wirkte sie wie eine dieser Frauen, die prinzipiell nichts taten, denen man es nie recht machen konnte, die sich mit Grazie langweilen oder amüsieren, die irritierende Launen haben, durch eine fehlende Zitronenschale, durch zu viel oder zu wenig Eis oder wegen eines nicht richtig gemixten Daiquiris nervös wurden. Einer der Gründe für den dumpfen Widerwillen gegen seine Frau in Wien war doch, daß sie ungeschickt, mit zu großen Handtaschen, durch die Straßen ging, gebückt, anstatt den Kopf zurückzuwerfen, daß ein Pelzmantel eine Verschwendung war, weil sie ihn mit einer Dulderinnenmiene trug, und daß sie nie, wie Nadja, mißbilligend um sich blickte, mit einer Zigarette in der Hand, und das hieß, wo bitte, wo ist denn der Aschenbecher, und um Himmels willen keinen VAT, ich habe gesagt DIMPLE, und wenn das nicht sofort verstanden wurde, zog ein Erstaunen über ihr Gesicht, als hinge von DIMPLE oder nicht DIMPLE der Ausgang sehr ungewöhnlicher Dinge ab. Auf der Fahrt hatte sie ihn geradezu schikaniert, nach hundert Kilometern ließ sie sich aus dem Auto schleppen zu MOTTA oder PAVESI, als hätte sie und nicht er durch den Wochenendverkehr im August fahren müssen, und nur sie hatte natürlich kalte Füße, aber es fiel ihr nicht ein, zurückzugreifen nach dem Plaid, sie sagte nur matt, wenn du mir bitte, please, grazie caro, Gott, bin ich erfroren, und jetzt, als die Sonne endlich herauskam, während er müßig über Erleuchtung nachdachte, legte sie ihren Kopf auf seine Füße, denn seine Füße waren einfach für ihren Kopf da, damit sie bequemer liegen konnte, er beugte sich über sie, ihre Gesichter standen verzerrt übereinander, mit einander erschreckenden Zügen, aber er sagte, was sie hören wollte, und er mußte sie küssen, weil sie geküßt werden wollte, sie wand sich und lachte, aber es sieht uns doch niemand, weil sie ihn unsicher aufschauen sah, sie biß ihn ausgelassen in die Füße und die Beine, und damit sie aufhörte, fesselte er ihr die Hände und drückte sie auf den Boden, bis sie sich nicht mehr rühren konnte. Belva, bestiolina, sind das die richtigen Worte für dich? fragte er, und ja, sagte sie glücklich, ja, und, well, that is a mild way to put it.

Das Dorf hatten sie noch immer nicht gesehen, und an dem letzten Abend sagte er, er wolle doch wissen, wie dieses Maratea aussah, denn dieses Hotel konnte nicht viel mit einem Ort in Kalabrien zu tun haben, und sie sprang sofort erfreut auf und machte sich fertig, d'accord, denn er hatte ihr doch versprochen, einmal mit ihr spazierenzugehen, nicht einen Schritt waren sie gegangen bisher, tu m'as promis une promenade, klagte sie, ich will meine Promenade, und sie fuhren rasch weg mit dem

Wagen, denn die Sonne war zwar wieder durch die Wolken gekommen, aber schon im Untergehen, und diese Sonne, die über dem Meeresspiegel anfing, ihre späten und tiefen Farben zu zeigen, bedeutete ihnen auch, daß sie erst strahlend wiederkommen werde, wenn er und sie nicht mehr da waren. Von oben müsse man den ganzen Golf sehen können, wir haben doch noch gar nichts gesehen, tu te rends compte? Sie wollte nicht den Golf sehen, sondern ein paar Schritte laufen, ma promenade, habe ich gesagt, und als sie höher hinaufkamen und die Kurven dichter aufeinanderfolgten, sagte sie, aber wo ist denn das Dorf, ich habe gedacht hinter dem Hügel, doch nicht da oben, wo fährst du denn hin, aber doch bitte nicht da hinauf auf den Felsen. Sie verstummte und stemmte sich mit den Füßen ab, hörte ihn erzählen von den Sarazenen, der günstigen Verteidigungsposition, noch mehr von den Sarazenen, schau doch, schau! Sie schwieg, blinzelte, der Himmel rötete sich, sie kamen den Wolken näher, wurden hinaufgekurvt in die Wolken, sie sah das erste Geländer, dann streifte ein zweites Geländer über ihre Augen, sie kaute an einer Bitte, wieder ein Geländer. Er hätte das nie hier vermutet, eine so herrliche Straße, nun kam eine Brücke nach der anderen, immer höher zielend, freischwebend, und sie blickte in ihren Schoß, auf die Zigarettenschachtel und das Feuerzeug. Die Lähmung fing in den Händen an, sie konnte sich keine Zigarette mehr anzünden und ihn auch nicht darum bitten, weil sie ihm ausgeliefert war, sie atmete kaum mehr, und etwas fing an, in ihr auszubleiben, es konnte der Anfang der Sprachlosigkeit sein, oder es fing an, etwas einzutreten, eine tödliche Krankheit. Dann stand das Auto vor einem blau-weißen Straßenschild P, als wäre es das erste, aber auch das letzte Auto, das hier, auf einem trostlosen Steinfeld anhielt. C'est fou, c'est complètement fou. Sie stieg aus, wußte nicht, wohin schauen, zog sich seinen Pullover über, so kalt war es, sie verkroch sich in der Wolle, sie kamen an leeren, armseligen Häusern vorbei und an einem Kloster, vor dem ein Priester und drei alte Frauen standen, alle in Schwarz, die höflich grüßten. Sie grüßte nicht zurück.

S menja étogo dovol'no. Er führte sie auf einen steinigen mit kargen Grasbüscheln bewachsenen Weg, der aufwärts und nach vorn führte, zur Spitze des Felsens, dem Abgrund entgegen. Sie rutschte in ihren Sandalen und versuchte, Schritt zu halten, sie sah auf und da sah sie es, es war eine riesige, riesenhafte Figur aus Stein, in einem langen Steingewand, mit ausgebreiteten Armen, auf deren Rücken sie zugingen. Sie brachte den Mund nicht auf, sie sah diese ungeheuerliche Figur wieder, die sie im Hotel auf einer Ansichtskarte gesehen hatte, den Christus von Maratea, aber jetzt gegen den Himmel gestellt, und sie blieb stehen. Sie schüttelte den Kopf, dann schüttelte sie seinen Arm ab, und das sollte bedeuten, geh du weiter. Sie hörte ihn etwas sagen, sie stand mit gesenktem Kopf da und ging dann rückwärts, sie rutschte wieder und setzte sich auf einen Steinblock am Wegrand, und das hieß, ich gehe keinen Schritt mehr. Er hatte noch immer nicht begriffen, sie saß da und riß Blätter von einer Staude ab, menthe, menta, mentuccia, und sie brachte es fertig, mit ihrer stillsten festen Stimme zu sagen: geh du weiter, ich kann nicht. Mareada. Schwindlig. Sie zeigte auf ihren Kopf, und dann roch sie an dem zerriebenen Blatt, als hätte sie ein Mittel, eine Droge gefunden. Aide-moi, aide-moi, ou je meurs ou je me jette en bas. Je meurs, je n'en peux plus. Als er sich entfernt hatte, fühlte sie, seitlich im Rücken, immer noch diese wahnsinnige Gestalt, die irgend jemand auf die Spitze des Felsens getan hatte, diese Wahnsinnigen, daß man das zuließ, daß man es zuließ, und in einem armseligen Dorf, das in jedem Moment ins Meer stürzen konnte, wenn man auch nur fest auftrat oder eine Bewegung zuviel machte, und deswegen bewegte sie sich nicht, damit dieser Felsen nicht hinunterstürzte mit ihnen beiden und mit der äußersten Armut dieses Dorfes und den Nachfahren der Sarazenen und allen beladenen Geschichten aus allen mühseligen Zeiten. Wenn ich mich nicht rühre, dann werden wir nicht stürzen. Sie wollte weinen, und sie konnte nicht weinen, seit wann kann ich denn nicht mehr weinen, seit wann denn schon nicht mehr, man kann doch nicht über dem Herumziehen in allen Sprachen und Gegenden das Weinen verlernt haben, und da mir kein Weinen zu Hilfe kommt, muß ich noch einmal aufstehen, noch einmal diesen Weg gehen und hinunter zum Wagen und einsteigen und mitfahren, was dann wird, weiß ich nicht, es ist meine Vernichtung.

Sie ließ sich von dem Stein heruntergleiten und legte sich auf die Erde, mit den Armen ausgestreckt, gekreuzigt auf diesen bedrohlichen Felsen, und bekam es nicht aus dem Kopf, diese groteske Anmaßung, eine Auftragsarbeit, ein Gemeindebeschluß, der einmal gefaßt worden war, und das also ist meine Vernichtung. Sie hörte ihn zurückkommen, es war beinahe dunkel geworden, sie stand auf, hielt sich sehr gerade und ging, ohne zurückzuschauen, an seiner Seite den Weg zurück, an dem

Kloster vorbei, wo die schwarzen Figuren im Schwarz aufgegangen waren, zu dem Parkplatz. Einzigartig sei es gewesen, er war so befriedigt, den ganzen Golf habe er gesehen, in dem Augenblick, in dem die Sonne violett geworden und zerflossen und dann vom Meer aufgesogen worden war. Als er anfuhr und wendete, fiel ihm etwas ein, er sagte beiläufig, was für eine Idee übrigens, eine so abscheuliche Skulptur hier aufzustellen, hast du sie gesehen? Im Fahren schloß sie sofort die Augen und stemmte sich wieder ab, trotzdem fühlte sie die Brücken, die Abgründe, die Kurven, eine Bodenlosigkeit, gegen die sie nicht ankam. Tiefer unten fing sie an, wieder gleichmäßig zu atmen. Es ist mir höher vorgekommen als in den Bergen, es ist höher hier und schrecklich. Aber meine kleine Närrin, es sind doch 600, maximal 700 Meter, und sie erwiderte nein, nein, es sei sogar jetzt noch ärger, als in einer Boeing zur Landung herunterzumüssen. Landen wir bald?

In der Bar verlangte sie, wie ein Kranker, der sofort eine Injektion braucht, etwas, sie überlegte nicht wie sonst, bloß irgend etwas, das rasch wirken sollte, und sie bekam ein Glas, trank es in einem Zug, schmeckte nichts, ihr wurde heiß von dem Alkohol, und die Verstörung löste sich, die Blockade zwischen ihr und ihm und der Welt. Sie zündete sich zitternd die erste Abendzigarette an. Im Zimmer, als er sie umarmte, begann sie wieder zu zittern, wollte nicht, konnte nicht, sie fürchtete zu ersticken oder ihm unter den Händen wegzusterben, aber dann wollte sie es doch, es war besser, von ihm erstickt und vernichtet zu werden und damit alles zu vernichten, was in ihr unheilbar geworden war, sie kämpfte nicht mehr, ließ es mit sich geschehen, sie blieb fühllos liegen, drehte sich ohne ein Wort von ihm weg und schlief sofort ein.

Am Morgen, als sie aufwachte, hatte er schon gepackt, und während sie aus dem Bad den Rasierapparat hörte, fing sie langsam an, auch ihre Sachen zusammenzusuchen. Sie sahen einander nicht an, und sie lief erst nach ihm den Pfad zum Meer hinunter, fand ihn nicht, dann tauchte er vor der Leiter auf und hielt ihr einen großen Seestern entgegen. Sie hatte noch nie einen lebendigen Seestern gesehen oder gar bekommen, sie lächelte erfreut und traurig, sie bestaunte den Stern, den wollte sie mitnehmen als Souvenir, aber dann warf sie ihn plötzlich ins Wasser zurück, damit er weiterleben konnte. Das Meer war wilder als an allen Tagen zuvor, aber es brauchte sie ja niemand und es ängstigte sie auch nicht mehr, ihn unter Wasser zu wissen. Sie deutete auf die Felsen hinüber, gestikulierte, und dann ging sie über die schwarzen, grünen und hellmarmorierten Blöcke, zwischen denen das Wasser wütend brüllte, und sie kletterte, furchtvoll und vor Schwäche nahe am Weinen, die rissigen und steilen Brocken hinauf und hinunter, inmitten des Gebrülls.

Sie sahen beide gleichzeitig auf die Uhr. Sie hatten noch zwei Stunden und lagen, müde vom Essen und schweigsam, nebeneinander in den Liegestühlen auf der untersten Terrasse. Erst hatten sie gedacht, daß sie im Lauf der Tage einander viel erzählen und mitteilen würden, daraus war nichts geworden, und sie überlegte, ob er auch an jemand anderen dachte und im Schlepp seiner

Gedanken viele Gesichter, Körper, Zerschundenes, Zerschlagenes, Ermordetes, Gesagtes und Ungesagtes hatte, und ganz plötzlich sah sie ihn an, mit einer ernsten Begier, genau in dem Moment, als sie an Paris dachte und sich vorstellte, nicht er, sondern der andre müsse sie so sehen, und nun sah Mr. Frankel sie an und sie ihn mit dieser Eindringlichkeit. Bitte, was denkst du jetzt, woran denkst du eben jetzt, sag es, sag es mir unbedingt! O nichts Besonderes, er zögerte, an die Cernia habe er gedacht, die er nicht wiedergesehen habe, er müsse noch immer an sie denken. Daran dachte er also, er log nicht, es war wahr, sie allein beschäftigte ihn noch immer, und im Nacken hatte er sie treffen wollen. Sie griff sich, während ihr Kopfschmerz jäh einsetzte, an ihren Nacken und sagte: hier, ich spüre es hier.

In der letzten Stunde stand sie dreimal auf, ging einmal zum Bademeister, dann zur Toilette, dann in die Kabine, wo sie sich hinsetzte und vor sich hinstarrte, und nun mußte es ihm langsam auffallen, darum ging sie zurück, kniete vor ihm nieder und legte den Kopf an seine Knie. Würde es dir etwas ausmachen, mich bis zur Abfahrt allein zu lassen? Es ist nichts, sagte sie, es ist nur etwas schwierig, verzeih mir. Trägst du unsere Sachen hinauf? Ja?

Sie ging noch einmal zu den Felsen und sie kletterte nicht mehr vorsichtig, sondern sprang, wo sie konnte, von einem zum andern, sie war wieder nahe am Weinen, das nie kommen würde, und sie wurde immer waghalsiger, kühner, und ja, jetzt, sie setzte hinüber zu dem weitgelegenen schwarzen Felsen, sie riskierte es eben, abzustürzen, sie fing sich benommen, sie sagte sich, es ist eine Pflicht, ich muß, ich muß leben, und nach einem zwanghaften Blick auf die Uhr kehrte sie um, um sich nicht zu verspäten, und sie verbesserte sich, aber was sage ich mir da, was heißt das denn, es ist keine Pflicht, ich muß nicht, muß überhaupt nicht, ich darf. Ich darf ja und ich muß es endlich begreifen, in jedem Augenblick und eben hier, und sie sprang, flog, rannte weiter mit dem, was sie wußte, ich darf, mit einer nie gekannten Sicherheit in ihrem Körper bei jedem Sprung. Ich darf, das ist es, ich darf ja leben. In der Kabine waren nur noch ihre Jeans und die Bluse, sie zog sich rasch um und hüpfte den Weg zum Hotel hinauf, kein Atem ging ihr aus, und sie hatte fast kein Gewicht. Jetzt seh ich mich um, es ist das Meer, zwar nicht das ganze Meer, nicht die ganze Küste, nicht der ganze Golf – sie blieb stehen und bückte sich, denn auf dem Weg lag etwas, es war sein Pullover, den er verloren haben mußte. Sie hob den Pullover auf, preßte ihr Gesicht mit einem maßlosen Entzücken gegen den Pullover und küßte ihn, mit einem heißen Gesicht sah sie wieder hinaus, es ist das Meer, es ist wunderbar, und jetzt trau ich mich auch, hinter mich und hinaufzusehen zu den hohen phantastischen Hügeln, auch zu dem Felsen von Maratea, dem überhängenden, steilsten, und dort oben sah sie etwas wieder, eine kleine, kaum sichtbare Figur, mit ausgebreiteten Armen, nicht ans Kreuz geschlagen, sondern zu einem grandiosen Flug ansetzend, zum Auffliegen oder zum Abstürzen bestimmt.

In der Hotelhalle blieb sie atemlos stehen, sie wollte noch immer nicht zu ihm gehen und lief rasch in das

Zimmer hinauf. Die Koffer waren weg, die Betten noch nicht für neue Gäste gerichtet, sie stellte sich vor den Spiegel und versuchte, ihre verwilderten langen Haare zu kämmen, in das spröde salzige Haar einen Schwung hineinzubringen. Sie riß alle Schränke und Schubladen auf, warf leere Zigarettenschachteln, Papierfetzen und Kleenex in den Papierkorb, sah unter die Betten, und eh sie gehen wollte, entdeckte sie neben seinem Bett, in dem Fach unter der Lampe, ein Buch. Wie gut, daß sie noch einmal heraufgegangen war. Sie steckte es in ihre Tasche und zog es sofort wieder heraus, denn dieses Buch konnte nicht ihm gehören. Il Vangelo. Es war bloß die Bibel, die in solchen Hotels zur Einrichtung gehörte. Sie setzte sich auf das ungemachte Bett, und wie sie ihre Wörterbücher aufschlug, um oft abergläubisch ein Wort zu suchen, als Halt für den Tag, diese Bücher wie Orakel befragte, so schlug sie auch dieses Buch auf, es war nur ein Wörterbuch für sie, sie schloß die Augen, tippte mit dem Finger nach links oben und öffnete die Augen, da stand ein einzelner Satz, der ging: Il miracolo, come sempre, è il risultato della fede e d'una fede audace. Sie legte das Buch zurück und probierte, den Satz in den Mund zu nehmen und ihn zu verändern.

Das Wunder

Das Wunder ist wie immer

Nein, das Wunder ist das Ergebnis des Glaubens und

Nein, des Glaubens und eines kühnen, nein, mehr als kühnen, mehr als das –

Sie fing zu weinen an.

Ich bin nicht so gut, ich kann nicht alles, ich kann noch immer nicht alles. Sie hätte den Satz in keine andere

Sprache übersetzen können, obwohl sie zu wissen meinte, was jedes dieser Worte bedeutete und wie es zu wenden war, aber sie wußte nicht, woraus dieser Satz wirklich gemacht war. Sie konnte eben nicht alles.

Vor der Bar blieb sie stehen, er wartete auf sie, sah sie aber nicht kommen und bemerkte ihre Anwesenheit nicht, denn er schaute mit anderen Gästen und dem Jungen von der Bar zum Fernsehapparat in der Ecke. Fahrräder, erst einige, fuhren über den Schirm, dann nur noch eines, ein über die Lenkstange gekrümmter Radler war zu sehen, dann ein Straßenrand mit einer Menschenmenge. Der Sprecher redete in höchster Erregung, er versprach sich, korrigierte sich, stolperte wieder über ein Wort, es galt noch drei Kilometer, er redete immer schneller, als hätte er die Pedale zu treten, als wäre er nicht mehr imstande, durchzuhalten, als wäre es sein Herz, das aussetzen konnte, jetzt schweißte seine Zunge, sie fragte sich, wie lang kann das wohl dauern, zwei Kilometer, und den Jungen von der Bar, der in Trance auf den Apparat starrte, fragte sie freundlich: chi vince? der Junge gab keine Antwort, noch ein Kilometer also, der Sprecher keuchte, röchelte, er konnte unmöglich diesen letzten Satz zu Ende bringen und kam mit einem unartikulierten Schrei durch das Zielband. In eben dem Augenblick dröhnte der Apparat, es waren die vielen am Straßenrand, die zu schreien anfingen, bis dieses chaotische Geschrei überging in ganz deutliche Stakkatorufe:

A
  dor
    ni

A
    dor
        ni

Sie hörte es mit Entsetzen und mit Erleichterung, und durch diese Rufe im Stakkato hörte sie die Stakkatorufe aus allen Städten und allen Ländern, durch die sie gekommen war. Den Haß im Stakkato, den Jubel im Stakkato.

A
    dor
        ni
A
    dor
        ni

Er wandte sich um und sah sie verlegen an, weil sie schon eine Weile in diesem Raum sein mußte. Sie deutete lächelnd auf den Pullover, den sie über dem Arm hängen hatte. Der Junge von der Bar erwachte, sah sie blöde an und stotterte, commandi, Signora, cosa desidera?

Niente. Grazie. Niente.

Aber im Gehen, als sie schon seine Hand genommen hatte, drehte sie sich um, weil ihr das Wichtigste in den Sinn kam, und sie rief es dem Jungen zu, der Adorni siegen gesehen hatte.

Auguri!

IRMTRAUD MORGNER

Kaffee verkehrt

Als neulich unsere Frauenbrigade im Espresso am Alex Kapuziner trank, betrat ein Mann das Etablissement, der meinen Augen wohltat. Ich pfiff also eine Tonleiter rauf und runter und sah mir den Herrn an, auch rauf und runter. Als er an unserem Tisch vorbeiging, sagte ich »Donnerwetter«. Dann unterhielt sich unsere Brigade über seine Füße, denen Socken fehlten, den Taillenumfang schätzten wir auf siebzig. Alter auf zweiunddreißig. Das Exquisithemd zeichnete die Schulterblätter ab, was auf Hagerkeit schließen ließ. Schmale Schädelform mit rausragenden Ohren, stumpfes Haar, das irgendein hinterweltlerischer Friseur im Nacken rasiert hatte, wodurch die Perücke nicht bis zum Hemdkragen reichte, was meine Spezialität ist. Wegen schlechter Haltung der schönen Schultern riet ich zu Rudersport. Da der Herr in der Ecke des Lokals Platz genommen hatte, mußten wir sehr laut sprechen. Ich ließ ihm und mir einen doppelten Wodka servieren und prostete ihm zu, als er der Bedienung ein Versehen anlasten wollte. Später ging ich zu seinem Tisch, entschuldigte mich, sagte, daß wir uns von irgendwoher kennen müßten, und besetzte den nächsten Stuhl. Ich nötigte dem Herrn die Getränkekarte auf und fragte nach seinen Wünschen. Da er keine hatte, drückte ich meine Knie gegen seine, bestellte drei Lagen Sliwowitz und drohte mit Vergeltung für den Beleidigungsfall, der einträte, wenn er nicht tränke. Obgleich der Herr weder dankbar noch kurzweilig war, sondern wortlos, bezahlte ich alles und begleitete ihn aus dem Lokal. In der Tür ließ ich meine Hand wie zufällig über eine Hinterbacke gleiten, um zu prüfen, ob die Gewebestruktur in Ordnung war. Da ich keine Mängel feststellen konnte, fragte ich den Herrn, ob er heute abend etwas vorhätte, und lud ihn ein ins Kino »International«. Eine innere Anstrengung, die zunehmend sein hübsches Gesicht zeichnete, verzerrte es jetzt grimassenhaft, konnte die Verblüffung aber doch endlich lösen und die Zunge, also daß der Herr sprach: »Hören Sie mal, Sie haben ja unerhörte Umgangsformen.« – »Gewöhnliche«, entgegnete ich, »Sie sind nur nichts Gutes gewöhnt, weil Sie keine Dame sind.«

PETER WEISS

Münzenberg

Münzenberg war erhängt worden, dort in diesem Wald von Caugnet, und in dem Augenblick, da sich der Draht um seinen Hals zusammenzog – das weit auseinandergerissne Genick zeugte davon, daß jemand sich noch an seine Beine gehängt haben mußte – in diesem Augenblick, unterm Geäst der großen Eiche, als die Gedächtnisbläschen in seinem Gehirn zerplatzten, als diese zusammengepreßte, einzigartige Welt explodierte, flog auch auseinander, was noch von den Ablagerungen aus der Spiegelstraße vorhanden war, in ihm wurde auch Lenin noch einmal ermordet, Lenin, der ihm, dem erwartungsvollen jungen Münzenberg, entgegengekommen war, steif vor Schmerzen, er hatte damals diesen Gürtel von dickem rotem Ausschlag um den Leib, dieses dichte, glühende Rosenbeet, beschaffen Sie mir Morphium, hatte er ihn angefleht, ich ertrage es nicht mehr, habe seit einer Woche nicht geschlafen, kann weder sitzen noch liegen, und er hatte ihm das Morphium gebracht, Brupbacher hatte ihm dabei geholfen, vom Brustbein an, links, an der untern Rippe, um die linke Seite, bis übers Rückgrat, zog sich das rosenhafte Blühn, dieses Flammen der entzündeten Nerven, auch Herakles mußte es so ergangen sein, sagte er, denn was war dieses Nessusgift andres als Herpes, Herakles warf sich ins Feuer, im Wahn der Schmerzen, ihm, Lenin, bleibe nur noch ein schmaler Rand, rechts am Brustkorb, drauf er liegen konnte, eine halbe Stunde, länger hielt ers nicht aus, die rechte Hüfte war rheumatisch, wenn das Morphium dann wirkte, konnte er es, von dicken Kissen gestützt, eine Weile aushalten, in dem süßlichen Gestank vom Hof her, von diesem Efeuloch her, und es war dies doch nur ein mikroskopischer Punkt, eingeätzt in das Universum eines Gedächtnisses, eine einzige riesige Brandblase, sagte Lenin, sagte Münzenberg, schon vier Wochen lang trug er sie mit sich herum, wie lange noch, er schleppte sich zur Bibliothek, er mußte doch weiterschreiben, der Imperialismus als höchstes Stadium des Kapitalismus, schleppte sich die Gasse zurück, die steile Treppe hinauf, in sein Zimmer, Krupskaja sagte, er schrie vor Schmerzen nachts, er verzichtete dann aber auf das Morphium, es betäubte sein Denken, er stöhnte und schrie, rang sich aber Sätze ab, die er zitternd aufschrieb, die Denkschrift kam unter Kälteschauern zustande, unter dem Frösteln krampfte sich die schreckliche Blume fiebrig zusammen, schnürte die Brust ab, und dann wurde das winzige Bruchstück in Münzenbergs Gehirn plötzlich in Blutrot, in Schwarz gehüllt, sein Gehirn versickerte, Lenins Gehirn versteinerte, wie zufällig alles, was niedergeschrieben wird, nur dazu da, von andern Gesichtspunkten wieder aufgenommen, völlig verändert zu werden –

FRIEDRICH DÜRRENMATT

Der Minotaurus

Das Labyrinth ist ein Gleichnis und als solches mehrdeutig wie jedes Gleichnis. Irgendwo in seinem Innern lauert der Minotaurus, eine Ungestalt mit dem Kopf eines Stiers und dem Leib eines Menschen, Sohn der Pasiphae, der Schwester des Augias und der Kirke, wie diese ebenfalls eine Zauberin und wie diese und Augias eines der Kinder des Sonnengottes und der Perseis, einer Göttin allerersten Ranges, Tochter des Okeanos und seiner Gattin Thetys. Okeanos selber – um auch die letzten Wurzeln der Hocharistokratie bloßzulegen – war ein Sohn des Uranos, wie Kronos, der seinen Vater entmannte und seine eigenen Kinder fraß, bis er endlich, das Verschlungene wieder hinauswürgend, von seinem dritten Sohn, Zeus, gestürzt wurde –, wir bewegen uns in allerhöchsten Kreisen: Inzest, Perversion, Vater- und Brudermord; gerichtliche Instanzen sind nur für Sterbliche da, nicht für den Götterhochadel, zu dem übrigens auch Minos zählte, des Minotaurus Stiefvater, nicht ganz so reinrassig wie seine Gattin freilich, aber doch ein Dreiviertelgott, sein Vater Zeus, seine Mutter die Halbgöttin Europa. Soweit der genealogische Hintergrund mütterlicherseits. Der Vater des Minotaurus dagegen war nicht so vornehm, nicht einmal ein Halbgott oder ein Drittelgott, eigentlich auch nicht ein Mensch, sondern ein dem Poseidon geweihter Opferstier, dem Meer entstiegen, zoologisch gesehen offensichtlich ein Wiederkäuer, noch genauer, ein Vorweltstier (bos primigenius), den Minos dem Gotte unterschlagen und in seine eigene Herde aufgenommen hatte. Die Zeugung war mehr als kompliziert. Der Opferstier war wenig willig, doch muß Pasiphae jedes Schamgefühl verloren und Minos ihren Wünschen widerstandslos nachgegeben haben, jedenfalls mußte der scharfsinnige Dädalus die Tochter des Sonnengottes und der Perseis in eine künstliche Kuh einschließen. Der bos primigenius fiel darauf herein, Kuh ist Kuh, und bestieg das Gebilde – offenbar eines der ersten naturalistischen Kunstwerke, von dem wir wissen –, worauf der Stier gemeingefährlich wurde, vielleicht hatte er den Schwindel nachträglich bemerkt, was instinktiv seinen Stolz beleidigte, konnte er doch als Wiederkäuer nicht wissen, daß er von einer Göttin beglückt worden war. Wir können nur vermuten. Er verwüstete die Insel Kreta und daraufhin den Peloponnes, wohin ihn Herkules getrieben hatte, und endlich Attika. Erst Theseus brachte ihn zur Strecke, womit dieser Held, da er später auch den Minotaurus tötete, Vater und Sohn vernichtete. Dieses Detail bloß der Genauigkeit zuliebe. Was die Geburt des Minotaurus betrifft, so wird sie schwierig gewesen sein, müssen wir annehmen, aus anatomischen Gründen: der Wurf hatte einen viel zu großen Kopf. Daß Minos seinen Stiefsohn nicht sehen wollte, ist begreiflich, daß er sich von Pasiphae nicht trennte, ebenfalls – nicht nur, weil sie eine Göttin und er nur ein Dreiviertelgott war, weshalb er wahrscheinlich die komplizierte Zeugung geduldet und finanziert hatte (Dädalus arbeitete schließlich nicht billig), vermutlich auch aus psychologischen Gründen: hatte doch des Minos Vater Zeus sich seiner Mutter Europa ebenfalls in der Gestalt eines Stiers genähert, worauf es durchaus hätte sein können, daß, falls Zeus sich damals im Liebeseifer nicht nur der Form, sondern auch den Chromosomen nach in einen Stier verwandelt hätte, dann Minos selbst als ein Minotaurus zur Welt gekommen wäre – vielleicht als ein umgekehrter: oben Mensch, unten Stier. Es könnte natürlich sein, daß Minos im geheimen der eigentliche Vater des Minotaurus war (was den Mendelschen Gesetzen nicht widersprechen würde), so daß Minos die Geschichte der naturalistischen Kuh des Dädalus entweder erfunden hätte oder die Bemühungen des heiligen bos primigenius vergeblich gewesen wären. Letzteres scheint (die Hypothese der Vaterschaft des Minos einmal angenommen) das Wahrscheinlichere zu sein: Laut Ranke-Graves und Hungers *Lexikon der griechischen und römischen Mythologie* hat Pasiphae ihre Leidenschaft für den Vorweltstier nie dementiert. Wie dem auch sei, am besten war es, Minos vergaß die erotische Verirrung seiner Gattin, um so mehr als sie bloß vorübergehend gewesen zu sein scheint, gebar sie ihm doch noch sechs Kinder, die er allem Anschein nach selber zeugte. So mußte denn Dädalus, dieser Leonardo der Mythologie, auch noch das Labyrinth bauen, verheimlichen ließ sich ohnehin nichts, und überdies zertrampelte der rasende bos primigenius immer noch die Insel – wie sollte erst der Sohn werden. Der geniale Erfinder konstruierte eine ebenso verblüffende wie komplizierte Anlage, bevor er mit Ikarus durch die Lüfte gegen Sizilien flatterte.

Wir wissen wenig vom Labyrinth, doch gelingt es uns insofern, eine Idee von ihm zu bekommen, als wir den Gedankengang des Dädalus auch nachträglich noch zu vollziehen vermögen, versetzen wir uns in seine Aufgabe – wenn das auch nur höchst unvollkommen möglich ist, mangelt es uns doch durchaus an seiner Einfallskraft. Es galt, den Minotaurus einerseits am Leben, andrerseits gefangen zu halten. Daß Dädalus auf ein Labyrinth verfiel und nicht auf ein gewöhnliches Gefängnis, muß daher im Wesen des Minotaurus seinen Grund gehabt haben. Er war nicht ein Mensch mit dem Kopf eines Stiers, sondern ein Stier mit dem Leib eines Menschen – ein wesentlicher Unterschied –, demnach durchaus kein Intellektueller, im Gegenteil, aber dafür von einer offenbar unbeschreiblichen Wildheit und Kraft, der keine Tür eines Gefängnisses widerstanden hätte. Auch andere Eigenschaften waren von Dädalus in Betracht zu ziehen. Es darf angenommen werden, daß Minotaurus vegetarisch lebte, sein Kopf war der eines Stiers, er besaß kein Raubtiergebiß, sondern das eines Wiederkäuers, und sein Leib war der eines Primaten, ursprünglich auch Vegetarier. So haben wir uns denn das Labyrinth ausgedehnter zu denken, als wir es uns sonst vorstellen, es wird einen weiten Park mit Baumgruppen und einem Teich als Innenhof umschlossen haben oder mehrere solcher Parks als Innenhöfe, wo der Minotaurus äsen, zur Tränke gehen und in den Bäumen herumklettern konnte – auch sein Primatenleib hatte Anrecht auf die ihm sinngemäße Bewegung, kletterten wir in Urzeiten doch auch in Bäumen herum. Erst die Umschließung dieser Grünfläche oder dieser Grünflächen mit einem einzigen Gebäude oder mit mehreren ineinandergeschachtelten Gebäudekomplexen (glatt und hoch, mit Fensterluken erst ganz oben, damit der Minotaurus nicht an den Mauern hinaufklettern konnte) wird das Labyrinth gewesen sein, das den Menschen als etwas zugleich Großartiges, Furchterregendes und Unvorstellbares in der Erinnerung geblieben ist, als ein Bau »voll gewundener Krümmungen, welche Augen und Füße verwirrten. Die unzähligen Gänge schlangen sich ineinander wie der verworrene Lauf des geschlängelten Flusses Meander, der im zweifelnden Gange bald vorwärts, bald zurück fließt und oft seinen eigenen Wellen entgegenkommt«, wie ihn, nicht unpoetisch, Gustav Schwab beschreibt. Gegen ein solches Gefängnis ist selbst die unmäßige Kraft eines Halbgottes ohnmächtig, auch wenn er intellektueller als Minotaurus gewesen wäre.

Aber zum friedlichen Bilde des äsenden, gutmütigen, in den Bäumen herumkletternden, wenn auch mit ungestümer Kraft versehenen Minotaurus steht nun freilich jener Bericht im Gegensatz, Minos hätte alle neun Jahre sieben Jünglinge und sieben Jungfrauen aus Athen ins Labyrinth getrieben, »zur Fütterung des Minotaurus«, wie es wörtlich bei Hunger heißt. Nach diesem Bericht war Minotaurus kein Vegetarier, sondern ein Kannibale, falls ein Stier mit einem Menschenleib, der Menschen frißt, ein Kannibale genannt werden darf. Widersprüchliches wird jedoch auch von Minos gemeldet. Die Sage schildert ihn als grausam und heimtückisch, nach Platon dagegen wurde Minos nach seinem Tode mit seinem Bruder Rhadamanthys Richter über die Toten, was vermuten läßt, daß er ein gerechter Mann war: Das Bewußtsein, die unselige Geschichte verursacht zu haben, indem er Poseidon den bos primigenius vorenthalten hatte, verbot ihm jede Ungerechtigkeit Minotaurus gegenüber, und nicht bloß der Umstand, daß Minotaurus ein Halbgott war oder wenigstens eine Art von Halbgott. Was uns die Soziologen als einzigen Grund einreden wollen, ist fragwürdig: ein Dreiviertelgott denkt nicht nur standesbedingt, sogar der Mensch nicht. Gewiß, das Labyrinth war eine Vorsichtsmaßnahme, zu der Minos als König von Kreta politisch verpflichtet war, wollte er den Minotaurus am Leben halten. Aber vielleicht liebte Minos aus einem überaus geschärften Sinn für Gerechtigkeit und aus einer ungemein zärtlichen Liebe zu Pasiphae heraus – oder vielleicht war er doch sein Sohn – den Minotaurus mehr als seine offiziellen Kinder; daß später seine eigene Tochter Ariadne (immerhin eine Siebenachtelgöttin) Theseus (höchstens einem Viertelgott, der sich gern als Halbgott, ja als Dreiviertelgott ausgab, praktisch also einem gewöhnlichen Sterblichen, das heißt – in jene Zeiten transponiert – einem Bürgerlichen) heimlich die Möglichkeit verschaffte, den Minotaurus zu ermorden und aus dem Labyrinth wieder herauszufinden, daß sie somit am Tod ihres Stiefbruders oder gar Bruders schuldig wurde, ist dafür ein Indiz: Ariadne war auf den Minotaurus eifersüchtig. Zugegeben, die Gerechtigkeit und die Liebe des Minos für Minotaurus waren fürchterlich. Sie konnten nichts anderes sein. Die sieben Jünglinge und die sieben Jungfrauen waren das einzige, womit Minos seinem Stiefsohn seine Liebe und seine Gerechtigkeit zu beweisen vermochte:

Minotaurus mit dem Kopf eines Stiers hatte weder die Fähigkeit zu sprechen noch zu denken, er besaß nichts als Instinkte, die ihn meist friedlich im Park (oder den Parks) äsen, in den Bäumen herumklettern oder im Teich (oder den Teichen) trinken ließen, allein, ohne Gefährten oder Gefährtin, gab es doch kein weiteres Exemplar seiner Gattung. Oft aber wird er in plötzlicher, unerklärlicher Wut gegen die Mauern des Labyrinths gerannt sein, um den riesigen Gebäudekomplex, der ihn umgab, einzustoßen, immer wieder, allein durch seine unbewußte halbgöttliche Stierhaftigkeit getrieben, ja er wird in das Labyrinth selbst eingedrungen sein, tagelang darin herumschnaubend, wie ein Stier in einem unermeßlichen Dschungel, bis er sich schließlich im Innenhof – im Park – oder in einem der Innenhöfe – einem der Parks – wiederfand, um erschöpft weiterzuäsen oder einfach hingestreckt liegenzubleiben, den roten Sonnengott anglotzend, seinen Großvater, der hinter den Mauern des Labyrinths versank, gleichgültig gegenüber der dumpfen Verzweiflung seines Enkels, der wiederum nicht wußte, daß es sein Großvater war, der da hinabsank. Wenn dann aber die sieben Jünglinge und die sieben Jungfrauen vor ihm erschienen, einer an der Hand des anderen und eine an der Hand der anderen, um sich nicht zu verlieren, und nun nach tagelangem Irren durch die verschachtelten Gänge, Nebengänge und Nebengänge von Nebengängen, geblendet vom plötzlichen Licht der Sonne, den Minotaurus ungläubig anblinzelten, wird diesem auf einmal der Frevel aufgedämmert sein, dem er seine Entstehung verdankte: nicht als Geschichte, nicht daß er etwas vom heiligen Stier und des Dädalus künstlicher Kuh oder von Zeusens erotischer Raffinesse hätte erfahren können – das alles hätte er als Tier, das er trotz seines Menschenleibes war, auch gar nicht begriffen –, aber instinktiv wird er gefühlt haben, daß er etwas Einzigartiges war, weder ganz Tier noch ganz Mensch, auch nicht ganz Gott, und daß er als dieser Einzigartige für ein Unrecht büßen mußte, welches er nicht begangen hatte. Diese tier- und triebhafte Erkenntnis versetzte ihn in eine göttergleiche Raserei: Er wird die Jünglinge niedergestoßen, mit seinen Hörnern durchbohrt, die Jungfrauen vergewaltigt und endlich alle, Jünglinge und Jungfrauen, mit seinen Händen zerrissen haben, ihr Blut aufleckend, ihr Fleisch hinunterwürgend, im dunklen Trieb, wie die zu werden, die er eben zerfetzt hatte. Minotaurus wollte unbewußt ein Mensch werden, darum tötete und verschlang er immer wieder sieben Jünglinge und sieben Jungfrauen, und des Minos Liebe und Gerechtigkeit seinem Stiefsohn gegenüber bestand darin, daß er ihm alle neun Jahre diesen unbewußten Willen erweckte und die dumpfe Erkenntnis, etwas Einzigartiges zu sein. Mehr konnte Minos für Minotaurus nicht tun: es war die Gerechtigkeit und die Liebe eines Totenrichters. Eine Vermutung, ich gebe es zu, denn eines muß uns stutzig machen: Daß alle neun Jahre sieben Jünglinge und sieben Jungfrauen von Minos ins Labyrinth geschickt wurden, daran läßt sich nicht zweifeln, wohl aber an der Weise, wie sie den Tod gefunden haben sollen. Natürlich lag es nahe, Minotaurus als ihren Mörder zu betrachten, wenn ich nicht so recht überzeugt bin, so nur, weil die Unmöglichkeit, aus dem Labyrinth zu entweichen, der Unmöglichkeit entspricht, in sein Inne res zu gelangen: Minotaurus konnte weder fliehen noch gefunden werden, auch von seinen Opfern nicht. Möglich, daß diese, einmal ins Labyrinth eingedrungen, manchmal das bald ferne, bald nahe Brüllen des Stiermenschen vernommen haben, aber auf ihn werden sie nie gestoßen sein. Das wochenlange Herumirren und die ständige Furcht, doch auf die Bestie zu stoßen, wird sie aber ermattet oder in den Wahnsinn getrieben haben; vielleicht daß sich die sieben Jünglinge und die sieben Jungfrauen selbst zerfleischten, nach und nach; es ist vorstellbar, daß einer den andern vorauslief, plötzlich auf einen Nebengang, dann wieder zur Gruppe stieß, im unvorstellbaren Schreck für den Minotaurus gehalten wurde, man stürzte sich, mit einem Male todesmutig, auf ihn, er wehrte sich, und so weiter, in labyrinthischen Wiederholungen; vor allem die Panik kehrt immer wieder, steigert sich, häuft sich, statt nachzulassen und sich zu mildern. Nebensächlich, denn so oder so, die Liebe des Minos Minotaurus gegenüber wird dann darin bestanden haben, daß er mit dem Labyrinth für den absolut Einzelnen, welcher der Minotaurus durch seine Ungestalt nun einmal war, ein einmaliges Universum schuf, eine absolut vereinzelte Welt, eine Ungestalt wie Minotaurus selbst, in der sich Minotaurus wie ein Gott wunschlos glücklich hätte fühlen können. Daß er dieses Glück nicht fühlen konnte, lag wiederum in seiner existentiellen Position als der absolut Einzelne, so daß denn dieses für Minotaurus nicht fühlbare Glück sich als die milde Seite der strengen Gerechtigkeit des Minos erwiese, wobei – denken wir den Gedanken weiter – sich uns, erschreckend vielleicht, die Frage stellt, ob das wunschlose Glück, das Minotaurus nicht fühlen kann, überhaupt zu fühlen ist, so daß es auch die Götter nicht fühlen könnten. Eine Frage, die wiederum den Verdacht erweckt, ob nicht die Götter deshalb oft unermeßliches Leid über die Sterblichen ausschütteten, um an deren Leid ihr göttliches Glück zu fühlen, und sei es für Momente nur. Delikater ausgedrückt, ob nicht Minos in seiner Gerechtigkeit durch das Labyrinth und durch die Unmöglichkeit, zu Minotaurus zu gelangen, Minotaurus zu einem Gott geschaffen habe, der in seinem eigenen Universum friedlich äsend als einziger Gott nicht daran litt, ein Gott zu sein, obgleich er bloß ein Halb- oder Siebenachtelgott war, und ob nicht die Siebenachtelgöttin Ariadne ihren Halb- oder Ganzbruder aus Neid statt aus Eifersucht durch Theseus töten ließ?

ADELHEID DUVANEL

Die erste Betonkirche Europas

Der Herbst legt an die Häuser seine Hände aus Licht, als wolle er die kalten Mauern wärmen, doch auch die Lichthände sind kalt. Das Gedächtnis der älteren Frau ist verkehrt wie eine aufgehängte Fledermaus; tagsüber schläft es, nachts aber sucht es seine Beute. An einem fahlen Tag zeigt ein Mann im fahrenden Tram auf das Haus der älteren Frau und sagt: »In diesem Haus brennt die ganze Nacht das Licht.«

Das Haus, in dem die ältere Frau lebt, wird umgebaut. Der neue Hausbesitzer versteht nichts vom Umbau. Der Gaszähler baumelt zwischen dem leeren Türrahmen, der Briefkasten ist mit einem Draht draußen am Gerüst befestigt, die Toilette hat keine Spülung und die Badewanne wurde herausgerissen; überall liegt Schutt, und alles, selbst die Kleider an der Garderobe (die ältere Frau besitzt keinen Kleiderschrank), ist mit einer dünnen Staubschicht bedeckt. Manchmal riecht es nach Gas; vielleicht fliegt das Haus bald in die Luft.

Die ältere Frau lernt das Mädchen Anita eines Nachts in einem roten, gekachelten Raum beim Bahnhof kennen, wo beide an der roten, gekachelten Theke sitzen und Tee – die ältere Frau Tee mit Rum – trinken; der älteren Frau fallen die dünnen Finger des Mädchens mit den zierlichen Silberringlein auf. Die Fingernägel sind schmutzig; Anita reinigt sie mit einer Haarspange. Sie sagt, daß sie in der Notschlafstelle schlafe, und bittet um eine Zigarette. Anita geht mit der älteren Frau nach Hause; dort sitzen sie vor einer Lilie, die in einer Vase steht; die ältere Frau stellt eine brennende Kerze vor die Blüte, dreht sie Anita zu und spricht leise: »Sie blickt dich an.« Anita stellt die Kerze hinter die Lilie; der Kelch der Pflanze füllt sich mit Schatten, doch die Spitzen leuchten. Anita kniet auf dem Boden und senkt den Kopf in den Schoß der älteren Frau; sie berührt mit ihren Lippen das Haar Anitas, das ihr wie ein Eichhörnchenfell vorkommt: es ist kurz, struppig und dunkelrot; wahrscheinlich mit Henna gefärbt. »Ich gehe immer am Sonntag in die Messe; in die erste Betonkirche Europas«, erklärt Anita aufblickend, »und in der Frühe am Werktag trage ich Zeitungen aus.«

Anita liegt später neben der älteren Frau im Bett; es kommt ihr vor, sie höre ihren eigenen Atem erst eine halbe Sekunde, nachdem sie geatmet hat. Das ist unangenehm, als hüpfe vor ihr ein Ball, den sie nie zu fassen kriegt. Die schwere Hand der älteren Frau, die wie Pfeffer brennt, liegt auf Anitas nackter Schulter. Die ältere Frau schläft sonst, wenn sie allein ist, mit einer Stoffpuppe auf dem Bauch. Anita hatte zuerst Angst, die ältere Frau streichle und küsse sie im Bett, doch sie ist mit dem Zeigefinger nur spielerisch über Anitas Wirbelsäule gefahren. »Hier bist du nun daheim«, hatte sie gesagt, »hier darfst du alles benützen; alles ist für dich da: der Briefkastenschlüssel, die Schubladen.« Anita kann es nicht glauben.

Am Morgen, während die ältere Frau in der Küche Kaffee macht, sieht Anita einen jüngeren Mann, der mit gesenktem Kopf am Fenster vorbeigeht und dann am

Kiosk auf der anderen Straßenseite eine Zeitung kauft. Sie rennt aus dem Haus über die Straßenkreuzung bei Rot; die Automobilisten hupen. Sie kauft am Kiosk Zigaretten; der jüngere Mann sieht sie lächelnd von der Seite an und schlägt mit der Zeitung leicht auf ihren Kopf. Ein braunes Ulmenblatt hoppelt wie ein verletzter Hase vorbei.

Als Anita zurückkehrt ins Haus, ist das Tischlämpchen umgekippt; die heiße Spotbirne liegt auf dem Buch ohne Buchdeckel, in dem sie gelesen hat: *Bambis Kinder*. Das Buch stinkt; beinahe hätten es Flammen aufgefressen. Anita bläst heftig auf das Buch. Es hat nun auf jeder Seite bis in seine Mitte einen braunen Fleck.

Als die ältere Frau den Kaffee hereinträgt – ein Handwerker bohrt in die Wand neben dem Tisch ein Loch –, ist Anita verschwunden; wenig später merkt die Frau, daß ihre goldene Brosche im Nachttischchen fehlt. Sie weint. Sie sieht, daß die Dächer und die wenigen Blätter der Ulmen hinter dem Fenster weiß sind, ohne daß es geschneit hätte. Bei diesem Schnee handele es sich, wie die ältere Frau am anderen Tag in der Zeitung liest, um »Industrie-Schneefall«, eine Erscheinung, die beim Zusammentreffen von dickem Nebel, Temperaturen unter Null und Luftverschmutzung auftreten kann. Die dichten Teilchen des bodennahen Nebels laden sich mit Schmutzstoffen aus der Luft auf. Wenn die Schadstoffdichte groß genug ist, fallen diese aufgeladenen Teilchen in Form von Schnee zu Boden. »Vielleicht nimmt Anita Drogen«, denkt die ältere Frau, nachdem sie den Artikel gelesen hat. Die ältere Frau geht von nun an jeden Sonntag in ihrem staubigen Mantel in die erste Betonkirche Europas; Pater Zürni liest meistens die Messe. Pater Zürni ist ein schöner Pater; er gefällt der älteren Frau von Mal zu Mal besser; er wird in ihrem Leben wichtig. Anita trifft sie nie dort an.

BOTHO STRAUSS

Der arme Angeber

Er ist ein Aufschneider und Phantast. Ein Großsprecher und ein Spinner. Ein Windmacher. Mein Lieblingstyp, heimlicher Genosse: der arme Angeber. Seine Ahnen sind der Hochstapler, der Heiratsschwindler, der Scharlatan, der Prahlhans und der Mythomane. Er ist der bunte Unglückliche, der die Frauen anzieht. Unzuverlässig und ruhlos. Einsamer Spieler, der über niemanden gewinnt, mit niemandem im Streit. Hoch auffliegend und abgrundtief stürzend, und noch von ganz unten hört man seine Rodomontaden der Verzweiflung und der Selbstanklage.

Beim Frisör sitzt er und muß stillhalten im Sessel. Dem Mädchen, das ihm die Haare schneidet, läuft's aus Augen und Nase. »Schon der vierte Schnupfen in zwei Monaten!« Er macht sie leis verrückt mit Komplimenten und tiefen Blicken in ihr Spiegelbild. Sie lächelt, sie kichert, sie hustet und lacht. Er lobt die Gehilfin vor ihrem Chef mit ausgesuchten Worten. »Was für ein Spinner!« sagt die Kleine, als er fort ist, doch ihre vertrieften Augen strahlen. »Redet der einen Stuß!«

»Aber charmant war er«, sagt anerkennend und etwas altmodisch der Chef.

»Er hat mich heut abend zum Essen eingeladen.«

»Und? Gehst du hin?«

»Mal sehen. Möchte mal wissen, ob das nicht bloß leere Versprechungen waren.«

Natürlich erscheint er nicht. Jede Durchführung langweilt ihn, nur die Eröffnung zählt. In ihr erschöpft sich sein Interesse und sein Überschwang. Stattdessen finden wir ihn abends in einer U-Bahn, weit draußen in einer Vorstadtsiedlung, wo er eigentlich nichts verloren hat. Aber er bleibt in der Linie sitzen und verklärt eine beleibte Blonde, eine stattliche Mama; entfaltet ihre verschlossenen Gesichtszüge, modelliert mit seinen Worten ein schönes Lächeln, ein belustigtes Auge. Er will keineswegs verführen – er flieht die Handlung. Er ist ein Schwätzer. Ein Vagabund der Conférence. Manch einem, der nicht genauer zuhört, möchte es wohl scheinen, als liefe da jemand mit einem schweren Talkshow-Tick durch die gehemmte reale Mitwelt. Aber wie er's macht, ist es viel seltsamer und unbekannt und stimmt die meisten Angesprochenen heiter, bringt sie auf leichtere Gedanken, und sie genießen halb erstaunt, halb verlegen die Wohltat eines Unsinns, der belebt.

In der Regel unterscheidet er mit sicherem Instinkt die ansprechbaren Menschen von den allzufest versiegelten. Fast immer sind es Frauen, bei denen noch am längsten der Funke einer ziellosen Erwartung glimmt und das uns angestammte Neugierde-Verhalten nicht restlos verkümmert ist. Frauen, allein unterwegs oder gern auch mit einer Freundin, da sind sie sogar noch leichter zu unterhalten.

»Hätte ich nicht einen Aufschrei gehört, wäre ich nicht zu Ihnen gekommen. Den Aufschrei Ihres ganzen Wesens ... Man muß sich etwas zutrauen, man muß mutiger sein, viel mutiger. Sehen Sie, ich komme viel herum. Seit vier Jahren bin ich Trainer der deutschen Tischtennisnationalmannschaft, da lernen Sie sich durchzusetzen ...«

Einmal allerdings versieht er sich, gerät an eine Rundfunkreporterin, die dann sofort zurückschnappt, ihn nicht mehr ausläßt. Er entwischt verschreckt, sie setzt ihm nach. Der Mann ist ihr kurios genug, ein ausgefallener Zeitgenosse, er muß vors Mikrofon. Er befiehlt sie dem Teufel und wehrt sich rabiat, ganz ohne Schmelz und Witz. Er fühlt sich in seinem geheimen Umtrieb aufgestört und bloßgestellt. Zuhaus ist er in einem Dreckloch von Dreizimmerwohnung. Seine Frau, alkoholkrank, verlor die Arbeit. Er sorgt nach besten Kräften für sie. Er hängt sehr an ihr. Bis vor kurzem war sie angestellt als Modezeichnerin, hat es dann aber nicht mehr geschafft. Er selbst hatte nie einen ordentlichen Beruf. Nach dem abgebrochenen Studium der Volkswirtschaft wurde er Mitinhaber einer Leasing-Firma. Die Sache ging schief, er saß auf der Straße. Dreimal die Woche fährt er jetzt Wäsche aus. Er las immer viel, mit Vorliebe historische Romane. Aber auch handlungsstarke Dramen. Er weiß nicht, was er tut, wenn er ausgeht und Menschen anspricht. Er tut es mit blindem Gespür; halb Laster, halb Mission, als gelte es, dem einzelnen eine frohe Botschaft vom anderen einzelnen zu überbringen.

Immer wieder auch bricht er zusammen, verfällt dem schweren Trübsinn. Entweder verstummt er dann vollkommen oder klagt aufwendig und endlos über die Nichtswürdigkeit seines Daseins. Die Frau, die sich selbst kaum auf den Beinen halten kann, versucht ihn zu trösten und wieder aufzurichten. Sie träumt nur noch vom Auswandern und einem Farmerleben bei ihrer Schwester in Bolivien.

Eines Tages verliebt er sich wirklich. Das Spiel ist aus, die Tragödie beginnt. Sie ist Einkäuferin für Schmuckwaren. Sie wurde Zeuge einer groß angelegten Szene, in der der Schwätzer einen verklemmten Jüngling anwarb für den gemischten Chor der Innungskrankenkasse. Sie mußte sofort über ihn lachen. Als er sie ansieht, kann er nicht mehr davonlaufen. Er geht mit ihr, wird ihr Liebhaber. Ihre Überlegenheit ist offenkundig, er ist ihr ganz ergeben. Er verliert jedes Interesse an anderen, beiläufigen Menschen. Er verstumpft als Aufschneider, erschlafft als Windmacher. Er verrät seine Frau – er betrügt sie nicht nur, sondern verleugnet sie.

Eines Abends wartet sie vor dem Hotel, in dem die beiden Verliebten sich aufhalten und zu Abend essen. Als sie herauskommen, tritt sie auf ihren Mann zu und bittet, seiner Begleiterin vorgestellt zu werden. Der Mann drängt sie schroff beiseite wie eine halbverrückte, lästige Person. Er steigt in ein Taxi mit der Schönen und fährt davon. Er begleitet die Händlerin auf einer ihrer ›Tourneen‹. Krankhafte Eifersucht befällt ihn, da er ertragen muß, daß sie fast regelmäßig die Abende mit ihren Geschäftspartnern verbringt. Er wird unausstehlich. Der ausgediente Phantast, der kleinlaute Großsprecher, der jeden Charme der Prahlerei eingebüßt hat, wirkt nun doppelt banal, wesenlos; und so wie er sich kläglich an sie klammert, sie mit Vorwürfen traktiert, möchte sie ihn schleunigst wieder loswerden. »Was bildest du dir ein? Welche Ansprüche stellst du? Wer bist du überhaupt?« Er wird vor die Tür gesetzt und muß bitter leiden.

Schließlich kehrt er nach Hause zurück, findet dort aber seine Frau nicht mehr. Ein Freund erzählt, wie schlimm es ihr ergangen sei. Am Ende habe sie in die Klinik gemußt. Nein, nicht in der Stadt, sondern irgendwo in der Nähe von Stuttgart. Er reist also dorthin und will sie aus dem Sanatorium holen. Die Ärzte halten ihn zurück und beschwichtigen ihn. Sie liegt gerade in einem Heilschlaf und sollte weitere drei Monate verschont bleiben mit allem, was sie belasten oder beunruhigen könnte. Er darf sie im Schlaf sehen und ein paar Blumen hinstellen. Sie wird nicht einmal erfahren, daß sie von ihm sind.

»Wir wollen sie gesund machen«, sagt der Arzt, »es gibt Chancen, aber man kann sie schnell verspielen.«

»Aber es könnte ihr doch helfen, wenn sie wüßte, daß ich wieder an ihrer Seite bin.«

»Warten. Ruhe. Lange Zeit.«

Er wartet lange, doch sie kommt nicht zurück. Er erkundigt sich in der Klinik, dort heißt es, sie sei vor ein paar Wochen entlassen worden. Sie ist nicht wieder nach Hause gekommen. Eine Zeitlang treibt es ihn, kreuz und quer in der Stadt nach ihr zu suchen. Es fällt ihm schwer, er bringt es kaum noch über sich, fremde Menschen anzusprechen. Er fährt jetzt öfter Wäsche aus. Er liest viel.

Später, über ein Jahr später sieht er sie zufällig im Park am Arm eines kleinen, älteren Mannes, der einen schwarzen Hut trägt. Er ruft ihren Namen. Sie reagiert nicht. Er läuft hinter ihr her. Da dreht sie sich um. Er bleibt wie erstarrt stehen. Er ruft sie noch einmal. Sie schüttelt den Kopf. Nein, sie ist es nicht. Das Paar geht weiter. Er hat sich nicht getäuscht: sie ist eine Fremde geworden.

GERLIND REINSHAGEN

Der Täter

Endlich wollte ich ihn wiedertreffen, den Verbrecher. Der wohnte in einem Haus am Wald mit seinen Bienen, seinen Kartoffeln und Tauben, und flickte, wie man mir erzählte, Abend für Abend am Stacheldrahtzaun seines Hauses herum; ein lackschwarzer Teufel von Hund ließ keine Seele näher als auf fünfzig Schritt heran. Laß sein, sagten die Freunde, die Toten sind nicht wiederzuerwekken, was willst du alte Rechnungen begleichen? Es ist ja doch auch unsere Gewohnheit nicht mehr. Der Hund übrigens packt wie ein Jagdhund an der Kehle an; es heißt, ein Kind, das sich am Straßenrand Kaninchenfutter rupfte, sei nach dem Biß gestorben.

Ich hatte nicht im Sinn, etwas zu begleichen, nur einmal sehen wollte ich ihn. Das Bild der Schwester stand in einem Nachkriegsrahmen auf dem Schreibtisch (das mit den Zöpfen, das letzte), und Hunde fürchte ich nicht, nicht einmal diesen.

Tatsächlich gelang es mir eines Tages, bis etwa auf Hörweite vorzudringen; ich sah den Menschen in seinem Garten. Sein Aussehn entsprach dem Alter, das er jetzt haben mußte, ich war bei seinem Anblick an ein Haus erinnert, das, vom Verfall bedroht, doch noch immer zusammengehalten wird; mir fielen auch seine Bewegungen auf, die merkwürdig langsam erschienen, wie von einem, der viel leere Zeit bestanden haben muß; die eines

Kranken vielleicht oder eines Gefangenen. Obgleich er mich längst wahrgenommen haben mußte, sah er nicht in meine Richtung. Der Hund stand aufmerksam, sprang jedoch nicht, wie befürchtet, über den Zaun. Vielleicht spürte er, daß hier einmal einer kam mit einem Willen, der dem seinen nicht nachstand.

Der Kerl im Garten blieb reglos und sah zu Boden. Natürlich, dachte ich, so ein Mensch mit so einem Leben – wie viele hat er zu Tode geknüppelt –, was sollte er anders als Würmer betrachten, häßliche Käfer, wie sollte er das Pfauenauge auf der Malve sehen dürfen, die Libellen, die hier noch herumschwirrten, den Pirol, der plötzlich aus der Robinie aufflog. Eine Minute lang standen wir drei, Gedanken wie scharfe Kommandos austauschend, bis etwas Unerwartetes geschah. Er wandte sich um, und ich sah das Haar an seinen Schläfen; ich sah im Näherkommen die zarte Haut der Augenlider mit ihren feinziselierten Zeichen, wie Kurzschrift von vergangenem Leben, und mich ergriff ein Gefühl, das mir sofort zuwider war. Verfluchte Zeit, dachte ich, alte Kupplerin, die sich als Samariterin aufspielt und selbst noch Mördern schließlich eine Maske fabriziert, die Erbarmen weckt; so möchten greise Eltern, wenn sie gekonnt die Kinderrolle spielen, all ihre frühere Grausamkeit vergessen machen.

Er kam auf mich zu, und ich sah seine Augen. He, Hans, sagte ich und wollte weiterreden. Doch schon das nächste Wort blieb mir in der Kehle stecken, das Mitleid schwand oder wandelte sich. Wie aus einem Schacht schienen mir diese Augen entgegen, wie aus dem Erdinnern, mußte ich denken; die Wut, die Angst der Täter sah ich versammelt, gleichzeitig aber – was mir unbegreiflich war – auch den Stolz, die Scham, den Haß der Opfer.

Wir standen eine Sekunde vielleicht oder eine Minute, ringsum alles stumm; ich spürte das Geschwätz der Amsel plötzlich angehalten, den Schatten der Wolke über dem Haus. Seltsam, dachte ich, die Wut des Täters hatte ich erwartet, seine hündische Angst, nicht aber die Scham, den Stolz des Opfers. Was war dem Mann geschehen seit damals, was hatte er erlebt?

Einen Anfall von Reue, eine Bekehrung, ein Liebesverhältnis? So wie es manchmal von Henkern erzählt wird, daß ihnen die Opfer im Traum als Geliebte erscheinen? He, Hans ...

Er antwortete nach geraumer Zeit. Wenn Sie ihn suchen, sagte der Mann, den ich für den berüchtigten Hans K. gehalten hatte, er wohnt nicht mehr hier. Sie hätten sieben Jahre früher kommen sollen. Mein Vater lebt im Süden, es geht ihm gut, es geht ihm SEHR gut, er wohnt in seinem eigenen Haus, er baut Oliven an. Vermutlich wollen Sie seine Adresse. Was das angeht, da sehen Sie selber zu. Mir ist sie abhanden gekommen.

In seinen Augen, die sich noch immer mehr vertieften und verdunkelten, war plötzlich etwas, das mich schlimmer traf als Haß. Ich begann, rückwärts zu laufen.

Wenn Sie gehn, rief er mir höhnisch nach, tun Sie es langsam, rate ich Ihnen. Mein Hund liebt eilig sich entfernende Personen nicht.

PETER HANDKE

Versuch des Exorzismus der einen Geschichte durch eine andere

Es war ein Sonntag, der Morgen des 23. Juli 1989 im »Hotel Terminus« am Bahnhof Lyon-Perrache, in einem Zimmer, das unmittelbar hinaus auf das Gleisfeld ging. Weit jenseits davon gab das wasserhelle Grün von Bäumen in einer Lücke zwischen den Eisenbahndrähten und den Häuserblöcken eine Ahnung von einem Fluß, der Saône, kurz vor ihrem Zusammentreffen mit der Rhône; darüber das Kurven der Schwalben vor dem wie mit dem Himmelblau durchschossenen Weiß des abnehmenden Mondes, welches dann langsam wegtrieb, löchrig, wie eine Wolke. Über das große Gleisfeld, sonst sonntäglich leer, gingen die Eisenbahner ihre eigenen Wege, ein jeder mit seiner Aktentasche, stiegen hinten die Stufen hinunter, an einem mit wildem Wein bewachsenen Inselhaus vorbei, einem zierlichen Jahrhundertwende-Gebäude, mit oben halbrunden Fenstern, und schritten auf ihr Wohnheim zu, einen Betonblock, an dem fast überall die Vorhänge zugezogen waren. Oben machten die Schwalben im Flug Faltkniffe in den Himmel, und unten blinkte es von den Aktentaschen-Verschlüssen und den Armbanduhren der episodisch die Schienen querenden *cheminots*. Das Geräusch eines Güterzugs kam in einer Kurve wie von einem großen Sägewerk. Mancher der Eisenbahner ging auch mit einer Plastiktasche, und alle hatten sie kurzärmelige Hemden, ohne Jacken, und gingen in der Regel zu zweit, dieser und jener auch allein, und ihr Kommen und Gehen auf dem S-förmigen Weg über die Gleise hörte nicht auf: Jedesmal, wenn der an seinem Fenster Sitzende und mit ihnen Mitreisende von seinem Papier aufschaute, schaukelte dort unten schon wieder einer. Nur für ein paar Augenblicke war dann der Weg leer, gekreuzt allein von den Schienen in der Sonne, und im Himmel waren für den Augenblick auch keine Schwalben. Jetzt erst kam dem Betrachter zu Bewußtsein, daß das »Hotel Terminus«, in dem er die Nacht zugebracht hatte, im Krieg das Folterhaus des Klaus Barbie gewesen war. Die Korridore waren sehr lang und verwinkelt, und die Türen doppelt. Nur noch die Spatzen schilpten draußen, im Verborgenen, und ein weißer Falter torkelte über den *chemin des cheminots*: Kurz herrschte die Sonntäglichkeits-Stille auch über diesem riesigen Bahnhof, kein Zug fuhr im Moment, nur in einem Vorhangspalt des Wohnheims zeigte sich jetzt eine Bewegung, allein zum Schließen des Spalts, und diese große Stille und Ruhe über dem Gelände, sie dauerten dann noch lange, während sich vor dem Wildenweinhaus das Blattwerk einer Platane regte, wie aus der Tiefe der Wurzeln herauf, und über dem unsichtbaren Fluß Saône, weit hinten, zuckte der weiße Splitter einer Möwe, und ins ganz offene Zimmer des »Hotel Terminus« blies der Sommersonntagswind, und endlich beging dann wieder ein Kurzärmeliger, im Schaukelgang, mit schwarzer Aktentasche auf der Höhe der Knie, den Eisenbahnweg, seines Ziels gewiß – so schwang auch sein freier Arm aus, und auf einer Schiene landete ein kleiner blauer Falter, blinkend in der Sonne, und drehte sich im Halbkreis, wie bewegt von der Hitze, und die Kinder von Izieu schrien zum Himmel, fast ein halbes Jahrhundert nach ihrem Abtransport, jetzt erst recht.

Verzeichnis der Autoren, Texte und Druckvorlagen

BETTINA VON ARNIM (1785–1859)

B. v. A.: Ein Lesebuch. Hrsg. von Christa Bürger und Birgitt Diefenbach. Stuttgart: Reclam, 1987. (Universal-Bibliothek. 2690.) S. 279–284.

INGEBORG BACHMANN (1926–1973)

I. B.: Werke. Hrsg. von Christine Koschel, Inge von Weidenbaum und Clemens Münster. Bd. 2: Erzählungen. München/Zürich: Piper, 1978. S. 284–317. – © 1978 R. Piper & Co. Verlag, München.

KONRAD BAYER (1932–1964)

K. B.: Sämtliche Werke. Hrsg. von Gerhard Rühm. Bd. 2: Prosa. Konkrete Texte. Stuttgart: Klett-Cotta, 1985. S. 50–55. – © 1985 Österreichischer Bundesverlag – Klett-Cotta Verlagsgesellschaft m.b.H., Wien.

WALTER BENJAMIN (1892–1940)

W. B.: Berliner Kindheit um Neunzehnhundert. Frankfurt a. M.: Suhrkamp, 1950. S. 145–151. – © 1950 Suhrkamp Verlag, Frankfurt am Main.

GOTTFRIED BENN (1886–1956)

G. B.: Sämtliche Werke. Stuttgarter Ausgabe. In Verb. mit Ilse Benn hrsg. von Gerhard Schuster. Bd. 4: Prosa 2. Stuttgart: Klett-Cotta, 1989. S. 407 f. [Aus: *Roman des Phänotyp*.] – © 1989 Verlagsgemeinschaft Ernst Klett Verlag / J. G. Cotta'sche Buchhandlung, Stuttgart.

THOMAS BERNHARD (1931–1989)

Th. B.: An der Baumgrenze. Erzählungen. Salzburg: Residenz, 1969. S. 55–76. – © 1969 Residenz Verlag, Salzburg und Wien.

ERNST BLOCH (1885–1977)

E. B.: Gesamtausgabe in 16 Bänden. (werkausgabe edition suhrkamp.) Bd. 1: Spuren. Frankfurt a. M.: Suhrkamp, 1977. (1) S. 78–80. (2) S. 98 f. – © 1977 Suhrkamp Verlag, Frankfurt am Main.

HEINRICH BÖLL (1917–1985)

H. B.: Werke. [Bd.:] Romane und Erzählungen 1. 1947–1952. Hrsg. von Bernd Balzer. Erg. Neuaufl. Bornheim-Merten: Lamuv; Köln: Kiepenheuer & Witsch, 1987. S. 515–518. – © 1987 Verlag Kiepenheuer & Witsch, Köln.

BERTOLT BRECHT (1898–1956)

B. B.: Gesammelte Werke. Hrsg. vom Suhrkamp Verlag in Zsarb.

mit Elisabeth Hauptmann. Bd. 11: Prosa 1. Frankfurt a. M.: Suhrkamp, 1967. S. 184–188. – © 1967 Suhrkamp Verlag, Frankfurt am Main.

CLEMENS BRENTANO (1778–1842)

C. B.: Werke. Hrsg. von Friedhelm Kemp. Bd. 2. München: Hanser, 1963. S. 846–849.

GÜNTER DE BRUYN (geb. 1926)

G. d. B.: Im Querschnitt. Prosa Essay Biographie. Ausgew. und mit einem Nachw. vers. von Werner Liersch. Halle/Leipzig: Mitteldeutscher Verlag, 1979. S. 223–226. – Mit freundlicher Genehmigung von Günter de Bruyn, Görsdorf.

ALFRED DÖBLIN (1878–1957)

A. D.: Autobiographische Schriften und letzte Aufzeichnungen. Hrsg. von Edgar Päßler. Olten: Walter, 1977. (1) S. 42–46. (2) S. 46 bis 48. (3) S. 48–53. – © 1977 Walter-Verlag AG, Zürich.

FRIEDRICH DÜRRENMATT (1921–1990)

F. D.: Labyrinth. Stoffe I–III: Der Winterkrieg in Tibet / Mondfinsternis / Der Rebell. [Vom Autor revid. Neuausg.] Zürich: Diogenes, 1990. S. 72–82. [Titel vom Hrsg.] – © 1990 Diogenes Verlag AG, Zürich.

ADELHEID DUVANEL (geb. 1936)

A. D.: Anna und ich. Erzählungen. Darmstadt/Neuwied: Luchterhand, 1985. S. 84–87. – © 1985 Luchterhand Literaturverlag, München.

MARIE VON EBNER-ESCHENBACH (1830–1916)

M. v. E.-E.: Gesammelte Werke in 3 Bänden. Bd. 3: Erzählungen. Autobiographische Schriften. Hrsg. und mit einem Nachw. vers. von Johannes Klein. München: Winkler, [3]1978. S. 670–672. [Aus: *Altweibersommer.*]

JOSEPH VON EICHENDORFF (1788–1857)

J. v. E.: Sämtliche Erzählungen. Hrsg. von Hartwig Schultz, Stuttgart: Reclam, 1990. (Universal-Bibliothek. 2352.) S. 324–340. [Aus: *Eine Meerfahrt.*]

MARIELUISE FLEISSER (1901–1974)

M. F.: Gesammelte Werke. Bd. 3: Gesammelte Erzählungen. Hrsg. von Günther Rühle. Frankfurt a. M.: Suhrkamp, 1972. S. 18–24. – © 1929 Gustav Kiepenheuer Verlag AG, Berlin. Alle Rechte vorbehalten durch Suhrkamp Verlag, Frankfurt am Main.

MAX FRISCH (1911–1991)

M. F.: Gesammelte Werke in zeitlicher Folge. Hrsg. von Hans Mayer unter Mitw. von Walter Schmitz. Bd. 5: 1964–1967. Mein

Name sei Gantenbein. Kleine Prosaschriften. Zürich-Transit. Biographie: Ein Spiel. Frankfurt a. M.: Suhrkamp, 1976. S. 248–255. [Aus: *Mein Name sei Gantenbein.*] – © 1976 Suhrkamp Verlag, Frankfurt am Main.

JOHANN WOLFGANG GOETHE (1749–1832)

J. W. G.: Wilhelm Meisters Lehrjahre. Hrsg. und komm. von Ehrhardt Bahr. Stuttgart: Reclam, 1986. S. 607–621. [Titel vom Hrsg.] (1)
J. W. G.: Werke. Hamburger Ausgabe in 14 Bänden. Hrsg. von Erich Trunz. Bd. 2: Gedichte und Epen 2. München: Beck, [12]1981. S. 201. [Aus: *Noten und Abhandlungen zum besseren Verständnis des west-östlichen Divans*; Titel vom Hrsg.] (2)

JEREMIAS GOTTHELF (d. i. Albert Bitzius, 1797–1854)

J. G.: Sämtliche Werke in 24 Bänden. In Verb. mit der Familie Bitzius [...] hrsg. von Rudolf Hunziker und Hans Bloesch. Bd. 24: Kalendergeschichten. Tl. 2. Erlenbach / Zürich: Rentsch, 1932. S. 215–217.

PETER HANDKE (geb. 1942)

P. H.: Noch einmal für Thukydides. Salzburg/Wien: Residenz, 1990. S. 25 f. – © 1990 Residenz Verlag, Salzburg und Wien.

JOHANN PETER HEBEL (1760–1826)

J. P. H.: Schatzkästlein des rheinischen Hausfreunds. Krit. Gesamtausg. mit den Kalender-Holzschnitten. Hrsg. von Winfried Theiss. Stuttgart: Reclam, 1981. (Universal-Bibliothek. 142.) (1) S. 207–210. (2) S. 233–235.

J. P. H.: Gesamtausgabe. Hrsg., eingel. und erl. von Wilhelm Zentner. Bd. 2: Erzählungen und Aufsätze des Rheinländischen Hausfreundes. Tl. 2. Karlsruhe: Müller, 1968. (3) S. 404 f. (4) S. 462. (5) S. 539–541.

HEINRICH HEINE (1797–1856)

H. H.: Sämtliche Schriften. Hrsg. von Klaus Briegleb. Bd. 6. Tl. 1. München/Wien: Hanser, 1975. S. 400–423.

HERMANN HESSE (1877–1962)

H. H.: Gesammelte Werke. Bd. 7: Kurgast. Die Nürnberger Reise. Der Steppenwolf. Frankfurt a. M.: Suhrkamp, 1970. S. 52–67. [Aus: *Kurgast.*] –

WOLFGANG HILDESHEIMER (1916–1991)

W. H.: Lieblose Legenden. Überarb. und erw. Ausg. Frankfurt a. M.: Suhrkamp, 1962. S. 99–103. –

E.T.A. HOFFMANN (1776–1822)

E.T.A. H.: Die Serapions-Brüder. München: Winkler, 1963. S. 863 bis 870. (1)
E.T.A. H.: Meister Floh. Hrsg. von Wulf Segebrecht. Stuttgart: Reclam, 1970 [u. ö.]. (Universal-Bibliothek. 365.) S. 126–128. [Titel vom Hrsg.] (2)

HUGO VON HOFMANNSTHAL (1874–1929)

H. v. H.: Gesammelte Werke in 10 Einzelbänden. [Bd.] Erzählungen. Erfundene Gespräche und Briefe. Reisen. Hrsg. von Bernd Schoeller in Beratung mit Rudolf Hirsch. Frankfurt a. M.: Fischer Taschenbuch Verlag, 1979. S. 461–472. – © 1951 S. Fischer Verlag GmbH, Frankfurt am Main.

HANS HENNY JAHNN (1894–1959)

H. H. J.: Fluß ohne Ufer. Tl. 3: Epilog. Hrsg. von Uwe Schweikert und Ulrich Bitz. (Werke in Einzelausgaben. Hamburger Ausgabe.) Hamburg: Hoffmann und Campe, 1986. S. 454–461. – © 1986 Hoffmann und Campe Verlag, Hamburg.

UWE JOHNSON (1934–1984)

U. J.: Karsch, und andere Prosa. Nachw. von Walter Maria Guggenheimer. Frankfurt a. M.: Suhrkamp, 1964. (edition suhrkamp. 59.) S. 23–28. – © 1964 Suhrkamp Verlag, Frankfurt am Main.

FRANZ KAFKA (1883–1924)

F. K.: Tagebücher 1910–1923. Hrsg. von Max Brod. Frankfurt a. M.: S. Fischer, 1967. S. 465–468. [Paris, 11. September 1911; Titel vom Hrsg.] (1)
F. K.: Sämtliche Erzählungen. Hrsg. von Paul Raabe. Frankfurt a. M.: Fischer Taschenbuch Verlag, 1970. (2) S. 144 f. (3) S. 136 f.

GOTTFRIED KELLER (1819–1890)

G. K.: Sieben Legenden. Stuttgart: Reclam, 1986 [u. ö.]. (Universal-Bibliothek. 6186.) (1) S. 21–28. (2) S. 29–40.

HEINRICH VON KLEIST (1777–1811)

H. v. K.: Sämtliche Werke und Briefe. Hrsg. von Helmut Sembdner. Bd. 2. 2., verm. und rev. Aufl. München: Hanser, 1961. (1) S. 293 bis 298 [Fassung der *Berliner Abendblätter*.]. (2) S. 276 f.

WOLFGANG KOEPPEN (1906–1996)

W. K.: Gesammelte Werke in 6 Bänden. Hrsg. von Marcel Reich-Ranicki in Zsarb. mit Dagmar von Briel und Hans-Ulrich Treichel. Bd. 3: Erzählende Prosa. Frankfurt a. M.: Suhrkamp, 1986. S. 157 bis 163. –

ELSE LASKER-SCHÜLER (1869–1945)

E. L.-Sch.: Gesammelte Werke. Hrsg. von Friedhelm Kemp. Bd. 2: Prosa und Schauspiele. München: Kösel, 1962. (1) S. 114–126. (2) S. 126–128. –

HEINRICH MANN (1871–1950)

H. M.: Novellen. Düsseldorf: Claassen, 1976. S. 532–543. –

THOMAS MANN (1875–1955)

Th. M.: Gesammelte Werke in 12 Bänden. Bd. 8: Erzählungen [. . .]. Frankfurt a. M.: S. Fischer, 1960. S. 141–151. –

GUSTAV MEYRINK (1868–1932)

G. M.: Gesammelte Werke. Bd. 5: Des deutschen Spießers Wunderhorn. Tl. 2. Leipzig: Wolff; München: Langen, 1913. S. 64–71. –

IRMTRAUD MORGNER (1933–1990)

I. M.: Leben und Abenteuer der Trobadora Beatriz nach Zeugnissen ihrer Spielfrau Laura. Roman in dreizehn Büchern und sieben Intermezzos. Berlin/Weimar: Aufbau-Verlag, 1974. S. 171 f. –

ROBERT MUSIL (1880–1942)

R. M.: Gesammelte Werke. Hrsg. von Adolf Frisé. Bd. 2: Prosa und Stücke [. . .]. Reinbek b. Hamburg: Rowohlt, 1978. S. 476 f. – © 1978 Rowohlt Verlag GmbH, Reinbek bei Hamburg.

FRIEDRICH NIETZSCHE (1844–1900)

F. N.: Werke in 6 Bänden. Hrsg. von Karl Schlechta. Bd. 2: Menschliches, Allzumenschliches. Morgenröte. München/Wien: Hanser, 1980. S. 914 f. [Aus: *Menschliches, Allzumenschliches.*]

JEAN PAUL (d. i. Johann Paul Friedrich Richter, 1763–1825)

J. P.: Werke. Bd. 3. Hrsg. von Norbert Miller. Nachw. von Walter Höllerer. München: Hanser, 1966. S. 839–844. [Aus: *Komischer Anhang* zum *Titan.*]

ALFRED POLGAR (1873–1955)

A. P.: Kleine Schriften. Bd. 2: Kreislauf. Hrsg. von Marcel Reich-Ranicki in Zsarb. mit Ulrich Weinzierl. Reinbek b. Hamburg: Rowohlt, 1983. S. 196–199. – © 1983 Rowohlt Verlag GmbH, Reinbek bei Hamburg.

GERLIND REINSHAGEN (geb. 1926)

G. R.: Zwölf Nächte. Frankfurt a. M.: Suhrkamp, 1989. S. 64–67. – © 1989 Suhrkamp Verlag, Frankfurt am Main.

JOSEPH ROTH (1894–1939)

J. R.: Werke. Hrsg. und eingel. von Hermann Kesten. Bd. 3. Köln: Kiepenheuer & Witsch, 1976. S. 624–629. – © 1990 Verlag Kiepenheuer & Witsch, Köln, und Verlag Allert de Lange, Amsterdam.

ARNO SCHMIDT (1914–1979)

A. Sch.: Trommler beim Zaren. Karlsruhe: Stahlberg, 1966. S. 9–16. – © 1966 Stahlberg Verlag GmbH, Karlsruhe. Abdruck mit Genehmigung der S. Fischer Verlag GmbH, Frankfurt am Main.

ARTHUR SCHNITZLER (1861–1931)

A. Sch.: Die erzählenden Schriften. Bd. 1. Frankfurt a. M.: S. Fischer, 1961. S. 521–527. – © 1961 S. Fischer Verlag GmbH, Frankfurt am Main.

ANNA SEGHERS (d. i. Netty Radvanyi, 1900–1983)

A. S.: Sämtliche Erzählungen in 6 Bänden. 1924–1980. Bd. 1: Der letzte Mann der Höhle. Erzählungen 1924–1933. Berlin/Weimar: Aufbau Taschenbuch Verlag, 1994. S. 195–197. – © 1994 Aufbau Taschenbuch Verlag GmbH, Berlin.

ADALBERT STIFTER (1805–1868)

A. S.: Wien. Die Sonnenfinsternis. Mit einem Nachw. von Johannes Urzidil. Stuttgart: Reclam, 1963 [u. ö.]. (Universal-Bibliothek. 8850.) S. 71–81.

THEODOR STORM (1817–1888)

Th. S.: Sämtliche Werke in 2 Bänden. Bd. 1. Mit einem Nachw. von Johannes Klein. München: Winkler, [6]1977. S. 568–582.

BOTHO STRAUSS (geb. 1944)

B. S.: Niemand anderes. München/Wien: Hanser, 1987. S. 99–103. – © 1987 Carl Hanser Verlag, München und Wien.

REGINA ULLMANN (1884–1961)

R. U.: Gesammelte Werke in 2 Bänden. Bd. 2. Zsgest. von R. U. in Zsarb. mit Ellen Delp. Einsiedeln/Zürich/Köln: Benziger, 1960. S. 407–415. – Mit Genehmigung des Regina Ullmann Fonds, Gesellschaft Pro Vadiana, St. Gallen.

RAHEL VARNHAGEN (1771–1833)

R. V.: Briefwechsel. Bd. 1: Rahel und Alexander von der Marwitz. Hrsg. von Friedhelm Kemp. 2., durchges. und um einen Nachtrag verm. Ausg. München: Winkler, 1979. S. 202–207; S. 198–201. [Titel vom Hrsg.]

ROBERT WALSER (1878–1956)

R. W.: Das Gesamtwerk. Hrsg. von Jochen Greven. Bd. 1: Fritz Kochers Aufsätze. Geschichten. Aufsätze. Frankfurt a. M. / Zürich:

Suhrkamp, 1978. (1) S. 205–208. (2) S. 214–217. (3) S. 256–260. – © 1978 Suhrkamp Verlag, Frankfurt am Main und Zürich. Mit Genehmigung der Inhaberin der Rechte, der Carl-Seelig-Stiftung, Zürich.

FRANK WEDEKIND (1864–1918)

F. W.: Prosa. Dramen. Verse. Ausgew. von Hansgeorg Maier. München: Langen-Müller, [o. J.]. S. 71–80.

PETER WEISS (1916–1982)

P. W.: Notizbücher 1971–1980. Bd. 2. Frankfurt a. M.: Suhrkamp, 1981. (edition suhrkamp. Neue Folge. 67.) S. 720 f. [Titel vom Hrsg.] – © 1981 Suhrkamp Verlag, Frankfurt am Main.

CHRISTA WOLF (geb. 1929)

Ch. W.: Gesammelte Erzählungen. Darmstadt/Neuwied: Luchterhand, 1974, 1980. S. 5–23. – © 1974 Luchterhand Literaturverlag, München.

Die deutschen Sprichwörter

Gesammelt von K. [illegible] Einleitung von W. [illegible]

Theodor Fontane: Fünf Briefe

Anmerkungen von W. [illegible] Nachwort von K. Wetzel

[illegible]

Hans Jacob Christoph von Grimmelshausen

Der abenteuerliche Simplicissimus Teutsch

Nachwort von V. Meid [illegible]

Eckhard [illegible] Verdi ist der Mozart Wagners

Opernführer für [illegible] und Versierte

[illegible]

Franz Kafka: Erzählungen

Herausgegeben von [illegible] Kurz [illegible]

Schöne Geschichten!

Deutsche Erzählkunst aus zwei Jahrhunderten

Herausgegeben von [illegible]

Gustav Schwab

Die schönsten Sagen des klassischen Altertums

[illegible]

Philipp Reclam jun. Stuttgart